2020年"优秀现实题材文学出版工程"作品

2020年中国作家协会重点扶持项目作品

2020年中国作家协会"纪录小康工程"主题图书

琵琶围

温燕霞 著

江西人民出版社
Jiangxi People's Publishing House
全国百佳出版社

图书在版编目（CIP）数据

琵琶围 / 温燕霞著 . — 南昌：江西人民出版社，2020.12（2021.2重印）

ISBN 978-7-210-12385-9

Ⅰ．①琵⋯　Ⅱ．①温⋯　Ⅲ．①长篇小说－中国－当代
Ⅳ．① I247.5

中国版本图书馆 CIP 数据核字（2020）第 145345 号

琵琶围 PIPAWEI

温燕霞　著

策　　　划：游道勤　张德意
责任编辑：王一木
特约编辑：李兰玉
责任校对：魏如祥　陈才艳　张志刚　赖健平
责任印制：潘　璐
出　　版：江西人民出版社
发　　行：各地新华书店
地　　址：江西省南昌市三经路 47 号附 1 号
编辑部电话：0791-88612505
发行部电话：0791-86898815
邮　　编：330006
网　　址：www.jxpph.com
E-mail：942867919@qq.com
版　　次：2020 年 12 月第 1 版
印　　次：2021 年 2 月第 3 次印刷
开　　本：787 毫米 × 1092 毫米　1/16
印　　数：30001-45000
印　　张：24
字　　数：420 千字
ISBN 978-7-210-12385-9
赣版权登字—01—2020—473

定　　价：46.00 元
承 印 厂：南昌市红星印刷有限公司
赣人版图书凡属印刷、装订错误，请随时向发行部调换

目录

第 | 章

红云飘落赛歌台，
石头板上种鲜花。
若是迎来金太阳，
苦藤也能结甜瓜。

——摘自《峙城客家歌谣集》

琵琶峰地处峙城县的东南方，山色因季节、光照、时间的缘故在黛绿、灰蓝、褐黑、绛红中变幻。天气晴朗时，峰顶那两块形如琵琶的褐红色巨石直指蓝天，仿佛在叩问上苍为何将其造得如此险峻，以致人们视上山为畏途，它绝美的容颜和盘踞峰顶的琵琶围便只有在清风流云和众人的远眺中寂寞着，直至寂寞成月辉下一道神秘的背影，并逐渐成为峙城县许多民间传说的源头。

的确，在峙城县，琵琶峰和琵琶围是一个极为独特的所在。峙城县多山，环城山峦峰峙，故名峙城。其中，琵琶峰山形最为奇瑰。琵琶峰山腰以下修竹苍翠，山腰以上显筋露骨，龙脊般的石梁皱褶里长着浓密、高大、葳蕤的乔木，绿萝般绵延到山顶后，围绕着两块形如琵琶的巨石，挽出一个松松的花结，花结中间那数十亩水草丰茂的盆地，其形也如琵琶，而侧边三条岔路，分别通往闽、粤、赣三省，乃历代兵家必争之地。

秦并六国后，始皇帝二十六年，即公元前221年分天下为三十六郡，赣南属九江郡。公元前214年，秦使国尉屠睢将五军南下五岭，其中一军守庾岭界，置南壄县，隶九江郡，为赣南建置行政机构之始，琵琶峰上始设关卡，汉时变成要塞。唐朝开元年间，张九龄建成梅关驿道，琵琶峰因地处通往驿道的要隘，朝廷在此建起了驿馆、兵站，人口逐渐稠密。

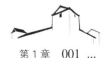

元末明初，琵琶峰成为通往闽、粤两地的盐米之路上的一座小镇，店铺、货栈鳞次栉比，从粤东、闽西地区来的盐商、布商、南货商，江西来的粮商、山货商、瓷商、药商在此交易，大量的挑夫和货物将小镇塞得满满当当。这里白日人流如织，货走三方；夜间密集的灯光似乎在跟星星比美，酒肆歌楼的猜拳行令声、三角班响亮的锣鼓声和着山风林涛，在向人们宣示着琵琶镇的繁盛。

明朝洪武初年，琵琶镇已有二百多户人家，靠贩卖山货起家、累积三世之功的何乃赢终于成了琵琶镇的首富。为防盗贼、保家财，他历时八年，耗巨资建起了共有一百九十九间半房子的琵琶围。

琵琶围呈正方形，砖石到顶，上下三层，中有跑马楼，顶有夹墙，建有箭垛，开了枪眼，四角炮楼雄峙，围内池塘、水井、菜地、藏兵洞、储粮仓应有尽有，天井上方的屋脊铺满了铁蒺藜，唯一的石门和围墙厚达两尺，时人谓之固若金汤。

然而，防御功能极强的琵琶围却不敌新来的巡检司巡检那道贪婪的目光。巡检觊觎何氏财产，上任伊始便以贩卖私盐之罪抓走了何乃赢，不久，满脑经商妙计、满腹佳肴美酒的何乃赢屈死狱中，族人流徙千里之外的瘴疠之地，巡检随即又以维护地方治安之名，将镇内居民悉数迁入围内，迁入者视人口多寡交付银钱，巡检由此大发了一笔横财。

据《峙城县志》记载，何氏遭遇飞来横祸后，当时峙城最有名的高人杨先生将其归咎于琵琶围的形状前宽后窄似棺材，灾祸不断难聚财，可这个杨先生当年为何乃赢选中琵琶围的地址时却是另一番说辞：琵琶乃四大天王护法神之一东方持国天王的法器，喻人凡事要守中道，犹如弹琴，只有琴弦绷得恰到好处，其音才正、其鸣也和，将围屋建成琵琶形，即可守中道、达圆满。后世人说起杨先生这番理论时总结了一句话：先生花撩嘴，屙尿变雨水！以示其言辞因私利而反复无常。

似乎是为了惩罚巡检的贪婪，何乃赢死后的第三年，一次地震使琵琶峰通往梅关驿道的山路消失在地震造成的堰塞湖中；前往闽西的小路因山体滑坡变为断崖，只有通向江西境内的小径仍可通行，那座石头垒就、名为"通衢亭"的茶亭仍矗立着，只是鲜有人迹。失去了货运中转站地位的琵琶镇迅速衰败，巡检司撤销，巡检贪腐案发，被剥皮揎草，成了一具挂在衙门口随风飘荡的人皮草囊，琵琶围的居民全部跑光，成了无主之地。这之后人世间朝代更迭，自然界白云苍狗，琵琶峰却不改初貌，琵琶围也屹立不倒，并陆续变成书院、寺庙、尼庵以及伐木工、烧炭工的栖息点，太平军西征军的驻地。民国初年，几十名被人驱赶、无处安身的麻风病人躲入了琵琶围，几年后天雷击中了围内的柴火堆，引起冲天大火，病人们全部葬身火海毒烟。此后琵琶围闹鬼的事情开始流传，直到土地革命战争时期，易守难攻的琵琶围成了红军的兵工厂，金戈之光抑制了亡者的怨气，琵琶围复归平静。1934年10月，红军主力北上转移后，中央留守红军某连于次年春天在此和白军激战。有人说红军大获全胜后及时转移了，也有人说红军战士悉数牺牲，鲜血染红了偌大的琵琶围，还有人说琵琶围之战只是传闻，莫衷一是的说法给琵琶围蒙上了一层神秘的面纱。两年后，琵琶峰上半部光秃秃的石头山上，突然不可思议地长出了大片的映山红。春风一吹，恣肆汪洋的花海如同飞扬的烈焰，雄壮、陡峭的琵琶峰，仿如披上了红艳的嫁衣，在云遮雾绕中透出圣洁和庄严。

1936年春天，因受伤变得聋哑的石天柱和刚从狱中出来的红属橘子，先后穿过盛开的映山红花海，落户琵琶围，之后又陆续有近百户人家为躲避挨户团、匪患和日本鬼子的飞机轰炸，把家安在了琵琶围。到峙城县解放时，琵琶围已有居民一百余口，后成为峙城县琵琶峰人民公社琵琶峰大队琵琶围生产队。

20世纪90年代，琵琶围村民小组丁口激增至三百余人，可山上只有六十多亩冷水田和毁林开垦出来的一百一十多亩旱地，人多田少，资源匮乏，村民们生活极为困难，那时峙城县流传着这样的歌谣：

有女莫嫁琵琶围，穷家难当泪垂垂。

半年糠菜半年粮，郎子打架快成匪。

1994年，国家启动"八七扶贫攻坚计划"，峙城成为国家"八七扶贫攻坚计划"的贫困县。在国家的政策帮扶下，峙城县立足本地山多、石多、矿产多的优势，大力发展以脐橙、毛竹、白莲、烟叶、油茶、石板材、稀土、竹木加工为主的支柱产业，到2000年时，全县有五万余人脱离了贫困。但琵琶围村由于自然条件的局限，依然是琵琶镇最穷的村庄。

2015年7月，琵琶围村被列为省级"十三五"规划扶持贫困村，同年琵琶围水库开始蓄水，县里将库区移民搬迁、精准扶贫、赣南等原中央苏区振兴发展规划结合起来，对琵琶围村实施了易地搬迁，同时退耕还林，未来琵琶湖一带将建成生态农业发展区。通过近两年的努力，琵琶围村民小组一百一十九户居民搬迁了一百零七户，还有十二户村民因各种原因滞留围中。

我们的故事，就从这儿讲起。

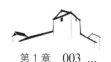

2018年元宵刚过，空气中的年味还没散尽，一股强劲的冷空气使原本热得花已吐蕊的峙城气温骤降十几度，海拔高的琵琶峰下起了雪。纷扬的雪花疏密有致地在风中打着旋，如同白居易笔下心应弦、手应鼓的胡旋女，"回雪飘飘转蓬舞，左旋右转不知疲"。还好，雪花不如"千匝万周无已时"的胡旋女耐劳，在空中喧闹鼓荡累了，终究还是摇摆着落下，给山顶盖上了茸茸的白被，往日缭绕蒸腾的水汽凝成晶莹剔透的雾凇，和蓬松的雪花一起将千柯万枝装点成白玉宝树。下了大半夜后，轻灵的雪花变成结实的雪子，在风的助力下，击打得树上的雪团纷纷坠落，有些细枝被积雪压断，发出轻微的咔嚓声，空气中散发出浓郁的树脂清香。

天光刚照进屋，石浩财便被竹棚缝隙里钻进的寒气冻醒，他打了两个哆嗦，那些烦心事化身酒虫顺着喉咙往外爬，挠得他心痒，他顺手从床底下摸出瓶风搅雪白酒，一口气灌了大半瓶下去，身上这才有了劲。想到白桂花喜欢雪景，他忙披衣来到坪上，先拍了几张照片发给白桂花，一边感叹雪景中的围屋美得像梦境。风夹着雪劈头盖脸地打来，他混沌的头脑清明了几分，迈腿穿过阔大的院子，来到县文广新旅局驻村扶贫工作队第一书记杨明和队员小于的门口。他想叫醒这两人问问，为什么琵琶围行政村第二村民小组的四位贫困户只交一万块钱就能入住安居小区房，他和朱雪飞、许秀珍、谢玉琴、刘大有同样是贫困户，却不能享受这种政策？为这事儿大家也憋了满肚子气，几人早就想找杨明理论理论。

可眼下天刚麻麻亮，杨明和小于昨晚填表格、写材料忙到了后半夜才歇，石浩财再浑也晓得这时不好叫门，他猛吸两口冷气，压下上涌的酒劲，看着天空发起呆来。

赣南虽难得下雪，但因气候异常，前几年也曾有过三月飞雪的奇观，如今奇观再现，海拔高的琵琶峰的雪势比城区要大许多。此刻雪花鸟羽般在空中纷扬，姿态洒脱。琵琶围内那上百扇朝向院坪的房门犹如老者深沉的眼眸，平静地看着雪花悠悠飘落，并渐渐掩去时光烙在琵琶围身上的沧桑印记，往日高大森严的琵琶围被这纯净的白色衬得柔和了些许。

这时，兴奋的雄鸡开始用响亮悠长的喔喔声诱惑云层后面的日头，时辰尚早，日头只顾酣睡，雄鸡的啼声只叫出了石浩财的奶奶橘子婆和堂叔公哑伯。他俩今年九十八岁，常年的劳作使两位老人行动自如。哑伯每天起床后的第一件事，便是帮橘子婆挑水和打扫围屋院坪，待橘子婆煮好一大桶柿叶茶后，两人各拎半桶茶水，小心翼翼地来到天梯下的通衢亭施茶。通衢亭由麻石砌就，唐时初建，后多次被毁，现存的茶亭为明朝洪武年间所建，面积不大，临崖那面是完整的墙，其余三面皆开有门，亭内长凳绕墙，亭角的砖墩上放着只大茶桶。两位老人先用热水洗涤木桶，倒入新茶后合上盖子，桶边的铁环上那几把长竹筒隔日一换，以供旅人使用。

亭最早出现在东周时期，是建在各国边境上的士兵哨所、交通驿站，十里一建。秦汉时期，官方在十里长亭之间又建起传递邮讯的短亭，是以才有了"长亭更短亭"一说。这些亭虽然形制简陋，却因对旅人具有特殊的意义而成为中国文人表达离愁别绪的特殊意象符号，与之相比，客家人的茶亭更具烟火气和人文关怀。客家人大都居住在人烟稀少的山区，有时行脚久了，想喝口水都难，人们便在山径上、小路旁建茶亭，供旅人遮风挡雨。离村庄近的，附近人家还要天天施茶。

所谓施茶，就是免费给茶亭提供茶水。1949 年前，茶亭多由村族捐建，也有个人行善积德、发愿建亭的。客地陡峭，村庄都不大，多者上百户人家，小则十几户，甚或三两户人家，一座茶亭建好后要天天施茶，非得有大慈悲心不可。所以旧时茶亭有专人管理，村中的茶亭传牌上书全村户主的姓名，按牌上的名字轮流为茶亭供茶，体现了客家人独有的淳朴和对乡亲、对陌生人的关心。

故此，在交通发达的当下，客家地区的大道小路上仍时有新建茶亭的身影闪现，这在非客家地区已难得一见。琵琶峰近年游人不多，能进通衢亭喝茶的人少之又少，但只要天气好、身体好，橘子婆和哑伯总是不顾后辈的劝阻，坚持给茶亭施茶，然后橘子婆去扒松毛、割芦萁草，哑伯则扛把锄头或挑担水桶到围屋与琵琶石之间的后山侍弄栽种的那些映山红、栀子花、兰花、野菊花，累了便坐在草坡上和花草树木、蝴蝶蜻蜓轻声哇啦，也不知说些什么。每年清明、冬至和五月的某天，他还会在后山燃香祭拜，有人说他在为白狗子扫墓，有人猜他在祭奠当年牺牲在此的红军，还有人说他在怀念埋葬在后山的亲人。在谜一样的琵琶围，又聋又哑的哑伯是个更大的谜团。

这个老白匪，地都冻成镜子了，他扫也白扫。浩财，快把他拉回来！

橘子婆瘦削的身体裹在阴丹士林蓝大棉袄和黑棉裤里，看上去像枚双色坚果。石浩财平常吊儿郎当，对奶奶却很敬重。虽然明知哑伯不喜欢自己，但他还是上前比画着劝哑伯进屋，哑伯果然不睬他，头戴竹笠、身披蓑衣，拿着扫把，唰啦唰啦地扫起雪来。风像是在给哑伯助威，扬起阵阵雪雾，纷扬的雪花也来凑热闹，几只鸟儿兴奋地在空中划出优美的弧线，围门外和后山上的树木粉雕玉

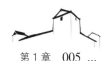

琢，风光如此之美，石浩财的心情却愈加烦躁，觉得所有的美好都与自己无关，他唉声叹气地往回走，看见朱雨飞着急忙慌地把坪上的兰花搬进了空屋，又跑去劝哑伯归家，感觉朱雨飞比她那个喜欢算命看相、指手画脚的双胞胎大姐朱雪飞勤快、朴实多了。

性子倔强的哑伯在围内只听橘子婆和朱雨飞的话，见满身雪花的哑伯被朱雨飞拉进了屋，这两日在跟哑伯闹别扭的橘子婆转身到灶下铲了火笼，让刚出门的朱雨飞给他送去。

石浩财看着奶奶的身影，想起父母去世后奶奶拉扯自己几兄弟的艰辛，心中一暖，眼前却奇怪地闪过前妻白桂花的面容。大前年他醉酒时暴打了白桂花一顿，接着又把二哥石生财给谢玉琴准备的五万块聘礼钱拿去还债了，谢玉琴的父母因此视石生财为骗子，生死不肯让女儿嫁给他。石生财和谢玉琴彻底闹掰，跟弟弟石浩财也反目成仇，一气之下离家打工，几年不肯归家。白桂花见石浩财酗酒成性、懒惰消沉，动不动就家暴，绝望之下和他离了婚，先是回了贵州娘家，后来辗转到东莞打工。这几年石浩财一直给白桂花打电话、发信息求复合，但白桂花根本不予理睬。看着两个孩子无人管，石浩财非常痛恨自己，但又无能为力，陷入了借酒浇愁愁更愁的恶性循环。每每想起这些，他就觉得自己是个废人。前两天听说有贫困户交一万元入住了安居房，那房子脱手就能卖五六十万元，石浩财心想若是能要来一套这样的房子，兴许白桂花就愿意和自己复婚了。

就在石浩财对着雪花心思百转的当口，许秀珍、石拐夫妻俩拖只大木桶，咔嚓咔嚓地铲起雪来。他俩平时会腌些咸鸭蛋下山卖，雪水腌的咸鸭蛋保存时间长，每次下雪，他俩都要贮存雪水。这时朱雪飞、谢玉琴和她的疯弟弟谢小勇被雪引出了房门。小勇嗷叫着在地上连打几个滚，险些撞上了穿戴整齐、正在用手机拍雪景的汪经伦、杨淑英夫妇。

汪家的三个儿子都有出息，老大、老二打工后在琵琶镇买了房，是琵琶围第一批自动搬迁下山的村民。老三汪敏在北京某部委当处长，在县里知名度不小，是汪经伦两口子的骄傲。汪经伦家不是贫困户，有钱建搬迁房，可杨明、小于不知做了多少工作，他俩就是不肯离开琵琶围，这种奇怪的坚守就像哑伯对后山的莫名偏爱，成了琵琶围的又一谜团。

天空仿佛被琵琶围的谜团和热闹惊扰了，灰蒙蒙的云层蓦地裂开道缝，露出片璀璨的亮光。飘飞的雪花似缤纷的落英，既显示出繁盛，又宣告着凋零。刚出笼的鸡鸭欢叫着四处奔跑，在洁白的雪地上印下狂野的足迹。狗被眼前的白色世界惊得直吠，静默的琵琶围瞬间热闹、活泛起来。

这杨明、小于怎么还不起床？

石浩财正纳闷间，许秀珍、朱雪飞、谢玉琴走到他身边，许秀珍揉揉眼睫上的雪花，神秘地说：浩财，听讲三组也有两家贫困户住上了一万元入住的安居房，他们能住，我们怎么不能住？这事一定得问清楚！

我问过杨明不下五遍，他每次总说我们不符合政策。石浩财有些上火，嗓音嘶哑。政策是人定的，就看他肯不肯帮我们了。朱雪飞道。

石浩财点点头：马善被人骑，人善被人欺，我们还是得给他点厉害瞧瞧，要不然他以为我们是糯米团，随便捏呢！

石浩财对杨明有意见，每次提起他总是满肚子火。

谢玉琴皱眉道：杨书记平常工作挺认真，为村里做了不少好事，人也实在，就是脾气躁些，我们这样做好不好？

石浩财冷笑一声：他办事看人下菜单，对你他是蛮好，对我他就是个黑脸包公。去年他搞产业发展红黑榜，我的猪没养活，鸡也养死了，围门口那块墙，他一半漆成红，一半漆成黑，用白笔把我和雪飞几个的名字写在黑墙上，还把照片发在全村的微信大群里，看上去像墓碑，他这是在咒我死呢！

前年上半年我给人算了几次命，他在村民大会上剋了我一顿！树怕剥皮，人怕打脸，被他那样一弄，我有面见人喽。

朱雪飞想到那阵子的灰头土脸，心中愤愤不平。许秀珍撇着嘴唇说：

上月小于拿一大摞表给我填，我说石拐做田累得屎屁出，哪来这闲工夫填表？我呢，箩大的字认不得一担，我请小于填，他说没空，我去找杨明，他也说没空。怎么就没见他俩忙出钱来？还不是找借口偷懒呗。

许秀珍尖厉的声音惊得那只觅食的小鸟一头扎入了雪花晶帘里，飘忽得像缕来不及抓住的思绪。

哎，这大有哥两公婆怎么还不出来？

众人烧柴火焰高，朱雪飞希望等下人多有气势，她望了两眼刘家紧闭的房门，对刘大有和赖秋香老是当缩头乌龟深感不满。

有好处他们想得，有事别想他们出头，不指望他俩了。

石浩财早就看透了刘大有和赖秋香，他开始教大家等下怎么跟杨明说理。谢玉琴虽然已跟石生财分开，心里还是向着石浩财的，见他情绪激动，忙小声提醒他等下千万别动手。石浩财看着在井边堆雪人的小勇，说我脑子可没坏。

话是这样讲，其实他心里已经拿定主意要把今天的事情闹大些，一是可能会闹出些好处来，二来他也可以出出气。

昨晚杨明、小于到他家上户，小于取出张写有他名字的南远县服装贸易城店铺的房产证复印件，说他名下有店铺，得退出贫困户序列。石浩财刚开口说那店不是他的，小于便板着面孔吼道：房产证复印件都在这，你还敢说不是你的？睁着眼睛说瞎话！石浩财被他说得火起，和小于吵了起来。杨明当时一直在接电话，并没听清他俩争吵的内容，可挂了电话后，他却黑起脸批评石浩财不诚实，气得石浩财把涌到嘴边的解释给咽回了肚。等杨明意识到自己态度生硬，软下口气问他原因时，石浩财却什么都不肯讲了。讲了又如何？自己在杨明心中就是个懒鬼酒鬼！再说杨明是福建人，屁股不会坐在琵琶围人的板凳上，他才懒得费口舌解释呢。想到这儿，石浩财用颇具蛊惑力的语调说：

会叫的孩子有奶吃，我们今天跟杨明吵，说不定就吵来了一套房子呐！

朱雪飞、许秀珍欢欣鼓舞，谢玉琴将信将疑。一直站在边上听的石拐突然插嘴道：

浩财，我这两天仔细看了墙上贴着的搬迁补助政策，上面写清楚了，只有住泥坯危房的贫困户才能住交一万块钱入住的安居房，琵琶围不算危房，按政策我们只能得每人二万元的搬迁补助，剩下的房款还是要自筹的。

石浩财瞪着石拐：政策是死的，人是活的，听讲板石乡有三个贫困户到乡里闹，结果每个人吵到了一套安居房。我们不试试，怎么晓得行不行？

谢玉琴还是不太相信：政策都定死了，胡闹就能闹到一套房子呀？

石拐点头表示赞同：只怕是传话的人打乱哇。

许秀珍用胳膊肘捅了捅他：莫要乱插嘴，赶紧回去做朝饭。

石拐是有名的妻管严，吓得赶忙跑回了家，这时照完了相的汪经伦、杨淑英和谢玉琴的父母围上前来，问有什么好事。石浩财还没来得及开口，就见杨明拿着铁锹、小于和石浩财的大哥石养财拎着扫把，满身雪花地走进了围门。

这雪真大，天梯口的雪有几寸厚，不铲干净，等冻住了，大家上下山就得坐冰梯了。

杨明开口时嘴里呵出阵阵热气，让他的话显得更加热乎，可除了汪经伦和谢玉琴的父母和他打了声招呼，其余人都沉默着，有种"阴谋"被撞破的紧张。石浩财使了个眼色，朱雪飞、许秀珍、谢玉琴迎上前去，为安居房的事情跟杨明理论。杨明掏出纸巾擦着眼镜上的水汽，一边耐心地解释着。小于谈了三年的女朋友昨天下午跟他分手了，心里正烦，他懒得理石浩财，转身拿了琵琶镇敬老院的图片给屋里的哑伯看，比画着告诉老人家，说近期要请他搬下山。哑伯还是跟以前一样，走到房门口，指着谢玉琴家那边比画了一通。

哎呀，老人家，谢家奶奶不是五保户，你再高风亮节让给她，她也住不进敬老院。

小于急得摇头摆手，哑伯气乎乎地再次拒绝，小于一个头两个大，正想向杨明求救，一回头却见杨明被七嘴八舌的石浩财、许秀珍、朱雪飞、谢玉琴的父母堵得开不了嘴，好不容易讲几句，声音很快就被淹没了。谢玉琴站在边上不吭声，但也没上前阻止父母帮腔。汪经伦夫妇边看热闹边拍视频。闻声而来的橘子婆满脸懵懂。朱雨飞想劝和，被朱雪飞扯到了身后。石养财急得来拉石浩财，被他一把甩开。兴奋的小勇和那条名叫花花的狗，绕着人堆不断喊叫，震得瓦檐上的雪垛摔下来，在半空中碎成齑粉，众人的脸在这粉雾和飘扬的雪花中显得有些变形。石浩财脸上的表情尤为愤怒，因为他正跟杨明辩论时，小于冲过来，朝他大喝道：

石浩财，都跟你讲多少遍了，你们不符合交一万元入住安居房的政策，你不要带头闹事！

小于，有话好好讲！杨明按捺住性子制止了小于，转脸看着石浩财，压抑住怒气的声音有些颤抖：

浩财，你说的二组和三组那几户人家，我这有他们危房的照片，你们可以看看他们原先住的是什么房子。

石浩财没理他，转脸瞪着小于：你哪只眼睛看我带头闹事了？我是在跟杨书记讲理！

既然要讲理，那我就问问大家，石浩财有店铺还不肯退出贫困户序列，你们说他是有理还是没理？

小于不顾杨明的阻拦，从包里拿出那张房产证复印件，朱雪飞、许秀珍、谢玉琴的父母都伸头去看。众人静默了一会儿，接着开始质问石浩财怎么回事，恼羞成怒的石浩财伸手要抢那张复印件，小于不让，躲闪时撞倒了身后的橘子婆，他吓坏了，赶忙拉起老人问她摔坏了没有。在旁边看热闹的花花将小勇的轻呼当成了攻击的号令，突然扑向了小于，杨明连忙挺身帮小于挡狗，不料却踩住了许秀珍的脚趾。由花花引起的多米诺骨牌效应使现场越发混乱。幸好橘子婆、许秀珍并未受伤，杨明这才松口气，不料哑伯忽然拿根木棒指着小于和杨明，口里呵呵着要赶他俩出围。哑伯近来时而糊涂时而清醒，但不管何时，只要有人对橘子婆不好，他便会拿着红缨枪或木棒赶人，像只护雏的老母鸡。见小于方才撞倒了橘子婆，他把小于当成了坏人。

哎，你干什么？小于的喊声像火引，点着了石浩财胃里的酒精，他弯腰捡起柴堆上的那把斧头，和刚刚爬起的许秀珍、稀里糊涂的哑伯联手往外赶人。汪经伦两口子拍了段视频就躲开了，刘大有夫妇站在门口看热闹，谢玉琴被父母扯回了家中。石养财、朱雨飞、石拐上前没拦住，只能眼睁睁看着杨明和小于被赶出琵琶围，石浩财费力地关上石门，打了两个酒嗝，冲着围外大喊：

杨书记，你赶快让领导换何劲华和金彩凤上来！还有，你们要是再敢进琵琶围，我见两个打一双！

他的声音穿过密匝匝的雪花，冰凌般刺入了杨明和小于的耳朵。小于气得直摇头，杨明的脑子也像口烧开的锅，咕嘟咕嘟直冒泡。

石浩财，我告诉你，不符合政策的事，你闹上天也没用。那安居房，你们铁定住不进去！

杨明扔下这段话，快步朝山下走去。漫天风雪中，灰色的琵琶围肃穆地雄峙着，犹如遗世独立的古堡。

峙城县文化馆坐落在老城区，办公楼由原来的何家祠堂改建而成，房檐廊柱间处处透露出古朴的气息，院内种了十几株桂花树和两棵高大的樟树，人行道两边种满冬青和草兰，在闹市中显出罕见的宁静与安谧。办公室五点半下班，何劲华通常六点才走。这天傍晚他刚出大楼，迎面看见满天晚霞，远处戴着雪帽子的琵琶峰熠熠闪光，昨晚和白日飘落的雪花已经消融，院内盛开的春花、葱茏的树木湿漉漉的，比往日更显幽静。他正想掏出手机拍几张照片，就见李香树馆长匆匆忙忙迎面走来，表情很严肃。见到何劲华，他暗淡的双目像是烧着的火绒，突然绽出缕亮光，声音里漾出惊喜：

何馆长，我正要找你呢！

几分钟后，他俩坐在了李香树颇有书卷气的办公室。李香树中等身材，脸部圆润，注重仪表，打了摩丝的头发往后梳着，整齐的齿痕像一条条小道。一双对于男人来讲太过白嫩的手把玩着那只起了包浆、仿佛用透着油光的猪肝做成的紫砂壶，刚才皱起的双眉松展着，那道深深的川字纹却奇怪地移到了何劲华的额上。何劲华身材高大，略显消瘦，国字长脸，浓眉深目，刮得干净的络腮胡子在脸上留下道黑圈，配上抿紧的嘴唇，相貌显得严肃：

李馆长，你是说琵琶围村民小组的石浩财和哑伯石天柱把杨明和小于赶出了琵琶围？

何劲华觉着此事不可思议。他上个月刚刚卸任牛角村的驻村工作队第一书记。在牛角村两年的帮扶经历中，他见过不配合工作的村民，开扶贫调度会时也听讲过村民闹纠纷的事，却从未听说有谁会用如此激烈的方式和驻村工作队及帮扶干部对着干。

李香树的声音起了毛刺：这是江局长在今天下午的扶贫办公调度会上讲的。

何劲华愣了愣：琵琶围村是县文广新旅局的帮扶单位，江局长是文化馆的顶头上司，他讲的情况不会错！这么一想，他眉间的川字纹越发深了：哑伯的脾气很躁，石浩财我不太了解，只晓得他是有名的酒鬼，一口气能喝两斤半，喝了酒就乱打乱骂，不好对付。杨明工作认真，很有干劲，大家对他评价挺不错，怎么会惹毛石浩财和哑伯？

李香树叹了口气：你在村里待了这么久，你晓得的，扶贫工作好琐碎，有些村民刁钻得很，经常鸡蛋里面挑骨头，跟人讲蛮理。杨明已经干得不错了，可因为年轻，有时候难免急躁，容易跟村民擦枪走火。

李香树说罢又拿起那把紫砂壶，嘴对嘴地吸了两口浓茶，接着用他一贯的从容腔调，叙述了杨明和小于被赶出围屋的经过，何劲华深感震惊，两道浓眉立时竖起，像是随时准备扫地的扫帚：

石浩财有店铺不肯退出贫困户序列，还争着要一万元入住的安居房？当真是懒虫啃了他脑壳！

李香树深有同感：石浩财毛病不少，争当贫困户不说，还持械威胁工作队的干部。我们是扶贫，不帮这种恶汉、懒汉！所以下午我在会上提出，要派出所把这种扰乱治安的人抓起来！我们不强硬，由他们瞎搞下去，这工作怎么开展？

李香树平日性情沉稳，凡事讲个度，今天能出此言，足见他有多么恼火。何劲华自小在农村长大，又当了两年的驻村工作队第一书记，晓得农村工作的复杂性，忙摇头道：

李馆长，石浩财和哑伯这次是有些过分，但我相信他们对工作队的同志不会有真正的恶意！他们这样做无非是想表达诉求，让工作队多考虑他们的利益，能疏导通的！

李香树有些意外地看着他：何馆长，你怎么跟钱书记讲的话一样啊？有高度！

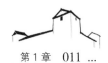

峙城县委书记钱远清是省农大的博士，政治素养、理论水平高，专业上也有建树，是全省有名的水稻专家。十年前，钱远清以省农大副处长的身份到某县挂职副县长，挂职的两年中表现优异，组织上觉得他是可造之才，就把他留在了县里。两年后钱远清当上了县长，三年后升任峙城县委书记。何劲华很喜欢钱书记，觉得他有水平能力、有修养情怀，他相信钱书记会对琵琶围的事情提出妥当的处理意见，说到这儿李香树有些欲言又止，何劲华忙说李馆长，有话你请讲。

李香树一口气喝干了紫砂壶中的浓茶，又起身往壶里灌满了开水，这才叹口气说：

劲华呀，石浩财他们点名要你跟金彩凤上山，其他人去他们要打人呐！

何劲华鼻子皱了起来：石浩财呷多了洗脚水，胡言乱语了。

李香树那双陷在肉褶里的眼睛充满期待地看着何劲华，何劲华坐直了身子：你们不会听他指挥吧？

李香树右手手指叩击着沙发扶手，仿佛在敲莫尔斯电码：

听讲建琵琶围的何乃赢是你的先祖，你外婆又是琵琶围人，金彩凤以前经常去琵琶围演出，大家对她印象挺好，正巧贫困户又点了你们的名，钱书记说你们俩上山最合适。

何劲华愣了愣：李馆长，峙城何姓人都是何乃赢的后代，可这跟我上山有什么关系？他顿了顿，看着李香树：我外婆确实是琵琶围人，钱书记能了解得这么详细？

李香树的笑容越发和蔼了：劲华呀，你是县里的名人，你跟琵琶围的关系大家都晓得。钱书记问我文化馆谁最了解琵琶围，我得实事求是汇报呀。

李香树没说错，何劲华的确了解琵琶围，刚才说的哑伯他很熟悉。十一岁那年他初上琵琶围，被窗棂上的蛇吓得要下山，母亲和外婆劝他不住，在闪烁的火光中，哑伯石天柱拿着红缨枪练了一套漂亮的刺杀动作，这才消除了他的恐惧，留他在琵琶围住了一夜。

对石浩财本人，何劲华不太了解，但有关他家的事却听说了不少。何劲华初上琵琶围时石浩财还没出生，但刚跟着父母从闽西落脚在琵琶围的朱家姐妹的大哥朱六亿却已预言了他的存在。听说朱六亿第一眼见到石浩财的父亲石邦汉就讲，你要是讨了妇娘，菩萨会给你家送三朵白花。

在峙城客家人的敬神行话里，菩萨送的白花代指男丁，红花代指女婴。那时朱六亿才六岁，是个十足的黄口小儿。换了在别处，众人不会把这句突兀的童言当回事。但朱六亿这话是在高大巍峨、终日浮动着神秘气息的琵琶围里，对着一年也难见几个外乡客的琵琶围人讲的，那时他们看不到报纸、听不到收音机，要不是生产队长石铁锄每月下山开会，带回有关国家大事的政策和消息，他们就是一群真正的山野遗民。

这样一群琵琶围人是相信神谕和奇迹的。

三十好几的光棍石邦汉听到朱六亿这句话后立刻向他作了三个揖，次日即上山砍木料，开始动手做一张大床，同时向日子过得苦巴巴的邻舍们借钱讨妇娘。琵琶围那时人多地少，大家穷得叮当响，一年中半年糠菜六月粮，三百多人的生产队有三十七个光棍。最穷的人家兄弟俩共穿一套衣裤，大哥出门了，弟弟围着块破布歇在家中，哪有钱借给他讨妇娘？

石邦汉碰了一鼻子灰，却始终不气馁。早夜得闲了，便绣花般地做着那张婚床，谁知刚做好一半，有人到大队告他偷伐林木，床给抬到了大队部，人抓去修了一冬的湖堤，回家后他大病一场。当石铁锄去看他时，石邦汉拉着石铁锄的手说：

叔公，我娭姥从路上捡回我，辛辛苦苦拉扯大，就是想让我给石大山爷佬传香火，要是讨不上妇娘，那他就绝后了。

石铁锄唤石大山大伯公。石大山当年当红军走后，再也没了下落，邦汉的娭姥橘子婆一直守着老屋，满心巴望能给石大山传个后。石铁锄闻言不由凄恻，安慰他说：邦汉，你壮得像牛牯，祖先不想见你呐。有机会我们一定帮你找个妇娘。

石邦汉闻言病情大好，不久便康复了。

说来也巧，那时琵琶公社正要遣送一批外地来的讨饭佬回原籍，其中有个叫吕秀琴的年轻妇女表示愿意嫁给当地人。遣送的头天，公社召开生产队长会，管事干部晓得琵琶围光棍多，便问石铁锄队里有没有人要娶妇娘？

石铁锄见过吕秀琴后，马上借了布票，上街扯了两块布料，买了双解放鞋，当天便把吕秀琴领回了琵琶围。

吕秀琴就是石浩财的妈。石浩财是菩萨送给石邦汉、吕秀琴两口子的第三朵白花。

石邦汉身体时好时坏，吕秀琴生下石浩财后，石邦汉的病突然好了，两口子觉得这个儿子是菩萨送来救命的，从小对他极其溺爱，养成了不少坏毛病。何劲华十八岁那年上琵琶围为外婆送葬后再没去过琵琶围，石浩财顽劣蛮霸的名声他却时有耳闻，偶尔也听人说过石浩财的好话，讲他精明能干，前些年在广东打工打成了老板，还曾作为打工者代表受到团县委的表彰。没想到几年前他却穷困潦倒地回到了琵琶围，接着奶奶、儿子石成金相继生病，他自己腰伤复发，还断了胳膊，举债度日，2015年成为村里建档立卡的贫困户，现在又闹出这等大事！何劲华想要是石邦汉和吕秀琴在世，还不知该为这个落脚崽怎样担心呢！

劲华呀，你对这次的工作安排怎么想？

李香树的话打断了何劲华的回忆，他反问道：

李馆长，我和金彩凤又不是县委书记，我们去能解决什格问题？再说了，扶贫工作队还能由着他们点将，那不乱了套？

何劲华不是怕担责，而是觉得琵琶围村并非县文化馆的帮扶村，自己和石浩财又八竿子打不着，就算石浩财点了他和金彩凤的名，李馆长也大可不必用托孤的眼神看着他。

李香树清了清嗓子，再开口时，他语音清亮、字正腔圆，抑扬顿挫中充满了情感，展示了他作为县剧团曾经的台柱子残存的台词功力：

何馆长啊，派你和彩凤上山，也不完全是因为石浩财点将。琵琶围行政村今年一定要脱贫，可是三个村小组搬迁后分散安置在六个自然村里，虽然都在一条线上，但每个村跑一遍，就得六天时间。杨明他们去琵琶围，上午上山，下午处理事情，得第二天才能下来，时间全花在路上了，他们帮扶的任务重，江局长早就想从文化馆抽两名干部过去。扶贫工作难做呀，这你是晓得的。

李香树探寻地看着何劲华，何劲华不由自主地点点头。当了两年驻村工作队的第一书记，他对全县的搬迁、扶贫情况很了解。这两年峙城举全县之力搬迁安置了两万多库区移民，为了确保2019年全县摘帽脱贫，县委、县政府决定，已搬迁村民的户口留在原行政村，保留原村两委和驻村工作队，以稳定人心和保证政策的延续性，给驻村工作队和村两委增加了不少工作难度。

去年何劲华在牛角村时，牛角村安置了七户搬迁来的贫困户。原行政村的第一书记和扶贫工作队员照样要来上户了解情况、落实政策、解决问题、督促发展，整日忙得昏头癫脑，其中一位后生因为太忙，没空理家，妇娘因此和他离婚了。

何馆长，琵琶围有些村民人搬下来了，但生产上不去，弄得不好就要返贫。我听江局长说，杨明和小于这段时间天天跑产业园和扶贫车间，到处给搬迁户找工作，实在很难兼顾到琵琶围村小组。你和金彩凤的任务是确保留在琵琶围的九户贫困户年内脱贫并搬下山。

李馆长，那我们俩算驻村工作队队员吗？

杨明是八〇后小伙子，何劲华比他年长，还当过驻村第一书记，如果这次去当队员，面子上有些难看。

杨明负责全村的工作，你和金彩凤只管琵琶围村小组，你是攻坚组组长，她是组员，你们的任务节奏要跟驻村工作队同步。驻村工作队一直要等到通知才能撤，你们只要完成了任务就能回来。

李香树很艺术地让何劲华明白了自己和金彩凤是驻村工作队的新增队员，大方面受杨明领导，但只负责琵琶围村小组的脱贫攻坚工作，驻村时限上跟杨明、小于有所区别，另外还有少许的机动权，而那个小组长只是让他面子好看些。何劲华略感委屈：

在驻村扶贫工作队的基础上加派攻坚小组，别的县有这种做法吗？

何馆长，每个县的情况都不一样，大家都在摸索和创新工作方法，只要有利于脱贫攻坚，不管别的县有没有这种情况，领导都会支持。你这小组长可是钱书记钦点的呢！

多谢钱书记看得起。何劲华的笑容有些苦涩。

李香树起身给他续了茶水：留在琵琶围的九户贫困户是脱贫路上最后一公里最难啃的硬骨头，派你这员老将出马这是组织上的信任，只是辛苦你了。

何劲华接过茶水，说金彩凤的女儿马上要高考，这事您跟她说了吗？

李香树打了个哈哈，说金彩凤刚从剧团调到文化馆，事情还不熟悉，处理起来手忙脚乱，我见她不得空，暂时还有跟她讲，晚上我再给她打电话吧。

李香树见何劲华没有接自己的话茬，顿了顿又说：明天早上八点半你和金彩凤赶到琵琶湖码头，琵琶镇的副镇长邱小楠，杨明和村干部会在码头上等你们。

何劲华本想摆摆自家的困难，可终究没有说出口，他站起身，语调坚定地说：

李馆长，家里的事我会想办法解决，明天早上我准时去琵琶围！

何劲华语声不高，态度却认真而坚决。

何馆长，你不愧是军人出身，做事不讲条件，我要感谢你呢。还有哇，家里有什么事尽管跟我打电话，我帮不了手，我老婆还挺能干的。

李香树抓住何劲华的手紧紧地晃了晃，以此表示对他的谢意。

当天晚上，何劲华的失眠从时间长度、失眠深度和他为入睡而做的努力都达到了新高度。他先是平躺在妻子温成仙身边，刻意地屏住气息，试图让那熟悉的鼾声伴随自己进入梦乡，可直躺到脖子发酸背发麻，仍然了无睡意；接着他翻身向左侧卧，发现自己的心跳犹如跃动的箭镞，在穿透了散发着清香的芒花枕芯后幻化为无数发丝，拂挠得他心烦意乱。他又翻身来了个右侧卧，这次他竟在妻子轰鸣的鼾声中清晰地听见了自己和妻子的心跳声！

妻子的心跳强健如鼓、稳定有力，一如她开朗坚强的个性。结婚二十多年来，何劲华基本是个甩手掌柜，家中大小事情皆由妻子支应，可她从没叫过苦喊过累，平日还要迁就着何劲华：他说要搞灯彩，妻子就给他买来一堆扎制灯彩的材料；他说要玩乐器，妻子便乐颠颠地陪他去挑笛子和二胡；他说要练书法，妻子上午买菜回来，他桌上便放着笔墨纸砚了。号称铁算盘的温成仙，只要一涉及何劲华的开支，算盘珠子就拨不动了！

何劲华身材高大、相貌堂堂，是桃江乡有名的靓仔。高中毕业后他到福建当了三年的工程兵，是见过大蛇屙屎的"阔眼佬"。他父亲耳聋，却做得一手好灯彩，得益于这份家传，他吹拉弹唱、写字画画、扎制灯彩样样来得，是学校和部队里的活跃分子。当兵时上级动员他考军校，他自己也有这个打算，可就在他为考学而拼搏时，母亲得了胃癌，父亲摔断了腿，奶奶骨结核病开刀，两个姐姐出嫁了，家人一天打几个电话催他回来，他只好退伍回峙城，机缘巧合地进了县剧团，两年后剧团解散，多才多艺的何劲华第一时间被县文化馆抢走，成为那批分流演员中去向最好的一个。

何劲华干事有股钻劲，到了文化馆后，不管是文化站的指导培训，还是群众文艺活动和各种主题展览的组织，他都干得极其出色，用他自己的话来说，就是当螺丝钉，也要当最硬的那一颗！

当然，要搞好文化馆的工作，除了会当螺丝钉，还要有特长。何劲华吹拉弹唱俱佳，至于他的特长，则是当初吸引文化馆馆长把他抢来的灯彩制作。

峙城县盛行客家灯彩，何劲华的公爹、父亲是当地有名的灯彩制作、表演艺人。逢年过节，还没有灯盏高的何劲华便跟着灯彩队走村串乡演出。那些绚烂的灯彩在点亮乡村夜空的同时也濡染了他，九岁时他扎制的灯彩就曾夺得全县大奖。

何劲华记得，那时当个灯彩艺人荣耀而实惠，逢年过节到家里来订灯的人络绎不绝。乡亲们拎走灯彩时，有的会留下块把钱，有的则放下瓶茶油、一兜鸡蛋或一只母鸡示谢。

为了回馈乡亲们对灯彩的热爱，每年元宵前夕，公爹和父亲都要赶制出几十盏精美的兔子灯、鲤鱼灯、虎狮灯、蚌壳灯送给村里的细伢子闹元宵。

那些细伢子为了一盏灯彩，早早就挤在他家门口，眼里的热望能点燃灯彩肚子里的蜡烛。当细伢们终于守候到属于自己的那盏灯彩后，便欢呼着在村中四处奔跑。手中的灯彩如同明亮的动物在飞翔，乡村浓稠的暗夜瞬时华彩四溢。公爹和父亲脸上欣慰的笑容深深打动了何劲华，那时他觉得自己这一生是要跟灯彩结缘的。

后来，电视机普及了，春节和元宵时，人们大多坐在家里看各种晚会，加上青壮年都去了外地打工，只在过年时回来，平日无法参加灯彩队的排练，峙城县盛放多年的灯彩之光逐渐暗淡，偶尔有支灯彩队串门演出，提着蚌壳灯、兔子灯的全是老头老太，往日迎神志喜的灯彩变成了惹人发笑的滑稽戏。

这一来，不但何劲华对灯彩的热情锐减，连细伢子也嫌灯彩土气，不如父母从打工的大城市带回来的各种会转圈、善唱歌、能作揖的机器人、芭比娃娃，一摁开关便恭喜别人发财的小猫、小狗，一边啸叫一边在空中盘旋发光的飞碟新奇有趣。公爹和父亲做的灯彩礼物破天荒送不出去了！何劲华心中的灯彩之光慢慢熄灭。不料他人到中年后，县里又开始重视灯彩了，不但恢复了县灯彩剧团，还一连举办了五届元宵灯彩晚会，每次都是何劲华当编导，灯彩则出自何劲华父亲之手。老人将毕生的智慧与才华倾注在灯彩中，将每盏灯彩都制作得精美绝伦，与何劲华编排的动作相得益彰。峙城县灯彩队在全地区的群众文艺会演中连夺两个一等奖和两个三等奖，为县里争得了荣誉。何劲华的父亲还因此申报成了峙城县灯彩制作非遗项目的传承人。

为了将灯彩打造成县里的文化名片，县领导亲自找何劲华谈话，要他挖掘传统的灯彩艺术并编辑出书。何劲华奋战了一年多，出色地完成了领导交办的任务，那本铜版纸印刷的《峙城县民间灯彩艺术集成》在当年举办的全省民间艺术文化展上受到领导高度赞誉。时任县委书记立刻在何劲华送来的那份关于编辑出版峙城县民间传说、歌谣、曲目、剧目、民俗丛书的报告上签了字。次年，该丛书夺得了全省文化系统最佳成果奖，四十岁的何劲华因此当上了县文化馆副馆长，并且一口气干了八年。在前不久峙城县举办的文化名人网络评选活动中，何劲华以最高票当选为峙城县文化名人，名列第二的是这次和他一起被石浩财点将的金彩凤。

想到明天一早要去琵琶围，何劲华心里沉甸甸的。

今年乃何家的多事之秋。何劲华从牛角村回来的第三天，妻子温成仙痔疮开刀，他白日上班，晚上到医院陪护妻子，还得抽空管理自家的豆腐店，感觉比扶贫还累。好不容易温成仙出院了，他刚刚松口气，哪知半个月前，在深圳工作的儿子何甘突然领回一个即将临盆的女孩子，说那是他女朋友，名叫袁小雪。

按理说儿子有了女友他应该高兴，让他窝心的是袁小雪大学毕业后在深圳的酒吧当驻唱歌手，这是何劲华看不上的职业。更让他和妻子不满的是小雪和峙城的环境格格不入，大腹便便了还穿着暴露，整日化着浓妆，讲话嗲里嗲气，有时还抽烟。何劲华和温成仙想不通儿子怎么会看上她！

袁小雪可不管这些，一进家门就自来熟，什么话都敢说，压根不见外，到家后的第六天，她居然在家中卫生间生下个七斤重的男孩！这个突如其来的孙子像从天而降的大礼包，在带来意外惊喜的同时，也砸得何劲华夫妻满脑袋疙瘩：小两口结婚证没打、婚礼没办，如今生了细伢，该撑的场面还得撑。

何劲华要上班，温成仙的豆腐店不能关门，虽然有人掌店，温成仙也得张罗和遥控，颇费心神。何甘自小被温成仙娇惯，平常油壶倒了都懒得扶，不叫他做事还好，一叫他做事反倒添乱。这些天何劲华下班就往家里跑，饶是如此，两公婆仍是晒谷子碰上了暴雨——手忙脚乱，这时自己要是一走，家里肯定得乱成一锅粥！

果不其然，当温成仙得知他又要去扶贫，而且是和美女金彩凤搭档上山时，立刻瞪圆眼睛拨通了李香树的电话：

李馆长，你嗯个派金彩凤跟我家劲华去琵琶围蹲点呐？孤男寡女的在山上住那么久，那不是招猫惹狗吗？

何劲华伸手去抢她的电话，温成仙弓起滚壮的臀部，一下将何劲华顶到了三尺外，嗓音锐利得刺耳：

李馆长，你换不了人？那他也去不了！我家孙子这几天发黄疸，我媳妇还没有出月子，劲华早搏严重得很，我也刚开刀出院，这几天一直发晕，我家里要是出了事儿，你担待不起！哎哟，哎哟！……

温成仙一边叫唤，一边两眼溜圆地瞪着何劲华，胖得平展的脸因愤怒而透亮。也许是想出效果，她讲电话的同时做戏般滑坐在沙发上。等她想起眼前的观众只有自家老公时，便抬腿将一只拖鞋踢向了何劲华，这边继续哎哟着。

喂，喂，成仙你怎么了？话筒里传来李香树惊慌的喊声。

何劲华抢过电话，温成仙用劲揪住他大腿上的一撮肉，痛得他话都讲不连贯了：

李，李馆长，成仙她，她这几日血压高，天天发晕。没事，我儿子、儿媳在家。我可以叫我大姐来帮忙照顾孙子。我的早搏没事儿，带着药呢！你放心，我马上出发，绝对不会误事！

等何劲华讲完这番话，他的大腿也被温成仙拧出了一溜红痧。温成仙宝贝他，可一旦她掉进了醋缸，那股宝贝劲就化成了妒火，准保烧得他龇牙咧嘴。

好了，别装病了，装了李馆长也看不见！

何劲华见自己挂了电话温成仙还歪在沙发上，忙伸手去拽她，心里好气又好笑。

温成仙拨开他的手一个鲤鱼打挺站起：想偷偷溜走！当我是蚩鬼？

何劲华嘿嘿笑着抓起她的手揉着自己的大腿：老婆，你把我的腿骨都拧断了。

温成仙揉了两把：何劲华，我警告你，到了琵琶围，你要是敢乱动，我咒你七祖八代！

这时，何劲华设置的闹铃响了，他在妻子脸上亲了一口，拎起行李要走。温成仙一把抢过，抹了把脸，恼火地说：

你心里根本没有这个家！

何劲华拍拍胸脯：有，有，都装在这呢！

温成仙不理他，拎起行李，把心怀歉疚却急着要走的何劲华送出了家门。

第 2 章

桃花树，李花树，

红红白白开无数。

湖水横，山峰矗，

琵琶围里轻声诉。

——摘自峙城灯彩戏《琵琶情》

尽管外婆是琵琶围人，但何劲华并不喜欢琵琶围。

小时候去琵琶围需在琵琶公社的亲戚家借住一晚，单程得走两天。1989 年，外婆无疾而终，他陪父母上琵琶围参加葬礼，路上也花了一整天时间。从两次去琵琶围的行路难中，何劲华找到了琵琶围的部分穷根：

琵琶围交通极为不便，即使满围都是金银财宝，要拿下来也费巨力！加上那儿山高水冷，沟坎上的六十多亩水田全是先辈们用石头垒出来的望天丘，后来毁林开发出来的上百亩旱地也无水灌溉，有雨便有水，无雨便干涸，哪怕种耐旱的马铃薯、红薯、芋头，也得靠天赏命。更有那陡坡上的眉毛丘笠帽丘，田土面积小，坡度极陡，只能用竹筒背水灌溉。有幸丰产了，挖红薯和芋头时，下面得用石头先垒道坎，否则挖出来的红薯、芋头马上就滚下山去，当真艰难。

唉，我都不好意思讲我是琵琶围人。母亲感叹着。

何劲华理解她的苦衷：打小起，他就听人说外婆关荷英得过麻风病，在学校他还和骂他麻风病的同学打过架。后来他参军了，这种传言才消失。对于琵琶围，他有种发自肺腑的恐惧。琵琶围却毫不介意他的感受，总是残酷地袒露出自己贫瘠、沧桑的面目。

何劲华记得，外婆的葬礼烦琐而隆重。抬棺上岭后，母亲按习俗唱起了挽歌：大红棺材眼前放，女儿我心真悲伤。亲娘从此隔阴阳，百年之后聚天堂。

　　母亲悲痛至极，哭丧歌中有血泪。当众人在哀怨的歌声中封上墓门时，何劲华感觉自己的心破了，冷风嗖嗖地灌进去，冷得他连打几个寒噤。外婆去世后的第六年，父母请人掘开外婆的坟墓，将外婆的白骨揩净收起，用红布包着放进坛子里，名为捡金，又在县城附近的山上择了吉地埋葬，此乃客家人在迁徙时形成的二次葬习俗，外地人初闻觉得惊骇，在峙城却家家如此。从那以后，何劲华再没去过琵琶围。

　　如今交通便捷，从县城到琵琶镇码头只二十几分钟路程，何劲华关于外婆的记忆还没收拢，车子已到码头。他和金彩凤刚下车，琵琶镇副镇长邱小楠等人就快步迎上前来：

　　哎呀，今天我们琵琶镇好有福气啊，一下子来了两位峙城县的文化名人！你们俩光芒万丈的，闪得我眼都花了。

　　邱小楠的声音柔婉动听，笑容甜美，说话的方式和节奏却透着乡镇干部特有的爽快。

　　何劲华笑道：邱镇长，我现在冇自信，到处求表扬，你说什么我可都信了啊！

　　何馆长，你这么有才华，又这么帅，别太谦虚了！

　　接着，邱小楠又夸起了金彩凤：金大姐，你是全县有名的大美女啊！

　　金彩凤呵呵一笑：二十年前还行，现在我是美女的婆婆。

　　金彩凤的自嘲中带着自信，她身材高挑，微胖却有腰身，长脸上阔眉疏眼、鼻头略翘，上扬的微笑唇和干净白皙的肤色使她看上去显得喜气，是那种漂亮而又顺眼的女人。

　　说话间，他们上了开往琵琶围的小轮船。大家刚坐下，邱小楠便请杨明介绍琵琶围村的情况。杨明脸色疲惫、声音沙哑，说话时习惯性皱着眉头：何馆长，金大姐，留在琵琶围的十二户人家，除了汪经伦杨淑英两口子、石生财、白桂花是非贫困户外，其他九户都是今年年初定下的预脱贫户。这十二户人家总共有二十四个人，其中两个常年在外，一个下落不明，老弱病残干不动，四肢健全的要么是酒鬼懒鬼，要么等靠要思想严重，反正都有内伤，很难办！

　　邱小楠怕他说话带上别的情绪，到时让石栋梁他们为难，忙提醒道：杨书记，说重点！

　　杨明这才收拢了话头：我们驻村这两年，结合库区移民和精准扶贫中的易地

搬迁脱贫一批的政策，重点做了搬迁安置工作，同时也搞了些短期产业，主要是种丝瓜和烟叶。搬下去的那些人家肯下力干，生产发展了，收入提高了，也都搬下山了！只是剩下的九户贫困户我们冇帮上忙。

石栋梁抢过杨明的话头：杨书记，他们自己不上紧，这怪不得你们。

杨明朝他摆摆手：石支书，我们工作还是没做到位，要是真做得好，我们就不会被赶出围了！

讲到这，他有些好心付诸东流的伤感：这剩下的九户贫困户老的老，残的残，橘子婆、哑伯太老，石养财身体残疾，朱雨飞大字不识一箩筐，谢玉琴的父母有病、弟弟精神不正常、老奶奶瘫在床上不能动，她是有心无力，他们做不好我都能理解，可石浩财、朱雪飞、许秀珍、石拐、刘大有夫妻俩好手好脚，脑筋也不笨，我们同样手把手教，却愣是一样没做成。种丝瓜，烂秧；种烟叶，烧蔸；种百香果，烂根；实在没办法了，我和小于自己掏钱给他们买鸡苗，心想养鸡总会吧？我们给每户人家送了四十只六七两重的脱温鸡，养个半年就能生蛋，卖了也能挣些油盐钱。结果除了橘子婆、哑伯、朱雨飞家的鸡养活了，其他几户的鸡不是死了就是吃了。这些人要是不改脾性，只怕再帮十年都难脱贫！

何劲华想起李香树说琵琶围人对杨明有意见，大约是指他这种急躁吧！何劲华正琢磨着，杨明突然对他说：

何馆长，你要是能接第一书记，我就懒得管他们了，省得生闲气！

杨明中等个头，黝黑的脸上长了几粒青春痘，板刷般的寸头让五官清秀的他显出几分倔强，眼镜后面的双目倒是很温和。他是福建龙岩人，大学毕业后考进了峙城县广播电视局，先当了几年的记者，后来转行搞行政，是个有能力、有上进心、个性也很强的后生。他把琵琶围的精准扶贫看成一场硬仗，琵琶围则是他的阵地，如今仗没打完，他却要从阵地上撤走，他觉得这是耻辱，话语中有种口不应心的郁闷。

邱小楠理解他的心情，连忙说：杨书记，驻村第一书记还是你，何馆长和金大姐是攻坚小组，专门负责琵琶围的脱贫工作……

邱小楠这话一出口，金彩凤急了：邱镇长，那我们要在山上待多久？

何劲华代邱小楠回答道：直到他们这几户贫困户脱贫、搬下山为止。

我的天呐！我还以为就是去几天，给他们劝劝和。这么长的时间在山上，我女儿六月份要高考，这可怎么办？这个李馆长也是，这么重要的事他不讲，真是气死我了！

金彩凤有些抓狂，立刻拨通了李香树的电话。李香树压低嗓门说他在开会。

金彩凤可不管，连珠炮般地说她老娘有病、女儿高考，她帮扶的四户贫困户离琵琶围远，让李香树赶快换人。

姑奶奶，换不了！好了，我在开会。回头联系！

李香树挂了电话。金彩凤气得双颊通红，说这个老李有病，昨夜只说让我上一下琵琶围，冇讲具体任务。我连换洗衣服都冇带！回头我骂死他去！

以前排演灯彩节目时，何劲华和金彩凤多有接触，晓得她能干麻利，有艺术才情，但嘴巴太厉害，外号"大辣椒"，经常得理不饶人，为此得罪了不少人，虽然她在剧团当了多年的主演，为剧团拿了不少奖，却没捞到一官半职，这些都让她变得急躁和锐利。换了别人，在今天这种场合，纵有千不情万不愿，也不会当着邱小楠他们的面顶撞领导。她倒好，放了电话后又数落了李香树一顿。

金大姐，都怪我工作冇做好，给你和何馆长添麻烦了。

杨明很敏感，觉得是自己工作没做好才连累了金彩凤，忙上前检讨。气头上的金彩凤本来还想讲他几句，见一旁的何劲华不断向自己使眼色，这才勉强收了火气。

彩凤，你这炮仗脾气该改一改了，也不看看什么场合。那些话万一传到领导耳朵里，晓得你家困难的会体谅你，不晓得的还讲你对扶贫工作有看法呐！

何劲华好心好意地劝她。不料金彩凤却不买账，恼火地说：

我女儿马上要高考了，他凭什么派我去？前年他儿子高考，他两公婆一年屁股没挪窝，他这就叫手电筒专照人不照己！我要当面骂他！

大约是婚姻不顺，去年又没提到副团长，金彩凤有些愤世嫉俗。何劲华记得她以前开朗、快活，没想到人到中年后，她明灿的笑容下竟隐藏着这许多的烦恼。好在她还能控制，何劲华开导几句后，她按下了性子，继续听石栋梁介绍琵琶围村小组的情况。听完后何劲华和金彩凤倏地觉得肩上有了重量。

邱镇长，既然领导还让我当这个第一书记，我一定会尽心尽职做好工作。

杨明说着打了个哈欠，浓重的眉毛下，那双原本黑白分明的眼睛布满红丝，年轻方正的脸庞写满了疲惫。

杨书记，二胎爸爸不好当吧？我看你在家过了个星期天，比加了一周的班还累。坐在旁边静听他们说话的邱小楠打趣道。

杨明揉了揉眼睛：我妈带二宝累得腰椎间盘突出，回福建老家去了。我丈母娘平日最好打牌，现在让她看孩子，她尽哄孩子睡觉，弄得我家二宝睡反了，昨晚上醒了八次。

杨明抬头打量着邱小楠和金彩凤，感慨道：现在才发现，母亲真伟大！

他说话时表情颇为歉疚。二宝快一岁了，他还没带宝贝出去玩过一次，第一书记的职责让他无暇兼顾家庭。

杨书记，在这点上你得向邱镇长学习，她这二胎妈妈比你这个二胎爸爸结棍多了，家里家外都没耽误。

金彩凤毫不掩饰她对邱小楠的欣赏。何劲华打量邱小楠的目光也充满了敬意。

邱小楠今年三十二岁，长相清丽，作风踏实。去年夏天，她刚到琵琶镇当副镇长，第一次去帮扶的李田村上户就遇上了山洪暴发。邱小楠不顾自己即将临盆，指挥村民往高处转移。当她搀着一个八十多岁的老奶奶往山上走时，突然破了羊水，半小时后在临时搭起的寮棚里生下了八个月的早产儿二宝。庆幸的是孩子活下来了，现在已长成一个牙牙学语的小男孩，小名棚生。

这时，大牛跑过来，不管邱小楠愿不愿意，抓住她的手摇了几摇：

邱镇长，多亏了政府的好政策，我们才能落户在樟树岭村的老寨小组。那儿离镇政府只有三华里，进出不用翻山越岭，旁边就是去福建的大马路，锅烧红了到镇上去买酱油都还来得及炒菜，方便得很。

何劲华见他讲得有趣，忙问边上的村民兵连长兼会计石钟：石连长，这大牛是贫困户吗？

石钟点点头：是我们村里的贫困户，去年刚刚脱了贫，还讨了妇娘，现在做事蛮积极，就是欠点踏实。

金彩凤插嘴道：刚才我听大牛讲，朱雨飞家当初也是想到樟树岭的老寨村小组落户，可村里人不要她们，这是怎么回事？

杨明、石栋梁对望了一眼，目光齐齐落在了邱小楠身上。邱小楠委婉地说：何馆长，我讲朱雨飞家的事，你可不要生气。朱雨飞的太公是麻风病人，当年烧死在琵琶围。她公爹自小跟太公住在琵琶围里，却冇得病，成了围里的壮劳力。琵琶围发天火那日，朱雨飞的公爹正好到山上烧炭了，这才捡了一条命。回来后见没地落脚，便挑着一担炭去了隔壁的南远县。至于他们后来怎么回琵琶围的，石支书比我清楚。

这一下撬开了石栋梁的话匣子。他说朱雨飞的父亲虽然冇得病，但脸红眉秃，看上去像个麻风病人，村里人不待见他，但也没赶他走。他聪明能干，后来娶了妇娘成了家，村里人也渐渐接纳了他。没想到朱雨飞的大哥朱六亿出生后也没有眉毛，当时正在搞"文化大革命"运动，那村里既没有牛鬼蛇神，也没有地富反坏右，村民们觉得朱雨飞的父亲有麻风病还不肯走，明摆着是想祸害贫下中农，便打算斗他。朱雨飞的父亲听到消息后，连夜带着家人翻过几道山岭，投奔祖辈曾经生活过的琵琶围来了。

石栋梁讲到这儿，邱小楠接着说：橘子婆和老支书石铁锄认得朱雨飞的公爹，他们联合村里的几位老人写了证明材料，恰巧当时的县长是琵琶围人的亲戚，石铁锄托关系找他签了字，终于把朱家的户口落在了琵琶围村。

邱小楠讲话时双颊泛着微红，浓密的睫毛衬得眼睛越发明澈，显得娇憨、可爱。

开始何劲华还不明白她讲的"我讲了你莫要生气"那句话是什么意思，听到这儿他总算反应过来了：这邱小楠是晓得他家底细的！

何劲华的外婆曾感染过麻风病，却奇怪地自愈了！医生们把外婆当成了研究对象，小时候家里经常有医生登门拜访。消息传出后，少年何劲华便常被麻风病后代的帽子压得头痛颈弯。

邱小楠推己及人，觉得自己当着他的面讲朱雨飞家的故事不太好，这才先跟他道了声歉。何劲华为邱小楠女性特有的细心和体贴感动，轻叹道：那些村子是怕朱家姐妹有麻风病才不肯接受她们？

邱小楠还没开口，在旁边憋坏了的石钟抢着说：唉，讲到这个，朱雪飞、朱雨飞眼涕当尿屙。她们姐妹两人好能干，长得又平展，就因为眉毛淡些、脸色红润，别人就讲她们是麻风病。

石钟很是替朱家姐妹抱不平。石栋梁叹口气说：石钟，这个我比你清楚，现在外村人不愿意接受朱家姐妹，主要是嫌她们命不好。

石栋梁说起朱家姐妹的故事时神色有些忧伤。朱家姐妹长得不错，但因为头上顶着麻风病后代的帽子，一直嫁不出去。2013 年，经人介绍，高云山乡唐村的唐有才两兄弟上朱家倒插门。唐家兄弟和朱家姐妹成亲后挺恩爱的，2015 年，县里启动库区移民搬迁工程，当时政府采取的是政府引导、投亲靠友、多方联系的原则，搬迁的移民可以由政府出面联系，也可自行联系落脚之处。唐有才兄弟回老家打了两架，才争得了回唐村建房的资格。朱家姐妹听到这个消息后高兴得发跳！哪晓得老天爷不开眼，2015 年夏天，唐有才兄弟俩运木头出琵琶湖时遇上了大风，船翻了，唐有才兄弟俩没了。唐村人说朱家姐妹是白虎星、扫帚星，坚决反对她们搬到唐村，其他地方听讲后嫌她俩晦气，也不肯接受朱家姐妹。

石钟接口道：为了给她们家找搬迁的地方，黄书记、万镇长、邱镇长、杨书记、石支书都跑成了罗圈腿！

何劲华对朱家姐妹的事情早有耳闻，听到这儿，他问边上的杨明：

杨书记，那些把她们当成白虎星的人就是迷信，你们该给他们破除破除。至于有没有麻风病，医院出份证明不就行了？

杨明摇摇头：迷信根子在人家脑袋里，不是说拔就能拔出来的。县医院的证明我们随时带着，每次帮朱家姐妹联系搬迁的村庄，都会先给对方看她们没有病的证明。可那有什么用？那次去樟树岭村，我和石支书嘴角都讲出白泡了，好不容易才说服了村两委，哪晓得那些村民听到消息后，拿着扁担锄头跑过来要打我们！

金彩凤皱起了眉头：这种事总不能由着村民吧？实在不行镇里就硬压下去！

何劲华拉了金彩凤一把：彩凤，你从小在县城长大，不晓得乡下的复杂。村民们忌讳朱家姐妹不吉利，哪怕镇里强行让朱家姐妹在村里建了房，只要村民的思想疙瘩没解开，她们在村里就不会有好日子过！

邱小楠眨了下眼睛，长睫毛在空气里划出几道弧线：还是何馆长了解琵琶围人。

石大牛亲热地拍了拍何劲华的肩膀，语气中充满了自豪：我们何馆长可是琵琶围人的外孙，感情不一样。

邱小楠半开玩笑半认真地说：那何馆长，朱家搬迁的事就拜托你跟金大姐了。

何劲华深知头上压着一顶麻风病后代帽子的苦楚，连忙表态：邱镇长、杨书记、石支书前头已经做了那么多工作，我们一定想办法让她们尽快搬下山。

说话间，小轮船已到了琵琶峰。山脚下星星点点的积雪缀在树木间，犹如肥硕的白花，清澈的湖水倒映出蓝天白云、绿树雪景，岸边茅草淡黄色的新叶穿透雪被，像无数把金箭在风中摇曳，野桃花开得如火如荼，远看却只有一片迷茫的微红，白色的李花、梨花如粉似雾，攀缘在略有薄雪的土丘、大树上的野蔷薇开得热烈，而山腰以上的琵琶峰则银装素裹、宝相庄严，一座山峰同时呈现出冬、春两季之美，令人惊叹。

三月飞雪是奇景，县电视台昨天拍了新闻，这两天还有不少人上山拍雪景呢！邱小楠说罢转头看着何劲华。

天哪，这地方好靓，邱镇长，你们得赶快宣传啊！

金彩凤仰头看着被水淹了一大半、身姿依然陡峭挺拔的琵琶峰，发出夸张的惊叹。

何馆长，你是我们县的文化名人，见过大蛇屙屎，你觉得琵琶湖有打造的前景吗？

邱小楠见何劲华打量琵琶湖和琵琶峰的眼神惊讶而痴迷，特意询问道。她漆黑的眼仁透出几丝紧张，表情严肃而庄重，仿佛对儿女抱有极高期望的父母，正在等候别人对自己孩子的评价，多少有些忐忑。

邱镇长，琵琶围景区山清、水秀、花红、天蓝、云白，这是绿色之美；琵琶围是客家民居的典型代表，加上它在各个历史时期承担的功能，极有研究价值和传奇色彩，这是古色和民俗之美；土地革命时期，这里曾经是红军的兵工厂，1935 年春天，红军和白军还在琵琶围打了一仗，这些是红色之美。有了这些亮点，县里再舍些本钱打造，琵琶围肯定能火！

何劲华脱口说出这些话后自己都愣住了。他不喜欢琵琶围，这些年刻意躲着，只要去琵琶围的采风任务，他总是推给别人。他以为自己早把这座曾带给他压迫感的围屋抛到了脑后，直至今日才发现，琵琶围其实一直耸立在他心间。

近午时分，何劲华一行两脚泥泞地站在了琵琶围高大的墙垛下。昨天的大雪给琵琶围戴上了白帽、穿上了白衣，树木被冰凌装饰得银光闪闪，时有枝丫折断，发出咔嚓咔嚓的声音。

何劲华和金彩凤两手在嘴边比成喇叭状，对着那扇紧闭的青灰色石门大喊：

石浩财，我是金彩凤！

石浩财，我是何劲华，你快开门呀！

他俩响遏行云的声音搅动了悬崖上那团升腾起的山岚，惊飞了那群正在墙顶啄食的小鸟，可落进围屋后，却像雪片融化在热锅里，没有丝毫的动静。

金彩凤不甘心地扯起嗓子，连喊带唱地又报了一遍自己的名号，可里头还是没有任何反应。金彩凤有些疑惑了：这还是原先那个拥挤热闹的琵琶围吗？

前些年，金彩凤常到琵琶围演出。因山高路远，剧团每次只能来十二、三人，除了简单的戏服行头、锣鼓唢呐、灯彩彩扇，每人只带一个装洗漱用品、替换内衣的小包，吃住在村民的家中，走时按餐结算费用，是支名副其实的文艺轻骑队。

金彩凤记得，有一次他们正要开演，琵琶围却突然断了电，村民们从家中取出火吊和油灯，在场地中央摆了一个大圆圈。金彩凤和穿得姹紫嫣红的队员们在

光圈里跳《春山蝶飞》的扇子舞，二十四把朱红羽扇将采茶戏中的扇子花舞到了极致，硬是把两堆篝火扇成了黄炽炽、亮晃晃的火旗和七彩光笔，将人们的笑脸描绘在她的脑海中，历久弥新。

所以，与何劲华对琵琶围凄苦、阴冷的记忆不同，金彩凤印象中的琵琶围是湛蓝夜色中的那团火光，炽热而温暖。然而，眼前的琵琶围却阴冷森严、拒人千里。厚实的砖墙、紧闭的石门、高耸的角楼、狭窄的窗户、黑洞洞的枪眼和楼顶整齐有致的垛口，处处彰显出围屋的防御功能。那份静寂则如无形的幕墙，令人不安。

大牛再也憋不住，拉开嗓子吼道：两斤半，你耳朵聋了？

话音未落，忽有一物从墙顶飞下，正中大牛头顶。大牛呀了一声，众人担心他受伤，正要上前察看，不料又有东西击中了石钟，碎片四溅。

两斤半，你用雪团打人，算什格好汉？有本事你打开门来，我们打一架，看看哪个赢！

头顶雪团的大牛怒吼起来，石钟倒是好脾气，伸手拨下大牛和自己头上的雪块，一边自我解嘲：我这两年头发掉得厉害，用雪施下肥，就不用买生发素了。

一旁的石栋梁见石浩财如此胡闹，气得双颊发红，他拉长声调高喊：

石浩财，莫咯样不成器！养财，你开门呀！

这时从围里传出"咣咣"的响声和石养财的喊声：你们等等，我在撬锁！

何劲华小声说：围门里头有上中下三道门栓可以挂链子锁。

浩财，邱镇长、何馆长和金大姐也来了！你有话可以跟他们讲。

杨明声音略显嘶哑，态度却极为诚恳。石浩财还是没露脸，只从墙垛里泼了几句话下来：邱镇长，琵琶围最近漏水厉害，比危房还危房。二组和三组的贫困户都能住安居房，希望镇里也考虑下我们。

邱镇长，浩财讲得冇错，你帮帮我们呀。许秀珍、朱雪飞跟着一迭声地帮腔。

石浩财，琵琶围是青砖到顶的银包金房子，结实得很。杨书记都把政策给你们讲清楚了，这事得按政策办！

邱小楠的声音嘎嘣脆，回答她的却是一片静默。

何劲华怕石浩财再为难邱小楠，忙转移了话题：

浩财，你跟我和金彩凤亲，想让我们上山，我们现在来了，总得请我们进去喝碗擂茶吧？

浩财，我们琵琶围人可不能这样待客。

天这么冷，在外头要冻成冰坨子了。

这时墙上飘下两道女声，接着是石浩财的吼声：朱雨飞，谢玉琴，你们少管闲事！

石浩财，你太过分了，下次你要在村民大会上当众检讨！

石栋梁气得撕破了嗓子，石浩财依旧不露脸，隔空送了他一段话：

栋梁叔，我们只想请何馆长和金大姐入围，你一家伙来这么多菩萨，我们庙小容不下呀！你要是爱看我检讨，我住你家去，天天向你检讨。

杨明实在忍无可忍，大声道：石浩财，你别敬酒不吃吃罚酒！

管你什么酒，有酒就天大地大，你拿来呀！

隔着高墙，大家似乎嗅到了石浩财喷出的酒气。

何劲华看出了名堂，晓得琵琶围人对镇里和村里的干部有抵触，只要他们在这，钻了牛角尖的石浩财不会开门，抬头看看天上那堆浓云，好像又要下雪，加上山风一阵大似一阵，冻得大家直打哆嗦，何劲华劝邱小楠、杨明、石栋梁先下山。

石栋梁唉了一声：不好意思，邱镇长，杨书记，围里那几个人扛木头不转肩，我们在这里只会坏事，走吧！

邱小楠一行下山后不久，头顶飘来石浩财的话音和零落的掌声：欢迎何馆长和金大姐到琵琶围啊！

大约是积雪压断了山顶的某段线路，琵琶围断电了。何劲华和金彩凤把带来的应急灯送到了每家每户，可除了石养财打着了应急灯给侄子石成金、侄女石成玉做作业外，其他人还是点油灯，一则舍不得用，二来表示不领情。

何劲华绕着围门前那口不大的月牙形池塘转了一圈，池边的积雪还没化，衬得池水黑黢黢的。这是他家老祖宗为聚财特意开的抱水塘，可惜在封建制度下，他的老祖宗被贪官惦记，最后落得个财散人亡的悲惨下场。何劲华感叹着走到猴子崖头的凹槽边，这块凹槽叫做倒看西海，只要头下脚上地躺在那儿，落入眼帘的天空就像浩瀚无垠的大海。此处还能眺望到闽、粤、赣三省的村庄和灯火，视野极为广阔，明朝有位秀才由此给取了个有些酸溜的雅名"心花开"。

可如今站在这块"心花开"的石头上，何劲华心中却不轻松。正暗自出着神，金彩凤手里来回倒腾着颗雪球，笑盈盈地走了过来：

何馆长，我刚才去转了下，这里风景优美，空气清新，可以洗肺。

她说着转了转身子：看，那边是福建，这边是广东，转过身来又是江西，真是三省通衢，难怪古人讲站在这里会心花开！

时近黄昏，夕阳将西天和半壁河山染得嫣红，山脚下纵横的沟壑既像地母的皱纹，又像时间的刻度，那些望山跑死马的村庄渺似沙盘，树木微如柴秆，房屋仿佛棋子，人牛如同蚁虫。笠帽峰、牛卵岭、龙泉岰、蝴蝶嶂、白云嵯、雷公顶在水的阻隔下，变成了一座座老死不相往来的孤岛。岛与岛间，绿得发蓝的水无风时像一块块镶嵌其中的蓝玻璃，风来时则波纹荡漾、金鳞万点，风若大了则长出朵朵下青上白的茂盛浪花。它们调皮地扑向小岛，在残留着树根石块的红土岸上留下湿漉漉的印记。等风定后，不安分的水仍旧漾出无数曲折、纤细的涟漪，宛如碧青软玉上雕刻的繁复花纹，夕阳像掉入水中的朱砂球，湖水醉出了酡颜，倒映出红彤彤的天空和云朵，积雪覆盖的峰顶在水中披上了红纱。一阵山风袭来，空气中有淡淡的梅香、雪花的冷香、树木的清香、炊烟的暖香。金彩凤啧啧叹着，说要是这儿交通方便，建成疗养院该多好。

何劲华想到肩扛手提，用现代愚公移山精神凿出了一条传奇公路的郭亮村人；想到大凉山里的悬崖村，他觉得琵琶围的交通比上述两个地方虽然要好些，但在峙城县绝对算艰难的。全国的脱贫攻坚还有两年多就要收官，峙城明年要脱贫摘帽，琵琶围绝不能拖后腿，但要按时完成脱贫任务，该干的工作还很多。何劲华喘息间感觉心上、肩上沉甸甸的。他收回目光，语气有些沉重：

可惜风水宝地没有出宝啊，我们两个任务好重。

金彩凤"嗤"了声：何馆长，这脱贫攻坚靠我们两个一时半会儿解决不了，能做多少是多少吧！哎呀，这里风大，到你房间对下资料。

暝色入屋，鸡犬安眠，在应急灯炽白的灯光里，有雾丝在光里浮动翻滚，这种奇异的静谧把他俩也带入了沉默。

这样的寂静里，桌上那盏应急灯炽白的光显得凄楚，金彩凤起身点亮了那盏橘子婆送过来的油灯，关了应急灯。油灯有些年头了，溷浊的灯罩上刻着戏水的鸳鸯和海牙花纹，昏黄、微弱的火苗透过结着层油烟的灯罩，在斑驳的石灰墙上投下残缺不全的鸳鸯影子和团团摇曳、多变的图案，屋内顿时温暖起来。

人家说机关的门难进、脸难看，没想到琵琶围的门也这么难进。金彩凤先打破了沉默。

何劲华叹了口气：他们这是肚子里有气，发石灰性子呢，等我们找到问题的症结，给他们泼些水，到时生石灰就变成了熟石灰。

金彩凤打量着何劲华，突然岔开了话题：何馆长，你这么大个子的人，那段《对花》嘚个跳得那么好？

何劲华的思绪被金彩凤的跳跃性发问拽回了黄昏时分。他和金彩凤刚进围门，石浩财便指着正中那间敞着的厅厦，说我们备好了擂茶，请你们跳段《对花》，算是给大家的见面礼。

何劲华嗅到了他身上的酒气。石养财抱歉地说浩财酒性不好，别理他就行了，可何劲华却从石浩财的眼中看到了几分清醒和试探。

金彩凤走村串乡演出了几百场，到哪儿都受到群众的欢迎，几时受过这等刁难？她不想跳，何劲华劝了她好一阵，她才从行李中掏出台使用干电池的小播放机，在骤然响起的欢快曲调声中，丢了两把大红扇子给何劲华，两人双目一对，何劲华收腹挺胸、舒展双臂，摇着扇子围着金彩凤跳起了矮子步，金彩凤则嗓子大开，歌声绕梁：正月里花里花朵开……

何劲华接口唱道：正月里是个什么花哟嗨？

两句唱词刚出，旁边的朱雨飞就跟着哼起来：桃子哩格开花开得怎么样哟嗬嗨？

何劲华和金彩凤对视一眼，齐齐来了个鹞子翻身，两人迈着行云流水的碎步，打着漂亮的扇子花来到了朱雨飞跟前，旁边的石浩财哑着嗓音吼道：桃子里格开花开得哩格满树红。

金彩凤手臂一扬，一道遮日扇伸过去：妹子哩格戴一起，漂亮不漂亮哟嗬嗨？

何劲华以为石浩财会接口唱下一句：妹子哩格打扮实在蛮漂亮咿嗬嗨。

没想到石浩财却突然关了播放机，喷着酒气说：最讨厌听这一段了，什么妹想哥、哥想妹，全是骗人的鬼话！

石拐的妇娘许秀珍阴阳怪气地说：真是食饱了撑的，我不信你们光跳光唱就能让我们搬下山去？

冷眼旁观的朱雪飞抱着双臂，俏生生的脸上泛出冷笑：就是。何馆长、金大姐要是有本事，就帮我们在安居小区搞套一万块钱拎包入住的房子，也省得我们再费心。

石浩财拉长音调说出句荤话：你以为自己是一打就响的司令炮？在别人眼里，我们就是屌毛！

石养财实在听不下去了，对着石浩财吼道：你莫打乱哇！何馆长和金大姐还有安顿下来。现在雪飞、雨飞跟我去扫屋铺床，三嫂去烧些热水，玉琴去弄两只火盆，何馆长、金大姐夜饭到我屋里食，明朝再议派饭一事。

养财，我和石拐气都喘不过来，莫找我。

许秀珍说罢，拉着石拐走得飞快。朱雪飞看了看石浩财，两人也分头离开。汪经伦、杨淑英还算周到，送来了两瓶热开水。刘大有夫妇露了一下脸就消失了。小勇和花花一样人来疯，在积雪初化、满是泥泞的院子里又跑又跳。原本想帮忙的谢玉琴见状，嘟哝着说要去喂鸡，转身快步离去，剩下朱雨飞和石养财在那儿发急。

对不住啊，何馆长，金大姐！我没想到他们会这么反！唉，都是我冇得用！

石养财讲到这儿，忽然想起自家身上的任务，忙拉着朱雨飞要走。何劲华和金彩凤跟着石养财、朱雨飞一起去布置房间时心里有些难受，还好石养财事先已打扫过一遍房间，他们只需在五尺凳上铺好床板、挂好蚊帐、铺上被褥即可。因房中仅有一张小方桌和一个脸盆架，剩下的东西只能放在旅行箱里。

刚安顿好，橘子婆过来请他们去食夜饭。橘子婆穿着阴丹士林蓝大襟衫，花白的头发梳成船形髻，髻上扎着指节般长的红头绳，下穿黑色裤子，系着绣了花水头的钟形水裙，是以前乡间常见的老婆婆形象。

去橘子婆家时，何劲华看见哑伯打着火吊一个人在院坪上劈柴，他挥斧时激起的气流让火光闪烁。何劲华忙上前帮哑伯，哑伯将斧头斫在树蔸上，拎起火吊呵呵笑向他走来，步履比县城六七十岁的老人还矫健。

这琵琶围好神奇哦，哑伯和橘子婆都九十八岁了，看上去像七十八岁！

金彩凤啧啧啧叹着，橘子婆像是听见她在夸自己，拉着他俩进了自家的客厅。哑伯跟着送来了两碗蒸红薯，比画着和何劲华哇啦了几句，看他手势的意思，像是在说当年何劲华上琵琶围时还小，现在已变得胡子拉碴。何劲华亲热地拉着他坐下，哑伯见橘子婆没开口，摇头走了。

橘子婆家的客厅昏暗、拥挤，沿墙堆满了箩筐、塑料袋等杂物，只有一张老旧的八仙桌像样些。断了脚的五尺凳用砖头垫着，几张竹椅高矮不等，有的靠背坏了，像杵着的残肢。长年的烟熏火燎使房梁、墙壁乌黑。昏黄的电灯下，照见正墙上挂着的红军画像，旁边则贴着石成金和石成玉在学校里获得的奖状。

因谢玉琴的弟弟谢小勇发了癫，爬到月牙池旁边的柿子树上不肯下来，石养财跑去帮忙，石浩财不见踪影，作为主人的橘子婆从隔壁的灶间端出两碗热气腾腾的擂茶和酒娘煮蛋，石浩财的女儿、十二岁的石成玉懂事地给奶奶帮手，端出捞饭、腊肉炒笋干、辣椒炒菌丝放在桌上，热情地请他俩食夜。金彩凤、何劲华见石成玉和刚走出的石成金盯着桌上的菜，忙招呼他俩上桌。

兄妹俩不顾太奶的呵斥，挥筷吃着，一边说过年都有吃这么好的菜，听得两人心酸，金彩凤回房取出两包零食给他俩，并按标准给橘子婆结饭钱。

橘子婆开始怎么也不肯收，何劲华说这是纪律，如果不收，他会犯错误，橘子婆这才接下，说你们和杨书记好像当年的红军呐。那时红军在村里食饭会给伙食费，行军路上挖了老百姓的红薯，也要在地里埋上几枚铜板，不占老百姓丝毫便宜，了不得呀。

猛然间听到一位耄耋老人这样说起红军，何劲华、金彩凤深感震撼。如今，坐在这昏黄的灯光下，听着窗外渐渐响起的山风林涛，何劲华心里沉甸甸的。

彩凤，琵琶围的生活环境比我十八岁来的时候好一些，可跟山下比差得远。今年年底他们要脱贫摘帽，我们还真得加把劲。

是啊，留在这儿的人很难享受到改革开放和脱贫攻坚的成果，像活在上个世纪呢。

金彩凤感叹了几句，两人见才八点多钟，便从袋子里取出贫困户的资料，一户一户地开始对情况：哑伯石天柱是村里的五保户，镇里在敬老院给他安排了房间，可他却拒绝入住。据橘子婆说，哑伯想把住敬老院的机会让给谢玉琴瘫痪的奶奶陈大妹，但陈大妹不是五保户，哑伯这个指标让不成。哑伯不肯搬的另一个原因大概跟后山有关，这是个有待解开的谜团。

橘子婆有三个孙子，老大石养财左腿残疾，为人忠厚老实，是琵琶围村小组村民中留在山上的唯一党员，还兼了山上的村民小组长。二孙子石生财在广东打工，收入还好，是非贫困户，三孙子就是石浩财。白桂花跟他离婚后另外立户，也是非贫困户。橘子婆虽然不符合县里五保户的评定标准，但因三个孙子和她分家了，她又丧失了劳动能力，2015 年老人家被评为贫困户，现在她跟大孙子石养财住在一起，除了享受贫困户的政策外，每月还有些养老补助费。

橘子婆 20 世纪 50 年代当过村妇女主任，思想蛮先进。她经常劝大家要听政府的话，尽快搬下去。至于她自己，一来土埋脖子，不知什么时候归天，她想埋在琵琶围边上；二来她要信守诺言，为石大山烧好家中这把灶膛火；最感人的是，橘子婆跟杨明说，当年石大山的部队留守苏区，为红军断后，她也要为琵琶围人断后，是个可亲、可敬的老婆婆。

朱家两姐妹是对孪生花。老大朱雪飞身体健康，脑瓜活络，但聪明没用在正道上，以前靠看相算命挣零花钱，后来搞乡风文明建设，不许搞迷信活动了，她没了收入，整日游手好闲，在家扯嘴皮子，家务事都落在老二朱雨飞头上。受过伤的朱雨飞勤劳肯干，是家中的主劳力，天天勤扒苦做，怎奈山地贫瘠，终年劳动也只能勉强果腹。两人守寡后，家境越发贫困，当上贫困户后有了政策扶持，姐妹俩的日子稍微好过了些，但还是穷，想搬迁却有心无力，没文化、缺钱和偏见像三根绳索将她们拴在了琵琶围。

石拐、许秀珍夫妇搬不了的原因是缺钱。石拐患有骨结核病，许秀珍有类风湿，夫妻俩都不能干重活。许秀珍性格刁钻古怪，石拐重男轻女，夫妇俩和几个女儿关系紧张。七年前，独子石景山去广州打工，头两年还与家中时有联系，第三年冬天，他带着女朋友回家过年，因为停了船，一时过不了湖，当时连夜去找他四姐石景芳联系了船只，谁知第二日人却走了，听讲是回了广东，从此联系不上，再无音讯。村里、镇里曾出面向有关部门打听过情况，可一无所获，夫妻俩痛不欲生。去年，杨明还带着许秀珍夫妇到公安机关报了案，可至今仍无任何线索，夫妇俩心如死灰，石拐说有钱也不会搬，他们要在这等儿子回家。

身材苗条、长相文静的谢玉琴三十出头，从小就跟石生财玩得好，长大后两人成了恋人，如果不是石浩财拿走了石生财给她家的聘礼，父母因此竭力阻止她和石生财的婚事，只怕这会儿两人的孩子都会打酱油了。和石生财闹掰后，她父母的身体越发不济，奶奶的病不见好，弟弟小勇十三岁，原本是个品学兼优的好学生，前年突发精神病，谢玉琴的家庭负累山一般压在头顶，没有男人敢娶她，她成了客家人口中的"老客女"。杨明见谢玉琴勤快老实，曾介绍她去县城做家政，可她放心不下家里，坚持从琵琶围的土里刨食。这两年驻村工作队帮她发展产业，由于她不爱动脑筋，产业搞不上去，虽然她奶奶和弟弟有大病医保，但家中还是极为贫困。

刘大有、赖秋香夫妇身体健康、顾惜小家，可胆小被动，别人指一指，他们拜一拜，帮扶了近两年，家庭经济状况没有明显改善，夫妇两个却安贫认命，说只要身体好，能吃饱饭就行了，对于搬迁一事，并不上紧。

从杨明介绍的情况来看，琵琶围现在的村民中，最支持驻村工作队的是石养财和朱雨飞，可惜石养财既要管老奶奶橘子婆和侄儿侄女，又要忙自家的田活，村里的事难免打折扣，说话没分量。村民中，朱雨飞最明事理，但凡村两委和驻村工作队布置下来的任务都能积极去做，只是她姐朱雪飞游手好闲，爱嗑牙花子，有她拖着，朱雨飞说话也不响。

石养财的大弟、石浩财的二哥石生财多年在外打工，据说工资蛮高，这几年橘子婆和石成金、石成玉的生活多亏了他接济。对于搬迁建房一事，四年没回家的石生财倒是很支持，多次来电话，希望能到樟树岭村落户。石浩财的前妻白桂花正好相反，杨明给她打了三次电话，第一次她接了电话，说搬迁的事跟她无关；第二个电话才打过去，白桂花便说我要命有一条，要钱没半分，然后咔嚓挂了电话；杨明第三次给她打电话时，发现对方已把他拉黑。

何劲华、金彩凤两人对着情况，心情不约而同地沉重起来。

彩凤，明天我们先开个动员会，然后分头上户了解情况，弄清楚大家的想法和需求再因户施策。重中之重，是要弄清石浩财的情况。如果他真在南远县有店铺，他除了退出贫困户外，骗当贫困户也得受处理。工作队若没有把好关，也要按规矩办。总之，他这根刺头不拔掉，会成为整个琵琶围精准扶贫的肠梗阻。

好。那年县团委开表彰会，我跟石浩财合唱过灯彩调，当时他脑子灵光，人也风光，哪晓得他现在变成了这样，真是冇想到啊。金彩凤感慨万分。

何劲华说酒是穿肠毒药，他的志气都被酒刀子给刮光了。要把拉他起来，第一件事得让他戒酒。听到这，金彩凤眨巴了几下眼睛，有些不好意思地说：我还给石浩财带了两箱风搅雪白酒呐。

何劲华说你留给自己喝吧！

这时，坐在许秀珍家堂屋里的石浩财打了个喷嚏，朱雪飞敏感地望望窗外，说有人在讲你坏话。许秀珍笑了：雪飞，你能掐会算，那你算算，我们能不能要到那套房子？

朱雪飞没答话，石浩财转头扫了眼缩在暗影里的刘大有和谢玉琴，压低嗓门说：开弓没有回头箭，既然我们跟工作队提了要求，县里又派何劲华和金彩凤来了，他们一方面是了解情况，一方面是动员我们下山，大家得咬紧牙关不松口，我们铁板一块，他们才会考虑我们的要求。说白了，我们要是不搬，他们就不能完成任务，细伢子打架，家长总得给颗豆子香嘴吧？

见众人没吭声，石浩财又诱之以利：一套安居房转手能卖五六十万呐。

许秀珍和朱雪飞互相对视一眼，眼里生出两簇小火苗。许秀珍立刻帮着敲边鼓，朱雪飞也扳着手指说她早就算出在座的各位今年有好事，大概就应在这件事情上。石浩财撇嘴笑笑，紧接着逼谢玉琴和刘大有表态。

谢玉琴有些无奈：能吵到房子当然好，就怕人家不给豆子，给了颗辣椒。

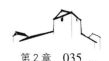

那你现在出去，别让树叶砸破了你的头。到时有好处，你可别说没你的份。大有哥，你怎么想？

我，反正，我跟着你们呗。刘大有吭哧吭哧地说。

好，今天我先把丑话说在前头，如果哪个敢先松口，以后别怪我石浩财不客气！

屋外突然传来花花的吠声。站在窗口的石拐回头说：金彩凤回屋去了，我看大家也散了吧。唉，浩财呀，我总觉得这样不妥。

石拐，你不讲话，没人当你是哑巴！

在许秀珍的小声呵斥中，众人悄悄地离开了。走过院坪时，见何劲华和金彩凤的房间还亮着灯，大家不由踮起了脚尖。躺在床上的金彩凤倒头便睡了，什么也没听见，何劲华听见了响动，却不敢起床察看，怕惊扰了原本就难露面的睡意。他躺在床上不断地翻身，像笨拙的大厨在烙一张永远也烙不熟的饼，半个多钟头后起床吃了粒艾司唑仑片，这时几个响雷从空中碾过，接着下起了瓢泼大雨，何劲华心想琵琶峰天气还真是多变，前几天下雪，今天又下雨，轰响的林涛挟风而过，屋顶上竟似跑着千军万马。奇的是这喧嚣落在耳中，竟渗出几许静来。这大约就是有些魔性、能安抚人心的白噪音吧。

在这种矛盾的感觉中，嗅着山林和老屋特有的气息，何劲华有了迷糊的睡意。迷糊间他听见了惶急的敲门声和金彩凤的尖叫，他开门冲了出去。应急灯炽白的光亮中，披头散发的金彩凤满脸惊恐：我屋里有好多老鼠，还有蛇！吓死人了！

何劲华走进金彩凤的房间，果然看见几只肥硕的老鼠在地上跑来跑去，有只老鼠还顺着蚊帐杆爬到了床顶上，小眼睛骨碌碌转着。何劲华轰走了老鼠，拎着应急灯去看墙角那条蛇。

彩凤，不要怕，这么冷的天，蛇都趴在窝里呢！这是蛇皮。何劲华用木棍挑起蛇蜕，看见墙角有个洞，估计老鼠和蛇蜕都是从这洞里进来的。

蛇皮肯定是人塞进来的，这人什么心思？真是气死人了！金彩凤惊得声音打颤。

何劲华也觉得这些老鼠和蛇皮出现得蹊跷，但现在深更半夜的，一时半会也找不出原因，更不好下结论，于是把金彩凤的被褥搬到自家床上，让她到自己房间休息，又从行李箱里翻出两包雄黄粉，沿墙角、床边洒了一遍，叮嘱金彩凤上床后塞紧蚊帐角，免得鼠虫钻入。他刚抱着被褥走进金彩凤的房间，突然收到了杨明问候的微信。他看了看表，半夜十二点半，对他和夜猫子类型的杨明来讲还算早，便打电话向杨明讲了进围屋后的情况。

杨明恼火地说：石浩财太过分了。他愿当懒汉就让他懒死去，反正他是烂泥扶不上墙！他平日就靠卖蛇皮、鲶鱼、石鸡换酒钱，这人你可要看住。

次日早上，何劲华是被日光晒醒的。那道金黄的光带从狭小的石窗飘入，金箔般贴在他脸上，晒得皮肤又暖又痒，他睡眼惺忪地坐起，一时竟想不起身在何处。

这时，门外传来母鸡的咯咯声、公鸡的喔喔声、小狗的汪汪声、鸭子的嘎嘎声，还有种奇怪的呼噜声，好像有人在不断地吹水烟筒。过了会儿，这声音变亮了，原来是哑伯在呜里哇啦地说话。

何劲华来到院坪上，眼前骤然一亮，昨夜那场雨冲走了坪上的残雪，房檐下吊着长而晶莹的冰凌，结冰的地面镜子般反光，小勇和花花绕着几根掉落的冰凌打转转，何劲华推开隔壁的房间看了看，里面放了些杂物，墙角果然有个洞，因窗户没关，被雨打湿的地面上印着凌乱的脚印，可见昨晚有人到过这房间，由此可以判定那些老鼠和蛇皮是有人故意放进金彩凤房间的，这让他恼火和愤怒。他在牛角村驻村的两年间，曾因故被村民误会、辱骂甚至推搡过，但像琵琶围这么出格、过火的事，他还是头一次碰到！他平静了下情绪，带着惯常的温和表情来到了院坪上。

站在坪中央，正对着金彩凤、石养财、石拐呜里哇啦的哑伯走到他身边，白胡子高高翘起，皱纹包裹中的双目充满歉疚，他又"说"了一通，何劲华虽没听懂，但已猜出他在向自己道歉。他笑着抓住老人的手摇了摇，表示没关系。

这时，在井边洗衣服的许秀珍、朱雪飞、谢玉琴，打扫院坪的朱雨飞凑到满脸疲惫、打着呵欠从何劲华房间出来的金彩凤跟前，向她打听昨晚的事情。金彩凤简要地讲了几句，女人们便叽里呱啦地议论起来。朱雪飞看了眼竹寮，朝许秀珍使了个眼色，两人躲到边上窃窃私语。朱雨飞宽慰金彩凤说她等会儿上山砍些接骨木来，老鼠怕那股味道。谢玉琴则回家拿来了两块粘鼠板给她，杨淑英、汪经伦问了几句便摇着头走了，刘大有和赖秋香远远地瞅了几眼也退回了家中。何劲华见金彩凤衣服没带够，衣着单薄，嘴唇冻得发紫，建议她先回家一趟。

不用，我让我妈把衣服寄过来。金彩凤一早起来心慌得厉害，她本想下山去拿药，可刚进围屋，她又不能把何劲华一个人丢在这儿，便给老妈发了条短信。

这时，许秀珍走上前说：何馆长，彩凤妹子，古话讲花猫洗脸，贵客进门。金鼠进屋，有事相求。

朱雪飞接口道：鼠有灵性，晓得何馆长、金大姐是来帮我们解难题的，所以就显灵现身了。

这回我们几个能不能脱贫，能不能搬下山，就看何馆长和彩凤妹子的喽。

秀珍，你莫打乱哇，回家去。石拐劝许秀珍回家，许秀珍反倒让他回去劈柴，石拐不肯走，许秀珍推了他一把，转身看着何劲华：

何馆长，扶贫得有钱，你跟彩凤妹子带了多少钱来呀？

何劲华还没答话，石养财不客气地说：三嫂，你这是盲人剥蒜——瞎扯什么皮呢？

许秀珍哟了一句：养财，我这可不是瞎扯皮，是在摸底。前年杨书记来，他们单位给村里一百万搞产业大家还嫌少，何馆长他们要帮我们脱贫，带来的钱怎么也该比杨书记的多吧？

就是，火到猪头烂，钱到事情办，没钱怎么扶贫？

朱雪飞和许秀珍一唱一和地来探他俩的底，金彩凤笑着把球推了回去：钱不是天上掉下来的，得靠我们大家去挣。

朱雨飞怕许秀珍和大姐打破砂锅问到底，忙上前说：三嫂、大姐，何馆长、金大姐还要去洗面食朝呢，钱的事他俩又做不了主，以后再讲吧。

朱雪飞脸一板：老妹，你莫管我们，你忙你的。

朱雨飞有些怕大姐，申辩了几句便去井边挑水。许秀珍和朱雪飞还想再刺探，何劲华正好接到了邱小楠的电话，忙借机回了房间。

何馆长，我听杨明说他们给了你们一个下马威，没事吧？

冇事，就是为大家唱了段《对花》。

何馆长，你别介意，这说明他们把你当成了家里人，邱小楠宽慰道。何劲华还想跟她深聊，许秀珍拎着篮咸鸭蛋走进房来，何劲华挂了电话，请她坐下。许秀珍摇摇手，神神秘秘地说：何馆长，这是我做的咸鸭蛋，您尝尝。

何劲华谢过她，回了她两包方便面和一只手电筒。许秀珍宝贝地放入篮中，瞄了两眼门外，说昨夜彩凤妹子屋里的老鼠肯定是那个人放的。

许秀珍返身朝石浩财的竹棚指了指，何劲华哦了声：三嫂看见他放的？

许秀珍摇了摇头：那倒没有，可围里就他喜欢抓蛇捉老鼠。说着她掏出张相片塞到何劲华手中：何馆长，本来大家都是邻舍，我不该告诉你，可我怕你被人蒙，才好心说与你听的。

何劲华点点头：多谢，这照片是？

这是我崽石景山的照片，四年没有音讯了，麻烦您帮我找找他！

许秀珍说着牵起衣袖揩了揩眼角，见何劲华小心地将照片摆在桌上，她不等回话，又提出了新要求：何馆长，搬家安迁的事，请您多替我们讲讲好话。

说罢，她往外张望了两眼，拎着篮子急急地闪出门去。

许秀珍前脚刚走，朱雪飞就过来请他去家里食朝：石组长今日派了我们家的饭，何馆长你千万莫嫌弃啊！

朱雪飞停了停，好奇地问许秀珍刚才过来说了什么？

何劲华说她拿来了石景山的照片，小伙子长得高高大大蛮神气的，怎么就突然没音讯了呢？

朱雪飞叹了口气：三哥、三嫂把石景山当成心肝宝贝，为了他把女儿当茶籽来榨，榨得老大、老二、老三都不敢归屋了，老四石景芳有良心，会经常归来看他们，可惜她家里穷，帮不了什么忙。三嫂、三叔为了儿子能割心喂胆，谁知石景山却成了白眼狼。唉，三嫂要是对女儿好些，每个女儿给个一两万块，他们两口子早搬下去了。

听了朱雪飞的话，何劲华突然想起有关琵琶围的顺口溜"七大怪"——懒汉歇在酒缸寨，百岁公公后山拜。橘子婆婆爱做鞋，有钱老汪围屋赖。朱家姐妹不肯嫁，四女一崽喊孤寡。剩下两家翻眼白。也不知谁写的，感觉很形象。他正想打听打听许秀珍夫妇和四个女儿的事，朱雪飞话锋一转：何馆长，围里最困难的是我们家，以后请何馆长多多关照哈。

朱雪飞返身从门外拎进半坛米酒，说这是雨飞做的，送给您和金大姐尝尝。

何劲华忙摇手说使不得。朱雪飞哟了声：何馆长，刚才许大姐得了您的方便面和手电筒，您给我一份不就得了？

何劲华略有些尴尬。朱雪飞笑道：何馆长，您放心，不会让你违反纪律的。

说着，她主动上前拿走了桌上的两盒方便面和一只手电筒：我们以物易物，两不相欠。

何劲华有些啼笑皆非。送走朱雪飞后，他想到井栏边洗漱，刚走出房门，就见谢玉琴、刘大有、赖秋香站在旁边，三人手里拿着冬笋和青菜，见了何劲华，他们将冬笋青菜放在门口，讲了声请多关照便转身要走，何劲华留也留不住，只好把电筒和方便面塞进三人手中。

何劲华走到井边时，金彩凤已洗漱完毕，脸冻得通红，人显得精神了些。按照昨夜的分工，她今天先到刘大有家上户，三餐饭也在刘家吃，到时按餐标结账。奇怪的是，石养材明明跟刘大有打好了招呼，他们夫妻俩居然扛着锄头上了山。

大有哥胆小，怕你们到他家上户挖情况，在躲避呢。

听了石养财这话，金彩凤拿着包饼干就要去追刘大有和赖秋香：冇关系，我现在是黏人草籽，非黏着他俩不可。劲华，我们晚上再碰头。

何劲华叮嘱道：路很滑，在鞋上绑几根稻草，再拿根木棍拄着，这样行得稳！

唉，橘子婆哑伯都不拄拐，我拄什么拐呀？

金彩凤说着，拿出多年练功练出的灵巧劲，花鹿般跑出了围门。何劲华的目光从金彩凤的背影上收回，落在冒着热气的井口和几百年来被绳索磨成波浪形的井栏上，过往的岁月倏地从薄冰下那层厚厚的青苔上浮至眼前，他似乎看见几百年前族人们冒着风霜雨雪建造琵琶围的场景。

琵琶围坐北朝南，呈正方形，楼上楼下住人，楼顶为巡逻防御的跑马道夹墙，四角有角楼，占地面积七千多平方米，虽然历经六百余年的风霜刀剑，身姿依然雄伟。围屋南边开了扇唯一的大门，大门进来是块用鹅卵石铺就的方形大坪。中轴线正中间，有块用黑白双色鹅卵石铺出的太极图。以太极图为原点放射出四条彩石砌出的由铜钱、宝瓶等图案构成的放射线，隐藏着何乃赢当年建造围屋时的美好愿望。可惜在封建朝代，没有完善的制度保证，一个小小的贪官污吏便让何劲华这位先祖的期盼变成了家破人亡的噩梦。

时光荏苒，如今铜钱和宝瓶只有中间部分可见，其余皆被野草覆盖，犹似被淹没的岁月。走在这印满先祖足迹的荒坪上，何劲华想到那些最早驻扎在五岭的秦国士兵最后在当地娶妻生子，代代繁衍，成了南国大地上的第一批客家人；想到历史上因战乱之故，客家人从中原到东南沿海省份的五次大规模迁徙；想到自己的族人因何乃赢一案流放岭南瘴疠之地，清朝时慢慢回迁至闽西，最后落脚峰城的漫漫长路，心有所感，看琵琶围的目光不由多了几分温情。

按围屋的惯例，围内一百多间房门皆朝内坪而开。正对着大门的房子是上房，以前只有家主和族老才能居住，其余三面住的是小辈。琵琶围村搬迁前，上房是村小组办公室和各姓居民存放祖宗牌位的小祠堂，门楣上贴着昭示姓氏源流的堂号，如黄姓的"江夏堂"、施姓的"吴兴堂"、温姓的"太原堂"、何姓的"庐江堂"、汤姓的"玉茗堂"、朱姓的"沛国堂"、石姓的"渤海堂"、谢姓的"乌衣堂"、胡姓的"淮阳堂"、金姓的"丽泽堂"、李姓的"陇西堂"、张姓的"武威堂"、王姓的"琅琊堂"、彭姓的"长寿堂"等。那一百多户居民搬走后，小祠堂里的祖宗牌位被村民们带走，堂号却还贴在门楣上，村小组办公室也原样保留着，边上挂着牌子，看上去还有些人气。大部分村民搬走后，石栋梁将哑伯、橘子婆安置在上房正中的四间大房内，石浩财、石养财、石生财三兄弟住在橘子婆的东侧，再过去是谢玉琴和刘大有的住房。现在围屋里房子多得是，一家选八间十间没问题。许秀珍便在哑伯西侧选了八间房子，还特意用竹篱笆将门口围成了围中院，用以种菜养鸡。朱雪飞有样学样，也在石家兄弟东头找了五间房，二间当卧室，另外三间当客厅、灶房和杂物间，宽敞倒是宽敞，只是没什么家具，屋内空荡荡的。好在她们姐妹手巧，自己动手做了竹椅竹桌，房间四角的简易木架上摆放着瓦钵、竹笼，里头的花草碧绿茂盛，房梁的铁钩上挂着十几个装了烟笋、端午茶、豆角干、茄子干和草药的竹篮，竹篮高高低低的，参差间颇显美感。何劲华刚在桌边坐下，就见一个身材瘦高、戴着眼镜、面目清秀，看上去有些文弱的中年男子背着红十字药箱走进房来。看到何劲华他愣了愣，不过旋即便伸出手自我介绍：

何馆长，我是镇医院的吴医生。每周要上来给哑伯、橘子婆、陈奶奶量血压、测血糖。

吴医生这么早啊，辛苦了，赶快坐下食朝。

何劲华早就听说琵琶镇医院成立了支扶贫便民服务队，队员们每周到偏远的村庄为行动不便的贫困户看病。吴医生四年如一日，坚持每周上琵琶围为贫困户服务的事迹上过报纸和电视，何劲华对他有所耳闻。最有意思的是他这几年一直在追求朱雪飞，可朱雪飞却宁可在山上过苦日子也不肯嫁给他，原因不详。

由于何劲华在场，朱雪飞没怎么招呼吴医生。吴医生倒挺大方，坐下来主动跟何劲华攀谈。等吃完朱雨飞煮的那碗粉皮丝煮蛋时，何劲华已经喜欢上了开朗、坚韧的吴医生。

何馆长，您慢吃。我去看看橘子婆和哑伯，他俩都有支气管炎，还得给陈奶奶打针，我先过去了。

吴医生边说边看朱雪飞，朱雪飞晓得何劲华今天食完朝后要在她家了解情况，瞪着吴医生说她不得空。见吴医生有些失落，她从竹箩里取出两只竹编鸭子放在桌上：这是雨飞编给龙龙和秀秀玩的。

好，我食昼饭时过来拿。

朱雪飞不吭声，吴医生知道这是默许了，出门时脸上露出欣慰的笑容。

何劲华拿起小鸭子把玩了会儿，对上前收拾碗筷的朱雨飞说：

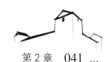

雨飞手这么巧，以后我教你做灯彩！

朱雨飞的头立刻摇得像货郎手中的拨浪鼓：哎呀，何馆长，我大字不识一箩筐，哪里敢学做灯彩？

何馆长，做灯彩是花钱的行当，我们没有这份闲钱。

朱雪飞边说边把两钵野兰花挂在了窗棂上。朱家姐妹爱花，琵琶湖水库蓄水前，她们到那些即将淹掉的山上、村里挖了上百株野兰花种在门口的钵子里。

朱雪飞刚拿进来的野兰叶茎细长柔美，仿佛葱葱纤指，几串淡紫红的花朵从中逸出，在那条窄窗飘入的光带中兀自舒展。混合了柴火、树林、草木、食物、老屋、兰花、野花和腐殖质、牛粪的复杂气息让何劲华想起了外婆。少年时他到琵琶围，外婆的房间也漾出这种酒般醇厚的气息。他深吸两口气，像是要把以前的回忆吸入灵魂中，抬眼看见两张一模一样的脸，不由有些愣怔。

朱雨飞和朱雪飞是双胞胎姐妹，朱雪飞早出生两分钟。两姐妹的长相、身材难分彼此，何劲华却只见一面就记住了这两姐妹的差异：

朱雪飞和朱雨飞纹了同色同款的眉毛，只是朱雪飞的眉形要弯些，她左鼻侧有颗针尖大的黑痣，眼神灵动，神情机警，每到一处，总爱四处张望，感觉她像个侦察兵。她的马尾上扎着艳丽的珠花，衣着打扮较为时髦。朱雨飞跟她正好相反，穿一身黑衣，头发胡乱地扎在脑后，脸色红润，牙齿整齐洁白，眼神明亮，快人快语，走路脚步很重，一看就是好劳力。何劲华觉得这姐妹俩像是有意在用这种外表的反差来增强彼此的差异与辨识度。

雨飞、雪飞，你们讲讲想法。何劲华笑吟吟地道。

见何劲华态度和气，朱雨飞胆子大了，皱起眉说：何馆长，等下我带你去找两斤半石浩财，他就是三伏天卖不掉的臭肉！

朱雨飞刚才去菜地，发现自家的大蒜和芥菜被人割光了，不用问她也知道这是石浩财干的。这几年他总是将朱家的菜园当成自家的菜园，朱雨飞念他们家没有女人，平日主动送菜给橘子婆，石浩财摘什么菜她也懒得管，可石浩财这回割了她做种的芥菜、大蒜，气得她肚子痛，朱雪飞也在边上刻薄了几句石浩财，何劲华说我会跟浩财讲，让他以后注意些。说着他掏出一百块钱放在桌上，说这是三天的伙食费。朱雨飞不肯收。何劲华说这是纪律，坚持要给。朱雪飞忙伸手拈起那张百元大钞揣进了衣兜，一边说小妹，我们不能让何馆长犯错误呐！

大姐，你莫咯样好不好？朱雨飞臊红了脸。

何劲华说：雨飞，你们要是不收钱，明朝我只好自己开伙食了！

话说到这份上，朱雨飞不好再推辞，谢了几声后说：橘子婆以前总是跟我们讲，当年红军从外地过来，大家怕得躲上了山，后来见红军不占不抢，还给穷人看病施药、帮穷人做事，有一口吃的先给老百姓，跟老百姓打成一片，大家觉得红军比亲人还亲，就都下山了，石大山公公就是这样当上红军的。

听闻此话，再想到橘子婆和哑伯的年纪，何劲华感到时空已在琵琶围重叠融合，让他倍觉奇异。

何劲华见朱雪飞有些走神，忙劝她去找吴医生：你问清楚老人吃药的量，吴医生下山后，老人家要是不清楚，你还可以帮下忙。

朱雪飞支应着走到门口，俏眼一瞟，见哑伯门边竖着根枯树枝，晓得这是吴医生留下的记号。到了哑伯屋里，吴医生果然在劝老人打针，哑伯神情激动，不肯配合。吴医生急出了满头汗，朱雪飞忙请来了橘子婆。橘子婆看了会儿，拉着哑伯走到门口，指着谢玉琴家说：你是不是想把这药让给陈大妹？她的病跟你的病不同，你让不了！

哑伯盯着她的嘴唇、动作看了一阵，终于伸出胳膊让吴医生打针。

从哑伯家出来，朱雪飞见吴医生身形消瘦，不由有些心疼，返身从家中取出双千层底布鞋塞到他手中：

吴医生，这四年你每周都爬琵琶峰，腿都走细了。这鞋你试试。

吴医生抓住她的手满腔热忱地说：雪飞，跟我下山吧。

朱雪飞瞄了眼周围，挣脱了吴医生的手：你还是听你妈的安排去相亲吧！

雪飞，我早跟你说过了，我妈是我妈，我是我。

朱雪飞不再说话。院坪上很安静，山风吹来树梢摇摆的沙沙声，仿佛神秘的耳语。燕妈妈带着雏燕飞进了梁上的草窝，啾唧的呢喃好像也在劝说朱雪飞，两团红晕慢慢在她的双颊洇开，吴医生的眼睛越来越亮，晃得朱雪飞低下了头。

尽管何劲华、金彩凤是自己"点名"请上来的人，可当石浩财看到何劲华从朱家出来后又去了谢玉琴、刘大有、许秀珍家时，想到头天晚上的攻守同盟，他心里仍然十五个吊桶打水——七上八下。说实话，好面子的石浩财并不想当贫困户，可他现在只能当贫困户，因为贫困户有政策帮扶，这就像瘸子挂了双拐，怎么也比自己两条腿走路强。不为安居房，哪怕为了保住贫困户的帽子，他也得努力努力。恨只恨小于和杨明把他有店铺的事给声张出去了，围里的人对他已有看法，何劲华和金彩凤比杨明和小于工作细致，待人又和气，讲不定他俩一上户摸情况，那些人就把自己给卖了。石浩财想到自己没有请来帮忙的神仙，反倒弄来两个笑脸包公，不由五心烦躁，喉咙里的酒虫化作蜈蚣精，千手百足地抓挠得他坐卧不宁。他上周用山鲶鱼换来的一箱酒喝了五瓶，还有一瓶被奶奶藏起了。趁奶奶挎着畚箕去山上割野菜喂鸡的空当，他找到了这瓶酒。他知道等下何劲华会来找自己，告诫自己不得喝酒，绕着酒瓶走了五六圈，走到第六圈时终于还是一口气灌下了那瓶56度的白酒。没多久，酒精随着血液进入他的四肢百骸，人轻飘飘的，浑身说不出的舒坦，脑袋虽略显沉重，思维却格外活跃，且勇气倍增。当他嘴里哼着小曲，摇晃着走进何劲华的房间时，感觉自己像个横刀跃马的大将军。

浩财，你这一大早喝寡酒对身体不好，以后可要注意。

何劲华给他倒了杯开水，招呼他坐下。石浩财的脸红嘟嘟的，粗黑的眉毛下两只眼睛又圆又大，显得颇为憨厚和喜感，此时他舌头已不听指挥，信口跑着马：

我不坐，你，你不是来帮我的，是来劝我退出贫困户的，对不对？

何劲华笑了：你眼光真准！你那店铺到底怎么回事？

石浩财瞪着他：杨明他还当第一书记吗？

他还当！我是小组长。

那他讲话算数还是你讲话算数？

何劲华说我们协商解决问题。石浩财打了个哈欠，呼出的酒气能熏醉两头牛。

何馆长，我们只有一个要求，就是给我们每人一套一万块钱入住的安居小区房。

何劲华把水杯塞到他手里：浩财，喝口水。你是个聪明人，你这要求敢让全村人来评吗？

石浩财打了个哈欠，伸着腰说他们讲话不作数，这得扶贫工作队做主。

见何劲华有些血丝却仍黑白分明的眼睛凝视着自己，石浩财不敢跟他对视，舌头打了个结，说出句令人吃惊的话来：

何馆长，麻烦你帮我搞些米和油来，不然全家都要饿肚子了！

何劲华说你带我去看看你家的米缸。石浩财酒往上涌，何劲华那张棱角分明、五官端正的脸化成了杨明的脸，他霍地站起身，瞪着他说你不相信我？好啊！到时考评组来，我就跟他们讲，你跟我们这些贫困户冇感情！

何劲华把他按在竹椅上，语重心长地道：浩财，你也有喝几多酒，哪里就醉了？以后你多放些力气在做事上，争取早日脱贫。

何馆长，除了脱贫，你还得舍些力气包我们发财啊！

何劲华皱眉看着他：浩财，政府出台政策支持大家脱贫致富，但你们自己也得努力，哪有爷娘帮你娶妇娘还包生崽的？

何劲华脾气好，但为人做事却丁是丁、卯是卯。他这话石浩财不爱听，起身说：何馆长，你是荷英婆的外甥，我们请你上山，以为你屁股会往我们这边坐一点，冇想到错看了你。

何劲华拉把椅子坐在他对面，诚恳地说：浩财，你以前作为创业的团员代表在全县大会上发过言，当年大家都讲你呱呱叫。

石浩财翻着眼皮说：就是当年我太呱呱叫了，有些早先眼红我发过财的人不想让我得贫困户的政策，想看我笑话！

石浩财想到过往的荣光和如今的落魄，心中剧痛，他嘶着气说罢，起身踢翻了旁边的竹椅，喷着酒气，摇摆着走向竹寨，一边嘶哑着嗓子大吼。他的吼声引得石成金、石成玉兄妹俩从橘子婆的房间跑出，追着石浩财喊爸爸。石浩财抬脚扫了几块泥过去：滚！你们快滚！石成玉和石成金显然已习惯他这种状态，兄妹俩朝石浩财做了个怪相，若无其事地跑到井栏那儿去掰青苔玩。酒精激发了石浩财的狂野，也钩出了他的脆弱。他站在相框前看了会儿照片里的白桂花，悔恨使他的歌声荒腔走板：

现在的我什么都缺缺缺，就是因为钱钱钱。我也想有一个美好的生活，有车有房有一个老婆……

何劲华被石浩财哭丧般的歌声揉得心慌，跟过去想继续和他聊天，可刚走到竹寨门口，迎面就飞出只竹篮。何劲华大声道：浩财，我到你屋里再坐坐！石浩财没答话，又从里头扔出一把扫帚，幸亏何劲华躲得快，那扫帚才没打着他。过了会儿，屋里的歌声停了，安静得令人生疑。这时，悄没声过来的石成金牵住了何劲华的手：

伯伯，我爸爸他肯定歇落了店！

石成金五官端正、个子瘦高，发蓝的眼白使他看上去有些忧郁。头发稀黄，长着双超大眼睛的石成玉比他还要内向，她牵住石成金的手静静地看着何劲华。

似乎是为了印证石成金的话，竹寨里传出了响亮的呼噜声。何劲华走进屋内，只见地上满是垃圾和酒瓶，一叠长毛生霉的碗堆在灶台上，有群蟑螂在爬。

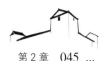

石浩财躺在竹床上打呼，露出了一截肚皮。何劲华怕他冻着，从床上抱起那床臭烘烘的被子给他盖上，又从门后找出扫帚，一边打扫卫生，一边问跟进来的石成金：你爸爸为什么要住在竹寮里？

我妈妈那时骂我爸爸烂酒鬼，一辈子也做不起新房子，我爸爸赌气做了这间竹寮，说这是他做的新屋，气得我妈妈顿脚。石成金眨巴着眼睛道。

石成玉突然拉住了何劲华的手，可怜巴巴地央求道：何伯伯，你跟我爸爸讲，我们想住到山下去！我们想妈妈回来！

何劲华想起石成金、石成玉经常站在猴子崖上往南眺望、思念在广东打工的白桂花，心里忽然有了莫名的动力。

好，伯伯会努力的，你们快去看书！送走石成金兄妹，何劲华的目光黏在墙上那个布满灰尘的相框上。相框里只有一张石浩财和妻儿在广州火车站的合影。年轻帅气的石浩财抱着儿子石成金，白桂花抱着女儿石成玉，一家四口的笑容灿如南国夏季的阳光。这时石浩财突然迷迷糊糊地喊道：桂花，给我水！

何劲华趸身把凳子上的水端给他。石浩财翻身坐起，握着杯子发愣。何劲华推心置腹地说：浩财，当年我外婆跟你奶奶是好姐妹，论年纪，我是你大哥，讲你几句你也听得。你有本事和能力，如今却硬生生把自己沤成了泥。

我行衰运，这个冇办法。

石浩财耸耸肩。何劲华见他不想就此深谈，忙转了话题：你平常的家庭卫生哪个打扫？

石浩财理直气壮地说我奶奶呀！何劲华瞪着他：亏你好意思，不怕雷公打呀！石浩财改口了：帮扶我家的王大姐就像我亲姐，对我好得很。可惜她上周扭伤了脚，代她上户的那人不行，扫的是偷食地。

何劲华气得心里冒泡，板着面孔说：浩财，虽然我们见面不多，你以前当老板时的事我可听过不少。那时大家都讲你有本事、懂道理，冇想到你落到了今日这步田地，你得好好找下原因。

石浩财原本正在伸懒腰，听到这儿他猛地站起身，厉声道：我落到哪步田地了？不就是当了贫困户吗？既然你看不起贫困户，那你还来扶什么贫？

何劲华语重心长地说：浩财，有道是"小康不小康，关键看老乡"，贫困户要脱贫，别人的帮扶是一方面，最重要的还得自己努力。爹有娘有，不如自己有。

石浩财冷笑道：何馆长，那你晓得"致富不致富，关键看干部"这句话吗？现在是你们干部不给力，我这棵歪树怎么站得直？

何劲华说你既然觉得帮扶力度不够，那我现在就给你正正骨。

他从文件袋里取出那间店铺的房产证复印件递给石浩财：你墙上贴着贫困户的评议条件，上面写明了有店铺的人不能评为贫困户，浩财，你得退出贫困户序列。

何馆长，我讲了那店铺不是我的！石浩财起身一脚踢翻了凳子。

不是你的是哪个的？杨书记他们做了核实，购买人就是你。

石浩财不答话，好一阵才拉长声调说：何馆长，我脑筋差，要是考评组来时我讲不出你的名字，记不得你做过的工作，害你考评掉分，你可千万莫怨我。

他这话一出口，何劲华还真有些紧张。年终考评时，贫困户若是对考评组讲了扶贫干部的缺点和不足，肯定会影响考评组对该干部的评价。一些帮扶干部为了不得罪贫困户，有时便忍气吞声地屈从于个别贫困户的无理要求，当了保姆式的帮扶干部。表面看工作做到了家，实际上却带着私心，是对贫困户等靠要恶习的纵容。自从认识到这点后，何劲华偶尔遇到不讲理的贫困户，他的态度是宁可考评受影响，也不助长这种恶习，今天也一样。他说浩财，冇关系，就是中央考评组来了，你实话实说我都不怕。

这时，朱雪飞急急忙忙地冲进来：何馆长，不得了啦！哑伯要打雨飞呢！

第 3 章

月光光，月华华，
妹有心思给哥哇。
吃虫也要起个早，
否则变成懒尸嫲。

——摘自《峙城客家歌谣集》

琵琶围后山是块位于围屋与琵琶石之间的斜坡，近石处长着枫树、板栗树、柿子树、青冈树、木荷树、山楂树、樟树等高大的乔木。树与围屋间的山坡上种着山茶花、栀子花、映山红和各种兰花，是哑伯的"领地"。雨雪早已停歇，那轮淡得几乎看不见的日头从灰黑色的云隙里钻出，洒出圈浅橘色的光晕。气温升高了，冰雪开始融化，但树枝上仍结着冰凌，隐在山谷密林间的涧流水量比往日丰沛，在缭绕的烟岚中发出淙淙的泉声，有些花儿凌寒吐蕊，形成了"花在雪中俏"的美景。矗立的群峰和高树寒林美若丹青，但哑伯喜爱后山，绝不仅仅因为这份景致。每年清明、冬至和五月的某天，老人家都要在坡上燃香祭拜。早年间传闻他是在为白狗子烧香，当时的生产队长石铁锄还派人来挖后山坡，哑伯为此跟他打了一架，后来又传闻他祭奠的是红军战士，众人不敢再干涉他的祭奠活动，哑伯从此"霸"住了后山。大家念他是个孤老，加上后山树荫多，缺水源，即便开了荒，种植也难，所以后山便成了哑伯的"领地"，朱家姐妹这些年也遵从了后山属于哑伯这一莫名的约定。

去年地质队在后山钻探寻找钨矿，没找到矿脉，却意外钻出了地下水。地质队走后，那个钻孔成了泉眼，热爱土地的朱雨飞立即将后山的一角开垦成了菜园，许秀珍也挖了两畦菜地。恰巧哑伯腿受了伤，在床上躺了半年，朱雨飞趁机又蚕食了几分哑伯种了草兰和栀子花的坡地。哑伯的腿好后，多次阻挠朱雨飞、许秀珍在后山种菜，去年秋天还把朱雨飞家正在结果的丝瓜和南瓜拔了，气得朱雨飞有个把月不理老人。石养财和杨明多次做工作，朱雨飞才与老人和好。今年开春时雨水绵密，朱家原有的菜地被山洪冲毁，朱雨飞便又开始在后山种菜。哑伯照例和她吵闹，朱雨飞不理他，前些日子种上了白菜秧、芹菜、辣椒，下雪那天还特意用塑料薄膜盖着，宝贝得很。今天一早，哑伯来到后山时朱雨飞正在给菜浇粪施肥，哑伯举起拐棍要打朱雨飞，同在后山的朱雪飞连忙上前劝阻，谁知哑伯根本不听，朱雪飞只好回围屋向何劲华求救。

何劲华一到后山，头发散乱的朱雨飞就上前哭诉哑伯的不知好歹：

他躺在床上半年多，我端茶送饭、倒屎倒尿，像女儿一样照顾他，他却为了几畦菜地打我。何馆长，你说有这道理不？

何劲华递了包餐巾纸给她，说围屋里人都讲你仁义，对老人孝顺，哑伯他不是不记你的好，只是这后山对他非同一般。虽然不晓得什么缘故，但这么多年大家都迁就了他，你也一直在照顾他。山那么大，不缺这一块菜地。

那些菜地挑水好难。现在这里有水，方便。

朱雨飞摔断过腿，下雨下雪或一累伤口就痛，给菜地挑水有时会诱发旧伤。何劲华看着满溢而下的那道细流，突然灵机一动，问朱雨飞家有冇种竹子。

朱雨飞正想讲话，朱雪飞上前说：何馆长，我们家有竹子，可根根都有作用。冬天挖冬笋、春天卖春笋，竹子大了我们做竹编，就指着竹子换油盐呐。

何劲华说我买三十根竹子。朱雨飞纳闷地说你做灯彩用不了这么多竹子。朱雪飞瞄了眼旁边专心致志整理花草的哑伯，说何馆长你莫不是要给我们换菜地？

何劲华赞赏地看着她：冇错！村里人搬走后，有些地摞荒了，你们可以挑块地改为菜园。这时双脚泥泞、满脸通红的金彩凤挑着两捆草从坡下爬上来，赖秋香跟在她身后念叨着说：彩凤妹子，这不行，你让我来挑。扛着捆木柴走在后头的刘大有小声埋怨着她：你抢过来呀，不能累着金干部。赖秋香真的伸手抢过了草把担子，金彩凤用手按着右肩龇牙道：没想到这些柴草这么重。

你们城里妹子没干过农活，肩膀是豆腐做的。何劲华笑罢跟她讲了架竹笕引水的事，金彩凤望着被白雪压弯了腰的竹林，说行是行，就怕会冻掉手指头。

当天下午，何劲华带着石养财到朱家的竹林里砍了三十根竹子，按市价给了钱，然后剖开竹子，打掉竹节，竹笕间用铁丝扣牢，铺设了一条从后山泉眼到朱家新选菜地的引水管道，金彩凤领着许秀珍、谢玉琴、刘大有在菜地旁边挖了个蓄水坑，水满后只要移开竹笕，水便顺着浅沟流走了。金彩凤劳动了几个小时，身上暖和了，脸皮、手脚却冻得发麻。她正在跺脚取暖，却见石养财按着许秀珍手中的锄头吵了起来：

三嫂，这块地是大牛家的，能不能种你还得问过他！石养财的音调有些高。

朱雪飞从口袋里掏出把炒花生，边嗑边说：养财，大牛都搬老寨去了，回来做工要花好几十块路费，他哪会要这里的地？

石养财梗着脖子说：这地是确了权的，不管他种不种，我们要种，就得问过东家。

朱雪飞知道石养财中意雨飞，但她暗中测出两人八字不合，一直劝雨飞不要理他，雨飞不听，朱雪飞便把气撒在石养财身上，经常跟他作对，此刻也一样：

养财，你就拿着鸡毛当令箭吧，反正我家这块菜地有何馆长的尚方宝剑。

大姐，你可别这么说。朱雨飞性格憨直，换了往日，她肯定要帮石养财，可如今自己得了菜地的便宜，别人再怎么讲她都不好开口，只能管管朱雪飞。

我讲的是实话嘛，反正我们的菜地是问过了东家的。朱雪飞睨着许秀珍，有些得意。

许秀珍心中不服：何馆长，你不能偏心啊，凭什么朱家有菜地，我们就不能挖？

何馆长，彩凤妹子，山上人少，一碗水端平才好。

秀珍啊，他们搬下山的口袋里都有钱了，看不上这犄角旮旯，要种就种，问什么呀？

汪经伦和杨淑英看热闹嫌事小，一会儿给这边敲鼓，一会儿帮那边打锣，许秀珍有了撑腰的，跟石养财越吵越凶，还时不时地指桑骂槐，惊得那群觅食的鸟儿扑棱着翅膀飞上了树梢。

劲华，这些人不晓得好歹，把我们的好心当成了驴肝肺！金彩凤连声叹气。

何劲华也有些后悔。当时他只想安慰下受了哑伯气的朱雨飞，便跟石栋梁打商量，从他家的地里划了块给朱雨飞种菜，没想到却引来连锁反应。眼看许秀珍她们越吵越厉害，他忙出面力挺石养财：

各位，养财讲得对，那些村民虽然搬下山了，但他们的地政府还没有征用，他们要回来复垦耕种也是可以的，如果大家要种搬迁户的地，还得跟原主人打个商量。

许秀珍一听，立刻质问何劲华：何馆长，那你怎么不去跟我们讲？

何劲华有些窝心：雨飞常年给橘子婆、哑伯送菜，她那块菜地小，所以才问石支书要了这块地。

何馆长，你要这样讲，去年我也给哑伯送过韭菜和大蒜的。要我说呀，手心手背都是肉，你顾着朱家，也得顾着我们大家，反正我就是要在这儿种菜！

许秀珍不依不饶。一直旁观的谢玉琴、刘大有、赖秋香、汪经伦、杨淑英不想吃亏，也开始跟着帮腔，何劲华、金彩凤怎么劝他们也不听。

石拐平日很听许秀珍的话，但他内心有杆秤，晓得好歹。此刻见妇娘给工作队添了麻烦，忙上前拉着许秀珍的手说我们就两口人，原来的菜地还荒了两畦，别凑热闹了。

许秀珍说我们的菜地要挑水浇，这儿不用挑水。要不，何馆长也帮我们的菜地接下竹笕？

石养财说三嫂，你的菜地在泉眼的另一侧，地势还高，那可不是接竹笕解决得了的。要铺管子、买水泵，得花好几千块。

石拐走到何劲华、金彩凤跟前，说何馆长，彩凤妹子，你莫听信秀珍的，就算挖了菜地，我俩的身体也种不了这么多菜。

许秀珍骂道：死东西，你忘了呀？上次王大姐说了，只要我们干不了的活，打电话跟她讲，她会上山来帮忙。

何劲华猜这个王大姐就是镇里和石浩财、许秀珍家结对包户帮扶的干部，一问石养财，果然是她。何劲华听到这儿，心里有些憋气：这许秀珍使唤起人来还真不见外！

石养财说三嫂，这种菜地不比栽禾，每日都要浇水，你还能天天叫人家王大姐帮你浇啊？

许秀珍说她一周上户一次，你是村民小组长，你帮我浇一次。何馆长、彩凤妹子要是得空，也帮下忙，雨飞身体好，抬手就能帮我浇次水，我和老头子一周浇两次，身体还吃得消。再讲还有下雨天不是？三畦菜地我们能忙过来。

朱雪飞冷冷地说：等我们俩招郎进舍了，那得十二畦菜地呢。

金彩凤有些无语：劲华，几块菜地搞得大家你争我抢，还不如不搞。

何劲华在牛角村待了两年，晓得村里妇人常为这些蝇头小利吵口斗闹，生怕这次的菜地之争也会变成纠纷，苦笑两声后转身给石栋梁打电话，石栋梁倒也大方，说让他们种我们家的地吧。何劲华这才做了裁决：

这地是石支书的，他家有劳力，原本也想回来复垦，现在见大家有困难，把

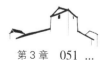

地都让给大家种菜。依我看，每家最多挖两畦菜地。

许秀珍大喜，朱雪飞不高兴地说这事因朱家而起，她家怎么也得比许秀珍多两畦。许秀珍不服气，两人乌眼鸡般斗起来。谢玉琴、刘大有、赖秋香三人倒是本分，听说是石栋梁的地，连忙摇手说不种菜了。

目送着三人的背影，金彩凤连声感叹工作难做，她跟着刘大有、赖秋香在山上干了半日活，他俩一问三不知，什么情况也没捞到。何劲华说他上午找石浩财谈话也不顺，希望下午能从石养财这儿摸到点头绪。

云开雾散后，琵琶围的午后有些慵懒，何劲华坐在琵琶围原来的村委会办公室里等石浩财。这是围屋北边正中的三连间大房，居中那间为原主人的佛堂，左为书房，墙上还有线描孔子像的遗迹，右为账房，墙正中画了幅财神像。这些像何劲华小时候看过，那时图像还带着彩，人物面目清晰可辨。几十年过去，彩绘已剥落，线条也漫漶了，主厅的两面墙上，"打土豪分田地""红军是穷人的队伍"的宣传标语清晰可见。外墙上刷着的"深挖洞，广积粮""农业学大寨，工业学大庆"等标语仿佛神奇的石墩，将过往的岁月连接成桥。

何劲华打量着只有两张破桌子、两把椅子、一条排椅、一个破橱子的原村小组办公室，颇有些辛酸。石养财告诉他，因村子要搬迁，琵琶围村小组没有进行改水、改厕、改路等公共设施建设。除了有电视、网络外，其余和何劲华记忆中的围屋差不多，也许还要破败些。东西两边二楼有几间屋子的门坏了，露出十几副或红或黑的寿材。虽然现在改了火葬，可这些寿材是村里老人早就备好的，老人们搬下山后也不肯毁掉，时不时还让石养财拍下寿材的图片发给自己的崽女，他们要看看自己的"老屋"怎样了。另外有一侧房子的屋瓦漏了，围墙上渗下道道深色的水渍。所幸这栋围屋是"银包金"，即围屋外为泥砖砌就，里边的墙体则是青砖，以示屋主的低调、不露富，所以尽管有几处漏水，整座围屋却仍然坚固。乡里搞危房普查时，琵琶围未列入其中，但镇里已向县有关部门提出申请，将琵琶围列为省级保护的古村落，这样就能拿到最少两百万元的维修资金。

这时石养财拎着热水瓶和两个茶杯过来，见何劲华正在看围屋维修专项资金的申请报告底稿，呵着白气说：报告早就交上去了，杨明书记正在跑这笔专项资金，他很拼的，他说年底应该能拿下。

石养财很尊敬杨明，但当何劲华和他细聊时，他也没避讳杨明的缺点：杨书记做事简单、直接，有时村民思想还不通，他还是会铁犁般犁过去，时间一长，难免有积怨。去年年终考评时，有人向考评组告了杨书记的状，说他脱贫是搞花架子，一心想早点结束，好回单位提拔。杨书记为了帮村民扩大产业规模，用自己的房子帮村民做贷款抵押，到现在他的房子还冇拿回来，这些告状的人没良心。

何劲华说我听人讲过这事，当时闹得蛮大，好多第一书记都为杨明打抱不平，好在组织上经过调查还了他清白。何劲华停了停，问石养财告杨明的是不是石浩财。石养财肯定地说，我这个弟弟懒归懒，却是个不拐弯的炮仗脾气，不会暗地捅刀。他要是脑髓够用，就不会拿斧头赶杨书记他们走了。

说到这儿，石养财感激地说：我弟赶人这事可大可小，大了能进派出所，多谢领导给了我弟一次机会，我一定帮助他改正错误。

何劲华说，你是他大哥，他那间店铺到底怎么回事？

石养财满脸苦恼地说：浩财这几年穷得叮当响，哪有钱买店铺？他一百多万借给东莞的朋友办养猪场，每月两分的利息。哪晓得他贪别人的利息，别人却要他的本金。后来才晓得那人借了三千多万，一直在拆东墙补西墙，事情败露后有三百多人去要账，把他家的养猪场和房屋全扒了，可那管什么用？浩财也上法院起诉了，法院判浩财胜诉，可那人名下没有一分钱，浩财不信，说他转移了财产，要求法院执行判决。法院让浩财提供那人转移财产的证据，浩财哪儿弄得到？后来他们约了三十多个债主到公安局经侦大队报案，公安局以非法集资的名义立了案，查了那人好几个月，也没查出一分钱，债主只有自认倒霉了。

何劲华对这种民间借贷心有余悸，前两年温成仙听信她弟弟的话，借了二十万给一家小额信贷公司，三个月不到，那家公司资金链断裂，老板跑路。温成仙成为庞氏骗局的受害者之一。看来石浩财也是中了庞氏骗局的圈套。

养财，浩财坚持说店铺不是他的，可房产证显示又是他的，你觉得这里面有什么蹊跷？

何劲华希望石养财能给他一点线索，石养财除了咬定石浩财买不起店铺外，其余就一问三不知了。

天黑了，被大雪压垮的线路已经修复，但尚未送电，琵琶围的夜色黑得纯粹。何劲华拧亮那两盏写有朱家姐妹名字的灯彩朝朱家走去，门口的朱雪飞兴奋地迎上来：

呀，何馆长，这灯你做的？太标致了！

朱雪飞好动，小时候就喜欢唱唱跳跳，琵琶围的村民还没搬迁时，元宵前夕村子里总要热闹热闹，朱雪飞的茶篮灯和茶篮歌是必演项目。

我做的，你们一人一盏，里面有电灯泡，可以当灯笼用！

朱雪飞一边旋出灯花，一边比画了几个动作。

何劲华从腰间抽出笛子：跳一个？

朱雪飞伸手伸脚地正要跳，被端着碗筷从厨房出来的朱雨飞叫住：食夜了！
何劲华将笛子横在嘴边，吹了串鸟鸣出来，惊得朱家姐妹瞪大了眼睛：哇，何馆
长，你嘴好巧。

何劲华看着桌上的菜说：你们手更巧。

朱雨飞做得一手好菜，几盘小菜炒得青是青、黄是黄，豆腐乳蛋花香喷喷，
早米饭略有些硬，可配上刚出锅的霉干菜烧笋干、辣椒炒酸芋荷，眨眼间何劲华
就吞下了两碗饭。

雨飞，你这手艺要是到县城开家餐馆，肯定能挣大钱。何劲华由衷地叹道。

朱雪飞撇撇嘴：何馆长，我们只有半升米的命，哪敢求一斗粮的福？

朱雪飞明显带着怨气。何劲华见她讲话有些文墨，便问她读了几年级。朱雪
飞不好意思地伸了二个指头出来：二年级。

朱雨飞快人快语：大姐是我们家文化最高的人，我受不了别人的白眼，没进
学堂门。再说家里也穷，我爷佬说妹子是赔钱货，肚里再多货色也要带到别人家
去，所以就没读书，成了睁眼瞎。

何劲华的老家桃江乡地势平坦，交通比琵琶围便利，生活相对好些，那里的
妹子最少也要读个二三年级，所以没有文盲。但在偏僻乡村，文盲还占有一定比
例。牛角村就有九个贫困户妇女不识字，领贫困户补助时还要请人代为签名。

雨飞，从今天开始，我每天教你认五个字。

那太好了！

朱雨飞笑得厉害时，嘴角有两个小米窝，平添了几分甜美。朱雪飞从抽斗里
取出张用毛笔抄的"种丝瓜要领"给何劲华看：何馆长，这是我的字，你看像不
像鸡爪？

何劲华见那字虽写得如春蚓秋蛇，布局却疏密有致，足见朱雪飞的灵巧。何
劲华问她是跟谁学的。

朱雪飞有些得意：是庵堂师太教给我的，她让我抄了好几本经书呢！

原来，朱雪飞二十出头时，一个游村串户的小木匠爱上了她，可小木匠的家
人坚决反对他们的婚事，小木匠只得另娶他人。伤心欲绝的朱雪飞到南远县的尼

姑庵出家，师太说她尘根未净，不收她，只让她帮厨打杂。朱雪飞为人机灵，师太开始教她念经、抄写经书、帮忙解签。一年多下来，她居然学会了看相算命。次年冬，师太圆寂，尼姑庵无人主事，她回到了琵琶围，四处为人看相算卦，有了些名声。后因钱财之事跟人起了纠纷，村两委多次找她谈话，要她破除迷信，镇里的治保主任也教育过她几次，朱雪飞没了看相的营生，农活干不好也不想干，经人介绍去县城当保姆，不料东家听讲她的祖上是麻风病人后，当即把她赶出了门，还把她的坏名声给唱了出去。回到琵琶围后，心灰意冷的朱雪飞便成天游东家、走西家地吃百家饭，丈夫出事后她越发懒惰，家中大小事情全甩给了妹妹，本就没有劳动力的朱家生活越发捉襟见肘。2015年，她们姐妹俩被评为建档立卡的贫困户。一来是她家的确困难，二来村人同情她俩新寡，评议她们当贫困户，算是尽一份乡谊和情分，三来也含有对朱雪飞的畏惧。有人说朱雪飞会法术，如果得罪了她，只要她暗中在人祖坟上做点法，那家人就要倒霉。

何劲华说：雨飞，听讲你们还有个大哥？

屋里的气氛倏地沉闷起来。朱雨飞说她大哥叫朱六亿，比她俩大十多岁，十二岁时跟人到南远县学裁缝，跟家里没什么感情。

何馆长，我家就我哥一个屙尿上墙的，就因为穷，就因为头上这顶麻风病的帽子，他宁肯先给别人当养子，后当倒插门女婿，户口迁到南远县，儿子跟别人姓，也不肯回琵琶围。要不是我哥这么绝情，我爷娭不会那么早死！朱雨飞气愤又伤心。

朱雪飞的看法正好相反：大哥离开这不挺好吗？起码现在娶了妇娘生了崽。要是留在琵琶围，他只有打光棍的命。

朱雨飞想想也是，便不再吭声，朱雪飞低头看手机短信，趁这空当，何劲华打量了下厅堂，发现墙上只挂了幅挂历，没有任何私照，仿佛她们以前的岁月是段空白。这种简洁里隐含着忌讳、回避和伤痛。静默了片刻，他问起那天石浩财跟杨明、小于的冲突，朱雪飞将原因归结于杨明、小于脾气太躁，朱雨飞则说石浩财酒性不好，至于石浩财在南远县有店铺这件事，姐妹俩觉得不可思议。

何馆长，我不是试量石浩财，他要是有店铺，我就敢说我有飞机，你信吗？

朱雪飞冷笑着拿起桌上那盏灯彩转动着，手指下意识地按动电池开关，灯彩明明灭灭的，像只巨大的萤火虫。朱雨飞皱眉想了想：

何馆长，石浩财肯定买不起店铺，但他应该有钱。

朱雪飞皱起那双淡眉：你怎么晓得他有钱？他送你金还是送你银了？

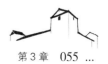

朱雨飞瞪了她一眼：我今年在圩上碰过他两次，一次他卖蛇皮、药材给药店，一下就收了几百块；一次他卖石鲶、石鸡、红菌干给餐馆，老板拿了这么厚一个信封给他。

朱雨飞用手比画了下：起码两千块！

朱雪飞抢着说：石浩财是个漏巴掌，就是真挣了钱，也食到了他肚里。他奶奶生病、孩子开销都是白桂花和他大哥、二哥给，他是要钱没有，要命一条。

大姐，你们都被他的障眼法骗了！

朱雨飞对石浩财没好感，再说何劲华这不是上户了解情况吗？眼里不揉沙子的她还想再讲，朱雪飞踩了她两脚，提醒她闭嘴。朱雨飞这才不情愿地改了口：

何馆长，我不晓得他到底收了餐馆老板几多钱，你千万莫跟石浩财讲刚才的事。

何劲华笑道：雨飞，你们放心，你们的话全在我肚子里沤肥。

朱雪飞冷冷地插了句：何馆长，去年杨书记上户来了解情况，我跟他讲了汪经伦两口子平常为人霸道的事，哪晓得他这个穿底筒第二日就去找汪经伦，让他改改毛病。汪经伦说哪个讲我有这毛病的？我得好好跟他聊聊，结果杨书记就把我给卖了，弄得我里外不是人。

何劲华没想到杨明处理问题会如此简单，有些吃惊。

他肯定是说漏了嘴。这个你别太放在心上，有时候脓挑破了，伤口反而好得快。

何劲华只能这样解释。

哎哎，何馆长，我们不管石浩财的事。

朱雪飞生怕会被石浩财误解。朱雨飞无所谓：他晓得又怎样？

我是怕你讲错了，养财难做人。

朱雨飞不再吭声，屋里的气氛冷下来。何劲华再要打听什么，她俩都说不晓得。何劲华只好告辞，归屋取出两套衣服和两包奶粉，出门去拜访两位老人。刚到坪上，何劲华便呆住了，只见天空高远、明月如弦、山川安谧，屋顶和树林间的残雪如同星星点点的白花，将夜色装扮得妖娆，窗口的灯光冲淡了山上特有的寂寥。何劲华走到刘大有门口时看见金彩凤和赖秋香坐在火盆旁，边织毛衣边讲西天，想必是在摸情况，他转身去了橘子婆家。正在拢火盆的石养财说他奶奶还在澡寮洗身，何劲华便让石养财陪自己去看哑伯。

哑伯的灶间和饭堂同在一间房内，梁上挂了支十五瓦的灯泡，除一张小方桌、一台十二英寸的旧电视机、两把竹椅、一个洗脸盆架、一个破碗橱外，再无他物。蜷在椅子上的哑伯和烟熏火燎的乌黑墙壁融为一体，何劲华费了好大劲才看见他。

因刚刚来电，灯光昏暗。石养财替哑伯打开小电视机，荧屏上雪花飞扬，只偶尔闪出几截画面。何劲华说这里信号太差，得搞几个户户通卫星接收机，不然都跟外面的世界脱节了。

哎呀，何馆长，你这话说到了我们心坎里。搬迁前，围里有十多个接受锅盖，大部分村民搬下山后，杨书记讲县文广新旅局下了文，不准私装电视信号接收机，把那十几个锅盖给拆了，我们这儿的电视就成了聋子的耳朵——纯粹的摆设。

那份文件何劲华知道，牛角村的户户通广播和电视就是在他手上落实的。琵琶围村小组因为要搬迁，户户通这项工作没做，给留在山上的村民带来了不便。何劲华说他会向局里汇报，请他们特事特办，允许琵琶围村小组安装户户通卫星接收机。

要是能看上电视就太好了。石养财满心期待地说。

这时哑伯已从瞌睡中醒来，见到何劲华，老人拱了拱手，又拍拍一旁的竹椅，示意他俩坐下，接着进屋拿出两张已经磨损得不成样的电影《闪闪的红星》的海报和一个搪瓷缸，满脸严肃地指指海报上穿着红军服装的潘冬子，又指指自己，再指指那只样式朴拙、掉了些瓷块的宽口带把搪瓷缸。搪瓷缸上烧制的"红军万岁"字样鲜红如故，在昏黄的灯影中折射出几缕亮光。哑伯呜里哇啦地比画着，石养财见何劲华有些蒙，说哑伯见谁都这样。

他是不是想告诉我们，他以前是红军？何劲华想起哑伯的身世传闻，心中一动。

石养财回头看了看门外，说还好我奶没听见，听见了她要骂人的。

何劲华说你奶断定石天柱是白军？

石养财叹道：哑伯对我们比亲公爹还亲。围里人有事，他做得动时都会帮忙。他还每年去看下张村的两家人，自己从牙缝里抠出钱给人家的细伢上学。要我说，他就像电影里的红军，可我奶奶偏说他是白军！

他就是白军！就是老白匪！

橘子婆走进门，将手中的火笼放在哑伯椅子下，抬头瞪了眼石养财，又看了看何劲华，大声嚷道，雪白的头发颤动着，双眸在浑浊的眼白中射出两缕不容置疑的精光。

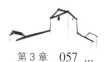

何干部，我家大山带石天柱去参加红军，结果石天柱被白狗子抓住了，他不要脸，成了白狗子！

哑伯像是听懂了她的话，冲到她跟前双唇张合地比画了一通。何劲华问橘子婆哑伯在说什么？

他说他对不起大山，他该打该骂！

何劲华有些吃惊：婆，你能听懂哑伯说话？

橘子婆摇头说是她猜的。

何馆长，我奶奶那是随口乱讲的，你别当真。石养财道。

何劲华略有些失望，他把礼物送给哑伯。哑伯指指手中海报上的潘冬子，又指指自己，摇了摇手。

何劲华心中一动：养财，哑伯是不是说他是红军，不收礼物？

上次县委党史办的常主任也这样问我。她是您同学？

何劲华眼前闪过一张长相普通，但努力让自己显得出众的脸。

常莉玲是我高中同学，我们蛮熟的，我记得琵琶围之战的史料是她挖掘出来的。

这个我不太清楚，不过她前些年常来琵琶围。有一次她说哑伯有冇可能是红军，气得我奶奶跟她吵口！

可我看橘子婆很照顾哑伯啊，她这几日餐餐给哑伯送饭，刚才还给他送火笼。

石养财说哑伯是他公爹的堂弟，两家是亲戚。

拎着哑伯的两件脏衣服往外走的橘子婆听见石养财的话后停下脚步，对何劲华说：

何干部，看在祖宗的面上，我舍几顿饭给他食，也会给他洗洗衫衣。可他是老白匪，是阶级敌人，我们要斗争他！防止他反攻倒算。

橘子婆这时代烙印十足的话让何劲华大感惊讶。石养财有些尴尬：

我奶奶以前的事记得清楚。你要是跟她坐下来讲西天，她会跟你说红军抓生产的事。

橘子婆一听这话果然来了劲，说话的音调高了八度：何干部，当年红军在峙城抓生产抓得可紧了，村苏维埃的干部让大家多打粮食，说吃饱了才有力气上战场，为穷人打天下。

橘子婆顿了顿，浑浊的双目在路灯下熠熠闪光。

那时的红军战士一有空就帮老百姓做事，跟村里的人处得像亲戚。

橘子婆突然抓住了何劲华的手，她的手粗糙、干硬而温暖，散发出烤火笼后特有的炭香：

现在的扶贫队就像当年的红军，也是让大家搞好生产、多打粮食，让大家有饭吃、有衣穿、有房住、有学上。

老人打住口，眼神邈远，神情恍惚，好一阵她才接上断掉的思绪：

当年大山就是为了这些才参加红军的！可惜啊，现今的后生人都去打工了，山上的田也撂了荒，这样下去不得了哇！你有空，得帮我把生财、桂花叫回来。

婆婆，你放心，我们搬下山后生活会越来越好。桂花和生财都会回来的。

何劲华从手机里调出那些从琵琶围搬迁到老寨村小组的村民在新居前的照片和小学校的照片给她看，说只要搬下了山，成金和成玉就在这明晃晃的学堂里上课。

橘子婆看着照片，脸上的皱纹舒展开来：政府是为我们好勒，等围里的人都搬下去我再搬，我得在琵琶围多为大山烧几把灶膛火。大山当年呀……

橘子婆忽然走到门口，对着那片月辉呢喃道：大山，我晓得你就在那儿，就是不肯归屋看我。唉，我老了，你也老了。

而后她径直走到坪上，继续和想象中的石大山对话。何劲华看着鼻酸，石养财却习以为常。何劲华见哑伯又在打瞌睡，两人悄悄退出，掩上房门，这边拿起刚才放在门口竹椅上的衣服和奶粉送给橘子婆。橘子婆弄明白他的意思后，坚决不肯收礼：

何干部，大山刚才跟我讲，干部不拿群众一针一线，群众也不能占别人的便宜。这些东西你拿回去！

何劲华没想到老人这么坚决，抱着那些东西不知如何是好，这时哑伯也拿着衣物和奶粉从屋里出来，将东西塞到他怀中，口里啊啊几声，扭身进了房间。

何劲华有些丈二金刚摸不着头脑：养财，我是不是送错了东西？

石养财笑着说：何馆长，自从常主任写文章报道了我奶奶和哑伯后，有些上琵琶围玩的人会给他们带东西，可我奶和哑伯从来都不肯收。实在推不掉，奶奶会让我们花钱买。

何劲华忽然觉得这两位老人像遗落在时间深处的珍宝，正在暗夜里熠熠发光，那光芒让他自惭形秽。

次日一早，何劲华跟金彩凤碰了个头，交流了一番彼此上户了解到的情况，

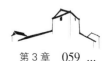

他特意说到看不清电视的事：山上本来就闭塞，年轻人有手机还好一些，老人家就难过了，我想找下局里，请他们给山上的村民安装卫星电视接收机。金彩凤说昨晚听赖秋香讲，村民对我们没有带资金来扶贫很失望，我们做不了大事，做几件这种雪中送炭、锦上添花的事也蛮好。何劲华当即给李香树打电话，想请他跟局领导协商解决琵琶围村民看电视的事，在此起彼伏、清脆悠扬的鸟鸣声中，电话里李香树略显沙哑的声音有些扎耳朵：

劲华呀，你给他们买几口锅不就行了？那个好便宜的。

何劲华说前年局里发了通知，私人不准装，去年我们在牛角村拆人家的锅时，差点还打起来了。

那就打个报告，我批个字，你再去找戴局长批，让他特事特办。

李香树匆匆交代几句便挂了电话，几分钟后又给他发信息，说此事由何劲华直接去跟戴局长沟通。何劲华晓得李香树跟戴局长关系不睦，虽然两人维持着表面的平静，但还是会给下属带来困扰。何劲华见他把这事直接推给了戴局长，就晓得李香树想躲，办得成办不成全靠他何劲华。

哎，劲华，我听讲开会时李香树拍着胸脯向钱书记和江局长打包票，说会创造条件保证我俩按时完成任务，怎么不见他推一把？看来他开的是空头支票呀。

金彩凤说出了何劲华的心里话，他有些郁闷。这时杨明打电话过来，语气激愤：何馆长，你可把我害苦了。

何劲华吃了一惊，忙问怎么回事？

杨明的声音犹如通红的烙铁，冒出灼热的气息：何馆长，从下午到晚上我接了十七个电话，全是琵琶围的搬迁户，他们反对山上的村民随意占用他们的土地，等下我会把那些村民的名单发给你。还有二十七户村民要求我们把竹筐铺到他们的地上，他们要上山复垦。另有十七户搬到牛回岭的村民说他们那边电视信号弱，如果驻村工作队帮琵琶围的村民装了家用卫星电视接收机，他们那边也要装。要是石浩财他们拿到了一万元入住的安居房，他们也要。有几位老人家说在山下住不习惯，既然山上现在能够复垦，他们想搬回琵琶围去住，何馆长，你有什么解决的好办法？

何劲华没想到菜地之事会引出如此多的连锁反应，一时之下哪有什么妙计良方？只能实事求是地说：

杨书记，铺设竹筐的事我努力一把能办成，装家用卫星电视接收机的事还得去局里跟领导协商，也许领导看在琵琶围的特殊情况上会特事特办。牛回岭距县城只有两个多小时路程，是县里最早一批完成户户通工程的示范村。我在牛角村当驻村第一书记时还到牛回岭村学习过他们的户户通经验。那儿的电视信号很好，根本没必要装家用卫星电视接收机。你跟他们解释解释。

杨明叹了两口气说：何馆长，我劝你别惹琵琶围的这些人。他们本来就不想搬，你帮他们装好了家用卫星电视接收机，他们就更不想搬了，讲不定还会要求我们帮他们改水、改厕、改路。他们提的这种要求我们肯定没法满足，可石浩财他们不会体谅我们工作的难处，只会痛脚趾越踩越前，我们要是办不成、办不好，他们就去告状，你原本一片好心，最后被他们当成了驴肝肺！

杨明想到自己上次考评时曾被人告黑状，这次又被石浩财他们赶出围屋，越说越气。何劲华知道他说的是实情，但他不认同杨明对琵琶围人的评价。

杨书记，琵琶围本就偏僻、闭塞，如果再看不到电视，没有获取信息的渠道，他们的思想观念就会更落后。从我目前了解的情况来看，琵琶围除了汪经伦家和两位老人家，剩下的几户不是不想搬，而是没钱搬。如果他们有足够的建房费用，他们不会为一个家用卫星电视接收机留在山上。

杨明听了许久没吭声，何劲华以为他挂了电话，可一看手机，又仍在通话，晓得他在生气。果不其然，杨明再开口时声音有些冷：

何馆长，他们讲得对，是我这个第一书记没当好，没能让他们脱贫致富，没能让他们筹到搬迁的钱，所以领导才派你来，希望你早日带领他们脱贫致富，搬下山去！杨明说罢挂断了电话。

杨书记到底年轻，火气旺了些，这事哪能怨你呢？金彩凤说罢，见刘大有、赖秋香又要上山，忙不迭地进屋取了围巾手套，要跟着他俩走。

哎呀，彩凤妹子，山上的风好烈，你脸这么嫩，吹老了可惜。

赖秋香见丈夫向自己使了个眼色，连忙劝阻金彩凤。

冇事。我别的长得不行，就是皮肤好，不怕风吹日晒，走！

赖秋香奈何不了金彩凤，只好带着她去山上干活。

何劲华正在暗赞金彩凤跟人打交道有一套，石栋梁打电话过来，说明天上午可能会有村民去找他，要他代表村两委给琵琶围的留守村民开个会，请他们不要占已搬迁户的便宜。

何馆长呀，我晓得你是好心，可有的人针尖上都能倒立，绿豆大的好处在他们眼里就成了金山，大家争得跟乌眼鸡似的。我明天会劝他们，万一劝不住，村民可能会去找你理论。石栋梁替何劲华担心。

何劲华说没关系，欢迎他们上山，到时正好请他们给琵琶围这些贫困户的脱贫出谋划策。

这时，山风送来石养财气恼的声音：我这两日脚痛，走不得路，你参加一次家长会会死啊？

开什么卵家长会，我不去！

石浩财的脚步跟他的声音一样快，转眼就到了何劲华跟前。何劲华拽住他，问怎么回事。石浩财歪眉皱眼地不肯说，石养财拐着脚走过来，说石成金和石成玉就读的锅底村小学今天下午要开家长学生互动会，石浩财不肯去。何劲华意识到这是一个激发他斗志的好机会，说浩财，我跟彩凤陪你去。

食过昼饭后，何劲华、金彩凤"押"着石浩财上了从琵琶峰开往水库管理处的轮船。虽然天冷风大，他们还是站在甲板上欣赏着沿途的风光。船经过一棵松树五只尾时，金彩凤掏出手机连连拍照，说那棵大松树太好看了。何劲华抬眼望去，只见一干分五枝的松树如龙筋凤尾，又像展开的飞翼，朝上的枝丫覆盖着白雪，在冬阳下熠熠闪光。两旁的竹林被雪压弯了修长的躯体，仿佛一群虔诚行礼的绿衣秀女。山脚处积雪已消，山腰和山顶的白雪终究掩不住万树的绿，往日郁郁葱葱的山峰变成了淡绿色。近湖处，落叶乔木遒劲的枝干恣意地伸展着，苍龙般的倒影在碧水中摇曳。何劲华觉得自己错入了唐诗宋词的意境，又像置身宋人笔下的寒林冬景，心中泛起思古幽情和被山川之美激起的感动。在亘古的自然面前，人何其渺小，然若胸有信念，不独为己活着，让有生之涯汇入历史的洪流，为他人奉献自己有限的光和热，也就不枉此生了。

石浩财目视着船舷两边被船头犁起的雪青色浪花，幽幽地说：前几年水下这些村庄搬迁时我帮朋友运送家具，有两位老人家愣是躺进棺材不肯走，说他们祖上在这个村子生活了几百年，每把泥土都有祖辈的汗水和脚印。他们宁肯死在祖宅里也不去新地方。村干部和后辈做了好几日的工作，两位老人才肯走。搬家时他俩带走了两棺材泥土。说等他们哪天过了身，要用这两棺材土暖墓穴。

这个故事让何劲华和金彩凤感动不已。何劲华看了下表，离码头还有一刻钟，便跟石浩财谈起心来：浩财，你中意看小说和上网，你说说，有哪朝哪代，哪个国家，像中国现在这样大规模精准扶贫的？

石浩财摇摇头：冇听过。但我晓得脱贫攻坚是利国利民的大好事。

金彩凤说：你既晓得是好事，就要积极配合呀。

石浩财唉声叹气：败家如山倒，要重新发家，晓得几难哟，我是冇信心。

何劲华紧挨他站着，舷梯边的水花随风飘溅到脸上：浩财，别的不多讲，我就希望你早日戒酒。你蛮有点子，可惜都被酒精沤烂了。你要是连戒酒都做不到，那就是一团糊不上墙的烂泥。

石浩财没回答，朝头顶飞过的那群鸟吹了几声口哨，鸟儿扇动翅膀飞得更远了。何劲华见他满不在乎的样子，不由气急交加：浩财，我们在这里，还能苦口婆心地劝你。我们要是下山，大家都怕你的暴脾气，哪个管你？你有能力，要不然你以前也当不了老板！你在东莞之所以失败，是你想走捷径挣快钱。现在吃了苦头，你就更应该学那孙猴子，一个跟斗从云里翻下，把琵琶峰建成花果山，你来当那山大王！

那政府得给我钱，我不能光靠十根手指去建花果山呀！

浩财，何馆长跟你讲这话的意思，是希望你振作起来，不要一心指望别人，怎么讲了半天，你还是听不进去？

金彩凤气得心里响起了冰枝折断的咔嚓声。

浩财，幸福生活是奋斗出来的。你要是打足了精神，自己就可以变成发动机，你还这么年轻，肯定能干出好日子来。

何劲华语速放缓，嗓门压低，仿佛每个字都是枚腌橄榄，稍加品咂，便能体味到比语言更深的含义。石浩财连连点头，眼神却依旧惘然。

这时，轮船在锅底村经停，他们上岸后匆匆往锅底村小学走去。锅底村行政村有十二个村小组，二千八百多人，除了村委会所在地锅底村小组不在搬迁之列外，其余十一个村小组在水库蓄水前便完成了搬迁安置。2015 年，县里实施"一村一品"的精准扶贫政策，锅底村大力发展稻鱼共生产业，年产稻花鱼二十多万斤，成了全县闻名的稻花鱼养殖基地。因产业发展迅速，全村已脱贫，近期常有外乡、外地人来参观。

锅底村小学坐落在村口的缓坡上，门前一棵十几人才能合抱的大榕树，四周风景优美。这是座完小，教学质量仅次于镇中心小学，盛时有三百多学生，后来随着搬迁扶贫政策的落实，不少村民搬走了，没有搬迁的村民为了不让孩子输在起跑线上，从牙缝里挤出钱到琵琶镇或县城附近租房子，找关系让孩子到师资好的学校读书，锅底村小学生源持续流失，目前只有一百四十多位学生。

石浩财、何劲华、金彩凤走进宽阔、整洁的校园时，学生们还在上课，学生家长三五成群地在外面等着。听着窗户里飘出的琅琅书声，望着操场中间那面高高飘扬的国旗，看着簇新的教学楼，金彩凤兴奋地拍着照，说跟旁边破旧的村委办公楼比，锅底村小学的教学楼是真正的豪宅。

见石浩财伸颈四处张望，何劲华说：浩财，你不知道成金、成玉的教室在哪里吗？

歉疚使石浩财的声音略显嘶哑：何馆长，以前我在外打工，是桂花来参加家长会。桂花走后，是我大哥来。

你怎么不来呀？金彩凤看不得他这种置身度外的态度。

我喝酒的事情传到学校里了，成金和成玉怕同学笑话我，不要我来。

我听讲成金留了两级？何劲华问道。

成玉也留了一级，他们现在在同一班，也好，两人有个照顾。

石浩财对儿女留级毫不在意。金彩凤忽然指着操场两旁的宣传栏说：

看，浩财，成金、成玉两人双双获得了学校组织的"学雷锋、树新风"主题演讲比赛第三名，这不容易啊！

石浩财伸手抚着照片里捧着奖状、笑得鼻子都皱起来的一双儿女，不由双目微润。这时下课铃响了，学生们蜂拥而出，校园里立即热闹起来。

学生家长们请注意了，请你们赶快到孩子的教室开家长会。

大喇叭音量很足，可这位老师的声音并不聒噪，听了反而让人振奋。石成玉跑了过来：何伯伯，金阿姨，老爸，大伯呢？

大伯在山上有事，离不开身！

石浩财说着弯下腰，想搂下女儿，石成玉却一拧身说：爸，等下你自我介绍时，就说你是我舅舅。

怎么，嫌我丢人？石浩财的脸阴下来。金彩凤揽住石成玉：成玉，不许这样跟爸爸说话。

哎呀，何伯伯，金阿姨，不要我爸来参加家长会嘛，为同学喊我爸外号的事，我哥都跟人打过好几架了。

话音未落，二楼几名男生同时开喊：两斤半，是坏蛋。食了酒，屙屎蛋！

你们再喊，我揍扁你们！早有防备的石成金在上面追着他们打。石成玉瞪着石浩财：就怪你丢人！说罢转身上楼去支援哥哥。等石浩财、何劲华他们赶到二楼时，老师已经把那几个学生拉进了教室。今天开的是学生家长互动会，主要内容是让家长听孩子写给自己的信。由于石成金和石成玉是留级生，今天家长好不容易到场，班主任便安排石成金打头阵，他朗诵的是一封写给石浩财的信：

爸爸，我是成金，你的大崽，以前你在外面打工，妈妈在家里带我们。妈妈告诉我和妹妹，说你勤劳、能干，很疼家里人，对朋友蛮够味。可你回家以后，一点也不像妈妈讲的那个爸爸。你天天喝酒，喝醉了喜欢骂人打人，不喝酒的时候待在家里发懒，也不管我和妹妹。去年我过生日，杨明叔叔给我买了蛋糕，我许了一个愿，希望老天爷赶快把妈妈讲的那个好爸爸还给我们……

石成金念到这儿时，眼泪不争气地夺眶而出。在座的家长和学生扭头盯着臊得满脸通红、起身想走却被金彩凤死死摁住的石浩财，开始指指点点。老师咳嗽了两声，教室里安静下来。石成玉走到黑板前，细声细气地读起了她写的《我心中的爸爸》：

我爸爸以前是个好人，现在还是个好人。早先他爱喝酒爱发懒，前几天何大伯和金阿姨来了，他们跟我爸爸谈心后，我爸爸酒喝得少了些，人也变勤快了一点。我相信爸爸会越变越好。你们以后要是再喊他的外号，他会变成孙悟空来抓你们！

在场的家长和学生听到这儿都笑了起来。石成玉突然指着坐在后排、泪花闪动的石浩财说：我爸爸长得好帅的！

众人齐刷刷地回看石浩财，石浩财羞愧得缩着脖子，何劲华推了他一把：浩财，起身表个态。

金彩凤、何劲华领头鼓起了掌。石浩财站起身，弯腰勾头地说：我叫石浩财，是石成金、石成玉的爸爸。我的外号叫"两斤半"。我以前打工的时候当过老板，亏本后我天天喝酒发懒，妇娘跟我离了婚，我自己和家里人又接二连三生病，成了贫困户后，我像只秤砣一样沉到了酒里，变成了酒鬼、懒鬼，我对不起成金、成玉和我妇娘。石浩财捂着脸抽泣起来。

金彩凤小声说：哎哟，男儿有泪不轻弹嘛。何劲华也没想到平常一副人死卵朝天的石浩财会如此脆弱，忙起身说：

浩财前几年在爬沟过坎，有时难免消沉，现在他正在奋起直追。石成金、石成玉说得对，他以后会当个好爸爸的。

他向金彩凤使了个眼色，金彩凤扭头对坐在旁边的班主任说：

老师，我们还有急事，先走一步。成金、成玉，你们好好听讲，不用出来。

何劲华、金彩凤把石浩财夹在中间，三人出了教室。金彩凤因为没有带替换衣服和药物，从锅底村坐车直接回县城，何劲华和石浩财上船后相对无言。儿子和女儿念的那两封信，像扎入肺腑的尖刀，让石浩财刺痛不已，他没想到，自己的酗酒和懒惰会给亲人带来如此大的伤害！他恨自己和那些酒。可一想到酒，他

浑身又燥热起来，喉咙里似有千虫万蛊在爬，撩得心里发痒，恨不得钻进酒缸，一醉方休。上山途中，他像头受伤的野兽，迈着急而慌乱的脚步，兀自往前奔。何劲华知道刚才的场景触动了他，便远远地跟着，给他留下舔伤、反省的空间。伤疤揭开后流出了脓血，也许内伤会好得更快。

春天孩儿脸，一天变三变，昨日晴空万里，今天却风雨如晦，围屋显得有些阴郁。何劲华早上五点多钟爬起，把那份给琵琶围留守村民安装家用卫星电视接收机的申请报告发给李香树后，便和石养财去看那些想装竹笕的村民土地。看之前何劲华还信心满满，看完后他眉头紧锁。石养财连声劝他放手：

何馆长，这件事做不得。你看吧，这些地有高有低，山南山北都有，接竹笕不现实。用塑料软管那得花不少钱。朱家的那些竹笕还是您花的钱，自掏腰包没必要。就算您和金大姐能找到资金，全部装了软管，我断定，他们也不会花那么多路费回这里来种地。那不是白菜花了猪肉价吗？还有，现在的泉眼太小，要给全村的地供水，得打井做引水沟、蓄水池，还要买水泵、铺水管，这是大工程。

何劲华有些后悔自己当初表态时的感性，"感性"是李香树在党支部专题组织生活上给他提的意见之一。回顾自己这些年的工作经历，在讲组织程序的同时，艺术家性格中的感性常常使他在执行过程中灵机一动，并造成旁枝逸出的意外后果，有时挺难善后。

唉，自己怎么就记吃不记打，这次又来了个心血来潮？现在面团已经发酵，要往回捏，还真有些难度。果不其然，他俩还没下山，石栋梁便发信息说他和十几个村民正在前往琵琶围的路上。

何劲华想到他们赶到琵琶围时正好是吃中饭的时间，山上的村民只有自吃的菜，荤菜要下山到船上或锅底村去买，他后悔昨天去锅底村小学时忘了今天有人上山这茬事，不然带些菜回来也不至于如此被动。现在一下子要招呼十几个人吃饭，何劲华只好请朱雨飞到锅底村跑一趟。为了方便村民进出，杨明找有关部门支持了村民一条小木船，平时锁在码头上，库区轮船停运的那几日，村民们若有事，可划船自由出入库区。只是划船需要技巧和体力，琵琶围里只有朱雨飞、石养财、石浩财三人能当"艄公"。

何馆长，去锅底村无非买些猪肉，我们今日中午不食猪肉食鸡鸭，小菜山上有，不用下山。

何劲华看看时间，如今只有这个方案才能赶上趟。于是从微信里转了四百块钱给朱雨飞，买她家的两只鸡、一只鸭，外带些小菜，最关键的是还得她来掌勺。

这个，何馆长，还是请三嫂来做吧！

因为怕人忌讳，朱家这些年在围里从没有请过客。围里人做米粿、烫粉皮都会给左邻右舍送上一碗，唯独朱家不送。朱家刚到围里落户时，为了表示感谢，特意从牙缝里挤出了两桌酒席钱，头天就登门请人吃席，结果开席时只来了橘子婆、哑伯和老支书石铁锄三人。从那以后，朱家再也没有请过客。众人请席，也不喊她们，总之，互相间达成了高度默契。

雨飞，你们姐妹只要拿出手段和绝招，做出好菜就可以了，其他我来搞定。

作为东道主，何劲华以为自己定在哪家吃饭别人不会有异议，哪晓得他刚把相关信息发给石栋梁，石栋梁便回话说村民们不同意在朱家吃饭。一个村民还特意打电话要求何劲华把中餐安排在石拐、许秀珍家中吃。

话讲到这份上，何劲华再坚持无益，只好打电话向朱雨飞解释。朱雨飞说她刚才已经接到了村民的电话，让她俩把何馆长请客的四百块钱转给石拐。何劲华说这是他们自作主张了，那四百块还是放你那儿，你把鸡鸭和小菜送到石拐家就行了。

朱雨飞叹道：何馆长，多谢您的好意。这钱你还是全部转给三嫂吧，刚才她上我家吵口，说他们两个上下山不方便，鸡鸭不好卖，偏偏你又不买她家的鸡鸭。

何劲华愣了愣，后悔自己刚才只考虑到石拐夫妇身体不好，养的鸡鸭宝贝，没想到他们还有售卖难的问题，幸亏还能补救。他让朱雨飞留下一百块钱，买她家一只鸭子一坛水酒，另外三百转给石拐，买他家的两只鸡和一些小菜，外带人工柴火费用。

朱雨飞说：不用，我家的鸡只要想卖，我下趟山就行了。三哥、三嫂上下不便，你还是全买他们的吧。

何劲华挂了电话后连叹几口气，石养财有些不好意思：

何馆长，你是不是觉得琵琶围的人针尖尾上起天姿，尖钻得很啊？

何劲华想了想，说我在牛角村两年，村里人也为哪家先灌水、牛吃了谁家的禾草、捡错了鸡鸭蛋的事吵架，女人们更是经常为鸡毛蒜皮的事闹得不可开交。可只要说清楚了，第二日又和好如初，今天这件事，还是怪我考虑欠妥。

石养财沉默了一会儿说：何馆长，刚才有人给我发了信息，说他们虽然人已搬走，可户口还在琵琶围村，您要是为留在山上的村民谋了福利，他们也要

得一份。估计中午这餐饭会嚼得你牙痛。

何劲华觉得石养财想多了，他叹了口气，没再说话。

石栋梁和那十几个搬迁户下午一点多钟才到，何劲华、金彩凤怕他们饿着，立即招呼众人食昼，哪知六阿公、四伯伯、朱八嫂几个老人家却捂着咕咕叫的肚子，先到围屋二楼看寿材。朱八嫂和朱雪飞打来清水，两人把寿材抹得锃亮。六阿公抚摸着寿材头板上的大红福字，喃喃地说这是我的宝贝老屋啊！四伯伯则从挎包里取出胶水，将十来张写有"福如东海"或"寿比南山"的红条幅粘在那些寿材的盖板上，这是那些腿脚不便的老人托他贴的祈福条幅，做完这些，三位老人还给寿材拍了照。下山后，他们要拿照片给那些老邻居看。

午饭是在许秀珍家的堂屋吃的。搬迁户们说起朱家和许家开垦的新菜地，情绪有些激动。四伯伯说要搬回山里种茶叶，朱八嫂说要回来种百香果，六阿公说他家的杉树也需要解决灌溉的水源，作为扶贫干部，何劲华不能一只碗有水，一只碗无水。

何劲华陈述了他们回琵琶峰复耕的利弊，还特意给他们算了下来回的成本。那些村民说这好办，琵琶围房子多，我们回来住就是。六阿公和四伯伯这次还带了铺盖卷和换洗衣服，说是好久不见琵琶围和琵琶湖，眼珠都快成了枯珠子。

石栋梁打断了他的话头：六阿公和四伯伯回来住几天可以，要是想搬回围里，那是瞎胡闹。

今天杨明在县里开会，小于有事没来，何劲华听到这里，觉得有必要代表驻村工作队表下态，忙站起身说：

各位长辈，琵琶围随时欢迎大家回来做客，只是政府花了这么大的心思和本钱帮大家搬下山，大家要想办法富起来，而不是想着搬回山上。

搬迁户们你一言我一语地说，山下有山下的好，山上有山上的好……

石栋梁抢过话头说：我看大家是好了伤疤忘了痛！那年杨阿婆心脏病发作，送到山下就不行了。医生说如果住得近，及时送医院，人还能救回来。还有谢玉琴的奶奶陈大妹，医生讲她的脑溢血本来不重，因为路远颠簸，导致病情加重，现在瘫在床上那么多年……

石栋梁这话戳中了大家的痛点，谢玉琴的父母唉声叹气，六阿公陷入了回忆，说从解放到现在，天梯口那儿摔死过十三个村民，猴子崖也夺走了四条采千金草的村民的性命。大前年，钟大伯读初中的孙女暑假时被青竹蛇咬伤，因送医不及时而离世，一朵花没开就谢了。还有……

众人缄口盯着石养财看。石养财见何劲华、金彩凤不解其意，忙拍着残疾的左腿说：

九岁那年我上树掏鸟窝摔断了腿，正巧大雪封山，没法去医院，错过了最佳的治疗时机，后来腿就成了这样。

在众人的欷歔声中，石栋梁的声音砂纸般摩擦着大家的耳朵：

我在这里撂一句话，哪个想回来，他家新房就空出来，换山上的人下去住。

石栋梁这话刚落地，六阿公就嚷起来：我们是借了债才搬下山的，他们不肯背债，搬不下山怨哪个？

众人乱糟糟吵成一片，何劲华起身向六阿公、四伯伯、朱八嫂敬酒，大家这才安静下来。能言善辩的朱八嫂说：

何馆长，我们在琵琶围过了大半辈子，人下去了，根和魂还在围里，做梦都梦见这里呐。刚才我们讲了这么多，其实就是两句话，一是我们的地自己种；二是山上有什么好政策，得有我们的份！

何劲华忙放低碗和他们二位碰了下，仰脖一饮而尽，抹着嘴唇说：

各位乡亲，听了大家刚才的话我很感动。琵琶围这么远、这么穷，大家却始终惦记着。我在这儿向大家保证，琵琶围日后要是有好产业，愿意参加的，我们都欢迎合作！

对，有福同享！石栋梁带头鼓起掌来。菜过五味后，六阿公拉着何劲华的手说：何馆长，刚才大家讲的话你莫要放在心里，讲真的，留在山上的人有他们的难处。我们搬下山的人家凑了九千九百块钱，请你给他们买些鸡苗来养。

六阿公说着掏出个红布包塞给何劲华。何劲华和金彩凤有些震惊：刚才还锱铢必较的村民怎么突然变得乐善好施了？

石栋梁挠挠脑袋：何馆长，我刚刚才晓得他们搞了募捐，我家那一百块钱还是我老婆出的。

说着他掏出一百块钱递给六阿公：凑个一万块。

朱八嫂不让：九千九，久久长。

说着抢过红包就往石养财口袋里塞：何馆长、养财，这钱不多，就是大家的一点心意，快收下！

石养财不敢收，他看着何劲华，何劲华又看着石栋梁，石栋梁说：

何馆长，这是大家的心意，收下吧。养财先记好账，再开个村民小组会做项目计划，再按照相关的财务程序开支。何馆长，你看这样可好？

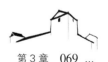

行，多谢大家了。

何劲华心中颇为感动，同时有些内疚，内疚自己刚才对村民们的怪罪。平心而论，村民们有些尖尖钻，但这并不能掩盖他们的质朴与善良。

四伯伯举起了碗：何馆长，山上山下是一家，琵琶围以后有好处可别忘了我们。

何劲华郑重地和他碰了碰碗：人情好，呷水甜，我用这碗茶水表达对大家的敬意和谢意，来，喝掉！

众人高兴地一饮而尽，四伯伯和六阿公开始猜拳。在"五子登科六六高升"的喊声中，何劲华想到朱家姐妹没来吃席，便转进灶间，看见灶台上每样菜都留了一小碗，以为这是给朱家姐妹的份菜，便招呼石养财拿篮子装了送到朱家去，没想到却被风般旋进灶间的许秀珍拦住，说朱家姐妹已经在灶下吃过了，这些菜是她的工钱。

何劲华笑道：三嫂，你和三哥要是给人当大厨，不止得这几碗菜，今日辛苦了。

许秀珍一高兴，立刻从留给自己的那些菜中分出两碗给石养财：养财，这碗拿给你奶奶吃，这碗送给浩财，他这几餐都冇出门食饭，只怕饿得前胸贴后背了。

石养财说不用，他人不在屋里，估计下山呷酒去了。

石养财话音刚落，厅堂里突然传来阵喧嚣声。何劲华、石养财出去一看，原来是石浩财端着两大碗香喷喷的红烧山鲶鱼走进了屋内。

何馆长，您买了三嫂家的鸡鸭，也能买我这山鲶。这些山鲶在县城卖二百五十块一碗，我只收您一百块一碗。

昨天从锅底村小学回来后，石浩财心里翻江倒海了一阵，也想发愤去挣钱，可想到挣钱的辛苦，又像被针刺破的皮球，顿时泄了气。半夜睡不着，他打着手电上山，去那个藤蔓掩映、极为隐秘的冷水洞里抓了几条山鲶鱼。原本想自己吃，没想到中午来了客，又听说何劲华买了三嫂的鸡鸭，便临时烧了鱼端过来，既是买卖，他向何劲华伸手时并不觉得难为情。

浩财，你莫打乱哇！石养财想推开他，石浩财用劲把他拨到旁边，一屁股坐下，拎起桌上的酒瓶就往嘴里倒，石栋梁抢过酒瓶，把酒倒进了其他人的碗里，只给石浩财留了一小口。石浩财霍地站起身，哑声道：石栋梁，你别狗眼看人低！

何劲华拉开他，往他手里塞了三百块钱：你这山鲶闻着就香，这两碗菜我买了。石支书、六阿公、四伯伯、朱八嫂，大家趁热吃。这浩财的厨艺啊，估计大家平时难尝到！

山鲶鱼是琵琶峰独有的特产，市场上卖八十多块一斤。石浩财今天这两大碗山鲶，最少有三斤，收两百块还算贱卖。何劲华晓得价钱，所以给了石浩财三百块，往外掏钱时他也有些肉疼：一顿饭吃掉了六百块！加上上山前给村民买礼物，购买朱家竹子的费用，总计超过了一千元，这对他来说并非小数目。石养财生气地把石浩财拽到旁边：浩财，快把钱还给何馆长！

石浩财板着脸正要发作，何劲华端了两碗擂茶过来，一碗给石浩财，一碗留给自己：浩财，这是三嫂制作的秘方擂茶，我们以茶代酒，走一个！

石浩财飞快放下茶碗，端起石栋梁的酒碗一饮而尽：何馆长，这酒煞火！

因为这碗煞火的酒，也因为那三百块卖山鲶的钱，当石栋梁、六阿公他们一行走后，石养财把石浩财拉到了村小组办公室。何劲华送了他一把手电筒和三盏灯彩。石浩财按着兔子灯上的开关，说小时候只要一过年，就天天站在猴子崖那儿盼灯彩，哪怕等得脚长须也不肯挪窝，生怕被人抢了先，自己得不到。

那时的兔子灯只能点蜡烛，跑快了会倒火。

石浩财转动着灯彩，神情有些邈远。何劲华顺着他的话头聊了几句灯彩，而后调出新铺设的竹笕水管照片给他看，问他要不要在石支书的田里挖两畦菜地。石浩财扭头看着石养财：哥，你爱种菜你去种，我喜欢种钱。

他掏出何劲华给的钞票，一张张对着光验过，叹道：可惜它不会生崽。

何劲华把凳子拉到边上，挨着他坐下：浩财，下周我想带你去趟南远县。

石浩财一听这话，脸皱了起来：我最近胃不好，我不去。

何劲华苦口婆心地说：浩财，贫困户的动态调整本月要完成，你店铺的房产证复印件在这儿，你偏说那间店铺不是你的。是你的店，我们不清退你，这是我们的错误，上级会对我们做出相应的处理。如果不是你的店，以你目前的收入，我们清退你的贫困户，那也是我们的工作失误。把问题搞清楚，也洗清了你骗当贫困户的嫌疑，这有什么不好？

石浩财抹着下巴说：要我去南远县，那得先帮我治好胃病，要治好我的胃病，得请何馆长到猴子崖下帮忙采些新鲜石斛当药引。

你疯了！石养财拉起石浩财往外推：你走，等酒醒了再跟何馆长讲话。石浩财任由哥哥推着，扭头望着何劲华直笑：何馆长，我赌你没那个胆。

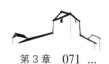

何劲华走到他跟前，拈去他头上的一片树叶，慢吞吞地说：浩财，我们都已经过了打赌的年龄，这两天你好好歇息，下周二我们下山。

石浩财斜靠在门框上伸了个懒腰：何馆长，你们要清退就清退吧，反正过不下去，我就到县城去跳楼。

石养财快走两步，拦在弟弟前面，沉下脸说：

浩财，原来我只说你懒、好酒，没想到你骨子里还这么无赖，快向何馆长道歉！

石浩财推开他：石养财，你别当了个村民小组长就在这儿摆架子。别人那是可怜你，要不是你残疾，这个小组长还轮不到你当呢！

浩财，你心里有火、有气，骂几句哭几声都行，但破罐子破摔不行。你总不希望成金和成玉以后听人说他们的爸爸是个无赖吧？

何劲华对石浩财现在的表现既失望又愤恨，说话语气有些重。石浩财不介意地转着那几盏灯彩，哼着"马上马上马上有钱了，马上马上马上有房了"的歌曲，一步三晃地往竹寮走去。

何劲华有些郁闷，拉着石养财走到猴子崖的心花开坡顶上。抬眼望去，只见碧湖如玉、峰峦如丸，何劲华心中的阴影果然被开阔的视野撑散、淡化。石养财听见他悄悄舒了口气，心下颇为歉疚，代石浩财向他道歉，继而劝他别介意：

何馆长，放心，浩财他不会去跳楼的，如果店铺不是他的，他还当着贫困户，你也莫着急。包户的王大姐讲了，实在不行，她会拿几千块钱给浩财，包他年底脱贫。要是浩财真有店铺，该清退就清退，不值得为他烦恼。

何劲华扭头看着石养财：养财，这是你的真心话？

石养财点点头。何劲华弯腰拾起脚下的废尼龙袋，神情变得郑重：

养财，扶贫工作不是一蹴而就的容易事，要久久为功地啃硬骨头。现在一些地方出现了干部干、群众看的现象，一些贫困群众等靠要思想严重。

靠着墙根晒太阳，等着别人送小康，我弟就是这种人。何馆长，我这个哥没当好，我有责任。

石养财抢过话头检讨起来。

何劲华踢着那道横在脚下的凹槽说：浩财现在就像脑袋放在了凹槽上，看东西头脚颠倒，总认为脱不脱贫是干部的事，反正干部立了军令状，完不成任务要撤职，我是贫困户，我就等着你们帮我脱贫。

是，我弟觉悟低。石养财嗫嚅道，何劲华摇摇头：之所以出现这种现象，既有群众的因素，也有干部的原因。比如你刚才讲的王大姐，她那种给钱脱贫的方法不叫精准扶贫，而是数据脱贫，这种做法要不得。

石养财立刻紧张起来：何馆长，王大姐是个好人，她只是随口一讲，并没有这样做。

石养财生怕何劲华会跟王大姐讲，声音有些发颤。何劲华说我们现在是交流情况，可以畅所欲言。王大姐那儿，我晓得什么不该讲。

石养财神情轻松了些，问他能在琵琶围待多久。何劲华说最少要待到年底。

石养财有些意外和欣喜：能待十个月？那太好了！

不过他又跟着一忧：您跟金大姐是专驻琵琶围，看来我们这里问题蛮严重。作为村民小组长，面对现状，石养财有种无力感。何劲华说要改变琵琶围这九户贫困户的现状，最关键的是要精准施策。而精准施策的第一步，就是要充分了解贫困户所在村庄的自然环境、交通条件，贫困户本人的文化程度、掌握的技能和兴趣爱好，只有这样才能找到突破口。就说浩财吧，我觉得他之所以变成今天这模样，除了创业失败，家庭生活不和睦也是重要原因。

石养财叹道：何馆长，你算是把准了我弟弟的脉。当初他的钱要不回来，我怕他想不开，打电话劝他，他说钱是额头上的汗，只要肯出力，擦了还会来。那时我觉得他还蛮有信心的，哪晓得回到琵琶围后，他和我奶奶、成金先后生病，本来身上就背着债，这下把老底全掏光了，浩财很沮丧，只要手上有钱就喝个烂醉，醉了就打骂白桂花，后来又跟生财闹掰，白桂花觉得跟着他无望，和他离了婚，一个人去了广东打工，成金、成玉可怜，浩财也像被抽走了骨头，整个人趴了。

石养财用手搓了搓脸颊，仿佛在搓掉沮丧。

桂花不想孩子？何劲华这些天发疯般思念孙子忽忽，他以己推人，觉得作为母亲的白桂花四年不归有些不可思议。

想，中途回来看过一次，每周都会和成金、成玉视频。她每月还会转生活费过来。石养财回答。

现在县城也有不少工厂，她回来能找到工作的，你得请她回来。孩子这么小，母亲不在身边终归难过。

石养财说我嘴角都讲穿了，她就是不肯归。

那生财呢？

生财那年是打算跟谢玉琴结婚的，谢玉琴的父母等着生财那五万块聘礼钱给小勇以后娶妇娘，哪晓得浩财把生财刚取的五万块现金拿去还了债，谢家父母觉得受了骗，寻死觅活地不肯让玉琴嫁给生财。和玉琴闹掰后，生财一直在深圳打工，这四年没回过家。

说到这个弟弟，石养财有些无奈。石生财从小就是个钱钻子，晓得要挣钱，但他因为太过精明，出手不免小气，在做事的魄力、能力上都逊石浩财一截。他的优点是稳妥，会理财，也顾家。这几年每月会给奶奶寄三百元生活费，还经常补贴侄子、侄女。他恨石浩财拆散了他和谢玉琴，一直不肯原谅浩财。石浩财也灰了心，兄弟俩这几年断了联系。

何馆长，你看我们三个本来好好的，就因为这些事闹得反目成仇。唉，这几年我只要一想起这些事，心里就像压了块大石头，喘气都疼！

养财，围里人都夸你这个大哥、大伯、大孙子当得好。老奶奶你管了，侄子侄女你管了，还要忙着调停兄弟和弟媳妇的矛盾，不容易啊。

何劲华拍拍他的肩膀，对这位残疾汉子充满了敬意。

石养财缩了缩肩，说：我家里的事花多了心事，在脱贫这件事上花的精力就少了。怎么讲呢？也不能说花的精力少，我其实日思夜想着要脱贫的。杨书记他们搞的产业我们全都认真去学、去做，可养鸡鸡死、养猪猪亡。这几年我是放屁都砸脚后跟——运背！

见石养财一脸内疚，何劲华忙说出了自己的感受：养财，我们接触时间不长，但已经发现了你好多优点，你踏实肯干，遇事也肯琢磨，只是学习不够，眼界不宽，脑子里主意不多。人家指一指，你带着大家拜一拜，新思路、新办法不多。再就是胆子小，不敢得罪人。

石养财连连点头，说去年支部的组织生活会上大家也给他提了类似的缺点。何劲华说你是党员，我和金大姐是党员，我们成立个流动党小组，等她上山，我们先开个党小组会议，有些事得议出个轻重缓急来。

石养财叹息着说浩财是个有内伤的慢性病人，就怕他治不好，会影响你回单位。他要实在难弄，你不用管他。

何劲华说现在政策这么好，哪怕他变成个冰坨子，我们也能把他焐热。实在不行，我先顺毛摸驴，到猴子崖下帮他采石斛。

哎哟，何馆长，那个地方是鬼见愁，平常人往下望一眼都头晕眼花冒虚汗，千万去不得！

何劲华呵呵一笑：我当工程兵那会儿，更险的悬崖都去过，不怕！

猴子崖下方的崖壁与地面几乎呈直角，高两百多米，何劲华小时候就听说崖壁上生长有珍贵的千金草，后来才知那种草药的学名叫石斛。常有不怕死的山民吊着绳子下去采千金草，十多年间摔死了四个人。

石养财再三劝何劲华别应石浩财的"赌约"。何劲华却觉得这是针对石浩财因人施策的突破口，打电话让何甘帮他准备攀岩设备。何甘大学时参加过业余攀岩队，结果队友出意外摔瘫，吓得何劲华和温成仙立即赶到广州，劝他放弃攀岩，何甘不听，最后温成仙只得冻结了他的两张银行卡，何甘这才为生活费退出了攀岩队。此刻听到老爸要到猴子崖下采石斛，何甘以为他在开玩笑。等弄明白老爸是动真格时，何甘反倒有些担心。

爸，我大学暑假时去攀过猴子崖，那地方难度大，你可别去玩命！

何劲华给他解释了许久，他才答应这两天把设备快递到山上。

何劲华叮嘱他千万保密：你妈要是晓得了，只怕琵琶峰都要给她的暴脾气炸平。何甘 OK 一声，急急想挂电话。何劲华问他在忙什么，何甘说他和小雪闲得无聊，刚刚注册了一家网店。

爸，你关注下，叫做"武二郎的杂货铺"，我们在做直播。

你们直播什么呢？何劲华觉得那些直播无聊之极，他搞不清楚儿子和儿媳还能直播出什么名堂来。

我们现在每天直播怎么养忽忽，他很可爱的，有许多粉丝呢！

何劲华正在喝水，听了何甘的话，不由猛咳起来：拿孩子搞直播？你们发神经啦？

何劲华反应之强烈超过何甘的想象，可他依然满不在乎：爸，只要能见光的，一切皆可直播。对了，小雪还会直播唱歌，我直播灯彩制作和灯彩舞。

你会制作灯彩和跳灯彩舞？何劲华大感意外。

你那点手艺有什么难的？不用学，从小我看都看会了。我现在可是你的传人，有机会你得表扬表扬！好了，我还有事！

何甘挂了电话，何劲华愣怔了几秒，觉得毫无资源的儿子、儿媳将孩子当成直播内容，而且居然还有人看，这个世界真是变得越来越不可思议！

第 4 章

石榴开花呀朵朵红，

小妹如花呀哥似松。

若是无力去争日头，

千金草变成臭蒿蓬。

——摘自《峙城客家歌谣集》

　　为了方便工作，那天在船上，何劲华、杨明、金彩凤、小于四人拉了个微信群，另外还有他们跟村两委、镇干部、唐部长和山上贫困户的微信群，驻村工作队每晚八点在群里开视频会。这天晚上的第一次视频会是杨明发起的。金彩凤说她下山后去二组、三组找那几个入住一万元安居房的贫困户摸了情况，并把她对那几人的"采访"和他们原住房的视频发到了山上贫困户的微信群里，杨明说他早就给石浩财他们看过那些危房照片，可他们根本不相信，还是无理取闹。何劲华心里一动，说他这两天上户，围里贫困户的嘴不但紧，还众口一词地要求驻村工作队帮他们要一万元入住的安居房，明显有人在搞名堂。杨明说既然他们搞攻守同盟，那我们就来个各个击破。说到这儿，金彩凤的另一个手机响起，刚接听，她就满脸笑容地说：戴局长讲下周局里有人会上山给贫困户安装户户通家用卫星电视接收机！

　　彩凤，好样儿的！何劲华的话还没落地，杨明突然语气强硬地说：何馆长，听讲两斤半要你去猴子崖摘石斛，没必要迁就他。他的房产证复印件在我们手里，不管他愿不愿，都得退出贫困户序列。

　　杨书记，我正好要跟你说下这件事。石浩财一直坚持那间店铺不是他的，只怕其中另有隐情。我已经跟石浩财约了下周去南远县看那间店铺，我得弄清楚情况。

哎呀，何馆长，石浩财就是一张花撩嘴，残的说全、死的说活，根本听不到真话。再说我和小于去南远县核实过情况，通过这件事让石浩财退出贫困户对我们来讲只有好没有坏。我们马上启动石浩财的退出程序。

杨书记，这件事我们还得慎重。何劲华打断了杨明的话：县里之所以让我和金彩凤组成攻坚小组到琵琶围来，石浩财的事情是个引子。既然是精准扶贫，那退出也得精准。南远县我下周是一定要去的。

何馆长，你是不相信我们吗？

杨明的脸凑到镜头前，何劲华看见了他脸上的黑眼圈和疲惫，语调柔和下来：杨书记，您做了很多事，这些我们有目共睹。我去南远县看店铺不涉及相信不相信谁的问题，我只是在履行工作职责，我们也要写工作报告给单位的。我总不能在报告中写此事据某某人说是这样的，我们以他们提供的情况为准，那我们不是在搞以材料落实材料的形式主义吗？

杨明愣了好一阵才说：何馆长，我没这个意思，我只是觉得时间紧，再说已经核实过情况，不想你再重复劳动。

放心，我这边会抓紧。何劲华的口吻中也透着焦急。

似乎是为了呼应何劲华的情绪，金彩凤这天晚上也焦虑不安。下午她到医院取心脏彩超和二十四小时动态心电图的检查结果，医生说有可能是更年期的缘故，她的房颤比去年严重了些，要她好好调养。金彩凤听了颇为悲凉：自己在人生舞台上还没演几出戏，怎么就要谢幕了？真是光阴易老啊！

你这病是富贵病，千万别太累，一累就容易出毛病，现在心源性猝死的人很多。临走时，医生提醒她。

金彩凤的工作不算累，她觉得自己的病因在于情感的压抑和婚姻的破裂。下午她取检验报告时，迎面撞见前夫张云海和以前的小三、现在的张夫人余兰。余兰大腹便便，见了金彩凤，故意紧紧挽住张云海的胳膊，一边得意地笑着。张云海想绕道走，却被余兰死死拉着，两人照直朝金彩凤走去。

老公，我们去美国生儿子吧，到时他就是美国人了！

余兰嗲声嗲气、满是炫耀的话音穿透医院大厅的嘈杂，飞入了金彩凤的耳中。她鄙夷地从张云海身边走过，那副淡定从容的样子，就当他俩是空气。可刚走出大门，心内强压着的邪火便呼啸着冲上了脑门，泪水蜿蜒而下，让她心慌气

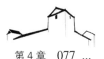

短、恼恨不已。

金彩凤五年前发现丈夫出轨，气愤、痛恨使她的心率如同生手敲出的鼓点，慌乱得使她惶恐。考虑到丈夫如今事业有成、身家不菲，自己又到了更年期，这年龄离婚很难再嫁，最关键的是女儿需要父亲、需要一个完整的家庭，哪怕貌似完整的家庭，多少也能给孩子带来些安全感，权衡再三，她选择了隐忍和沉默。

这种选择对于素以快嘴和泼辣著称的金彩凤而言，显得矛盾和不可思议，但金彩凤知道，平日她身上体现出来的坚强、泼辣、麻利，其实是她抵御人间风雨和伤害的铠甲。而作为女儿、妻子和母亲的她，一直温良、沉默和宽厚，犹如坚壳中的蚌肉，柔软细腻、易受伤害。她像受到刺激的蚌壳一样，分泌出阿Q式精神胜利法的珍珠质，以鲜血淋漓的大度，层层包裹着内心深处的屈辱，直到它们变成不再刺痛自己的圆润物体。

可后来她发现，这其实是一种虚妄的自欺。她从没忘记过张云海带给她的伤害与痛苦。

张云海出生农村，家境贫寒，当初金彩凤嫁给他时，他只是东门小学的体育老师，在县城上无片瓦、下无寸地，收入有限，而金彩凤那时已经是剧团的主演，各方面条件都比他好。

结婚后，张云海自夸他是靠当"门神"才把金彩凤追到手的。那几年只要金彩凤有演出，张云海就会守在剧院门口，散场后用自行车送金彩凤回家，风雨无阻。

最终，他靠这种坚韧的蘑菇精神抱得美人归。

有人说世间的不幸有两种，一种是追求而未得到，一种是追求并得偿所愿。

婚后的张云海借助金彩凤的社会资源和资金支持，成立了建材公司，大获成功后他体会到了第二种痛苦，多次对人说金彩凤不过如此而已，并后悔他当年追求金彩凤时的种种付出，因为那些付出并非发自真心，而是附带了功利，如今一旦达到目的，他便觉得不值。

女儿子熙读小学后，张云海借口生意繁忙，经常夜不归宿。金彩凤只要一讲他，他就瞪着眼睛说你不挣钱，还天天不着家，有什么资格挑剔我？你要看不过眼，那你来挣钱养家，你来给家里买大房子，你来给女儿存留学的钱！可你有这本事吗？

他的这些表现让金彩凤想起一句俗话：钱是人的胆，不会说话也会喊。腰包鼓胀的张云海在她面前上演了变脸绝活。

彼时的剧团主要靠送文化下乡挣政府的补贴，经济效益很差。身为主演的金彩凤月收入还不如张云海请人吃一顿饭的钱多，加上她常年下乡演出，根本顾不了家，女儿子熙丢给父母，张云海索性住在公司。失去约束的他就像没有牵绊的风筝，越飞越高、越飞越远，最后飞到了公司的女会计余兰的床上。

前年元宵夜，他俩从金彩凤母亲家吃饭回家，街上灯火璀璨，颇有些东风夜放花千树的繁盛，可这一夜却成了金彩凤婚姻中的至暗时刻。刚进家门，张云海便拿出离婚协议书和一张两百万的存单，要金彩凤在离婚协议上签字。

自从丈夫出轨后，金彩凤曾无数次设想过这个场景，每次都是她将离婚协议书摔到张云海脸上，张云海痛悔不已，求她看在孩子的分上，给他悔过自新的机会，没想到现实却给了她狠狠一棒，直敲得她心神俱颤。

她没有说话，进卧室换了一件大红上衣，往脸颊上扑了层粉，涂了淡淡的口红，这才以她当时所能有的最佳状态走回厅堂，坐在沙发上反复看着协议书和存单，仿佛那是百看不厌的情书。

这时，从外面飘来了张信哲《别怕我伤心》的歌声：

怀念你柔情似水的眼睛，是我天空最美丽的星星……

峙城以前风行卡拉OK，张云海和金彩凤去玩过几次，每次张云海都为金彩凤献唱这首歌，还会奉上一段深情告白。如今看来，他的告白极具讽刺，就像十月小阳春时李树上开的谎花，透着誓言虚伪的艳丽，绽放出婚姻中的悲凉。

金彩凤的沉默有如两扇合拢的磨石，碾压了张云海的自信。他嗫嚅着说：余兰怀孕了！我要不离婚，她就要到税务局告我偷税漏税，让我坐牢。

说话时，他走到了金彩凤身边，身上飘散着混合了烟草和白酒的特殊体味。金彩凤以前曾为此气息沉醉过，此刻闻到，却备感恶心。在肠胃突如其来的痉挛中，她冷冷地道：去年嘉禾小区的楼全部卖完，销售收入九千多万。我听税务局的游局长说，公司去年缴税几百万。我不算你的厂房和固定资产，我只要一千两百万，少了免谈！

张云海在这个数字面前失去了他这些年靠钱垒起的自信，重又变回原先那个卑微的男人。他语气谦恭地说公司向银行贷了不少款，售房的利润都拿去还贷了，他只能拿出这么多钱，请金彩凤高抬贵手，放他一条生路。

好笑！什么叫我放你一条生路？是你婚内出轨，是你让余兰这个小三怀上了孩子，是你主动提出离婚，是你欠了我和子熙的，现在是你该给我和子熙一条生路！

谁知张云海竟大言不惭地说：我已经很大方了，靠你现在的工资，三辈子也挣不到两百万！你也晓得，我们家三代单传。谁叫你肚子不争气？

金彩凤气坏了：好笑，生女儿是我一个人能决定的吗？

张云海无言以对。金彩凤厉声道：张云海，二十年前，公司的启动资金是我全家的积蓄，公司最初办公的房子是我们家的祖宅，公司做的第一笔生意是我大舅找关系做成的。

金彩凤说罢，风般从他身边旋开，那份离婚协议书被她行走的气流扇得掉进了旁边的垃圾篓。

经过一年的折腾，离婚时金彩凤分得了四百万元现金和县城的两套房产，在峙城县算个小富婆。然而，张云海为了离婚所做的种种行径伤透了她的心，导致倒嗓失音，加上这种年龄在剧团无戏可演，便想转行，有次吃饭碰上了李香树，他俩以前在剧团共过事，私交不错，正好文化馆也要人，李香树在领导面前推荐了她，她的工作业绩足够亮眼，不久便调到了县文化馆。

说实话，她本是想到文化馆养老退休的，不料到任几天就上了琵琶围。开始以为只是上去转一圈，没想到最少要待十个月，她有些忧心。前天从锅底村回到家时已是晚上八点多钟，为了尽快上山，她昨天的行程安排得很紧，先到局里找戴局长落实家用卫星电视接收机的事，接着去安居小区找二组、三组那几位住安居房的贫困户了解情况，中午检查了子熙的作业，帮她联系好了课外辅导老师，又和老母亲讲了会儿话，把近期的学习重点和注意事项做成了详细的计划表，没想到女儿和老母的执行力极强，昨晚回来，计划表已经上墙，老母还对两项已完成的内容进行了销号管理，金彩凤欣慰之余又有些内疚：孩子即将高考，她却不能陪伴在侧，不管怎样，作为母亲，这都是一种遗憾和失职。

想到橘子婆、哑伯、朱雨飞、许秀珍患有风湿病，她到药店买了二十瓶正红花油和十份食品大礼包，又将电脑里她当年和石浩财在县团委表彰会上合唱灯彩调的录像转发到手机上，打算以此唤醒石浩财的记忆，激发他的斗志。

这时，戴局长给她打来电话，说局里特事特办，同意给琵琶围里的村民安装家用卫星电视接收机，她心里多少有些安慰，不管怎么说，这是何劲华跟她上山后为老表们做的第一件好事。

次日清晨，金彩凤背着个鼓鼓囊囊的大登山包，拎着一个旅行包，搭班车到了琵琶湖码头。她买了张船票，和一帮到琵琶峰拍照的驴友上了船。驴友全是退休老人，他们只在船上和山脚拍照，到琵琶峰后，只有她踏上了前往琵琶围的山径。这条山径由麻石铺就，早年间路上有不少刻着唐宋年号和石工姓名的石条，据省考古研究所的专家考证，山径乃唐开元年间所建，是梅关古驿道的支路，专家们把那些刻有年号和姓名的石条挖走带回了研究所，缺口用碎石和鹅卵石补上，自从琵琶围的大部分村民搬走后，走路的人少，开春后雨水又多，石缝间长出了茂盛的小草和碧绿的苔藓，越发显出时光的斑驳。山径两旁树木茂密，呈现出浓绿、暗绿、黛绿、深绿、浅绿、鹅黄的色泽，层次分明，生机盎然。偶有鲜艳热烈的映山红和不知名的野花从星星点点的积雪中探出，宛如锦绣仙境。

金彩凤情不自禁地拿出相机拍下了这令人赞叹的美景。不知何时起风了，树顶的残雪纷纷坠落，雪花的清气和花香弥漫在林间，沁人心脾。越往上走，山风越大，在千柯万枝交织出的轰鸣中，她听见了冰凌相碰的清脆叮咚，涧流越过石头和石姜丛时的欢快轻吟和鸟儿们充满活力的啾唧声。

那一瞬间，原先刀般扎在她心中的张云海突然微如尘芥，心中的郁结不翼而飞。没有了张云海，家庭这只碗是有了豁口，但她压抑的情感也因此得到了疏导和释放，未来似有无限可能，也许自己还能迎来更加华彩的乐章？

空山寂寂，金彩凤亮开嗓子唱起了灯彩调：石榴开花朵朵红，小妹如花哥似松……歌声悠扬嘹亮，如云雀在空中盘旋，并引起阵阵回声。几首歌下来，金彩凤浑身通泰，双肩包和手上的拎包也少了些重量。

一个多小时后，有些疲惫的金彩凤在通衢亭歇息了一阵，开始上天梯。她有恐高症，加上昨晚没睡好，背上、手上又有行李，为了贪快，她一步跨了两个阶梯，没想到脚下一滑，右腿突然卡在了悬崖和天梯间那道狭窄的缝隙中，怎么也拔不出来。她下意识地大喊救命，可山谷里只有她的回声。她费力地找出电话，却发现手机没有信号……

我的天，难道我要等有人上下山才能得救？

金彩凤害怕了，开始绝望地喊叫：何劲华！何劲华！

群山像调皮的孩子，将她的喊声扔过来又丢回去，没多久，声音便支离破碎，只剩下渐远渐弱的"华……华……华……"好像一个肺活量巨大的女人在呻吟。这样喊了十多分钟，终于从山顶传来三声响亮的竹笛声，接着有好几条嗓子齐声呼喊：彩凤！彩凤！

兴奋的群山完整地把喊声送进了她的耳郭，金彩凤禁不住热泪盈眶。

半个小时后，何劲华、石养财把金彩凤从天梯口救回了琵琶围。她的右脚脚踝已卡得红肿，拽出来时有几处伤口破了皮，鲜血淋漓。朱雪飞、许秀珍刚刚安顿好她,两人就因为琐事吵了起来,话讲得很难听。金彩凤只好挣扎着下床劝和,让她们有话好好说,两人仍然不听,这时,何劲华从自己房间取了绷带纱布过来,连哄带劝地把她俩请到了屋外。两人刚到院坪上便拉开架势大吵,你骂我是沤烂的花生——不是好人,我骂你是墙缝里的草——根子不正,尖利的骂声惊得鸡鸭嘎嘎乱叫。

金彩凤说她俩哪来这么多事情?这乌眼鸡当得累!

何劲华把昨天中午请客的事跟金彩凤讲了一遍,金彩凤眨巴着黑白分明的大眼睛叹道:她俩吃了没文化的亏,脑子里只有这些鸡毛蒜皮,针尖大的利也争得牙齿出血。

何劲华说他想把村小组办公室改成文化活动室,里头放上一台大电视机,村民们可根据各自的需要,随时点播农业科普知识和技能培训内容,晚上他教大家制作灯彩。

行啊,那我教他们唱灯彩调和跳广场舞。

说起这些自己喜欢做的事,金彩凤双眼放光,接着眉头一蹙,叮嘱何劲华记住杨明的提醒:琵琶围人少精怪多,以后我们做事不要急于表态,话说出口了就覆水难收,容易被他们抓辫子!

何劲华点点头,觉得自己是要好好改一改这感性的毛病。金彩凤打量了他两眼,沉吟稍许说:昨晚的碰头会上,你说这两天上户没摸到情况,从明天开始我们一个唱红脸,一个唱白脸,非把实情掏出来不可。

何劲华拿出云南白药粉撒在金彩凤的伤口上,正要包扎,哑伯端着那只写有红军标语的搪瓷缸走进来,跟在他后头的橘子婆颤声说:老东西会治红伤,他这药有用,你尽管喝。

哑伯这两天头脑清醒了,在橘子婆面前老板着脸。见老人热切地望着自己,金彩凤咬牙喝下了那碗汤汁,两位老人这才满意地离去。

橘子婆和哑伯真有意思啊,特别是橘子婆,口里骂着,这边却照顾得比谁都小心。哑伯却总是面无表情,劈好了木柴就堆放在橘子婆家门外,橘子婆家的水缸空了,他就到井边去提水,啧啧。

何劲华点点头,说按辈分,哑伯要喊橘子婆大嫂,他们有这份亲情在。另外这么多年他俩还是猫和老鼠的关系,互不买账、互不服气,时间一长,对手又变成了朋友。

金彩凤说:何馆长,我是女人,我觉得他俩之间还有一种说不清道不明的感情。

何劲华呵呵一笑：你是说黄昏恋？这不可能。

不是黄昏恋，是惺惺相惜。我敢打赌，哪天他们中有一个先走了，另一个很快就会跟着走。

何劲华歪头想了会儿，说你讲得也有理。前些天哑伯脑子还糊涂着，一早起来就端张板凳坐在橘子婆门口，手里还抱着把野梅花。

金彩凤脸上现出羡慕的表情，喃喃道：这种感情超越了爱情友情亲情，是人类的第四种感情，真是难得呀！

这时，石成金尖叫着跑进了金彩凤的房间，惊恐地躲在何劲华身后，原来，石成金刚才进竹寮，不小心踢翻了石浩财的半瓶酒，气急败坏的石浩财举着根棍子跑过来要打石成金。

浩财，你这棍子粗，会打伤孩子的！何劲华拦住了满脸怒容的石浩财。

何馆长，这死东西就会败家，不打不长记性！

你就是个懒鬼！酒鬼！你才败家！

石成金探头骂道，石浩财火起，举棍朝他打去。何劲华伸手一挡，棍子敲在他胳膊上，疼得他皱起了眉头，石成金趁机跑脱。

石浩财挠着头皮不好意思地道歉：何馆长，我不是有意的啊！

何劲华揉了揉生痛的胳膊：冇事！

石养财拎着石成金兄妹俩的替换衣服走过来，说他马上送成金、成玉去锅底村，学校下午要开运动会，何劲华问石浩财怎么不去，石浩财抬抬下巴，说成金和成玉不要他去。

何大伯，上次你带我爸参加了班上的互动会，你讲了话，我爸爸也道了歉，可同学还是笑话我们！

石成金讲话时涨红了脸。

前天有同学骂我爸，我哥跟同学又打了一架，老师批评了他。石成玉转头眼泪汪汪地看着石浩财：爸爸，我是相信你，可同学不相信你，你害我们丢脸了！

子不嫌母丑，儿不嫌家贫，你们像话吗？

石浩财扬手要打石成金和石成玉，兄妹俩眨眼间跑出了围门。

何劲华请石养财去水库管理处取份快递，又掏出两百块钱，让他买些鱼、肉和油盐酱醋回来。这几日他看橘子婆和哑伯的菜里没有肉腥，想给他俩改善下伙食。

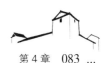

石养财领着石成金和石成玉走后，何劲华说你这当爸的不受待见呐，得好好反省反省！石浩财翻着眼皮说不受待见拉倒，最好跟他妈走。接着以十倍的热情问何劲华：

何馆长，你又要请客啊？我再去抓几条山鲶鱼，这次按市场价，九十块钱一斤卖给你。

何劲华小时候也是抓泥鳅、捕野鱼的高手，知道山鲶鱼喜欢躲在冷水塘、河沟边、石堆、石隙和深洞里，且喜欢扎堆，往往一窝就有好几斤。那时他夜晚常在塘里放竹篓，次日一早总能收获几条鲶鱼。可琵琶峰除了围门口的月牙池外，再无其他水域，山涧水浅，养不出石浩财说的大鲶鱼，可见石浩财的山鲶鱼另有来源。

为了不影响金彩凤休息，何劲华领着石浩财走到坪上。山顶仍有残雪，围里的积雪早已融化，屋顶的黑瓦被雪水洗得锃亮，地面砖缝里的小草欢快地生长着，呈现出柔软而清淡的绿色，觅食的鸡鸭发出满意的咯咯声和嘎嘎声。许秀珍洗了十几只腌菜缸倒扣着沥水，朱家姐妹早早地把兰花放在院坪上晒太阳，刘大有和谢玉琴家的芥菜挂满了几个大木架，橘子婆摆在柴垛上的三百多双千层底布鞋令何劲华震撼。石浩财说他奶奶每年都会给公爹和哑伯做鞋，这么多年积下了几百双。刚才还在劈柴的哑伯此时站在柴垛边发愣。顺着老人的目光，何劲华发现琵琶湖的水汽被山风吹到了头顶，在阳光下慢慢蒸腾成薄雾。

何劲华想到石浩财抓的鲶鱼，担心他从琵琶湖里捞鱼，湖鱼是水库管理处的公产，石浩财要是真从湖里偷捕鱼，他肯定要干涉。石浩财仿佛他肚子里的蛔虫，一下猜到了他的想法，梗着颈脖愣愣地说：

湖里没有这种鲶鱼，只有琵琶峰才有。

何劲华想起自己几年前编过的《峙城风物志》，有一章专门介绍了琵琶峰的特产山鲶鱼。这种鲶鱼生长缓慢，长不大，当地人叫它石坑鲶。石坑鲶对水质要求非常高，喜冷不喜温，只存活在洁净的山泉水和冷水河中。从这点来看，石浩财的话不像有假，便笑着问他有没有算过自己一年能卖多少斤山鲶鱼。

石浩财眼中闪过一丝警惕：何馆长，是不是有人跟你说我年收入早就够脱贫标准了？这是放屁！他们恼我没说出鲶鱼洞在哪里。

没有人说什么，我只是在想，这山鲶鱼卖价高，要是一年能抓一百斤，就能卖个八千块。

石浩财哼了哼：何馆长，你也是乡下长大的，应该晓得山鲶鱼长得慢，今年抓了明年就没了。除非我是龙王爷，能像武则天下百花令那样，也给山鲶鱼下道万斤令：今年要脱贫，汝需快快长。长出一万斤，我好搬下山。

何劲华有些意外地看着石浩财：不错，肚子里有些墨水！

石浩财晃了晃手机：本人初中毕业，一年读几十本网络小说，多少有点文化。

浩财，你有在外面闯荡的经验，脑子灵活，还有文化，你在外头打工，一个月最少挣三四千块，怎么愿意耗在这儿当贫困户？何劲华有些费解。

石浩财叹了口气：何馆长，我晓得你这是关心我，我就跟你讲三点。第一，我的胳膊开过刀，左手用不了大力。原来在东莞做工时，腰还受过伤，算半个残废。第二，我不想在外面看人脸色，我在这儿想呷就呷，想睡就睡，红薯丝木炭火，除了皇帝就是我，自由得很。第三，政府重视贫困户，干部帮扶贫困户，贫困户光荣，所以我愿意当贫困户。

何劲华知道他蛮劲上来了，再讲也是多余。这时石浩财的手机炸响，他按下接听键后便凶道：不要给我推销房子，我没钱。喂，哪个啊？杨书记？

石浩财打开了免提，只听杨明怒气冲冲地说：石浩财，我警告你，不要逼何馆长去猴子崖下采石斛！出了事你担不起责！

何劲华伸手想接电话，却被石浩财拦住，只见他红头涨脑地对着手机大吼：杨明，你不调查就乱给我扣屎盆子，小心我告你！

你去告啊。在这我跟你说清楚，只要你有那间店铺，就是天王老子来说情也没用，你得按规定退出贫困户序列！还有啊，一万块钱入住的安居房你们条件不够，闹也白闹！

杨明说罢挂了电话，石浩财瞪着何劲华：何馆长，你心脏不好，去猴子崖只怕会发晕，我担不起这份责。

何劲华抬头看看天色，说明天可能会下雨，要么我们现在下去？

猴子崖风大，吹得月牙池边的树哗啦哗啦直响。倒看西海左边的凹槽尽头有块凸起的石凳，石凳临崖的一侧打着两只粗铁环，石浩财、何劲华系好绳子，从石凳旁边慢慢挪下去，何劲华发现，原来众人以为无法逾越的绝壁，只要不畏艰险，还是能找到落脚处，就像困境中的人生，抵死相拼后，往往能看见希望的微光。

何馆长，你看，那就是野生石斛！

石浩财指着那些星散在崖壁上的绿色植物，兴奋地抽出了腰间的剪刀。

何劲华拦住了他：小心些，不要弄坏了根。

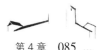

放心，我不会连根拔。拔了明年就没有了！

石浩财说着，小心翼翼地剪了几根茁壮的枝条，何劲华问石浩财知不知道野生铁皮石斛属于国家重点保护的濒危植物？

石浩财专心剪着石斛茎条，好一阵才抬头说：没听说。这东西崖壁上到处都是，怎么还濒危呢？

这种植物繁殖力低，加上以前滥采，现在野生种类已濒临灭绝，我们这次采些母株回去。

哪来的母猪？

听岔了话的石浩财四处张望着。何劲华不由笑了：不是养猪的猪，是一株植物两株植物的株。够了，浩财。

不行，下来一次太难得，这里的都得采完。石浩财不肯住手。

何劲华拽住了他：浩财，野生石斛列入了国家珍稀濒危植物名录，它的采摘、出售是要经过主管部门批准的，不能乱来。

那你还跟着我下来采，你这是逗我玩呢！

石浩财有种被愚弄的恼怒。何劲华转念一想，如果要扦插石斛，母株还真得多一些，于是没再阻止他，絮絮地跟他说起了自己的打算：

浩财，这两天我看了些石斛的栽培资料，琵琶峰的丹霞崖壁和气候环境很适合种植石斛，我们用这些母株做扦插培育，把它作为琵琶围的产业来发展。

何劲华的话刚说完，石浩财便哈哈大笑起来，吓得岩壁上那窝小鸟啾唧着在他俩身边盘旋。

哎哟，何馆长，你吊在崖壁下跟我谈产业发展，是来搞笑的吗？

何劲华从双肩包里抽出笛子，在面前画了一圈：我要在这儿吹首笛子，你用手机给我拍个视频。

石浩财眼睛瞪得像牛卵子，好像咳嗽一声眼珠就会掉出来：何馆长，你脑洞好大呀！

何劲华笑了笑，又从背包里掏出盏折叠莲花灯，打开后摁亮了灯泡，莲花灯倏地浮出层红晕。

何馆长，你原来这么好搞哪？

石浩财刚才的恼怒不翼而飞，代之的是愉悦和开心。

何劲华清了清嗓子，对石浩财说：你拍全景，等我吹笛子的时候还要转着拍，把我们周围和脚下的美景、天上的云都拍进去。

放心，我平常玩短视频的，拍摄技术还行。

石浩财选好了角度，想尽量把这次难得的视频拍好。

何劲华满脸笑容地说：观众朋友们，我是琵琶围村小组的帮扶干部何劲华。我现在在琵琶围村小组的猴子崖下头，四周绿水青山，白云和小鸟在身边缭绕飞翔，琵琶湖像一块蓝色巨毯铺在脚下，璀璨的峙城灯彩在我手上发光。如此赏心悦目的美景，必须有天籁之音相伴。下面我为大家吹一曲灯彩调《琵琶峰恋曲》。希望大家看了视频、听了曲子后到琵琶围来观光。

何劲华不愧在县剧团当过两年的笛子独奏演员，吹出来的笛曲悠扬婉转、声动云端，那窝已经归巢的小鸟被笛声吸引，和着旋律在他俩周围穿梭出令人眼花缭乱的图案，美不胜收……

一声清长响彻天，山猿啼月涧落泉。

突然，从崖顶飘来金彩凤清亮的吟诵，放下笛子的何劲华扬首回了句诗：余音嘹亮尚飘空。

飘你个头啊！劲华，你再不上来，我就割绳子啦！

金彩凤话音刚落，崖顶又传来朱雨飞和许秀珍的声音：你们攒劲，我们要拉绳子啦！

何劲华、石浩财还没来得及答话，身子已跟着绳子往上蹿。

费了半个多小时的工夫，他们在众人的帮助下，满身泥土地爬上了崖顶。

不久之后，暮色像涨潮的海水，渐渐淹没了琵琶围。宽阔的厅厦新换了盏大灯泡，比往日明亮了许多。何劲华从村小组办公室搬了两条五尺凳，又借了几把竹椅，当他拎了茶水，朱雨飞和石养财抬着两扇门板过来时，金彩凤已在每张椅子上摆了瓶正红花油和一袋食品大礼包。

何馆长、金大姐，你们在这儿可是要待一年，这样子搞下去，你俩的工资就全交给我们了！朱雨飞大声嚷了几句，接着又小声说：

杨书记的礼品只奖给表现好的人。要是你们发东西不分勤懒，有些不知好歹的人，领了东西还不会说你们好。

金彩凤朗声道：这好办，来开会的给，不来的不给。

然而，到了约定的七点钟，只来了两位老人家和朱家姐妹，金彩凤腿脚不便，在厅厦坐镇。何劲华先去谢家和刘家请人，除小勇嚷嚷着要跟花花玩外，其余人倒是听话地去了会场。路过汪家时，杨淑英朝他们摆摆手，笑容可掬地说等石斛种好了，她会让三个儿子都来买。

唉，有钱说话嗓音就是响呀。谢玉琴叹道。何劲华刚才也听出了杨淑英话中的优越感，但不好讲她什么，转身去了石拐家。为了省电，石拐家没有开灯，黑咕隆咚中，何劲华险些撞倒了许秀珍。

哎哟喂，何馆长。我胃痛，开不了会呀。

我带了胃药，我去给你拿。

明知她这是托词，何劲华还是回头去取药。

石拐一把拉住了他：何馆长，秀珍就是胀气，没大毛病。我们马上过去。

许秀珍踩了他一脚：你瞎起什么劲？那会得有资格的人才能参加，我们去是矮子抵炮眼——够不着！

三嫂，今天开的是村民小组会，每个人都要参加。我们想听听大家的想法！

何劲华诚心诚意地说。

许秀珍哼了哼：何馆长，我跟老头子属蜡烛的，只有一条心。朱家姐妹是竹筛子，浑身的心眼。您只要靠着她们，我们就能跷起脚脱贫！

何劲华笑着说：三嫂，论点子她们比您多，论福气她们可比不上您。您儿女双全，儿子是大学生，四个女儿都嫁到了县城，这是山沟里飞出了金凤凰啊。

虽然石景山多年没有音讯，女儿们跟家里关系也很紧张，但她们始终是石拐夫妇摆架子的资本。何劲华一下挠到了许秀珍的痒点，她脸上堆起微笑，骄傲而刻薄地说：那是！她们再多脑髓又怎么样？全都是下不了蛋的石母鸡！

你乱嚼舌头，小心她们听见撕你的嘴！

死老头子，你看她们年轻标致，就处处护着她们！

许秀珍把矛头对准了石拐。何劲华只好诱之以利：三哥、三嫂，金大姐给大家准备了红花油和大礼包，去晚了只怕没了！

许秀珍眼睛一亮，口里却说：嗨，我那几个女儿回来，每次都是大包小包的，不作兴她这点东西。不过何馆长都亲自登门了，我们得去给您捧场啊。

说着，抢先往门外跑去。石拐不好意思地喃喃道：何馆长，她头发长见识短，你莫要见怪。

何劲华说不怪不怪，我倒觉得三嫂挺有趣的。对了，三哥，那天浩财跟扶贫队起冲突，他是有原因的，安居房的事你们别跟着起哄，有时间想点自家发财致富的路子。

何劲华瞄了眼站在门边竖着耳朵听的许秀珍，仿佛很随意地说了一句：三哥、三嫂，你们可别让人当枪使，好好想想吧。

趁石拐和许秀珍发呆的当口，何劲华快步来到竹寮前，感觉自己刚才这招不太光明正大，可围里就是这种现状，自己能怎么办呢？

何劲华推门进去，拉亮竹寮里的电灯，看见石浩财大马金刀地横在床上，半截腿拖在地下，胡子拉碴的脸像被火燎过，酡红间着黑色，嘴巴随着呼吸张合着，没有打呼噜，显得很安静。

何劲华没想到自己和他爬上崖顶不到三小时，石浩财就醉成了这模样，看来他上次换的酒还没喝完。

何劲华走到床边推了推他：浩财，今天晚上是村小组第一次村民会议，你要是好过些，还是来参加吧。村小组的事，人人都要出点子。

石浩财打起了轻快的小呼噜。何劲华知道他装睡，也懒得理他，关灯掩门后回到了大厅。众人见他进来，不知谁率先鼓起了掌，尽管掌声稀落，何劲华还是有些不好意思：对不起，耽误了大家的时间。

何馆长，毛主席他老人家讲过，革命不是请客吃饭，有的人架子大，请不来就不请他！

许秀珍和石拐通常晚上八点半上床歇息，一看现在都快七点半了还没开会，心下有些气石浩财拿大，这边想着，口里便说出这番话来。

浩财下午跟我到崖下吹了风，人有些不舒服，睡了。

何劲华帮石浩财打了个掩护。许秀珍一撇嘴：反正他不是醉了就是睡了，也是橘子婆脾气好，容得他发懒。

三嫂，你家景山多年不归，也冇见你骂他，当真是菩萨性子。

朱雪飞因为那天中午在谁家吃饭的事跟许秀珍怄气，她虽然不待见石浩财，却看不得许秀珍那嗫瑟样，偏来个哪壶不开提哪壶。

许秀珍起身瞪着朱雪飞，眼看她俩又要吵起来，石养财忙敲了敲桌子：安静，都听何馆长讲话！

许秀珍和朱雪飞这才翻眼翻鼻地坐下。

何劲华走到竖起的门板前，大声道：各位老表，很高兴能跟大家坐下来开会。闲话上户的时候都讲过了，今天我们先学一下中央文件。昨天杨书记把今年1号文件的全文发在微信群里，不晓得大家看了没有？

金彩凤见众人大眼瞪小眼的样子，忙点开手机说：我跟大家讲讲吧。文件中的第四点说的是要推进乡村绿色发展，打造人与自然和谐共生发展的新格局，乡村振兴、生态宜居是关键，良好的生态环境是农村最大的优势和宝贵财富。像县里现在一边让大家搬迁，一边退耕还林，这就是在保护环境，是把绿水青山变成金山银山的实在措施。

哎哟，彩凤妹子，你要是孙悟空，兴许吹口气就能把树枝变成金条，可惜你不是呀。

许秀珍说着从兜里摸出把瓜子，边嗑边说：何馆长，上次你说你没带钱来，这两天你是不是要到了钱呀？

金彩凤伸出手说：哎，今天先不谈钱，我们先交心。

朱雪飞嗤道：金大姐，钱是人的胆，不会说话也会喊，扶贫就得有钱。没钱怎么扶？

是呀，一分钱憋死英雄汉。刘大有深有同感。

两位领导，要是有钱我们早搬下去了！难得发言的石拐吭哧道。

何劲华反问道：那么大家觉得这钱该从哪儿来？

政府给我们呀！

我们挣不到钱的！

驻村工作队得给我们解决啊！

……

朱雪飞、许秀珍、刘大有、谢玉琴争先恐后地说。

朱雨飞听不下去了：驻村工作队只是帮扶，我们自己得攒劲才行。

石养财忙力挺朱雨飞：是啊，驻村工作队和包村干部帮得了一时，帮不了一世。要脱贫的是我们这些贫困户，我们得动脑筋、下力气，靠自己双手挣出前程来。

金彩凤朝石养财和朱雨飞伸出了大拇指：养财和雨飞说得对，我们怎么干，比有没有钱，比钱从哪里来更重要！

许秀珍等人不吭声了，何劲华接口道：各位都是年初定下的预脱贫户，现在离年底还有九个多月，我们怎样在这九个多月里告别贫困，大家都好好想一想，有点子别沤在心里，拿出来大家讨论。

此言一出，众人开始交头接耳。刚才还火刀对火石的朱雪飞和许秀珍也咬起了耳朵。金彩凤清清嗓子：大家先听何馆长说完！

何劲华拿出那把铁皮石斛：你们晓得这是什么东西吗？

我们拿来熬汤的千金草呗！朱雨飞和许秀珍异口同声地说。

千金草是土名，这东西学名叫铁皮石斛。

朱雪飞只要有机会，总是要显示自己的文化和与众不同。

对，琵琶围人的千金草，其实是珍贵的中药材铁皮石斛。干的铁皮石斛大家猜药店里卖多少钱一斤？

何劲华这一问可把大家难倒了。赖秋香报二百，谢玉琴说四百，许秀珍说七百，石拐报一千，朱雨飞报了一千八。何劲华说，少了少了。大家又可着劲往上加，仿佛拍卖场一般。当朱雪飞咬牙报出八千的价钱时，朱雨飞笑她打乱哇：姐，你当这是人参啊！

朱雪飞不服气地说：它叫千金草，当然比人参珍贵。

众人为此又争吵起来。何劲华说我向药材公司问过价了，品质好的干铁皮石斛一斤能卖二万多块。

众人惊呼起来。何劲华看着他们渴盼的眼神，庆幸自己在牛角村摸索出了一套跟村民打交道的经验。和村民打交道，引导就是古人所谓的"预"，是浇灌时的开渠挖沟，非常重要。记得他刚到牛角村时，上级来工作任务了，他作古认真往下压，结果村民们不买账，当面说他瞎指挥。起初他觉得村民这是在无端挑剔，后来沉下心与村民同吃同住同劳动，晴天一身汗，雨天一身泥，渐渐地皮肤黑了，手掌粗糙了，身上散发出淡淡的泥土气息，村民们见到他不再拘束，有什么难处和想法都会跟他讲，这时他才发现自己当初因不了解情况，犯下了某些官僚主义和形式主义的错误却不自知，难怪村民会批评他瞎指挥。之后他知错即改，时时引以为鉴，工作做得越发细致和扎实。鉴于他跟琵琶围的渊源，鉴于留在山上的这几户贫困户是脱贫攻坚中最后一公里的硬骨头，他和村民们的交往采取了比牛角村更柔软的方式，有时他会把自己当成琵琶围人，就像此刻。想到栽培铁皮石斛将给琵琶围村民带来诸多好处，他颇为兴奋，讲解铁皮石斛的生长环境、功效时，声音不由高了八度。

也许是他讲得太书面，石养财和朱雨飞虽然听得认真，却满脸困惑，一看便知没有真正听懂。橘子婆、刘大有、谢玉琴、赖秋香不断地捂嘴打哈欠，哑伯坐这儿只是看个热闹，坐在他旁边的石拐耷拉着眼皮，头一点一点的，像是睡着了。朱雪飞和许秀珍倒是尽释前嫌，两人交头接耳了一阵，喜欢放炮的许秀珍又开始发问：何馆长，你刚才说铁皮石斛要第三年才能采摘，那我们什么时候才能搬下去？

早的话，今年年底；晚的话，明年春天！何劲华语气肯定。

朱雪飞又和许秀珍咬了咬耳朵，许秀珍站起身，歪头皱眉地说：何馆长，卖

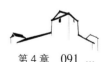

铁皮石斛的钱三年以后才能到手，挣多少心里还有底！你现在说我们今年一定要搬下去，我们这些贫困户腰包瘪平，除非你帮我们找到建房子的钱，不然我们怎么搬？

何馆长，我们这几户是琵琶围最穷的贫困户，要是政府不支持，我们只能在琵琶围里住到死。石拐实在是有感而发，朱雪飞、刘大有、赖秋香、谢玉琴也一个劲地叫苦。石养财和朱雨飞几次欲言又止，最终还是选择了沉默。

金彩凤听到这儿不由轻拍了几下桌子，说大家不要一口一个贫困户，当贫困户又不是什么光荣的事。我们天天说自己是贫困户，说多了会产生暗示作用和负面影响。

请问金大姐，那我们该怎么想？想我们是亿万富翁吗？我们想当亿万富翁就能当上吗？石浩财从外头摇摆着走进来，说话时喷出的酒气熏得人醉。

浩财，不是说你想当亿万富翁就能成为亿万富翁。我的意思是所有成功的人都是先定下我要成功的目标，再不断朝这个目标努力和奋斗的。心理学最伟大的发现之一，就是发现人可以借助不断的想象来塑造自己，比如想象我要成为一个战斗英雄，我要成为一个科学家，然后你不知不觉地努力，最后有一天你发现自己真的成了理想中的人物。北宋宰相范仲淹从小就立志要当宰相和医生，后来他真的成了宰相。

金彩凤平时喜欢看心灵鸡汤和成功学方面的书，今天正好通过转述来巩固记忆。

石浩财看着她，心情很复杂。冲着何劲华、金彩凤对自己的关照和帮助，他愿意好好配合何劲华和金彩凤的工作，有时扪心自问，他会为自己这两天背后搞的小动作而内疚，可一想到他俩不肯帮自己要那套房子，自己贫困户的帽子还可能会丢在他俩手上，石浩财又很烦，所以他对何劲华、金彩凤的态度时好时坏，连他都觉得自己像个神经病。刚才他给白桂花发信息，希望她原谅自己，白桂花奚落了他一顿，肚子里的气冲得他此刻哼了两哼：我倒是想躺着就能发财。

朱雪飞扑哧一声笑了：浩财，你醉躺了这几年，只怕早就成了千亿富翁吧？

那是你说的，不是我说的。嗯，怎么讲呢，刚才金大姐说得也有理，光想发财可能不行，还得撸起袖子加油干，可我真是干不动了。

石浩财不想让金彩凤难堪，忙补了这么一句，但大家并不买账，反而把矛头对准了金彩凤：

哎哟，彩凤妹子这话讲得喜人，好笑，好笑！

许秀珍咯咯地笑着说，从来冇听过可以想出钱来的，只晓得会想出瘸病。朱雪飞被这句话逗笑，其他人也跟着笑个不停。金彩凤没想到众人是这般反应，不由生气地皱起了眉，何劲华晓得她脾气暴，说不定等下讲出气话来，忙解下吊在腰带上的笛子，吹出串清脆的鸟鸣，笑声戛然而止。

看大家笑得这么开心，我用笛子给你们伴奏。

众人一听何劲华这话有批评之意，顿时安静下来。何劲华把笛子挂回腰间，诚恳地说：彩凤刚才跟大家讲的是一种自我暗示的心理现象，我们如果老想着自己是贫困户，那就是把自己定位在贫困户这个身份上了。我们要想着怎样弱鸟先飞，通过自己的努力摆脱贫困，过上好日子。有了这个志向，我们就会想办法动脑筋，就能发现商机，找到致富门道。

对，就像猫能闻到鱼腥味那样！朱雨飞冷不丁插句话进来，她总是这样不鸣则已，一鸣惊人。朱雪飞觉得她抢了自己的风头，忙拽着她坐下。

何劲华接着说，种植铁皮石斛是琵琶围的长线产业，另外我们还必须抓短线产业。养鸡和种植食用菌半年到一年就能见到效益，大家觉得怎么样？

众人七嘴八舌地说杨书记去年送了两次鸡苗，除了朱雨飞、橘子婆和哑伯的鸡成活了，其他人的鸡要么死了，要么被黄鼠狼偷吃了。有人听到这儿笑起来，说那不是小黄鼠狼，是大黄鼠狼。石浩财怕何劲华、金彩凤追问下去会晓得那些鸡被他们吃了，忙说现在禽流感多，万一发生了疫情，卫生防疫部门一声令下，活鸡全得扑杀，有很大的风险。大家讨论来讨论去，觉得种香菇比较稳妥。一来琵琶围的自然条件适合种香菇，二来琵琶围人有种香菇的传统，虽然偌大的琵琶围如今只有哑伯、橘子婆、石养财还把房前屋后的香菇树当宝。

何馆长，彩凤姐，我们从今天晚上开始想，想种香菇怎样让我们发财致富。石浩财打了个酒嗝，见边上的许秀珍掩嘴掩鼻，又特意冲她呵了口气，说：

三哥三嫂，你们今天晚上凑一块儿想，肯定能想出十栋新房来，女儿儿子每家发一栋还有多。

你是仁脑筋，你得代白桂花和你二哥多想想。许秀珍竖眉道。

石拐牛怕许秀珍再讲出什么难听的话来，到时激起石浩财的怒火，赶紧岔开了话头：两位领导，你们搞什么产业我都同意，关键是要落实资金，我们这些人只有十根光溜溜的手指，有钱垫底，就是想出花来也等于零。

石拐的话引得众人频频点头。何劲华和金彩凤对望一眼，异口同声地说：我们一起来想办法。

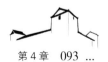

这时何劲华和金彩凤的电话同时炸响。杨明的电话！金彩凤说着走向了院坪。夜色纯净，空气中的花香浓郁得有些刺鼻，何劲华在屋内接李香树的电话，目光落在窗外那几颗星星上，耳朵差点被李香树的吼声震破：

劲华，你倒是潇洒呀，扶贫扶到悬崖下吹笛子去了，还采石斛！石斛可是国家保护植物，你说你像话吗？

何劲华连忙解释他采石斛是为了扦插培育。李香树立刻打断他：我不管你培育什么，你吹笛子采石斛的视频点击率已经过万了，有两百多条评论，说什么的都有，已经形成了舆情！你怎么解释？你怎么平息？

李香树声音中愤怒的枝权刺得何劲华耳朵生疼，他不管不顾地打断了李香树的话：李馆长，你不要着急，这件事情我说得清楚的，明天我再拍个视频以正视听。

李香树渐渐平静下来，说解铃还得系铃人，你跟网信办的钮主任联系一下，看看怎么做。何劲华说我们想在山上搞石斛和香菇种植，希望馆里能给些产业专项经费。李香树说馆里的费用年初就报了预算的，财政卡得死死的，哪有钱给你种香菇和石斛？这事你要找精准扶贫办！精准扶贫办没钱你就自己搞定，谁叫你瘪着荷包当东道？说罢李香树挂了电话。

何劲华有些沮丧，但他还是把自己的思路和想法编成短信发给了李香树。尔后，他点开了李香树发来的视频。平心而论，石浩财的视频拍得不错，只是没想到自己采石斛的画面也在其中，而且笑得满脸灿烂。李香树还发了几张网友的评论截图给他，有人骂他作秀不忘破坏生态；有人骂他不懂政策、只会乱来；有人要求县林业公安局到琵琶围来调查；还有人说何劲华制作灯彩还行，带领群众脱贫只怕无望。何劲华点开相关链接，发现也有很多人力挺他，觉得他人帅有才情，超可爱。何劲华没想到自己人气这么高，短短几分钟的视频居然引起这么大的反响，同时也给领导带来了不必要的麻烦和压力。他有些后悔自己当初的感性，怎么突然就在那儿吹起笛子来，而且特意叮嘱石浩财拍下视频？要是外婆还在，肯定要骂自己呷多了洗脚水。他有些郁闷地走到院坪上，愣愣地看着那道弯月出神。今晚的月亮形状优美，似晶莹皓洁的玉珮，又像亘古里探出的神秘眼眸，正用超然、冷静的目光审视着人间。金彩凤还在跟杨明通话，断续的语声有些愤怒。夹杂着花草清香、泥土气息和阳光芬芳的山风，吹凉了何劲华灼热的头脑，他随手拨通了钮主任的电话，讲了下午采石斛的想法、拍视频的经过和他今后的打算，又为这则视频造成的舆情向他道歉。

出乎意料的是，钮主任并不觉得视频的点击率高和有质疑的评论就是舆情，反倒认为这是新媒体宣传成功的标志和亮点，夸奖他笛子吹得好，视频拍得美，扩大了琵琶围的知名度，提升了琵琶围的美誉度，惹得不少外地网友留言说要来琵琶峰旅游！何劲华有些尴尬地说也有人骂我呢！钮主任哎了一句：这不叫骂，至多只能算批评。你上网看一看，点赞的比例很高呐！你们今天的视频好有创意！

钮主任说话时，金彩凤拿着手机走到他身边，让他看网上的评论，果真又多了些支持他的留言。

这时，山风送来了几声夜鸟的啼唱，月光将琵琶围涂得斑驳，仿佛笔墨不匀的草图。两人沉默了一会儿，金彩凤说杨明刚才打电话来问你是不是落实了种植石斛和香菇的专项资金。

唉，别提了。我跟李馆长要专项资金，他说文化馆没这笔经费，要我自己搞定。何劲华说着摇了摇头。

金彩凤早料到会是这种结果。她知道李香树有些本事，为人尚可，平日对部下不捧杀也不棒杀，而是压杀，任务一来，他总是不由分说地分解下去，谁要是叫苦，他便换上副亲切的面孔，说小平同志讲了，不管白猫黑猫，抓到老鼠就是好猫。你们只要不损人利己、不违纪、不犯法，那就八仙过海，各显神通吧。我不管过程，我只看结果。剧团的人对他这种方法喜忧参半。喜的是他抓大放小，执行者有部分权力，不用屁大的事都向他汇报，忧的是大家很难得到他的帮助，好在他还算硬气，若下属工作中真出了问题，该担责他也不推卸，还有些男人气概。

劲华啊，我早提醒过你，凡事我们先商量，考虑清楚再表态。用钱的事得跟领导先汇报，他们同意支持了才行。你今天这样放了话出去，万一找不到钱，那我们不是自掌嘴巴吗？

来文化馆之前，金彩凤听李香树说何劲华有才气，但不适合搞行政，他说你别看何劲华在单位规规矩矩、不吭不哈，凡事都按程序汇报，有时还胆小怕事，但处久了你就会发现，实际上他挺有胆魄的，他打算做的事，十九头牛也拉他不回。如今看来，李香树对何劲华的评价还是中肯的。

彩凤，你别生气，我不是有意不跟你商量的。我这人有个毛病，讲着讲着就心血来潮了，李香树管这叫感性。今后我一定注意改正，我自掌嘴巴没关系，你那俏脸可打不得。

金彩凤扑哧一声笑了：何劲华呀，没想到你长了张油嘴。就凭你这张油嘴，我断定你根本不怕成仙姐。

怕，我怎么不怕？她要是看到这么晚我们俩还在这卿卿我我，今晚肯定得罚我跪搓衣板！

何劲华跟金彩凤谈得来，在她面前很放松，一放松就原形毕露。金彩凤在他面前也挺随意，说你这个老油嘴！尽管蒙人吧！

何劲华对蒙人两字有些敏感，说我不蒙人，如果要不到专项资金，我就自掏腰包买一千根香菇菌棒。

金彩凤说一千根香菇菌棒要三千多块，再说一千根也不顶用啊。

何劲华笑着说这不还有你这个富婆吗？你再买两千根呗！

哎，劲华，公是公，私是私，该单位承担的就得要单位承担，凭什么我们自带干粮来办公啊？

金彩凤最忌讳人家喊她富婆，一则财不外露，二来这种称呼让她想起自己婚姻中的痛，冷不丁听到何劲华这样说，不由撇起了嘴。何劲华忙说：彩凤，你是穷婆，这两千根菌棒是跟你开玩笑的。你不想买没关系，我会想办法把这件事做起来。

劲华，我不是小气鬼，去年光为帮扶的四户村民买种子化肥，我就出了五千多块呢。

不小气不小气，谁说你小气我跟他急，今晚你就放心睡大觉吧，明天一早起来扦插石斛。

何劲华连忙宽慰她，金彩凤这才展颜一笑。

次日上午，何劲华、金彩凤、石养财在县农科所王所长的视频指导下扦插石斛。为了培养大家的兴趣，何劲华特意把围里的人都叫过来，这边和王所长视频通话，请他尽量讲解得仔细些。

哪知满腹学识的王所长却茶壶里煮饺子，有货倒不出，讲得吭哧吭哧的，加上手机屏幕小，大家听得费劲，不多久朱家姐妹开始讲小话；石拐和许秀珍一边摘菜一边嘀咕四个女儿的不是；谢玉琴在织毛衣，刘大有夫妻屁股还没坐热就悄悄走了。石浩财觉得崖壁下的石斛原本只属于他，何劲华这么一搞人工栽培，石斛多了难卖高价，相当于堵了他的财路，心里憋气，不是玩手机就是挑刺，石养财讲了他两句，他甩着胳膊要走，被石养财挡住。

石拐趁机说春耕在即，他和许秀珍要去平整土地，朱雨飞则说天梯一带的檵柴花和其他野花开得好，她得把哑伯养的几箱蜜蜂搬过去。朱雪飞说理他那么多干什么？我们对哑伯再好，他还是不让我们在后山种菜！朱雨飞说一码归一码，哑伯就靠这几箱蜜蜂挣些零花钱，该帮还得帮！朱雪飞皱眉说要去你去，反正我不搬！说罢扭身跟着石浩财往院坪走去。

何劲华和金彩凤见喊不住大家，两人只好轮番向王所长道歉。王所长说我嘴笨，讲得不好，下回我找个嘴上带钩子的人勾住他们！王所长的自嘲，让何劲华和金彩凤略感轻松了些。

这时，院坪上忽然传来朱雪飞惊慌的喊声：浩财摔倒了，快来人呀！

何劲华、金彩凤、石养财跑出去，看见石浩财躺在地上喊腰痛，忙问旁边的朱雪飞怎么回事。朱雪飞撇嘴说他隔夜酒冇醒，变成了软脚鸡，好端端就摔倒在地，说着她翻出空空如也的口袋对石浩财说：你看清楚了，我身无分文，你要是想碰我的瓷，那就打错算盘了！

石浩财骂她狗嘴里吐不出象牙。朱雪飞用脚踢了踢他，说我好心好意帮你搬救兵，你还骂我？真是狗咬吕洞宾——不识好人心，你就在地上躺到骨头酥吧！朱雪飞扭身跑回了家。

何劲华、金彩凤伸手去扶石浩财，石养财连忙制止：何馆长，浩财在东莞打工时腰部受过伤，腰伤发的时候腿会发软，这是老伤复发，去年也搞过两回，得抬进去！

石浩财个子高大，何劲华、金彩凤、石养财花了好大力气才把他送到床上。

何馆长，这下我冇办法跟你去南远县了。石浩财哼哼唧唧地说，眼底闪过几丝难以察觉的笑意。

第 5 章

阿妹呀，
莫怨哥哥不去搏，
穷有穷的乐，
红薯丝，木炭火，
除了皇帝就是我。

阿哥呀，
你被懒虫啃了脑，
成天就会等靠要，
阿妹见天跟你吵，
看你还敢闲出草。

—— 摘自峙城灯彩戏《琵琶情》

次日一早，何劲华孤身下山，此时太阳还没冒头，山上笼罩着白色的薄雾，树梢上淅淅沥沥地往下滴着夜露，清脆的鸟鸣在头顶交织成欢腾的旋律，金色的阳光从树隙中泻下，在山路上印出点点跃动的光斑，山路瞬间变成了梅花鹿慵懒而伸展的脊背。映山红、檵柴花和五颜六色的野花将青翠的树林装点得缤纷，心旷神怡的何劲华喊了几嗓子，树叶应和着发出哗哗的响声，何劲华脚下生风地跑了起来。到县城后，他先到文化馆向李香树汇报了近期的工作情况，然后坐班车前往南远县。

刚刚在班车上落座，何劲华就接到了温成仙的电话，说小雪生奶痈，高烧三十九度，现在正在住院。忽忽有些拉肚子，她自己也感冒了，肺部咳成了一台破风箱，整日哧嗤作响，气紧时得挺直脊梁、双手撑起颈脖才能顺畅地呼吸。

老公，豆腐店这几天关了门，我怕累死了见不到你。

温成仙话没讲完，又开始咳嗽。何劲华安慰了妻子几句，要她注意休息。温成仙说你别尽说好听的话，你要真关心我，就回家住几天。接着就开始抱怨。何劲华忙把话题转到了儿子身上，温成仙的音调略高了些：这只懒鸭子总算被逼上了架，可惜他不疼爹妈疼妇娘，这些天都在医院陪小雪呢。

那忽忽谁带？

温成仙气道：谁带？还不是我带！何甘不成器，昨天中午让他给忽忽把尿，忽忽还没尿出来，他就睡着了，你孙子差点掉进了尿盆里！

说到这儿，她又心疼起来，说何甘比原来懂事些，昨天晚上还帮着煮了锅面条，只不过烧成了砣，又咸得死，没法吃！

孩子总得有个成长的过程，再给他些时间。

何劲华话没说完，班车司机招呼说要关门了，温成仙问他在哪里？何劲华老老实实地说他现在坐班车去南远县出差。温成仙听了没吱声，何劲华连喊她好几句，她才说了声好吧，然后就挂了电话。何劲华给她发了两条微信，她也没回，何劲华晓得她在生气，可他身不由己，只好内疚地叹了口气。

你问我爱你有多深，爱你有几分……

在邓丽君软绵绵的歌声中，何劲华沉沉睡去。等他醒来时，汽车已到南远县。南远县离峙城只有两个多小时路程，也是山区县，因人口众多，通了高速，经济比峙城县发达，城市规模也大，房地产交易中心一片繁忙。何劲华排了半个多小时的队，才凭介绍信查询到石浩财是在去年秋天从一个名叫柳高义的人手中买下这间店铺的。买卖合同上注明这间店铺的售价为7万元，何劲华卖过房子，知道这不是真正的交易价格。要弄清楚真实情况，就必须找到柳高义。

他通过窗口服务员和中介公司，几经波折，总算找到了柳高义。当柳高义听说石浩财将因这间店铺被清理出贫困户序列时，忙取出他和石浩财签的代持店铺房产的协议书和一份在市某公证机关做的公证书给何劲华看。何劲华拍了照片，请柳高义写了一份情况说明，为了更具说服力，他费了番口舌，终于说服柳高义和自己同去琵琶围。

何劲华在南远县忙碌，脚没好利索的金彩凤在琵琶围也没歇着。这天上午她拄着拐杖，陪局里的技术人员挨家挨户安装卫星电视接收机。石养财、汪经伦、朱雨飞、谢玉琴、刘大有家里早就备好了热乎乎的擂茶、赣南客家特有的炒粄

干，对技术人员热情相待，可当技术人员来到许秀珍家时，她却拦着不让装，说她家没电视，要金彩凤将家用卫星电视接收机的钱折现给她。听她这么一说，跟在后面看热闹的朱雪飞也想用器材换钱，气得石养财骂她们不知好歹。

就你知好歹，就你晓得报恩，那你送台电视给我？

许秀珍后一句话是说给金彩凤听的，金彩凤假装没听到，扭头往许秀珍家的厅堂走去。许秀珍家有台四个女儿合送的大彩电，平日摆在厅堂正中当门面，只要有人上她家，她总是让人看那台大彩电。可自从听说要装家用卫星电视接收机后，这台彩电就从厅堂消失了。金彩凤想进去看个究竟，许秀珍抢先跑过去，顺手关上了拦鸡挡鸭的半扇子门。金彩凤不客气地推门进去，一边说：三嫂，你家大彩电呢？

许秀珍满脸堆笑地走到她跟前：

彩凤妹子，我那彩电是便宜货，早就坏了！能不能找地方赞助我家一台电视呀？

金彩凤说这件事恐怕有点难。说到这，她一拍脑袋：今天局里的技术人员正好在围里，等下我叫他们帮你修下彩电。

许秀珍讪笑着说那就算了，反正电视里也看不出钱来，不看还省电。

金彩凤说杨书记把你们家石景山的信息发到了中央电视台《等着我》节目组，那是专门帮助寻亲的节目，你要是不装接收机也不看电视，说不定就错过了有用的信息！

许秀珍说彩凤妹子你不讲那个节目还好，你一讲那个节目我要呕血。我们看了两年的节目，每次都是别人家团圆，怎么就找不到我家石景山呢？讲到儿子，她一把眼泪一把鼻涕地哭开了。金彩凤安慰了她许久，她的情绪才渐渐平复下来，此时石养财已领着技术人员在她家门口架好了接收机。哪知泪痕未干的许秀珍看见后不但不谢，反而嚷嚷着要折现钱。

金彩凤生气地说：三嫂，这接收机是何馆长、李馆长费了大心思才争取来的，为的是让大家能够及时知道政府的政策和国家大事。你实在不想装，我们不勉强，但你家电视要是看不清，你别来找我。还有，我们不可能折现钱给你。你就说吧，你装还是不装？你不要，现在就拆掉！

自从有了驻村工作队，许秀珍便经常跟在石浩财身后闹，有时杨明不胜其扰，会偶尔屈从于他们的要求。包户的王大姐为人善良、性格软弱，哪怕他们的要求很过分，也会尽量满足。许秀珍从这一招里尝到了甜头，现在又想故伎重演，不料金彩凤根本不吃这一套，许秀珍眼里像是进了沙子，眨巴了一阵，才点了点头。

三嫂啊，这就叫卤水点豆腐，一物降一物！你这回是遇到克星喽！

金彩凤往橘子婆家走去时，身后传来朱雪飞幸灾乐祸的声音。

金彩凤苦笑着摇摇头，心里有些着急。到围里这几天，通过摸排，她觉得这几户人家蛮难缠，不由有些灰心，庆幸的是，她已初步把准了石浩财的脉：头脑灵活，酷爱面子，做事一根筋，创业失败后自己和家人连遭病痛之厄，沉迷醉乡难以自拔，以致破罐子破摔。当贫困户这几年，他只对吃喝保持着以往的热情。听朱雨飞讲，他经常半夜下湖钓鱼、上山刨笋、捉石鸡，到田里捉泥鳅、挖黄鳝，绝大部分用来自饱口福，实在没钱了，才会拿去卖钱，是个典型的好吃鬼。金彩凤相信美酒佳肴对石浩财具有绝对的诱惑力，再者，她酒量极好，而石浩财又是酒鬼，酒鬼和赌鬼一样，最佩服的往往是酒量比自己好的大酒鬼、赌技比自己高的大赌徒，她若是一顿酒能把石浩财给喝服，岂不快哉？这种"食攻"之法貌似荒唐，但对懒根深种、油盐不入的石浩财而言，或许是对症的偏方。

金彩凤从屋里拎出瓶风搅雪白酒，又从橘子婆的灶房里用木托盘端出早就让朱雨飞做好的酿豆腐、辣椒笋丝炒板鸭和两副碗筷，砰砰砰敲响了竹寨门。屋内寂然无声。金彩凤倒出半碗风搅雪酒，以手当扇，拼命地往门里扇风，口里大喊着：

浩财，我这风搅雪是酒厂的头遍酒呐，还有酿豆腐和辣椒笋丝炒板鸭，香掉鼻子喽！

金大姐，你这是做嘛格？

朱雪飞、谢玉琴、许秀珍、赖秋香不知何时走到了金彩凤身后，四人大眼瞪小眼地看着，不明白金彩凤这是唱的哪出戏。金彩凤转身对她们说这些饭菜是浩财的药，我在给他治病。

朱雪飞说金大姐，我跟他得了一样的病，你也给我治治！许秀珍阴阳怪气地说你哪有浩财面子大呀？金彩凤晓得她俩眼红这几盘香喷喷的菜，转身指着橘子婆的灶间说：等下我请局里的人食昼，大家一起来！

朱雪飞、许秀珍再想掺和，这会也不好意思开门，便推搡着走了。

这时，竹门吱嘎一声打开。满眼血丝的石浩财靠在门框上，微弱的话语透出几丝压抑住的烦躁：金大姐，你这么辛苦，我过意不去呢。

石浩财边说边打哈欠，喷出的酒气能醉死苍蝇。金彩凤把菜摆在方凳上，拖把椅子坐在石浩财对面。

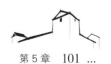

石浩财扫了眼香喷喷的菜，目光立即被酒瓶黏住，顺手给自己倒了满满一碗酒：金大姐，这碗我敬您，敬您体恤困难群众，雪中送炭！

金彩凤有些犹豫：浩财，今天局里来了人，等下我安排大家食昼饭，你也一块去，酒就不喝了。

石浩财拿起剩下的小半瓶酒看了看，脸上露出正中下怀的笑容：你省下好酒给我喝，多谢多谢！

说着，他一小口一小口地品着酒，说金大姐，你能不能介绍我到酒厂去打工？金彩凤笑道：这是让老猫守鱼，谁敢要你？

石浩财觉得这话形象，自己也笑了：哪个酒厂要是敢请我去做工，一年只怕要少几千斤酒。

说着，他放下碗筷，像突然记起了什么：彩凤姐，你说等下我们一块食昼饭？

对呀，那天是何馆长请客，今天是我请客。

石浩财立刻将那两盘菜放进了菜橱，嬉笑着说：我留出肚子吃请吧！

接着他打量了金彩凤两眼，神情有些自得：金大姐，我和你跟何馆长有缘哪。请你们上山是请对喽，起码你们比杨明大方，他就是只铁公鸡，到村里两年冇请我们吃过半顿饭。我现在是跌了鼓，不跌鼓，我看他不上。

浩财，杨书记为村里做了很多事，你呀，不要只挑人家的缺点。

他是第一书记，为村民和村里做事是应该的呀。再说你们党员开会作兴互相提意见，我作为群众，当然要挑他的缺点！

可以挑缺点，但不能有成见。下回你们俩最好当面锣对面鼓地摆开来讲。

最好是吹开毛来讲！让我看看他有什么真家伙！

提到杨明，石浩财就气不打一处来。金彩凤连忙点开手机中的视频给他看：

浩财，这是七年前我们俩在团委表彰会上合唱灯彩调的录像。那天我听了你的发言，讲得真好！

石浩财接过手机看了会儿，叹了口气：好汉不提当年勇，那些事我都不记得了。

金彩凤见他眼中似有泪光一闪，忙说：浩财，你有文化、有能力，现今只是遇到了难关，你要是能打起精神苦干一番，还是能过上好日子的。

石浩财仰脖把那半碗酒倒入了口中，抹嘴道：彩凤姐，我穷归穷，日子却比东莞时过得自在。那时每日跟上了发条一样，从早累到晏，还经常加夜班，陪客户呷酒呷到吐血。现在多好，红薯丝木炭火，除了皇帝就是我。

金彩凤以为他说反话，接口道：浩财，你时下在过绢筛，要钻眼脱皮。但只要你树立信心，有国家的精准扶贫政策的支持和县里的帮扶，你肯定能脱贫致富。

石浩财有些不耐烦地说：彩凤姐，我晓得国家在脱贫方面有要求，县委县政府也给你们压了任务，我一定会配合你们的工作。万一到年底还脱不了贫，你们给点钱，我不就脱贫了吗？至于明后年，中央说脱贫不脱政策，我相信饭还是能挣到吃的。至于是不是真脱贫，我想你们以后也不会多管。我这辈子呀，也就这样了！

石浩财腰一塌，歪在椅子上，仿佛散架的木偶。金彩凤见他颓废至此，气不打一处来：你把两个细伢子丢给大哥，快一百岁的奶奶还要为你操心！你也过意得去？

石浩财端起碗和金彩凤碰了一下：嗨，金大姐，谁叫我运气好呢？我是傻人有傻福。

金彩凤还想再讲几句硬话，又怕事情陷入僵局，只好压下心头火，给自己倒了碗柿叶茶：浩财，论年龄，我是你大姐，我只想跟你讲，谁都有困难和苦处，熬过去了，你就从闷在地下的冬笋变成了噌噌往上长的春笋，还有满世界的光景。后半辈子还很长，难道你就愿意这样窝在琵琶围？

石浩财将酒碗放在桌上，激动地说：金大姐，我早就想搬下山，可县里定的政策不公平。住土坯房的贫困户只要交一万块就可以拎包入住安居房，凭什格我们住烂屋框的就不行？

金彩凤一听他又绕回了老路上，忙板着脸说：浩财，你有文化，你也懂政策，明知不可为，为什么还要挑头去闹？

石浩财的目光警觉起来：谁说我带头闹，我两巴掌扇死他。

金彩凤跟何劲华说好了，由她唱红脸，只听她沉声说：浩财，你别以为大家不晓得你心里的算盘，他们不会被你当枪使的。

见石浩财不吭气，她说做老实人，做本分事，这才有最大的回报，你说是不是这么回事？

金大姐，我们想要一万块钱入住的安居房是有根据的。你过来看看。石浩财拉着金彩凤走到门口，指着对面的屋顶说。

你看那边的屋顶快塌了，一落雨墙上流瀑布，只要眼睛不瞎，都能看出琵琶围是危房！

石浩财脖子上青筋乱跳，金彩凤也有些激动，说浩财，据我们了解，东边屋

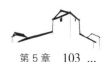

顶上的瓦是你跟朱雪飞去年九月底捅掉的，有没有这回事？

石浩财抬着眉毛漫不经心地说：去年秋天屋顶上积了个马蜂窝，要不是我舍命捅掉，围里人早被马蜂咬成了大头鬼！至于屋顶上的瓦掉下来，那也怪不得我。

浩财，这件事我也就是随口一问，现在翻篇了，不再说它。

彩凤姐，你既这样说，我也告诉你实话，我捅马蜂窝时，确实捅下了几片瓦，事后也没有去捡漏。你可能会讲我不负责任，但我认为自己做了件好事。要是那边的屋顶不漏，杨书记怎么能找上头要维修款？

金彩凤说县里把琵琶围列入了"美丽乡村在行动——保护古村落计划"，不管屋顶漏不漏，都会向省有关部门申请专项维修款。

古村落是文物！文物的主人是国家，我们这些住在文物里的人就应该算无房户。无房户比住土坯房的人还可怜，他们能交一万块钱拎包入住安居小区，政府就应该免费安置我们！

大概是吃饱喝足了，石浩财面泛红色，声若洪钟，看来这两天的腰伤没有影响他的食欲和身体。

浩财，最早琵琶围是生产队的公产，可后来大包干时，村里连房子带土地一起分给了各家各户，你们现在是房子的户主，怎么能说是无房户呢？

彩凤姐，我们既然是户主，那古村落保护经费也该分些给我们！

那些钱还没申请下来，就算申请下来了，那也是专款专用，只能用于维修房屋，不可能分给各家各户。维修房屋时，你要是愿意出工出力，维修公司会给你们开工资，相当于在家门口打工。

那能打几久的工？了不起修个半年，挣的小工费还不够塞牙缝，顶屁用啊！石浩财见自己无法入住安居小区，心火蓬蓬起，觉得金彩凤推三阻四、缺乏诚意，金彩凤则认为石浩财胡搅蛮缠，便敛起笑容，指着墙上的各项图表说相关政策、制度都贴在这，你对比一下就晓得你该不该退出贫困户，什么样的人才能入住安居小区！金彩凤的口气越来越严厉。

石浩财皱眉说：彩凤姐，就算我们没资格入住安居小区，但上面分给琵琶围村小组改水、改厕、改路、粉刷外立面墙的费用也应该分给我们。见金彩凤不解，石浩财说琵琶围村小组因为要搬迁，村里没有按规定改水、改厕、改路面和粉刷外立面墙，而是将这部分资金分给了山下接受搬迁户的六个村小组，那些村民占了我们的便宜！

那就争取尽快搬下去啊。

金彩凤话音未落，外头传来花花的吠声、小勇的喊声和纷沓的脚步声。

石浩财，唐部长、李馆长、邱镇长、柳高义来看你了！

石浩财一听何劲华这话脸色大变，连忙拍着大腿，后悔自己当初酒后乱开口，把个看上去笑眯眯，但骨子里却认真细致的何劲华请上了山，但此刻他又不能躲，只得跟着金彩凤迎出门去。今日天气晴好，春阳和煦，黄澄澄的阳光像金汁，把琵琶围染得透亮。因为这天上午装家用卫星电视接收机，除了哑伯和橘子婆去了后山，围里的其他人都在。客人刚进门，手脚麻利的朱雨飞、谢玉琴就在坪上摆好了桌椅。何劲华、石养财招呼唐部长、李香树、邱小楠、杨明、石栋梁、王大姐坐下，唐部长摆摆手，径直走到正在和柳高义说话的石浩财跟前。

浩财，你上次的视频拍得不错呀！以后可以利用新媒体多多宣传琵琶围。

唐部长紧紧握着石浩财的手，口吻热情，表情真诚。石浩财不卑不亢地谢过他，指着柳高义说：唐部长、各位领导，这是我多年没见的好朋友，你们先忙着，我们到那边聊去。

王大姐急忙从包里掏出铰链递给他：浩财，上次何馆长说你的橱子铰链坏了，我买来了，你拿去钉好。

石浩财有些意外，以前这种事多半由王大姐包圆，今天她是怎么了？石浩财还想请王大姐代劳，边上的何劲华发话了：大姐，你先忙吧，这种事浩财比你在行！

石浩财晓得他这是有意要切断自己对帮扶干部的过分依赖，只好拿着铰链离去。

这石浩财见谁都嗷嗷叫，对你还算不错！

作为分管扶贫的县领导，唐部长除挂点琵琶镇外，去年还兼任了琵琶围村的大村长。大村长制是从前年下半年开始推行的一种制度，即所有县级领导干部、各乡镇党委书记、乡镇长、县直各单位负责人，全部下派挂职担任一个行政村的村主任，以协调村里的扶贫工作队、乡镇的驻村干部、包户帮扶干部、社会扶贫等各方力量。经过一年多的运行，发现这种工作机制切实管用，不但能帮村里及时解决实际疑难问题，还能带来更多的资源。可对于担任大村长的领导而言，这是件苦差事，意味着他们除完成本职工作外，还必须每周下村了解情况，开协调会，解决各种难题。琵琶围村小组搬迁后，由于村民分散安置在六个村小组，唐部长各个村小组穿插跑，加上本职工作繁忙，处于连轴转状态，何劲华见他比上次黑瘦了蛮多，心想现今的官员不好当，一分权力意味着两分责任，谁要是想尸位素餐，还不如提前自我下课，现在根本没混日子的岗位，何劲华觉得自己身边的干部工作都很拼，他也在拼。

何馆长多才多艺，笛子吹得那么好听，树上的雕子都能引下来，拿下石浩财，那是洒洒水啦！

邱小楠是锅底村的大村长，在镇里又分管扶贫，唐部长每次上山她都会陪同前来。她最近在给棚生脱奶，为了断掉孩子的奶瘾，她在乳头上涂了辣椒油。发奶瘾的棚生被辣得哇哇大哭，她也跟着哭。由于断奶不适应，春天天气又多变，棚生这两周连连生病，偏偏最近又有个村庄发生了泥石流，邱小楠白日忙得前脚跟打后腿肚，晚上回去还得哄整夜不肯入睡的棚生，长期缺觉熬得她脸色苍白、嘴唇无华，皱纹像细细的发丝在眼角、额头蔓生，何劲华看了直呼心疼。

唐部长喜欢鼓励部下，邱小楠也夸了几句何劲华，对他俩的夸奖，何劲华连说不敢当。石栋梁说何馆长和彩凤妹子最近为给村民调配菜地、自费建造了竹笕，还陪浩财下猴子崖采石斛，工作做得蛮细。

那要感谢石支书的支持，要不是你把地让出来，我跟彩凤这次好难收场。何劲华由衷地向石栋梁拱拱手，以表谢意。

唐部长起身给大家筛了一圈茶水，呵呵笑道：你们这打的是组合拳呀。对了，劲华，说说你用什么妙计收服石浩财的？

何馆长，我真的很好奇，你快讲讲！

杨明最头疼的便是石浩财，口吻颇为急迫。

何劲华哈哈一笑：浩财穿开裆裤时就玩过我做的灯彩，他这次买账是看我的老面子。以后他还会不会买账，得看彩凤的了，彩凤做思想工作比我厉害。

听到何劲华在唐部长面前表扬自己，金彩凤脸上笑出了两朵明灿灿的大花。她边领着唐部长、李香树、邱小楠一行参观刚刚装好的家用卫星电视接收机和扦插的石斛，边介绍此事的来龙去脉。情绪饱满的金彩凤说话富有感染力，以至唐部长看到那些葵花般盛开的铁锅时脸上也溢满了笑容，直夸李香树和何劲华执行力强。随后唐部长挨家挨户问大家对此事的看法，朱家、谢家、刘家、汪家、石养财连声说好，刚才一直吵吵着要折现的许秀珍躲在石拐后面不吭声。

何劲华接着向大家汇报了这次去南远县调查取证的情况。唐部长赞许道：

中央说扶贫要下绣花的功夫，就是要求我们的工作要耐心细致。劲华，你们这件事做得好啊，万一我们只看表面，就这样清退了石浩财，脱贫路上可就把他给落下了。

唐部长说着把房产证复印件和柳高义的材料给大家传阅，语气颇为感慨。杨明连忙检讨：唐部长，我和小于也去了南远县核实情况，却没有深挖出这背后的隐情，工作做得不够细致和扎实，犯了主观主义和官僚主义的错误。

唐部长含笑看着他：小杨，给自己扣两顶这么大的帽子，不怕脖子酸？

杨明诚恳地点点头：的确是我工作没做好。

何劲华忙说杨书记，我和金大姐都在你第一书记的领导下干活，去南远县查核浩财的房产也是大家开会决定的，你千万别谦虚。金彩凤在旁边连声称是。杨明张了张嘴，终究还是默认了。

唐部长明察秋毫，从做人角度，他欣赏何劲华和金彩凤对杨明的这种维护；从做事角度，又必须职责分明。他表扬杨明年轻敢闯有干劲，到琵琶围村做了不少实事，但也有些毛糙，让他多向何劲华、金彩凤学习，把事情落到实处、抓到细处。杨明当即起身向何劲华、金彩凤鞠了一躬，说要拜他俩为师。

杨书记，你这么说，我可担不起。

金彩凤做了个推辞的舞台动作，气氛顿时活跃了些许。从县城到琵琶围一路走来，柳高义和大家混熟了，为了给石浩财解围，他又绘声绘色地讲了一遍自己和前妻离婚时，为了躲避善于算计的前妻和几个厉害的妻兄，如何动脑筋把店铺转移到石浩财名下的故事。

小柳，看样子你很信赖浩财啊。这间店铺现在值七八十万，你就不怕他私下卖了？

李香树说出了大家心中的疑问。柳高义斩钉截铁地说我跟浩财是过命的朋友，我相信他！

石浩财皱了皱眉：你别把我说得那么好，有好几次我都想把你那店铺卖了换酒喝。柳高义说你卖就卖呗，反正我欠你的。接着他又开始讲述他和石浩财的故事：

各位领导，我在东莞做生意时成天沉迷麻将，有帮当地的赌鬼合伙设局来骗我，我输得没钱还债，那些赌博鬼把我绑了，说是到期不还钱，就剁掉我的手，我只好打电话向浩财求助。浩财假借送钱，冒险带了一队警察过来，不但救出了我，还端了赌博鬼的老窝，我的赌债也不用还了。真是厉害！

众人没想到石浩财还有过如此英勇的举动，纷纷为他点赞。石浩财越听眉头皱得越紧，因为他接下来说的话肯定要让大家失望，他用满怀歉疚的眼神看了眼何劲华和金彩凤，舌头像根不受控制的弹簧，把那堆沤得冒泡的话弹出了嘴：

唐部长，我没有骗当贫困户，我是真的贫困户。还有我们都是无房户，希望唐部长能帮我们解决一套一万块钱入住的安居房！

对呀，唐部长，你帮帮我们呀。

要不县里出面帮我们找几十万块钱做房子，那我们就笃定能搬下去了。

站在边上的朱雪飞、许秀珍、刘大有、谢玉琴拥上来，叽里呱啦地说道。杨明急坏了，说这件事我跟何馆长、金大姐都给大家做过解释，政策你们也知道，怎么又老调重弹？

石栋梁、石养财、朱雨飞上前想拉他们几个出来，被唐部长伸手拦住：

养财，再拿几把竹椅来，让大家坐下说。

金彩凤凑到何劲华跟前小声说：我还以为能各个击破呢。

何劲华摇头道：是我们的方法太简单、太幼稚了。

说着他把石浩财扯到旁边，沉着脸说：浩财，看来前些天我们那些道理都是嘴上抹石灰——白说？

石浩财素来讲朋友义气，想何劲华、金彩凤进围以后对自己高看一眼，自己却当着他俩的面向领导告状，的确不太地道。他不好意思地说：

何馆长，你跟金大姐对我们的好，我们心里都记着呢。再说了，我们今天这样做也是为你们好。

何劲华被他气乐了：怎么个好法？

石浩财的声音低下来：你想呀，大家心里堵得慌，天天在你跟彩凤姐面前唠叨，你们不理不行，理吧，你们又没有捏着印把子、拿住钱袋子，解决不了问题。我们今天这样上交矛盾，就是不想让你们为难。

何劲华说你们向唐部长、李馆长反映情况没有错，意见也可以提。可你们明知自己不符合住安居房的条件，还要这样围着领导吵，那就是无理取闹了。

石浩财歉疚地看了他一眼，垂下头不吭声了。柳高义劝他说：现在制度很规范，办事程序公开透明，执行起来也很严，这种情况下你们再找唐部长要安居房，那就是为难人了，何苦呢？

见石浩财的表情有所缓和，何劲华连忙趁热打铁：你这样还是没把我当朋友，以后有事先跟我和金彩凤商量。我们虽然没有决定权，但可以上传下达，协助大家解决问题呀。

这时，一直在听朱雪飞、许秀珍等人倾诉的唐部长起身给她们每人倒了碗柿叶茶，还特意端了碗给石浩财：浩财、三嫂、雪飞，作为琵琶围的大村长，我也算半个琵琶围人，感谢你们对我的信赖，说了这么多心里话。大家想住安居房，心情可以理解，但这有政策和条件的硬性规定，任何人都没有权利徇私，从这个角度讲呢，安居房也是安心房，建房的人、住房的人、分配的人都要对得起良心，这样住起来才能安心，大家说是不是这个理？

唐部长看看沉默的众人，略微提高了些声调：现在县里正在做琵琶围景区开发的规划，如果招商引资顺利，过几年这里就是另一番景象了。当然这是前景，眼下最要紧的是大家得在杨书记、何馆长、金彩凤的带领下，撸起袖子加油干，攒足劲头发展产业，保证年内脱贫，搬下山去。

唐部长，如果山上要发展，那我们还搬下山干什么？

在公开场合很少发言的谢玉琴怯生生地提出了疑问。

哎呀，玉琴妹子，山下都是平地，进出不用爬山过水，孩子读书近，老人看病也方便，晚上街上花花绿绿的，哪像这里？除了我们就只有猫头雕。许秀珍羡慕道。

唐部长说：三嫂讲得对，山下交通方便，教育、医疗、文化资源集中，政府花大力气让大家搬迁下山，就是要让各位更好地享受我们这些年新农村建设的成果，同时也是保护琵琶峰、琵琶湖和琵琶围。至于在山上发展产业，一方面是让大家有脱贫的项目抓手，另一方面是要给琵琶围下一阶段的开发打基础。大家想一想呀，你们搬下山了，可山还在这里，这山是谁的呢？是我们子孙后代的，我们要在保护中开发，也要在发展中保护，只有这样，才能把祖先留下的绿水青山变成子孙后代的金山银山。大家说对不对？

众人一边感叹，一边热情地鼓掌，气氛很是热烈。

从后山散步回来的汪经伦、杨淑英夫妇上前和唐部长、李香树、邱小楠热络地聊了会儿天，又代汪敏邀请他们去北京玩之后便转身回了家。这时小勇牵着花花，橘子婆拎着一畚箕野菜走进围来，唐部长刚上前和她打招呼，哑伯忽然从围门那儿闪出，满脸笑容地塞了捧野花到橘子婆的畚箕里。

唉，老白匪，你今天脑子又塞满了木屑，不顶用啊。看你两手都是泥，快跟我去洗手。

橘子婆指着哑伯乌黑的手，说话的口吻像在训细伢子。哑伯竟像听懂了她的话，乖乖地跟着她去了井边。

这是琵琶围的两宝啊，你们一定要照顾好！

或许是阳光太强烈，邱小楠说这话时眼睛特别亮。李香树可没邱小楠此刻的闲情。他对刚才贫困户"围攻"唐部长深感不满，批评两位部下失职了，要他俩等会儿拿出帮助贫困户脱贫致富的奇招来。何劲华老实地说没有奇招，还得一步步来。金彩凤倒是一鸣惊人，说打蛇打七寸，现在石浩财就是琵琶围贫困户脱贫的七寸，她出奇制胜的妙招是打赌：

我要跟石浩财赌酒。我要把他喝趴、喝怕、喝得他听到酒就想吐，然后改邪归正。

当时李香树正用随身携带的小茶壶喝茶，听到这话，茶水险些从他鼻腔里喷出，呛得他连连咳嗽，语不连贯地谴责金彩凤胡闹。

李馆长，我这不是胡闹，是对症的偏方。哎，大家觉得我这办法怎么样？

金彩凤作古认真地征求起意见来。唐部长跟金彩凤很熟，他说这不叫赌酒，应该叫约酒。还有，必须是自费和非工作日才行。

何劲华抢着说他来买单。邱小楠开玩笑地说酒钱得李香树出。李香树拍着胸脯，好不容易才喘息过来，说没问题，酒菜二百块以内，我全包。

杨明不喜欢金彩凤这种方式，他皱着眉说：哎哎，各位领导，唐部长还没说完呢。

果然，唐部长接着说了第三点：喝酒要适度，不能违反八项规定，千万不能喝出事！

放心。我们工作时间不喝酒，双休日在医院边上找个餐馆自费喝。一旦有问题，立刻上医院打吊针。

金彩凤，你今天没喝醉，正话反话还听不出来吗？

李香树觉得赌酒这个主意比夏天的泔水还馊，以至于说话时皱着鼻子。金彩凤抢过他手中的茶壶放桌上，递了碗水给他：李馆长，入乡随俗，你别时刻捏着这把壶子，用碗喝水！

李香树瞪着她：我刚说你呢，你怎么又说我头上了？

金彩凤嘿嘿一笑，谁叫我跟你是老同事呢。

李香树气恼起来：我告诉你，金彩凤，这不是剧团，你给我想些正经主意出来。

金彩凤翻了李香树一眼，说剧团的主意都不正经吗？那你早先也是剧团的，那你正经还是不正经啊？李香树正想跟她急，何劲华突然从腰间抽出笛子，说三人一台戏，你们俩呛得热闹，我给你们伴奏。

何劲华用自己的方式提醒他俩别在唐部长面前互掐，李香树秒懂了他的用意，偏偏金彩凤不知眉高眼低，居然伸手夺下唐部长手中的香烟，说唐部长，我可数了啊，半小时不到，您抽了四支烟。说着就把那支烟给摁灭了。

唐部长奈她不何，只好笑着说：劲华，你在家里是妻管严，在围里只怕地位也不高啊。

李香树立即高声附和：绝对的！有金彩凤在，顶天立地的男子汉也要做小伏低！

金彩凤笑骂了他几句，邱小楠觉得他们好玩，也跟着格格地笑，开心得像个孩子。杨明和石栋梁在边上窃窃私语，表情凝重，估计是在说刚才贫困户质问唐部长的事。唐部长笑着朝他俩摆摆手，说你们俩不知道吧？当年剧团下乡演出，劲华的笛子独奏把满地跑的鸡鸭都引到台上去了，高水平啊。可惜我那时离开了剧团。劲华，来一首吧？

何劲华也不客气，飞快地吹了串音符出来，叽叽啾啾的像群鸟报晓，接着曲调一转，变成了嘹亮的鹤唳和布谷的凄啼。

我的天哪，这是小时候听过的灯彩调《百鸟鸣春》！邱小楠细妹子似的叫唤起来。

何劲华对着她吹出串喜鹊的叫声，众人还没反应过来，他便收起笛子，板起脸说：

唐部长，李馆长，邱镇长，我们驻村工作队商量了，下一步攻坚小组的主要工作有以下三点：第一，尽快把村里的文化活动室建起来，希望文化馆能捐送一台新彩电给村民们上科普网课。还有上次我去局里，看见大厅的电视墙拆了，做电视墙的十台电视机还能用，听讲要低价处理，希望局里能把那些电视机送给琵琶围的贫困户；第二，明天我陪石浩财去南远县，让他把商铺过户给柳高义，物归原主，麻烦杨书记把相关材料提交给县精扶办，石浩财还没达到脱贫标准，他的贫困户不能退；第三，我们召开了村民小组会议，经大家讨论，决定将种植仿野生石斛作为琵琶围村小组的长期产业，栽培香菇和养殖林地鸡作为短期产业，目前急需解决三十万元产业专项资金，希望唐部长能给予支持。汇报完毕！

何劲华话音刚落，杨明便强调说，今年局里给的专项资金已经用于建造老寨村小组的蚕棚和云山村小组的蔬菜大棚，琵琶围村小组的产业项目需要县里另拨专项经费。

李香树说：劲华，局里那十台旧电视机，只要还能用，我们打份申请报告，局里肯定支持，至于新的大彩电，我觉得没必要，这九户贫困户，有好几户是一家人，平常住在一起，你可以从那十台旧电视里搬一台放在文化活动室！

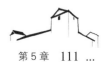

何劲华点点头，心想李香树虽然有些抠门，但这方法也经济实用。

唐部长夸奖道：劲华到村里时间不长，功课做得挺足，思路清晰，举措实在，村里的工作可以按这个时间节点推进。你还有什么金点子？

何劲华比较关注村小组的春耕生产，对山上村民坚持种水稻保口粮的做法颇感困惑，他说山地贫瘠，灌溉条件不好，不如因地制宜，改种相对耐旱的花生、黄豆、芝麻。种这些回报高，在挣口粮的同时还能挣些零花钱。这话似有委婉批评杨明工作不到位之意，杨明抬抬眉毛没吭声。邱小楠不太赞成：

何馆长，花生、芝麻是耐旱，但挑土壤。松散疏松、排水好的沙壤土比较适合种花生、芝麻。山上的泥土板结，花生产量不高。花生还忌重茬，第一年种过花生的地，第二年再种产量受影响。

石栋梁接口道：前年杨书记也让大家种过芝麻、花生，可是产量不高，村民收了花生、芝麻还要下山去卖，卖了才能买口粮，买了口粮还得背回来，万一卖不出去，连米都没得吃，大家都是种田人，要是口粮还得买，一来心里没有底，二来也对不住老祖宗啊。

石养财说石支书讲的是实情，前年驻村工作队推行经济作物时大家响应度不高，今年只怕很难再推。

何劲华坚持说他咨询了王所长，山上种经济作物是可行的。唐部长要他们仔细调研后再下结论，并提醒何劲华，地里种什么还得村民自愿。

唐部长，你放心，我们会加强引导，促进他们搞好生产。这个……

唐部长见何劲华望着自己，知道他要说什么，忙笑道：劲华，我们峙城吃的是财政饭，你要的专项经费虽然不多，但也不是说拿就拿。你们先了解清楚项目，拿出详细的产业发展计划和可行性调查报告，再跟驻村工作队、村两委和村民商量讨论，尽量把产业立项资金的申请报告写得扎实，这事由小楠牵头，我和香树负责落实跑经费，争取尽快把产业搞起来。

接着唐部长话锋一转，说：爹有娘有不如自己有，劲华和彩凤还得沉下心来摸情况，要因户施策、因人设计，点对点地为村民制定脱贫计划，充分调动村民的积极性！有些情况你们还得跟小楠、杨明和栋梁多沟通，注意发挥团队的作用。

唐部长一行离开后，杨明、何劲华、金彩凤、石栋梁、石养财开了碰头会，接着便趁热打铁地带着山上的贫困户赴二组、三组村民小组的原址，参观拎包入住安居房的贫困户的原住房。其中一家的房子已然倒塌，废墟上荒草蔓生，野花开得绚烂，另几家的房子屋漏墙歪，加固外墙的门板和木头还骨架般支棱着，看上去触目惊心。石浩财、许秀珍不相信那几家贫困户会住这样的破房子，杨明现场播放了搬迁前他到这几家上户的录像，当时的房子还真就这么破。有一段录像中正在下雨，贫困户家里支着好几把伞，到处放满了接水的脸盆和木桶，一个老婆婆正在抱怨雨水半夜淋湿了她的被窝。这几段录像他们以前也看过，但那时他们以为这视频是假的，如今站在实地一看，那份震撼让他们无语。

跟他们比，我们住的是老财的大屋！朱雨飞、谢玉琴好一阵才不约而同地感叹道。

空山沉寂，鸟语花香，瓦蓝的天上有几丝云飘着。望着人去楼空后正在被时光消融、即将回归山野的村庄，想到村人已经在更宜居的地方生根开花，众人百感交集、欷歔不已。

此后，琵琶围的贫困户再也没人吵着要住一万元的安居房了。

第6章

秋收果子圆啾啾，

糯米团子一颗颗。

有手有脚勤扒做，

日子过得顺溜溜。

——摘自《峙城客家歌谣集》

这天一早，何劲华带着石浩财、柳高义前往南远县房产交易中心，柳高义此前已委托房产中介准备好了相关材料，两个小时便办妥了店铺的过户手续。何劲华见天色还早，打了辆车，带石浩财和柳高义去了临近峙城的春旺菌种场。

春旺菌种场坐落在幽静的山谷间，前有水塘照影，后有山丘作靠，两边树林环绕，由此形成的小气候适合菌类生长。

场长黄春旺是2015年的建档立卡贫困户，曾在全市的扶贫工作交流会上作为创业致富带头人代表发过言。那次会议何劲华没参加，但看过他的材料，晓得他从小父母双亡，跟着爷爷奶奶过日子，小学三年级时因病左手致残，同年爷爷过世，黄春旺辍学，成了家里的小劳力。几年后他奶奶瘫痪，家庭越发困难了，但他愣是用稚嫩的肩膀挑起了养家糊口、照顾奶奶的重担。三十五岁那年，他和一个因小儿麻痹致瘸的女子结婚，总算有了自己的家。精准扶贫工作开展后，黄春旺在驻村工作队和帮扶干部的支持下，申请了五万元的贴息扶贫贷款，租下五亩临水的沙地种百香果。不想种下果苗不久，突如其来的山洪便淹了果园。由于他没经验，洪水过后排涝不及时，根腐病如同癌症，慢慢地侵蚀着百香果的根枝，那些看上去生机盎然的百香果苗竟悄然枯死！想到五万块钱贷款就这样打了水漂，黄春旺双腿一软，当即跪在地上号啕大哭。

那晚的月亮好大，银盘一样挂在天上。我的眼睛哭出了血，白月光落在我眼里，血红血红的！

黄春旺的办公室非常简陋，但干净得出奇，桌子凳椅纤尘不染，亮可鉴人。墙上贴的各种表格和相关政策排列有序。办公桌后头的木柜上挂着个锃亮的大玻璃相框，里头全是果树和果园的照片，其中有张相片拍的是枯死的百香果树。

注视着黄春旺黝黑的脸，何劲华仿佛听见了那夜飘散在河滩上的哭声。那哭声应该是沙哑的吧？想到黄春旺抹干眼泪，跌跌撞撞往家走的样子，何劲华对这个瘦弱矮小的男子充满了敬佩。旁边的石浩财、柳高义也受到了触动，不像开始时那样，眼睛只盯着手机。

黄场长，你那次创业等于沉了船，你后来是怎样翻身的？

何劲华希望自己这个问题引出的答案对石浩财有所启发。

黄春旺给何劲华、石浩财、柳高义倒上刚刚泡好的茶水，坐在他们对面，絮絮地说起了他的过去：

说来还真是老天爷开眼，洪水泡坏了河滩上的百香果，坡上的一百多株果苗冇浸到水，长势良好，收的果子卖了七千多块钱。在驻村工作队和包户干部的帮助下，我得到了县苗木中心的产业政策扶持，以一元一株的价格买了两千多株百香果苗。驻村工作队请乡果园站的技术员上门指导，这次我舍本挖了排灌沟渠，白日挖坑、施基围、栽苗定植、剪除侧枝、扎建棚架，夜晚歇在果园旁边的寮棚里。

下次百香果开花的时候请你们过来。百香果的花有紫色、红色、粉色、白色好几种，花形像小闹钟，日本人叫它计时花，好看归好看，却需要人工授粉。百香果开花时我们一家人根本忙不过来，得请帮工。碰到包村干部上户的日子，扶贫干部也会到果园帮忙，大家用镊子从花粉囊中收集花粉，然后加水溶化，再用喷雾器把花粉水喷到雌蕊柱头上，这是农技指导员教给我们的人工授粉方法，可以提高结实率。

何劲华等人被黄春旺的回忆带入了三年前的八月。那年八月风调雨顺，果园的棚架上垂吊着无数的百香果，它们随风轻轻摆动，像一颗颗希望之果在招摇。夜晚歇息在果园边的高脚寮里，那顶被尘土濡染得灰黑的蚊帐在黄春旺眼中成了厚实的铠甲，不但挡住了飞蚊，也挡住辛苦。枕着河水的哗哗声，耳听着虫鸣蛙鼓，他下定决心，一定要在儿子、女儿上大学之前，带全家去北京天安门看升国旗！也许是心有所想，目有所见，这时夜空忽然泛出奇异的金色，圆月似枚巨大的铜钱，一切都因希望而熠熠生辉。

那年八月，组织上安排他们去福建宁德、上杭、龙岩参观培训。那天上午，他们正在上杭白砂镇山麻鸭养殖基地参观，养殖户的山麻鸭养殖经验讲得生动风趣，他却心神不宁。那两天南远县连日暴雨，万一又发洪水怎么办？他只能寄希望于侥幸：天气预报今年的雨水不如去夏多，再说去冬他加固了邻河的堤岸田埂，做了排灌沟渠，希望这些措施能保护果园。没想到课讲到一半，妻子来电话说大水冲毁了邻河的那三亩多地，上面的棚架、近千株将收的百香果全被大水卷走！

妻子在电话里哭得撕心裂肺，黄春旺如遭雷击。带队学习的县精扶办副主任谢成良听说后，立即联系车子派人送他回家。

何馆长呐，那天我看见被水啃掉一大块的果园，脑子嗡嗡响，我想死了就不用再脱贫，不用再承受家庭的重担了！我不管不顾地往河里冲，想跟那些百香果一起走。亏得驻村工作队的张书记、刘干部拉住了我，不然我早变成了鱼虾饲料。

黄春旺说他被人从鬼门关上拉回后，关在屋里想了两天两夜，第三日早晨才鼓起勇气出门。

何馆长、小石、小柳，那天我下决心要好好活下去，一定要在两年内实现家庭收入十万元的目标。这个想法像定海神针，定了我的精神，也顶直了我的腰杆。说来也奇怪，我刚打开门，日头就从对面的山顶跳出来，泼了我满身金光，连脚背都染成了金色。我对一直守在我家的刘干部讲这是好兆头。刘干部说国家政策那么好，只要我们咬紧牙关，办法总比困难多。刘干部说张书记领着他上我家果园看了，大水只冲走了临河的三亩多地，坡上的三百多株百香果还有收成。唉，老天爷真会折腾人，上次也这样，只不过上次的水势小一些，临河的地没冲走，只是淹了果苗。其实那次洪水过后，我也想另外找地方种果树，可果园的土地是流转过来的，租期签死了，种不种都要给别人钱。没办法，为了规避损失，我只好在坡上多种些，没想到还真的奏了效。听到这个好消息，我打起飞脚跑到了果园。

讲到这儿，黄春旺激动地站起身，指着相框中间的大照片说，你们看，这就是那三百多株百香果树。当时这些熟果在我眼里就是一坨坨金子，高兴得我眼泪都出来了。我怕还会下雨，决定马上摘果。驻村工作队动员了帮扶干部和村里的乡亲，两天时间就帮忙摘了两千多斤百香果。百香果不好保存，县精扶办发动县里有关部门进行消费扶贫，又联合县果业局搭建的电商平台帮我网上销售，一个礼拜就卖光了，收了二万多块钱，让我们全家人看到了希望。

何劲华听到这儿，打心眼里替黄春旺高兴。石浩财仿佛渴极了，连喝了五六杯百香果茶，额上冒着微汗，双颊泛红，何劲华感觉到了他内心起伏的波澜。柳高义没有这种感同身受，又开始玩手机。

黄春旺沉浸在由回忆、叙述引起的兴奋中，他从手机里调出两张照片给何劲华和石浩财看：那天夜晚，我们全家人躺在钱上歇眼拍照。你看，床上、地上都是钱，我们以前从来没有见过这么多现钱！

何劲华看着那两张用流行话来讲很"壕"的照片，觉得黄春旺一家对金钱的这份挚爱非但不俗，反而透着质朴与可爱。

浩财，你看他们笑得多开心！

何劲华晓得这时让石浩财看这样的照片等于在他心上撒盐，多少有些残忍，可他就是想用激将法激活石浩财！

石浩财要么识破了他的用意，要么心如死灰。他没看照片，而是抬手给黄春旺拍了张相片，说黄场长，祝贺你脱贫致富！

黄春旺伸出那只缺了手掌的左手，连声说道：我这个残疾人能有今天，第一要感谢党和政府，第二要感谢扶贫队和包村干部，他们为了帮我脱贫，每个人都累脱了两层皮！

柳高义将那双黏在手机上的眼珠转向黄春旺，语气热情地夸黄春旺顶呱呱，然后用胳膊捅了捅石浩财：

看见没有？只要鼓起劲，你还能发财。

唉，我冇那个能力，也不做那个梦！石浩财自愧不如地叹道。

黄场长，你们后来是怎么想到要办合作社的？何劲华对此颇为好奇。黄春旺笑道：种百香果的人多了，市场很快就饱和了。当村里建议我们搞合作社时，我们经过市场调查，决定改办菌种合作社。你看——黄春旺指着墙上那张合作社的营业执照，满脸自豪地说：我们这家合作社由驻村工作队牵头成立，六个脱了贫的原贫困户每户入股五万元，五户建档立卡贫困户每户贷了两万元的产业扶贫款入股合作社，非贫困户只有年底的分红，但贫困户平常干活还能拿相应的工资。菌种场开办当年，那五户贫困户全脱贫了。

这种脱贫传帮带了不得，回去我们得好好学一学。

何劲华说罢，开始向黄春旺请教种香菇的事。黄春旺说他十多年前在琵琶峰割过松脂，那里雨雾多，天晴时光照又好，海拔和气候适合常年种菇。如果想下半年见效益，就得抓紧时机春栽六七十天菌龄的中温早熟品种，五到九月出菇，

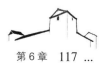

还可以秋栽十一月到次年五月出菇的中低温品种，一年出两季菇，最大限度地利用时间、人力和物力。

何劲华种过香菇，知道目前正是春栽的好时机，他此前选定的也是中温早熟品种，和黄春旺算是不谋而合。他和金彩凤凑了三千元，搬下山的村民捐了九千九百块，根据来之前大家的商定，留了二千九百块机动，买了四千根菌棒，黄春旺卖给何劲华的香菇菌棒每根比市场价优惠一块钱，另外还送了五百根香菇菌棒给贫困户。何劲华开始不肯，说他也才脱贫两年，黄春旺骄傲地说他去年全家收入近二十万，以前是别人帮他，现在他有了经济能力，也想帮帮别的贫困户，只有亲帮亲、邻帮邻，铜铁才能变成金。

黄春旺说话声音不高，却掷地有声。

中午时分到了峙城，何劲华电话也没打一个，便带着石浩财直奔家中。温成仙背着小孙子忽忽在院坪上晒衣服，红背带在她丰硕的身上勒出了几道沟，有种卡通人物的喜感。见到何劲华，温成仙有些意外之喜，眉开眼笑地端来了茶果，她的真诚和热情让石浩财感动。抱着可爱的忽忽，何劲华心疼起妻子来，只见她黑瘦了许多，以前饱满的脸上起了细碎的褶子，眼睛布满血丝，想到这段时间她多次感冒，精神本就欠佳，小雪生病后，她晚上还要带闹夜的忽忽睡觉，难怪累成了这模样。

何甘跟小雪呢？何劲华在心疼妻子的同时，对儿子和儿媳生出些许不满。

去汽车站接货了！

何劲华很奇怪：他们接什么货？

温成仙一撇嘴：小雪现在画马克杯在网店上卖呐，买了几大箱放在那儿。

就这破杯子，哪儿卖得出去？

何劲华走到墙边翻看那几箱单色马克杯，觉得自己和儿子、儿媳间横着条难以跨越的鸿沟。

他正琢磨着，手脚麻利的温成仙已煮好两碗热腾腾的粉皮丝煮蛋，又在微波炉里热了萝卜糕和珍珠丸，热情地招呼石浩财上桌：这是我太公传下的手艺，你尝一尝。

石浩财以前打龙灯时经常去闽北和闽西，只看一眼便猜出这是上杭小吃。

浩财眼水好准！我太公是上杭人，当年是汀州府鼎鼎有名的提线木偶万和班班主。他们农忙时节在租田上做事，农闲时到各地演出，想想应该蛮有意思的。

温成仙这话勾起了石浩财的回忆，脸上的表情倏地柔和起来。何劲华趁机跟他讲起了温成仙的家事。

1929年5月，温成仙的太公在上杭白砂镇为农户庆寿，忽闻工农红军就在附近，温成仙的太公遂带着万和班的全体人马投了红军，后来转战到瑞金，当时还常有书信寄回上杭家中。1934年10月，红军主力北上转移后，温成仙的太公及万和班的所有人员再无音讯。为了躲避挨户团的追杀，温成仙的太奶奶领着一家老小逃到了峙城的大田乡讨生活。

新中国成立后，温成仙的公爹曾多次去上杭、龙岩的有关部门查找太公的下落，可惜皆无下文，直到20世纪60年代末，因机缘巧合，民政部门从一位将军的文章里找到了温成仙太公为革命牺牲的回忆文章，她的太公这才被追认为烈士。温成仙跟公爹学会了制作珍珠丸、萝卜糕等上杭小吃，偶尔也想起自己的祖籍和消逝在茫茫历史烟尘中的太公。

何劲华这番闲话如同塞在他和石浩财之间的棉花垫，让人舒适的同时，还散发出隐约的暖意。石浩财渐渐活跃起来，开始讲些他自己的往事。何劲华觉得这是撬开他心扉的好时机，忙从卧室抱出几大本灯彩画册，石浩财才翻两页就兴奋地叫唤起来：何馆长，这张的龙头是我！哎，这张也是！

浩财，你是打龙灯的高手，今年过漾，我们一定要拿出高水平的琵琶围竹篙龙龙灯，到时你得出大力气哈。石浩财粗门大嗓地说：行！只要是何馆长吩咐的事，我一定做好！

似是故意要给何劲华夫妻留下团聚的时间，食完昼后，石浩财说他要上街买东西，约好两小时后在汽车站门口等。

石浩财刚走，温成仙便伸手在他口袋里摸索起来，一边追问工资卡和他上山前取的一万块钱的去向。

何劲华的工资卡原本放在温成仙那儿，上个月单位换了发放工资的银行，办新工资卡的短信通知时，他留了自己和妻子两个手机号码。新卡也"不小心"被他留下了。温成仙每月只给他一千块钱，这几年他没搞创作，稿费少了，有些外头的场面支应不开，最关键的是，他要留钱帮助贫困户。驻牛角村这两年，他每年花在贫困户身上最少也得三四千块。现在牛角村虽然已经脱贫，可他还是要去看那几家五保户。峙城人讲礼数，他总不能空手去吧？到琵琶围后，要用钱的地方就更多了，所以他支了一万块钱放在身边。

你取那么多钱干什么呀？

温成仙脸色不太好看。为防丈夫有钱就变坏，婚后她一直严格控制丈夫的用度。何劲华晓得瞒她不过，只好如实讲出这些钱的用途，温成仙听了虎着脸说，豆腐店刚关了门，何甘和小雪没个正经工作，全家就指你一个人的工资开销，你可不能漏巴掌啊！

话音未落，何甘和小雪骑着两辆后座捆满纸箱的电动车冲进了院子，何甘还发出声怪叫，吓得在何劲华臂弯中熟睡的忽忽手脚乱舞。

宝贝，不怕，公爹在呢！

何劲华搂住孙子，恍惚间又忆起自己初为人父时的喜悦与莫名的慌张。

爸，忽忽喜欢你，要不你带他去琵琶围玩儿天？

何甘甩着额前那绺黄头发，搂着穿一件宽松长毛衣、超短裙和一双肉色袜、化了浓妆的小雪，笑容颇为灿烂。何劲华对儿子从小要求很严，希望他长大后有所作为。用何甘的话来说，上大学前他像一颗装在盒子里的西瓜，按着爸妈规定的尺寸、要求去长。没想到脱离他俩的控制后，何甘离何劲华、温成仙期望的样子越来越远：非主流打扮，玩摇滚乐，沉迷网吧打游戏，不肯考研究生和公务员，最后到广州某网站当了名编辑。就在何劲华认可儿子一辈子当个普通网站编辑时，何甘居然不声不响地带着小雪回到了峙城，一周后升级为父亲，可看他现在的样子，并没有做好当父亲的心理准备，难怪温成仙会累惨。何劲华瞥着那两箱马克杯的白胚，目光很是不屑。

小雪鬼机灵，立刻送上对绘着婴儿卡通图像的杯子给他：爸爸，这红的是我画的，蓝的是何甘画的，送给您。

何劲华看着手中这两只颜色鲜艳、图案呆萌的马克杯，眼前忽然一亮——这上面的婴儿不是忽忽吗？旁边还配了一句用稚拙的字体写的话"忽然到来的你，是命运的恩赐"。

何劲华猛然明白过来：你们这是在做私人订制的马克杯吗？

何甘向他竖起大拇指：劲华同志，不错，还有几两脑髓！

小雪跟着道：爸，我学过工艺美术设计，能画几笔，平常爱收集马克杯，也爱玩手工，怀孕后不能驻唱，我画了很多马克杯托朋友代卖，销得蛮好哦！

小雪讲话时何甘一直搂着她的腰，看她的眼神满是宠溺：爸，小雪是女神，动手能力超强。

说着何甘打开手机，让他看小雪以前画的马克杯作品。小雪的画作充满童趣，笔法简洁朴拙，颇有丰子恺遗风。

爸，我喜欢丰子恺，有不少地方在向他学习。不过我也有创新，在抽象和变形中强调幽默和卡通色彩，现在的年轻人喜欢轻松和个性的东西。

这番话立刻让何劲华对这个满脸浓妆的儿媳妇刮目相看，同时有了几分暗喜：

小雪看样子还是个才女呐，没想到何甘还真挖到了一块宝。

小雪，你还没出月子，大冷天的不能光着腿，以后老了膝盖会痛，何甘，快去给小雪拿条裤子来。

妈，我不冷。小雪有些拗，温成仙也拗，非逼何甘去拿裤子不可。

何劲华看出妻子对小雪的态度比先前好了许多，心想相互了解很重要。如果仅凭第一印象，谁晓得小雪会有这样的艺术造诣和吃苦精神？

爸，我们从景德镇订了一座电炉，想放在院子北边，这样我们就能在家里烧马克杯，省时又省钱。

何甘说着向他伸出手，让何劲华给转五千块钱！何劲华为难地翻出空口袋，何甘唇边露出缕坏笑，说：老爸，你要是不给，后果自负！何劲华点着他的额头说你敢，你敢！何甘笑得更开心了。

为了躲避温成仙的"搜刮"，前些年何劲华挣的十多万稿费存在何甘名下。何甘还蛮争气，除偶尔会以此来要挟何劲华外，从没动用过这笔钱。

儿子，老爸刚到琵琶围，得给贫困户办事，手上紧，下次给你。那笔钱你千万不能动啊！

何甘有些受伤：唉，老爸，你幽默点好不好？真是的，连个玩笑都开不起。

何劲华看着儿子高大的身影，突然眼角有些湿润。岁月荏苒，不知不觉儿子也变成了男人！

何劲华按约定在汽车站等了一个多小时也没见石浩财的人影，打他电话也没接。何劲华怕他先回了琵琶围，便打电话问金彩凤有没有看见石浩财。金彩凤说没回来，只怕又跟人去吃酒了。何劲华担心菌种会捂坏，先开车把菌种送到琵琶湖码头，请搬运工把菌种搬上早就联系好的机动船，那边让金彩凤、石养财领人接运，自己则返回县城寻找石浩财。路上他接到了金彩凤的电话，今天风大，船速很慢，她越等越生石浩财的气，说我们都做到这份上了，石浩财还不当回事，管不了就放手吧。金彩凤有些灰心丧气。

何劲华说帮扶浩财这种病人，得先去他的心病，让他的志气立起来，只有这样，才能带着他跟上大家的脚步。

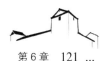

金彩凤说万一他烂泥菩萨扶不上墙，我们总不能被他拖死吧？

何劲华劝她耐心点，其实心里也急成了一块烧着的松脂木，嗞嗞往外冒黑烟。

劲华，我们干脆出钱为石浩财找一个公益性岗位吧。

这时汽车正在上坡，马达轰响，蓝牙播放器中断了片刻，何劲华没听明白，上坡后又问她怎么回事。

金彩凤说我们要让石浩财脱贫也容易，只要出钱在工厂买个公益岗位，凭工资收入他今年就能脱贫。

何劲华说没有听讲可以在工厂买公益岗位。

金彩凤尴尬地一笑：我们创新一下嘛。

何劲华接下来的话让金彩凤颜面发热：彩凤，千万使不得！这可是典型的弄虚作假和形式主义！

劲华，我听说县里好多单位都出钱购买公益岗位给贫困户，要按你这种说法，他们也在弄虚作假、搞形式主义？金彩凤高八度的话音打得何劲华的耳郭啪啪响。

何劲华说你讲的应该是县里的公益性岗位就业扶贫工作体系。

金彩凤立刻说你看都成体系了，我们这样做有什么不可以？

何劲华说性质完全不一样！这些公益性岗位帮扶的是老弱病残，石浩财不属于这类帮扶对象，如果我们私下里替石浩财出公益岗位工资，我问你，我们能坚持多久？

金彩凤说到年底就整村脱贫了，满打满算帮石浩财垫九个月的工资，月工资按八百元算，我们俩每人只要分摊三千多块，花钱省些力气。

何劲华摇头说我们这不是在帮他，而是在害他。你想想看，他本来等靠要思想就严重，我们现在做好了饭还要喂一把，他的懒根只会越种越深，一旦断了外力帮扶，他会比现在更惨！这种脱贫就是假脱贫，是弄虚作假和形式主义。

好吧，既然是弄虚作假和形式主义，我们就不搞了。那县里又是怎么回事呢？金彩凤倒是从善如流。

何劲华说县里的公益性岗位是就业扶贫的一种形式，政府通过购买县城、乡镇新增公益性就业岗位，让因灾致贫、因病致贫等贫困户在本地或家门口就业。公益岗位主要是村广播员、农家书屋图书管理员、卫生保洁员、护林员、农村公路养护员、山塘水库护库员、乡村景区讲解员等十员。

听到这儿，金彩凤脑子又轴了：你讲了半天，这些岗位还是出钱买的嘛，这些钱由哪儿出呀？

金彩凤呀金彩凤，你满脑子就是你女儿，这个电视、报纸都介绍过好多次了，你怎么还不晓得？

我很少看电视，家里没报纸。

你总有手机吧？"峙城风采"的公众号推送了，好多人的朋友圈也转发了。说来说去，你还是不关心政治。

好吧，我承认我兵僚主义。那你倒是说呀，他们的钱从哪儿出？

何劲华说县公益性岗位就业的资金分别由对应的县林业局、水利局、新农村办公室解决。对于没有资金来源的公益性岗位，由县人社局按照县城、乡镇公益性岗位每人每月五百元、村级公益性岗位每人每月三百元的补贴标准拨付用人单位，不足部分由用人单位自筹资金解决，同一名贫困家庭成员公益性岗位补贴期限不超过三年。

金彩凤恍然大悟地说，难怪许秀珍和石拐这两日轮番来找我，说要我帮忙给石拐弄一个保洁员的公益性岗位，朱雪飞说我们建文化室还不如建农家书屋，到时她来当管理员，原来都指着这几百块钱呢！

何劲华说村集体要是有能力，一个村级保洁员和图书馆管理员每月能拿到五百块钱工资，年收入超过现有脱贫标准。

我打电话问了杨明，他说琵琶围村小组马上就要搬走，现在没有设公益性岗位，这事你我都得跟他说一说，琵琶围好歹是个村小组，这不还没搬吗？该给的要给人家。

何劲华晓得金彩凤这话的意思，这种方式的脱贫对他俩来讲最省事，能脱一个是一个。

金彩凤鼓动他马上给唐部长、邱小楠打电话，说服他们给琵琶围村小组设这十员公益岗位，这样他俩就彻底完成任务了！

何劲华说：你想得美，这些公益岗位名额属于琵琶围行政村，不能只给一个村小组。我们还是老老实实做好产业吧。

劲华，你这人扛卵不转肩，真是拿你有办法。好了，既然你不怕苦，我就陪着你苦，这事就当我没说。你好好找石浩财，找到了给我打电话。

金彩凤埋怨着挂了电话。

何劲华找遍了县城的每条街和每间网吧，仍然不见石浩财的身影。正烦躁间，抬头看见商场门口的巨幅LED屏幕上正在播放峙城交警大队的新闻，说县交警大队创新交通管理理念，在中心城区及部分县城城区路、掉头点启动了人脸识别系统，系统通过现场自动抓拍行人道路交通违法行为，自行识别人脸后，将数据上传到系统并通过数据库比对自动检索，能精确锁定交通违法行为人身份。

记得上次这条新闻播出后，金彩凤连连称赞，说这个厉害，断了小偷的活路！何劲华却觉得这种人工智能有很多潜在威胁，现在网上有人皮面具和仿真头套卖，万一犯罪分子复制了人们的脸部信息，可能会给数据安全带来严峻挑战。为此他特意给交警大队队长罗强打电话，言及自己的顾虑。罗强是他初中同学，人长得欢眉喜眼，性格貌似随和，其实耿直勇猛，外号大炮筒。罗强说技术永远是把双刃剑，畏首畏尾就不用发展了，两人为此还唇枪舌剑了一番。

尽管何劲华对交警大队使用人脸识别系统有异议，但并不影响他此刻打电话让罗强帮忙找石浩财。

罗强哈哈一笑，说你自己不想被识别，却让我抓别人的信息！典型的对己自由主义，对人马列主义。

罗强大概在外面，话筒里噪音很大。当他听何劲华说了石浩财的情况后，立即让何劲华把石浩财的照片发过去。十分钟不到，罗强回话说石浩财喝醉了酒，连闯三个红灯后，倒在街心公园的草地上睡大觉！

劲华，队里正在倡导文明出行活动，这人连闯三个红灯，到时他的名字要在崤城报和崤城风采、交警大队的微信公众号上通报。罗强半开玩笑半认真地说。

换了往常，何劲华根本不会为这事向罗强求情，可如今的石浩财敏感易怒，病态的自尊使他像颗拉弦绷紧的手榴弹，一言不合就炸个满天花。

罗强，这石浩财的心现在像闭得紧紧的蚌壳，我好不容易才撬开半道缝，要是因为闯红灯上了全县的报纸，这条缝就又咬死了！麻烦你把他的名字从报纸上拿下，改为当面教育和罚款处理好不？

罗强早就听说过琵琶围酒鬼两斤半和扶贫工作队顶牛的事，没想到两斤半就是今天醉闯红灯的石浩财。为了支持老同学的工作，同时又不违反工作原则，罗强同意按何劲华的办法处理。

何劲华谢了他，驱车来到街心公园，打算带石浩财去接受教育，他刚停好车，就见两个辅警扶着满脸通红、脑袋和脸颊粘着泥草、步履踉跄的石浩财走了过来。

原来罗强刚才打了电话给值勤的辅警，要他们尽快将人扶起，怕万一有呕吐物阻塞气管，导致意外。何劲华和辅警合力把失去知觉的石浩财塞进了车内，开车去了县人民医院，输了半小时的液，石浩财才醒转过来。

对不起啊，何馆长。今天我呷到了假酒，我要去举报卖假酒的老东西。

这是石浩财醒转后的第一句话。何劲华问他在哪儿喝的酒，他开始不吭声，在何劲华的一再追问下，他才承认自己在一家小超市买了三瓶五十六度的风搅雪，就着一袋花生米，在超市门口把三瓶酒灌下了肚。

你不想活了？何劲华大吃一惊。

石浩财两眼茫然地瞪着天花板：我以前看过一本书，说有个爱喝酒的古人怕自己会喝死，每次去喝酒都让仆人扛把锄头跟在后面，哪儿喝死了就在哪儿埋。

何劲华哑然一笑：你这是要拜刘伶为师吗？石浩财神色有些恍惚，说我脑子喝木了，记不得他的名字，反正这人是我师傅，他叫酒仙，我叫酒鬼！何劲华说你要是能当上他徒弟，那你就是名人了。你晓得这个刘伶是谁吧？他是东晋竹林七贤的名士！改天你可以看看《世说新语》。

《世说新语》是何劲华的枕边书，晨起睡前都会翻翻。记得那天夜里，当他看到刘伶的妻子为帮他戒酒，供酒肉于神前，刘伶却在跪祝之后，以妇人之言慎不可听为由，将酒肉啖饮而尽、隗然醉去时，石浩财的身影便从书页中跑出来，向他喷洒出浓烈的酒气。

对不起，何馆长。我其实不想喝酒，可不喝全身难受呀，这酒就像鸦片烟，好难戒！我怎么办呀？

石浩财捶打着脑袋，发出痛苦的呻吟。

何劲华给他倒了杯热开水，又宽慰了他几句，转身到门诊挂号，请医生给石浩财开了戒酒药。医生提醒他西药戒酒反应大，建议先服中药，在吃戒酒药的同时，还要先戒掉心瘾。何劲华掏出手机录下了医嘱，取了药，急急赶回石浩财身边。

此时天已黄昏，残阳在愈来愈浓的暮色里犹如灿烂的伤口，淌出漫天猩红。坐在窗口打针的石浩财被窗户投进的晚霞染成一尊红色铜雕，透出英气的同时，光线的暗影也给他平添了几分抑郁。他没觉察到何劲华在身边，用手捂住脸，宽肩耸动着。何劲华有些震惊：都说男儿有泪不轻弹，能在这大庭广众之下流泪，想必多有苦楚吧！

石浩财心中这时的确漾着口黄连池，连呼出的酒气都带着苦味。劣质酒让他呕出了胆汁。有些糊涂的脑海中，那两片翕动的嘴唇仿佛张合的刀片，割得他肝胆俱痛。自己这辈子真的就这样沤肥了吗？他不甘心。但不甘心又如何，还不是受人白眼辱骂？石浩财想借酒浇愁，不曾想这酒此刻却成了点燃的汽油，令他五内俱焚，悔恨和痛楚化成泪水，悄无声息地淌下。

何劲华递给他一包纸巾，石浩财摇头没接，泪珠在他黧黑的脸上爬出两道微芒，石浩财窘迫地抹了把脸，喃喃地说他喝了三瓶酒，现在酒从眼窝里溢出来了。

天呐，不要命呐！

哇，比琵琶围的两斤半还厉害，要是他俩能比下酒量就好了！

这几声议论虫般钻进了石浩财的脑海，脸瞬间涨得通红，胸膛急速起伏着，屁股好似长了针，半秒也坐不住，伸手就去拔针头，何劲华按住了他：

浩财，你今日食酒太多，得输完这瓶液，不然会出问题的。

石浩财这才木桩般杵回座位，两眼瞪着天花板，一副哀莫大于心死的样子。

喂，浩财，你怎么啦？何劲华见他不说话，怕他出事，忙到走廊上拨通了罗强的电话，请他帮忙看看石浩财醉酒前遇到了谁。

你这是要当刑侦队长破案吗？何劲华还没回答，送话器里突然飘出个女声，格格笑着要何劲华猜她是哪个。何劲华猜了两遍没猜中，对方只得自报家门说：我是常莉玲！连我的声音都听不出，耳朵拿去敬神了？

常莉玲是他高中同学，现任县党史办主任，两人平常疏于联络。何劲华没想到她会这时冒出来和自己隔空对话，并说明天要跟他上琵琶围看哑伯的那只茶缸！

何劲华这才想起，自己那天从哑伯家回来后，把那只写有红军口号的搪瓷缸照片发给了常莉玲，并邀请她有空上琵琶围探寻哑伯的身世。这些天忙得昏头癫脑，居然把这事给忘了。

欢迎美女光临指导，明天上午要么我到县党史办门口接你，要么你跟我们一起去于家早点店吃早点？

我选第二种。听声音，常莉玲颇为开心。

何劲华挂了电话后，点开罗强发来的两段视频。第一段视频中，石浩财正在汽车站门口的十字路口等红绿灯，一辆宝马车突然在他旁边停下，一个戴眼镜的男人从车窗里探出头跟他讲话，灯亮起时，男人开车过了十字路口。石浩财垂头丧气地向宝马车行驶的方向走去。

第二段视频显示的是红绿灯另一端的画面，宝马男将车子停在路边，自己站在绿化带边抽烟，见石浩财过来，他迎上前去，指手画脚地说着什么，两人似乎闹得不愉快，宝马男突然推了石浩财几下，石浩财要回打他，宝马男迅速钻进车内，开车疾驶而去，愤怒的石浩财踢了两脚马路牙子，瘸着腿走出了画面。

何劲华断定石浩财后来的情绪骤变与宝马男有直接关系，打算再请罗强帮忙查清宝马男的姓名，可转念一想，又觉得此事还是当面问石浩财为好。于是将石景山的照片和寻人启事发给了罗强，请他设法联系广东的有关部门，看看能不能通过人脸识别技术和大数据比对找到他的下落。罗强说这事交警大队只能帮小忙，要解决问题还得请公安局发协查令。

何劲华于是又打电话给县政法委书记兼公安局局长杜郁，请他帮忙查找石景山。杜郁是南昌人，公安专科学校毕业后考入峙城县公安局，从基层民警干起，一步一个脚印走到现在，是一名年轻的老公安。他讨了个峙城妇娘，讲一口流利的峙城话，用他自己的话来说，他卖给了峙城。他与何劲华同属县书法家协会会员，这几年杜郁经常参加送春联下乡的活动，两人私交不错。杜郁回复说去年杨明带着石景山的父母到琵琶镇派出所报过案，县公安局已把他们的相关数据上传到失踪人口查询档案库、中国公安寻亲网、110公安寻人网、中国寻人协查网，目前还没找到相关线索。

何劲华想请杜郁跟广东、福建等省的交警、公安、民航、铁路、金融部门联系，请他们利用人脸识别技术尽快找出石景山。杜郁说他们一个县级公安局恐怕很难搞这么大的动作，但他会尽量去沟通。话说到这份上，何劲华也只有等了。

这时一个护士匆匆从输液室跑出来，说石浩财喝酒太多，尽管已输了半瓶液，还是急性酒精中毒昏迷了，要送去洗胃。何劲华缴费、拿药，忙上忙下，直到凌晨时分，他才歪在椅子上沉沉睡去。护士来给石浩财取针头时说你以后少呷点酒，你大哥守你一夜了，看把他累的！

石浩财看着趴在椅背上的何劲华，心中一热，不由得鼻子发酸，眼睛发胀：自己活到这把岁数了，怎么还如此不成器？那颗被酒泡得麻木的心被内疚刺激，倏地敏感、柔软起来。他拿起被子轻轻地盖在何劲华身上，何劲华猛地睁开双眼，哑着嗓子说浩财，你是不是要喝水？

石浩财内疚至极：何馆长，对不住，连累你了。

何劲华揉揉眼睛说你没事就好，等下我带你去上杭于家吃珍珠丸。

上杭于家的于大哥是牛角村的贫困户，他和会做鸡公炒饭的黄春桃在何劲华和驻牛角村扶贫工作队的帮扶下，前年到县城开了店，这两年两家店都红火起来了。于大哥靠那间不到三十平方米的小店摘掉了贫困户的帽子，还给儿子攒下了

上大学的费用，何劲华想带石浩财去感受感受。石浩财说这顿食朝的钱由他出，不然就是看不起他，何劲华听他讲到这份上，只得随他去。

两人前往上杭于家早点店时，正值朝阳初升，灿烂的阳光下，小街洁净如洗，路边高大的榕树、樟树茂盛葳蕤，青冈树卷曲的新叶在老叶上面镶了层雾般的淡紫，檵木细碎的小红花因繁茂而尽显绚烂，苦楝树像个舞蹈家，伸长优美的枝条，细羽似的翠叶在晨风中轻轻款摆。何劲华深吸了两口气，仿佛又回到了桃江老家，那儿到处都是苦楝树，四五月间，房前屋后紫花轻拂，空气中暗香浮动。十一月份树叶落尽后，那些举向天空的苦楝子变得黄澄澄的，和只剩红彤彤果实的柿子树一起，装点着萧瑟的冬野。

何劲华很喜欢苦楝树，特别喜欢苦楝树的花，淡紫的一抹，像极戴望舒《雨巷》中愁怨的丁香，它那丛丛簇簇的籽实寓意着多子，这也是村民喜欢种植苦楝树的原因。

上杭于家的店面小，门口倒是有块坪，当初于大哥作为党员，主动要求退出贫困户序列，何劲华帮他在县城创业时格外卖力。为了化平凡为神奇，他建议于大哥在苦楝树下摆几张小方桌，铺上田园风格的碎花布，用竹筒种绿萝和万年青，院坪周边植一溜栀子花和猪膏花，墙上攀着爬山虎和凌霄花，原本破败的老屋因此独具风格，加上于大哥的早点物美价廉，很快就成了网红小店，吃早餐得排队。

见到何劲华，正在炉灶前忙活的于大哥忙上前招呼，一边请两个熟客让桌子，何劲华劝住了他：于大哥，你忙去，我们等等。于大哥过意不去，却耐不住排队的顾客在催他，只好转身回灶上掌勺。

这时有桌客人起身结账，何劲华、石浩财刚刚坐下，常莉玲便拎包走了过来。何劲华晓得她爱干净，用纸巾揩了揩旁边的座位，说你有福气，一来就有座位了！常莉玲的丈夫在北山乡当党委书记，儿子在北京读大学，双方的老人已故，平日她经常在上杭于家早点店食朝。她熟门熟路地坐下，从包中掏出铝饭盒和一双刻着花纹的银筷，又从包里取出酒精棉片仔细擦拭着。何劲华说你等下到了琵琶围，可别这样作死一条命。

常莉玲嘻嘻一笑：他们晓得我有洁癖，不会怪我咯。

何劲华皱起眉来：现今的帮扶干部都要和农民同吃同住同劳动，你这样去贫困户家，别人看不入眼吧？

常莉玲叹了口气：去年年终考评时，我帮扶的一个贫困户还真跟考评组说我嫌他脏，从来不呷他家的开水，就为这个，考评组还扣我分呢。

你以前没这么讲究，当了官就金贵了？

常莉玲连忙摇头否认：我这是病，不是金贵。

常莉玲的父亲是村支书，她是村里最早考取大学的妹子。师大历史系毕业后她本可留在省城，家里却坚持要她回峙城工作，当时正好失恋的她一气之下便考回了县教育局。因她业余时间常写峙城县的红色历史故事，县领导慧眼识才，把她调入党史办。她也是争气，没去几年就编出了一套《峙城县党史细说丛书》，还多角度挖掘琵琶围之战的史实与故事，并与省党史办、省社科院、省作家协会、广播电视台等合作，以学术研究文章、诗歌、散文、小说、微剧的方式，多角度、全方位地宣传峙城县的红色历史，取得了良好的效果，她也因此成为县党史办主任。因工作之故，前些年她经常上琵琶围，和橘子婆、哑伯相当熟悉。

何馆长，你看，这是我们七年前从留守红军独立七团当年的团部驻地白沙山挖到的茶缸跟铁饭盒。你看，茶缸上也有"红军万岁"这四个字，跟哑伯的杯子很像。

常莉玲调出手机上的照片给何劲华看，同时深感纳闷，说我最少去了哑伯家二十次，怎么就没看见这只缸子？

何劲华说这说明你还不够深入和细心。

常莉玲说我以后多去几次，把党史研究跟扶贫结合起来，到时候我们搞个活动。

常莉玲也是个疯魔人，食朝还不忘她的党史研究。他俩讲话时，石浩财默默地吃完并付了饭钱，然后站在旁边发呆。何劲华看着天色有变，生恐下雨，招呼常莉玲、石浩财赶紧走。

琵琶峰天气多变，上午还晒得牛死，中午一片云来，原本瓦蓝的天空立刻化成了铅灰色，接着晶亮密集的雨丝如无数面条从厚实的云朵里透迤落下，在空中左绕右袅，犹如风骚女子的腰肢，湿润的山风从菇房里吹出阵阵石灰水和白醋的味道。何劲华下山这两天，金彩凤领着石养财、朱雨飞就地取材，给菇房消了毒，还搭好了简易木架，由于前期准备充分，众人在王所长的示范带领下，两小时不到便摆好了菌棒，王所长又将近期的栽培要点、注意事项写在纸上，让石养财贴在大厅里。石养财的手放菌棒时受了伤，朱雨飞拿着纱布和一坨哑伯刚刚捣好的草药跑过来，仔细地帮他清创、包扎伤口。抽空上山帮忙的吴医生看见这一幕，转身跟上冷着脸不理他的朱雪飞，小声地碎碎念：

雪飞呀，我上山走得急，脚板打了泡呐。

朱雪飞回首瞪着他：你的脚无风臭十里，哪个敢帮你挑泡？

吴医生忙从挎包里取出一瓶花露水和一瓶驱蚊剂：我带着这个呢！

又香又臭，你是想熏死我呀？

说话间两人走到一个树蔸边，朱雪飞轻轻踢了下吴医生的脚：坐这儿，脱下鞋子。

吴医生眉开眼笑地连声说不碍事，接着把花露水和驱蚊剂塞到了朱雪飞手中。

天热蚊虫多，这些你用得着。

像是怕被朱雪飞拒绝，吴医生说罢，赶忙跑去给何劲华搭手抬东西。朱雪飞笑骂道：这个死木头雕！

细长俏丽的眼睛飞上层笑意，抬眸时正好碰上金彩凤的视线。

雪飞，吴医生这人不错，加把劲！

哎哟，金大姐，我跟他八字不配的。

朱雪飞说着转身要走，旁边的许秀珍凑上去提醒她：彩凤妹子讲得对，你得抓紧啊。你看谢玉琴爸妈对吴医生多热情，就差做鸡公炒饭给他吃了。

朱雪飞抬眼看见谢玉琴的父母正拉着吴医生说话，脚下立刻长出风火轮，眨眼间就旋到了吴医生身边。金彩凤和许秀珍会心地笑了。何劲华领着常莉玲过来看了会儿热闹，常莉玲心里想着那只搪瓷缸，还是直奔哑伯家。

吃过昼饭后，因为要开村民小组会，金彩凤领着琵琶围的娘子军在大厅里摆上了桌椅板凳，何劲华扛块门板当黑板，金彩凤上前得意地说她摸到了些情况。

的确，何劲华不在这两天，金彩凤不是找许秀珍讲西天，就是帮橘子婆纳鞋底，要么教朱家姐妹、谢玉琴学唱灯彩调，或者帮赖秋香做腌菜，还上门教汪经伦、杨淑英学手机摄影，哑伯屋里的卫生这几天她包圆了，走东家窜西家的她就像一根针线，很自然地把自己缝进了琵琶围的人际关系网中。

何劲华很羡慕金彩凤这种自来熟性格。在当今的快节奏时代，他这种慢热的人好似迟开的花朵，很多人等不及一睹芳容就离开了，何劲华很难在短时间内融进一个圈子。

彩凤，你这铁扇公主厉害呀，一下就钻进了别人的肚子，下回教我两招。

何劲华夸了她几句，金彩凤很开心。

这时，常莉玲拿着哑伯的搪瓷缸走到院坪上，对着太阳左照右照。哑伯在边上比比画画，口里咿咿呀呀的，却没哪个懂他的意思，急得直跟何劲华打手势。何劲华倏地想起耳聋的父亲，他着急时也会这样做手势。不过父亲有文化，实在没听明白，他可用笔交流或者看人口形与人沟通。受父亲的影响，何劲华也会对口形。他心中一动，目光落在哑伯翕动的唇上。他还没看出个名堂，橘子婆走过来，嘀咕道：

老白匪，别人要讲课了，你莫吵！

橘子婆朝哑伯做了两个动作，哑伯立时像受潮的枪药——哑了火。

此时王所长开始给大家发由他主编的《食用菌种植技术手册》。朱雨飞翻着书页，每看懂一行，便兴奋地拍一下石养财的手掌，后悔自己没有早日学文化，当了这么久的睁眼瞎，窘得石养财嘘了她两声，让她好生听课。王所长极力想把课讲得深入浅出，怎奈他口才实在欠佳，众人听得昏昏欲睡，何劲华只好站到王所长边上，用深入浅出的语言转述王所长讲得艰涩的种养技术。何劲华在牛角村时曾多次这样配合王所长给村民讲课，很受村民欢迎。看着面前这些开始认真听讲的村民，何劲华想起自己昨晚在日记上写下的一段话：农民对科技知识有很大的需求，其中需是愿望，求是行动，但要把需变成求，必须解决好四个难题。

一是农民对科技知识需而不知。现在信息传播渠道发达，青年农民一部手机就能知天下事，但对中年以上的农民和偏僻山区的农民而言，即使有手机和网络，他们也未必能从茫茫的信息大海中了解到真正所需的农科知识，还得有专门的科技员来点拨，帮农民解决需而不知的问题。

二是知而不信。农民知道有新的农科技术，但未必相信。前年他初到牛角村时，当地的农民仍采用老式的水床育秧法，懵懵懂懂，清明浸种，但这种方法出秧晚，受天气影响大，何劲华请来王所长和县农机专业合作社的刘经理，在村里推广水稻开闭式软盘育秧模式。这种方法比自然的水床育秧早出秧半个多月，早稻的成熟时间也跟着提前，错开了双抢高峰，保障了晚稻的种植，且秧苗更加苗壮，不易发病，能促进育秧向集约化、专业化方向发展，抛秧也方便，总之是好处多多。可他和王所长讲得口干舌燥，牛角村的村民就是不信。无奈之下，何劲华找了两个贫困户合作，由他出钱进行开闭式软盘育秧，赔了由他兜底，贫困户欣然答应。试验结果证明，开闭式软床育秧的早稻出稻时间比自然水床育出的秧苗要早半个多月，收成也好。农民们认识到了这种育秧的好处，第二年村人都想采用这种方法育秧。这时何劲华便遇到了需与求之间的第三个问题：信而不会。何劲华再次请王所长到村里搞讲座，还录了视频发到学员群里，那段时间王所长经常在深夜接到村民的咨询短信和求教电话，弄得他妇娘找何劲华诉苦。

何劲华有些抱歉，但他早已习惯此工作节奏。自从到牛角村当了第一书记，他的白天和夜晚不再清静。村里的贫困户家中电灯不亮了，电视看不了，儿子儿媳吵架了，孙子孙女作业不会做了，或者与哪个邻居争水源了，哪家邻居的牛吃了自家的菜，自家的鸭子把蛋下到了别家的田里被人捡走了，只要遇到问题，村民们第一时间想到的就是给他打电话。那两年何劲华的手机经常半夜炸响，有时他明明已累得睁不开眼，偏偏贫困户满腹心事，絮叨着说个不停，他只好强打精神宽慰他们，或者前往贫困户家中疏导情绪，化解矛盾，经常忙到深更半夜，他的失眠症就是那两年落下的。

2017年春耕时，为了解决牛角村村民想做育秧产业"会而无钱"的难题，何劲华多次跑农村信用合作社为贫困户联系落实贴息小额贷款，在驻村工作队和村两委的牵头下，村里的十五个贫困户成立了新兴育种合作社，现在软盘育秧已成为牛角村的一村一品产业，去年的产值高达六百多万元，十五户贫困户全部脱贫，村集体也有了几十万元的收入。

石浩财！两斤半！何劲华飘飞的思绪被王所长的几声低呼拉回了现实，只见王所长尴尬地看着歪在竹靠背椅上，呼噜打得山响的石浩财，讲不是，不讲也不是。

两斤半，你要歇就到屋里歇，莫在咯里出洋相！

朱雪飞讲话总是刻薄些。她跟石浩财的关系很微妙，石浩财挑头闹事时，她总是第一个响应和附和，但时不时地她又会把矛头对准石浩财，听讲她以前给人算命时石浩财搅过她的场子，一直怀恨在心呢。

换了以往，石浩财定然反唇相讥，今天他明明听见了，却没有任何反应，只睁着双睡意蒙眬的眼看了看何劲华，讲了声头痛，便起身往外走。许秀珍讥讽道：浩财，屁股上长乌疗了？

石浩财厚着脸皮往下扯裤子，说大家要不要检查下？众人哄笑起来。金彩凤正要发作，何劲华忙说浩财昨夜不舒服，在医院打了一晚吊针，让大家继续听王所长讲课，转身送石浩财回了竹寮。

这两天金彩凤领着围里的妇娘人又把竹寮给拾掇了一番，房梁的铁钩上吊了四五盆野兰花，一看就是朱家姐妹的手笔。何劲华从没想到几钵清雅、质朴的兰花能给居室带来如此奇妙的变化，不但空气清新了，光线也明亮了，石浩财心有所感地抽抽鼻子，欲言又止地张了张嘴，最后还是什么也没说地倒在了床上。

要不要熬些草药给你吃？何劲华想到那几包戒酒的中药还没煎，试探着问他。

石浩财摇摇脑袋，心中五味杂陈。经过何劲华、金彩凤这段时间的教育，他已认识到自己的错误，他想改，可又感觉自己像一颗往下滚的石头，无法止住落势，重回峰顶，这使他心生烦躁，情绪多变。看着为自己忙进忙出的何劲华，他忽然痛恨起自己来：

何馆长，我是扶不起的烂泥菩萨，你以后莫管我了！

何劲华在他床前坐下，说王所长是有名的食用菌栽培专家，他指导的贫困户十之八九当年脱贫，最迟的也在两年内脱贫。

石浩财长叹几声：哪有那么容易呀？

浩财，你莫气馁，等农信社帮你办好产业扶贫信贷通，你就能得到五万元贴息贷款，这段时间你想想该做什么产业项目。

听说要贷款，石浩财一个激灵。自从他的钱借给别人打水漂后，他对借贷极为恐惧，银行的贷款一样令他生畏。他连连摇头：何馆长，万一弄不成，我这五万块钱不又打水漂了？我不想借债。见何劲华没开腔，他又补了一句：我这辈子就这样了。

何劲华晓得此刻多讲无益，便给他倒了杯水放在旁边的凳子上，自己回到了大厅，王所长此时正举着菌棒教大家如何在室内栽培：

香菇菌棒的注水、催蕾环节很关键。催蕾时要通过白天在架上盖塑料薄膜、晚上开门窗通风等措施，将温差拉大在十度以上，我们这是北边的房间，如果要拉大温差，我们要换几个大灯泡增加光照，进行温差刺激，三到五天就会冒出大批的菇蕾。

王所长讲了通技术要点后，建议大家上山找些枯死的椴木和枫香木回来进行人工点种，这种原木香菇能卖出高价。大家听到高价两字都喜形于色，可当王所长说这种香菇的缺点是生长时间长、产量低时，又立刻变得沮丧。石拐夫妇、朱家姐妹、谢玉琴母女、刘大有夫妻开始窃窃私语，看热闹的汪经伦和杨淑英起身走了，只有石养财黧黑方正的脸上露出了几分兴奋与渴望：

王所长，请问一根菌棒能挣多少？

王所长说：正常情况下，菌棒一年能收三四茬香菇，一根菌棒加起来挣一块五毛钱左右，如果有五万根菌棒，一年挣个七八万不成问题。

买一根菌棒二块五，买五万根是十二万五千，这么多人凑一凑，说不定能干成。

石养财瞅瞅大家，有点跃跃欲试。

何劲华点头称赞：养财说得对，大家如果走入股合作社的模式，就可以自己投资生产菌棒，菌棒的成本肯定能降下来。

对啊，现在县里出台了金融扶贫政策，建档立卡贫困户可以到农信社申请办理五万元的贴息贷款。只要选准了产业，找对了门路，干两年不但能还清贷款，还能得些余钱。

金彩凤鼓励大家贷款，王所长也举了其他贫困户通过贴息贷款搞产业，最后脱贫致富的例子。石拐听后，头摇得像拨浪鼓，说老古话讲好借债，穷得快，到我们这个年纪，不想背债喽！

许秀珍接口道：我老头子讲得对，五十三不欠，六十不借债，产业的事讲起来好听，做起来茫茫阔，谁也不晓得有没有挣头，反正我们两个不想贷款。

是嘞，挣钱针挑铁，用钱水推沙，挣钱难是难，可不去挣，钱不会自己飘过来。

谢玉琴刚说完这话，就被她父母拽下了。谢家人对石生财几兄弟有意见，何劲华到谢家上户时，他们大部分时间在抱怨石家，对如何发展生产茫无头绪。谢玉琴想去打工，可家中这种情况又离不开，她为此沮丧消沉，平日懒得动脑筋。刘大有、赖秋香夫妻感情好，上山下田总是公不离婆、秤不离砣。他俩跟别人鲜有交流，夫妻间却有说不完的话。最奇的是，何劲华、金彩凤上户摸排情况时，夫妻俩居然对目前的生活状态感到满意，读初中的儿子、女儿学习不好，他俩也不着急，说大不了回来搞泥丸，祖上能过这种日子，我们也能过，对生活根本没要求，是何劲华见过的最"佛系"的贫困户。因了这种不思进取的心理，村小组开任何会，他俩都把自己当成闲人。这会儿见坐在旁边的朱雪飞起身发言，夫妻俩仰着脖子看起了热闹。

何馆长，既然你说种香菇来钱稳，要不我们全都贷款种香菇？

朱雨飞反驳道：大姐，鸡蛋不能放在一个篮子里，就算种香菇来钱，也不能全部都去种香菇，万一香菇烂贱了，那就会血本无归。

何劲华说雨飞讲得对，任何投资都有风险，种香菇也一样。要是技术不过关，遇到灾害天气和病虫害，或销售渠道不畅，或卖不起价，这些都可能导致亏本。

许秀珍、朱雪飞、谢玉琴听罢立即打起了退堂鼓，刘大有夫妻也没了主张，一个劲地问何劲华怎么办？会场的气氛倏地凝重起来。

金彩凤嫌他们肩膀软，有些恼火，王所长见怪不怪，何劲华拎起茶壶，笑嘻嘻地给大家倒水，一边说：不急，你们好好想想。

过了好一阵，石养财终于打破了沉默，说他愿意贷款加入合作社！

我也参加！朱雨飞不顾大姐反对，马上附和。

许秀珍、朱雪飞、谢玉琴、刘大有商量了好一阵，也没拿出个正经主意来。

办合作社是好事，人多力量大呀！我们家入股五万块。

欢迎啊！

汪经伦原本只想摆摆架子，没想到金彩凤满口答应让他入股，汪经伦正尴尬着，杨淑英赶忙找借口把他拉走了。

这时石拐过来说他要入伙。许秀珍揪住他的耳朵斥道：死东西，你刚才还说好借债，穷得快，怎么屁还没臭完，你那破船就掉头了？

石拐小声说，平常我们借私人的钱还要利息，这公家的钱不要利息，不借白不借呀。

许秀珍眼珠子咕噜转了两圈，嘀咕道：万一没钱，我们就赖账，银行总不会为了五万块钱扒我们的房子吧？

石拐示意她小声一点：讲这种话，你羞不羞人？

许秀珍揪了他一把：死东西，你也是这样想的，就是不敢承认！说完她站起身大声道：我们也要贷款！

何劲华说：三嫂，加入合作社和贷款完全自愿，你们俩最好问下女儿、女婿，听听她们怎么讲。

对啊，要是她们能给你钱，你就不用贷款了。

金彩凤这话戳得许秀珍哼了哼：彩凤妹子，你是哪壶不开提哪壶啊！这款我们贷定了！

金彩凤拍着巴掌说：好，三嫂爽快！现在养财和三嫂都同意贷款了，这里有十万块，朱家、谢家、刘家各贷五万，加起来就有二十五万块，我们心不要太急，先买五万根菌棒，余钱做机动，我们再申请些专项资金，这发财桥就架在了门口。

朱雪飞忽然皱眉说：杨书记去年叫我们贷款，我们没有贷，他说贷款是要还的，那我们这次的贷款要不要还？

正在跟何劲华交代下一步菇房工作的王所长听到这儿，不由叹了口气：琵琶围这几户好难缠，他们不想干就算了。何劲华说从村民目前的情况来看，入股办

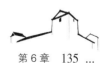

合作社是带动他们脱贫致富、分散风险的最佳方式。

既然你认定了要干，那我就再给你交代清楚些，王所长从包里掏出本子逐条讲给何劲华听。

陪着哑伯和橘子婆进来看热闹的常莉玲正巧听到了朱雪飞的话，她扑哧笑道：雪飞妹子这话好稀奇！贷就是借，贷款就是借款，借款就得还！

朱雪飞一直觉得常莉玲看不起自己，如今听她这冷嘲热讽的口气，不悦地说：我是蠢鬼，冇你脑髓多，不晓得借就是贷、贷就是借！

金彩凤一看要僵，忙招呼大家先去菇房帮忙，贷款的事过两天回话也不迟。

几位女人跟着去了菇房，并在王所长的指导下，用长柴条搭起了木架，把原先放得紧或摆在地下的菌棒安置在柴架上，让菌棒与地面之间有空隙，增强空气流通，给嗜氧的香菇一个良好的生长环境。

何劲华注意到哑伯自始至终跟在王所长身后，浑浊的双目流露出赞许的神情，有时哇啦哇啦讲几句。何劲华调动自己和父亲交流沟通的经验，注意着哑伯的口形，可看了好一阵也没弄明白他的意思，倒是旁边的橘子婆适时地翻译着他的话，说老白匣是红菌怪、香菇精转世，琵琶峰哪里有野香菇和野红菌他门清。野香菇和野红菌很奇怪，它们只要在一处落了地，便年年在那个地方生发。琵琶围的人都有自己捡野香菇和野红菌的地点、线路。为了避人耳目，他们深更半夜出门，深恐别人得知了宝物所在地，每年总是哑伯收获最多。在享受国家的低保政策和贫困户政策前，他主要靠卖红菌、野香菇、竹笋等山珍挣些收入。

老白匣自家会种香菇，就是不肯教人家！他在哪儿捡的红菌和香菇也不讲，脑壳被木屎塞住了！

橘子婆对着何劲华愤愤地说。

石养财忙小声解释：我奶糊涂了，我们种香菇的手艺都是哑伯教的，他捡红菌和野香菇的路线也告诉了我们。

石养财望向哑伯的目光透着崇敬：哑伯总是从牙缝里省下钱来帮别人，我们小时候都得到过他的照顾。这么多年他一直在帮下张村的两户人家，逢年过节就给他们家送钱送物，以前是他自己去，后来是我爷佬去，再后来改成我去。

一旁的常莉玲觉得自己对这个话题最有发言权，忙向何劲华介绍起了相关情况。她说哑伯对下张村那两户人家的照顾是从1955年开始的。那两户人家原本和哑伯并不相识，开始觉得莫名其妙，后来行往多了，也就把哑伯当成了亲人。由于哑伯身份敏感，有关部门听说后多次到下张村调查，左弯右拐地终于打听到那两户人家的太公伯、太叔伯于1934年秋失踪，有人根据时间节点推测，下张村那两户人家的祖上应该和哑伯一起被国民党抓了壮丁。当时有人说哑伯帮下张村那两户人家是黑帮黑，但除了橘子婆说哑伯被白军抓走当了白狗子外，并无证据表明他和下张村失踪的那两人被白军抓了壮丁，回下张村当年是中央苏区的模范支前村，全村十七个参加红军的男丁全都壮烈牺牲，只在村口留下了他们参军时栽下的十七棵松树，大家猜测失踪的那两人可能瞒着家人参加了红军，所以村中无人知晓。从那以后，再无人敢对哑伯帮助下张村那两户人家的行为指手画脚了，那两家人也把哑伯当成了亲戚，每年端午、中秋、春节都会结伴上琵琶围给哑伯晴节。

哎，劲华，这两只缸子的形状、材质、字体、颜色几乎一样，很可能是一批哎！

常莉玲拿着缸子兴奋地走过来，何劲华见哑伯正巧在边上，突然灵机一动，指指杯子，又指指自己的嘴，用缓慢、夸张的动作问哑伯：你那只杯子是红军用过的吗？

哑伯的双眸瞬时凝成两枚晶亮的钩子，好像要伸进何劲华的喉咙，把他的话给钩出来。何劲华又重复了两遍，哑伯仍然疑惑不解地比画着，何劲华也跟着打起了手势，常莉玲掏出手机拍下了这哑戏。何劲华受到启发，又指了指哑伯的嘴唇，这回他明白了，双唇开始慢慢翕动，何劲华录了像，等夜深人静时再来研究。

由于王所长要帮着遴选摆放椴木和其他菌棒的林地，常莉玲还想就那只杯子多方问询，两人得在琵琶围住一晚。考虑到常莉玲的洁癖，金彩凤叮嘱石养财给她屋里多送两瓶开水，还把自己带来的新脸盆送给了她。

这天的夜饭何劲华特意安排朱雨飞掌勺。常莉玲是个聪明人，一眼看出了何劲华的用意，这次她没有取出自带的小饭盒和那双银筷子，更没有用酒精棉片擦拭碗筷，无论如何，她得像正常人那样吃饭。好在朱雨飞晓得她讲究，专门用开水煮过了碗筷，这餐饭她吃得很香甜，当她抬眼看见对面的朱雪飞在对自己笑时，心里突然一暖。

第 7 章

灶捞唔怕滚饭汤，

大船唔怕水漂江。

钢刀专斩硬松节，

梅花专斗腊月霜。

哥上战场妹守家，

红军胜利迎曙光。

——摘自《峙城红色歌谣集》

黄昏时分，风怒吼着将天上那层原本厚如棉被的白云撕成了碎絮，露出丝丝缕缕的钢蓝底色。有些无人居住的房间门窗在大风中噼啪作响，琵琶围这天傍晚的氛围略显荒凉，橘子婆家那间堆满老旧杂物、散发着烟火气的厅堂却因常莉玲、何劲华、金彩凤的到访而显得温馨。常莉玲聚精会神地采访橘子婆时，骨子里的学者气质顽强地从精致的妆容、时髦的服饰中渗出，令何劲华刮目相看。

因琵琶围的厚墙阻隔了山风的咆哮，屋里相对安静，空气中混合了多种野花的清香，风从门缝窗隙袭进，发出轻微的咻溜声。橘子婆的双眸蓬起两团火苗：红军走的时候桂花开得好香呐！说着，老人的思绪飞回了遥远的1934年。

那年8月下旬，中央苏区广昌以南的重要阵地驿前失守，红军的北部防线被敌人突破，东部防线也被敌人撕开了缺口，中央苏区危如累卵。不久，峙城县城落入敌手。当时年轻的橘子正带领助耕队帮助红军家属干农活，一边高唱红色歌曲：

灶捞唔怕滚饭汤，大船唔怕水漂江。

钢刀专斩硬松节，梅花专斗腊月霜。

哥上战场妹守家，红军胜利迎曙光。

　　歌声落处，正在峙城老家筹粮、扩红的石大山，带着一队新兵蛋子，挑着几十担粮食赶往指定地点，不料刚走到下张村，就迎头撞见了白狗子。当时红军全队只有石大山手中有把驳壳枪和两发子弹，新战士仅有一根扁担一对箩筐。面对凶残的敌人，石大山命令大家就地隐蔽，自己和石天泉将敌人引向别处，但就地隐蔽的新兵还是被敌人发现了。一阵乱枪过后，牺牲了十多位红军战士，跳入水塘的石大山和石天梁侥幸躲过敌人的搜捕，石天柱和七八个新兵则被敌人抓住。幸运的是白狗子急于把他们和那些粮食送回团部邀功，没心思继续搜寻，石大山和石天梁这才得以脱险回村指挥乡亲们往琵琶峰转移。

　　八十多年过去了，橘子婆仍记得石大山和石天梁离村的那个早晨，日头像调皮的孩子，躲在雪白的云堆里，时不时探头窥探一番人间；被炙烤得软乎乎的青草像女人醉后的腰肢，在看不见的风中款摆；几只薄翅红蜻蜓、蓝蜻蜓立在草叶上，草叶便欢喜得点头哈腰；牛在田间吃漏割的稻子，稻茬散发出的清香令人陶醉；鸟雀在高大的樟树、树冠宽广的榕树、果实累累的桐子树上飞来飞去，一切都是那样的宁静和美好。她揣着两双新鞋、一包煨熟的番薯，在村口小道追上脚步匆匆的石大山和石天梁时，一群鸟儿从她头顶飞过，两片泛着蓝彩虹芒的羽毛飘落在石大山的腮上。

　　石大山一手接过被她焐得汗津津的鞋面和软塌塌的热番薯，一手搂住橘子纤细结实的腰肢，亲了亲她那被汗水打湿、犹如沾了露珠的荷叶般细滑的脸颊，橘子嗅着他身上那股混合了汗气、烟味、阳光味、青草味、牛粪味、硝烟味的气息，迷醉而忧伤。她刚刚把这气息收纳进记忆的锦囊，石大山便豹子般消失在枝叶掩映的小路上，迅捷的身影将浓稠的阳光拉出道银河般的亮痕。

　　这是石大山留给她的最后印象。八十四年的岁月磨蚀了她大部分的记忆，唯有关于石大山的一切，像只封存在琥珀里的昆虫，丝缕毕现、栩栩如生。

　　等着我，橘子，革命不胜利，我不会死！烧好家里这把灶膛火，我一定会回来！

　　石大山的声音越过高大茂密的树林，绳索一样羁住了她的心。

　　如今，隔着八十四个春秋，九十八岁的橘子婆在跌入回忆的刹那，封存在心房里的石大山便和她进行了一番无声的私语。那双皱纹包裹的眼睛漾出几许发自

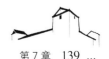

内心的温情，核桃般干皱的脸上浮出淡淡的红晕。

婆，我听养财讲，这茶缸是你在围里找到的？

常莉玲问道。橘子婆摇摇头，说这只茶缸是她和老白匪两年前上山扒松毛时从一条沟里捡到的，老白匪看到这只缸子时比手画脚地乱喊，眼泪都出来了。

婆，大山公公在部队上用过这种茶缸吗？

常莉玲对橘子婆的过往很熟悉，当年她刚挖掘出橘子婆守候生死不明的红军丈夫数十载的故事后，前来采访的记者络绎不绝。可后来有关部门发现石大山的红军身份未得到民政部门的认可，橘子婆也没拿到烈属证，之后对橘子婆的新闻宣传渐渐少了。近几年除了常莉玲还记着橘子婆外，已没有任何人关注、采访她。

橘子婆看来已经习惯了常莉玲的探索式提问。她歪着脑壳想了想，肯定地说：

红军战士用竹筒装水，竹筒有盖，可以拧的，用绳子吊在腰上。

说着她举起搪瓷缸看了看：这东西要好多钱，只有白狗子才用得起，红军用不起的！

老人不识字，不晓得搪瓷缸上的那行字是"红军万岁"。常莉玲从包里取出她走了一串程序才从县博物馆借出的两只搪瓷缸和一只红军饭盒给橘子婆看，其中那只从白沙山当年的红军驻地挖出来的搪瓷缸没底了，缸面有磨损，上头的"红军万岁"四字却仍然醒目，那个刻着"陈同生"姓名的搪瓷缸和提梁饭盒是烈士后代捐献的实物。陈同生当年是红一军团战士，在广昌前线牺牲了。红军主力北上转移后，陈同生的家人把这两样东西和一卷《红色中华报》放入陶瓮，密封后埋在了猪圈底下。陈同生的曾孙前些年做新屋，无意之中发现了这几件文物，当即捐给了县博物馆。此后数年，常莉玲数次到陈同生的家乡采访，多方查阅史料后写了两篇怀念陈同生烈士的文章在省报上刊发，引起了很大的反响。

何劲华不得不承认，常莉玲在专业上颇有造诣。她和橘子婆的聊天看似漫谈，其实暗藏技巧，她通过那些隐藏的问题，将老人回忆的目光引向岁月深处。当她拿出饭盒时，橘子婆眼前一亮，接过去端详了许久，混浊的双眸好像两把探寻时光的钩子，脸上的神色转换了几次，终于肯定地说她那年去部队见石大山，红军刚打了场胜仗，缴获了不少战利品。有个战士拎着一个这样的铁东西来问石大山那是干什么用的，石大山告诉他那是饭盒，并让他立即送到红军医院去。当年的红军医院经常转移，因铁器都拿去铸子弹了，只能用陶钵消毒，可陶钵易碎，这提梁铁饭盒虽然小了些，但煮煮绷带、手术刀还是可以的。石大山说罢，那小战士就拎着饭盒跑了。

当时我想要一个，大山不肯哩，气得我还骂了他几句。唉，我要是晓得他再也不归，我就不骂他了。

橘子婆看着那个唤醒了她久远记忆的提梁铁饭盒，后悔得声音发颤。

何劲华指着哑伯的茶缸说：莉玲，哑伯的搪瓷缸跟陈同生和白沙山的搪瓷缸很像，这能不能证明哑伯是红军？

何劲华突然觉得自己这话问得幼稚，常莉玲果然包容地一笑：这些年在琵琶峰找到了好几把步枪和刺刀，县博物馆那挺烂机枪和炮弹壳也是在琵琶峰捡的。你明白我意思吧？一个捡来的茶缸无法证明他的身份。

何劲华多少有些失望。也许跟十一岁上琵琶围时记忆中那个夜晚的松光和那套红缨枪刺杀操有关，他希望哑伯当年是个真正的红军战士。

这时橘子婆的脸上现出了邈远的神色，何劲华连喊她几声，她也没反应，口里喃喃着，原来老人又在想象中和丈夫交流。

婆，你讲哑伯会不会后来改投红军了呢？

橘子婆被常莉玲这话刺得跳起来：天柱就是老白匪，大山讲他被白狗子抓走了。何劲华生怕她摔倒，忙扶住了她：婆，您莫急，常主任只是问问。一边示意常莉玲住口。常莉玲没理睬他，从包里掏出本书，翻到折了角的那一页，指着上头那个老男人的黑白头像说：

这个李长运在回忆文章中说，他是 1934 年 10 月崎城沦陷后在下张村被白军抓了壮丁，之后跟几个被捕的红军战士关在一起。那天落大雨，关押他们的南铜寺塌了墙，被抓的人全跑了。

橘子婆瞪着她，不明所以。

婆，听你讲哑伯也是那时被抓的，说不定他也关在了南铜寺，后来逃出去重新当了红军呢！

你打乱哇！大山最后那次回家，亲口跟我说石天柱被白狗子抓走了，后来村里还有人在一棵松树五只尾那儿看过穿白狗皮的石天柱，他们不会骗我的。

橘子婆激动得面红耳赤、声音嘶哑。哑伯像是感知了屋里发生的事，抱着捆劈好的松脂木走进来。常莉玲拿出那两只茶缸和饭盒给他看。

哑伯接过茶缸仔细端详了一阵，忽然兴奋地比画起来。橘子婆不但没给他翻译，反而推着他往外走：你这个老白匪，看你的衣衫脏得像刮刀布，快脱下来洗！

橘子婆押犯人似的把哑伯押回了家。见何劲华和常莉玲跟在后面，也许是她心中对常莉玲说哑伯是红军有所不满，她重重地关上了门，扇出股像酒似醋的气

息，让何劲华倏地想起了外婆和奶奶。此时风已停歇，暮色昏暝，几树繁茂的野花在后山固执地白着，如同深色织锦上散乱的银色花朵。忆起八十多年前发生在琵琶围的那场血战，想到那些为了信仰和子孙后代而牺牲的年轻生命，何劲华感觉双肩压了副重担，下意识地挺直了脊梁。

也许是常莉玲的访谈勾起了老人伤感的回忆，橘子婆没有出来食夜。石养财、何劲华多次去敲门，老人只说歇眼了，然后便再无动静。原本被何劲华请到上座的哑伯见橘子婆没来，他打了碗饭菜，又从门前的柴草垛里找到束干了的野花，嘭嘭地拍响了橘子婆的房门。何劲华担心橘子婆不肯吃饭，朱雨飞说不用担心，别人请不动橘子婆，哑伯去喊准灵。果不其然，不一会儿橘子婆就端着饭碗和哑伯坐在自家厅堂里，桌上摆着那束野花，边吃边数落他。哑伯笑得比吃了蜜还甜。

虽然今天只是吃工作餐，但对于偏远的琵琶围而言，谁家来客都是节日，各家出一盘菜给主家待客，自己也上前敬杯茶，以尽礼数。这次来的王所长和常莉玲是熟客，他们跟何劲华、金彩凤一样按餐标结算。朱雨飞动作麻利，厨艺不错，做出的客家酿豆腐、薯粉丸、萝卜糕、春笋炒咸菜、辣椒炒泥鳅、酸辣鲜蕨香味扑鼻，众人围坐在大厅那张破圆桌边上，吃得热火朝天，何劲华见石浩财没来，让石养财去喊，石养财回来后眉峰矗成了一座小山：

浩财，他，他生病了。

石浩财蜷缩在床上，感觉自己的心像从高处摔下的冰凌，碎了满地，锐利的冰碴刺得他喘气都疼。从县城回来后他浑身瘫软，仿佛宿酒未消，但他心里明白，自己比任何时候都清醒。傍晚时分，风从空中刮过，发出凄厉的呜咽，搅得他喉咙里的酒虫乱飞，他找到了最后半瓶酒，啜了半口后，那人鄙夷的眼神像探入体内的黑手，捏得他胃部痉挛，耳边响起白桂花、何劲华、金彩凤等人的劝诫，往日如琼浆玉液的酒瞬间变了味道，他拿着酒瓶在屋内转了好几圈，终于咬牙举起酒瓶砸向垫床脚的砖头。酒瓶应声而碎，他愣了稍许，突然蹲下身，心疼地捡起那半截瓶子嗅着，风搅雪酒特有的醇香让他通体舒泰。脑海中的那双眼睛渐渐消逝，他正想将那点残酒倒入口中，伴随着吱呀的开门声和咚咚的脚步声，冷风将何劲华的声音送至耳边：浩财，从县城回来你就一直躺着，哪儿不舒服？

多谢何馆长，我有事。石浩财迅速将那截破酒瓶藏进了床底下。

何劲华佯装没看见，将饭菜放在凳子上，扫干净地上的碎玻璃片，鼓励道：

戒酒跟戒烟一样难，我让何甘给你寄了两包口香糖，想喝酒时嚼一嚼，那样会好过些。

石浩财叹道：何馆长，你对我这样好，我又爬不起来，我心里难受。

他顿了顿，被络腮胡子包住的脸因灰心而变长：

何馆长，以前我相信努力能够改变命运，现在我信命。朱雪飞老早帮我算过命，说我骨头轻、命贱，看来这是真的，人强强不过命啊。

浩财，按我的理解，命其实就是一个人对机会的把握和你的努力。先戒酒吧。对了，你在县里碰到的那个宝马男是谁呀？

石浩财避而不答，何劲华心想自己先前的预感没错，石浩财现今的精神状态果真跟那个宝马男大有关系。

这时，金彩凤领着几个女人赶到竹寮来看生病的石浩财，谁知石浩财非但不领情，反而吼道：我不是猴子，要你们看？烦死了！

喊罢，倒在床上，拉起被子蒙住了头。

何劲华陪沮丧的金彩凤走到院坪上，心里沉甸甸的。月亮被风吼出来了，夜空纯净而深邃，起伏的群峰犹如黑色花边镶在天际，清冽芬芳的空气送来几丝湖水的气息，金彩凤见何劲华双眉紧锁，抑制住心中的焦虑，反过来宽慰道：心急吃不了热豆腐，再给他一点时间。

何劲华深吸一口气，答非所问：这儿的空气负氧离子含量好高，难怪老人长寿。

以后建条索道，把这里变成疗养院，让大家来洗肺，生意肯定火爆。和常莉玲并肩走来的王所长接嘴道。

常莉玲有些闷闷不乐，说这次上琵琶围除了得知那只缸子是在沟里捡的外别无收获，等于白来了一趟。何劲华说你来看了我这个老同学，给我们鼓了干劲，我们收益大得很，怎么能说白来呢？

再说了，你的茶缸和饭盒让哑伯激动，说明他跟那些东西是有关系的。这也是收获！

金彩凤的话让常莉玲开心了些。

这时，石养财、朱雨飞搬了桌椅到院坪上，窗棂上还挂了几盏莲花灯和两钵兰花。湖水升腾的云汽在路灯下若隐若现，兰花的芬芳似有似无，月光如雪，天空白了，琵琶围亮了，风不知何时已经消遁，众人被这突如其来的安谧惊住，皆缄口不言，静默了好一阵，金彩凤忽然生出雅兴，主动教大家学唱灯彩调。常莉玲嫌吵，绕着琵琶围走了两圈，回头建议何劲华在围门口多放几个易拉宝喷绘，宣传扶贫政策，近期重点任务和中心工作用大标语写在墙上。何劲华认为那是花架子，没必要，常莉玲严肃地说：

我正在写一篇有关苏区干部好作风的论文，看了很多中央苏区的史料，我觉得当年外来的红军之所以能迅速在本地扎根，主要是密切联系了群众，现在驻村工作队也是外来的，红军注重宣传党的方针政策、严明纪律、关心群众利益的经验做法值得你们借鉴。

见何劲华听得认真，常莉玲深感欣慰，强调说当年红军刷红色标语绝对不是搞花架子，而是增加老百姓了解党的政策的有效途径。

何劲华朝四周张望了几眼，说莉玲你讲得对，过些天我们去做几个宣传政策的易拉宝，在这些空墙上画几幅搬迁后的新村美景图，激发激发大家的热情。

两个人正聊得火热，金彩凤拍着巴掌说：何馆长，常主任，你们两同学的悄悄话躲起来说，我现在请劲华帮我伴奏一曲《苏区干部好作风》，大家愿不愿意听？

愿意！在众人的掌声中，何劲华的笛声伴着金彩凤嘹亮的歌声飞入云霄，之后金彩凤又高诵起灯彩戏《琵琶情》的歌词来：中原灯灿客家情，祭祖敬神奠群英。身背谱牒闯天下，千年做客任我行。她还一边诵词一边教大家练习峙城灯彩的跑跳步、点步、圆场步、碎步和云步，琵琶围倏地热闹起来。

喜静的王所长走到何劲华身边，说他下午在火夹湾选中了种香菇的林地，只要搭好简易的膜棚和木架便可以春栽，如管理得当，七到九月份能出香菇。他让何劲华赶紧落实专项资金，扩大种植规模。

何劲华双眼灼亮地握住了王所长的手：王所长，你辛苦了。邱镇长讲啊，乡里已把琵琶围发展香菇种植和山地养鸡的产业可行性报告、专项资金申请报告提交给了有关部门，目前正在走程序，香菇种植很快可以启动。

说来也巧，他话音刚落，邱小楠就打电话说前天镇文化站派人拍了两条反映琵琶围好生态、好环境、出了多个百岁老人的视频，现在网上的播放效果很不错。

谢谢邱镇长，你这是给我解围呢！麻烦他们再拍个扦插石斛的视频给钮主任！

邱小楠大气地说：别讲拍一条，就是拍十条也行！

她顿了顿，有些疑惑地问围里是不是在开联欢会？

是啊，刚吃完饭，月亮很好，金彩凤她们在唱山歌呢。

听见了，她们唱得真好。对了，何馆长，你让大家多练几首歌，下周上海峰峦集团的董事长和总经理要上琵琶围，他们都是大老板，要是能给人家留个好印象，说不定他们哪天就过来投资了。

邱镇长，你放心，我们一定练好歌，听得他们不舍得走，还要掏出钱来搞投资。

何劲华刚刚挂了电话，哑伯突然拎着那杆红缨枪，走到坪中间练起了刺杀操。何劲华倏地忆起少年时的那个夜晚，哑伯的枪花舞成了亮闪闪的银线，现在他臂力欠佳，枪花有些散乱，刺杀动作显得笨拙，还趔趄了几回，吓得何劲华和王所长忙上前扶他。哑伯推开他俩，将红缨枪扛在肩上原地踏步操练，喉咙里发出低沉、沙哑断续的嘶声。常莉玲凝神听了会儿，忽然猛地起身道：不得了，哑伯哼的是中央苏区时的革命歌曲！

常莉玲跟着哑伯不成腔的调门唱起了歌词：一理通来百理通，十个人中九个穷；大家穷人齐团结，唔怕革命不成功！

何劲华高兴地拍了下金彩凤的手：常莉玲和哑伯哼的旋律完全重合！哑伯真的可能是红军！

旁边的朱雨飞忙附和道：何馆长讲得对，我也觉得哑伯是红军，他对人好关照的。

金彩凤皱眉道：按橘子婆的讲法，哑伯被抓时也十四岁了，那时峙城是红区，他还参加过红军，他会哼红军歌曲很正常啊！

唉，可惜哑伯只能发出这种嘶声，却不能讲话，也不晓得当年伤了哪里。

返回座位的常莉玲这样叹道。何劲华脑中灵光一现，点开手机上那段哑伯讲话的视频给常莉玲和金彩凤看，要她们根据哑伯的口形，猜出他说的话。

何劲华连放了四遍，金彩凤模拟着哑伯的口形说：我爱食饭，我归屋下。常莉玲则猜哑伯说的是"我食炒蛋，我会发晕"。她俩猜着猜着开始笑场，何劲华看着坐在竹椅上喘息的哑伯，点开手机再次琢磨起哑伯的口形来。当"我是红军"四字从他口中蹦出时，他遽然一惊，继而告诉金彩凤和常莉玲自己的发现，何劲华又录下了她俩念这句话时的口形，可她俩讲这句话的口形与哑伯的口形略有区别，他有些失望，但不管怎样，何劲华还是为找到了和哑伯交流的方法而激动，常莉玲反而谨慎地表示，不能仅仅因为这句话，就认定哑伯是红军。

我去请市聋哑学校的老师来，他们讲不定能弄明白哑伯的身份。常莉玲像发现了猎物的猎人，变得兴奋机敏。

好，你那边去请老师，我这边也琢磨琢磨。

何劲华说着上前点开哑伯讲话的视频给他看，然后指着自己的嘴唇，无声、缓慢地问道：你是红军？

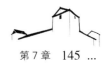

这话他连问了三遍。他问第一遍时，哑伯的眼里有疑惑；他问第二遍时，哑伯像是明白了什么；他问第三遍时，哑伯激动地哇拉着，浑浊的双目放出精光。

何劲华盯着他颤动的双唇，好像看见了老人心中的巨浪，他想呐喊着告诉大家，他破解了老人的身份，可转念一想，这只是他的猜测，不足为凭，传出去说不定会惹人笑话，还是慎重为好。他送哑伯回屋后站在坪上深吸了两口气，此时人群已散，夜色渐深，虫嘶风吼，天地有些寂寥，他因窥见了一道或许能走进哑伯心房的门缝而心潮澎湃，仰望天空的眼神倏地多情起来。

第 8 章

明明是个李铁拐，

偏偏不信这份邪。

今日立下凌云志，

山巅白云脚下歇。

——摘自峙城灯彩戏《琵琶情》

由于大家都忙，这天晚上的视频会近九点才开。石栋梁先汇报了村两委在搬迁移民留得住、富得起方面做的几项工作，比如为移民进行免费技能培训，每户移民家庭起码安排一人在当地工业园区和企业进厂就业，组织移民劳务输出，到沿海发达地区打工的安排、进度和取得的成效；杨明传达了省扶贫开发领导小组印发的《关于 2018 年脱贫攻坚春季攻势行动方案的通知》和县委钱书记的批示，要求各乡镇结合春季攻势，对各项工作进行大走访再梳理，摸排出脱贫攻坚中的吃穿、教育、医疗、住房、卫生、饮用水、看电视等方面存在的问题清单，6 月 30 号之前完成整改。考虑到琵琶围行政村村小组和村民分散的特点，何劲华主动表态，琵琶围村小组的相关工作由他和金彩凤承担。他也汇报了琵琶围村小组短期产业项目的进展，说琵琶围的菇房已经种下了一批香菇菌棒，专项资金的事他们会去努力。

何馆长、邱镇长说近期上海峰峦集团的赵董事长和薛总要到琵琶围来，他俩是琵琶围人救下的，他们这次来肯定会有动作，我们得先合计合计，看看他们能帮村里做些什么。杨明提醒道。

何劲华以前听母亲和外婆说过几句上海知青赵峰和薛丁山的事，但详情不知，金彩凤倒比他了解得多些，说赵董和薛总当年在琵琶峰自杀，被橘子婆、哑

第 8 章　147 ...

伯和荷英婆合力救下，何劲华大为吃惊，外婆生前可从没跟他说过这件事，看来老人还挺低调的！

劲华，杨书记，我上网查了，峰峦集团是上市公司，财力雄厚，讲不定我们能得到他们的支持。金彩凤有些兴奋，杨明说这件事邱镇长已经跟他们沟通过了：

赵董和薛总下放在峙城时跟邱小楠的爸爸邱礼泉玩得好，他们这些年一直有联系。邱礼泉七年前促成峰峦集团在琵琶镇设立了教育奖励基金，这次他俩回来也是邱礼泉联系的。琵琶围帮扶的事情，还是由他提出比较合适。

不得不承认，杨明虽然年轻，在他不急躁时，考虑问题还比较周到。接着何劲华又介绍了琵琶围春耕备耕的事情。当他提出想建议村民多种黄豆时，杨明打断了他的话：何馆长，你家妇娘开了豆腐店，你让山上的人多种黄豆，别人会有想法的。

金彩凤以为何劲华会因此而犹豫，谁知他却坦荡荡地说会以市场价来购买贫困户的黄豆。

何馆长，瓜田李下的事情说不清楚，别羊肉没吃上，反沾了一身骚，我建议你慎重。

何劲华说只要给琵琶围人留足口粮田，余田用来种黄豆，由豆腐店包销，只要每户人家种上四亩大豆，就算亩产三百斤，有机大豆能卖到四块五一斤，那一年收入也够脱贫了。

山上比较旱，种豆子也不容易。再说了，山上种的大豆你家都能吃下？杨明表示怀疑。

何劲华说成仙豆腐坊在外头有些名气，门店销售较旺，现在又有五家私立幼儿园到店里订豆浆，包销山上贫困户种的大豆没问题。

何馆长，我晓得你是想通过消费扶贫来帮助贫困户，但这件事你如果真想做，我建议你先向有关部门和相关领导汇报，他们觉得没问题了，你再推动不迟。

劲华，杨书记说得对，这种事情还是稳妥些好。

金彩凤的口气幽幽的，何劲华这才惊觉自己之前没跟她商量，又犯了感性的错误。会后他再三向金彩凤解释，金彩凤说我知道你脑子经常短路和发热，我不计较这些。只是这事很敏感，我觉得杨明的提醒有道理，不要你好心烧了烂灶。

何劲华想了想，立刻拟了条短信发给李香树。李香树很快回复说：你的建议是个好主意，但不是最好的主意。山上的村民种什么，我们可以给意见，但千万不要干涉和强推。

看着这条颇似外交辞令的短信，何劲华不甘心，又发短信给唐部长。唐部长直接给他回了个电话，说现在大力提倡社会扶贫和消费扶贫，县里还专门发了文件，号召党员干部在这方面起带头作用，只要程序公开透明，价格公正公道，这种做法可以尝试。

劲华呀，我要提醒你的是，豆腐店事先要跟村民们签订意向性收购协议，还要给付一定的定金，因为这等于是定制生产，不能到时候他们种了黄豆，你那边生意不行了，说不要就不要了，那贫困户就不答应了！

唐部长的话提醒了何劲华，他立刻打电话跟温成仙商量，温成仙不但一口回绝，还骂了他个狗血淋头。这时金彩凤跑过来问他要安眠药，说常莉玲睡不着，正好听到温成仙在骂何劲华，暗笑之余忙劝道：

劲华，成仙姐话糙理不糙，我们刚打算种香菇和养殖林地鸡，你这边又说要种黄豆，这样讲出去，村民会觉得我们不负责任，想一出是一出，万一亏了，我们真是公公背儿媳妇——吃力不讨好！

怎奈何劲华这时已钻了牛角尖，想来想去还是觉得自己这个主意好。金彩凤走后他又打电话游说石栋梁，没想到他刚刚说完，石栋梁便表示支持，说琵琶围后山现在有了泉眼，大豆浇水不成问题。要是你那边能解决销路，我找几家搬迁户和围里的人一起种，慢慢能成规模。

何劲华实事求是地说豆腐店暂时还不能签订预收协议和付定金，他会再想办法解决此事，石栋梁说绿华集团即将在樟树岭村和老寨村小组建蔬菜大棚和冷库基地，到时会有为工人服务的食堂，他也会去找公司的人商量商量，看看食堂能否吃下些黄豆。

这天晚上，何劲华为种黄豆的事情沟通到半夜。未曾料到，半夜一点多钟，常莉玲忽然从微信里给他转了二千六百块钱，说她在党支部微信群里发信息动员党员为琵琶围的贫困户发展香菇种植业和林地鸡养殖业捐款，大家积极响应，都捐了款。

不好意思，劲华，我们支部党员不多，这点钱杯水车薪，略表心意吧。

何劲华忽然觉得有洁癖的常莉玲还保留着原来的几份质朴和诚挚。

俗语说，过了惊蛰节，春耕不能歇。琵琶围村小组虽然人均土地少，但相应的劳力也少，这些天大家早出晚归，忙得昏头癫脑，而此时的菌棒需要定时浇水和通风，为此何劲华、金彩凤安排了值班表。头几天众人都按时值班，后来见石浩财经常不来，尽管石浩财的活都由石养财顶替干了，许秀珍还是很不服气：

何馆长、彩凤妹子，现在活计多，出工得记工分，省得有些人成天睡懒觉，就想吃现成的！

朱雪飞、刘大有连声附和。石拐说他来做个签名表，大家出工得签名。到时卖了香菇，按出工天数来分钱。

朱雨飞见石养财欲言又止，忙替他出头分忧：三哥，这些菌种我们冇花一分钱，是何馆长、金大姐私人掏钱买的，村里的已搬迁户和菌种厂老板也送了一部分，你哪个去分嘛？

许秀珍用小手指指甲剔着牙缝说：他们买的没错，但这香菇是送给我们贫困户的，我们当然可以分。她用嘴巴对着竹寮说：浩财牛高马大，他要认真干活，肯定比养财干得好，可他天天在那儿挺尸，到时有钱也不分给他。

朱雨飞连连摇头说：他的活养财代他干了，该他们的钱一分也不能少。

你呀，一点也不心疼养财。

谢玉琴这句悄悄话倒是打动了朱雨飞，她不再为此事争执。

石养财不是全劳力，有些活儿他干不动。石浩财得拿半份钱出来分给大家。何馆长，你看这样可做得？

朱雪飞永远都要显得比别人高一筹，她问何劲华时口吻有些自得。

雪飞说得对，我们要奖勤罚懒，依我看，等菌棒出了菇，卖的钱村集体留一半，你们按劳分一半。

许秀珍和朱雪飞感到失望，谢玉琴和她的父母、刘大有夫妻则高兴得像群兴奋的麻雀，叽叽喳喳个不停。

何劲华接着说：明日县农信社的人会上山现场办理信贷通，等申请到五万元的补贴贷款后，我们大家凑股成立真正的合作社。

石养财拿出农信社的资料让大家填，朱雨飞毫不犹豫地领了表，朱雪飞、许秀珍又有些反悔，犹豫着不肯填，谢玉琴和刘大有的习惯是随大流，何劲华说填了资料不贷也行，如果不填资料，想贷也贷不成了，众人这才填了资料。石养财顺带说起种黄豆的事，朱雨飞当场表态说她准备拿出一半的地来种黄豆。

要种你种，我的地不种黄豆！

朱雪飞怼道。前段时间有人给朱雨飞介绍了一个身体壮实、年近六旬的打屠佬，虽然当了爷爷，但他家在镇上有房子，收入不错，朱雪飞主张妹妹嫁给他，朱雨飞不肯，朱雪飞对妹妹有气，朱雨飞平常怕姐姐，此时却认起了死理，姐妹俩打起了嘴仗。

何劲华不想听她姐妹俩杠嘴，忙说雪飞的意思是鸡蛋不要放在一个篮子里，要想走得稳，就得多条腿走路。

朱雪飞得了这句表扬，脸色略微好看了些，但交材料给石养财时还是气哼哼的。等她走后，何劲华问朱雨飞晓不晓得石浩财这次下山遇见了谁，朱雨飞见四周无人，这才小声说：

听讲遇到了以前在他手下打工的胡改子，胡改子家靠拆迁成了千万富翁，现在像只翘尾蚁公，走路拱着屁股，看谁都三白眼，醒得死！

何劲华猜想胡改子肯定说了刺激石浩财的话，不然他不会突然像被针刺破的气球，一下子瘪了。他立刻请罗强帮忙找来胡改子的手机号码，拨通了他的电话。

喂，你找哪个？

胡改子的声音横栏粗暴，当何劲华简要地介绍了自己后，胡改子的声音立即像沸水煮过的面条般软适：哟，何馆长呀！你是我们崎城的文化名人呐，还是股级领导，能接到何馆长的电话，三生有幸啊。

何劲华全身起了层鸡皮疙瘩，忙岔开话头：胡老板，前几日你在街心公园的路口碰见了石浩财？

对啊，他是不是喝死了？胡改子显得很兴奋。

何劲华避而不答：我听讲你们以前是初中同学，后来又一起去东莞打工，那时不是玩得蛮好吗？

何馆长，当年石浩财办模具厂时我出了不少力，他却只把我当苦力，结果得利的是他，还在县里开会发言，神气得很。现今他落到这个地步，我是撑大眼睛来看戏！

胡改子把翻身的快意表达得淋漓尽致，可以想象，他那天奚落挖苦石浩财的态度有多嚣张。何劲华追问了一句：胡老板，你口才好，那天是不是教导了他一番？

何馆长啊，教导我是不敢的，我这人心软讲义气，现今他落难了，我不会去揭他的伤疤，我只是告诉他我的宝马车花了七八十万，请他到我家开的润华大酒店呷饭，要么去我新做的别墅看一看。我还跟他讲，我在赣州和龙岩都买了店面和住房，哪日他冇钱了，我请他过来帮工，工钱比他当年给我的多两倍！何馆长，我是一个好心人呐。

胡改子絮絮叨叨地摆了通自己的好心。何劲华听了，却只看到小人得志后

的张狂与不善。挂电话后他有些愣怔，这时金彩凤急匆匆走来，一边对着电话解释：成仙大姐，何馆长刚才在帮贫困户了解贷款政策，所以你的电话打不进来。

说着，她冲何劲华眨了眨眼睛，示意他顺着自己的话头讲。何劲华刚拿过电话，朱雨飞也跟了过来，正好听见温成仙的质问箭般从送话器里射出：死老头子，跟哪只野狐狸讲西天讲得嘴角冒泡？

何劲华瞥了眼旁边好笑地看着他的金彩凤和朱雨飞，尴尬地抬高声音说：彩凤刚才不是讲了嘛，我在帮村里人问贴息贷款的政策。

好了，我懒得管你那些狗屁事，我就问你，忽忽做满月你归不归屋下？

何劲华沉吟了一会儿，这才字斟句酌地说：这段时间事情多，我算不到。你呀，最好莫做我的指望。

不做你的指望，我做谁的指望？

温成仙哼了两声说忽忽的满月酒她要请十五桌客人。这话吓得何劲华直叫唤：我的好妇娘，上面有文件规定，党员干部不得大操大办这些酒宴。

温成仙愣了愣：我不是党员，我偏要办！

何劲华急得大声吼道：温成仙，你是党员干部的家属，我要遵守的规矩你也要遵守。

温成仙晓得老公急了，态度这才软和下来：好了，我不是跟你打电话吗？你讲不办就不办，只是委屈了我的小心肝忽忽。

何劲华不相信固执的温成仙这么快就改变了主意，又严肃地叮嘱道：成仙，刚才讲的这件事你千万莫乱来，你要是乱来，我们就大路朝天，各走一边！

温成仙一听，火苗蹿过了脑门心，在电话里跟何劲华吵了起来，两人话风突变，旁边看热闹的金彩凤和朱雨飞忙知趣地离开了。挂了妻子的电话后，何劲华不由叹了几口气：这思想工作还真难做啊！他的思绪从温成仙身上飘到了石浩财身上，立即出门去找金彩凤，无论如何他俩得攻克石浩财这道难关。

当夜，何劲华泡了碗方便面，金彩凤拎着点唱机和两包零食，两人并排坐在石浩财床前的竹椅上，轮番劝他振作起来。屋外春风浩荡，空气中花香越来越浓，今晚虽然没有月亮，可夜空却显得明澈。

石浩财望着门外那片灰白的夜空，觉得浑身酸痛，迷惘中有些感动，忙顺杆子下台阶，起身三下五除二地吃完了方便面，又把奶奶送来的萝卜汤灌进了肚，这才歪靠在床头，看着比进围时黑瘦了许多的何劲华和金彩凤，内疚地说：何馆长、金大姐，你们的难处我晓得，我们脱不了贫，县委书记都有得升官，你们也一样。何劲华好气又好笑：你算准了我们俩想升官？

石浩财笃定地翻翻眼皮：人为财死，鸟为食亡，你们在城里过得好好的，凭什么要过来帮扶我们？肯定有所图啊。

金彩凤撕开包零食递到他面前，说：浩财，我和何馆长要说有所求，也就是求你赶快振作起来，琵琶围的人都脱贫了，我们才安心下山回家。

石浩财朝金彩凤伸出了大拇指：金大姐说话爽快，我也实话实讲，我能当上贫困户，是政府对我的关照。我晓得好歹，要是其他人都脱了贫，只有我有脱，我影响了你们下山，我立刻写申请退出贫困户，再苦我都不怨政府。

何劲华和金彩凤对望一眼，有些啼笑皆非。

浩财，退出贫困户不是儿戏，你必须达到脱贫标准才能退，现在你还没资格写退出申请呢！

何劲华话没讲完，石浩财就翻眼翻鼻子地说：那你们还来跟我说什么？

金彩凤见他又钻了牛角尖，气得想跟他理论，何劲华用眼神制止了她。他相信石浩财今晚会打开话匣子，因为前几天的遭遇已经把他的心田沤成了沼气池，每个角落都咕嘟咕嘟地冒气呢！

然而，石浩财的心理却与何劲华的判断大相径庭。讲完这番话后，他歪在床上看起了手机，当他俩是空气。石浩财之所以如此，是因为他无法反驳何劲华和金彩凤。那些道理他都明白，可懒散了这么些年，哪能说站起来就站起来？

浩财，你是在外打拼过的人，有文化、有经验，只要努力，我相信今后你能重新过上好日子。

何劲华这话打开了石浩财的回忆闸门。回想起那个曾经光鲜亮丽，但离现在越来越远的自己，石浩财心中刺痛，不由叹道：唉，何馆长，我要是还能跑起来，还会窝在这里吗？

你都没起来跑，怎么就知道自己跑不了？何劲华替他着急。

石浩财嘟囔着说：何馆长，金大姐，我有句话你们别不高兴，我有时想不明白，我自己都愿意过这种日子，你们怎么就不让我过？

浩财，你别躺着说话不腰疼，你要是真愿意过这种苦日子，你要贫困户的政策干什么？

金彩凤气不打一处来，何劲华拉住了她：浩财，那天讨论琵琶围的短期产业时你没表态，现在我问你，栽培香菇和林地鸡养殖，你对哪样更感兴趣？

石浩财爬起来，懒洋洋地说：我选林地鸡吧！

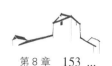

那好，我个人送两百只鸡苗给你。

何劲华急于让石浩财动起来，连忙表态，哪知石浩财却说太小的毛鸡仔养不活，要他送七八两重的脱温鸡！

金彩凤看不得石浩财这种得寸进尺的态度，嗤道：石浩财，你干脆让何馆长送你两百只大鸡好了！

那我求之不得啊，鸡拿来我转手就卖掉，我脱贫了，你们也解放了。

浩财，你不要痛脚趾越踩越前，我们是帮你，不是求你，你不养拉倒！金彩凤的声音高了八度。

那更好，养鸡那么脏，再说二百只大鸡一天要吃好几十斤东西，我还得从山下往上背，麻烦死了。

石浩财这两日吃了戒酒药，人不舒服，最近他让白桂花把孩子的生活费直接转给他，白桂花不肯，还骂了他几句，加上前几日又被自己看不起的胡改子侮辱，他心中憋着团火，明知何劲华、金彩凤为自己好，还是没办法领情，索性伸手伸脚地躺了下去。

金彩凤见何劲华还要劝，伸脚踩了他一下：浩财，下周我请你去镇上喝酒。

石浩财兴奋地翻身坐起：这个要得！

何劲华瞪着金彩凤：不行，浩财正在戒酒！

金彩凤有些后悔自己忘了这茬事，可话已出口，便有些尴尬。石浩财主动为她解围：何馆长，我向你们保证，你和金大姐要是喝赢了我，以后你们指东我不往西，绝对戒酒。

何劲华只好顺着话头往下说：你要愿喝服输。

石浩财激动地拍拍胸脯：一言为定！

也许是有这个"赌约"撑腰，当石栋梁、石钟、杨明、小于、大牛和王大姐等人到琵琶围上户时，石浩财态度大变，不但主动找到杨明为自己上次的行为道歉，还当众宣布自己要养两百只鸡。听石栋梁和石钟说他们将在琵琶围复垦种植黄豆，石浩财赶在石养财之前表了态，说他也愿意种黄豆。

由于石浩财前后态度变化太大，众人搞不清楚真假，也没太当回事。真正感受到他变化的是王大姐。王大姐按惯例戴着口罩去石浩财家打扫卫生，可房间里整整齐齐的，窗户上还吊着两钵兰花，显出前所未有的洁净，惊得她两颗眼珠突在了外面：

浩财，这屋子是何馆长、金彩凤打扫的还是你打扫的？

石浩财漫不经心地说，当然是金大姐喽。

王大姐慈和的五官立刻凌厉起来：浩财，人家帮你是情分，不帮你是本分，没有什么当然可说。讲难听些，爷娘都难帮你一世，我们只能帮你一时。从今往后，你屋子的卫生要自家搞喽！

石浩财见她认了真，忙解释说房间是他自己打扫的，王大姐这才展颜一笑，继而诚恳地道：浩财，你能这样做很好。以前我只图撇脱，冇真正动脑筋把你带起来，你要是今年脱不了贫，我有责任呢！

说着王大姐瞥了远处的何劲华一眼，想起刚才他跟自己说的那番话，心里颇有感触。何劲华说要把石浩财拉起来，不能仅靠保姆式的喂养扶贫，得想办法先抽掉他身子里的懒筋。从现在起，我们对石浩财要帮在行动上，扶在志气上。只要他脑子里有了脱贫致富这根弦，相信凭他的能力，完全可以东山再起。

王大姐听了有些不好意思：何馆长，我以前只想自己再过一年就退休了，赶快完成任务了事，对他有求必应，只求他不要闹事，不要在考评组面前讲我坏话，唉，如今看来，是害了他！

王大姐出生农家，心地善良，工作勤勉，是单位有口皆碑的好人。王大姐帮扶贫困户时，也以好人相助的方式出现，这点固然和她的性格有关，也与她船到码头车到站的思想有关。在何劲华提醒她之前，邱小楠已找她谈过话，认为她帮扶石浩财的思路不对，还跟她一起到石浩财家了解情况，要王大姐因户施策，但王大姐想着自己明年就退休了，故动作不快。如今何劲华和她这么一谈，她惊出了半身冷汗，忙说以后会多动脑筋，尽快把石浩财扶起来。

不，是帮起来。

何劲华认为扶意味着石浩财的被动，而帮中则能见到他的主动。接着何劲华拜托王大姐请她在赣州某豆制品厂当厂长的妹夫最近抽空到琵琶围来一趟，请他跟贫困户们谈谈种黄豆的事。

对比心心念念想到贫困户的何劲华，王大姐觉得自己做得不够，便认真劝石浩财戒酒：浩财，酒是穿肠毒药，你以后少喝些。说着，王大姐拿起床底下那两瓶酒就要走。

大姐，那是我洗酒瓶的水，你拿去干什么呀？

不能让你看到酒瓶子，看到了你会想。

王大姐的话让石浩财啼笑皆非。他挠挠脑袋，朝热闹的菇房走去。

昨天下午，何劲华、金彩凤在村两委和围里贫困户的微群里发了通知，讨论

怎样使用党史办捐赠的二千六百块钱，除石浩财发懒没表态外，其余人都赞同用这笔钱再买些香菇菌棒。何劲华这边通知黄春旺尽快发货，这边领着大家给四间房子消毒、搭木架子。石浩财这次上前帮手，不但催开了何劲华、金彩凤颊上的笑容，还赢得了杨明和小于的鼓励，心中不由五味杂陈。

何劲华张望了一阵，问杨明农信社的人怎么没上来办贷款？杨明取下眼镜擦着，眉峰微锁：

何馆长，他们的申请资料前天才到我手上，我连夜送到了乡里，乡里昨天下午审核了，估计资料今天才能到行里。

春光金贵，耽误不得啊！何劲华觉得自己动作太慢，怕误了农时，正懊恼间，邱小楠打电话告诉他，她和县农信社营业部的陈主任刚在南远县火车站接到了上海峰峦公司的赵董和薛总，说他俩以前下放在锅底村，陈主任的爷爷当年是锅底村的支书，中午他们会在锅底村吃饭，一点钟陈主任代表县农信社召开扶贫贷款优惠政策宣传动员会，下午三点他们一行将赶到琵琶围，晚上在琵琶围吃饭、住宿，叮嘱何劲华收拾几间房出来。

吃饭没问题，房间有难度。床倒是有好几张，都是村民搬家时丢下的，被褥我们现在去买还来得及，关键是房间卫生状况不好，打扫干净了也有霉味，这可怎么办？

话筒里忽然串出个浑厚的男声：何馆长，我是老赵，你不用操心这些。我和老薛都带了帐篷，我看了天气预报，今天峙城没有雨，晚上我们把帐篷安在猴子崖的心花开那儿。

想必邱小楠刚才开了免提，所以赵峰董事长说了这番话。邱小楠再开腔时，声音小了许多，估计躲到了边上。她叮嘱何劲华晚上多弄几个客家特色菜，备好风搅雪白酒和客家水酒，还让何劲华和金彩凤来几段灯彩调，总之怎么有特色怎么来，一定要给他俩留下美好、深刻、难忘的印象。

放心吧，在文化馆待了这么多年，别的我不敢夸口，营造美好氛围还是擅长的。

挂了电话，何劲华立即召开临时会议，对所有人员进行分工：石浩财去抓山鲶鱼，大牛去林中砍晚上烧火吊用的松明子；熟悉地形的石栋梁、石钟去捡蘑菇；石养财、谢玉琴杀鸭宰鸡；王大姐、刘大有、赖秋香打扫卫生；许秀珍、朱雪飞摘菜洗菜；朱雨飞和石拐家的两口锅同时炒菜，由他俩掌勺。何劲华指挥杨明、金彩凤、小于、汪经伦、杨淑英从房间里找出那些搬迁户丢弃的蓑衣、斗笠、竹箩筐、簸箕、石磨、爬犁、打谷斗、风车并用水冲干净，或架在坪中，或挂在墙上，或扣在竹篙上，他还把送给各家的灯彩都收拢来，用绳子吊在廊檐下，朱家门口那些兰花也派上了用场。经他这么一摆弄，那些不起眼的老物件不但焕发出了生机，看上去还颇有美感。哑伯、橘子婆、谢家父母帮着添柴烧火，小勇也没闲着，跑山上采了几大捧野花回来，一枝枝插在柴垛上，别具一番情趣。

何劲华抽空给李香树打了个电话，他还没汇报，李香树就说那十台电视已经修好了，下周让文化馆派人拉上山。何劲华谢了他，然后说上海的两位贵客要来，邱镇长要陪着上山，问李香树能否来琵琶围。

现在已经上午十点多了，我赶过去也要掉到饭盆下。

李香树嫌他报告晚了，何劲华解释好一阵，他才不耐烦地说：好了，你代我照顾好那两位神秘人物。可能的话让他们放点血，也省得我们到处去向人讨钱。

琵琶围产业专项扶持资金暂时还未落实，李香树怕到时完不成县里交代的任务，最近老往县里和市里的有关部门跑，但都没下文，所以他有些着急：

劲华，就为你这琵琶围的长短期产业计划，钱书记亲自去省里跑资金，听讲有希望，但还没有最后定，所以你这边要抓紧。

李香树加重语气，让何劲华和金彩凤放出手段，争取赵峰和薛丁山的支持。

好的，李馆长，你放心，我们会尽最大的努力。

何劲华觉得李香树用神秘人物来形容赵峰和薛丁山非常恰当。赵峰和薛丁山是表兄弟，他俩1969年到峙城插队，1975年返回上海。关于他俩的发迹，峙城民间有各种版本的传说。有说赵峰的父亲"文化大革命"时保护了一位北京的"走资派"，后来这位"走资派"官复原职，给从峙城返回上海的赵峰批了很多紧俏物资，赵峰和薛丁山靠倒买倒卖起家；一说薛丁山的父亲从美国继承了大笔遗产，他俩做生意靠的是祖荫；还有人说他俩运气好，搭上了浦东开发的快车，这才发了大财。由于这些传说，他俩在峙城名气很响，加上外婆偶尔说上一嘴，何劲华对他俩早有耳闻，但从没见过面。赵峰和薛丁山很有意思，近十年给了峙城不少支持，却从没回过峙城。有时县领导去上海拜访他们，也多半见不着人。慢慢地，峙城人去了上海不再找他俩，但他俩对峙城和琵琶镇的助学规模却越来越大，没想到这次他俩竟不声不响地回来了。

这时朱雨飞走到何劲华身边，说山上天气冷，睡帐篷只怕会冻着，要不让客人住她家？旁边的杨明闪身过来，说最好让他们住汪经伦家。朱雨飞一听杨明这话，扭身就走。何劲华晓得她生气了，汪经伦家富余的三间卧室多年没住人，即便今天临时打扫了也不宜待客。论干净，朱家数第一，只要加两张床就能当客房，但杨明压根没想到朱家，朱雨飞觉得跌了面子，何劲华忙追上去跟朱雨飞说夜晚让金彩凤和朱雨飞搭铺，他跟石浩财搭铺，把他和金彩凤的房间留给上海客人，其他人就分散在各家歇息。

哎呀，何馆长，那天常主任说要到我家歇，临了又去了金大姐那儿。我们是麻风病，惹不得，你们躲得越远越好！朱雨飞冷冷地道。

何劲华走到金彩凤身边，跟她讲了自己的安排。金彩凤爽快地说：好，我今夜和雨飞歇。

朱雨飞的眼圈倏地红了：多谢金大姐不嫌弃。

雨飞，我没你们姐妹讲卫生，还是汗脚，我脱鞋时你们不许捂鼻子哈！金彩凤两句话缓和了气氛。何劲华趁机掏出两百元钱给朱雨飞，要买她家的两只土鸡待客，金彩凤也拿出四百块钱，说要从朱家、谢家、刘家和三嫂家各买些蔬菜笋干。朱雨飞不肯，说你们上次已经请了两次客，再请这个月工资就没了。

金彩凤不由分说地把钱塞到朱雨飞手中，一边用胳膊肘捅了捅何劲华，说雨飞可比李香树关心我们。原来上次请客后，金彩凤打电话向李香树抱怨，说围里来了人，吃饭得她和何劲华自掏腰包，问他能不能报销。李香树说没有这项支出，你们以后别吃大餐，得吃工作餐。金彩凤说吃工作餐也要一人十多块呢！李香树说我们都是 AA 制，各吃各的！几句话把金彩凤撑到了壁上。不过事后李香树也承认，像他俩这样在山上，多少会有些意外的开支，比如这次招待赵峰和薛丁山，镇里没地方出这笔钱，琵琶围的村集体没钱，驻村工作队的工作经费不能用于此项开支，让村民负担不合适，何劲华和金彩凤一商量，还是他俩出钱最妥当。

何馆长、金大姐，这次我请客，反正鸡鸭都是自己养的，下次再多养几只就是。这钱我不能要。

朱雨飞要把钱塞回给金彩凤。这时朱雪飞快步走来，伸手从朱雨飞手中抽走了那几张钞票。

大姐，你干什么？朱雨飞急道。金彩凤也双眼圆睁地看着朱雪飞。朱雪飞翻她俩一眼，说你们放心，不是我要！说着她把钱塞进了何劲华的上衣口袋，回身朝远处的石栋梁招招手：栋梁叔，你来跟何馆长他们说。

何馆长，彩凤妹子，这赵峰和薛丁山是琵琶围的客人，这些年他们对琵琶镇帮助很大，村里不少子弟都受了益。这次赵峰和薛丁山在村里吃饭的费用由我们琵琶围全村人凑份子，也算是百家宴吧。

石栋梁这番情真意切的话让何劲华和金彩凤感动。他俩略一商量，说你们出菜，我们俩出酒。

金彩凤上山时给石浩财带了两瓶风搅雪酒，何劲华不同意给他，这次正好派上了用场。王大姐摇着刚才没收的两个酒瓶，喜滋滋地说这儿还有两瓶呢！

何劲华吃了一惊，心想浩财怎么还藏了酒。接过来一闻，全是水，不由笑了。金彩凤见边上的朱雪飞脸色不好看，忙向她道歉：雪飞，对不起，刚才误会你了！

朱雪飞略有些幽怨：嗨，没什么，我反正被人误会惯了。

快步走过来的许秀珍听了一耳朵她们的对话，接口道：

彩凤妹子，雪飞因为算命的事情遭了不少批评，其实她做了蛮多好事，这两年她给人出煞受惊不收费的。

许秀珍话锋一转，希望村两委和驻村工作队能让朱雪飞重操旧业，以前朱雪飞有生意时偶尔会找许秀珍打下手，她惦着那两个小钱呢！

朱雪飞也存了这份念想，今天见许秀珍挑起话头，金彩凤又主动道歉，她趁机说出了自己的心声：金大姐，算命看相是迷信，这个我晓得的，但周易和算卦也是传统文化，要是能让我开家周易馆，不但我自家一年能脱贫，还能把三嫂也给带出来。

雪飞，你还懂传统文化，不错呀！

金彩凤打量着面容俏丽、身材苗条、眉目灵动的朱雪飞，心想她若是长在书香门第之家，只要稍加努力，便能过上体面的生活，怎奈她生在偏僻、贫穷的琵琶围，受教育等诸多因素的影响，她还挣扎在贫困线上，聪明也用错了地方，颇为可惜。

雪飞，你很聪明，也肯学习，这点我很敬佩你。你刚才说想开周易馆给人算卦，这个想法很新奇，但是不可行。因为你并不是真懂周易的数理，你只是打这个招牌给人算命。

朱雪飞插了一句：看相算命也是传统文化。

传统文化是酒，看相算命是沤坏了的酒糟，你要是给人吃这种酒糟，没病都要生出病来。

见朱雪飞不吭声，金彩凤的话锋犀利了几分：雪飞，我不想往你伤口上撒盐，看相算命真有那么神，你们姐妹也不至于到今天了。

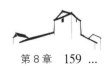

金大姐，你这话什么意思？

自从朱家姐妹成了寡妇后，有不少人明里暗里这样讥讽过朱雪飞，意思是如果她真懂周易数理命数，就该算出她们两姐妹将来会当寡妇，唐有才二兄弟所在的唐家村人甚至打上门来骂她刻毒，明明知道自己姐妹俩命硬克夫还要嫁人，害得唐有才二兄弟丧命，咒她们是丧门星、白虎星。平日她最忌讳人家揭这个伤疤，没想到金彩凤今天讲得这样明白，不由气得浑身发抖。

雪飞，我没别的意思，我只是说就算有命运，也要自己掌握。如果你能把聪明用在香菇栽培、石斛栽培和养鸡上面，到时来的钱比算命、看相多多了。

朱雪飞还是不说话，金彩凤补了一句：雪飞，幸福不是算出来、说出来、等出来的，而是实实在在干出来的！把你的聪明用在正道上，很多问题都迎刃而解。

金大姐，你是讲我在害人吗？我算命、看相帮过人的！朱雪飞抹起了眼泪。

这时，石浩财不知从哪儿冒出来，边走边抖手里拎着的两条山鲶鱼和那串石鸡。何劲华追在他屁股后头连声说：浩财，你那石鸡给我看看。

石浩财瞄了眼正在哭泣的朱雪飞，不咸不淡地说：何馆长，你看石鸡，我可是想看美女，可现在美女哭成了丑女，污眼睛啊。说着他举起石鸡给何劲华和金彩凤看，朱雪飞趁机回了自家房间。

何馆长、金大姐，我这些东西拿到市场上卖，怎么也要收两三百块钱，但今夜有贵客，我这东西就免费提供了。

何劲华给石鸡拍了几张照片，智能识别软件显示这是棘胸蛙，他吃了一惊，说不得了，这是被列入国家陆生野生动物名录的保护动物棘胸蛙！说着他点开手机上的新闻念给石浩财听：某县村民夜晚戴着矿灯和网袋到山湾里抓了二十七只棘胸蛙，经县人民法院环境森林巡回法庭在村里开庭审理，罚了该村民两千块钱。

石浩财接过手机扫了几眼，一脸不服：自从盘古开天地，有哪个听过抓石鸡犯法？我们以前冇钱买肉，鸡要拿去卖钱，要不是会抓石鸡，会捉鱼虾，哪有肉食？这些记者和法官是饱汉不知饿汉饥呀。

浩财，今天晚上有鲶鱼吃就不错，把这些石鸡给放了！还有，以后不能抓蛇卖给餐馆，这是违法的！老鼠肉干你也不能吃，容易得病。

石浩财拍拍脑门：何馆长，你这是给我戴孙悟空的紧箍咒啊！那我以后吃什么肉，又拿什么换钱？

靠劳动和产业项目！何劲华伸手要拿那串棘胸蛙，石浩财闪身躲开，凑到他耳边小声道：何馆长，这里冇森林公安的人，等下剥掉蛙皮，放锅里一焖，天王老子也认不出它的本相！

见何劲华没有吭声，石浩财急了：何馆长，我是看你平日对我蛮照顾，我才把这些好不容易抓到的宝物贡献出来的！你不想要，我就留着卖钱。

何劲华动作迅捷地拿走了那串石鸡：好，你的心意我领了。

石浩财心花怒放：何馆长，做这道菜我最拿手，多放些葱姜蒜和辣椒，保险食得你寻尾巴。对了对了，这道菜一定要配白酒，今晚有酒喝吧？

有，限量！给你哥帮忙去。

何馆长，这些石鸡真的好难抓的。石浩财边走边回头，似乎意识到了什么。何劲华没做任何解释，快步走到围门外，把石鸡给放了。

何馆长，对不住，浩财又给你惹麻烦了吧？一直关注石浩财动静的石养财跟到围门外，不安地问道。

冇事，我跟他讲西天呢！说着，何劲华走到心花开那儿，只见苍天悠悠、山水相依，刚柔相济中显出春天特有的旖旎。

养财，琵琶围真是个好地方！

是啊，生活这么艰苦，大家还是不想走。前两年搬下山的时候，那些老人都跪在这儿哭，他们是故土难离呀。

何劲华看过琵琶围村民搬迁前老人跪在猴子崖上磕头痛哭的照片，让他想起当时正在读的费孝通《乡土中国》中的一句话：从土里长出过光荣的历史，自然也会受到土的束缚，现在很有些飞不上天的样子。琵琶围人非但飞不上天，还恨不得钻入土里。听石栋梁讲，那些老人下去时带了一坛子土走，到新地方后，只要头疼脑热，就用故土泡碗水喝，喝下去就好了。年龄最大的七巴公更有意思，不顾年老体迈，每天拄着拐杖从新居走五里路去看安置在另一个村里的老邻舍。下雨下雪不方便走动，见不到老邻舍了，七巴公准保头疼，晚辈跟他聊聊左邻右舍，他的病又好了。据石栋梁了解，有这种现象的老人还不少。何劲华和金彩凤上山前一周，七巴公趁儿子不在家，掏出体己钱，请几个搬运工上山运他的寿材下去，幸亏杨明及时发现并制止了。

何劲华由七巴公想到外婆和自己，觉得生活在琵琶围里的人就像长势茂盛的脚板薯，枝枝蔓蔓互相缠绕，虽非一荣俱荣、一损俱损，但有时也是折断枝梗连着茎。如今搬下山的人已经在新地方发蔸抽芽了，山上的人仍挣扎着吮吸故土的汁液，希望老树能发出新叶来。春风徐吹，山下的水汽夹杂着野花的芬芳扑上来，石养财突然感叹道：

水库没有蓄水以前，站在这里往下看，油菜花开时把地都染黄了。那时我们就把哑伯的蜜蜂送到山脚下的浮槎村去。浮槎村也有人养蜂，但他们听讲哑伯是孤老，要靠那几箱蜜蜂挣零花钱，就把最好的花田让出来。

看见那两只留在这里越冬的白鹭没有？浮槎村就在下面。石养财指着那块白鹭盘旋的水面说。何劲华的思绪有些邈远。石养财支吾了一会儿说：何馆长，我，我想申请退出贫困户。

何劲华吃了一惊：养财，脱贫的两不愁、三保障，你觉得自家都达到了吗？

石养财掰着指头算起来：吃不愁、穿不愁，这个没有上限，有钱我们多吃点，冇钱少吃一点，现今肚子是能吃饱的；穿不愁早就实现了，网上衣服那么便宜，质量又好，买一件能穿好几年，两不愁没问题；至于三保障嘛，现今国家的政策好，我和我奶享受了贫困户的医保政策，成金和成玉也享受到了贫困户的义务教育政策，每学期都有住读生的补助，住房嘛……

他扭头看了看身后的围屋：何馆长，你家老祖宗的房子当年建得结实，再住个一两百年不会倒。这不，三保障都有了。

何劲华顺着他的目光回望琵琶围，只见午后斜阳下，琵琶围披着层金黄的新衣，院坪上忙碌的人们脸上挂着笑意。烟囱口冒出的淡蓝色炊烟与和煦的春阳交织出温暖的色调，仿佛古画里的场景，既有独立尘外的古朴空灵，又有人间世的烟火气息。

何劲华出了会儿神，说养财，你想脱贫，这志气是好的，但你能不能脱贫，还得摆出你的收入来，按退出程序走。

石养财低头想了想：何馆长，我晓得当贫困户有政策的支持，有工作队和包村干部的帮扶，对我个人的发展有帮助，可我是党员，我想把这个贫困户指标让给更需要的人。

何劲华很是感动：养财，我在牛角村当了两年驻村书记，有些比你能干的人明明达到了脱贫标准还不肯脱贫，说是隔壁邻舍当贫困户有政策保障，包村干部上户的日子还有帮扶干部来做事，逢年过节干部会带着礼品上户慰问，像是多了一门富亲戚。他要是不当贫困户了，这门亲戚就没了，心里舍不得。这话听上去好像讲人情，其实是等靠要思想在作怪。像你这样自己没劳力还主动让出贫困户指标的，牛角村有一个于大哥，也是党员，现在在县里开了上杭于家早点店，你是第二个主动申请退出的，说心里话，我对你和于大哥充满了敬意。

石养财有些紧张地搓着手：那，那我明天就交退出申请！

何劲华点点头：好，我会跟村两委和杨书记他们说，听听大家的想法，再让村民对你进行评议。还有啊，这两天驻村工作队要交自强不息的贫困户典型材料，我看你可以当村里的典型。

石养财慌忙摇手：何馆长，就我这样还能当典型？不行不行！话音刚落，石浩财从围内走出，抢起斧头劈门口那堆朱雨飞做篾器留下的竹筒，发出砰砰砰的爆竹声。见何劲华望着自己，石浩财说这竹筒晒燥了，烧起来火旺，方便炒菜。

何劲华心里一动，说养财，你申请退出贫困户的事跟浩财说过吗？

石养财摇摇头：我要是跟他讲，他肯定会打岔起拗。浩财这几年不顺，筋骨没了，人摊在地上起不来，大家也看扁了他。有时我嫌他冇志气，可再怎样他还是我弟弟。你和扶贫工作队想帮他脱贫，他要是自己不肯走，你们扶他起来了，他还是会跌倒。

所以，你想带着他往前行几脚？

冇错，我怕他懒久了骨头会酥坏，到时就是用棍子顶住他，腰杆也难挺直。

石养财话音刚落，两个妇娘人撑着膝盖，气喘吁吁地挪进围内，嘶声大喊：朱雪飞，朱雪飞！

朱雪飞正蹲在井栏边洗菜，听见喊声，以为又有人来找自家算命。偏今天何劲华、杨明都在，心下一急，起身时将放在井栏上的吊桶碰落在井中，她也懒得捡，甩着手上的水珠，朝那一高一矮两个妇娘人跑去：我就是，请到我屋里坐。

朱雪飞脸上的笑容刚刚绽开，便被妇娘人的四颗白眼珠和锅底似的脸色吓得凝成了霜。

朱雪飞，你赔我们钱来！

高个妇娘人四十啷当岁，讲话声音又高又尖，宛如一把磁铁刀，把原本铁砂般散落在四边的何劲华、杨明、金彩凤等人全吸了过来。

朱雪飞不明不白地遭了这顿指责，两条淡眉立刻竖起，像风中的鸡毛掸子似的微颤着：咦，好奇怪，我们前生冇见过，今世冇碰过，我凭什么赔你钱？

矮个妇娘人年纪大些，性格也更沉稳，她说：朱雪飞，你给我婆婆算命，说她八十四岁生日前后要走，她前天生日，大前天起就不吃饭，说是吃饱了饭死后烂得快，怕肉身坏了见不到菩萨，怎么劝也不肯吃，我们只好送她去医院打吊针！

高个妇娘人气得脸发赤，指着朱雪飞的鼻子说：两天花了一千三百多块，不

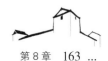

找你赔我们找哪个赔？

朱雪飞开头有些蒙，听那矮个妇娘人一讲，明白是怎么回事了。

半月前，她到琵琶镇街卖竹器，顺带到从琵琶围搬到镇上的朱八嫂家里坐一坐。朱雪飞看相算命略有名气，但她远在琵琶围，别人难得上山，有人想找朱雪飞了，便会请朱八嫂帮忙联络，一来二去的，朱八嫂家成了她替人看相算命的地下联络站。

那日，有个老婆婆找朱雪飞算命，老婆婆讲三个儿子儿媳不孝顺，让她住牛栏，女儿出嫁后难得归屋下看她。她近来生病，儿子儿媳也不管她，她活得难受，想算下流年，看看自己还能活几年。要是还能活很长，她想吊颈死，要是这两年能走，她就挨一挨。

朱雪飞从小到大很少哭，有人唤她石眼，但那天听了老婆婆的话，她流泪了。

她有意宽慰老婆婆，便装模作样地掐指算了一番，说婆婆，你命重三两六钱，儿女双全，福气团团，是难得的福星常伴的好命。

老婆婆唉声叹气地说既是好命，崽女怎么会冇良心？朱雪飞说儿女与父母相遇，有善缘也有恶缘。你跟现在的儿女上辈子曾经是冤家，因你后来帮过他们，他们这辈子投胎做你的儿女报答你。但前缘在那儿，你和儿女的缘分终究还是浅，你不要太难过。他们不敬老，晚辈有样学样，你今日的苦，会变成他们的老来苦，这叫一报还一报，不是不报，时候未到。

老婆婆相信因果，听她这样一说，心境宽了些，戚色略减。朱雪飞暗自松了口气，可接着婆婆问了个神仙难答的问题：妹啊，我的大限几时到啊？

大限即死期，朱雪飞一听，险些从椅子上溜下来，这事除了阎罗王谁能说准？还好她以前从尼庵的师太那儿得了一本打印的"批命空亡口诀"，她其实不太懂，可为了挣钱，倒也背得滚瓜烂熟，于是闭上眼睛掐指算了会儿，这才摇头晃脑地说：

婆啊，从您的日柱来看，您八十四会遇空亡呐。

老婆婆没文化，只能从字义上理解空亡的字义。一听自家八十四要遇空亡，她以为要死了，苍老的脸上倏地绽浮出舒心的微笑：八十四遇空亡，日子就快到了，好！好！

老婆婆连声称好，足见晚景凄凉。朱雪飞对什么是"空亡"并不太了解，也懒得解释，只一个劲地宽慰老婆婆：婆，生死由命，富贵在天。我的话作不得数，你莫放心上，高高兴兴地活，兴许能长命百岁呐！

朱雪飞这样劝慰老婆婆，老婆婆要给她十个鸡蛋做报酬，朱雪飞不但没收，还买了两袋旺旺大礼包送给老婆婆。没想到老婆婆回家后，竟在生日头天把仅有的两只母鸡、三只鸭子给了平日照顾她的邻居，又把藏在樟木箱里的一枚陪嫁的金戒指给了小女儿，然后换上早就备好的寿衣寿裤，躺在床上等死，不料两日不吃不喝，人也没死，三个儿子和儿媳晓得她卧床不起，却不闻不问，邻舍看不过去，打电话叫来老婆婆的小女儿，就是眼面前这个高个子妇娘人，她到三个哥哥门口轮番骂了遍，他们才把奄奄一息的老婆婆送到医院救治。老人醒转后，得知花了一千多块，便开口问邻居讨那几只鸡鸭，谁知邻居已把鸡鸭卖了，钱也用了，再吐出来便有些难，老婆婆让女儿去要，在女儿的追问下，老婆婆说出了找朱雪飞算命的事。

矮个儿妇娘人是老婆婆的大儿媳，平日对婆婆最是刻薄，现时她来琵琶围的目的是要朱雪飞赔住院费！

你的鬼话差点害死了我家婆，让你赔五千块还算照顾，高个子妇娘说。

矮个子妇娘嘴一撇：外加一万块的名声赔偿费！你那番鬼话，害得我们成了全村的笑话，口水都快把我们淹死了！

这时朱雨飞从屋里跑了出来，听见这两人的说辞后，用眼瞭了瞭表情严肃的杨明、何劲华和金彩凤，想帮腔又不敢吭声，心中暗暗庆幸石栋梁、石钟去采蘑菇了，如若他俩在，只怕事情会闹大。那两个妇娘人也意识到气氛不对，突然都住口不说了，琵琶围内安静得只闻鸡鸭的叫声和渐起的林涛。

朱雪飞这时却悠悠地说道：你们两个讲完了吗？

高、矮两个妇娘人互相瞅了瞅，没有说话。

朱雪飞点点头：好，现在我来讲讲。杨书记，何馆长，金大姐，半个月前，我去琵琶镇赴圩，到朱八嫂家食昼，碰到个下张村的老婆婆，婆婆讲她有三个崽一个女，三个崽在村里都做了新屋，大崽、二崽在镇上还有商品房，日子好过却有良心，还让八十四岁的娭姥住牛栏。老婆婆想死，我就跟她讲，她命重，只要儿女孝顺，可以活一百岁。要是儿女不敬老，按她的命相，八十四会遇空亡。我也有收她的钱，还给她买了两袋旺旺大礼包，你们要是不信，可以去问朱八嫂。

朱雪飞的态度不卑不亢，既承认了自己为老婆婆看相算命的事，又点明了原因，而这原因像一捧水，能洗刷掉她身上的部分污点。

杨明摇头小声对何劲华说：她这人最刁了，前几次我当面抓到她跟人算命，别人送的鸡嬷还提在手上呢，转身就不认账，你得盯紧她。

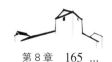

何劲华虽然觉得朱雪飞给人算命不对，但通过朱雪飞今天的反应与表现，他却看到了一个乡间女子的机敏与智慧，因为她很成功地将众人的注意力转移到了老婆婆的女儿和儿媳身上：

你们让老人家住牛栏？太过分了吧？

面对众人的质问，高个子妇娘人看着矮个子妇娘人说：大嫂，我讲了吧，你跟我大哥、二哥、三哥这样做肯定要惹骂，你们还怪我这个做女儿的多管闲事。

矮个子妇娘人急了，说要怪只能怪老三的妇娘不懂事。姑嫂两个当即唇枪舌剑地干起架来，众人这才听出了门道：老婆婆把老屋宅基地让给老三做房子，老大、老二意见很大，不乐意赡养老人，老人这几年一直跟老三住。去年老三到外头打工去了，老三妇娘带着崽女守家，提出三个儿子每家赡养家婆四个月。年后她认为老人该到老大或老二家去住，便把老人送到了老大家门口，回家还换了门锁。谁知老大和老二的妇娘都不让家婆进门，老婆婆无家可归。女儿有心想管，自家老公又有意见，再说按照习俗，老人若是随嫁出去的女儿住，家中的男丁便会遭人耻笑，四兄妹这一推诿扯皮，老人家就只有住牛栏了。

杨书记，这件事你得跟下张村的驻村书记反映，让他们出面解决。

何劲华是个孝子，最看不得别人虐待老人，但现实却让他无语。在当今农村，仍有部分人因各种原因当了不肖子孙。看着那些晚景凄凉的老人，何劲华觉得孝老爱亲应列为乡风文明建设的重中之重，现在政府也的确在这样倡导和推行，问题是赡养老人这事太具体，政府无法一竿子插到底，只能靠村干部的引导和乡规民约的约束、当事人的觉悟与认识。

何馆长，下张村的驻村第一书记马书记肯定晓得这件事，只是解决起来有些棘手。

说罢杨明开始给马书记打电话。马书记说为老人住牛棚这件事，他们多次上门做老人崽女的工作，可收效甚微。前些日子，老人听信朱雪飞的话，在家等死，听着荒唐，细品凄凉，有人抱不平，为老人的事发了朋友圈，还引起了媒体的关注，驻村工作队和村两委会督促老人的崽女尽快解决问题。

老婆婆的女儿、儿媳妇受到众人的质问、指责后，脸红耳赤地跑了。羞得满脸通红的朱雪飞借口头痛，躲进房间不肯出来。金彩凤要跟过去劝解，何劲华拉住了她，说朱雪飞现在满脑袋疙瘩，让她冷静冷静，她会慢慢想明白的。

第 *9* 章

春天来了喜事多又多，
百花开后稻穗抽呀抽。
笛子吹出杨呀杨柳风，
漫山遍野绿呀绿油油。

——摘自何劲华创作的峙城灯彩调《太平锣鼓》

下午三点多钟，邱小楠、农信社的陈主任陪着一瘦一胖两位老者来到了围屋门口，早就候在那儿的众人拥上前去，热情地和他们握手寒暄。

陈主任指着那位体格消瘦、头发花白、穿着蓝色运动上衣、黑色休闲裤，戴着眼镜的老者说：这位是上海峰峦集团公司的赵峰董事长。

赵峰双手合十地向大家鞠了一躬：我们是到这儿来看救命恩人、再生父母的，遇见的都是有缘人，感谢大家。

各位乡亲，我叫薛丁山，跟单田芳评书《隋唐演义》中薛仁贵的儿子薛丁山同名。

不等陈主任介绍，站在赵峰旁边那个高大黑壮、穿着一身迷彩服、剃着寸头、颇有军人气质的老者主动向大家作了自我介绍，一边热情地发着名片。

赵董、薛总，里面请。

在场之人邱小楠官最大，她发了话，众人才拥着赵峰和薛丁山往围里走。院坪上那些错落有致的农具、兰花让赵峰和薛丁山备感亲切。当发白如雪的橘子婆和满脸沟壑、脊背佝偻的哑伯迎面走来时，两人推金山、倒玉柱地拜倒在地。

橘子婆近事有些糊涂，远事却记得清晰。他俩还没报名号，她已认出了这两个多年未见、体貌已有变化的后生。

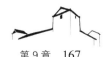

小赵、小薛，男儿膝下有黄金，你们起来！

赵峰和薛丁山不约而同地磕了三个响头，在场的人无不动容。哑伯口里嗬嗬着，一手一个把他俩拉起来，赵峰和薛丁山从包里取出给老人买的衣服、食品和给石成金、石成玉兄妹的书包、文具，老人不肯接受，当他俩掏出二十万块现金放在桌上，说是给两位老人的生活费时，橘子婆满是皱褶的嘴唇和话音颤抖着：

小赵、小薛，千万使不得！古话讲挣钱针挑铁，你们挣钱很辛苦，这钱你们留着。我和老白匣吃穿不愁，房子有得住，生病有报销，再说我们都土埋颈脖了，钱冇作用了。

哑伯也很激动，嘴里呜里哇啦地叫着，一边拿起钞票往赵峰和薛丁山怀里塞。

何劲华看着两位老人，双目微润：他俩都很缺钱，但面对这辈子从没见过的巨款却毫不心动，这种质朴与自尊令在场的人肃然起敬。赵峰、薛丁山转身把钱交给邱小楠，说这是他俩捐给两位老人的生活费，希望乡里代为保管。邱小楠说公家没法子帮他们私人保管，不肯接。

赵峰说那请你爸爸保管，邱小楠摇头说那更不合适，赵峰只好将目光投向了何劲华：

何馆长，你是荷英婆的外孙，现在又在琵琶围，这钱你保管最合适。荷英婆的十万你拿着。

赵峰说罢，薛丁山又从包里掏出一捆钞票塞给何劲华。

赵董，薛总，我外婆过世多年，这钱我不能收。何劲华连忙往外推，仿佛那是烫手的山芋。

赵峰有些伤感地说：我们俗务缠身，来得太晚了，没能见上荷英婆一面，真的好遗憾。

薛丁山说那年我们到琵琶围时，荷英婆说他的女婿和亲家公每年要做好多灯彩给小孩子，她自己也很喜欢看灯彩，但是那时吃饭都没钱，哪来的钱做灯彩呢？当时她说要是有钱了，她要做好多灯彩，还要把灯彩放到天上去，是孔明灯吧？

薛丁山的回忆把众人带入了那个物质贫乏的年代，气氛沉静下来，赵峰双手合十地向何劲华微微点了下头：何馆长，路上邱镇长介绍了你的情况，说你是省里有名的灯彩艺术家，麻烦你用这笔钱为荷英婆制作一批灯彩。

赵董，薛总，谢谢你们惦记，我每年都会给我外婆制作几盏灯彩。

何劲华转身看着薛丁山：薛总刚才说我外婆希望灯彩能放到天上去，她说的不是孔明灯，而是琵琶围人的希望。

邱小楠接口说：我们这儿把想过好日子说成想上天。

赵峰拍着额头恍然大悟地说：对，对，那时候我想回城，村里的老表就说我想上天呢。

薛丁山击掌叹道：浪漫！峙城人浪漫啊。

何劲华说薛总，我不是扫您的兴，峙城人不浪漫，他们就像长在土里的红薯，一直趴在地上，以前好日子伸手够不着，他们才把过好日子看成上天那么难。没想到现在的政策给大家带来了翅膀，只要攒点劲，都能飞上天了。

何劲华做了个请的动作，领着他们去参观菇房，边走边说琵琶围的贫困户打算成立香菇种植合作社，可缺少启动资金，这十万块钱我想作为你们的股本放在合作社，您二位看这样行不行？

赵峰和薛丁山用上海话商量了一阵，说那是给荷英婆的钱，就按我们说的去做，接着又问何劲华山上有多少贫困户。

九户。

不对，是十二户！十二户！跟在身后的许秀珍抢着回答。

三嫂讲错了，围里只有九户贫困户。朱雨飞纠正道，气得许秀珍踩了她一脚：你个蛊嬷，我们多要点钱不好啊。

邱镇长，何馆长，彩凤妹子，各位老表，琵琶围是我跟老薛的再生之地，几位老人是我们的再生父母，这次能见到他们，我们都很高兴。早些年我们也曾经想回来，可当时我们没能力，总不能赤手空拳回来报答乡亲们的救命之恩吧？就总想着等我们有能力了再回来，后来在商界打拼，被生意带着走，那感觉就像上了滚动的烈火战车，根本停不下来。等我们终于有能力、有时间报恩了，有的恩人却不在了！

薛丁山说话抑扬顿挫、感情充沛、极富感染力。讲到这儿，他有些哽咽。赵峰比他冷静、克制多了：

老薛说得有一定道理，其实根子还在我们身上，挤一挤时间还是有的，是我们自己没有上紧，对不住大家了。

邱小楠见他有些自责，忙宽慰道：赵董可不能这么说，您和薛总虽然没回来，可你们一直在用行动支持峙城的发展，这些年峰峦集团给峙城县和琵琶镇的助学基金就有一百多万，帮助了很多寒门学子，功德无量啊！

赵峰取下眼镜擦着，眼里闪动着泪花：古人讲，大恩如仇，非报不可。这话说出了我们的心声。这些年只要想到我们还没有报答琵琶围乡亲的救命之恩，我

们心里就沉甸甸的。什么叫恩重如山？这就是恩重如山！因为恩情是有重量和压力的！橘子婆和哑伯每人十万块的生活费不变，请村里或扶贫工作队帮他们管理使用，荷英婆的十万交给何馆长处理，另外我们无偿支持琵琶围合作社五万元启动资金！

众人热烈的掌声惊得头顶那两行白鹭快速地飞过，何劲华的目光跟着鹭鸟落到了天边那朵薄薄的云彩上。也许是心有所感，云朵的形状居然颇似记忆中外婆的笑脸……

这天下午，琵琶围很热闹。坪中的木架上晒满了一排排圆形烫皮，这是客家独有的米制品粉皮丝的前期形态，它和酿豆腐一样融合了客家先民的思乡念祖之情。此刻它们躺在谷笪上，看上去就像落入凡间的月亮。

木架旁边，朱雪飞、谢玉琴、赖秋香围着案板合力做客家米粄。粄又叫米果，在客家人的饮食中占有极其重要的地位。客家人生孩子、做生日、庆新居、过年节一般都会做粄。做粄和烫粉皮一样需要帮手，女人们通过集体劳动可以加强沟通，了解邻里动态、密切关系。从某种角度来说，做粄是一种社交活动。农家邻里关系的好坏，有时只要烫次粉皮丝、做回米粄就能看出。

做粄工序复杂，先用草木灰水浸泡大米，磨成浆后文火慢熬，这时女主人必须不断地搅动粄浆，否则会起锅巴。等粄浆凝成固体后起锅，然后揉搓均匀，加工成形后再蒸、煎、炸。工序繁多，技术含量高，是典型的"功夫活计"。

为了让赵峰和薛丁山尽可能多吃几种粄，琵琶围的妇娘人这次分工协作，做了菜粄、芋粄、番薯粄、酿粄、蒸粄、煎粄，要让他俩吃个够。

本来有些病快快的橘子婆，浑身是劲地在灶间用大锅和松柴做赵峰和薛丁山点名要吃的红薯丝捞饭，旁边那尊红泥小火炉上，铝锅里炖着的酿豆腐、蛋饺、萝卜鸭块汤咕嘟作响；杨淑英做的三杯鸡、小炒鱼香味扑鼻，朱雨飞做的酸萝卜炒鸡杂、四星望月勾得人馋虫飞动；许秀珍烧的豆角干焖粉皮独具特色；石浩财的山鲶和泥鳅被朱雨飞烹得味重汤浓，跟她性格一样奔放。

这些情意满满、充满特色的土菜，激活了赵峰和薛丁山的味蕾，也唤起了他俩的回忆。他们说下放在锅底村时半年没吃肉，有一次他俩偷了陈主任父亲陈支书养的鸭子，在山坳里烤着吃了，陈支书知道后非但没怪他们，反而又杀了一只鸭子请他们到家中用餐。

最让赵峰和薛丁山感叹的是橘子婆煮的红薯丝捞饭，饭粒洁白透明，仿佛不甘消融的雪籽，初进嘴时有些夹生，可咬碎后却化成了清甜的浆汁，间杂其中的红薯丝泛着宜人的淡黄和金红。它们长长短短地混杂在饭粒中，如同雪地上旧年的稻草茬。

赵峰和薛丁山看着热气腾腾的红薯丝饭，想起过往的艰难，眼圈红了。赵峰抹着眼泪说：

那天我和丁山半夜到了琵琶围，天上飘着雪花，呵出的气把眼睫毛冻成了冰排刷，手脚僵硬得嘎吱嘎吱响。我们当时因回不了上海而绝望，一心求死，但少年的浪漫让我们做出个决定，一定要看到琵琶围的日出再去死！

赵峰的话好像块巨大的海绵，吸走了现场所有的声音。静谧中，何劲华听见了赵峰的哽咽。善解人意的金彩凤立即递给他几张纸巾，赵峰揩着眼泪泣不成声。薛丁山接着说：

我们半夜上山时淋了雨，浑身透湿，头发和衣服上结着冰，山上风很大，冷得我们浑身筛糠。我们决定早点死了拉倒。就在我们手牵手站在悬崖边时，哑伯、橘子婆、荷英婆把我俩拉进了围里，给我们烤火换衣。荷英婆和橘子婆给我们端来火盆，做客家米粄，煮红薯丝捞饭慰劳我们。他们怕我们再寻短见，放弃上山捡菌，守了我们两日两夜。第三日，为了给我们宽心，哑伯带我们上山捡香菇，夜晚领着我们去抓山鸡。当时下了雪，手电光一照，那些落在树上和灌木丛中的山鸡就像呆子，好抓得很。

赵峰抢过薛丁山的话头说：

围里的乡亲们轮番劝我们想开些，说只要活着，就还有机会回家，你们要是这么年纪轻轻就走了，家里的父母怎么活？直到我们保证不再寻死，哑伯和石铁锄队长才挑着那担吃食，把我们送回了锅底村。

石铁锄队长还跟陈支书打招呼，要乡亲们多关照我们，1975 年琵琶镇有两个工农兵大学生的指标，一个给了我，一个给了邱小楠镇长的父亲邱礼泉。

薛丁山起身朝邱小楠拱了拱手：不好意思，当我听说赵峰表哥要走，而我必须留在琵琶镇时，我都快疯了，我跑去找邱礼泉，问他能否把这个指标让给我。没想到你爸真的夫找了公社领导，把指标让给了我。他是我的恩人哪！

薛总，我爸说您对他有救命之恩，他让个上大学的指标不算什么。

见大家望着自己，邱小楠说 1971 年夏天，我爸同薛总上山砍柴时受了伤，血流不止，是薛总撕下衣袖帮我爸包扎，背着他去了医院，不然我爸早没了。

邱小楠向薛丁山鞠了一躬，在众人热烈的掌声中，薛丁山老泪纵横。赵峰继

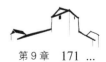

续讲述他们的故事：

这样我和丁山才同一年离开了峙城，我去西安上学，丁山在上海读书。大学毕业后我分在陕西一个地级市，我对那份工作不满意，跑回上海当了个体户，丁山分在崇明岛教书，他也不想干，我们便俩合伙开了家餐馆，那时候我们店里还卖过峙城的鸡公炒饭呢。

赵峰沉浸在回忆中，薛丁山的叙述更加直接：

我们的餐馆开了两年多就倒闭了，后来我俩又合伙做了很多生意，有挣有赔，再后来浦东开发，我们先是当了包工头，挣钱以后成立了建筑公司，接着就搞了房产置业公司，前两年上市了。说老实话，我们创业过程中受过很多挫折，每次干不下去时，我就会想起琵琶围的乡亲们对我们的鼓励。我们早就想回峙城了，可挣钱的路没个尽头，一拖拖到了现在。

薛丁山说到这儿抽了抽鼻子，声音变得嘶哑：都怪我们来晚了，没见着荷英婆。

赵峰和薛丁山用上海话交谈了几句，决定明朝看完日出后下山祭扫荷英婆，再请石栋梁安排到琵琶围村的六个搬迁安置点看看，他们给每户村民都准备了小礼物。旁边的许秀珍、朱雪飞见自己没捞到什么油水，两人变脸作色地窃窃私语，表达着自己的不满。她俩自以为做得不露痕迹，其实明眼人一看就知怎么回事。赵峰和薛丁山阅人无数，岂有不明白之理？

薛丁山探手从背包里取出一大摞现钞，说除了三位老人外，琵琶围村民小组的贫困户每户给一万，一共九万。朱雪飞喜笑颜开，许秀珍当即叫唤起来：

赵董，薛总，我两口子有病，崽俚失踪，四个女儿不孝，这可恨的崽俚要是分了家，我们也是两户啊，我们家能不能按两户算？

这话让在场的邱小楠、石栋梁、何劲华等人大为尴尬，赵峰和薛丁山倒是爽快，说你家就按两户算。石拐上前说我妇娘最近想崽想癫了，她说话不作数，我们家就是一户！

死佬鬼，你打乱哇！各位领导，两位老总，我们家实在困难哪，请你们多关照！

许秀珍眼看到手的一万块钱要飞，不由气急败坏。平日里唯唯诺诺、不哼不哈的石拐突然扬手打了她一掌：我打死你个不要脸的！

哎呀，杀人啦！许秀珍扑过去，两口子打成一团。

石栋梁大吼一声：你们要打回家打去！说着，他和石钟拉着许秀珍两公婆就要走。杨明觉得丢了面子，小声埋怨何劲华和金彩凤没做好工作。

邱小楠说事发突然，不怪何馆长和金大姐，要怪就怪镇里没做好工作，没有让村民早日脱贫。

赵峰和薛丁山过意不去，说秀珍家有实际困难，多给一份没问题。石养财说赵董、薛总，你还是按九户人家算。

他话没说完，何劲华已明白他的意思，果不其然，石养财接着说：我刚才已经跟何馆长提出申请退出贫困户。赵董、薛总给我的这份就让给三嫂。

养财，你没达标怎么能退呢？杨明有些着急。

石养财平日怕说话，这会儿倒有了底气，他说我是这里的村民小组长，是唯一的党员，我不想占这个指标。

邱小楠赞许地点点头：养财有这份志气，精神可嘉！

杨明眨眨眼睛，恍然大悟地转口夸石养财觉悟高。

他不止觉悟高，本领也高。别人要吃饭喝酒，他只要餐风饮露就行了！

石浩财不满哥哥推掉这一万块钱，再说赵峰和薛丁山的慷慨反衬出了他的失败，他板着脸走了。原本还在哭泣的许秀珍听闻石养财的话后喜笑颜开，可这笑容还没绽开，就被石拐的话彻底打蔫：

各位领导，我石拐穷是穷，但也没有穷到那个地步，我们只拿一家的钱，多的我们不能要，多谢了。

石拐说罢狠狠地瞪着许秀珍，许秀珍被老公的眼神镇住，撇了两下嘴，不敢再吭声。

喂，劲华，你说大家今天是不是都醉了呀？

从赵峰、薛丁山捐款、发钱，到许秀珍开口要钱，再到石养财突然提出要退出贫困户，金彩凤有些目不暇接。

你以前演戏，那叫模拟人生，这才是真正的人生大舞台。何劲华小声道。

这时，薛丁山开始给大家发钱。朱雪飞第一个上前领取，许秀珍紧跟其后，谢玉琴被父母推着跟在刘大有身后。汪经伦、杨淑英夫妇以往仗着家境好，一贯在围里唱高调，今天看到贫困户有钱领，他家没钱领，夫妻俩不得劲，借口风大，回屋休息去了。

哎呀，他们事先没说要给现钱啊！

邱小楠有些着急。最近县里根据之前社会扶贫时帮扶单位直接给贫困户现金，贫困户拿了钱转手花掉，错失产业发展良机，接着再次陷入贫困的经验教训

出台了相关规定，要求社会扶贫款不能以现金方式发给贫困户，而是要用于发展产业项目，以此激发贫困户的内生动力，让他们通过实实在在的劳动脱贫致富，树立自信。邱小楠和杨明没想到赵峰和薛丁山今天会有此举，这会儿钱已放在朱雪飞手里，碍于面子，他们不好直说。

何劲华可不管这些，上前抽出朱雪飞手里的两捆现金，不由分说地塞还给了薛丁山：赵董、薛总，不好意思，我忘了跟您二位汇报，县里有文件规定，社会扶贫款不能直接发给贫困户，而是要用于他们的产业发展。刚才也给二位介绍了，我们村小组想种香菇、石斛、黄豆和养林地鸡，这些钱麻烦您二位填张捐赠表，捐赠的用途是帮贫困户购买香菇菌棒和鸡苗。

赵峰和薛丁山说一切按照县里的规定办。

朱雪飞歪扭着脸说何馆长，谁爱种香菇谁种去，我只想要现钱！

何馆长，我家也急着用钱呢。哎，大有，玉琴，你们呢？许秀珍立刻帮腔，同时示意刘、谢两家加入。刘大有点了点头，谢玉琴拧着衣角说她听凭村里安排，被站在身后的父母扯住了衣袖：

要钱！我们家要钱。

谢玉琴埋着头不理着急的父母。

何馆长，我——

朱雪飞还想跟何劲华理论，朱雨飞觉得大姐这表现太丢人，用劲扯着她往外走，口里道：邱镇长，何馆长，你们按县里的文件办。

你放手呀！哎哟，你敢拧我？

朱雪飞喊了一声，朱雨飞不知说了几句什么话，朱雪飞突然安静下来，院坪上的气氛跟着变得沉闷，为了化解尴尬，何劲华忙带众人去看扦插的石斛，说再过几月便可移种在崖壁和树上。

薛丁山两眼放光地说：这种仿野生石斛吸天地之精华，成品品质与野生相差无几，是上好的滋补品。

三年后只要我还在，我一定成为你们的顾客！

赵峰注重养生，而且非常细心。刚才他听何劲华说贫困户要种黄豆，便说峰峦集团的食堂每天有两百多人吃饭，豆制品的需求很大，他可以消化贫困户生产的黄豆。何劲华和金彩凤交换了下眼色，有种瞌睡碰到枕头的意外惊喜。

邱小楠一听有这等好事，马上开始介绍起琵琶围行政村六个安置村小组的一村一品产业来，什么白莲、灰鹅、麻鸭、稻花鱼、黄桃、脐橙、烟叶、蚕桑，总之每个村小组都在打造独特的产业。赵峰和薛丁山很感兴趣，说上海人注重养生，他们公司近期准备拓展旅游和有机农产品的新业务。

赵董，薛总，琵琶围是你们的老根据地，明年高铁通了以后，我们这到上海也方便。要么二位多留两天，我带你们去考察考察？

这两天何劲华才晓得邱小楠的父亲邱礼泉是县招商局的退休人员，业务能力很强，他退休以后还在发挥余热，为峙城引进了好几个项目，这次他将上海峰峦集团的掌门人请到峙城，除了帮助二位叙旧之外，也想跟他们合作。

好的，除了琵琶围村的六个安置村小组，我们再找几个有特点的地方走走。

赵峰爽快地答应了，邱小楠那双深邃的毛桃子眼笑成了一对美丽的弯月牙。

老赵，你快看，那夕阳好壮观哪！

精力旺盛的薛丁山突然指着山巅间的落日大喊。赵峰兴致勃勃地招呼大家到猴子崖看落日。何劲华抓紧机会给李香树打电话，向他汇报赵峰和薛丁山今天下午的慷慨之举。

李馆长，我和金彩凤还没有发动攻势，他们就主动捐款了，我们正愁没钱发展产业呢，没想到他们主动雪中送炭来。

劲华，有件事我也刚刚晓得，他们俩是钱书记邀请回来的！

何劲华吃惊地说不是邱小楠的爸爸请的吗？

邱礼泉是代表钱书记去请他们的！单凭邱礼泉，他还没这么大的面子！

何劲华说不会吧？我看赵董和薛总特别重感情。他们俩下放在锅底村时就住在邱礼泉家。

唉，反正这个我们也不管了，我只是听说钱书记出了面。讲到这里呀，劲华，我们真的要好好向钱书记学习。钱书记为了峙城的发展，跑北京、跑省城、跑市区，把自己和家人所有的社会关系都用上了。他是在用自己的资源为公家办事呐！我最敬佩这种全心全意扑在工作上的领导了。

情商极高的李香树很少当面奉承领导，有时甚至还会顶撞两句，但转身就在各种场合表扬领导，这种口口相传的表扬比当面表扬更令人信服，同时还能彰显他的品格。在这点上他把握得恰到好处。

劲华，琵琶围的钱他们能给就给，不给你也别问了。后天钱书记会请赵峰和薛丁山吃饭，要跟他们谈合作。千万不要因为我们的小打小闹搅了钱书记的计划。

跟李香树共事多年，何劲华发现他挺愿意教导自己的，特别在处理领导关系方面，李香树时不时会敲打他几下，免得他感性。

明白，我们一定以县里的大局为重。

劲华，你真是一点就通。再告诉你一个好消息，钱书记这次从省里跑来了三百多万产业发展专项资金，按之前的项目申请，琵琶镇能得五十万，钱书记特地交代了镇里的黄书记，让他务必拨十万块给琵琶围村小组发展香菇种植和林地鸡养殖。

太好了！多谢李馆长！

虽然十万块钱不多，如果项目选得准，这笔钱就能成为火引，点燃燎原之火。

何劲华的欢喜劲刚上来，李香树的声音忽然低沉了些：劲华，还有件事想跟你商量一下，省委宣传部和省文旅厅要联合搞文化强省的展演活动，我们峙城灯彩不能缺席，你和彩凤都不在，我跟戴局长和江局长汇报了，准备让谢春接手你那块的事。放心啦，她只是暂时接手，你一回来就权归原主。

大约是怕何劲华有意见，李香树说话时有些斟酌的意味。其实何劲华已经知道最近谢春在接手自己的业务，他觉得单位里一个萝卜一个坑，自己不在工作必须有人接手，这是顺理成章的事，他也没有多想，说你定了就行了。正好金彩凤扯着嗓子在喊他，忙挂了电话，赶到猴子崖上和大家合影。这一打岔，竟把赵峰和薛丁山给他外婆十万块钱的事忘到了九霄云外。

何劲华来到猴子崖上的心花开时，红日将落，众人拍了几张合照，赵峰和薛丁山的目光越过众多小岛和在残霞中显得黝黑的湖面，看见了大山深处闽、粤两省的村落和琵琶镇的星点灯火。

赵峰伸手试了试山风，感慨地道：那时锅底村的刘婆婆晓得好多农时谚语，明天是春分，这刮的是南风，用老婆婆的话来讲，春分南风，先雨后旱。

何劲华翻看着手机上的日历：赵董记忆力真好，明天凌晨零点十五分是春分呢！

薛丁山说春分祭日，秋分祭月，往年锅底村的老婆婆这时候是要做春酒的，琵琶围有做春酒的习俗吗？

旁边的朱雨飞、谢玉琴和刘大有的妻子连连点头：有，有！我们明朝一早蒸糯米饭，做水酒。

赵峰是个天文爱好者，掏出望远镜看了看天空，说猴子崖是个赏月的好景点，今年7月28号会有月全食，到时候你们可以组织一个活动。

一旁的石浩财兴奋地说今年1月2号，县摄影协会主持人到这儿来拍超级月亮，他那五斤山鲶鱼卖出了高价。

何劲华灵机一动，说以后我们把这里开发出来，让清风明月、草木湖水变成经济效益。

虽然这话有些飘缈，但琵琶围的众人听了，却兴奋不已。

许是回到重生之地心情太过激动，当夜赵峰、薛丁山建议大家在院坪上围炉夜话。三月下旬的琵琶围晚间躺在床上要盖厚棉被，九点刚过，空中便浮起团团雾气。山风逐渐变得凛冽，时急时缓的林涛随着山风漫上来，火吊里的松明子光焰摇曳如旗。大约是环境触发了薛丁山的诗兴，他突然仰首朗诵起毛主席的诗词来：

山，快马加鞭未下鞍。惊回首，离天三尺三！

赵峰接着朗诵：

山，倒海翻江卷巨澜。奔腾急，万马战犹酣。

他们的思绪回到了插队时的青春岁月，话题由此散漫开去，其中间杂着赵峰、薛丁山和陈主任父亲、邱小楠父亲的轶事，越谈越热烈。何劲华怕他们冷着，带着石钟、石养财用绳子、竹竿把晒谷筐固定成半圆形的屏风，又拿来棉被给大家披上。懒得出名的石浩财居然主动熬了锅红糖姜汤，朱雪飞给每人倒上一碗，小勇和花花玩累了，这会儿坐在火盆边打盹。赵峰和薛丁山将哑伯和橘子婆送回房间，又去看了谢玉琴卧床不起的奶奶，给了老人家一个红包，这才返回坪中，喝着甜滋滋的姜汤，烤着朱雨飞、谢玉琴铲来的火笼、火盆，继续谈天说地。金彩凤在火盆灰里煨上了红薯和芋头，没多久空气中便散逸出温暖诱人的香味。木炭时不时爆出火星，发出轻微的毕剥声，众人被这种氛围感染，不知不觉开始掏心窝子。

正听得起劲时，朱雨飞急匆匆赶来，招手让何劲华过去。

怎么啦，雨飞？看她满脸焦急的样子，何劲华不知出了什么事。

橘子婆嫌刚才三嫂问客人要钱，现在要拿鞭子打她呢！

何劲华小时候听母亲说过，琵琶围姓氏杂，村民闹了纠纷，若村干部调解不开，众人便会找长者来评判。琵琶围的长者有一根执行家法用的竹鞭，谁若做错了事，长者用此鞭击打，被打者不敢叫屈。这根竹鞭以前放在哑伯手中，因他脾气暴躁，爱用鞭子教训人，不少人到橘子婆跟前告状，橘子婆就把鞭子收到了自己手中。

橘子婆心软，此前她只用这根鞭子打过三次石浩财：第一次是他打了桂花；第二次是他拿了生财的钱去还债，闹得谢玉琴和生财分手；第三次是去年夏天，

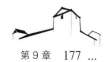

她气浩财懒得脱骨，骂他不成人样。今夜是橘子婆第四次用鞭子打人。

许秀珍那么狠抗，肯让她打？何劲华觉得有些不可思议，边走边问。

何馆长，要是换了别人，三嫂肯定要跟人拼命，可橘子婆打她，她连大气都不敢透。你晓得吧，石景山五岁时被青竹蛇咬了，许秀珍只晓得哭，是橘子婆用嘴巴把石景山的蛇毒给吸出来的。石景山活了，橘子婆可是昏迷了三天三夜才醒转。

原来有这层渊源呢！何劲华恍然大悟。这时，橘子婆的声音随风飘来：

秀珍，你既是我石家的媳妇，我今天就要用这鞭子敲牢你的记性。我要让你记住，我们宁肯吃青菜，也不沾人的肉盘边，更不能开口讨要！

何劲华和朱雨飞站在门外，看见许秀珍背门站着，橘子婆边说边用竹鞭敲她的肩膀。

婆，我今天猪油蒙了心，讲了错话。我明天就去跟何馆长讲，我不要养财这一万块钱了。

许秀珍话音刚落，橘子婆又在她肩上轻轻敲了一下：

养财和浩财都不该得人的钱！红军讲了，干部不拿群众一针一线，群众也不能占公家和别人的便宜！

唉哟，我的老祖宗哎，你这时跟我讲红军，他们骨头都打鼓了！许秀珍哭笑不得。

橘子婆收了竹鞭，语重心长地说：秀珍，红军是不在了，可红军当年的规矩还管用。

许秀珍怕橘子婆越绕越远，忙说婆，我晓得，我们还要讲红军的纪律。

橘子婆满意地点点头：记住了就好。秀珍，你和石拐还年轻，只要肯下力气，筷子都能长出竹叶来。今后你一定要做到人穷志不短，马瘦骨头翘！

婆，我记住了。许秀珍表完态，到底还是抑制不住心中的委屈：婆，你不能光教我不教浩财呀。

这话戳到了橘子婆的痛处，她叹口气，把竹鞭扔在地上说：我是土埋到耳朵的人了，只有眼睛还醒着，后生做错了事，但凡我看见的，能讲的我都讲了，改不改是你们的事。浩财这样子下去，我死了都不要他磕头。

许秀珍听到这话，有些过意不去，忙安慰橘子婆说我就是带一嘴呢，我和浩财都改。婆，你别生气了，开开心心活到二百岁。

这个许秀珍嘴上挑东挑西，人倒还不坏。何劲华心里这样想着，怕她等下出来看见自己和朱雨飞尴尬，便和朱雨飞回到了火盆边。

这时谢玉琴和她父母、刘大有夫妻、汪经伦夫妇都已回家歇息，赵峰、薛丁山仍在讲他们离开琵琶围后的经历和他们的发家史，除了金彩凤，其他人都听得津津有味。

何劲华失眠惯了，熬夜对他来讲太正常。金彩凤是只瞌睡虫，平日开玩笑说美女是睡出来的。她很怕熬夜，但今晚却不得不熬。她一边打着哈欠，一边羡慕地看着面无倦色的赵峰、薛丁山、邱小楠、陈主任、杨明、石栋梁、王大姐等人，他们的精神头也令她羡慕。何劲华正担心她会不会睡着，金彩凤忽然拿出手机看了会儿，抬头再看他时神情明显有异，接着把他叫到边上，神秘兮兮地说：刚才有人给我发信息，今天下午馆里开了会，你的位置被谢春顶了！

对啊，李香树让她接手我的工作。

见何劲华一脸坦然，金彩凤提醒他背后可能有陷阱：听讲谢春认识省领导，来头大得很。文化馆这些人天天巴结她，她在朋友圈发条狗屁消息，全馆的人都给她点赞，我看李香树和你发朋友圈的点赞数还没她多。明白吗？大家这是把她看成了潜力股，先烧着冷灶，等她变成了热灶，兴许就能沾上她的光了。谢春野心大得很，小心她把你撬掉！

谢春人美嘴甜、言辞流利，她在县接待办待了几年，练出了一身长袖善舞的本事。前任县领导到省里跑项目时，经常带她去撑门面，她利用那些机会积攒了不少人脉。前任领导在时曾传言她要当接待办副主任，不料领导突然平调到他县，谢春提拔的事不了了之，接着她转岗到了县文化馆。由于外形条件出众，又善学习和经营，到哪里她都是不可忽视的闪光点，李香树非常欣赏她。但凡有上级领导来峙城县调研，只要需要文化馆出面的，李香树一定带上谢春，回来便夸谢春大方得体，谈吐诙谐机智，表现可圈可点，大获领导好评云云。不久，馆里的人都知道谢春跟某省领导关系很铁，从那以后，她便成了文化馆特殊的隐形势力。

也许是因为谢春长得标致，也许是因为谢春对他尊敬有加，且多次向他请教峙城灯彩，何劲华很欣赏她。他觉得金彩凤言过其实了。

彩凤，我要在山上待那么长时间，我的工作不是谢春接手，就得别人接手，不存在顶替不顶替的事。

何劲华这话让金彩凤很无奈，她叹口气说：劲华，要是哪天你被她顶替了，你要记得我是提醒过你的，当然，你要是英雄爱美，乐意被她顶替，那又另当别论了。

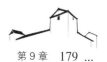

何劲华有些尴尬地转了话题，告诉她钱书记已为琵琶围解决了十万块的产业发展专项资金。

好事逢双啊，这十万块钱专项资金加上赵董、薛总的捐款，那我们就能把合作社搞起来了！

金彩凤虽然是直肠子，但活到这把年纪，情绪也收放自如了，她此刻的喜悦自然而真诚。

哟，二位在这儿讲悄悄话呢！

邱小楠寻了过来，悄声拜托他俩等下找个时机表演一段灯彩调，加深客人对琵琶围的印象，接着又告诉他们镇里的黄书记发来了信息，说十万块产业专项资金下月能到账，同时提醒何劲华和金彩凤看看工作群里她刚才收到并转发的一条通知，说县里结合开展新时代文明实践活动，前期进行了大量的调研，还深入各乡村，以乡间夜话和乡间午话的形式广泛征求意见，决定在全县村级一线开办孝老食堂，让六十岁以上的独居老人、留守老人有饭吃，采取社会力量捐一点、帮扶单位帮一点、上级部门拨一点、就餐老人交一点、村集体出一点、市场行为赚一点的方式来解决资金问题，看看他俩有什么打算。

何劲华和金彩凤快速浏览了文件，两人不约而同地夸这个办法好。

琵琶围现在只有橘子婆和哑伯够条件吃孝老食堂，没必要专门搞个食堂，把他俩的相关费用交给朱家或者其他合适的人，两位老人一日三餐过去吃就行了。

金彩凤的主意和邱小楠不谋而合。邱小楠回头看了眼正默默给大家筛茶的朱雨飞，说雨飞姐不错。

何劲华说赵董和薛总给两位老人的二十万块钱这下有作用了。我们成立一个理事会来管理、使用这笔钱。

金彩凤忽然说：邱镇长，现在峰峦集团给了每个贫困户一万块钱，按现行标准，他们都脱贫了，我和劲华还有必要待在这吗？

邱小楠愣了愣，接着坦率地说：金大姐，如果搞花架子式的数字扶贫，有了这笔钱，琵琶围村小组的贫困户都可以算作脱贫。可我们现在是真扶贫、扶真贫、真脱贫，那么根据中央的这个指示精神，我们得掂量一下，得到这笔钱的贫困户是不是真的脱了贫？钱用完了他们会不会返贫？最关键的是，我们是不是真的在扶贫？

金彩凤不好意思地捂住了半边脸：哎哟，邱镇长，我明白你的意思了，算我没问过！

大约觉得自己出来时间久了，抑或要给金彩凤一个台阶下，邱小楠笑着搂住了金彩凤说：彩凤姐不嫌我多嘴就好了，我们回去给他们唱灯彩调吧！

他们仨回去时，赵峰正在讲当年他去广州打货，买站台票上车，睡在座位下面的艰难。薛丁山则讲他在菜市场卖鸭子，为了抢夺市场，和竞争对手打架的往事：他们人多势众，我赵峰表哥不在，我一个人跟他们对打，结果被他们连人带鸭子丢到了菜市场外面的烂泥里。我躺在一堆死鸭子中间，身上沾满了鸭血、鸭粪和烂泥，牙齿也被他们打落了两颗，看，就是这两颗门牙！

薛丁山说罢露出那两颗雪白的烤瓷牙给大家看。

丁山为了省下补牙齿的钱，愣是当了两年的缺牙佬，讲话漏风，有时还造成误会。

赵峰难得地幽默了两句。许秀珍啧啧道，没想到你们大老板也吃过这种苦。

三嫂，老古话讲不受苦中苦，难为人上人。石栋梁趁机敲打她，同时拿眼睛瞅了瞅认真听讲的石浩财，心想他这回受到了触动，应该有所改变吧？

石浩财今晚心情的确不平静，一方面他敬佩这两位长者披荆斩棘奔到了好前程，另一方面又觉得他们的成功更多是托了时代之福，还有他们命好，生在上海那样的大地方，机会多得是，不像自己沤在山沟沟里。刚才见两位长者给大家现金，他开心死了，不料何劲华一打岔，钱入不了手，心里有些意见：帮扶干部也不能管这么宽呢！

这时，他听见何劲华附在耳边小声说：浩财，亿万富翁也是苦熬、奋斗出来的。你加把劲，争取今年挣一万。

石浩财眨巴了几下眼睛，答非所问：何馆长，跟你打个商量，他们给我奶奶和我的两万块钱，麻烦你给我现金，我有急用。

何劲华抑制住心中的失望，仰头望着明净的月亮说：月亮要是一个能吃的饼，几万年前就被人吃了，我们现今哪能看到月亮呢？

这话够玄幻，石浩财却一下听明白了：钱本来就是用来花的，花不出去的钱就是一张纸。再说这是给我们个人的钱，你硬要放在合作社，这有道理。

何劲华睁眼看着他：浩财，授人以鱼，不如授人以渔，这两句话你应该懂的。

石浩财虽然很敬重何劲华，这时却有些恼了，说我不用懂，只要你们懂就做得，我等着你们帮我脱贫哩。

石浩财起身想走，何劲华拉住了他：薛总正在说琵琶围开发的事，我们都听听。

……琵琶围是小景点，但很有特色，现在自驾的人多了，这个地方如果宣传

得好，还是有旅游价值的。建议你们用琵琶围最美的照片做成 H5 或者美篇，发到门户网站、微博大 V、有影响力的微信公众号上，以扩大影响力。

赵峰和薛丁山毕竟在大上海的商界摸爬滚打多年，见的世面多，知识面宽，眼界阔，薛丁山接着提出的建议果然不同凡响：在网上征集琵琶峰居民、画家、摄影家、作家、影视工作者优先，他们每人最多可以认领三间房，上下楼加起来，就是六间房。房子的装修费用由他们出，认领期限十年，这期间他们对房屋具有使用权，可自用和出租。

嗯，老薛这个想法可以。再说认领也不一定非得个人、旅行社，公司也行，还可以搞众筹认领、众筹装修，认领的房间可以在租房 APP 上发布房源，这样外地游客也能来琵琶围住。

何劲华觉得赵峰和薛丁山对琵琶围的兴趣很浓，忙简要地向赵峰、薛丁山介绍了近年峙城县在绿色发展理念的引领下，通过整合涉农资金和惠农政策，大力改善农业基础条件，着力调整农业产业结构，走特色化、规模化、产业化、品牌化的现代生态农业之路，誓把绿水青山变成金山银山的种种举措，建议峰峦集团和县里合作，投资开发琵琶围景区。

杨明伸出大拇指小声夸奖何劲华：何馆长，你应该去当招商办主任。

何劲华晃了晃手机：我在县政府网站上看到的内容，现炒现卖。

赵峰笑道：何馆长炒现饭的水平很高啊！

在众人的笑声中，赵峰说随着生活水平的提高，旅游的需求和市场越来越大，我报组数字给大家听。

赵峰点开手机念起来：2017 年，国内旅游人数五十亿人次，比上年同期增长了百分之十二点八，2017 年上半年，国内旅游消费二点一七万亿元，其中城镇居民花费一点七一万亿元，农村居民花费零点四六万亿元，都在百分之十以上的涨幅。

薛丁山对开发旅游业兴趣很浓：峙城旅游资源多，现在自驾游很火，如果加大宣传力度，肯定能吸引赣南、闽西、粤东的客人。

邱小楠将峙城县打造全域旅游的推广会报道发给了赵峰和薛丁山，两人看后越发兴奋了，邱小楠请他们在峙城多留两天，跟刚出差回来的县委钱书记见面聊聊深度合作之事，两位老者欣然同意。

何劲华看看表，已是凌晨三点，这时候唱灯彩调明显不合适，再一看石养财、小于、刘大有已经在大厅里支好了帐篷，便建议休息一下。年过七旬的赵峰和薛丁山坚持到零点春分过后才去眯了一小觉。

　　早晨六点一刻，琵琶围上空袅起了淡蓝的炊烟，风中弥散着新蒸糯米饭的香味。在几个女人洗刷酒缸、簸箕的响动中，何劲华、金彩凤叫醒了赵峰和薛丁山。众人刚到猴子崖，东方鱼肚白的天际里渗出的那抹嫣红，便像倒在宣纸上的朱砂汁液，迅速地濡染了云层，等这红色沁透四周时，颜色变为间杂着浅蓝的赭黄，再往上是那抹淡青色的天空，那样冷冷地横亘在头顶，犹如神秘的天河，将大片褐红、棕黄，形似礁石和鱼鳞的云层隔开。风在吹，厚厚的云朵如同彩色的羊羔，憨态可掬地朝前缓缓拱动。

　　何劲华正在感叹大自然的鬼斧神工，赵峰和薛丁山已在石养财、小于、石栋梁、杨明等人的帮助下，头下脚上地仰卧在石头凹槽上。何劲华也躺了下去，只见天空犹如无垠的神秘之海，云层似波涛涌动，雄伟起伏的峰峦化身为锋利的锯齿，正无声地切割着天空。受伤的天空淌出的鲜血染红了朝霞，山风劲吹下，霞衣震荡出微妙的涟漪，后面像有活物在挣扎撕扯，又似胎儿在母腹中拳打脚踢。众人正感慨着，一颗黄澄澄的火球蹬破霞衣，从两山之间的凹槽里飞快地弹出，拖曳出几束赤焰，继而绽放出大片金光，晃得他闭上了眼睛，脑中突然浮上赵匡胤《咏初日》的诗句：

　　　　太阳初出光赫赫，千山万山如火发。

　　　　一轮顷刻上天衢，逐退群星与残月。

　　啊，日出了！

　　不知谁大喊起来，接着群山送回阵阵回音：啊，日出了！啊，日出了！

　　何劲华从腰带上解下笛子，横在嘴边，吹起了他前年创作、金彩凤主演的灯彩剧《太平锣鼓》的主题曲《喜事多》：

　　　　春天来了喜事多又多，

　　　　百花开后稻穗抽呀抽。

　　　　笛子吹出杨呀杨柳风，

　　　　漫山遍野绿呀绿油油。

　　金彩凤甜美的歌声和着清亮的笛音，在长空里比翼悠游、盘旋，让人顿生"此曲只应天上有，人间哪得几回闻"之感。日光显然被这天籁般的笛音、歌声诱惑了，猛地扯下遮面的云帷，无私地将万顷金光泼向大地。

　　何劲华在这突如其来的温暖里紧闭双目，眼角淌下两行热泪。他知道，这是自己献给美丽的大自然的珍珠。

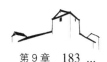

第 10 章

高山岽上一株梅，

经霜耐雪凌寒开。

不惧风来不惧雨，

绿叶等着春风吹。

——摘自《峙城客家歌谣集》

何劲华陪赵峰、薛丁山下山祭拜了外婆后，邱礼泉和陈主任的父亲把他俩接到县委去见钱书记。唐部长打电话说李香树会去作陪，问何劲华去不去。何劲华觉得这种场合自己不露面最好，说他要和杨明、石栋梁去南远县的菌种厂订购香菇菌棒。

好，现在正是春栽的好时机，你们抓紧吧！

唐部长善解人意，何劲华觉得跟他打交道有如沐春风之感，心下轻松了许多。这次他们到黄春旺的菌种场订购了三万根香菇菌棒，到养鸡场订了一万元鸡苗。回到峙城后，杨明和石栋梁接到石钟的电话，说琵琶围的搬迁户石海洋家的牛吃了老寨村小组原居民老陈的菜，两人打了起来，眼下双方的亲戚朋友拿着田刨柴刀在对峙，让他俩赶快回去劝架。

何馆长，麻烦你跟赵董和薛总说一声，今天中午我们就不陪他们了。

樟树岭村民风彪悍，老寨村小组尤甚。改革开放前，穿过老寨村小组的那条国道三天两头被村民挖坑、断道，村民靠帮过往车辆填坑、修路、推车挣钱，后来县公安局从村里抓了几个车匪路霸才刹住此风，但村子里仍时有人打架斗殴。想到可能产生的后果，杨明急得嘴唇发紫。他和石栋梁忙不迭地走了。

中午，何劲华请赵峰和薛丁山到网红小店鸡公炒饭美味馆吃饭。赵峰和薛丁山下放在峙城时，曾多次到大田乡过漾。热情的村民总是拉他们到家中吃饭、喝酒、看龙灯表演，有两次碰巧遇到老乡家的新女婿上门，丈母娘头天用茶油浸好籼米，次日一早，用芦萁和杂木柴烧热大灶，再用灶膛灰掩着些火势，将泡酥的生米和切得寸余大小的鸡公肉块放进锅里，用生茶油翻炒至鸡公肉熟，生米也变成糯米般黏软、汪着油亮的熟饭，再放入姜丝和蒜叶，起锅后香气扑鼻、鲜美无比。峙城人用此饭来招待新女婿，寓意为生米煮成熟饭，而鸡公在客家人看来，有雄壮与雄起之意，峙城民间称此饭为爱情饭。

开鸡公炒饭美味馆的黄春桃原是牛角村的贫困户，丈夫车祸去世，女儿受伤，截去了左手，儿子有小儿麻痹，生活非常困难。一个春日黄昏，悲痛欲绝的黄春桃用板车拉着儿女去投河，儿子睡着了，安静无声，读小学三年级的女儿看出了母亲的意图，跳下板车大声求救，呼救声惊动了到贫困户家上户的何劲华和扶贫队员刘春良，他俩合力救下了她们母子三人。在何劲华和村人的帮助下，黄春桃终于鼓起了活下去的勇气。

何劲华找到李香树，请他找市残联的同学帮忙，把黄春桃的儿子送到了一所专为残疾儿童开的特殊学校免费住校学习，替她办了小额贷款，还在中国社会扶贫网上筹了两万多块钱，帮黄春桃在县城开了这家鸡公炒饭美味馆。黄春桃的店刚开张时，李香树、何劲华动员同事、亲友到鸡公炒饭美味馆消费，又找电视台、报社帮着做了多次报道，加上鸡公炒饭美味馆物美价廉、童叟无欺，生意日益兴隆，引起了省市媒体和一些新媒体的关注，鸡公炒饭美味馆成了网红店，网络订餐不断，吃饭要提前预约。

鸡公炒饭美味馆坐落在南门街尾，地段有些偏，老式的二层自建楼房门楣上贴着黄姓的门榜"江夏流芳"，所以到这儿吃饭的黄姓人很多。当何劲华领着赵峰和薛丁山走进去时，大厅里座无虚席。黄春桃满脸笑容地将他们引入了雅间，此时两个中年女服务员动作麻利地送上了热腾腾的红菌汤，香喷喷的鸡公炒饭，富有客家特色的酿豆腐、萝卜糕、大肉丸、酸酒鸭、小炒鱼、芋饺，色香味俱全，看上去极为诱人。尽管何劲华先向黄春桃介绍了赵峰和薛丁山，她的第一杯酒还是先敬了何劲华：

何馆长，您是我们全家的救命恩人，没您就没有我的今天呐，我先干为敬！

黄春桃说罢，仰脖喝掉了一碗米酒。那两个女服务员也是牛角村的贫困户，她俩过来向何劲华敬酒时满心激动：

何馆长，感谢您帮春桃姐办起了这家鸡公炒饭美味馆，让我们能来打工。

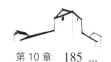

何馆长，我现在一年工资收入三万多块，老公在家种田，孩子在外打工，已经致富了！

她俩不管别的顾客在催促，拽着何劲华讲了好一阵心里话，而后连敬赵峰和薛丁山三杯酒，直到隔壁包间的客人不耐烦地说再没人服务就要退单时，三人这才依依不舍地离去。

赵峰和薛丁山同时举杯敬何劲华：何馆长，你们这些扶贫干部很了不起，敬你一杯！

何劲华一饮而尽，心中泛着波澜。刚才看到衣着大方、满面红光、神情开朗的黄春桃，他险些认不出了。他记忆中的黄春桃瘦弱枯槁，脸上布满痛楚，眉间挂着凄苦。他正感叹间，黄春桃带着穿着校服、满面笑容的儿子、女儿过来给何劲华三人敬酒。

何馆长，今日是星期天，两个细伢子都在店里。我带他们来谢谢您。

黄春桃领着双儿女朝何劲华鞠了一躬：我们现在一家三口能过上这种日子，真是托政府和您的福喽！

没有员工在身边，黄春桃痛快地释放了眼中的泪水。说着，她带着儿女举杯向墙上的习近平总书记像敬酒，一家三口的动作自然而虔诚。

她们走后，薛丁山说要不是亲眼所见，他真不敢相信崎城的农村有如此巨大的变化。

想当年我们下放在崎城时，农村那是真苦啊！

赵峰和薛丁山忆起往昔，欷歔不已，两人连喝了几杯风搅雪白酒，薛丁山有些醉了，说他要在崎城买套房子：

我看了报道，后年南昌到崎城通高铁，周六我们赶早从上海坐动车到南昌，再从南昌转车到崎城，能赶上何馆长家的中午饭。

丁山，公司要是真跟县里合作了，公司肯定得准备几间客房！赵峰提醒薛丁山。

对，如果能落实琵琶围景区的开发项目，到时我们请钱书记派劲华来对接公司的工作。

薛丁山说话随意，严谨的赵峰皱眉纠正道：丁山，你这话说大了，我们只能提建议，至于派谁来，县里自有安排。你说是吧，劲华？

有机会跟着您二位学习当然好，但隔行如隔山，我不懂经济和旅游，县里会派合适的人去。

何劲华其时已喝得双颊酡红，却酒醉心灵，他拿出这两日赶写出来的琵琶围映山红合作社的合作协议请赵峰、薛丁山帮忙看看，不料这一看，竟看出了两位新股东：赵峰和薛丁山当即表示，他俩入股二十万元，村民出资十一万元。他们股份中的百分之十归琵琶围村集体。县里给的十万元专项资金和他俩捐助给合作社的五万元启动资金算村集体的股份。

合作社的农产品出来后，我们还可以帮忙销售！

赵峰说他们总公司、分公司加起来有五百多号人，职工的年节福利以后可以直接发合作社的香菇、林地鸡、黄豆等有机食品，省得去超市进货。公司的网上销售平台还可以代销峙城等地的脐橙、沙田柚、板鸭、食用菌、白莲、月亮粑、番薯干、小鱼干、笋干等特色农产品。

我们正好有这么个平台和一支队伍，可以借机做个转型的尝试。

大约觉得这种尝试规模太小，赵峰说罢笑了。似乎为了表明态度，薛丁山在协议上增加了他们出资的条款，当即签了名，还让何劲华给他一个账号转款。何劲华说此事还没有向镇领导汇报，万一有修改怎么办？赵峰笑着说，那你再拟份补充协议就是了，其实签不签都无所谓，我们信得过大家。

何劲华明白他们俩这是在用一种更有尊严的方式帮助琵琶围人，心里对他们充满了感激。

第二日上午，杨明、何劲华、金彩凤、石栋梁在琵琶围召开了村小组的村民会议。何劲华刚刚念完成立"琵琶围映山红合作社"的协议，朱雪飞便大声问道：何馆长，人家那钱是给我们每家每户用的，你却非要拿去买菌种和鸡苗。你凭什格帮我们做决定？

上周下山，吴医生好说歹说，朱雪飞才同意去吴家吃饭，可吴母满脸嫌弃地再三挑剔，气得她饭没吃完就走了，现在想拿这一万块钱买几身好衣服，扮得亮闪闪的去吴母面前摆架子，如今见钱不能到手，便有些着急。

大姐，你说什么呢？

朱雨飞拉她坐下，朱雪飞一把摔开妹妹的手，那双俏眼冒着火光。石沿财、许秀珍沉着脸，谢玉琴和父母、刘大有夫妻照例不吭气，从表情看，他们是赞同朱雪飞的话的。汪经伦和杨淑英生恐要出钱，昨日下山去了大儿子家做客。

雪飞，社会捐赠款怎么用文件有规定，何馆长那样做，也是为我们好。

石养财力挺何劲华，还使眼色示意朱雨飞声援，朱雨飞这两日在生石养财的

气，嫌他申请退出贫困户这事没跟自己商量，可她是个明白人，生气归生气，对种香菇和发展林地鸡她却是举双手赞成的，于是站起身，重重地将大姐摁在椅子上。

何劲华对朱雪飞笑笑，说良性发展的产业是只会生金蛋的母鸡，鸡生蛋，蛋孵鸡，这样才能财源滚滚。

万一鸡飞蛋打呢？

尽管开会前石拐劝过许秀珍不要打横炮，可想到有钱不能用，百爪挠心的她还是管不住嘴。

何馆长，刚开始说我们几个凑十万块钱，现在怎么变成了二十一万？就是想做产业，我们也有心有力啊。

谢玉琴这老打老实的话引起了共鸣，众人叽叽喳喳地议论起来。何劲华说赵峰和薛丁山已同意将他们给自己外婆的十万块钱作为村里的股本入股合作社，贫困户们入股的钱数只增加了一万。

何馆长，前两年搞产业，我们这几户是竹篮打水一场空，万一这次又不行，我们吃的亏可就大了。

石浩财近期停了戒酒药，这些天酒虫钻喉，几次想下山买酒，可想想何劲华、金彩凤的苦心和白桂花的期盼，他勉强忍住了，但情绪却一落千丈，其中有酒的原因，也跟赵峰和薛丁山的到来有关。他敬佩两老自强不息的创业精神，可再敬佩又怎么样？他没有值钱的上海户口，更不可能像他们那样遇到浦东开发的良机，他再搏命、再努力，也无法挣下胡改子因为拆迁得来的家业，可见人强强不过命！如此一想，好不容易被何劲华、金彩凤点燃的拼搏火焰又熄灭了。他现在只想拿钱买醉，壶中日月好啊！见大家没注意自己，石浩财想到奶奶灶台上有瓶新买的炒菜用的料酒，忙悄悄溜了出去。

何劲华看着石浩财的背影，心中有些沮丧。他本以为自己刚才提出的方案会受到贫困户的欢迎，谁料还是遇到了阻力。

这时，李香树给何劲华打来了电话，语气很冲：

劲华，你太幼稚了。赵峰、薛丁山给你外婆的十万块钱你居然敢接，这么大的事也没听你讲一句！这钱你拿不得呀！

李香树声音中的刀子刮得何劲华心神俱惊：自己这几天的确忘了向他汇报。此事往小里说，是他忽略了，往大里说，是他没有严格执行请示汇报制度。想到这儿，脊背上的汗珠如鼓起的花蕾，在后衣上顶起条可供山风流窜的通道。

李馆长，这钱我个人没有接，而是作为琵琶围村小组的集体股本入了映山红合作社。

劲华，我是相信你，但外面的人会这么想？现在已经有人到县领导那儿告状，说你利用扶贫的机会，打着外婆的旗号，从上海知青手上搞了十万元钱据为己有。这事都传到纪委刘书记耳朵里去了。

李馆长，有协议为证，到中纪委我都不怕，反正清者自清！何劲华恼火了。

李香树比他还要火大，热辣辣的声音像条点着的导火线，倏地燃到了他耳边：你清者自清，别人可觉得那是瓜田李下，嫌疑大得很呢！

何劲华晓得他这急不仅仅是怕担责，也是为自己担忧，心中一热，忙把来龙去脉讲了一遍，又把签好的协议拍照发给了他，还把这几天跟贫困户沟通的情况写成短信发给了他和相关领导。

如果领导还不清楚，改天我下山，和金彩凤、杨明一起当面向领导汇报。

领导也不是冥顽不化之人，如果你及时汇报和沟通，领导也就不会有误会了。你呀，今后还是要少些艺术家的感性，多些机关干部的理性才好！

李香树的声音软下来，何劲华明白，他所说的领导，也包括他自己。

你们别群鹅扯蚯蚓，你一嘴我一嘴的，一个个说。

这边何劲华在向李香树澄清自己瓜田李下的嫌疑，那边金彩凤被石浩财、朱雪飞、许秀珍、刘大有夫妻、谢玉琴的父母围在大厅里，要她带队去找唐部长，把赵峰和薛丁山捐赠的钱领出来，任石栋梁、杨明、石养财怎么劝都不听。

金彩凤竖眉道：刚才何馆长、杨书记都向大家解释了，社会扶贫款只能用来发展产业，你们听不懂呀？

金彩凤这几日气不顺。她老母亲重感冒，没法给子熙做饭，便让子熙自己下餐馆，结果吃得泻肚子，早上她打电话让张云海带子熙去看病，他却推三阻四，还把电话交给了余兰。余兰冷冷地让她知趣些，别来撩张云海，气得金彩凤骂了她两句，刁蛮的余兰哪咽得下这口气？挂电话后连给金彩凤发了十多条用词肮脏的短信。金彩凤把短信转给张云海，张云海只发了个流泪的表情就再无动静，窝在金彩凤心中的这口恶气逐渐变成了随时可能爆炸的沼气池。

这时，终于向酒虫屈服的石浩财晃荡着满肚子的料酒走来，心中既有得到酒的舒坦，又有对自己的失望与愤恨，耳听得金彩凤说没钱给，复杂的情绪立刻化作舌剑，不管不顾地刺了出去：

金大姐，我们满心希望地请你跟何馆长上来，本以为能帮我们要到套房子，现在房子没有份，到手的钱也不给，你们还是趁早下山吧。

彩凤妹子，你们的工作也没做得多好，哪天考评组来，大家讲的话只怕你们吃不消。

金彩凤的心火被许秀珍这话喷起了三丈高：

我们不会拦你们说真话，更不会求大家说好话和假话。只要是实事求是，你们想怎么说就怎么说。

朱雪飞扭头对大家说：听见没？金大姐不要我们说好话，我们只要说实话就行了。

实话是我们需要现钱，可你们愣是不给，我们只有封门了！许秀珍哼道。

金彩凤冷笑一声：封门不叫本事，一辈子不出门，躺着有吃有喝那才是本事！

彩凤妹子，你仗着有工资，站着说话不腰痛是吧？

哪有这样挖苦人的？太过分了！

朱雪飞、许秀珍不顾何劲华、杨明、石栋梁的劝阻，指指点点地叫嚷开了。金彩凤见她俩蛮不讲理，声音变得有些刺耳：

我不是挖苦人，我说的是实话！扶贫工作队和我们是来帮扶贫困户的，可你们现在跷起脚不动手、不出力，就等着驻村工作队、帮扶干部包办一切，一边说穷日子过不下去，一边只晓得等靠要，那不就是想躺着等吃等喝？

金彩凤发飙时神情、口吻俱厉，朱雪飞和许秀珍虽然不吭声，却翻眼翻鼻地以示不服。石浩财开始录像，石养财和朱雨飞劝他也不听。杨明和石栋梁想到上次的冲突，心有余悸，加上何劲华示意他俩耐下心先看，便没动作。

说到兴头上的金彩凤根本没注意这些，继续声遏行云地演讲着：

……要是个个都像你们这样只想着要钱，只想着和帮扶干部怄气，动不动就用封门来威胁，贫困户的帽子这辈子也别想摘。你们这是吓谁呢？全国人民都在撸起袖子加油干，可你们呢？下力气干活的少，跷着脚看热闹的多。不讲别的，就说菇房，值班表早就安排好了，可有人不是不出工，就是说生病，上了工也偷懒，该通风不通风，该浇水不浇水，还得养财、雨飞、谢玉琴重干一遍，我告诉你们，合作社新买的这批菌棒和鸡苗明天就要上山了，大家都得出力搬运，不出工的除名。

许秀珍、朱雪飞等人没吭声，气氛有些压抑，金彩凤没管这些。她心里怄了不少气，今天要一吐为快：

老古话讲，靠别人吃饭，跪着端碗。靠自己挣饭，站着端碗！你们是愿意跪着端碗还是站着端碗，这得由你们自家选。我们帮得了一时，帮不了一世。如果你们愿意戴着贫困户的帽子，那就继续当个等靠要的甩手掌柜吧！

哎哟，彩凤妹子啊。我们不就是想要回自己的钱吗？

对呀，我们又没有伸手向别人要，你凭什么这样批评人？许秀珍和朱雪飞一唱一和。

杨明见石浩财还在用手机给金彩凤录像，心想这番话他要是发出去，只怕会惹来麻烦，忙上前请他删掉视频。

石浩财乜他一眼，拖腔拖调地说：杨书记，我要是发了视频，你是不是又要拉我上黑榜啊？

石浩财看到杨明就想起去年自己写在那片黑墙上的名字，心里气得咕咕冒泡，赌气把金彩凤训人的视频发到了朋友圈，还加了一句标题党才用的话：贫困户想要回自己的钱挨训。一会儿后他觉得不妥，忙点开微信删除视频。可因为他的标题太吸引人，朋友圈已有不少人转发。石浩财想挽回影响，又自作聪明地补发了一句话：刚才我发的骂人视频是假的。

不料他这一来，更引起了人们的注意，特别是他那几个酒肉朋友，转发时又加上了各自的理解和按语：我朋友要钱被扶贫女干部骂了！有人威胁我朋友，吓得我朋友删了视频，还发文说视频是假的。

这时，何劲华、杨明还不知道石浩财发的视频已在微信上掀起了波澜。看着那几张情绪不通、疙里疙瘩的脸，杨明挺身上前：

浩财、三嫂、雪飞，前两年你们几家的产业没搞上去，我有责任。这次的社会扶贫款不能给你们发现钱，只能按规定使用。为了解除大家的后顾之忧，我愿意为你们凑的十一万块钱担保。

何劲华将杨明拉到身后：杨书记上次为了给贫困户扩大产业规模，把自家的房子抵押了，现在房产证还扣在银行里。大家这十一万块钱的股本我来担保。

金彩凤、石栋梁异口同声地说：我们一起来担保。

我也算一个！杨明神情坚决地说。

何馆长、金大姐，我有这个意思。

看见朋友圈里转发那条视频的人越来越多，石浩财颇为心慌，马上辩解道。许秀珍和朱雪飞却击掌叫好，说有你们担保，我们就落心呷烧酒了。

不久，何劲华、金彩凤、杨明、石栋梁，石养财、朱雨飞等人都收到了朋友转发来的那段视频。樟树岭村的村支书刘万平，下张村驻村第一书记马书记把他们朋友转发该视频后的点赞截图发给了何劲华。邱小楠则打电话给金彩凤，直夸

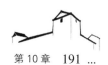

她口才好，说出了扶贫干部的心里话。

邱镇长，你不是说反话吧？

金彩凤收到了很多朋友发来的视频截图，正暗自懊恼自己的冲动，听到邱小楠的表扬，她有些疑惑。

金大姐，你不要过虑了，你的讲话充满了正能量，老百姓都愿意看呢。

邱小楠这番话让金彩凤的心定了一些。她走到石浩财边上说：浩财，你这次事情闹得够大了，你请我们来，又想赶我们走啊？

石浩财没想到视频会引起这么大的反响，他发视频的初衷是和杨明赌气，并不想伤害金彩凤，可事情已到了这种地步，他要是认输，岂不成了别人的笑柄？所以他把歉意藏在心里，面对金彩凤的质问，依然一副鸭子烂了嘴还硬的倔强：

金大姐，你长得标致，口才又好，不宣传可惜了。我这是在给你打广告呢！

金彩凤气得想开骂，被何劲华拽住了，给她看朋友发来的微信截图，只见点赞区花花绿绿一片，十多条留言都在说这个扶贫女干部讲得好。何劲华念了其中一条留言：

女干部讲得好！我们的驻村工作队和扶贫干部要帮肯努力、懂感恩、走正道的贫困户，不要帮伸手跷脚等靠要的懒汉，更不要帮那些你帮我是应该、不帮我便开骂的恶汉！

何劲华的心刚才揪得厉害，生怕这段视频会在网上引起什么风波，如今看见评论一边倒地力挺金彩凤，心稍微宽了些，但金彩凤还是很受伤，她扭头朝围外走去。

何劲华想追过去陪金彩凤，却被手拿电话的杨明给拦住了：

何馆长，唐部长的电话。

何劲华心想只怕自己和金彩凤要挨批了。没想到的是，唐部长的口吻竟有些欣喜：劲华，你电话没带边上吧？静音了？金彩凤行啊，挺泼辣的，话讲得不错。我告诉你，半个多小时转发了两千多次，还有三百多条留言，百分之九十以上都是正面的评论。这是好事啊！金彩凤呢？我跟她讲两句。

唐部长电话里的背景闹哄哄的，何劲华一问，他果然在南远县的火车站候车，说是要去省城开会。

这时，刚走出围门的何劲华看见金彩凤站在倒看西海的凹槽前，正扯着嗓子高唱：

哎呀嘞……高山崇上一株梅，经霜耐雪凌寒开……

激越、清亮的歌声惊起了边上那群觅食的山雀，气势很是惊人，可金彩凤却嫌喉咙管小，没能把心中那口浊气吐出来。想自己辞别老母，舍下娇女，置身体于不顾，跑到这天高地远的山沟里起早贪黑、劳心劳力，只差把自己的心掏出来，可谁知却挨了这一闷棍，当真是打伤了她的心。她再也忍不住，委屈的眼泪夺眶而出，金彩凤嘶哑的歌声像无形的巴掌，打得石浩财变脸作色，朱雪飞、许秀珍也忐忑起来。

我的神仙妹子哟，快别唱了！唐部长的电话！

何劲华的心被金彩凤的歌声搅得生疼。他将电话塞到金彩凤手中时看见了她脸上的泪痕，偏偏她还咧嘴一笑，抽着鼻子对着电话说：唐部长，怪我讲得不好，要讲得好，他们也不会发朋友圈了。真的没给扶贫人抹黑吗？那我就落心了。我，我，有事。

金彩凤用手背抹着眼泪，朱雨飞递了几张餐巾纸给她，石浩财欲言又止。何劲华冷不丁从金彩凤手中抢过电话：唐部长，彩凤的妈妈和女儿都生病躺在床上，孩子看病打针没人管，我想让她回……

何劲华话没讲完，金彩凤抢过手机说她已经请朋友去照料老母和女儿了。

挂了电话后，边上的杨明上前小声对何劲华说：何馆长，一早我妈去了金大姐家，子熙的腹泻好了，下午就去上课。金大姐的妈妈明天还要打一次吊针，我妈会陪她去。

看着杨明布满血丝的眼睛和鬓边丛丛簇簇与年龄不相称的白发，何劲华的心热起来：杨书记，你家二宝也要人带，哪忙得过来？

杨明笑道：我爸来了，我们小时候他根本不管，现在是隔代亲。我妈说他换尿布的熟练劲都快赶上月嫂了。

何劲华想到累得眼窝凹陷的温成仙，摇头叹道：现在爷爷奶奶不好当啊！

杨明神情有些黯然：只生不养，把孩子丢给老人，这是我们的不孝。

何劲华宽慰他：你现在是为工作奔波，用以前的老话讲，这叫为国尽忠，自古忠孝难两全。

杨明连忙摇手：哪够得上那个格呀？我们充其量只是在做本职工作。

这时，耳畔传来石浩财的山歌：

　　　　彩凤大姐你莫恼，小弟做事思量少。

　　　　惹来麻烦非我愿，气不消来打两篙！

嘿，这个石浩财还会这一套！唱的歌词四句搭对，肚子里有点货色嘛！

何劲华大为惊讶。杨明说石浩财脑子好使，要是不懒惰、不酗酒，他能干成事情。

说话间两人走到了围门口，只见刚才还绷着脸的金彩凤正用即兴编创的山歌回答石浩财：

浩财小弟莫发懒，全心全意搞生产。

挣得金山和银山，屋里屋外光灿灿。

唱到这儿，她右手往上比画了一下，刚刚赶出来的石养财、朱雨飞、谢玉琴、石浩财、朱雪飞、许秀珍跟着她的动作，同时打了声悠长嘹亮的"喔呵"，引起群山的阵阵回响。这是歌者对大自然和同类的呼唤，也是对自己心灵的呼唤，不然听到这声响亮的"喔呵"，何劲华心中怎么会涌上股难言的热流？

这天，何劲华下山参加县精扶办的会议，因会议是下午三点召开，他吸取之前的教训，下山后先到单位，就合作社的事向李香树做了专门的汇报。李香树说下午唐部长会参加会议，让何劲华赶快整份琵琶围产业扶贫的材料，他好代表县文化馆做个汇报。何劲华打消了回家的念头，中午在街上吃了碗米粉，然后在办公室加班，二点半之前把材料发给了李香树。

会上，李香树舌绽莲花，把八字才一撇的琵琶围合作社吹成个唇红齿白、满头鲜花的细妹子，惹得与会者都说要上山参观，何劲华连忙更正，说李馆长是合作社的设计师，他刚才描绘的愿景不久便能实现，话讲得巧妙，既修正了李香树的话，又抬举了李香树。

散会后，李香树在唐部长面前表扬了一番何劲华，接着就开始力捧谢春。唐部长对谢春印象也很好，何劲华见他两人聊得开心，忙说上山以后还没回过家，他想回家看看。

劲华，只要安排好工作，你跟金彩凤可以轮休呀。

李香树不忘在领导面前体现他对部下的关心，追着他说。何劲华谢过了李香树和唐部长，到街上帮橘子婆、哑伯、朱家、谢家、刘家、石拐家买了油盐酱醋和几袋化肥，叫了辆三轮车拖回家中。温成仙以为那些大包小包是他从山上带下的土特产，不由得喜出望外，后来得知是带往山上的东西，气乎乎地唠叨道：

老东西，山狗吃了你的心肝，就记得围里的，不记得家里的！

别个不记得，就记得我的胖妇娘。

见四周无人，何劲华在妻子脸上亲了一口。不一会儿，小雪和何甘推着婴儿车回来了。抱起吹气面人似的大了不少的忽忽，看着他那双忽闪忽闪的大眼睛，何劲华的心彻底融化了，抱着忽忽笑个不停。

何甘撩起遮住眼睛的头发，懒懒散散地说：劲华同志，你上山这段时间，你那伟大的儿子和儿媳妇创业成功！看，这是我和小雪的淘宝网店！

何甘点开手机，让何劲华看他们的网店，何劲华还没弄明白，小雪就抱着堆五颜六色的衣服过来，说直播时间快到了，让何甘赶快换上！

你们搞直播还穿这些花里胡哨的衣服？

何甘和小雪没工夫回答何劲华这个在他们看来愚蠢至极的问题，倒是端着茶过来的温成仙开始给他释疑：

他俩现在天天扮武松和孙二娘。可惜扮猫不像，扮狗也不像，一副郎当相！

这时，小雪已经在大厅一角摆好了反光板、三脚架和手机，放下了卷帘式的甘雪牌马克杯喷绘背景布帘，何甘头上裹着顶万字头巾，身上穿一领土色布衫，腰里系条红绢搭膊、下面腿绷护膝、八搭麻鞋，手拎两串马克杯从帘后潇洒地走出，小雪摁下点唱机开关，客厅里顿时响起了铿锵的京剧鼓点，何甘踩着鼓点来了一个亮相，大声道：宝宝们，俺武松啊，舞着甘雪牌马克杯，来到了景阳冈下。猛抬头，看见酒旗上写着三只马克杯不过岗，这是怎么说？待俺买几只马克杯问个明白。哈，酒家正好有个美娇娥，待俺问问她！

小雪扮成孙二娘，迈着行云流水的小碎步来到何甘身边，只见她发上插着金步摇，腰系鲜红色的绢裙，两颊擦着浓艳的胭脂铅粉，敞开的衣领内露出桃红色的纱抹胸，裙腰上钉着两排金纽扣，手中的柳叶刀上挂着串花色、图案各异的马克杯，被眼线衬得夸张、妖艳的双眼滴溜溜一转，翘起兰花指，娇声道：宝宝们，俺乃十字坡的孙二娘，不卖叉烧包，只卖甘雪马克杯！

然后两人打闹一番，拿着杯子喝水唱歌敲鼓点，偶尔还来段网上流行的笑话，闹腾一个小时下来，居然收到了几十个杯子的订单。

老东西，这半个月不到，他们卖了七百多个杯子，每个杯子挣六块钱，挣了四千多块呢。这还是刚起势，以后做好了，比你上班强。

温成仙瘦了、憔悴了，脾气也给忽忽磨圆了，看上去温存了许多，何劲华捏了捏她的手以示关心。见何甘和小雪这时关了直播，便抱着忽忽走到他俩身边，皱眉提了条意见：你们怎么开口就叫宝宝们？听得人起鸡皮疙瘩。

小雪说那是直播主持人称呼顾客的行话，我们只能随俗。

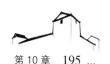

何劲华摇摇头：你们这打扮也乱七八糟的。

何甘和小雪互相瞅了瞅，说我们可是按《水浒传》的描写去定制的衣服，花了好几百块，网友的反应很好啊。

何劲华晓得自己这是鸡同鸭讲，忙换了话题：以后武二郎的杂货铺也要卖贫困户的产品！

何甘不以为然：贫困户的产品不就是些白莲、香菇、笋干、番薯丝、米粿吗？县城卖这些大路货的店起码有三十家，卖那些运费都挣不到。

何劲华从手机里调出朱雨飞编织的竹编小动物和日用竹器，说这些能卖吗？

何甘耸耸肩，看着小雪。小雪拿过手机琢磨了稍许，说小动物可以，但量不会大。竹编日用器皿很精致，可惜太单调，如果画些花卉或动物上去会更有卖相。琵琶围的土特产如果包装好、质量好，我们也可以代销。

小雪这么一讲，何甘立刻变了腔调：老爸，小雪是老总兼市场总监，她说能做我们就能做。

何劲华心内一叹：怎么怕老婆还会遗传？想到这儿，他自嘲地笑笑，又把香菇、林地鸡、黄豆和仿野生石斛的事跟他俩讲了。似乎要在老爸面前扳回面子，何甘抢先抛出个问题：网上卖农产品的店很多，琵琶围农产品的特色是什么？

何劲华脱口而出：琵琶围空气洁净，没有污染。我们的产品最有机、最环保、最绿色。

小雪摇头道：爸，这三句广告词太土气、太大众、太绝对，现在广告法都不允许用最字了，这样宣传肯定不行。

何劲华说你们就用卖马克杯的方式帮我们卖土特产呗！

何甘摇头说卖那些东西没钱赚。何劲华表情认真地道：你们遇上了一个大时代、好时代，如果你们帮忙代销了贫困户的农产品，等你们的孙子问起你们以前都干了些什么时，你们可以骄傲地告诉他们，你们参加过精准扶贫，帮助过琵琶围的贫困户！

何甘打了个哈欠说：老爸，你别跟我讲大道理了，到时候我们做就是。

何劲华又补充了一句：到时候你们帮琵琶围的贫困户销售土特产品，得先跟贫困户签订代售协议，不能挣他们的钱。

小雪嘟起嘴说：不挣钱就意味着贴钱，我们要贴人工、贴时间。

何甘连忙点头附和：爸，如果我们亏了，亏空由你补，我们两个不垫钱。

嗨，你们这么年轻就没理想了，哪里全世界就只剩下挣钱这个目标了？

何甘一甩头发说：你有了全世界，但是你没有一分钱，那你是不是真的就拥有了全世界呢？比如你现在扶贫，最关键的是钱，你有了钱就能帮他们，你双手空空地上山，肯定没谁待见你。

何劲华被他说到痛处，挥起拳头要打何甘，何甘犟着脖子说你打呀打呀！

何劲华轻轻拍了他一掌：帮贫困户卖货的事就这么定了，不许拒绝！

第11章

哥哥见妹心花开，
妹妹想哥快过来。
齐心合力同心干，
好时好日跑着来。

——峙城灯彩小调《心花万开》

何劲华走进李香树办公室时，穿着时尚套裙、画着精致淡妆的谢春正在和李香树聊天，两人坐在一张沙发上，靠得很近，见到何劲华进来，谢春忙挪到了旁边的椅子上。李香树神态自然地给何劲华倒了杯浓茶，说这是熟普洱，不会影响睡眠。看着青花瓷杯里红酽透亮的茶水，闻着那馥郁的香气，何劲华忍不住喝了一杯。

何馆长，山上的日头好厉害，把你的白皮肤都给晒黑了，好可惜呀。

谢春身材窈窕、乌发如云、声音柔婉、媚眼如丝，浑身散发出浓郁的女人味，只是搽的香水太浓，熏得何劲华差点打了个喷嚏。他瞄了一眼目不转睛看着谢春的李香树，心想今天老李只怕是来给谢春开道的。李香树似乎猜到了何劲华的想法，使用了迂回战术，顾左右而言他。

何劲华听得无聊，匆匆汇报完琵琶围的情况便起身想走，李香树给他续了杯茶水，说：劲华，别急啊，你和彩凤干得不错，我这边会抓紧催那十万块钱产业发展资金到账，确保你们按期、保质地完成钱书记交办的任务。

见李香树迟迟没有说到正题，谢春有些着急了。她以汇报的口吻道：李馆长，文化强省的事儿还得请何馆长多支持呢！

哎哟，你看我这脑筋，你不说我都忘了。

李香树起身从办公桌上拿来份省里下发的《关于开展文化强省展演活动的通知》，对何劲华说这件事钱书记很重视，上次跟你讲了，因为你在山上扶贫，这次灯彩晚会的总导演就由谢春担任。

何劲华略微一怔，心想你什么时候跟我说过让谢春当灯彩晚会总导演的事儿？看来金彩凤没讲错，谢春果真有取代他之意。想到自己曾那么无私地教她做峙城灯彩，何劲华有种被利用的感觉。

像是有意要留给他俩单独说话的机会，李香树拿着热水瓶去打水，谢春袅袅地走到他身边，从包里掏出个小红包塞到他手里：

何馆长，我是您的徒弟呀，我当导演，您就是导演的老师。这是我的拜师礼，您千万收下啊！

谢春说话时弯着腰，曲卷乌黑的长发似有意、若无意地拂在何劲华的脸颊上，女子特有的体香不仅让他心中一颤，还似某种神奇的化学物质，化解了他心中的不悦。

他抬眼看着谢春光洁细腻的粉脸，把红包塞回她手中：能收你这么高素质的徒弟，我很荣幸啊。叫声老师就可以，礼就免了。

这样啊，那我就用这钱买件衣服穿，就当是何馆长送给我的礼物，天天贴身穿着，穿着就想起何馆长，多谢何馆长啊！

谢春有意瞪大眼睛，神情里带出一抹小姑娘才有的天真娇羞，低柔的话音却透出几许诱惑。何劲华忙将目光从她脸上挪开，心中暗骂自己没出息，明知谢春这些恭敬和娇羞都是装出来的，却依然吃她这一套。看来这就是谢春的过人或厉害之处了：你明知她算计了自己，却恨她不起来，甚至还有暗暗的击节与欣赏。因为她像个稳准狠的猎人，弹无虚发，出手必得！

这时，李香树拎着热水瓶走进来，谢春婀娜的身姿在他进门的前夕倏地恢复了原有的挺拔。

从文化馆出来，何劲华的心情有些复杂。当一片芳林新叶催旧叶中的旧叶和流水前波让后波中的前波终究还是令人伤感的，这伤感中还夹杂着几许被后辈玩弄的气愤。原本他还打算教谢春两个他的保留剧目，现今听到谢春这样上位，他打消了这个念头。是骡子是马，且让她一试。峙城灯彩说不定会在这个野心、能力、手腕兼具的后辈手上得到大发展呐！

他怅对了几秒春风，接着便接到了金彩凤的电话，说她家里的事情都打点好了，马上赶到馆里跟他会合。

十几分钟后，妆容精致、神采飞扬的金彩凤风风火火地从三轮车上下来，头一句就为何劲华打抱不平：劲华，你被谢春那妹子给耍啦！

何劲华晓得金彩凤这是真心为自己鸣不平，可事已至此，他能讲的只有谢春堪当重任这样的官话了。

金彩凤嗤道：劲华，我们都是被人拍死在沙滩上的前浪，你不讲，我也晓得你心里疼。不讲了，我们去黄大姐那儿吧，跟她约的是十点钟。

何劲华一看表，已经九点四十五分了，好在峙城小，十分钟后他俩就站在了鸡公炒饭美味馆的大堂。

黄春桃忙得不亦乐乎，说今天有两桌市里的自驾游客人过来，他们不单现吃鸡公炒饭，还要带十份鸡公炒饭回去，工作量很大，虽然提前两天预约了，可为保新鲜，她们只能昨晚开始动手。由于一夜未眠，她和那几个中年大嫂都脸露疲惫。

何劲华建议她注意休息，金彩凤则说她人手太少，接着提出要送朱雨飞到美味馆来打工。黄春桃一听，立即停下手，有些着急地对何劲华和金彩凤说：

何馆长，彩凤妹子，听讲朱家姐妹有麻风病，八字又硬，克死了爷娘和老公，大家都讲她们是专门害人的扫帚星、白虎星呐。

何劲华后悔自己刚才忘了叮嘱金彩凤，跟黄春桃打交道要讲究技巧。前年他刚到牛角村时，第一件事就是响应县里的号召，通过土地整治修建集中连片、设施配套、高产稳产、生态良好、抗灾能力强，与现代农业生产和经营方式相适应的高标准基本农田。峙城山多田少，牛角村是个例外，村庄处在两边势如水牛犄角的一块盆地中，村中有小河流过，土地较为集中，但间杂着十几座满是坟茔的小土包。峙城人自古敬宗，祖宗的坟茔都是当年请风水先生选的吉地，后代怕迁坟会破坏风水，哪肯轻易搬迁？其中反应最大的便是黄春桃，她不肯迁坟除了风水之外，还听信了传言，说她丈夫才埋下半年，此时迁坟，若让他的棺木和尚未腐烂干净的肉身见了天光，恐将殃及子孙，所以坚决不肯迁坟。

为了做通她的工作，何劲华起码往黄家跑了二十次，哪怕何劲华是她的救命恩人，黄春桃也不给他好脸色，只要谈及迁坟，她不是哭就是骂，气得何劲华肚子痛。后来他无意中听了一部网络小说，小说中讲到乡干部要让村民迁坟，村民不肯，最后乡干部找了个风水先生来，告诉那个不肯迁坟的村民说他家祖宗墓地不吉，须择地另葬才能免去灾祸。

何劲华一听，觉得这主意好是好，就是有点儿阴，可任务迫在眉睫，该做的工作还得做。于是他托人找了个晓得分寸和下数的风水先生到邻村，这边放出风去。闻风而动的村民悄悄请风水先生去了牛角村。风水先生在村里转悠了两圈后，面色凝重地说村里只有两条选择，一是生人搬离村庄，二是把祖坟搬到吉地，否则将有祸事降临。村人问他原因何在。风水先生指点着村口，煞有介事地说这牛角村原本是风水宝地，以前那条河自西向东穿村而过，好像玉带，给大家带来远方的财运。可后来修高速公路，小河从村中折返南行，再蜿蜒东去，河湾的反弓处还建了一座大桥，这是村里的水口，建桥就像上了拉链，会锁住、关拦、收聚村庄的旺气，这是可怕的天斩煞啊，祖坟正对着桥的人家一定得迁坟，否则村庄败落，人家萧条。

这风水先生还是有些韬略的，事先问明了缘由，又暗地察看了地形，知道哪些坟阻碍了基本农田的高标准建设。黄春桃和另外两家人的祖坟正好对着那座大桥。想到祖坟要受天斩煞，黄春桃他们再也坐不住了。三家人合伙送了三只老母鸡、九十个鸡蛋给风水先生，请他帮忙另择吉地。他们开了头，其他村民纷纷效法，一个月不到，田里的十几座坟全部迁走，高标准基本农田如期建成。

不久之后，此事传到县领导耳中，领导觉得此举有些旁门左道，便让唐部长、李香树找何劲华谈话，了解事情经过。

何劲华坦承自己借了风水先生之力才尽快让村民完成了迁坟一事。找他谈话的唐部长肯定了他的工作热情，也批评了他的工作方法，告诫他今后工作要用正道。

冇办法，在村里工作必须备几把毛刷子，有时扫地，有时掸灰尘。

何劲华记得自己当时是这样回答的：农村情况复杂，的确很考验人。

因有迁坟的前车之鉴，何劲华原本打算用迂回的方式让黄春桃接受朱雨飞，未料金彩凤却几句话把事情搞砸了。

何劲华一看这架势，放弃了成立合作社前让朱雨飞到鸡公炒饭美味馆打工的想法，改去扶贫车间帮她们领来料加工的活计。

说话间，他们已驱车到了樟树岭村。第五次反"围剿"时，樟树岭村曾是红军总医院的驻地，留下了大量的红色标语和红色歌谣。20世纪80年代末，何劲华来这儿收集过红色标语和红色歌谣。当老人们豁着没牙的嘴哼唱当年流行的红色歌谣时，岁月便如倒看西海时看见的天空，整个向何劲华倾来。那时樟树岭村很穷，穷得那满坑满谷的樟树和他的记忆都阴郁了。

金彩凤到樟树岭村演出过十多次，她记忆中的樟树岭村房屋破旧、环境肮脏、村民们灰头土脸，可这次所见的樟树岭村却生机勃勃，只见玉带似的公路萦绕着栋栋款式别致、墙面洁白的小楼，楼门上方贴着昭示姓氏堂号的门榜，绚丽而神圣。楼前停着颜色各异的小轿车、皮卡和大卡车，房前屋后遍植鲜花树木，蜿蜒的河边，暗红色的自行车道和原木铺设的游步道如同镶嵌的花边，崭新的学校和幼儿园透出都市气息，旁边的田野则洋溢出盎然的野趣。现实与梦境的重叠令人有些恍惚，金彩凤将心中的惊叹化为响亮的赞美：啧啧，我的天哪，比县城还漂亮呐！

彩凤老妹，樟树岭村现在是全县脱贫攻坚和文明乡村建设示范村、全国民主法治示范村、全国一村一品示范村，得有这个品相！

刘万平带着众人参观五千多平方米的蚕桑大棚和两百多亩的桑树园，一边自豪地介绍着樟树岭村获得的各项荣誉，听到金彩凤的夸奖，刘万平快乐而自豪。

这些大棚是樟树岭村脱贫致富的法宝！多亏了刘支书，要没有他，大棚根本建不起来。

县工信局驻樟树岭村扶贫工作队第一书记姜书记边说边朝刘万平伸出大拇指。在峙城县，刘万平的名气比何劲华和金彩凤还要响，他是明星企业家，前年荣获了"全省优秀基层党务工作者"的荣誉称号，去年又荣获了"全国创业致富带头人"的光荣称号，在群众中威望很高。

刘万平是樟树岭村人，打小父母双亡，七岁起跟着舅父过日，八岁开始随叔叔走村串户弹棉花，他为人机敏，热爱学习，见到旧书报即收起，晚上向读了小学二年级的舅舅求教，他很有钻研精神，两年后舅舅教不了他，便给他买了一本《新华字典》，他硬是靠着字典学完了小学的全部语文课本，接着开始看所有能找到的书。十六岁那年，刘万平的舅父去世，他南下广东闯荡，做过泥水小工，踏过三轮车，在服装厂踩过机车，当过保安，可谓泥一身水一身。后来他到一家生产手机屏幕的工厂打工，两年内升为业务主管。三年后他拉上三个业务骨干，开始自己接单生产手机屏幕，由此积聚了第一桶金。再后来他投资稀土和钨矿生意，用峙城人的话来说，挣大发了。

2012年刘万平回家过年，发现老家还跟记忆中一样贫困，他再也坐不住了，挨家挨户给乡亲们送救济款。当时的村支书拉着他的手说：平牯，我这个村支书当得不合格，年后正好换届改选，大家想选你当村支书。

刘万平很犹豫，他在南方的生意做得风生水起，如果回村，生意势必要受影响，他没有答应。不曾想次日他离开村庄时，村支书带着全体村民在大樟树下堵住了他，大家七嘴八舌地请他留下。见刘万平仍没表态，村支书急了，说万平啊，你一个人就是跑成了火箭，屁股后头也还吊着个樟树岭村哩！

这句话像把锄头，在刘万平心中掘下了一口井。他想到幼年时家中生活艰难，母亲出门干活时常把他丢在大木桶里，有时中午赶不回来，隔壁的婆婆、婶婶便给他喂饭、把屎把尿，三四岁时，母亲带着他去田里干活，为防止他乱跑发生危险，母亲总是挖个土坑把他的下半身埋住，这样他就没法跑了。刘万平记得，那年夏天的双抢特别忙，父母挑着刚刚打下的稻谷往家里送，留下他在土坑里边哭边数蚂蚁，这时突然跑来群觅食的野猪，领头的大野猪以为他是某种新鲜食物，张嘴就来咬他的头，幸亏当时还是毛头小伙子的村支书在旁边的田里打谷，他飞奔过来，将手中的锄头抢进了野猪的口中，恼羞成怒的野猪开始攻击村支书，村支书抱着刘万平跑到了水田中央。

那丘田是山区常有的冷浆田，田的一边是泛着铁锈红色泽的沼泽，常有人牛被陷，那天村支书抱着刘万平刚从田角下去，野猪便冲进了沼泽，翻着气泡的冷浆泥迅速淹没了野猪的大半个身子。野猪哀号着死命挣扎，越挣扎沉得越快，不一会儿，只剩下猪脑袋翘在那片漂着红萍的泥浆上方。

事后村人挖起那只二百多斤重的大野猪，全村打了餐牙祭。村民们兴奋之余又心有余悸，刘万平的父母当即让儿子认村支书为干爹。刘万平七岁时父母先后过世，他跟着外村的舅舅生活，村支书还时常去看他，每次总会送他一两本书，给他留下了美好的记忆。

想到过往的一幕幕，再看看老支书和众人祈求的眼神，刘万平意识到自己走得再远、飞得再高，生命中始终有根看不见、摸不着的线头绕在樟树岭郁郁葱葱的山上，埋在那布满牛狗鸡鸭猪粪的村道上，粘在被烟熏火燎得发黑的屋梁上，融在一日三次飘散在空中的袅袅炊烟中……

2013年初春，通过换届选举，樟树岭村产生了以县优秀民营企业家刘万平为村支书兼村主任的新一届村领导班子。刘万平将深圳的生意交给儿子打理，自己甩开膀子带领村民脱贫致富，花了几年的时间，终于将樟树岭村变成了现在这模样。

何馆长、彩凤妹子，我当村支书第一日，就有几十个乡亲跑到村委要我解决樟树岭冷浆田的事，那阵势蛮吓人的。

一路上，刘万平都在讲小时候的故事。当他们从蚕桑大棚出来时，刘万平突然冷不丁地冒出这么句话来。姜书记指着大棚脚下说：这里原来是冷浆田！要不是冷浆田，刘支书一下子还不会想到在村里种桑养蚕呢！

姜书记在夸刘万平，杨明却说起了姜书记为了跑建大棚的专项资金，在省农业厅蹲守九天的事来。

哎哟，老杨同志，你别夸我，为了给琵琶围村的搬迁户谋利益，你可没少跟我干仗。姜书记和杨明开起了玩笑。

樟树岭村是县工信局的帮扶单位，同时又是琵琶围行政村搬迁户安置的六个村之一，由于琵琶湖库区搬迁涉及几十个村庄、两万多人口，其中十五个村庄为整体搬迁，其余村庄则采取政府引导联系、村民投亲靠友、村民和村庄协调商定的方式进行搬迁安置，因涉及面太大，加上全县脱贫摘帽在即，被搬迁的村庄还保留着行政村的原设置，搬迁户的户口也还在原行政村。为确保精准扶贫工作的有力进行，县里决定把被搬迁行政村的产业发展资金和其他公共建设资金按搬迁户的比例分配到各安置点所在村，原有的驻村扶贫工作队工作职责和范围不变，这就使得驻琵琶围村的扶贫工作队和搬迁安置点村的工作队多有合作。姜书记和杨明原先不认识，现在因合作成了好朋友。

姜书记、杨书记为樟树岭村的脱贫工作出了大力啊。

刘万平边说边领大家走到大棚旁边的宣传栏前。宣传栏按内容分成了三块：一块贴着大棚管理的注意事项；一块贴着优秀员工的照片；另一块是满满的回忆杀，上面有老村旧貌和荒凉的冷浆田照片，有村民奋力搭建大棚的身影，能看见各级农科专家给村民们现场示范辅导的场景；照片上，钱书记等人陪同省、市领导视察大棚时神情专注，刘万平、姜书记、杨明与贫困户共同劳动时的汗水清晰可见。何劲华从这些照片中看到了樟树岭村近年脱贫致富的扎实足印，不由心生感慨。

要是琵琶围也能变成这样多好啊！

金彩凤连声感叹。

现在县里搞全域旅游，琵琶围会有出头之日的！

刘万平说罢，思绪飘回了20世纪70年代。那时举国农业学大寨，峙城县到处开山造梯田，大搞农田水利和小水电建设，樟树岭河上游的樟树岭水电站作为农业学大寨的硕果，省市县媒体大肆宣传了一阵，可樟树岭村的上百亩优质水田却因此变成了只能种一季稻的冷浆田。土地是农民的命根子，赖以维生的土地原本能种两季稻，现在只能种一季稻，土地不说话，也许还会为突如其来的那季空闲而欣喜，可人的胃却不能缩小，樟树岭村的村民口粮不足，县里又没给任何补偿，村民们多次集体上访，老支书也经常找政府有关部门沟通，但每次总是两撇眉毛画了一撇，剩下的一撇没着落，到他卸任时，这个问题依然没有解决。在村民心中，刘万平是无所不能的能人，他既当了村支书，村人的第一件心事，便是请他和这一届的村班子解决这个难题。

怎样能让冷浆田变成丰产田呢？刘万平带着村两委的干部走访了樟树岭的每户人家，又请农业局的同志到樟树岭村考察，农业局的专家建议樟树岭村改种经济作物。经过一番调研，刘万平决定种桑养蚕，为此多次召开村民大会，反复给村民算经济账，可村民还是犹豫不定。为了说服大家，刘万平自掏腰包带着村两委和村民代表到省内和江浙两地的蚕桑基地参观学习，回来后又策划、动员、引资齐上阵，最后以"公司＋合作社＋农户"的经营模式，于2015年把樟树岭建成了全县首屈一指的蚕桑基地，并在全县建设了大蚕棚、小蚕工厂、蚕茧收烘公司，有效延伸了养蚕、制种、售茧的产业链，带动了一大批贫困户和非贫困户就业。

由于质量好，我们的蚕茧价格是市场价的两倍多，单张蚕种收入由原来的一千多元提高到六千多元。全村优质高产桑园面积从最初的五十亩扩大到现在的一千多亩，成为年制种十万张、占全省制种量百分之四十五的省内重要蚕种基地。小蚕工厂辐射到全县十三个乡镇七十多个行政村，产值达到了两千多万元。

刘万平如数家珍地介绍着种桑养蚕、制种业给村民和村庄、村集体面貌带来的巨大变化。何劲华录下了他的讲话，他回去要把刘万平的讲话和樟树岭的新貌放给琵琶围村小组的人看，刺激刺激他们。

刘支书，那你们这儿还有贫困户么？金彩凤认为刘万平的经验听听可以，但并无借鉴和复制的可能，听了也不顶用，于是打断刘万平的介绍，单刀直入地问出了她和何劲华最想知道的问题。

姜书记接过了话头：金大姐，樟树岭村的贫困户全脱贫了，现在处于脱贫不脱政策的状态。

刘万平说国家搞这个精准扶贫太有必要了，如果没有这个政策，我们村那两个低保户谢家兄弟只怕活不到现在。大哥全盲，小弟有脑膜炎后遗症，两人完全丧失了劳动能力，是政府全兜底的低保户。现在兄弟俩都住上了安居保障房，每个月有几百元的低保。大哥满了六十岁，每月还有一百零五元的养老金。生病有医保，吃住穿衣都不愁了。逢年过节帮扶干部、志愿者还会上门服务，基本生活还是有保障的！

也许是觉得光说不足以让大家了解这兄弟俩的生活状态，刘万平说罢开着他的大众商务车，把大家拉到了这兄弟俩住的老寨村民小组。从樟树岭到老寨小组，走路要半个多钟头，开车不到十分钟。

老寨村小组有二百二十户人家，其中二十三户是从琵琶围搬来的，去年我们按照统规自建、分步实施、配套到位的思路，分四期建成全县最大的两个中心组村，实现就地城镇化，这两个村一个在刚才你们去的樟树岭村小组，建了二百八十栋别墅式楼房，另一个中心村就在老寨。这里以前只有一条通往市里的公路，现在这条公路改成了高速，北通市里和南昌，往南到福建，从福建那边可岔到广东，一下子就有了区位优势。谢汀州和谢连城就住在这个村里。

听到这兄弟俩的名字，何劲华条件反射地问：他们是不是福建人？

刘万平摇摇头：他们是如假包换的峙城人，他俩的父亲以前是挑担的脚力，从老寨翻一座山就到了福建，谢汀州的父亲当脚力时常去福建，两个崽的名字全用福建地名，大约是纪念孩子出生时他挑货去过的地方吧。

说话间，汽车已驶入老寨村小组。透过车窗，何劲华看见满山漫坡都是翠绿的桑树，田野上各色野花和绿油油的青草、树木交织出绚烂的花格，村中流过的小河越往下游越开阔，一座清朝康熙年间建的风雨桥犹如檀香木的弯梳，拢住了撒开的河道，河边的桃花轻红粉嫩，梨花、李花洁白似雾，红花檵木和几树高大的白色泡桐花相映成趣，花枝间透出一大片样式统一但错落有致的三层小洋楼，仿佛城市里的花园住宅小区。

谢汀州、谢连城兄弟俩的房子建在这片住宅小区的后排，门前有坪，门后是一口水塘和几丘莲田，兄弟俩每人的房子虽然只有三十五平方米，却厅堂、卧室、厨房、卫生间俱全，里面的东西摆放得井井有条，干净得让人意外。他们进去时谢汀州正在边听收音机边往屋檐下码劈好的木柴。刘万平跟他打了声招呼，谢汀州回应着，这边熟练地领着大家进屋，摸索着要倒开水给他们喝，被刘万平拦住了。这时，从旁边那间房子走出来的谢连城嘻嘻笑着说：

以前妈妈会来给我弄饭吃，后来妈妈上岭了，住在棺材里不下来，就哥哥做饭给我吃！

谢连城智力不全，说话东一榔头西一棒槌的。谢汀州倒是思维清晰，由于经常听收音机，他讲话还挺斯文。

谢大哥，你们两个不方便，怎么不住敬老院呀？

金彩凤觉得他俩住敬老院会更安全，说着动手帮他把门口那堆柴火码在屋檐下。谢汀州有些害羞地说：乡里和村里对我们很关心，要我们到敬老院去住，可我弟弟管不住手脚，喜欢打人，到时肯定会惹麻烦。

那你们在这多不方便呀！何劲华很难想象兄弟俩在这儿的生活。他也认为刘万平应该把这兄弟俩送到敬老院去。

唉，他们不肯去，在那里好受约束。他们俩在村子里生活了几十年，这里的每个角落都摸熟了。你看，那是谢汀州种的菜，那堆是谢连城从山上捡的烧草。

刘万平说着从车里拎下两桶油和一箱方便面放进厨房，谢汀州连声道谢：

刘支书，多谢您总记得我们两个，您上次送的东西还冇食完呢！

我要！你再多送些来。

谢连城拆开方便面就要吃，被谢汀州一把拉住：连城，听大哥的话，不要乱来。

谢连城嘟起了嘴。

金彩凤和何劲华各掏出二百元钱给谢连城，不料谢连城刚刚接过钱，便被刘万平抽走，转身塞到了谢汀州手里：老谢，这是金大姐、何馆长给的四百块钱。

哎呀，你们已经送这么多东西了，这钱不能收啊。

谢汀州牵着弟弟朝他们鞠了一躬，抹了抹眼角接着说：要不是党和政府对我们这样关照，我们早就骨头打鼓了！上次赵董和薛总也来看我们，还给了一千块钱和四大箱方便面。他们和你们一样，都是好人哪！

谢汀州一说方便面，谢连城又吵着要吃，谢汀州只好哄着他。金彩凤见灶房的案板上有只萝卜没切完，上前麻利地切好了，回身说县里出了文件，村里要搞孝老爱亲食堂，像他们的一日三餐应该由食堂解决。刘万平朝前头一指，说孝老食堂还在建，下月就能开伙。谢家兄弟作为特例，经村民讨论，已经把他们加入食堂的供餐名单。

何劲华替谢家兄弟收了竹篙上的衣服，回头问道：

刘支书，上次赵峰和薛丁山到这儿来，他们有投资意向吗？

何劲华晓得刘万平公关厉害，又有市场经验和经营理念，说不定赵峰和薛丁山到这打个转，原本放在琵琶镇的项目就转移到这儿了。

刘万平笑着说：老寨村小组的山全种了桑树，村里建成了蚕桑基地，但鸡蛋不能放在一个篮子里，所以我们又跟福建绿华集团签约建蔬菜大棚，想再搞一个蔬菜生产基地。峰峦集团如果有投资，也只能跟别的村小组合作了。

何劲华问蔬菜大棚建起后能带动多少村民就业。刘万平说绿华的蔬菜大棚是跟山东寿光合作的，总面积达两万多平方米，还要建深加工厂房和冷库，起码能

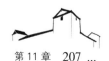

带动上百人就业。

何劲华说麻烦刘支书到时照顾下琵琶围的搬迁户，特别是新搬迁下来的村民。

刘万平愣了愣，说何馆长话里有话呀！

何劲华哈哈一笑，说老寨村好山好水好地方，琵琶围剩下的十二户居民也想搬迁到老寨村小组来。刘支书帮人帮到底呗！金彩凤、杨明、石栋梁也跟着帮腔。

刘万平说那十户我们早都同意了，就是朱家姐妹这两户难办。上次我跟杨书记磨破了嘴皮，大家也没同意她们进来。

何劲华说我们会安排朱家姐妹再去医院做个检查，确保她俩没病。

刘万平皱眉道：杨书记早带她们去医院检查过了，医院证明也给村里人看过，可大家还是忌讳朱家姐妹一门两寡，命硬，怕她们妨碍本村人。

金彩凤叹道：都新时代了，村里人怎么还这么迷信？刘支书，你得给他们通通脑筋。

刘万平叹了口气：彩凤老妹，村里有两三千号人，每个人想法都不一样。老一辈人中有不少文盲，跟他们讲道理蛮难。上次我们为了朱家姐妹搬迁的事开了三次村委会，村两委开始意见不统一，后来黄书记和邱小楠出了面，他们这才松口。哪知消息传开后，一家伙来了八九十个村民，把我跟杨书记、姜书记堵在村部。

姜书记说杨书记拿出的健康证明书被村民撕了，有几个村民还想打人，后来闹得镇领导和司法所的人都出动了。

石栋梁接口说：我听讲那些村民一天一拨地往刘支书家跑，用车轮战术闹了半个多月，就把事情告诉了朱家姐妹。她们见村民这样排挤自己，吓得不敢来，回话讲没有借到建房子的钱，搬不了。我马上打电话把这消息告诉刘支书，那些村民这才消停。

刘万平摇了摇头：都是低头不见抬头见的乡亲。他们的意见我们不得不考虑啊，如果硬安排进来，朱家姐妹看见别人朝她们甩脸子、吐口水，日子也难过不是？

何劲华正想和刘万平先签个安置琵琶围十二户人家的意向性协议，朱雨飞打电话过来，急如星火地说石浩财被人打得住进了医院！

今日一早，石浩财和朱雨飞到县里来卖货，石浩财把四斤山鲶鱼、一些黑蚂蚁干、几副蛇蜕和几大捆草药卖给了药店，结了钱后他说要去给橘子婆和哑伯买东西，让她自便。朱雨飞想起临下山前橘子婆不让浩财乱花钱的叮嘱，怕他酒虫挠喉，把好不容易到手的钱都拿去买醉，便粘住他不放。石浩财走到人多的地方甩掉了朱雨飞，转身到商场买了套二百多块钱的西装，一双百把块钱的皮鞋和两瓶风搅雪白酒，又到理发馆吹了头，然后打电话给胡改子，说要去看他的豪宅和土豪办公室。

胡改子很意外，愣怔了两秒后开始得瑟，说你得带六双眼睛来看，看了不许妒忌、不许伤心哈！

石浩财憋着一股火来到了胡改子的办公室，那是胡家拆迁分来的四室两厅套房，装修得金碧辉煌。石浩财进去时，胡改子正和三个年轻貌美、穿着暴露的妹子打麻将。见了石浩财，他得意地说他的三个女助理全是校花级的大学毕业生，然后抖着脚用极轻慢的语气向三个女助理介绍石浩财：妹妹们，这就是我刚刚跟你们讲的两斤半，他早年间走狗屎运，挣了些钱，那时走路只看天，要多狂有多狂！哪晓得三十年河东，三十年河西，冇几年就败了家。现今他想起老子来了，只怕是想到老子这里混吃混喝，你们看他像不像讨食的狗？

这是石浩财预想中胡改子的说辞，没想到果然被他猜中，他忍住胸中翻滚的那股恶气，一屁股坐在沙发上，笑嘻嘻地看着那三个同样笑嘻嘻的妹子，晃了晃手中的风搅雪白酒：妹仔，你们莫笑，卵蛋讲的除了后面两句不对，其他的都是真话。不过有些话他不敢跟你们讲，当年他在东莞那是习惯性的偷鸡摸狗，有一次他找妹子被派出所抓了，半夜给我打电话求援，我出了五千块钱才把他保出来。

你放屁！胡改子气急败坏地跳起脚来。石浩财笑眯眯地看着他说，那次我去保你时，你在警察面前也是这样跳脚的。

石浩财，你再胡说八道，我敲掉你的牙！

个头矮小的胡改子自忖不是石浩财的对手，手举烟灰缸要砸石浩财。石浩财笑着起身递给胡改子一瓶拧开盖的白酒：

卵蛋，我正在做直播，你刚才骂我骂得那么难听，你要么诚心向我和我的粉丝们道个歉，要么当着我粉丝的面喝完这瓶酒，喝不完你叫我声太公。

胡改子不屑地道：做你娘的千秋美梦去吧！你这个穷鬼懒鬼酒鬼，我还向你道歉，呸，你就是坨狗屎！看你直播的人也是臭狗屎！

石浩财晃了晃手机：卵蛋，你骂我可以，但不能骂我的粉丝，他们是我的好朋友。

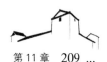

胡改子捋了捋头发，对着手机的摄像头吐了口唾沫：

你骗鬼呀，就你这个穷鬼懒鬼做直播还会有人看？除非那些缺脑筋、没屁眼的二百五！

石浩财脸上露出了深不可测的微笑：

卵蛋，我本以为有了钱你脑子会好使些，冇想到还是满脑壳猪屎！今天我当着粉丝的面说，你五年之内肯定会败家。我的今日就是你的明日，讲不定你一只腿还要伸班房里去。你以前干的坏事不是不报，是时候未到，时候一到，一定要报！

胡改子暴跳如雷地指着石浩财大骂：你个跌鼓佬，你个穷鬼，老子一拳打你去太平间！

说着，他抓起桌上的烟灰缸朝石浩财砸去。石浩财躲避不及，烟灰缸正中他的左腮帮。只听咔嚓一下，一股鲜血从石浩财嘴里喷出，石浩财晃了晃，倒在地上人事不省。

胡改子慌了，忙把他送到县人民医院，这边吩咐那几个妹子，万一警察来问，就讲石浩财喝醉了酒，是他先动的手。妹子们唯唯称是，正好这时朱雨飞打电话找石浩财，送石浩财去就医的妹子让朱雨飞赶快到县人民医院来。

石浩财呀，你这是何苦来呢？

何劲华、金彩凤、杨明赶到县人民医院时，石浩财已经醒转。他左边落了两颗大牙，嘴唇肿成大香肠。金彩凤看了，既心疼又好笑。

胡改子不敢来医院，由一位女助理代为支应。此前她已经把来龙去脉告诉了朱雨飞，并代胡改子道了歉，朱雨飞不接受，说胡改子得当面道歉，女助理不高兴了，两人正在唇枪舌剑地交锋，突见两个警察和何劲华他们过来，妹子忙躲出去打电话求援。这边石浩财介绍了下事情经过，警察给他做了笔录，又打电话通知胡改子去派出所做笔录。

警察同志，这件事你们就秉公处理吧。

杨明刚表完态，便接到石栋梁的电话，说琵琶围搬迁安置点秀水村小组的敦德堂民居去年列入了市里的古村落保护计划，上级拨了几十万维修款，目前正在修护。秀水村村民小组长安排小工时把琵琶围的搬迁户排除在外，搬迁户找村民小组长要求上工，村民小组长却说小工是施工方请的，他没有决定权，搬迁户见上工无望，便拿着家伙堵了敦德堂的门，请杨明和石栋梁赶快过去疏导。

杨明和石栋梁走后，何劲华去健康食堂买了两份盒饭一碗面条，当他把面条送到石浩财手中时，石浩财满脸歉意地向何劲华道谢。何劲华见他脸部肿胀，眼里却俱是笑意，便问他是不是盼着警察尽快把胡改子抓起来？

石浩财直爽地点点头：胡卵蛋没少干坏事，警察抓他一点也不冤。

金彩凤从外面买了两个鸡蛋、两包牛奶放在床头柜上：浩财，你今天出了好多血，多吃点。

何馆长，彩凤姐，我是团烂泥，唉，又给你们添麻烦了。

石浩财既感动又感伤，吸着牛奶，含糊不清地说。何劲华问石浩财想不想白桂花回来，石浩财猛吸口气，牛奶呛进了气管，咳嗽了好一阵才说：她走她的阳关道，我走我的独木桥。

金彩凤笑着说，何馆长问你一句就反应这么大，看来桂花还住在你心里呢！

石浩财又吸了两口牛奶，说你们有什么办法让她回来？何劲华说主要看你的诚心。石浩财哦了声，闭着眼睛没说话，和白桂花的往事涌上心头。

他和白桂花是在东莞打工时认识的，那年他腰部受伤，老板很不情愿地送他入院治疗，伤没好透就让他出院，给他两个月的工资就把他打发了。白桂花将无处可去的石浩财接回了自己的住处，一边工作一边照料他的生活。半年后，他俩结了婚，再后来有了成金、成玉，他也当上了老板，一家四口过了段顺遂的好日子。

唉，自己当初猪油蒙了心，放着好好的生意不做，只想挣快钱，结果落到今日这步田地。想到破产后白桂花跟自己苦熬的那些日子，想到自己酒后打她的暴戾，想到她现今的伤心绝望，悔恨化作泪水，悄悄从石浩财的眼角淌落。

何劲华拍了两张石浩财打吊针的照片，让金彩凤转发给白桂花。

白桂花看到他喝酒喝得打吊针，那不要气死？我不发。

走廊上，金彩凤跟何劲华发急。何劲华说他这打的是戒酒针，以后你每周给白桂花发浩财、孩子和琵琶围的动态，让她知道浩财在进步、孩子在成长、家乡在改变，慢慢把她的心焐热。

金彩凤感叹不已：你这心比女人还细，成仙姐嫁给你好享福啊。说到这里，她的思绪忽然开了小差：哎，劲华，那年我们俩下乡演宣传扶贫政策的灯彩剧，当时的扶贫工作可没现在这么细致。

金彩凤的话把何劲华的思绪带回了1994年。为了宣传国务院出台的《关于印发国家八七扶贫攻坚计划的通知》，何劲华写了一部灯彩剧《八七扶贫放异彩》，这部剧的主演正是金彩凤。

当时你刚从省文艺学校毕业，一进县剧团就挑大梁演主角，那时剧团的女同事眼红你，县机关单位的单身后生全都得了相思病，可惜你左挑右选……

何劲华打住了嘴，金彩凤苦笑着接了下半句：冇错，我左挑右选，最后挑了个烂灯盏。

彩凤，张云海这么能干，在我看来是五千瓦的探照灯，我可不敢这么咒他！

怎么讲他都没关系，他在我心里就是个死佬！

金彩凤站累了，一屁股坐在旁边的长椅上，还拉着何劲华也坐下了：

记得那年我们前脚去村里演出，机关的人后脚就跟着去扶贫，给困难群众送米送油送肉送书包，有的还送钱。困难群众高兴得要死，可冇几日就把东西呷完了、钱用光了，困难群众还是穷得叮当响。

何劲华说那时的扶贫就像撒胡椒面，给生活加点味，让困难的群众暂时好过些，治标不治本，没有拔除穷根。

对啊，就像给一个没有止血的伤员输血，这边输血那边出血，一旦停了输血，伤员马上翘鼻子。

金彩凤的比喻很生动，何劲华深有感触地说：现在不同了，党中央讲要精准扶贫、因户施策、志智双扶，这种扶贫是授人以渔，是造血干细胞式的扶贫，哪怕扶贫队走了，贫困户也能自己造血。所以我不赞同贫困户一有困难，就由扶贫工作队和帮扶干部包办解决，这会惯坏他们的脾气。

金彩凤大为赞同：最关键的还得发挥贫困户脱贫致富的主观能动性，等他们像钱钻子似的去钻钱了，石头也能变成金子。

何劲华点点头：只有这样，我们才能给村子里留下一支能打攻坚战的队伍。

他扭头看了看石浩财，小声说白桂花是石浩财的心病，我们得早点把她动员回来，让她成为石浩财重新启动的马达。

何劲华话音刚落，黄春旺打电话来，说菌棒已经做好，让他们赶快去取。

金彩凤明亮的大眼睛汪出欣喜的笑意：哈，我们胜利在望了！

何劲华、杨明、金彩凤、石栋梁带着村两委和二十多个村民奋战三天，终于把订的三万根香菇菌棒搬到了琵琶峰半山腰的火夹湾，并在王所长的指导下，迅速搭起了简易菇棚，安置好了那些香菇菌棒。

为了照料这些宝贝，何劲华、金彩凤、石养财订出了值班表。这几天热情高涨的石浩财主动请缨，说他会在林子里搭两间竹寮，一间男用，一间女用，以便大家值班时歇脚。

女用的竹寮要建得扎实些。

朱雨飞这样强调，石浩财从鼻子里哼了哼：都是些老白菜帮子，野猪都不想拱。建那么扎实干什么？

从医院回来后，石浩财嫌朱雨飞大嘴巴，泄露了他去胡改子家的事，对她很不满，这两天经常挑她毛病。朱雨飞觉得自己为他好，结果反被这个不知好歹的猪八戒倒打一耙，心中甚是委屈。何劲华连忙力挺朱雨飞，吩咐石养财加固女用竹寮，转身又去做石浩财的工作。

浩财，你播出去的视频内容比朱雨飞讲得更详细、信息量更大，你怨不着她。

石浩财白了两眼和哥哥站在一起的朱雨飞，说她看热闹不怕事儿大。

何劲华笑了：这热闹可是你自己挑起的！

石浩财有些得意。他被胡改子辱骂的视频因内容独特，点击率颇高。胡改子对贫穷的蔑视、他对石浩财和粉丝的辱骂惹恼了广大网友，纷纷留言大骂胡改子，还有人在网上披露了胡改子的住址、手机号码等个人信息，有网友发信息去骂胡改子，也有网友质疑石浩财拍此视频的动机，问他讹了胡家多少钱。

石浩财硬气地发文表态，说本人穷死也要卯朝天，保证除医药费和补牙费外，绝不会多收胡家一分钱！如果有谁发现他多收胡家一分钱，他将赤身裸体在县城街心公园学乌龟爬沙。由于网友的反应太大，捉弄胡改子的人也多，视频播出的当天晚上，有人往胡家的大门泼粪，还有人给胡改子寄狗屎，吓得胡改子这天跟着父亲上琵琶围找石浩财打商量。

当时众人刚刚摆放好菌棒，正坐在菇棚边休息。见到胡改子，石浩财转身想走，被何劲华拉住：他们肯定是来向你道歉的，大老远巴巴地赶过来，这点面子你还是要给。

他们道歉是假，想要我撤掉视频是真。

石浩财果然没猜错，胡改子开口便请石浩财撤掉那段视频，还要他在网上宣布那段视频是恶作剧，他俩仍然是朋友。

石浩财说：我一直把你当朋友啊，那天登门拜访本来是想请你喝酒的，冇想到你又骂人又打人，好像我们是前世的冤家。

胡爸爸一听这话，立即从背包里取出两瓶茅台酒送给石浩财：浩财啊，冤家宜解不宜结，麻烦你跟网友留个言，让他们别再骂改子了，更不要往我家泼尿水。我已经在门口装了监控，谁要是故意搞破坏，我马上报警，到时可别怪我不

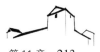

客气！

　　胡爸爸虽然有钱撑腰，但口吻还蛮谦和。何劲华、金彩凤等人对他印象不错，两人悄声敲边鼓，劝石浩财缓和矛盾。石浩财有意就坡下驴，谁知胡改子见他久未表态，心中邪火腾起，忽然扯着嗓子说：

　　石浩财，我爸给你这么贵的茅台酒，还带我特意上山找你，你不要以为我们在求你，其实我们这是在给你面子。

　　我是个穷鬼懒鬼，我不要面子，人不要脸，百事可为！

　　石浩财说着扭身就走。胡爸爸拉住他，请他一定要在网上表态。石浩财说就你儿子这种态度，我只能这种态度。胡改子一听，立即破口大骂：石浩财，你个有娘生有娘教的短命少亡种，你等着！

　　他这话惹起了琵琶围人的众怒。

　　你这人吃了屎啊，怎么开口就臭十里？

　　讲话不留口德，会遭报应的！

　　朱雪飞、许秀珍纷纷开骂，胡改子拾起木棍朝她俩扔去，石拐、刘大有举着担杆要打他，胡爸爸见状不妙，拉着儿子朝天梯口跑去。

　　胡卵蛋，把那两瓶酒给我留下，不然老子整死你！

　　石浩财一声大喝，胡爸爸连忙打住脚，将两瓶茅台酒放在了地上。看着胡家父子俩慌忙逃窜的背影和手捧茅台酒满脸傻乐的石浩财，朱雨飞突然咧嘴大笑道：石浩财，你跟胡改子就是一对屎桶！

　　管他粪桶尿桶，有酒就是米桶金桶。

　　石浩财说着旋开酒瓶盖，张嘴就往里头倒酒，等何劲华上前夺下酒瓶时，他已灌了半瓶茅台酒进肚。

　　何馆长，茅台酒名不虚传哪，香得很！剩下的给大家喝。

　　石浩财嘴里这样说，手里却在用劲，想把酒瓶从何劲华手中抢回。何劲华说了声好主意，仰脖喝了口茅台酒，接着把酒瓶递给金彩凤，金彩凤喝了一口又递给石栋梁，这样传了七八个人后，那瓶茅台酒就见底了。何劲华立刻开了另一瓶，说今天合作社的菇棚落成，鸡苗也定下了，过几天会送上山，这两瓶酒算浩财请客。

　　石浩财伸手去抢瓶子：何馆长，你让我再喝一口！

　　何劲华把酒瓶递给了站在边上的刘大有，急得脸发赤的许秀珍赶紧伸手来接：何馆长，大有和玉琴刚才喝过了，我们还有尝味道呢！

眼看两瓶茅台酒就这样喝光了，石浩财心疼得蹲在了地下，眼泪汪汪地说：你们这些人不懂酒的妙处，这么好的酒给你们喝，真是浪费！

众人见他这样子，既好气又好笑。何劲华上前拉起他：浩财，你只要上满三十天的工，我就请你下山喝一顿酒。茅台太贵，我请不起，风搅雪管够。

对啊，上满六十天的工，我请你喝堆花酒。

上满九十天的工，我请你喝四特酒。

金彩凤、杨明、石栋梁等人开始请客接龙。绕到最尾的朱雪飞时，朱雪飞嫌石浩财前些日子不肯到菇房出工，私下里却偷着去抓鲶鱼、泥鳅卖钱，舌尖立时起了针芒，讥诮地说：石浩财，你要是能做满一年，我请你呷老娘的奶水。

众人哄堂大笑。石浩财趁势拉住朱雪飞的手，说我现在就想呷。朱家姐妹追着打骂他，众人乱起哄，吓得灌木丛里的一群山雀振翅飞起，在湛蓝的天空里盘旋，啾啾唧唧地吵闹着，表达着它们对变化中的琵琶峰的不满。

山雀们是敏感的，这些日子不但琵琶峰开始变，琵琶围也在变。县文广新旅局送的十台电视机到位后，一到挨夜边，哑伯和橘子婆就打开自家屋里的电视机，橘子婆爱看县电视台的采茶戏栏目和中央电视台十一频道，不管是京剧、越剧、昆剧、黄梅戏，全都看得津津有味；哑伯则锁定中央电视台的军事农业频道，因为失聪之故，他总是将音量开得很大，戏曲声和播报声在琵琶围上空织出滚滚声浪。

当何劲华、金彩凤等人将村小组办公室布置成党建活动室＋村史室＋琵琶围之战纪念室时，朱雪飞、许秀珍轮番来找石养财，争着要当这间房子的管理员，说她们会每天打扫卫生，给来客端茶送水。石养财说行，这管理员冇工资，你们不能在这里看电视，更不能用这里的电烧水。两人一听，立即没了兴趣，最后办公室的钥匙还是挂在了石养财腰上。

真是尖尖钻，一点小利都要图，真服了她们。

金彩凤啧啧叹道，何劲华说她们眼前只有这半碗饭，当然要争食了。如果面前有十盘八碗大菜和两大桶米饭，哪个还会争这半碗饭？

也是，说来说去还是穷。但愿我们的香菇菌棒能丰收！金彩凤双手合十地祈祷起来。何劲华笑道：你是党员干部，还信这个呀？

求人不如求己，我这是在给自己鼓劲！金彩凤合十的双手往前一伸，做了个优美的舞蹈动作。

除了求己，我们还要发动群众。今晚开个党员群众大会，你看怎样？何劲华

征求金彩凤的意见。

开会可以，不要开得太晚，我还要和子熙视频，指导她写作文。

哟，彩凤想当作家了？

唉，我这是被逼出来的，县剧团穷得请不起编剧，前两年县灯彩剧团演出的小戏剧本都是我写的，声明一句，全免费，不署真名，名利都不沾。

何劲华早就听说金彩凤文笔不错，听到这儿，他立刻抓差，安排金彩凤起草合作社的章程。金彩凤说章程我真没写过，上网查一下，相信还是能写出来的。何劲华很喜欢金彩凤这种不畏惧的性格，朝她竖起了大拇指。

你别夸我，好好琢磨琢磨今天晚上怎么讲吧！

你等着瞧，今天晚上的会议肯定不一般！

何劲华卖了个关子。

这天晚上，何劲华把那些还没送出去的灯彩全挂在了村小组办公室，映得墙上的党旗越加鲜艳夺目。村民们齐聚这间被各种喷绘标语、图案和表格装点得崭新的办公室，脸上洋溢出喜悦的笑容。何劲华的开场白是笛子独奏《心花万朵开》。这是峙城广为流传的灯彩小调，旋律欢快，歌词诙谐：

> 哥哥见妹心花开哎呀喔嗨哟，
>
> 妹妹想哥快过来依呀依子喂。
>
> 哎呀齐心合力同心干哟喔喂，
>
> 好时好日咯跑着来呀依子喂。

中年以上的峙城人都会唱这首小调，何劲华刚刚吹完过门，屋里便响起了一片"心花开哎呀喔嗨哟"的歌声。金彩凤仿佛看见那些隐形的音符化作钥匙，打开了一把把尘封的心锁。

歌声停歇后，何劲华说上级拨给琵琶围的十万元产业专项资金即将到位，众人拼命地鼓掌。接着他讲解了全国"两会"的主要精神和十三届全国人大一次会议表决通过的《中华人民共和国宪法修正案》要点，念了党中央关于精准扶贫工作的最新精神，金彩凤则从中央电视台3·15晚会的主题"品质消费、美好生活"讲到合作社的生产，说合作社生产的有机产品能有效提高人们的生活品质。她声情并茂的讲话带动了气氛，何劲华趁势给大家提出了要求：

各位老表，今天我们党小组会议加村民大会学习的内容非常重要，大家一定要记住，致富不致富，关键看干部。小康不小康，关键看老乡。脱贫攻坚要强化落地、吹糠见米。要做到人员到位，责任到位，工作到位，效果到位。具体到我们的工作中，就是要求大家一定要严格执行值班纪律，按时上工，根据王所长制定的时间表和注意事项完成任务！

办公室里欢快的气氛变得凝重起来。在这突如其来的安静中，何劲华讲解了合作社的章程草案，公布了股权构成、预期目标和分配原则，众人的情绪随即被点燃。朱雨飞说日思脱贫、夜想致富，原本以为是做白日梦，冇想到这梦就要成真了！石拐说村集体是该占股份，不然连九九重阳节买几个鸡蛋送老人的钱都没有，村支书说话就等于放屁！不想他这话却遭到了石浩财、朱雪飞、许秀珍的一致反对，认为村集体占股太多，应该从中匀些给个人。谢玉琴和刘大有也跟着帮腔。金彩凤想起身制止他们老调重弹，何劲华拉住她说让他们辩一辩，省得到时思想不通，做起事来成脑梗。石浩财的反应尤其大，坚持要分钱，声高震瓦。

谁也没想到坐在门外旁听的橘子婆手拿竹鞭悄悄走了进来，照着石浩财的肩背抽了几下：你个自私鬼，只想到自己。大河没水，小河哪里能满？想当年红军宁肯自己吃不饱，也不会让老百姓饿肚子，老百姓心疼红军，口粮送给红军，自己吃糠咽菜，拆下门板送给村苏维埃当担架，那时哪个也冇想到要占集体的便宜。我打死你这个只想占便宜的懒鬼！

橘子婆边骂边抽，哑伯也在边上比手画脚，嘴里嘟嘟嚷嚷的，他的声援让橘子婆力气大增，可终究老了，手上没劲，竹鞭刚甩出鞭梢就耷拉下来，落在石浩财身上像是挠痒痒。石浩财从橘子婆手中夺过竹鞭，哭笑不得地说：奶奶，你别乱打岔，这件事跟红军有关系。

哑伯这阵子脑子清醒，他紧盯着石浩财的双唇看了阵子，似乎读懂了石浩财的话，上前指着他的鼻子啊啊了几声。橘子婆说怎么冇关系？现今的江山都是红军打下来的，你们守江山的人就得照红军的规矩办。大家都在扎实做事，你要是再当懒鬼，我到地下见了你爸妈，叫他们不要认你！

不认就不认，他们又不能起来打我。石浩财小声嘀咕道。

哑伯扬起巴掌要揍他，石浩财忙缩起了脖子：奶奶，哑伯，我听你们的，不占公家的便宜，只让公家占我的便宜，这下总行了吧？

石浩财说罢小心翼翼地把竹鞭放在门后，扶着橘子婆和哑伯坐下。何劲华、金彩凤走过去朝两位老人家拱拱手以示敬意，两位老人这才不再生气。

如果说这个夜晚是一篇乐章，何劲华吹笛子、众人唱歌便是第一乐章的快板，他的演说和橘子婆的神助攻是第二乐章的慢板，当月亮爬上树梢，山风送来

林涛和夜鸟的啼唱时，这个夜晚便进入了第三乐章的小步舞曲，主旋律是何劲华、金彩凤给石养财、朱雨飞等人分析合作社的利弊、畅谈前景，石浩财、朱雪飞的窃窃私语是清晰可闻的低声部，他俩觉得赵峰和薛丁山给琵琶围人带来了奇遇，如今这奇遇变成了实实在在的菌棒和鸡苗，有些不可思议，朱雨飞冷不丁说这奇遇是政策带来的，要没有精准扶贫的政策，赵峰和薛丁山也不可能来社会扶贫，此言一出，石浩财和朱雪飞不由对她刮目相看；许秀珍保持着她一贯的风格，一会儿在何劲华、石养财他们的谈话中插句嘴，一会儿又转过来给朱雪飞帮腔，是小步舞曲中的和声声部，又像一枚针线，连接着这两个不同的话题。等何劲华、金彩凤落实具体分工时，众人语速快起来，把夜晚的节奏带入了小步舞曲最后的快板阶段。

由于香菇棚所在的火夹湾距琵琶围有好几里路，还要上下天梯，进出不方便，周围也没人烟，妇娘人守夜不安全，尽管石浩财嗷嗷叫，何劲华还是决定火夹湾的菇房白日暂时由朱家姐妹、刘大有、赖秋香照管，夜晚由他、石养财、石浩财、刘大有、石拐在竹寮里轮班值守。琵琶围菇房的菌棒由金彩凤、谢玉琴、许秀珍负责，顺带照料围里的老小。哑伯近来咳得厉害，何劲华打电话请镇医院的吴医生上山，吴医生说他近期在门诊值班，会派别人过来，朱雪飞听后变了脸色：

自从她上次下山，在吴家受了吴母的歧视、气乎乎离开吴家后，吴医生发了两条信息向她道歉，然后就没了音讯，如今又不肯上山，看来是变了心。朱雪飞不由得想起了上次石景芳的话：

唉，雪飞呀，我听讲吴医生正在跟一个妹子搞对象，那妹子二十多岁，长得可水灵了。

石景芳是许秀珍的小女儿，嫁在琵琶镇，公公婆婆身体不好，两个崽女还小，夫妻俩靠打零工度日，生活虽苦，却是五姐弟中最体贴父母的，经常劝三个姐姐和父母和解，偶尔还会给些钱父母，为人本分有良心，围里人对她评价不错，她跟朱雪飞蛮谈得来，但她这话朱雪飞可不爱听。

雪飞，吴医生条件蛮好，你要抓紧啊。何劲华的提醒将朱雪飞从回忆中拽出，她有些不耐烦地道：

我抓什么紧？他爱找谁找谁去！

朱雪飞口硬，心却慌了，当天中午便匆匆赶下山去。等她辗转来到镇医院门口时正值黄昏，街上飘散着炊烟的气息和食物的香味。天像是要下雨，琵琶峰云山雾罩，偶露峥嵘。朱雪飞抖落了衣衫上的几片落叶，在门诊部找到了正要下班的吴医生。

雪飞，你怎么来了？吴医生很意外。

朱雪飞说橘子婆和哑伯的老慢支发作，谢玉琴奶奶的褥疮发了，小勇的药也断了顿，自己下山来帮他们开药。吴医生瞅瞅天色，说你今晚得在镇里住，明天一早会有医生跟你上山给老人看病，接着他看看表，说他要去学校接孩子。就在这时，有人用板车推了个病人过来，年轻的值班医生应付不了，吴医生只好留下来加班，这边拨通了电话，请一个名叫小英的女人帮他接儿子龙龙。小英不肯，朱雪飞猜这个小英就是吴医生正在交往的妹子，虽说以前她不想嫁给吴医生当两个孩子的后妈，更不愿受吴母的百般挑剔，可真看到吴医生要跟别人了，心竟针扎般的疼。她脑子一热，大声地说：我去接龙龙，我会送他归屋下，你安心加班吧。

不等吴医生回话，她逃也似的走了。

这时，天上碾过一个响雷。春天万物复苏，雷公也在蠢蠢欲动，朱雪飞觉得自己的心跟正在拔节的秧苗似的，发出了生长期特有的轻声欢唱。

次日上午，镇医院的刘医生到琵琶围给几位老人看病，带回个爆炸性新闻：朱雪飞留在吴医生家当保姆了！

朱雨飞早就接到了大姐的电话，她跟石养财抱怨，说大姐好奇怪，原来看不上吴医生，现在又热脸去贴人家的冷屁股，何苦来哉？石养财瞅瞅四周无人，将她冻得酱紫的手揣在自己怀里焐着。

你姐以前不理吴医生，主要是嫌吴医生的妈妈太挑剔，很难讲话。现在有人跟她抢吴医生，你姐又不舍得了。

朱雨飞想了想，大姐还真是这心思，不由越发佩服起石养财来：

你眼水好准啊。

不准我能看上你？

去，说你胖你就喘。哎，你猜我姐能在吴家待多久？

两三个月吧。

朱雨飞扬起细细的弯眉：我敢打赌，后天我姐肯定回琵琶围。

果不其然，当这场倒春寒将琵琶峰上纤细的雨丝变得越发粗壮时，朱雪飞顶着张冻得通红的脸回到了琵琶围。进屋之后便倒在床上，狠狠地捶了几下床板。

姐，怎么了？

有事，在砸跳蚤。

朱雪飞的确有种拳头砸跳蚤的无力感。吴医生是个好人，他也很喜欢自己，可为什么要摊上那样一个妈呢？

吴医生之所以两次离婚，是因为两任妻子都无法和吴母相处。吴医生六岁时父亲过世，在高中当化学老师的母亲没有再嫁，含辛茹苦地拉扯大了他，母子俩相依为命，吴母也因此养成了说一不二的脾性，始终将儿子当成六岁的细伢子看，家中凡事须由她做主，对儿媳有诸多古怪细致的要求，比如在家中不许关房门；油盐酱醋茶糖都用量杯装着，旁边贴着用量数，犹如学生常背的化学元素周期表；炒菜必须按吴母的做法，连刀工都有具体规定；水杯也有刻度，一次喝多少也有定量；衣服必须先手洗干净再放洗衣机里洗；床单只能横着晒，不能竖着晒，不管内衣外衣都要翻过来；家中的衣橱上贴着标签，注明了里面的衣物种类、件数、材质、购买日期和购买价格，总之凡事皆要根据她的标准和喜好来做，否则便吵闹不休。那个小英是吴母介绍的，尽管吴医生和两个孩子都不喜欢她，可吴医生却不敢拒绝。当吴母见吴医生将朱雪飞带回家中做事，又听儿子抱怨小英时，眼睛便成了放大镜，朱雪飞的每根头发丝都没长对，百般挑剔不说，还以死相挟，朱雪飞见吴医生为难，再说她已明白吴医生并非真的喜欢小英，第三日早晨便拎包回了琵琶围。

唉，吴医生人倒蛮好，偏偏摊上这样的妈，真是遗憾。朱雪飞叹道。

朱雨飞见大姐心灰意冷，脑中突然闪出个念头。她附在朱雪飞耳边说了几句话，朱雪飞倏地翻身爬起：

这倒是个好主意，我怎么就没想到呢？不过，这有用吗？

你跟吴医生有缘，别就这么打退堂鼓了，试一试吧。

朱雨飞鼓励她。朱雪飞看了看这个张飞穿针——粗中有细的妹妹，说你真的宁肯跟养财也不要打屠佬？

朱雨飞点点头：养财人好。

人好当不得饭吃，你以前受过伤，养财的脚不好，你们俩凑一对，那就是两个"坏人"了。

朱雪飞穷怕了，希望妹妹能嫁个有吃有穿的好人家。

朱雨飞笑道：两个"坏人"在一起过上了好日子，那我们都成好人了。

你倒是乐观，女人是两只箩的命，一箩是父母给的，一箩是老公给的。我们姐妹俩，唉，不讲了，嫁给他，只要你不后悔就好。

朱雪飞刚才想起了苦命的唐有才兄弟俩，心情郁结。那段短暂而甜蜜的婚姻生活倏地闪现在朱雨飞眼前，再对比现今的孤独冷寂，她不由叹道：

姐，过去的就过去了，再想也有用。现在政策这样好，我们俩有手有脚，只要下力干活，就不信摘不掉那顶穷帽子。

看着自信满满的朱雨飞，朱雪飞点点头：你既认定了养财，以后我就不再难为他了。

朱雨飞握住姐姐的手，眼中俱是憧憬：姐，到时候我们俩一起办婚礼。

房间内，因了朱雨飞这句话，竟氤氲出一片祥光来。

第 *12* 章

心想上天天又高，

做梦发财养鸡苗。

铁打荷包要开口，

石上剖鱼磨利刀。

——摘自《峙城客家歌谣集》

养鸡场的地址是朱雨飞选定的，距火夹湾的香菇场有二百多米远，坡上长满苦荬菜、军菊苣、鸭趾草和车前草，土里有蚯蚓和各种虫子，两边山谷的灌木丛和树林很密，鸡躲在其中可以防老鹰，有些老树蔸里还有白蚁，食材较为丰富。这块地方她和石养财看了不下五遍，两人都觉得不错，这才带着何劲华、金彩凤来看。他俩对养鸡不在行，便拍了视频发给王所长看。王所长回话说这地方选得好，并建议盖个鸡棚。何劲华征询众人意见时，大家倾向于纯野生放养，让鸡栖息在树林中，说这样养出来的鸡能卖高价，建养鸡棚一事就此搁浅。何劲华原本提议让石浩财负责养鸡场，杨明不同意：

石浩财虽然近期表现有进步，可他情绪不稳定，万一哪天撂了挑子，或者把鸡都给养死了，我们怎么交差？

杨书记说得有理，浩财的身子骨被酒泡软了，眼下还挑不起这副重担。

石栋梁也不敢拿养鸡场冒险，在村里征询了几个群众代表的意见，还打电话问了石生财的想法，大家都不看好石浩财，众人议了一阵，最后决定在场长选出来之前，暂时先由朱雨飞负责管理养鸡场。

此事宣布后，石浩财先是骂他大哥偏心朱雨飞，转身又冲到何劲华住处，朝他吹胡子瞪眼：

何馆长，那天你问我搞产业是要种香菇还是养鸡，我挑了养鸡。凭什么养鸡场现在让朱雨飞负责？

何劲华提醒道：浩财，当时我问的是你个人的产业项目，现在这是合作社的产业项目，两者性质不同。

同不同都是你们嚼出来的。哼，还是信不过我！

浩财，香菇场这边有三万多根菌棒，这是大项目，你先协助你哥管好香菇场，雨飞那边也只是暂时负责。至于场长，还得开村民大会选举。

石浩财晓得自己选不上，立刻像霜打的茄子——蔫了。这两天干活无精打采，此刻也不接话茬，脸上挂着事不关己的漠然。

雨飞说的那个地方适合养鸡，不过得在鸡舍和香菇场中间拉上铁丝网，不然鸡会啄食菌丝。

何劲华觉得石养财考虑问题周全，鼓励他多出点子。石养财悄悄叹了口气，说他眼下只想到这么多，便皱眉袖手地不再吭声。

经过相关程序，前日石养财接到了村里同意他退出贫困户的通知，这两晚他没睡好觉，昨天大半夜还发信息约朱雨飞出来谈心。朱雨飞晓得他压力大，但这么晚出去怕人讲闲话，便在电话里陪他聊了半个多钟头。石养财说以前遇到难处了，打个电话找帮扶干部，帮扶干部会帮着操心解决，如今成了非贫困户，少了干部的包户帮扶，自家能不能拼出来，他心里没底。

养财，有驻村工作队，有大家，有我，你别担心。

听了朱雨飞这话，石养财下半夜总算睡着了。今日一早爬起，石养财眼圈乌青地敲开了何劲华的房门，迫不及待地向他讨教发展真经。

何劲华鼓励他说：养财，你现在主要是见识少，胆子小，机会摆在面前也看不见抓不着，接下来县里会举办一系列创业技能培训班，我们会推荐你去学习，让你开眼界，说不定就能找到致富的门路。

何劲华此时已收到各村向乡镇推荐参加县创业致富带头人培训班学员的通知。第一期培训班全县才三十个名额，参加培训班的人选要做过产业或有发展产业的技术技能，竞争较为激烈。他想到石养财以前跟哑伯做过椴木香菇，有发展产业所需的一定技能，于是跟金彩凤、杨明、石栋梁等人商量，琵琶围村推荐石养财参加创业致富带头人培训班，并取得了邱小楠和唐部长的支持。但因为还没接到正式通知，何劲华怕万一不成反而挫伤了石养财的积极性，所以先保密。

何馆长，我还是怕自己能力不够，到时像浩财一样成了笑话，那不是打您和

金大姐的脸吗？

今天早上石养财快快离去时丢下这样一句话。这会儿见他愁眉不展，何劲华知道他还在担心，又特意鼓励了他几句。金彩凤也夸石养财刚才的建议很好，说着大家分成几个小组，有的上山砍竹子，有的剖竹子，七手八脚地在养鸡场和香菇场之间拉起了竹篱笆，又挖空倒地的大树做了几对食槽，还铺设竹笕将水引到养鸡场，用石块和水泥搭起了蓄水池、消毒池，众人齐心协力地挖了个大坑，在坑底和周围糊上水泥，铺上塑料薄膜，到时用来堆存鸡粪。没日没夜地忙了四天整，终于干完了这些活，就等新买的菌棒和鸡苗上山了。何劲华见天色尚早，天气也不错，招呼大家回村小组办公室开会。当石养财念完村两委和驻村工作队讨论好的合作社员工分工后，朱家姐妹、石拐、谢玉琴举手赞同，刘大有夫妻说随便怎样都行。石浩财态度坚决地反对朱家姐妹分管养鸡场：

鸡苗是我提出要买的，养鸡场得归我管。

石浩财这话就像烧红的火炭落在了地上，一时间火星四溅。

朱雪飞冷笑道：当初要钱你闹得最凶，要不是何馆长、金大姐出面把钱放在了合作社，只怕你那一万块钱早当成尿水屙掉了，屁苗都冇一根。

听了分工后，许秀珍气得浑身发抖、嗓子发哑，好一阵才说出话来：何馆长、彩凤妹子，这个分工不合理，香菇场由养财、浩财两兄弟管，养鸡场由朱家姐妹管，我跟石拐、谢玉琴管上面的菇房，刘大有两口子两边做工，这不是欺负人吗？

三嫂，三哥也是要管香菇场的呀！

石养财急急地分辩道。许秀珍哼了哼：

你们只是让他晚上守菇棚，这是出苦力，不是让他掌印把子。

三嫂，刚才说的只是暂时的分工，这两个场的场长得根据合作社章程选举产生！

许秀珍根本听不进何劲华的解释：何馆长，我信你跟彩凤妹子，可我信不过有些人，他们只会欺负我们这些老实人。你和彩凤妹子非要选场长，我们也冇话讲，选出来的场长是猪是狗我都认呗！

许秀珍想到自己夫妻俩肯定选不上场长，先把将来的场长给骂了。

三嫂，像你这样撬屁股的老实人天下少见！

朱雪飞嫌许秀珍横打一耙，尖牙利齿地挖苦了她两句。这下可捅了许秀珍的马蜂窝，她跳起脚来骂朱雪飞，眼看两人又要乌眼鸡似的斗起来，何劲华忙从腰间抽出笛子，吹起了电影《闪闪的红星》里的插曲《映山红》。优美的旋律、细腻的真情把人带入了绚烂的花海和血与火的岁月。在这样优美的笛声中，许秀珍和朱雪飞再泼辣也无法骂出口。两人互瞪了一会儿，转身气乎乎地坐下。

一曲终了，众人沉浸在笛声营造的凄美、深情的意境中。情感充沛的金彩凤、细腻敏感的朱雨飞、文静内向的谢玉琴已听得泪水涟涟，刚才还怨气冲天的朱雪飞、许秀珍的心灵和神态也跟着柔软下来。

最令何劲华意外的是橘子婆，她走过来，混浊的双眼噙着泪光：何干部，我看过那部潘冬子的电影。大山走的时候比那个冬子大不了多少呐！

哑伯再次显示了那种令何劲华惊异的神奇能力。他看着橘子婆的嘴，然后比画了一下高度。何劲华忙用极慢的语速说他想跟哑伯讲西天。他反复讲了三遍，哑伯终于点了点头。何劲华觉得哑伯之所以对他的话反应略显迟钝，应该跟他的北片口音有关。

峙城虽小，却十里不同音。琵琶围在南片，讲话的口音接近福建，而何劲华的老家桃江靠北，讲话口音跟琵琶围有差异，这大约给哑伯理解他的话造成了某种障碍。

最近虽然在忙合作社的事，何劲华并没有忘记破解哑伯的口形，夜晚只要得空，就对着自己给哑伯录的那些视频琢磨，前天还打电话问常莉玲有冇找到懂口形的人。常莉玲说专业的聋哑学校有手语教学，但无人对口形，后来她在网上发帖，好不容易征集到一个喜欢通过对口形来破解微表情的东北大咖，常莉玲发了几段自己讲峙城话的无声视频过去，结果对方看不懂峙城话的口形。

劲华，没戏，你得自己去破解哑伯的秘密了。

常莉玲说她马上要去市委党校学习两个月，这件事暂时管不了。何劲华晓得以她喜欢深挖一口井的脾气，是绝不会轻易放弃哑伯这口富矿的，但也别指望她蹲在琵琶围把事情搞清楚。哑伯的事他得自己上紧。

带着一种抢救国宝文物的想法，何劲华这天晚上又给哑伯录了近两小时的视频。哑伯虽老，心里却明镜似的，而且这天晚上他精神出奇地好，他缓慢地翕动着嘴唇，有时还打出各种手势，再配上表情，竭力让何劲华明白他的意思。何劲华看着哑伯和墙上那几张陈旧的《闪闪的红星》的剧照，感觉自己跟着老人走过了漫长的岁月。

哑伯有些咳嗽，橘子婆早晚会熬葱头陈皮姜汤给他喝。何劲华录像时，她端着碗姜汤走进了镜头。这段时间橘子婆近事健忘、往事清晰，她愣怔了好一会儿

才对哑伯说：你讲你是红军，是红军你哪个会对不住大山呢？我打你你不怨我？你是当了白匪呀，怎么怨我？

橘子婆盯着哑伯的嘴唇，神情激动地喃喃道。

何劲华说：婆，你能听懂他讲的话？

橘子婆说八十多年了，他翻来覆去就是讲这几句话，猜也能猜出。何劲华连忙请橘子婆坐下听哑伯"讲话"，坐了十多分钟，橘子婆"翻译"出的还是那几句。两位老人走后，何劲华回想着自己当年和父亲的交流，反复观看录像，又比照橘子婆"翻译"出的哑伯那几句话的口形，逐字抠着，他相信只要坚持，滴水定能穿石。

在何劲华试图解开哑伯的身世之谜的同时，金彩凤承担了采访橘子婆并为她录像的任务。何劲华担心金彩凤不擅访谈，会漏掉自己想了解的要点，遂向常莉玲学习，撰写了详细的采访提纲。金彩凤看后吓了一跳：你真把我当记者了？

你比记者厉害，整个剧团就你能写剧本！

哎，劲华，我这种大妈最经不住别人夸，别人一夸我，我可就当真了。

谈到文学，金彩凤眉飞色舞。何劲华说每个人都有文学家和艺术家的潜质，只不过大部分人被埋没了。

对呀，像朱雨飞的手就很巧，只可惜肚里没墨水。

金彩凤大有同感。这段时间她借助和老母亲打交道的经验，这段时间已跟橘子婆、朱雨飞、谢玉琴等人处得像亲戚，她们不跟何劲华讲的话往往会跟金彩凤讲。橘子婆告诉她，前不久朱家姐妹听说大哥朱六亿得了癌症，恐时日无多，便想让细侄贵虎改回朱姓，回琵琶围继承朱家的血脉，日后好给她们养老送终。谢玉琴还想跟石生财和好，两人经常有联系，也许通过她能把生财拉回来。

怎么我去的时候她们都不讲这些？

何劲华到琵琶围后经常走家串户，可除了石养财对他坦诚以告外，其他人却把真实的想法当成冬笋，掩埋在提防的深土层中，他知道土层下有东西，却挖不出来，还好金彩凤的舌头像鹤嘴锄，能把一些人脑缝里的东西抠出来。

金彩凤接着又告诉他另一条消息：石拐两公婆请我写状子去法院告女儿女婿不履行赡养义务哩！

真的要去告？何劲华吃了一惊。最近许秀珍逢人便讲女儿女婿有孝心，要去告状，何劲华劝了他俩好几回，还给石拐的四女儿石景芳打过电话，请她们姐妹四个回家看看爷娘。石景芳去找三位大姐，姐姐们一个比一个火大，说父母都要告我们了，我们不想归屋下找骂。石景芳没办法，只好独自赶回了琵琶围。她劝了半天，石拐同意不告状，许秀珍却仍然坚持要与女儿女婿对簿公堂，气得石景芳跺脚，找到何劲华、金彩凤说清官难断家务事，你们随她去吧。

劲华，这许秀珍好刁，和女儿、女婿搞不好关系，跟邻舍也难相处，你看最近合作社的事，她总是拈轻怕重、推三阻四。石拐大哥人不错，可拗不过许秀珍。

说到许秀珍，金彩凤满腹牢骚：前几日许秀珍说石拐骨结核病发作，不能去香菇棚守夜，害得你天天帮他值班。她家的田也是大家帮着翻的，菜地也要别人帮着浇，只怕许秀珍还指着我们给她家插秧、点豆呢！石拐要是讲她，她就跟石拐打架，唉，真是没治了。

何劲华猜许秀珍、石拐之所以如此，还是对上次的分工有意见。

彩凤，你的心情我理解，不过最近倒春寒频发，也可能石拐是真发病了。

劲华，不是我讲你，其实你是晓得许秀珍思想上有疙瘩的，但你不会去说破，你这人哪，说得好是注意工作方法，说得不好就是有点绵。石拐要真有病，那天讲到女儿女婿就不会那么大声，把门口的鸡鸭都吓得嘎嘎飞走了！唉，这里的人真是难弄。

由于许秀珍怠工、石拐最近犯病干不了活，琵琶围菇房通风浇水的事情一大半落在了金彩凤、朱雨飞身上，朱雨飞家里家外一把抓，事情繁多，但她仍在咬牙坚持。朱雪飞以前只动口不动手，这次还算不错，承担起了自己的那份工作，但别想她分担石拐夫妇的事情。刘大有夫妻很听话，叫他往东不往西，做事只求不出错，但绝不多出一份力。谢玉琴的母亲摔伤了腿，跟奶奶一样躺在床上要人照顾，天气逐渐变热，小勇每日不肯洗澡洗脸，谢玉琴还得哄着这个弟弟，家务缠身的她对合作社的事实在是有心无力。

想到这些，金彩凤不免烦躁。而香菇场的突然上马，也给何劲华带来了莫大的压力，他最近天天晚上带着石养财、石浩财看香菇栽培的视频和书籍，不懂之处及时打电话向王所长请教，生恐不慎犯错，影响香菇的生长。除去技术的原因，目前最难办的是缺人手。

石浩财最近闹情绪，虽然连续上工，但干活不上紧，效率欠佳。刘大有不肯多值一天班，石拐的缺口只有何劲华和石养财来顶。这几日何劲华天天在香菇棚住，偏偏最近林中野猪频现，有好几次野猪半夜窜到了菇棚附近，何劲华、石养财只得起来撵野猪。这种惊扰加重了他的失眠，将他的两个眼圈涂成了暗褐色。

劲华，我是真服你，我们都忙得屁股不落凳了，你还想着要破解哑伯的身世

密码，又要采访橘子婆。帮你没问题，但我先给你打声招呼，我采访的东西你不能给常莉玲用。

何劲华向她举双手投降：彩凤仙女，你采访的东西我怎么会给常莉玲呢？

你们俩是同学，关系老铁，她要出成果，她撒下娇，你不就给她了？

你不是柳传志，不要联想好吧？

何劲华有时怕跟女同志打交道，只要发了轴，半天扯不清。好在金彩凤只是顺嘴说说，接着仔细看了下采访提纲，又问了两个问题，这才叠好放起。

时已黄昏，暮霭沉沉、群山苍茫，归鸟在天上急急地掠过，远山近树显出淡淡的忧愁。何劲华站在围门口，看见远处闪烁的灯光，忽然有些想家，但迈向火夹湾的脚步却没停下来。金彩凤同他一起往下走，权当散步。看着他乌黑的眼圈，金彩凤说你们能不能一人守一晚上？每天晚上两个人，长期下去肯定轮不开呀！

何劲华说最近野猪闹得欢，万一野猪来拱香菇棚，两个人好办些。至于他的失眠，早就不碍事了。金彩凤觉得石浩财最年轻，建议让他专职守夜。何劲华说合作社初起，现在又是春耕时节，怕浩财这个壮劳力值夜多了，会影响其他的农活。

昨晚上开碰头会，你说浩财最近不错，已经连续上了八天工，那我们再给他加点码，明天让他帮着养财把那几亩黄豆点下去。

金彩凤性子急，恨不得两天就拔掉石浩财的懒筋，何劲华说他已经跟石浩财说过种黄豆的事了，话没讲完，浩财就说自己腰伤复发，抡不起锄头。

懒人推屎尿，推到脚长毛！讲到底还是懒筋在作怪。金彩凤叹了一口气。

对了，最近我一直跟橘子婆聊天，还录了她的音，你采访提纲里的问题我早就问过了，我根据那些聊天内容写了篇文章，过些天发给你看。

何劲华有些意外：这就开始写作了？

金彩凤点点头：我早先觉得写作好神秘，现在偷着写了几篇，发现只要把自己的心里话写出来，其实就是一篇文章。

何劲华以前认为金彩凤缺心少肺，将来肯定会成为一个穿着五颜六色衣服，不是邀伴去旅游拍照，就是跟一帮人跳广场舞的标准大妈，没想到她心里还潜藏着文学梦和画家梦，不由对她多了几分敬佩。

这天夜里一直下雨，竹寮透风，棉被外加毯子也没挡住春天的寒气，何劲华冰着两脚很难入睡，正盘算着明天要做的事，石浩财拍着竹寮门问他有没有睡着。

请进！

随着"吱呀"的开门声，何劲华闻到了淡淡的酒气。

又喝酒了？

冇。我把开水倒进空酒瓶荡了荡，那水喝起来香。

你呀，酒瘾犯了！

唉，你可别说，这酒瘾就像毒瘾，好难戒。有时候我明明不想喝酒，可身体不听话，不喝酒就像病了似的，心里痒痒的，熬得好难受。

石浩财边说，边塞给他一个热水袋：

山里的倒春寒比冬天还冷，你在城里待惯了，得用热水袋暖着才能睡着。

这时一道闪电划过，何劲华看见石浩财穿着套棉毛衫裤站在面前，头发乱得像鸡窝。

风那么大，你赶快回床上去，要么钻我被窝里？

何劲华怕他冻坏，拿起床毯子递给他。石浩财一边说不要，一边噼噼啪啪地跑回他那间竹寮，几分钟后他裹着被子冲了回来，不等何劲华发话，双臂一撑，坐在了竹床上。

何馆长，你做好牺牲的准备，我的脚很臭。

在石浩财开心轻快的笑声中，一股奇臭袭来，熏得何劲华差点作呕。

浩财，你人长得像模像样，卫生习惯那么差，过些日子我们要去请桂花回来，从现在开始你每天洗脚，省得把人熏跑。

何馆长，你冤枉我了，我每天都洗脚，可我天生汗脚，一穿球鞋就臭翻天。

石浩财气急地辩解道。何劲华笑了：只要桂花不嫌你就行。你现在过来，是不是有话要讲？

嗯，何馆长，一个人摔倒了，要爬起来真难哪，要不是你跟金大姐拽着我，我真想就这么躺着不走了。

浩财，养鸡场冇给你管，我晓得你心里不舒服。你想向大家证明你的能力，这很好。但大家对你的认识也还有个过程，你说是不是？

石浩财连叹几口气，突然道：前几年我刚从东莞回到琵琶围，一到晚上，我就觉得自己回到了古代，当时特别难过。何馆长，你舍了县里的好生活，到这儿扶贫，图什么呀？

石浩财情绪不佳，说话时嗓音发闷。天公像是有意要打扰他们，发出了低沉的怒吼，紧接着几个响雷落在了附近的山上，震得竹寮唰唰响，树枝像是疯了，

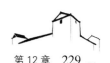

抽打撕扯出奇怪的响声。湖里的水汽漫上来，鱼腥味和腐殖质的酸甜让空气变得醺稠，何劲华的思绪飘回了军中岁月。

我十九岁在福建军区某工程兵部队当兵，那年春天我们在山区建一座桥，七月中旬连下几天的大暴雨，建桥的那条河决口了，我们排去木棉村疏散群众，冲锋舟超载，必须下来一个人，而这时刘排长接到了电话，说新的洪峰来了，留下的人很危险。

何劲华眼前闪现出一个模糊的身影，他站在已经被淹的房顶上，朝自己和冲锋舟上的村民挥着手，响亮的喊声隔着几十年的岁月飘过来，像只看不见的小手，揪得他心疼：你们快走！我没事儿。

一阵山风吹开了竹寮门，雨水浇湿了何劲华的脸，他舔了舔唇边，雨水是咸的，也许其中还有泪？

后来呢？在雨夜交响曲里，石浩财的声音怯怯的，像是怕惊扰了什么。

何劲华一骨碌爬起身，裹着被子和石浩财并排坐在了竹床上，悬着的双腿有些寒凉，心却奇怪地热起来。

新的洪峰冲毁了房屋，排长牺牲了。那年他才二十三岁。后来我们连长成了企业家，他接走了排长的父母，给刘爸爸、刘妈妈买了套房子，这几十年一直像儿子一样照顾他们的生活。

风雨声突然遁去，只有何劲华的声音在石浩财耳边回荡：我们连的战友每年都会给两位老人汇款，大家还会轮流去看他们，可惜去年刘爸爸走了。

听到这儿，风忽然呜咽起来，猫头鹰的哀啼从风声雨声林涛中钻出，衬得火夹湾的夜晚荒凉瘆人。何劲华倏地鼻头一酸，泪腺痒痒的，接着眼眶变得热辣，哽咽道：

排长的家在大别山区，我去过，比琵琶围还穷。排长牺牲前跟我说，他退伍以后要去做生意挣钱，他要给村子里修一座水泥桥，让村里人不再走危险的木桥；他想给家里买一台碾米机，省得村里人收了新谷还要挑到十里路以外的圩上去碾米；他想帮小学盖一间新教室，不让学生们在漏水的老屋里读书。

也许是今天的天气令人感怀，何劲华激动得说不下去。石浩财怕他着凉，用自己的被子盖住了何劲华的双腿。

我明白了，排长想的，就是您和扶贫工作队眼下在做的。您这么拼命，是在代排长尽心。

石浩财的声音越来越清醒。何劲华抹了把脸，总算将思绪从回忆中拽了回来：

我没有想那么多，只是觉得排长为了群众，连命都不要了，我们多做点事算什么？排长生前最大的愿望就是帮助村里人摆脱贫困，我现在有幸当了扶贫干部，就得帮排长实现他的遗愿。

排长的老家脱贫了吗？

前年就脱贫了！排长若九泉有知，肯定希望所有的贫困村都能像他的老家一样脱贫致富！

什么时候我也想去您排长的老家看看。

这时寮外的山风如同群鸟，在树梢上飞上飞下，激荡出阵阵昂扬的哨音。石浩财冰封的心忽然裂开道缝隙，涌出的热浪令他语声略显嘶哑：

何馆长，上次订鸡苗的厂家目前只有一千羽鸡苗，与其等他的第二批鸡苗，还不如用那笔钱到另外的养殖场购买五黑鸡。我们这儿很少人养五黑鸡，现在五黑鸡的市场价每斤能卖四十到五十元，鸡蛋一块六一个，比普通鸡更卖得起价。

石浩财又介绍了通五黑鸡的特点和他的打算，虽然思路还很杂乱，但何劲华却体会到一个辛勤耕作的老农看见费尽心血栽种的庄稼扬花抽穗时的那份喜悦。

这个雨夜带给何劲华的除了喜悦，还有思路的改变。次日他即打电话向王所长询问五黑鸡的情况。王所长说五黑鸡有一千三百多年的养殖历史，黑毛、黑皮、黑肉、黑骨、黑内脏，生的鸡蛋外壳呈绿色，被誉为东方神蛋、华夏明珠。

何馆长，五黑鸡的绿壳蛋妇娘人坐月子时能当药引子，鸡肉特别鲜嫩，生长还蛮快，抗病能力强，滋补胜甲鱼，养伤赛白鸽，美容如珍珠，性价比高。

何劲华随后上网查了资料，并当即跟石栋梁、杨明、金彩凤、石养财、石浩财、朱家姐妹等人商量，大家听说养五黑鸡比养普通鸡划算，一致同意把镇里拨的十万块产业专项资金和赵峰、薛丁山捐给合作社的五万元启动资金用来购买五黑鸡脱温鸡和饲料。棘手的是他们已经订了一万元的鸡苗，石养财打电话给订鸡苗的养鸡场要求退订。养鸡场老板说退货可以，订金和预付款不退，何劲华当时订的鸡苗偏大，养鸡场要的订金和预付款偏高，白白损失很可惜。

何劲华跟养鸡场老板讲这是给贫困户订购的鸡苗，让他扣除5%的违约金后余款退回，对方就是不松口。

眼看他们讲得牙出血，旁边的石浩财摁不住了，劈手从何劲华手中抢过电话，说老板，我就是那个贫困户，我得点钱不容易，拜托你多关照。我也不会亏待你，你要是答应退货，下午就给你送些红菌干过去。你要是看得起我，我请你呷酒，一生一世当你是朋友，为你两肋插刀，有朝一日我养鸡发财了……

石浩财开始满嘴跑火车，听得旁边的金彩凤、何劲华等人直笑。说来也怪，养鸡场老板对何劲华那番斯文解释无动于衷，却吃石浩财这一套，十多分钟后，两人居然互加了微信，接着就退了订金和预付款。

何劲华叮嘱道：浩财，只要不违规、不犯法，买鸡苗这件事你当全权代表。石浩财满脸笑容地向何敬华敬了个礼：报告何馆长，我虽然当不了排长，也当不了排头兵，但这一次我决不会当逃兵！

忽忽满月这天正好是包村干部上户的日子，何劲华、金彩凤、杨明、小于和镇里的包村帮扶干部，石栋梁、石钟、大牛、石养财、石浩财和琵琶围的十几个村民把三千羽脱温鸡和两千多斤玉米、碎米运上了火夹湾，因是散养，养鸡场没搭鸡棚，只用篱笆将荒地围起，在距香菇场两百多米的地方，用木板架起了三座峙城的传统粮仓储放饲料。峙城人最早住的是木板房，为防失火时殃及粮食，老表们把粮仓建在距房屋几百米远的院坪屋场或田间地头，且从不上锁，奇的是极少有人丢粮，足见此地民风之淳朴。这种粮仓四四方方，底板与地面间有两尺高的空隙，以便通风排湿。何劲华童年时经常和小伙伴们在老家那几十座粮仓间捉迷藏，夏月皓洁，少年们跑动时扇起的风常常将流萤吹得忽上忽下，最后形成片片舞动的光斑。

如今站在这三座崭新的粮仓前，嗅着林间雨后清新的空气和粮仓新木的芳香，何劲华仿佛听到了外婆的声音：

华牯，外婆从小吃的是琵琶围人的百家饭，琵琶围人都是我的恩人。大家对我很好，哪怕后来有人讲我有麻风病，琵琶围人也从来冇赶过我。我和你妈冇本事，没报多少恩，你长大了可一定要把琵琶围当家，报答大家对外婆的恩情。

外婆这番话木楔似的楔进了他的脑海，让他每次回想起来都有种从血肉中拔钉子的刺痛——有段时间他不但忘了外婆的叮嘱，还视琵琶围为不吉之地，避之而不及，更别说报恩了！昨晚他最想跟石浩财讲的，其实是他对琵琶围的这份歉疚。

何劲华这边的思绪在发散，小鸡们却没这份多愁善感，它们叽叽喳喳地追逐着。众人注视它们的目光充满爱意，好像在看行走的金元宝。这些五黑鸡脱温鸡六两多重，市面上卖十六块一羽，石浩财和一起前往采购的石钟一个唱红脸，一个唱白脸，愣是每羽少给了两块钱，为合作社省了六千元。

何馆长、金大姐，为了合作社，我是又请人吃饭，又买烟送人，差点把裤子给当了。石浩财好久没有这样在人前扬眉吐气了，说话时兴奋得手舞足蹈。

许秀珍一直心里有气，此时正好借机发挥，说风过留痕，雁过拔毛，你不从锅里往碗里扒就算好了，还指望你倒贴？你怎么不讲你为合作社省了一万多呢？

许秀珍，你别满嘴喷屎，我问你，你哪只眼睛看见我从锅里往碗里扒了？你拿不出证据我削你！

这许秀珍怎么回事？跟疯子似的乱咬人，太过分了！金彩凤皱起了眉头。

三嫂，你冷静些，冇证据乱扣帽子可不好。

何劲华正轻声细语地劝着许秀珍，石浩财呼啦一下冲到了许秀珍跟前，扬手就要打她。许秀珍闪身躲到何劲华身后，开始哭诉大家对她的不公：

哎哟喂，你们是夜晚偷柿子专捡软的捏，香菇场冇我们的份，养鸡场也冇我们的份，我们两个又冇死，现在由着你们这样欺负，还不如干脆拿棺材把我们埋了！

许秀珍说着放声大哭。

三嫂，你小心惹犯！谢玉琴、刘大有齐声提醒许秀珍。"犯"是这一带客家人传说中的山魈，只要谁敢在岭中大放悲声，它便会让人做噩梦或者得病，惹"犯"之后得用雄鸡血点额头才能驱除。许秀珍猛地敛了哭声。

三嫂，你刚才那不是在讲闲话，是在诬蔑人，你得向浩财道歉！

金彩凤拉下面孔，表情严厉得吓人。

三妹，这是你的不对了，还不赶快向浩财赔个不是！

石栋梁和石拐是未出五服的亲戚，他这次没给许秀珍留情面。

何劲华还在对许秀珍晓之以理、动之以情，不吭不哈的石拐突然举手要扇许秀珍耳光，被何劲华一把擎住胳膊：

三哥，上次在赵董和薛总面前你就打了三嫂，可不能再打人了。

许秀珍，你以后要再敢血口喷人，我饶不了你！

石拐撂下这话，朝石浩财拱了拱手：对不住了，浩财。

石拐，你个没出息的！

许秀珍的尖叫像利刃劈开了山中浓稠的绿色：你们都来逼我，我不活了！

她扭头往旁边的松树撞去，幸亏何劲华和石养财拉住了她，这才免了场祸事。

石浩财叹了口气：何馆长，金大姐，你们找三嫂这样舌头上喷麝香的人来做事吧！

石浩财说罢，不顾何劲华、金彩凤、石栋梁的劝阻，转身朝山下走去。

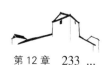

因许秀珍这一闹，琵琶围的氛围显得有些紧张。鸡们似乎也受到了这氛围的影响，要么就是没有适应新的环境，这会儿开始挨挨挤挤地躲在树丛下，像群惊恐的孩子。金彩凤看了眼阴沉沉的天，说还是应该搭个棚子，万一下雨，把鸡淋感冒了，我们多一桩事来做。

石拐看看天色，笃定地说：鸡不入笼，风雨将至。可现时这些鸡都躲进树下了，说明今明两日不会有雨。

何劲华和金彩凤刚在手机上查完天气预报，听闻此言，两人不约而同地夸奖道：三哥，你猜得好准啊。

石拐拍拍他的膝盖：这是我的气象台，每次要下雨了，两腿就酸胀得要命。

他吭哧了两句，开始代许秀珍向何劲华、金彩凤、石养财道歉，说今晚他会下来值班。何劲华过意不去，说三哥最近身体不好，还是我来吧。

唉，何馆长，彩凤妹子，你们舍了自己的家，上山冇日冇夜地干，我家那位鬼迷心窍，给你们添了不少麻烦，你们就让我尽点力吧。

何馆长、彩凤妹子，今晚我也过来。

刘大有第一次主动请缨。何劲华点点头，心中暖暖的。

三万根菌棒和三千羽脱温鸡安置好的当晚，唐部长主持召开了驻村工作队、镇里包户干部和村两委的视频碰头会。会上他先表扬了杨明、小于在处理搬迁户和安置点村民矛盾时的稳妥周到，接着夸奖何劲华和金彩凤在用绣花的功夫来扶贫，把个油盐不入的懒鬼酒鬼石浩财引到了正道上。

何劲华忙说：唐部长，我们刚把他往正道上引，能不能改造好还不晓得。

万事开头难，只要上了道就好办。我听说石浩财还有些能力，不但搞定了第一单鸡苗的退款，订五黑鸡脱温鸡时还为合作社省了六千块钱，不错不错，要好好鼓励！不过……

唐部长话音一转，众人立刻绷紧神经：

劲华，有人写信到精扶办反映你们攻坚小组处事不公，你和杨明、彩凤要自省排查，如果的确存在这种现象，你们要找原因、立措施、抓整改，下周我再听你们的汇报。

金彩凤喊起冤来：唐部长，我们力求一碗水端平啊，哪里处事不公了？

告状的人有可能是搬下山的村民，他们没沾到赵峰和薛丁山的光，心里有气，不平则鸣嘛！何劲华倒是想得开。杨明在力挺何劲华和金彩凤的同时，向唐部长表态，说驻村工作队一定会认真对待此事。

碰头会后，何劲华、金彩凤向赵峰和薛丁山完整地汇报了合作社的近况，两位老者多有鼓励，让他们顿觉温暖。当赵峰得知何劲华给他邮了两罐春酒过去时，高兴得发了好几个拥抱和大拇指的手势给他。

几日后，南下的冷空气与一场强台风在万米高空相遇、较量，捣鼓得天地间风雨大作，琵琶峰气温又骤降了十多度，一时间风雨交加。夜半时分，歇在香菇场旁边竹寮里的何劲华被啾啾唧唧的声音吵醒，开始他以为是鸟鸣，几秒钟后他想起那是小鸡在叫，忙穿上雨衣，打着手电去叫石浩财。

浩财，我们去养鸡场看看。

何馆长，养鸡场的事要找朱雨飞和朱雪飞。

石浩财本来打着哈欠跳下了床，一听这话嘟哝着又要往床上爬，何劲华一把踩住他的脚：浩财，这时可不能犯懒！

石浩财晃晃脑袋，伸手从门外接了捧雨水浇到脸上，这才穿上雨衣套鞋，跟着何劲华来到了养鸡场。养鸡场地势偏低，虽然扎篱笆时在四周挖了沟，但应急灯一照，坑洼里满满的积水仍反射出诡谲的光。何劲华没有看到想象中满地落汤鸡的狼狈场景，原来那些鬼精的鸡全躲进了树林边的灌木丛中，在骤然划过的灯光里，仿佛一团团铺在地下的黑影。何劲华伸手摸了几只羽毛半湿的鸡，感觉它们在微微颤抖。他突然想到菇棚里还有些当初没用完的塑料薄膜，便带着石浩财赶到香菇棚，没想到大风掀去了香菇棚一边的棚顶，两人连忙用薄膜盖住下面的香菇菌棒，又用多余的薄膜蒙在鸡们栖息的灌木丛上，再用石头、树枝压紧。等忙完这些，两人已浑身湿透，幸好竹寮上面放了替换衣服，等他们再次睡下时，天边露出了柔和的鱼肚白。

这天晚上的雨没淋坏那些五黑鸡，倒是淋坏了不少香菇菌棒。过多的雨水使菌棒含水量过高，菌丝缺氧，产生了乙酸等酸性化学物质，菌丝生长发育变得缓慢，因无法消化废物，有的菌棒开始腐烂。尽管王所长到了现场支招，还是损失了一千多根菌棒。大家正心疼着，养鸡场又出了问题。

这天一早，给鸡投食的朱雨飞发现几十只鸡缩头闭眼地蹲在草丛里，有的鸡张大嘴巴，呼吸时发出呼噜声，眼结膜发赤，精神萎靡不振，地上满是一堆堆白色、黄绿色的稀粪，不由心中发颤。

天呐，发鸡瘟了，这可怎么办？

后到的朱雪飞慌了神。虽然长在乡下，她养鸡可不在行。朱雨飞翻了翻病鸡的眼皮，又用树叶捻起鸡粪嗅了会儿，说鸡吃坏了东西拉肚子，给它们喂些大蒜和土霉素就行了。

三千只鸡这怎么喂？

朱雪飞记得以前家里的鸡拉稀了，都是一只只捉住，掰开鸡嘴，将蒜末和药一起塞进去的。望着乌压压的鸡群，她束手无策。

朱雨飞说把药拌到食料里就行了，但她们手中没这么多大蒜和药片，让朱雪飞打电话给吴医生，请他赶快送药片和大蒜上山。

他是给人治病的，又不是兽医，找他有用。

最近朱雪飞一直在等吴医生主动联系自己，可吴医生那边悄无声息，朱雪飞有些生气。

姐，那你快打电话给王所长。

王所长只管种植，他又不懂兽医。

两人正束手无策，满脸倦怠的何劲华、石浩财来到了养鸡场，听完她俩的话后，石浩财神情紧张地问：

何馆长，不会是禽流感吧？

前几年石浩财有个朋友借钱养了一万多羽泰和乌鸡，不料来了场禽流感，城市禁售活禽，乡村则扑杀活鸡。他朋友养的那些鸡被当地卫生防疫部门勒令扑杀深埋。一夜之间，那个朋友损失了十多万，此后谈鸡色变。前些日子他得知琵琶围要办养鸡场，多次发短信提醒石浩财小心禽流感。

何劲华立刻打电话向王所长咨询。朱家姐妹有所不知，王所长以前当过多年兽医，是有名的专家。通过视频，王所长隔空诊断，说那些鸡得了大肠杆菌病，这种病为继发病，很容易跟其他的病菌混合感染，得赶快隔离病鸡，对鸡舍、饮水进行消毒，最好尽快请个兽医过去看看。何劲华说您是全县最好的兽医，我们就请您。王所长迟疑着说他在医院做了痔疮手术，还没出院，但为了贫困户的产业，他还是下决心走一趟。

下午，杨明、石钟和大牛三人把王所长背到了养鸡场。杨明带来了石养财到县里参加创业致富带头人培训班的通知，大牛则挑来了铺盖卷，杨明说石养财去学习后山上缺人，大牛以前养过两百多只鸡，有些经验，让他在山上住些日子，能帮多少是多少。

何劲华和金彩凤向杨明道谢时，石浩财在大牛肩上搔了一拳：大牛哥，加班冇钱拿的，最多送两条山鲶鱼给你回礼。

大牛揪了下他的头发：你小子上次呷多了马尿，在我和石钟头上扔了带鸡屎味的雪团，害得我落了几缕头发。我哪天成了秃子，就把你的胡须捋下来当烧草！

两人笑闹的声音有些响，正在交代朱家姐妹怎么给鸡吃药的王所长回过头严厉地瞪着石浩财：上次我不跟你们讲了要给鸡的食槽、水槽消毒吗？你们照做了没有？

王所长，您记错了，我当时没在边上。石浩财不好明着反驳王所长，便拿眼睛横着大牛：你不是养过鸡吗？雨飞给你打电话时你让她们消毒了没有？

大牛摇摇头：我那时养鸡不用消毒。

朱雨飞有些疑惑：王所长讲的时候我在旁边，可是给鸡槽和水槽消毒，我怕把鸡给毒死了。

朱雪飞忙说她们在地面上洒了石灰水，也算消过毒了。

你们呀，耳朵敬神去了，我讲的要点都没记住。食槽、水槽要每日消毒，扫出来的鸡粪得堆放在防渗漏的坑里消杀沤肥，以免污染土地，也防止鸡们再去扒拉觅食，造成二次污染。王所长严厉地说。

何劲华见朱家姐妹有些委屈，上前解释道：王所长，你上次的吩咐我们记着呢，鸡粪会运到坑里消杀，食槽和水槽的消毒怪我没抓紧。

王所长叹口气：别以为养鸡容易，其实鸡挺娇贵的，一个环节冇搞好，说不定就前功尽弃。

这个，王所长，我们也会洒药水消毒。另外我们已经联系了锅底村的种植大户，鸡粪免费送给他们当肥料，他们会定期拉走。

石浩财说时朝何劲华眨了眨眼。何劲华不知他这是真话还是应付王所长的假话。杨明看出了何劲华的疑惑，说锅底村的种植大户前两天打电话问石浩财现在讲的话作不作数。

我跟他们讲啊，浩财现时变了，他讲的话当然作数。那几个种植大户这才答应定期来拉粪。

杨明讲话的声音虽小，却一字不落地钻进了石浩财耳中，脸顿时憋得通红。想到往昔三脚踢不出个屁的哥哥如今变成了村里的"红人"，马上还要去参加县里的创业致富带头人培训班，石浩财心中顿时打翻了五味瓶。他既恨自己这些年的懒惰，又有些恨大家看扁了自己，他走到杨明、何劲华身边，说他也想去县里参加培训班。何劲华说以后会有机会的。杨明却说浩财，你这尊泥菩萨刚过河，身上的泥还没干，只怕去了也立不住呐，等你在香菇场干出些名堂来，你不用找机会，机会会来找你。

见石浩财没吭声，他又强调说：你得向你哥学习，他不等、不靠、不要，凡事一手一脚踏实去做，等你也这样了，别人自然高看你几眼。

自上次的冲突后，杨明和石浩财还是第一次这样平心静气地对话。换了以前，这话石浩财未必入耳，此刻那些话却呼啦一下全钻进了血管，让他不自觉地攥紧了拳头：好，杨书记，我一定会有这一天的。

这时，许秀珍领着刘大有夫妻、谢玉琴的父母趔趔趄趄地赶过来，后面跟着谢玉琴和石拐。一见到他们，许秀珍便哭诉起来：

杨书记，何馆长啊，我们先前不想入股进合作社的呀，可你们偏要我们入，还说能挣大钱。现在香菇菌棒烂了那么多，鸡又发了病，我们的钱要打水漂了！我们的命好苦啊！

许秀珍对何劲华、金彩凤没有专程去找石景山本就有意见，合作社的分工又让她恼火。如今见杨明、何劲华、金彩凤都在场，正好这几天香菇场和养鸡场相继出了事，她便走刘家、窜谢家地嚼牙巴骨，然后带着忐忑不安的他们直奔养鸡场，扯开嗓子天一句地一句地哭诉起来。

朱雪飞自从协助朱雨飞打理养鸡场后，比以前稍微积极了些，这次她没有掺和。石浩财刚跟许秀珍闹过矛盾，懒得理她，往日凡事都随便的刘大有夫妇、把钱看得比天大的谢家父母急得脸色煞白，将谢玉琴和石拐的劝慰当成放屁。

朱雨飞拉着许秀珍的胳膊小声说：三嫂，王所长说鸡再吃两天药就好了，再说只死了三十多只鸡，还有两千多只呢。我们入股的钱不会打水漂的。

杨明、何劲华、金彩凤也上前宽慰她。许秀珍像一个受委屈后被大人呵护的细伢子，原本腹中只有五分委屈，这会儿变成了满腹的委屈，她边哭边用手拍打着自己干枯的胸膛，要合作社保证养鸡场赔她们的股金，还要何劲华、杨明派人专程去找石景山。石拐、大牛、朱雪飞去拉她，她哭得越发厉害了。

何劲华晓得她这气是冲自家来的，上前向她作了保证：三嫂，上次开会我们大家已经说了，我们几个会为你们入股合作社的股金担保，你们个人没有风险。

杨明、金彩凤、石栋梁也纷纷做了保证。许秀珍一听，立刻擦干了眼泪：何馆长，杨书记，彩凤妹子，你们是政府派来的干部，你们要说话算数啊。

何劲华频频点头：我们肯定讲到做到！

许秀珍掏出手机说：我录了你们的音，你们要是敢抵赖，我就去县里告你们。

石拐气得直跺脚，一边满脸通红地解释：杨书记，何馆长，栋梁支书，彩凤妹子，她这几日想我家细崽想出了痨！天天胡言乱语，你们千万不要放在心上。

石养财、朱家姐妹、谢玉琴、刘大有虽然觉得许秀珍的做法不地道，但她也是为了大家的利益，再说石景山失踪后，她的确性情大变，如今见石拐尴尬，便异口同声地给他帮腔。杨明对许秀珍的这些情况是了解的，只是以前他没有从一个母亲的角度去理解她的情绪变化，只是单纯地视为胡闹。想到自己这两年对许秀珍的偏见，杨明握住许秀珍冰冷粗糙的手，诚恳地说：

三嫂，我以驻村工作队第一书记的名义向您和各位乡亲起誓，只要大家不懒惰拖拉、不磨洋工，心往一处想，劲往一处使，各位投入合作社的钱不但要拿回股本，还要分红挣钱！

何劲华领头鼓起了掌。杨明拿出积蓄多时的勇气，坦诚以对：

我晓得大家对我有看法，以前我总怨你们不理解我，现在看来是我没有将心比心地换位思考，所以处理问题简单粗暴，有时出发点是好的，却没有达到预期的效果，甚至还伤了各位的心，在这我向叔叔婶婶、兄弟姐妹们道个歉，今后我有哪儿做得不对，请各位及时给我指出，以便我更好地为大家服务，同时也希望大家能够团结一心地用实际行动向贫困宣战，最终甩掉贫困这只拦路虎。

杨明认真地鞠了一躬。石养财、朱雨飞、石拐、刘大有连连摇手：杨书记，你莫要道歉，我们也有做得不对的地方。石浩财、许秀珍也用蚊蚋般的声音附和着：是呐，是呐。

何劲华大声地说：乡亲们，杨书记讲得对，扶贫就是在向贫困宣战，而人生是一场不可重来的直播，我们现在做的每件事都不可能从头再来，因为我们没有时间了，后年是脱贫攻坚的收官之年，我在这拜托各位，从今天开始，尽职、尽责、尽力、尽心地干好手上的每件事！这是我对大家的希望和要求，大家有什么意见和想法，现在也可以摆出来。

他这样一挑明，众人反倒不吭声了。在突如其来的静默中，何劲华再开腔时声音沉郁了些：最近有人写信到精扶办，说我们对那些懒汉和要求多多的人反而帮得多。这话不无道理，因为他们毛病多，我们是要多关注些，但道理之外还有原因。毛病多的人有内伤，是病人，不但驻村工作队要帮他们，大家也要伸手拉一把，我们的关心和帮助就是他们疗伤的营养和药品。总不能大家都奔小康了，就留这几个人吃糠咽菜吧？大家讲对不对？

对！

金彩凤、杨明、石养财高声叫好，同时带头鼓掌，众人高涨的情绪衬得杨明接下来的话有些慷慨激昂：何馆长讲得好，脱贫路上我们要互相帮助，大家只有

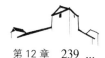

苦干巧干拼命干，钱才会长翅膀飞进荷包，日子才能越过越甜蜜！

此时，太阳挣脱云层的束缚，猛地跳到当空，和煦的阳光下，树木青翠欲滴，蜜蜂在星星点点的白橘花，白朵黄蕊的山茶花，形似蝴蝶、满树嫣红的紫荆花中穿梭采蜜，何劲华猛吸了几口芳香的空气，苦和累顿时云消雾散。

第 *13* 章

急水撑船难上滩，

迎风上山更艰难。

心头好比擂战鼓，

面上好比火烧山。

——摘自《峙城客家歌谣集》

因为那天晚上淋了雨，何劲华得了重感冒，高烧三十九度，连床都起不了。金彩凤连忙打电话给吴医生，请他上趟琵琶围。吴医生没有像往常那样开口问朱雪飞在不在，金彩凤想起那个有关吴医生和年轻妹子恋爱的传言，再想想近期沉闷寡欢的朱雪飞，看来他俩之间的确出了状况，金彩凤很想帮朱雪飞一把，帮不了也要问个明白。当吴医生说会另外派人来时，金彩凤放低声音说：

吴医生，雪飞也病了，还是你来最好。

啊，雪飞病啦？那，那我马上上山。

吴医生的关心溢于言表，可为什么两人又闹掰了呢？满心纳闷的金彩凤特意跑到养鸡场向朱雨飞打听朱雪飞和吴医生的情况。

朱雨飞苦笑道：吴医生和我姐很投缘，但吴医生的妈妈看不上我姐，我姐也嫌她太厉害，怕嫁过去吃苦，所以这两年都不敢答应吴医生。

原来，琵琶围的七大怪中的一大怪是这么来的，那吴医生现在另找对象了？金彩凤恍然大悟。

听讲那女的是吴医生妈妈介绍的，年轻漂亮，但很不懂事。吴医生和他的儿子龙龙、女儿秀秀都不喜欢她。

金彩凤有些奇怪：吴医生告诉你的？

我姐上次去接龙龙放学，龙龙讲的。后来我姐还跟龙龙、秀秀加了微信。这段时间每天晚上陪他们聊天呢。对了，上个礼拜我姐还做了米粄送给他俩吃，兄妹俩可喜欢我姐了。

龙龙、秀秀才读小学，就有手机和微信了？金彩凤有些奇怪，子熙高一时才开始用手机。

朱雨飞说吴伯母对别人很厉害，对孙子、孙女却百依百顺。

那叫雪飞搞定龙龙和秀秀，如果这两个小家伙认定你姐，吴伯母肯定会给你姐加分。

朱雨飞连连点头：我也是这样跟她讲的。

明天是周六，我打电话请吴医生带着老太太、龙龙、秀秀到琵琶围来玩两天。

金彩凤是个行动派，转身便打电话邀请吴医生和家人上琵琶围玩。吴医生满口应承，然后大方地承认自己前段时间迫于母亲的压力，跟一个妹子处了段时间对象，朱雪飞为此跟他生气，他也自觉有愧，近段时间没敢联系她，请金彩凤问问朱雪飞愿不愿再见他？

不用问，雪飞想你都想病了，你快上山吧！金彩凤给吴医生加了把柴火。

第二天，吴医生真的带着家人上了琵琶围，半路上"偶遇"了受朱雪飞委托上山的朱八嫂。吴母性格古怪，没什么朋友，奇怪的是却跟朱八嫂很谈得来，只是平日两人来往也不多。如今"偶遇"了，一路上讲个不停。朱八嫂和朱雪飞交好，此时自然鼎力替朱雪飞美言。到琵琶围后，吴医生一家受到了众人的盛情款待。

这天何劲华、金彩凤顶了朱家姐妹的班，朱雨飞、朱雪飞拿出看家本领，做了龙龙和秀秀爱吃的艾叶米粄、珍珠丸、萝卜糕，橘子婆做了香喷喷的擂茶，石浩财贡献了一条山鲶鱼，许秀珍送了十颗咸鸭蛋，谢玉琴端出新酿的春酒，赖秋香做了薯粉蛋饺和烫肠粉，小勇服药后神志清醒了许多，带着龙龙和秀秀玩四角包和"跳格子"，哑伯还在何劲华的笛声中舞了一套红缨枪操，总之每个人都在向吴家人展示琵琶围的美好。

吴母见朱家收拾得干净整齐，朱雪飞又炒得一手好菜，特别是见她对龙龙和秀秀照顾得无微不至，兄妹俩围着她打转时脸上笑开了花，再看看桌上那些自己爱吃的水酒和米粄，觉得朱雪飞蛮有心，那个嫌弃孩子、只贪钱财的小英不知不觉便被比了下去。

第二日下山时，龙龙和秀秀拉着朱雪飞的手不肯放，要她答应过段时间去家里玩，吴医生看着吴母不敢表态，龙龙和秀秀向吴母撒娇，龙龙说他想吃雪飞阿姨做的菜，秀秀说她要雪飞阿姨帮自己梳辫子。吴母尴尬地瞥了一眼边上的朱雪飞，笑道：啊，这个，哪天有空，雪飞呀，你就到家里来吧！

吴医生捅捅朱雪飞，示意她尽快应承下来，朱雪飞朝吴母笑了笑，弯腰搂着龙龙和秀秀：好，等合作社忙过这阵子，我就去看你们。

在众人的道别声中，吴医生一家依依不舍地出了围门。月牙池边那棵柿子树摇晃着阔大的树叶在跟他们招手再见。饱吸食物香气的鸟儿兴奋地在空中穿梭。阳光金灿，远山近树的颜色绿得深重。橘香浓郁，院坪上晒着的衣被和蔚为壮观的布鞋大阵散发出时光的气息。小勇和花花绕着院坪跑圈，哑伯在往一块竖起的门板上刷糯糊，橘子婆仔细地往上贴着碎布块。晒干后再往上糊一层，等阳光将糊至七八层厚的布片晒得硬邦邦的能在地上支楞住了，便成了客家妇女做布鞋鞋底用的原料"布骨"。做鞋前，她们会将布骨放在地上回潮，等柔软了再裁出鞋样。尽管石大山杳无音讯，橘子婆依然坚持每年做四双鞋，为此她经常向别人讨要零碎布片和旧衣服。金彩凤得知后，特地到服装加工厂要了两麻袋边角料。能用这种崭新的碎布片打"布骨"，橘子婆脸上笑开了花。看着老人家满足的神情，刚从养鸡场上来的何劲华心中颇为感动。

刚刚送完吴医生的金彩凤走到何劲华身边，问他烧退了没有？何劲华点点头：不烧了，就是浑身没力气。哎，吴医生和雪飞怎样了？

吴医生和雪飞是真心喜欢的，作梗的是老太太。这次老太太上山看到了雪飞的好，对雪飞的印象大为改观。只要过了她这一关，雪飞和吴医生就好事将近了！

何劲华开心地说雪飞和吴医生消除了误会，鸡棚下午也能做好，真是好事逢双。彩凤，这次浩财表现不错，贡献了二十根毛竹，竹子也全是他剖的，你等下见了他得表扬几句。

表扬就免了吧。金彩凤从包里取出几张表格递给他看：喏，这是前段时间的考勤表，浩财的出勤率还不到三分之二，不少活都是养财帮他干的。

何劲华看着表格，眉心轻轻蹙起：这家伙还真懒！我同意你的做法，做对了的表扬，做错了的批评，我们的话说得明白，他们才能想得透亮。

那这次的考勤表要不要贴出去？

想到石浩财对杨明那份红黑榜的强烈反应，何劲华建议先在会上口头通报，好让大家有个心理准备，考勤表下周再贴。

你呀，该改叫何大姐了，真是比女人还细心。

这时，何劲华接到了唐部长的电话，说过两天省文化厅领导会来峙城做灯彩

的专题调研，请他和金彩凤参加座谈会。另外，国庆期间县委县政府想搞一个客家风情文化节，各乡镇和有旅游资源的村庄都在拿方案，希望琵琶围村也能做份策划出来。

何劲华问有无策划的模板？唐部长说没有，在政策许可的范围内由着你的马跑，前提是这次活动县里不但不给钱，你们还要挣钱。

金彩凤听后苦笑一声：崽还有大，就要挣钱养家，这爹娘当得可真爽！

何劲华虽然对怎样举办文化节有些丈二金刚摸不着头脑，却摩拳擦掌、跃跃欲试。在当晚村民代表参加的碰头扩大会上，何劲华提出办个"过漾客家文化节"，石浩财建议改为"过漾客家爱情文化节"，除石栋梁、朱雨飞反对外，其他人都赞同。下苦功向文学创作掘进的金彩凤主动承担了策划书的撰写工作。会开到一半，何劲华、杨明、金彩凤、石栋梁相继接到了汪经伦、杨淑英、汪家老大、老二打来的电话，说养鸡场的鸡棚正对着汪家祖坟，请各位高抬贵手，将养鸡场搬到别处去。接着有个副镇长和县里的两个局长分别给何劲华、金彩凤打电话，希望养鸡场尽快搬走。起先想冷处理的何劲华只好给汪敏发信息，说养鸡棚的地址是经过专家和村民小组会讨论选定的，如果只因他家祖坟就要迁址，恐怕会引起风波。汪敏当即给他回电道歉，表示一定会全力支持驻村工作队的工作，之后汪经伦和杨淑英又给何劲华、金彩凤发了十几段语音，说等汪敏的二宝大些，他俩回来再跟驻村工作队和村干部理论此事，来来回回地折腾了大半夜，弄得两人筋疲力尽。

春深了，琵琶围的暮色因为树木的繁茂愈发显得浓重。石浩财站在"心花开"的石头上眺望着南方，感觉那些哗啦啦直响的树枝像在嘲笑自己，鸟儿、蜻蜓、蝙蝠在空中翻飞，上次儿子、女儿和白桂花视频时，他看见有个男人把手掌搭在白桂花肩上，如今那只手掌幻化成魔爪，将他的心捏得吱吱作响。他连打几个电话向东莞的工友探听白桂花最近在跟什么人交往，原先的酒友高脚佬的声音蚯蚓般钻进耳朵，搅得他皱起了眉头：

桂花长得清秀，为人又好，有个车间管事对她很关照。女人经不起哄的，浩财，你得赶快把桂花带回家去！要不然呀，哈哈。

石浩财胡思乱想了一会儿，又打电话给谢玉琴，问她最近跟他二哥联系了没有。

嗯，上周生财给我打了电话。

谢玉琴老老实实地说。

玉琴，你问一下我二哥有没有听到白桂花的什么闲话？冇事，就是关心关心，千万别跟我二哥讲是我在打听。

石浩财自从跟二哥闹掰后，兄弟俩鲜有联系，但他晓得谢玉琴和二哥每周都会通电话。谢玉琴和白桂花要好，更心疼成金和成玉，虽然石浩财不成器，但她也不愿浩财这个家就此真正散掉。谢玉琴立即拨通了石生财的电话，借口向他请教产业项目，东拉西扯地将话头转到了白桂花身上。对这位曾经的弟妹，石生财很关注，私下里常向人打听她的情况，所幸白桂花为人正派，并无流言闲话，但石生财还是托谢玉琴转告石浩财，让他想办法尽快把白桂花迎回家。

浩财，你二哥讲，花靓有人抢，人靓有人想，现在不把她接回家，到时就是别人的了。

谢玉琴这话像块石板压在石浩财的心上。食夜时看着头发蓬乱、明显缺少父母关爱的一双儿女，他的心情愈发沉重，胡乱扒拉了两口饭，就信步来到了猴子崖头，希望这里开阔的视野能化解心中的烦忧。可站了这么久，心里依然沉甸甸的。

这时，朱雨飞挑着担青草匆匆往火夹湾走去。石浩财原本很喜欢这个未来的大嫂，谁知她却背后捅刀子，抢了自己的养鸡场项目，他假装没看见朱雨飞招呼自己的笑脸，冷着脸扭过头去。对何劲华、金彩凤的不满像越来越浓的暮色，迅速将他包裹成一枚冷冷的铁钉。

石浩财当初之所以力主上五黑鸡项目，就是想快速脱贫。六七两重的脱温鸡几个月后即可下蛋，五黑鸡年产蛋约一百八十枚，一年后能长至两到三斤，每只鸡售价最少一百五十元，刨去成本，三千只鸡能挣好几万元，只要连干个两年，搬迁下山做房子的钱就来了。他原以为这个项目非自己莫属，哪晓得何馆长和金大姐竟让朱雨飞负责！看来他们还是不信任自己。此念一生，更觉意冷，加上这几天他在香菇棚里白天黑夜连轴转，搭鸡棚又出了大力，哥哥走后还要干自家地里的农活，整个人疲惫不堪，可昨天金彩凤还批评他在合作社上工率不高，何劲华也要他加油干，大家为什么就看不到他的进步呢？最要命的是他这样搏了命干，前头却看不到金元宝的亮光，心中越发气馁，觉得与其这样劳而无功，还不如躲在竹寮里看手机、玩游戏，在网上打麻将自在，实在揭不开锅了，到山上、湖里弄点东西换口粮和油盐，虽然过得苦巴巴，可天不管地不拘，比琵琶峰的云还逍遥。

此刻，他巴望着能跟何劲华和金彩凤说说心事，偏偏他俩下午去了县城，说是要参加明天上午的"峙城灯彩资源的深挖与发展"专题座谈会，这会儿两人只

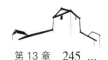

怕还在归家的路上。石浩财喉咙里的酒虫又开始起舞。正想着哪里能找到酒喝，柳高义打电话过来了。

浩财，我在琵琶镇，你快下山。

喜出望外的石浩财忽略了柳高义声音中的焦灼，高声问他在哪座酒楼。

浩财，有个欠我三十万块钱的家伙现在琵琶镇开酒家，我找了好几年才找到他。你要是能下来帮个忙，我现在就开车到琵琶湖码头等你。不管讨回多少债，你拿百分之十的提成，这样你就脱贫了！

好，你等着，我马上过去！

石浩财一听有酒有钱，不由精神大增，下山时健步如飞。

何劲华、金彩凤开完座谈会，在食堂吃了个简餐，便搭邱小楠的车直扑琵琶湖码头。等他俩赶到香菇场，得知石浩财昨晚已走时，午后斜阳潮水般淹没了琵琶峰，远山近树洒下忧郁的阴影，那盏接触不良、突然亮起的路灯如同大海上的渔火，闪烁而微弱。

他走了一天多，你怎么不打电话跟我们讲？

金彩凤瞪着接手石浩财工作并为他打掩护的石拐，气得柳眉倒竖。

浩财讲他有个外地朋友到了琵琶镇，他得去见见，让我照看一晚上，他今天上午就回来，哪个想到他讲话不作数？

石拐虽然与石浩财不是同一个房头，平日许秀珍又跟他不合，但因为都姓石，石拐对石家三兄弟比对外姓人家还是要亲近些。

何劲华、金彩凤打石浩财的电话，根本没开机，又发信息问石养财晓不晓得石浩财去了哪里。正在上课的石养财急得跑出教室，向几个朋友打听了一遍，可也没得到什么结果，回话时心情便有些沮丧：

何馆长，我冇问到浩财的下落，估计十有八九又掉进了酒缸，真是枉费你们对他的帮助。

石养财过意不去，金彩凤则失望透顶：琵琶围这些人好难弄，我们干脆把赵峰、薛丁山给的一万块钱退给他们，有这笔收入他们就脱贫了，省得我们在这儿当保姆。

金彩凤停了几秒，连叹几声：

讲老实话，我对女儿都没这么上心，他老兄倒好，动不动就玩失踪，气死人了！

石浩财挑战了金彩凤的忍耐底线，何劲华颇为灰心，他也想发牢骚，可见金彩凤这样沮丧，他只好打起精神当根"定海神针"。就在他俩急得团团转时，石浩财打电话给何劲华，说他和柳高义在镇上的琵琶情餐馆，请他和金彩凤赶紧下山喝酒：

你们不请我吃，我只好请你们吃喽。我石浩财不是小气的人，管饱管醉。你们快来，一喝定输赢哈！

石浩财，你不要发酒疯，赶快回香菇场值班！金彩凤抢过手机喝道。

不回，你们俩今天要是不来跟我喝酒，我永远都不回去！

金彩凤正要发火，何劲华拿过电话，语气柔和地说：浩财，我们马上下山，你俩悠着点，别再喝了！

要去你去，我不去！他这个烂酒鬼，好一日坏三天，烂泥扶不上墙，白费我们心血。

突如其来的怒火让金彩凤情绪失控。

彩凤，他喝醉了，你跟他计较什么？

他抬腕看了看手表：现在下去还能赶上最后一班船。

劲华，我这是冲你的面子，石浩财要再这样，我可就不管他了。

唉，彩凤，别说气话，浩财就服你。他最近变了不少，我们再拉一把，他就能跟上队伍了。

何劲华平和的声音像烧烫的熨斗，熨平了金彩凤心上的皱褶。

从琵琶峰开往山外的最后一班船，下午五点半开出。也许是湖区重峦叠嶂、树木茂密之故，又或许是春日天阴、云意浓重，他俩和那帮来琵琶峰拍照的老头老太太上船不久，夜色便吞没了山川大地。这晚无星无月，天空却透出令人讶异的钢蓝，显出白日罕见的冷削、深邃和神秘。奇的是，在这种并无光源的夜空下，远山锯齿形的轮廓仍清晰可辨。船头剪开的浪花白得耀眼，轰隆隆的马达声中，何劲华居然听见鱼儿撞破水面、纵身跃起的轻微喧哗。甲板上的山风吹散了金彩凤的长发，发丝拂到何劲华脸上，他嗅到一股迥异于妻子气息的特殊体香，心里抽了抽，忙移开脚步，靠在船舷上。

大约是行船时的机动声惊醒了沿途小岛的宿鸟，时有鸟儿惊慌地飞起，又叽叽喳喳地落下。两人默默地看着夜空下静谧的风景，金彩凤忽然指着天空惊叫起来：看，白鹭！

何劲华仰望天空，果然看见一群白色的鸟儿在愈来愈深的钢蓝底色里移动。那是一早飞到浅滩、水田、溪边觅食的白鹭在归巢。近几年，白鹭突然大批地栖息在琵琶峰及近处的白云嵯、雷公顶、蝴蝶嶂上。有内行的人说，这些中白鹭本是夏候鸟，它们能留在峙城越冬，说明这儿的气候环境越来越好了。橘子婆说这是瑞鸟回巢，大喜将临，那日看着后山翩飞的白鹭，哑伯也呀呀地伸出了大拇指。在老人脑海里，是有祥瑞这一说的。

　　溪边花满枝，百鸟带香飞。

　　下有一白鹭，日斜翘石矶。

金彩凤一边吟诗，一边打开手机的夜景功能拍着急急归巢的白鹭。何劲华夸金彩凤熟悉诗词，金彩凤说这是她陪着子熙看《中国诗词大会》节目的副产品。何劲华说我也喜欢看那个节目，只是依我看呢，要应眼下的情景，还是"一行白鹭上青天"和"水面飞白鹭"这两句诗更贴切。

哈，何馆长博学多才，随便看到白鹭就能背诗句，在你面前，我莫开腔了，省得讲错让你见笑。

何劲华忙说自己之所以记得这两句诗，是因为文化馆去年搞过一次以白鹭为主题的环保摄影大赛。这是参赛者给照片取的题目，所以记住了。

这时，船突然停了，船舱里走出几个老年人，他们指着右边小岛上那株枝分五杈、形如飞凤的高大松树兴奋地议论着，有人还掏出手机拍照。

金彩凤怅然道：一棵松树五只尾树下的上龙村，我以前到这里演过几次戏呢！

何劲华也到过上龙村采风，记得上龙村口有座建于清朝乾隆年间的晴雨双面古戏台，大台中间用木质雕花屏风隔成晴、雨两座台，雨台向内，和祠堂相对，落雨时村人在堂内看戏；向外的晴台是展示宗族体面和光宗耀祖排场之处，都会花重金打造。几百年过去，上龙村晴台的富丽气息依旧汩汩地从飞金烫漆的雕梁画栋中沁出，令人叹为观止。

金彩凤记得自己前几年曾在那座古戏台上演过自编自导的灯彩爱情小戏，当男演员搂着她做下腰动作时，她仰头看见戏台顶上古旧的藻井突然闪现出往昔的华彩，四周绘制的琼花瑶草、祥禽瑞兽、寿星稚童、才子佳人俱在她凝目的那一瞬复活，便连飞檐翘角下吊着的风铃铁马也隔着时光的帷幕叮叮当当敲响起来，好像客家人的祖先从中原南迁时那回响于时空的久远足音。

如今，那座古戏台和村庄里的房子、菜园、树木、道路全淹没在绿幽幽的神秘水底，金彩凤无比感慨，更为那座古戏台可惜。

那么好的戏台就这样被水淹了，多可惜啊！

有两个照相的老人也在感叹。开船的文师傅正巧和几个举着香烛的男人走上船头，沉声说：老人家，莫要担心啊，古戏台被市博物馆拆走了，每块石头和木头都编了号，听讲要在市里的文化创意园里复建。

哦，那就好！

现在古建筑的复建技术好先进啊！

老人们啧啧称赞着，金彩凤走上前，诧异地看着文师傅他们手中的香烛：文师傅，您这是干吗呀？

我们都是上龙村人，祖宗的祠堂还在水下。戏台拆走了，可祠堂拆不走。我太公的坟当时冇找到，现在在水底下呢！

文师傅话音刚落，那个壮实的中年男人说我们几个是共太公的亲戚。今日正好路过，我们给他上炷香。

文师傅说着向另外的游客拱了拱手：各位，耽误你们几分钟。

没事啦，师傅，你们快上香吧！

游客们都很理解，转到另一边去拍夜景。何劲华和金彩凤看着文师傅和那几个男人在铜香炉上插了三炷香，又在香炉边摆上一对烧得正旺的高烛，然后面朝那棵被峙城人誉为凤凰松的大松树，双手合十地鞠了三躬，口里喃喃地敬祝着。

这时，天上滑过一颗流星，何劲华想起外婆和奶奶都讲过的那句话：天上一颗星，地上一个人。那颗流星是文师傅太公的灵魂么？

何劲华的思绪一发散，刚才那颗划过夜空的流星便显出了几分神奇的意味，不但他和金彩凤感受到了这份神奇，文师傅和他的宗亲也感受到了。他们仰首看着浩瀚无垠的夜空，只见流星过处留下淡淡一抹白色烟痕，又有两行归巢的白鹭从头顶飞过，众人突然体会到天人合一的禅意，陷入了意味深长的静默。

半个钟头后，何劲华和金彩凤在琵琶镇那家门口停着最多小车的琵琶情餐馆找到了石浩财。他和柳高义两人已喝了三瓶白酒，柳高义醉得趴在桌上流口水。面红耳赤的石浩财左手缠着纱布，纱布上渗出血来。

浩财，你受伤了？何劲华和金彩凤异口同声地问道。

冇事！石浩财满不在乎地挥手让服务员加凳子、加菜、加餐具。何劲华对服务员说不用忙，我们马上就走。

石浩财歪斜着站起身，右手揪住服务员，口气粗蛮：今天我是东道，听我的，再加四个菜和两瓶酒！

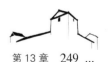

服务员不知所措，金彩凤忙推开她：快去拿账单，我们买单走人。

服务员脱身了，石浩财却拉住金彩凤不放：金大姐，你讲过要请我呷酒的，今夜你要是喝倒了我，我喊你太奶！以后日日帮你端洗脚水，夜夜帮你捶背提鞋。

金彩凤把他按倒在座位上，掏出二百块钱，塞给正好拿着单子出来的服务员，请她再拿两瓶风搅雪过来。

何劲华眼疾手快地抢过钱，塞还给金彩凤，自己走到前台用微信付款。这时他才发现，原来六十八元一瓶的风搅雪高度酒现在卖九十八元，立刻给酒厂的黄厂长打了个电话，说你的酒涨得厉害呀。黄厂长说现在原料、人工成本都在涨，要是还按原价卖，他要亏得当裤子了。

何馆长，你放落心，我们的价格经过了物价局批准的。

何劲华哈哈一笑：我是怕店里偷偷涨价你不晓得，到时酒厂吃亏。然后他问黄厂长讨酒糟。黄厂长满口答应：何馆长，酒糟你要多少我给多少，别人要我不给。

何劲华好奇地说：你原来不是求着别人运走你的酒糟吗？为这你还找环卫所的所长吃过饭呢！

嗨，那是老皇历了。前几年峙城养殖业不发达，我的酒糟除了给几个朋友做鱼饵和厂里做配糟，全都扔掉。现在不一样了，几个养殖大户在我这儿订酒糟当饲料，酒糟成紧俏货了。

何劲华一听，心里替黄厂长高兴，接着说他最近帮贫困户买了三千羽脱温鸡，他想把酒糟拌在饲料里，这样鸡不但长得快，还不生病。

黄厂长呵呵笑道：这是做善事，我支持。前几日我看到你在猴子崖下吹笛子的视频，还以为你在那享福呢，冇想到你当了鸡司令。这样，我在琵琶镇有经销商，明天上午他会来拿酒，我让他给你带几麻袋酒糟过去，还免运费。对了，帮我送两箱酒给那个"两斤半"。

黄厂长是个急性子，话匣子拉开后别人很难插嘴，这点很像网信办的钮主任。黄厂长提醒何劲华，饲料中的大蒜只能按百分之三十五的比例放置，多了少了都起不到作用。何劲华这才想起黄厂长办酒厂之前曾养过山地鸡、黑山羊和泥鳅，遗憾的是皆以失败告终。直到办了酒厂，他才时来运转。上次黄厂长听说琵琶围有人一口气喝了两斤半风搅雪，像遇到知音般感动。前几日他在电脑上看何劲华的视频，有人指着何劲华边上的后生说那就是"两斤半"，黄厂长大喜，想托何劲华送些酒给"两斤半"，没想到何劲华今日就来电话了，看来他跟"两斤半"还真有缘。

酒就免了，我正帮他戒酒呢！

落实了酒糟，何劲华心里放下了半块石头。当他回到酒桌时，石浩财和金彩凤已各喝了半瓶风搅雪下去。

大姐，我已经喝了两瓶多酒，你要是诚心的话，我们改日单挑，要么你现在再喝一瓶酒。

石浩财貌似神志清醒，讲话却大着舌头。金彩凤笑道：加就加，但是你要记住，今天晚上你要是输了，从今往后你得听我的！

我石浩财吐口唾沫成钉子，今夜一醉定输赢，倒了你就得听我的！

石浩财又大声喊服务员加酒。何劲华小声劝金彩凤：他已经醉成这样了，你们不能再喝，万一出了问题谁也担不起责。

石浩财玩花招呢，他那瓶是水，倒把个柳憨子喝醉了。

金彩凤坚持让服务员加了一瓶酒。这时，趴在桌上的柳高义撑起身子嘟囔着说：我不骗你，浩财，真的有人在追白桂花。你再不管她，她就要给你戴帽子了。

她敢，老子杀了她！

石浩财猛击一掌桌子，震得碗筷飞跳，周围的食客纷纷侧目。

浩财，胡说什么呢？小柳，来，喝口水。

何劲华倒了杯水给柳高义，他水还没喝完，又嚷嚷着说：浩财，你那两刀把老王头扎怕了。他，这才，还了钱。你，你脱贫了！

何劲华抓起石浩财的手看着：打架了？

冇！

石浩财打着酒嗝将左手藏了起来，右手举着酒瓶猛灌，何劲华一下没拦住，他半瓶酒下了肚。这时柳高义要呕，何劲华扶他上卫生间，回大厅的路上接到了温成仙的电话，说明天是何甘的生日，让他无论如何要回家吃顿饭！

何劲华说不行，明朝要送饲料上山，不然鸡会饿死。

温成仙开始指导他：老东西，你下次拿些家里的豆渣放饲料里，鸡鸭吃了长得更快！

这点何劲华早想到了，但温成仙的小弟养了五只菜牛，平日豆渣都给他拿走了，冇想到温成仙会主动提出给山上送豆渣。

我们要的豆渣可不少，你弟到时不会见怪吧？

怪什么怪？他那牛卖了好几万，也冇见他送根牛毛过来。再说了，他现在不

养牛，改种菜了。

何劲华这才明白温成仙何以变得如此大方。

说话间何劲华扶着歪歪倒倒的柳高义回到了桌边，石浩财还在闹酒喝：

金大姐，我还要喝，喝。

石浩财说着滑坐在椅子上，金彩凤拎着酒瓶站在他身边，一个劲地问醉眼迷离的石浩财还喝不喝。

何劲华晓得她今天要把石浩财喝服，心中颇有些不以为然：要是喝酒就能把他喝服，我们就不必费牛劲了！

石浩财站起身，嘟哝着说他愿赌服输，并请柳高义与何劲华作证。金彩凤请柳高义尝了一口酒，柳高义举着右手说：

我对着琵琶峰发誓，这是货真价实的风搅雪酒，能醉死一头牛！

金彩凤接过酒瓶，对着自己的手机镜头说：柳高义已经验过酒，那我喝了啊！

她以戏曲演员特有的优美动作举起酒瓶，一口气灌下了整瓶风搅雪白酒。

姐，金大姐，太奶奶，我心服口服、彻底服了！

石浩财拱起双手，频频作揖。

当夜，何劲华在朱八嫂的小宾馆开了三间房，柳高义和金彩凤各住一间，他和石浩财住一间。石浩财的酒量并不像外界传闻的那样好，刚进屋便连吐了好几次。万幸的是他没有像上次那样酒精中毒，吐完后迅速清醒了。

你要不要喝点粥？我到外头的夜宵摊去买。

何劲华怕他难受，转身要走，石浩财一把拉住了他：何馆长，我这次喝酒不是你们想的那样。

何劲华看着他：那是怎样？

柳高义买了辆小面包跑乡里的运输，可是大家抢客源，生意不好做，正好发现有个债主躲在琵琶镇，他就叫我帮他去讨债，当时没想那么多，叫三哥顶个班就走了。

石浩财被胡改子烟灰缸砸肿的左脸颊已经消肿了，但瘀青还在。这两日又有刮胡子，两颊和下巴乌青的他看上去有些阴郁和沮丧。何劲华猜柳高义关于白桂花的话在他心里揪起了疙瘩，忙给他倒了杯热水：伤是你自己扎的？

石浩财点点头：老王头开始不肯给钱，我又不能打他。我们俩去赌酒，他喝不赢我，后来他说只要我肯扎自己两刀，他就还十万块钱。

然后你就扎了，倒真够义气的！何劲华气得脸色铁青。

石浩财急道：何馆长，我当时真没想到别的法子，你打我吧！

石浩财抓住他的手往自己脸上抽去。何劲华制止了他：浩财，你能为朋友两肋插刀，这是好的。但我反对你用这种方式挣钱脱贫！

石浩财瞪圆了原本就圆的眼睛：何馆长，我纯属为朋友帮忙，哪会真要柳高义的钱呀？

何劲华语重心长地说：浩财，不管你这次动机如何，我都要批评你擅离职守。下回在村民小组会上，你要做检讨！

石浩财低头叹了口气：何馆长，我叫石拐顶我的班了，哪有那么严重！

大家都把脱贫的希望放在香菇场和养鸡场上，值班的人就好比阵地上的战士，要担责的。可你呢？把养鸡场丢给病歪歪、干不动活的石拐，招呼也不打就走了，万一出了情况怎么办？还有，前段时间你老缺勤，很多事情都是你那身有残疾的哥哥替你干的，你过意得去吗？

石浩财抬头直视着他：何馆长，说老实话，我觉得靠那些挣钱太慢了，好难等。

何劲华喝口水润了润嗓子：浩财，你在东莞时因为想挣快钱，结果鸡飞蛋打，现在你对做产业项目没兴趣，但挣这种讨债的钱你很上紧，也许你这样还真能发点小财，可这钱你不能天天挣，你有几只手能三刀六洞地扎？老古话讲，君子爱财，取之有道。现今这道就是可持续发展的产业，而不是扎一刀给五万的讨债之路。

石浩财垂下头不吭声，看表情还有些不服气。何劲华在他身边坐下：浩财，你要是想过好日子，一定得端正态度，振奋精神，改变思路。今天你受了伤也累了，躺在床上好好想想吧。

何劲华转身去看金彩凤，她心脏不好，又喝了这么多酒，他有些担心。刚按响门铃，就传来了金彩凤的声音：谁呀？

是我，给你拿了瓶硝酸甘油片。

金彩凤忙开门请何劲华进屋。山上紫外线强，何劲华皮肤黑了，衣服和头发也不像在文化馆上班时那般整齐，粗黑的胡茬给他棱角分明的方脸涂上了半圈墨晕，好看的内双眼皮变得有点肿胀，显出几分沧桑。

与何劲华的疲惫相反，披散着一头湿发、穿了套休闲服的金彩凤身材修长饱满，神采奕奕，浑身散发出浓郁的女人味，并显出几分平日少见的娇柔。何劲华连忙移开眼睛，说你心脏不好，今天又喝了这么多酒，我怕你出问题，拿着。

金彩凤从何劲华手中接过硝酸甘油，佯装失望地说：嗨，还以为你想我了呢。

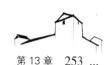

我可不敢想，怕想成了神经病。

你骂我是"背多分"？从后面看得相思病，从前面看得神经病？

错了，你是全维度美女，从哪面看都让人既得神经病，又得相思病。

哈，对我评价这么高呀？

好了，你有事我就落心了。

何劲华也不等她回话，转身便走，金彩凤追问道：石浩财和柳高义怎样了？

浩财有事，我这就去看看小柳。何劲华脚下生风地往前走。

劲华，你怕我干吗？我又不会食人！

金彩凤跟在后头逗他。何劲华小跑着进了柳高义的房间，只见石浩财和柳高义满脸汗水地在床上做出高难度的马步冲拳动作，情状甚是滑稽。

呀，你们两个真是呷多了马尿，这是学霍元甲还是学叶问呢？

金彩凤两手分砍石浩财和柳高义的小腿窝：都给我躺下！

石浩财和柳高义倒是配合默契，动作整齐地栽倒在床上，柳高义双目失神地喃喃自语：我那前妻和几个妻兄比孙悟空还要厉害，听说我到这要债，打电话说那是婚前财产，要回的钱得分一半给他们。我真是倒了八辈子霉啊！

石浩财则伸脚踢腿地大喊：姐，何馆长，大道如青天，我独不得出，我怎么那么背时呢？

何劲华倒了两杯水放在床头柜上，说浩财，电动汽车也得摁个开关才能走。你这些年懒得蛇钻屁眼都不扯，怎么上青天大道呀？你要真想报胡改子的一箭之仇，就得赶紧行动，自己站起来、强起来、富起来！今夜好好歇着，明朝日我们一起把那两千多斤饲料运上山。

何劲华请懂行的人算了，鸡再长大些，三千只鸡每天要吃近三百斤饲料。这样来看，鸡场放在目前的位置是明智的。水库管理处的陈处长责任心很强，听到他们开办养鸡场的消息后，特意带着工作人员过来看，生怕养鸡场会污染水源，后来看见养鸡场建在琵琶峰东面的火夹湾，哪怕发大水，鸡粪也不可能越过山坡，流向西南方向的琵琶湖，但陈处长还是提醒何劲华要注意环保。何劲华指着那个糊了水泥，做了防渗漏、防溢出处理的大坑说，收集的鸡粪在这里进行消毒灭菌和专业微生物发酵后，锅底村的种植大户会及时进山运走鸡粪，运输过程也会注意环保，以保证琵琶湖水质的纯净。

其实从屁股管脑袋的角度出发，陈处长倒是希望琵琶湖的水肥些，去年他们往水库里投了十万尾鱼苗，但不投料，纯属人放天养。鱼儿只能以山上流下的腐殖质养分和那些淹在水底的村庄、土地、房屋、树木等在水中逐渐腐烂、分解出的微生物为生，被水封印的人类生活遗迹在茁壮着鱼儿血肉的同时，也滋养着琵琶湖。这是何劲华、陈处长能够聊以自慰的事。

何馆长，我，我明朝日一定放早床，从今往后认真做事！

石浩财的话把何劲华拉回了现实。半醉半醒的柳高义嘶着气说他快被前妻一家给逼疯了。

好说好散，惹不起还躲不起吗？你有钱，到我们琵琶围来投资呀。

金彩凤的话让柳高义茅塞顿开，他一拍脑门道：

何馆长，金大姐，你们是琵琶镇的地头蛇，要是能帮我要回剩下的二十万，我就入股琵琶围合作社！

金彩凤正想婉拒，何劲华认真地道：好，我们会尽力帮忙。现在省里成立了失信人曝光平台，通过法院、银行、媒体的联动，督促老赖还钱。不还的列入失信名单直接曝光。要是老王头不肯还钱，我们也可以借助这个平台曝光他的老赖行为，相信他会考虑后果的。

多谢！多谢！

柳高义起身向何劲华、金彩凤鞠了一躬：要是钱真讨回来了，我肯定成为映山红合作社的股东！

石浩财也主动表态说：何馆长、金大姐，我要真是一条虫，你们就把我捣烂撒在粪寮里，以后挖出来肥田。

又讲疯话，好了，你们早点休息。

金彩凤转身要走，柳高义拦住他们说：何馆长，金大姐，我有件事请教你们。

原来柳高义和其他六位车主一起经营从南远县城到朱坑乡的中巴车，几辆车每隔一小时发一班车，发车的先后由车主们协商，排了精确的时间表。可有时前面那辆车没有客人，司机便延时接走后一辆车的客人，大家经常为此扯皮。

柳高义颇为苦恼，何劲华、金彩凤对此一窍不通，见石浩财盘腿坐在床上剥手指甲，何劲华说浩财，你做过生意，这方面有没有招数？

石浩财说隔行如隔山，我的行当跟他不一样，哎，高义，你们以前是怎么解决问题的？

用笨办法，后班车的售票员到前班车的车上把着时间，只要前班车的开车时间一到，就催司机开车。有的司机狠抗，不肯开，大家为这事天天吵架。

石浩财想了想，说光催他们开车没用，得狠一点。

怎么个狠法,打架呀?小柳,你别听他的!金彩凤急道。

石浩财翻着白眼打住了嘴,后来在何劲华的鼓励下才说出了他的建议:前班车的司机如果故意抢后班车的乘客,只要是在后班车的运营时间内,他拉的客人都算后班车的名额,他保险就不占后班车的时间,也不抢后班车的客人了。

柳高义眨巴了几下眼睛:呀,这么简单?我们怎么就没想到呢?

你肯定天天找妹子、打游戏去了。

柳高义嘿嘿地笑道:改了,早改了。

你们不是没想到,是没有往这方面想。

何劲华为柳高义解围。金彩凤琢磨了一会儿,觉得石浩财这个建议不错。见大家认可自己,石浩财跟中了奖一样高兴。何劲华趁热打铁,说过些日子要选香菇场和养鸡场的场长,让他拿出自己的工作方案和设想。石浩财愣了愣,摇头说肯定冇人选我。

金彩凤说还没开始选,你怎么就晓得大家不选你?说不定就选你呢。

柳高义也劝他试一试,石浩财翻身坐起:唉,讲这些都冇用。我打电话找几个朋友明天帮着搬东西吧。

次日,错过了孙子满月宴的何劲华没回去给儿子过生日,他领着众人把两千多斤玉米、酒糟、豆渣、麦麸、一台粉碎机、一台小功率发电机搬到了养鸡场。

接下来的半个月,节奏有些疯狂。何劲华和金彩凤一边领着大家整改琵琶围村小组春季攻势回头看查找出的问题,一边抓春耕生产,一边还要兼顾香菇场、养鸡场的工作。

石浩财以前日上三竿不起床,有时饭还要奶奶端进屋内,现在他是苦干加巧干。为了解决菇棚浇水不均的问题,他和从培训班回来的石养财连夜做了十几把简便喷水壶,还修好了一段刚被野猪拱掉的引水竹笕。光线昏暗的香菇棚内潮湿、闷热,泥土和菌丝的气味酸甜而又呛人,石浩财却情不自禁地哼起了歌。今天一早,金彩凤跟他讲,她通过关系找到了白桂花所在工厂的老板。

浩财,那老板说桂花上工、下班两点一线、省吃俭用,为人好得很,根本没有那些乱七八糟的事!你就放一万个心吧。

寥寥几句话,移走了压在他胸口的那块巨石,左手的伤口不再疼痛,走起路来脚下生风,何劲华说他是人逢喜事精神爽。

对于弟弟的进步,石养财看在眼里,喜在心间。十天的培训虽然短暂,却开阔了他的视野，也开朗了他的心胸，休息时他常给大家讲这十天的学习见闻和心得体会，眉宇间的自信给他平添了几分英气。

就像石养财为石浩财的改变而高兴一样，朱雨飞也为石养财的变化而开心。最令她意外的是，石养财居然在县城的商店给她买了两瓶雪花膏！

县城的妇娘人成天擦得喷喷香，你也擦香一些。

擦那么香，那不要把鸡给熏死？浪费钱！

话是这么说，朱雨飞横过去的眼风却是甜的。

雨飞，嫁给我吧！

石养财这话惊得正在给鸡投料的朱雨飞闪到了腰。

你个死养财，有在鸡棚向人求婚的吗？哎哟，腰都给扭断了。

揉揉，我给你揉揉。

不一会儿，那些争先恐后吃着美食的鸡们就听见了朱雨飞和石养财开心的笑声。

这之后的朱雨飞走路、做事越来越爽利，投料、消毒、打扫鸡粪，侍弄庄稼、菜园，忙得像陀螺，笑得像朵花，好不容易有点空闲，不是拿木棍在地上写字，便是举着竹竿逼小鸡练习飞行，说是增强小鸡的抵抗力和身体素质。许秀珍、刘大有、谢玉琴、朱雪飞、石拐觉得这样不仅会增加鸡的负担，还会多消耗饲料，认为小鸡练习飞行纯属脱了裤子放屁——多此一举。何劲华、金彩凤、石养财却将此视为琵琶围林地鸡养殖的一个亮点，多次在朋友圈中转发，获得众多的点赞。

石浩财平日爱和朱雨飞抬杠，但对朱雨飞训练五黑鸡飞行却举双手赞成，还把朱雨飞赶鸡、喂鸡的场面录成视频，在他的直播平台账号"琵琶围里唱山歌"上播放，并取了一个抓眼球的题目：王牌飞行鸡就是这样炼成的！居然还有不少观众点赞。何劲华给李香树、杨明、石栋梁打电话，让他们请县文化馆、文广新旅局、琵琶围行政村各村小组的人在朋友圈里转发该视频，两三天时间，播放量就过了三万。何甘和小雪知道后，还特意在他俩的淘宝网店上介绍了琵琶围的五黑鸡，没想到直播一上午，就有三十多个顾客要下单购买。

老爹，这样好玩的视频多拍些，我直播的时候给你们做宣传。

何甘的鼓励让何劲华心里甜滋滋的，他开始指导石浩财拍视频，但他在这方面很外行，提的意见常让石浩财哭笑不得，有时他见何劲华自告奋勇地前来指导，吓得连忙溜走，把个金彩凤笑得肚子痛。

谁也没想到，钱书记居然专程给何劲华打电话说直播的事：劲华，我听唐部长说你们的养鸡场和香菇场办得不错，我也看了你们的视频，挺有趣的。现在新媒体营销是一个风口，很多明星都直播带货了，那威力不容小觑啊。

哎呀，钱书记，我们就试着玩玩呢。

唉，玩家都是骨灰级的，再说现在正是新媒体的风口，只要你们抓住机会，琵琶围的香菇和鸡就能飞上天。将来这种营销模式很可能演变成巨大的浪潮，你们再多观摩、多研究，让直播变得丰富多彩些，这边我让网信办再推一推。

在钱书记的部署下，峙城的传统媒体、新媒体对琵琶围映山红合作社的香菇场、养鸡场进行了大力推介，并重点讲述了石养财身残志坚、主动退出贫困户的故事，对懒汉、酒鬼两斤半石浩财如何在大家的帮助下逐渐转变的过程也做了详细介绍。一周后，石浩财直播平台的粉丝涨了一万多，最高一期的节目点击率达到九万多次，最少的也有二万五千多次。远在上海的赵峰、薛丁山还把相关采访内容和石浩财的视频挂在了公司网站的首页上，有不少公司员工给出了正面的评价，但石浩财非但不领情，还深夜叫起了何劲华和金彩凤，竖眉立眼地说他要告记者诽谤。

喝酒有罪吗？我懒我的，我又没有做伤天害理的事，凭什么满天下骂我懒汉酒鬼？他们坏我名声，我要告他们！

何劲华和金彩凤安抚了好一阵，他才悻悻地离去。两人怕他受此打击又会反复，连忙找来那篇报道仔细看了两遍，发现记者在写石浩财时笔触的确有些辛辣，难怪会触动石浩财敏感的神经。何劲华让金彩凤给钮主任打了个电话，当过几年高中数学老师的钮主任偶尔会给子熙当课外数学辅导老师，成了金彩凤的男闺密，金彩凤在电话里数落了那位采访记者一顿，钮主任次日即派人上山采访石浩财，对他做了正面的报道，石浩财波动的情绪这才平复下来。

何馆长，你家儿子和儿媳不得了，现在成网红了，你是教子有方啊！

钮主任主管新媒体，对新媒体从业者何甘和小雪情有独钟。钮主任的话让何劲华有些纳闷，难道直播网店也属新媒体行业吗？还没有人给他释疑，何甘和小雪突然就成了峙城县的网红。

前段时间，县委宣传部对县里的青年创业者进行了系列采访。何甘和小雪作为从大城市回乡创业的代表备受媒体青睐，加上他们的网店形式新颖，小雪形象气质出众，又是能唱会跳的外来媳，她以往的职业充满了魅惑，能博读者和观众的眼球，县电视台连续为她做了三期专访，介绍她怎样为了爱情来到峙城，又怎样为了生活进行创业，节目现场还让她献唱了两首歌。做第三期节目时，小雪坚持要带上何甘，两人用自编的灯彩小戏介绍了武二郎的杂货铺、琵琶围的王牌飞行鸡，还把琵琶围的香菇称为记忆的花骨朵，县里的媒体做了连篇累牍的推介，省报和省电视台的《生活最前沿》栏目也闻讯采访了他俩，网红袁小雪、何甘就此诞生。据说那几天仅本县的马克杯定制量就超过了五百个，他们的直播也越来越上路，直播四小时进直播间观看的人数达三万多人，平均每天售出四百多个杯子，为了丰富品种，他俩捎带卖的峙城土特产也销得不错。因忙不过来，近来还请了个女孩打杂，即便这样，小雪画杯子的时间还是越来越少，只好请县中的美术老师业余时间代画。何甘情急之下想到一个点子，打电话给何劲华，说老爸，你不一直想要搞扶贫车间吗？现在我们的杯子没人画，你要是能在山上找人画瓷杯，我们按计件结款，这不就是扶贫车间吗？

何劲华当时觉得何甘这个建议很可笑，琵琶围有好几个文盲，哪来的画家？可后来突然想到朱雨飞那双巧手，便让何甘快递了五十个杯子和画笔、颜料、调色盘上来，他教了朱雨飞两个晚上，没想到朱雨飞在这上面却是七窍通了六窍，还有一窍不通，画完后她怎么也不肯拿杯子出来，说是要丢丑，谁知小勇却突然从她屋里拎出一香篮画好的马克杯给大家看，杯上的图案就像幼儿园小朋友的涂鸦，鸭子画成了鸡，鸡看上去像鹅，狗跟羊傻傻分不清，树如刀剑，房屋倾斜，月亮像米糕，日头似蛋黄，惹得众人捧腹大笑。

朱雨飞又羞又恼，跟谢玉琴发急，谢玉琴追打不听话的小勇，结果小勇一不小心在井栏边摔晕了。众人七手八脚地将他送到镇医院，没想到做头部核磁共振时，居然发现小勇得了脑瘤，医生说他的精神异常是脑瘤挤压造成的病变反应，只是家人从未想过他会得这种病，以前去镇医院看病时开口就说他是疯子，医院见谢家经济拮据，也没给小勇做别的检查，便根据谢家人的病情陈述，把小勇当成精神病来治。所幸他得的是良性脑瘤，而且位置较浅，转至县人民医院对症治疗后小勇清醒了，谢玉琴和父母喜极而泣，可当听医生说得赶快到广州或上海做手术，否则病情还会发展时，他们又陷入了恐惧和绝望：尽管有大病医保政策，可做这场手术他们还得自筹近十万元费用，一时半会儿上哪儿去借那么多钱呀？

何劲华将此事向唐部长作了汇报，唐部长找了县医保局和县人民医院的领导，要他们协助联系开刀的医院。唐部长则在几个工作群里发布了为小勇筹措开刀费用的消息，何劲华还通过中国社会扶贫网为他筹款，但这些都要时间。病情不等人，钱书记、唐部长带头捐款，一些单位职工也纷纷捐款，短短三天就筹到了七万多元，消息传到赵峰和薛丁山耳朵里，峰峦集团的员工也为小勇筹了五万多元，解决了谢家的大难题。半个月后，县人民医院帮小勇在广州联系好了做手术的医院。

考虑到谢玉琴没出过远门，何劲华和石栋梁分头给石生财打电话，请他去广州帮几天忙。石生财倒还讲情义，请假替小勇办好了入院、做手术的手续，陪了谢玉琴几天。小勇的脑瘤拿掉了，谢玉琴和石生财破碎的感情也在逐渐回温，两人顿觉春光大好。当惶恐不安的谢家父母得知小勇手术成功时，高兴得老泪纵横、语不成句：

多谢……谢……政府，多谢扶贫……工作队……救了……我家小勇！

小勇出院回家后，杨明联系了锅底村中心小学，让小勇回去读书。谢家父母为了表达谢意，给扶贫工作队送了两面锦旗，还在院坪上点燃了他们特意在琵琶镇买的万响鞭炮。鲜红的鞭炮纸屑在白色硝烟中翻飞，何劲华看着搂在一起、兴奋得又喊又笑的谢家人，扭头对满眼泪花的金彩凤说：

作家，这是多好的素材啊！

一周后，金彩凤写的反映脑瘤患者谢小勇通过贫困户大病救治政策重获新生的散文《幸运男孩》在市报刊发，"峙城风采"转发推介后，在峙城县引起了强烈反响。在众人感叹当今政策好、谢小勇很幸运的同时，当初收治谢小勇的琵琶镇医院院长受到了卫生局领导的批评，说他们医院的医生看病搞形式主义，气得院长向吴医生抱怨，说她是一条被蝴蝶效应殃及的池鱼。吴医生说城门失火才会殃及池鱼，你这是什么理论？院长说混沌学，混沌学。这之后再见到金彩凤，她佯装不认得。这些后话暂且按下不表，回头再说说朱雨飞画马克杯被嘲后朱家姐妹的"直播生涯"。

相较于踏实肯干的朱雨飞，朱雪飞心思更为活络。她见石浩财的"琵琶峰上唱山歌"有了影响，何甘和小雪还请妹妹画马克杯，虽说画得丑，但经小雪一番别出心裁的推荐，那五十个马克杯居然被人买走了，虽然朱雨飞再也不肯接马克杯的单，但想到妹妹已经出头露脸，朱雪飞心有不甘，也开始画杯子。可惜龙生九子，子子不同，朱雨飞的笔墨尚有几分稚拙，她的则不堪入目，画了两只杯子后，她改主意要成为石浩财的直播搭档。这天石浩财正在拍养鸡的视频，打扮得光鲜亮丽的朱雪飞冷不丁蹿进画面，面对镜头自顾自谈起了养鸡经。没想到网友不买账，好几条弹幕说她那打扮不像养鸡的，倒像是做鸡的，气得她差点仰面倒下。

哎呀，雪飞呀，人生成，铁打就，乡下的妹子哪能做这种卖相的事？要我说呢，命里有时终须有，命里无时莫强求。

许秀珍知道后特意上门劝她，话中暗藏机锋。

三嫂，以前的人巴望着上天，现在不就有飞机上天了吗？朱雪飞听出了她的讥讽之意，倒也不太计较。毕竟这回自己出了风头，已然胜她一招。

唉，那飞机是外国人搞出来的，他们的命跟我们不一样。我们山里人天生的穷命，你自己能掐会算，你算过自己有城里人那样的福气吗？

往常朱雪飞听了这话肯定要以牙还牙，可最近她心里掉进了一颗跟自己较劲的种子，反倒不在意别人的看法了。

许秀珍带着得意走出朱家房门，迎面撞上何劲华、金彩凤在门口张贴文明乡风的宣传画，她上前先诉了一顿苦，接着又攀比朱家姐妹，说她们也是两只眼睛一张嘴，你们让她俩管了养鸡场，现在姐妹两个走路鼻孔朝天，她和石拐什么也没有，在人前抬不起头来。

三嫂，你腌的咸鸭蛋好吃，要么你腌一些，我让小雪他们帮你卖。

唉，何馆长，要是卖咸鸭蛋能发财，我许字倒过来写！

许秀珍对何劲华出的这个主意很不满意。由于老大、老二、老三一直没回来看她和石拐，儿子也无音讯，许秀珍认定何劲华和金彩凤没下力气帮忙，除了对朱家姐妹针尖对麦芒外，眼下对他俩也有意见了，每次交谈总是以哭泣开始、骂人结束。何劲华有些歉疚，当着许秀珍的面给杜郁、罗强打电话询问石景山的消息，两人的回话是正在找，但还没找到有用的线索。金彩凤则坐在许秀珍家里逐个给石景芳四姐妹打电话，劝她们回家探望父母。

石景芳很委屈，说我上次归了琵琶围，大姐们都没回去。上圩我想回去，走到半路被老公拦住了，他说孝敬父母姐妹几个都有份，不能光我一个人尽孝心，我也有办法。

他们眼中只有儿子，对我们姐妹几个，除了要钱，他们还会说什么？天底下打着灯笼难找这样偏心的父母！许秀珍的大女儿觉得自己受压迫的时间最长，所以怒火最旺。金彩凤劝了半天，她才勉强同意和许秀珍对话，可母女俩在电话里没讲几句便吵翻了天。

哎呀，许秀珍这家人真让人头疼。她们几姐妹要是再不回来，我们请镇司法所介入，曝光她们姐妹的不孝。

先给她们发信息，表达下这层意思，先礼后兵嘛！何劲华建议道。

我早给她们发过 N 次信息了，石景芳还不错，回来看过爷娘，其他几个回信

息时都说得很好，就是光打雷不下雨，我有什么办法？

注视着金彩凤眼角这段时间冒出来的细密皱纹和脸上淡淡的黑斑，何劲华忽然有些心疼她：改天我们俩一起去做她们姐妹几个的思想工作。

好，男女搭配，干活不累。劲华出马，马到成功！

金彩凤眼中漾起了笑意。这时朱雨飞挑着担青草，橘子婆和哑伯拎着筐绿油油的植物来到了养鸡场，吓得何劲华、金彩凤批评朱雨飞，说你怎么把两位老人领过来了，这天梯多难走呀。

何馆长，不怪雨飞，我奶奶到下面捡木荷子，经常爬天梯。哑伯那天为了割雷公藤，还爬到树上去了。

石浩财拿着手机边拍边得意地介绍两位老人的壮举。金彩凤有意帮朱雪飞，让她赶紧出镜介绍这些草药。自从上次出镜网友骂她像做鸡的之后，朱雪飞干活时不再化妆，打扮也很朴素，这种状态下的她跟朱雨飞难分彼此，有种天然去雕琢的山野之美。石浩财脑子灵光，直播时让观众猜同样装扮并肩而立的她俩谁是大姐谁是小妹，未曾想却激起了观众的好奇心，每天直播都要求先猜猜她俩谁是谁，朱雪飞乐此不疲，朱雨飞却厌烦死了。观众们很快便根据脸部表情识别出了她俩的身份，气得石浩财跟朱雨飞急，说你一定要配合，要迷惑观众，让观众保持对我们节目的好奇和关注，这样才能达到最佳的宣传效果，以后我们的东西才好卖。

雨飞、雪飞，这是在给我们自己的产品打广告，你们上点紧。

何劲华也意识到这对双胞胎姐妹是个宣传亮点，希望让她们的形象效益最大化。

各位亲，橘子婆和哑伯身体好的原因，除了琵琶围山好水好、食物环保，还跟他们常年劳动、经常吃客家擂茶、用草药泡澡有关。

朱雪飞为了显示肚里有些文墨，说话时特意讲得文绉绉的，观众一下猜出了她的名字，还夸她最近变漂亮了，朱雪飞脸上的笑容浓得能粘住飞翔的蝴蝶。朱雨飞是行动派，她从筐里抓了两把草药，说这是艾叶，能给鸡活血，这是杀菌的松针，鸡吃了蛋下得多，蒲公英能增强鸡的胃口，鸡吃得好，肉就长得快，马齿苋、白头翁、青葛、仙鹤草也各有作用呐。

石养财上网查了相关资料，他怕朱雨飞讲不清楚，忙走到她身边，笑容可掬地说：各位亲，我们给鸡投放的这些中草药能提高鸡的免疫力，增加抗病能力，这样喂出来的鸡有强身健体的作用，鸡蛋胆固醇低，鸡肉能化痰去湿，是真正的药食同源。

石养财在创业致富带头人培训班学习时，县网信办的钮主任特意请何甘、小雪给他们讲如何直播带货，还让学员们组队进行了实战训练，所以石养财一下抓住了宣传要点。

这时有网友问：这么小的鸡怎么分公母？

石养财、朱雪飞不懂，刘大有夫妇不敢出镜，在何劲华的鼓励下，朱雨飞跨进栅栏，倒拎起两只鸡说鸡头往上抬、翅膀扑腾得厉害的是公鸡，这只低着头、翅膀收拢的是母鸡。

网友发弹幕夸朱雨飞讲得好，让他们长了知识。橘子婆养鸡颇有经验，她并不知道石浩财在做直播，走过去指着栅栏里的五黑鸡说：公鸡、母鸡满月前胃口差不多，满月后公鸡吃得比母鸡多，公鸡和母鸡要分开养，要不然公鸡吃不饱。

橘子婆这段话播出后，有个养鸡的网友说老人养鸡的时候粮食紧张，饲料少，现在饲料充足，只要公鸡愿意吃，肯定能吃饱。何劲华打电话向王所长请教，王所长这样答复他：

公鸡和母鸡的生长速度、对营养的要求都不一样，公鸡比母鸡的发病率要高，公鸡鸡棚里的垫料要厚实、干燥一些，这样能减少公鸡的胸囊肿病。再就是公鸡喜欢欺负母鸡，混养容易造成母鸡掉毛，到时影响卖相。你们那地方大，有条件先分开来养。如果要孵小鸡了，再把母鸡和公鸡放在一起混养，以便母鸡受精。

何劲华挂电话后征求大家的意见，众人都说听王所长的吧。于是石养财、石浩财、刘大有砍来几十根竹子，大家一起动手，只花半天时间便用竹篱将鸡棚和养鸡场的荒地隔成了两半，同时加厚了公鸡的窝棚垫料，又花一天时间分了公母，开始对公鸡、母鸡分别投料喂养。石浩财把这几条视频发出后，有养鸡场私信他，说是要聘鉴别公母动作最麻利的朱雨飞去当小鸡性别鉴定师，月薪过万，石浩财狂喜，心想这事学个三五天就成，如果自己一年能拿十多万，还待在香菇场干什么？可等他打电话过去问时，对方却说只能拿计件工资，算下来一月三千不到，石浩财空欢喜一场。

为了进一步推介琵琶围，何劲华当晚在微信里要求村民们明天穿得整齐些，县网络电视台的记者要做一期介绍琵琶围的直播，希望大家集体出镜。按照节目策划，直播一开始，琵琶围的村民先逐个做自我介绍，轮到谢家父母了，他俩激动得语无伦次：

党和政府好唡，扶贫工作队好唡，出钱送我家，小勇去，做脑瘤手术。出院后我家小勇，就不癫了，以，以后还能上学，讨妇娘！大家要是上琵琶围，到我

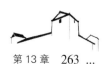

家吃酒。

说罢，他俩还对着镜头双手合十地道了几句谢，转身时和躲着不肯出镜的刘大有、赖秋香夫妻撞了个满怀。

接下来是朱家姐妹的自我介绍。通过这段时间的直播，网友对朱雪飞、朱雨飞已经熟悉了，除了上次朱雪飞养鸡时打扮得洋里洋气惹来非议外，网友对朱家姐妹的反应还不错。谁知这次朱雪飞刚刚开口，便有网友发弹幕问山上某些人的麻风病好了没有？麻风病会不会通过养鸡、种香菇传染给别人？网台主持人当即义正词严地驳斥，说琵琶围只在八十多年前曾关押过麻风病人，那些麻风病人在天火中丧生后，琵琶围后来的居民没人得过麻风病。主持人这边正在解释，又跳出条弹幕，说前不久看见金彩凤、何劲华、石浩财在琵琶情餐馆公款吃喝，姓金的女干部举着酒瓶"吹号"，匪气十足。

这条弹幕一出，在边上拿着手机看直播的何劲华、金彩凤吃了一惊，何劲华转身给钮主任打电话请教该怎样向网友解释时，气得头脑发热的金彩凤冲到正在自我介绍的石养财旁边，抢过话头说：这位网友，我刚看到你的弹幕了，你没有调查，怎么敢断定我们是公款吃喝？建议你马上到琵琶情餐馆去调录像，看看是谁付的饭钱和酒钱！其他网友也可以去调查！

主持人没想到会半路杀出个程咬金，在稍许的慌乱后，职场经验立即让他做出了反应，说是否公款吃喝，一定要以事实为依据，法律为准绳，不能见人吃饭，就扣上公款吃喝的帽子。

按何劲华的意思，这种事最好冷处理，切勿在节目上公开和网友叫板，省得别有用心的人借各种理由起底造势，但金彩凤已经正面还击了，何劲华连忙出镜表态：

各位网友，不管怎样，我们都感谢这位网友的监督，喝酒一事我和金彩凤同志会向单位汇报，如果有需要，我们也会积极配合有关部门进行调查，给大家一个明确的答复，还大家事实真相。

这场直播由于这个插曲，点击率奇高，留言上千条，绝大部分网友力挺何劲华、金彩凤，也有网友希望查清楚他俩是否公款吃喝。不久，何劲华、金彩凤受到了县纪检部门的函询，他俩写了喝酒的事情经过，附上了当晚付款的微信截图，石浩财、柳高义也写了相关证明，纪检部门对他们所说的每个环节都进行了认真细致的核实，查明根本不存在所谓的公款吃喝。相反的，通过这次调查，他们发现何劲华、金彩凤为了帮扶困难群众，每人掏了几千块钱购买香菇菌棒，又自掏腰包请贫困户吃饭，帮贫困户疏困解疑、自强自立。记者据此采写了一条《弹幕引出的故事》的新闻发在网络台上，不但为何劲华、金彩凤正了名，还为他们扬了名。

因此事影响颇大，唐部长又是琵琶围村的包村大村长，他为此召集了琵琶围工作队和村两委的工作会议，他先自我检讨了一番，接着便批评何劲华和金彩凤工作不得法，给自己和单位造成了不必要的麻烦。说到这，唐部长加重了语气：

你们要明白，你们的言行举止代表的不仅仅是个人，还折射出整支扶贫队伍的干部素质。虽然组织上经过调查还了你们清白，发掘了你们做的好事，但并不是每个人都会看峙城新闻，只要有一个人以讹传讹，负面影响就难以消除，希望大家加强政治学习，夯实工作作风，当一名真抓实干、担当有为的好干部。

何劲华、金彩凤当众做了深刻的检讨。唐部长像是要安抚他俩，打电话批评了江局长和李香树。江局长转身便找李香树算账。李香树把气撒在何劲华身上，说你们是去扶贫的，不是去作秀的，就算是作秀，你们也该好好作，现在是羊肉没吃成，反惹了一身骚，以后你们少玩这些名堂。

说罢，还发了一份灯彩晚会的剧本给何劲华，说这是谢春写的，让他帮忙改一稿，还特意说明他此次修改既不署名也无报酬，是职务修改。何劲华一时没弄明白什么叫职务修改，李香树说你是副馆长，这是你的工作范围，现在别人帮你干活，你有责任帮她升华。何劲华再大度，听到这儿也有些憋气，但他刚刚挨了批评，再说灯彩是他的命，还有一份责任心撑着，虽然窝火却连夜读完了剧本。剧本不专业，但文采飞扬，他看过谢春的文章，通篇平铺直叙，毫无文采可言。看来传言有影，这剧本可能是别人代笔的。

有那么一瞬，何劲华想原稿退回，但对灯彩的热爱却使他不由自主地提了十二条改进的建议，改完后他还请金彩凤提意见。金彩凤从鼻子里哼了两哼：谢春的迷魂汤能灌倒你们可灌不倒我，我不看。

说着伸出指头戳了戳何劲华的后脑勺：别人卖了你食朝，你还帮她数钱，真是个蠢鬼！

由于那名网友的弹幕令人糟心，朱家姐妹从此退出了石浩财的直播，少了她俩点缀，石浩财的直播视频点击量直线下降。石浩财虽然着急，但被网友这么一闹，又看到何劲华和金彩凤受了自己的连累，他也热情顿减，懒得去求朱雨飞和朱雪飞。何劲华、金彩凤上朱家做了几次工作，姐妹俩也不肯答应。

这天晚上，月光皎净，山川安谧，空气中弥漫着橘花的清香。石养财、石拐去值夜，朱雪飞、许秀珍跟着石浩财和何劲华下田照泥鳅，刘大有夫妇去做客了，谢家父母早已歇下，橘子婆孤零零地坐在坪上纳鞋底。自从石大山走后，橘子婆每年为他做春夏秋冬四双鞋，八十多年的重复劳作，让她熟练得无须照明也能完成这项工作。哑伯最近迷上了打仗的电视剧，往常这时候他屋里总是传出枪炮声和喊杀声，今天却格外安静，金彩凤怕他生病，送了两盒方便面过去，见老人在椅子上睡着了，忙从床上拿来被子给他盖上。少了人声的喧嚣，围屋里显得很静谧，她走到院坪上，深吸了两口芬芳的空气，朝月亮约了约手，影子跟着晃动，让她想起李太白"举杯邀明月，对影成三人"的诗。一阵夹杂着花香的清风拂来，她似乎听见橘子婆手中的麻绳穿过鞋底时发出的嘶嘶声，这声音在她耳边激起了细微的气旋。忽然，从朱雨飞房中传出清亮而有些山野的歌声：

入山看见藤缠树，出山看见树缠藤。

藤生树死缠到死，树生藤死死也缠。

这是客家地区广为流传的情歌《生死缠》。金彩凤出演的多部灯彩戏中都曾用过这首山歌。生动的歌词、熟悉的旋律蓦地将她带入了深情的意境，一时间百味入心、千思入脑，瞬间化作夺眶而出的泪珠，在她寒凉的脸上留下两道微温。

歌声戛然而止，听到动静的朱雨飞出门看见她，有些慌乱地说：金大姐，你没去照泥鳅啊？

客家地区水田多，细鬼们若想肉吃，家里又无钱买，照泥鳅便是条解馋的捷径。夜来时腰系竹篓，左手拎火吊，右手拿根竹竿，竹竿的头上裹着块倒插着缝衣针的松脂针刷，站在田埂上用火吊一照，那些泥鳅就跟木棍似地横在水里，这时用针刷一扎，泥鳅便被收入篓中，有时一晚上能照半竹篓。

我小时候照泥鳅照上了花蛇，有些怕，不敢去了。

其实这只是金彩凤的借口，她今晚留下的主要目的是想趁安静找朱雨飞聊天。因朱雨飞正在织装鸡蛋的篮子，总是收拾得窗明几净的朱家今天显得有些凌乱，地上、桌上摆满了篾片和竹条，空气中飘着竹子的清香。

朱雨飞起身给金彩凤倒了碗柿叶茶，金彩凤喝着茶，劝她和朱雪飞继续拍视频。朱雨飞十指翻飞地编着篮子，摇头说：人家嫌弃我们，不想再去丢人现眼了！

这个时候你们更应该挺住，如果你们就此退出，网友还真以为你们有毛病呢！

金彩凤好话歹话说了一箩筐，朱雨飞就是不松口。金彩凤只好转换话题，问她朱六亿的病怎样了，朱雨飞叹道：

肺癌晚期，医生说最多只有半年的命，大哥家原来生活还好，为了治病，家里已经欠债了，他死活不肯再住院，现在在家里熬日子。

然后便絮絮地说起她想把小侄子贵虎带到身边，改姓朱，为家里传香火的事。

雨飞，我问过了，贵虎要到这里落户蛮难，改姓如果理由充分，走程序就能办。

见朱雨飞皱着眉头没说话，金彩凤说：你莫发愁，你们做房子要借钱，什么时候要，跟我打声招呼就行了。你哥的事你担心也有用。万一你侄子要过来，他的事我们再想办法。看你都累瘦了，早点睡吧。

金彩凤很欣赏朱雨飞的质朴扎实，跟她说话总是要贴心些，起身时还送了一块阿胶给朱雨飞。朱雨飞再三推辞，见金彩凤不肯拿回，便进屋拿了两只竹编的小鸭子和两盏造型奇特的灯彩出来，说是送给子熙玩。

雨飞，你这灯不比何馆长的差，可以让何甘帮你卖呀。

哎哟，这么差的手艺，不敢见人哩！

朱雨飞想要拿回那两盏灯彩，金彩凤朝她摆摆手，飞快地走了。

一个多小时后，何劲华他们带着两竹篓泥鳅回来了，金彩凤拿出朱雨飞做的竹编小鸭子和两盏兔子灯彩给何劲华看。何劲华打量了一会儿，说雨飞手真巧，上次我推荐她看了两个竹编视频，没想到她就照原样给编出来了，好妒嫉呀。

妒嫉个鬼哦，你赶快拍照发给何甘，让他们到网店推销推销。何劲华说你不是有何甘的微信吗？你推给他就是了，你的话肯定比我的话管用。金彩凤立刻拍了照片发给何甘，希望他能帮帮朱雨飞。几分钟后小雪回电话说何甘在洗澡，她看了照片，觉得艺术品挺美，但比较小众，销量小，如果做成沙发、车用坐垫、果盘、垃圾篓、茶宠、杯托，购买的人会更多。

何劲华接过电话让小雪发些样品图片过来，好让朱雨飞看看能不能做，另外也会寄两个朱雨飞的样品给小雪，让她尽快在直播间里做展示。

三天后，何甘打电话说直播一天，他接到了二十一只竹编小鸭子和十三盏灯彩的订单。何劲华兴高采烈地告诉朱雨飞，本以为她会和自己一样兴奋，不料朱雨飞却说养鸡场忙，她只能早晚编织，两个月也交不了货，不肯接单。金彩凤脑筋倒是转得快，立刻动员朱雪飞、许秀珍、赖秋香跟朱雨飞学。许秀珍的身体不能久坐，她率先拒绝。赖秋香说现在不饿肚子、不穿烂衫，要那么勤扒苦做干什么？朱雪飞见定价不高，没多少油水，也不肯学，让妹妹把订单转给锅底村的两户篾匠，告诉他们编织要点，她们只挣转单的费用。朱雨飞不肯，说她琢磨了好多年才练出这门手艺，宁肯不接活，也不愿把技术教给别人。

金彩凤晓得朱雪飞喜欢干讨巧省心挣钱多的活，不喜欢吃苦的营生，嫌养鸡场和菇房的活累，总是三天打鱼两天晒网。这段时间谢玉琴去广州照顾小勇了，刘大有夫妻轮班时干活不下力，再摊上这样一个大姐，朱雨飞免不了向何劲华、金彩凤抱怨，金彩凤转头敲打朱雪飞，朱雪飞怪朱雨飞告黑状，姐妹俩为此大吵了一架，现在谁也不理谁。朱雨飞和朱雪飞拉开距离从院坪走过时，菜园里的白菜、大蒜、韭菜、生姜长势喜人，脚板薯浓密的藤蔓将扦插的竹竿裹成了绿柱，金银花的枝条霸气地爬满了篱笆。为了整治人居环境，橘子婆的鸡鸭不能在围屋内放养，她和哑伯拎着两笼鸡鸭去了后山。哑伯不准别人在后山施肥，却肯让橘子婆的鸡鸭在后山撒欢、啄虫。谢玉琴的父母将老奶奶放在门口的藤椅上晒太阳，花花趴在地上，寂寞地怅望着那几床在阳光下晾晒、颜色更显热烈的被褥。见石浩财冷着脸从被褥夹缝中钻出，花花飞快地起身摇尾，见他不理自己，只得转身跟着匆匆而过的朱家姐妹，颠颠地跑了。

石浩财羡慕地看着花花，觉得狗的世界比人的世界单纯。他昨天打电话问白桂花那天叫她出去吃饭的男人是谁，白桂花说是她叔叔，石浩财不相信，两人隔空吵了几架，弄得五心烦躁，懒筋上身，又开始迟到早退。何劲华、金彩凤找他谈话，石浩财愁眉苦脸地说：

何馆长，金大姐，有句话不好意思讲，这样子挣钱比针挑铁还要艰难，我们现在又没有外来水，家里吃穿用度都要花钱。你们能不能跟赵董和薛总说一说，让峰峦公司再给我们一万块钱？

石浩财见何劲华和金彩凤露出了诧异的眼神，连忙声明他放弃合作社的分红，只想要点现钱渡过难关。何劲华说上次我们在朱八嫂那儿谈得好好的，你怎么又老调重弹了，到底出了什么事？

石浩财支吾着摆摆手，说他最近腰伤犯了，没法到香菇场上工，扭头便往竹寮走去。何劲华双眉紧皱，心中有种双拳打在棉花上的无力感，看到边上的金彩凤满脸沮丧，他冷静下来，说改天要动员石浩财拆掉这间竹寮，让他住回自己原先的房间去，以便照料双休日回来的石成金、石成玉，省得朱雨飞和橘子婆替他忙活。

金彩凤连声长叹：劲华，他们这样反复无常，我都快冇耐心了，他们实在不想干，我们也没必要硬逼他们。

彩凤，想打退堂鼓了？

唉！金彩凤长叹一口气：

难怪有人说世界上最难的两件事，第一件是把自己的想法放进别人的脑袋，第二件是把别人的钱放进自己的口袋。我们嘴唇都说干了，他们脑袋里的疙瘩还是解不开。

你呀，自己思想也没通，好几次跟我说不管他们了，这想法要不得。

见何劲华正儿八经的样子，金彩凤连忙举双手投降：好了，我不该动摇，你赢了！现在你就说吧，下一步我们怎么干？

何劲华说他跟杨明、石栋梁、邱小楠、唐部长逐个打了电话，讲了石浩财、朱雪飞他们的反复，唐部长认为这是重压之下的应激反应，只要有人帮着渡过难关，就能逐渐走上正轨。最近生产任务确实繁重，唐部长让镇里和村里组织党员志愿队到山上来帮忙。

顶过这阵子，石浩财他们能松口气，心理压力就小了。

邱小楠这样说。她外表柔美，做事却雷厉风行。第二天下午即打电话给何劲华，说过两天会有五支党员志愿者队伍上山帮忙。

他们会自带被褥上山干活，你们收拾好房间，铺上床，安排好伙食，他们会交伙食费的。

谢谢邱镇长，顶过这二十天，我们就能喘口气了！

有了组织的支持，何劲华心里一块石头落了地。当天开视频碰头会时，他提了三件事请大家讨论。

第一件事是请基金管理会落实橘子婆、哑伯孝老餐的经费和承办人员。石栋梁说经费好办，从那二十万里每月按标准定量划拨。石钟觉得橘子婆平日在家吃饭，伙食费该拨付给石养财。石养财摇头说不合适，他是村民小组长，得主动避嫌，另外这几年他兄弟俩忙不过来时，大多由朱雨飞照料两位老人，建议把孝老餐放在朱家，最好也给谢玉琴的奶奶做一份，对此大家都没意见。金彩凤说上次邱小楠到琵琶围时，许秀珍当着她和何劲华的面向邱小楠告状，说她俩讲了要开村民小组会选香菇场和养鸡场的场长，可半个多月过去了，也有见动静，养鸡场和香菇场还是由石养财和朱雨飞把着，她和石拐、谢玉琴只负责琵琶围里的菇房，刘大有夫妇也插不上手，这是明摆着欺负人。何劲华忙自我检讨，说这选场长的事早该落实，可因为忙，漏掉了这么重要的工作，也难怪人家许秀珍有意见。

金彩凤皱眉道：许秀珍这人特难缠，如果我们把孝老餐放在朱家，她肯定要闹翻天，要么这样，朱雨飞和许秀珍一家轮三个月，头三个月放在许秀珍家，我们跟她讲明，要是老人不肯在她家吃，这孝老餐就由朱家来做。何劲华说三个月太长，先试半个月，万一老人在她家吃得不满意，还可以及时更换。

第二件事是要赶快召开琵琶围村民小组会，选出香菇场和养鸡场的场长。不然，名不正，言不顺，时间久了，非但旁人有话说，便连现任管事者只怕也有意见。

石栋梁首先发言，说合作社的成员也就琵琶围山上那几位，他们讨论就行了。

杨明说这事没那么简单，驻村工作队、村两委、各村小组组长和群众代表都得参加，此前有不少群众对合作社只面对山上的贫困户有意见，趁此机会正好把事情说清楚。大家想想还真是这么回事，一致赞同杨明的提议。

第三件事，得赶紧做通许秀珍几个女儿的工作，敦促她们回家看望父母，同时抓紧寻找石景山。

提到许秀珍一家，众人纷纷摇头。石栋梁说许家现在是父母不像父母，儿女不像儿女，讲得难听，是典型的父母不慈，儿女不孝。

石钟接口说：村里以前做了不少工作，杨书记去年带着我们去找石景芳的大姐，结果被她骂出了门。

我们明天写封劝孝信寄给石景芳四姐妹，如果她们看了还没动静，村两委和驻村工作队再联合出面做工作。

大家频频点头，杨明笑笑没说话。何劲华注意到最近开碰头会，杨明的话越来越少。他私下里问过戴局长，原来杨明下来驻村时，前任局长答应他两年后回局里，如果工作成绩突出，还要重用提拔，可他现在驻村满了两年三个月，局人力资源部却找不到合适的人替换他，确切地说，是没人肯下乡，因为局里的中层马上要大调整，谁都不想在这关键时刻离开。杨明现在是孤悬在外，尽管年前他陪同江局长到琵琶围看望、慰问困难群众时，杨明跟江局长汇报了自己的情况，江局长先是肯定了他的工作，接着让他放心，说你们在扶贫一线流汗，我们不可能在单位再让你流泪。杨明还是担心自己年底回去后没有合适的位置，心里有些委屈。但杨明责任心很强，江局长跟他谈话后，他又一心一意扑在工作上，从未怨天尤人，只是偶尔有些沉闷。这段时间杨明跟何劲华、金彩凤合作得不错，见何劲华看着自己，杨明连忙表态：

下个包村干部上户的日子就把香菇场场长和养鸡场的场长给选了，越早到位越好。

金彩凤突然想到一件事：这几年各行政村设了妇联主席，我们村民小组是不是可以设个妇女小组长？

县里好像还没有这种设置，这个你要问唐部长。

杨明话音刚落，金彩凤便拨通唐部长的电话说了自己的意思，唐部长说你们又创新工作方法了呀？奖赏和激励是可以的，但不能把人培养成官迷。

哎哟，唐部长，官帽子都您管着呢，您不给帽子，哪个能成为官迷呀？我们只是想调动大家的积极性，在其位才谋其政啊！

小金啊，这个事情很敏感，我建议你们商量一下，合作社不是有项目吗？你们就设几个项目小组长，责权利挂钩，一样能调动积极性。

谢谢唐部长的金点子，我到这里来被那些妇娘人搞得满头包啊，工作太难做了！

听了这话，深有同感的唐部长和在座的人都笑了起来，接着大家开始七嘴八舌地讨论香菇场、养鸡场、妇女项目小组长的人选。石钟建议召开竞聘会，凡是琵琶围行政村的村民都可以报名竞聘养鸡场和香菇场的场长。杨明觉得筛选范围大些更容易找到能人，但何劲华、金彩凤和石栋梁认为这样会挫伤琵琶围贫困户的积极性，坚持先推选再投票，大家讨论了半个多小时，总算推出了石养财、朱雨飞两位场长候选人。至于妇女项目小组长，如果要从朱雪飞、许秀珍、谢玉琴、赖秋香当中选人，石栋梁推荐了谢玉琴和赖秋香。

赖秋香就免了，十分力气的活，她永远只出七分。谢玉琴老实肯干，是个好人，但没想法，家累也重，主内可以，主外不行。项目小组长要开拓市场，朱雪飞比她合适。

听了何劲华这番话，杨明皱眉说朱雪飞给人算命看相，影响不好。石钟说她平常还喜欢跟石浩财、许秀珍拉帮结派搞事情，她当项目小组长只怕不服众。石栋梁也觉得他俩说得有理，用朱雪飞不太合适。

正因为这样，我们才得给她压担子，就像一棵歪树，园丁用木桩、绳索匡正后就长直了。朱雪飞脑子灵活，又见过世面，她面上有光，自然肯做事。把她的聪明才智用在正道上，我想这也是扶智。

何劲华坚持要用朱雪飞，杨明、小于、石钟不同意，石栋梁开始也反对，后来改持中立态度，金彩凤眼看大家要僵，笑道：妇女小组的项目八字还没一撇呢，现在来谈谁当项目小组长早了！依我看，这两天先报个人项目，大家评议出哪个项目，项目申报人就是小组长。

金彩凤的建议入情入理，众人一致赞同，妇女小组长人选的难题迎刃而解。

当五支党员志愿队陆续上琵琶围帮忙时，春姑娘越发卖劲地给琵琶峰着色，只见山腰上的映山红如火似焰，山脚下早已开谢的桃花仍在半山和峰顶怒放，山坡上的金盏花如同画家随意涂抹的橙黄彩带，衬得树林愈发碧绿。鲜艳的红旗在风中飘扬，队员们帮贫困户们插秧、种花生，为油菜田清沟排渍，侍弄香菇菌棒；帮忙运送鸡饲料，将清理出的鸡粪送至大坑中消毒；粉刷琵琶围东边被水渍污染的墙壁；爬上屋顶捡漏，整修院坪；身影矫健灵动的队员们手把手地给贫困户传授经验，体现了先富带后富的帮扶精神；围屋外移栽的几十棵映山红像是道精巧的花边，何劲华、金彩凤前些日子洒在院坪内和月牙塘边的格桑花籽冒出了茸茸的嫩芽，寂静的琵琶峰由此生机勃勃。

以前红军就是这样帮老百姓的。

前来送擂茶的橘子婆看着飘扬的红旗和热火朝天的劳动场面，眼前那些满是汗水的年轻脸庞幻化为记忆中的红军战士，思绪飘回了八十多年前。

当年红军战士在前线打仗，我们在后方发展生产。村苏维埃动员妇女们提前春耕，我们在新历元旦就要犁好所有的田，还要修好河圳，各个村庄都搞生产比赛，懒惰落后要挨骂，赢了的苏维埃政府会奖一面春耕生产运动的锦旗。我得过一面锦旗，可惜后来被可恨的挨户团烧了。

正在喝擂茶的志愿队队员们被老人的叙述吸引，静静地围坐在她身边，橘子婆的声音像根棉线，把十几颗心串在了一起：

当时政府号召大家要积极突击，不能当懒汉哩！唉，冇想到我却养出了浩财这么个懒鬼。怪我心软，管教不严，让他懒脱了骨，害得杨书记、何干部、金干部费心了。

石浩财躺在竹寮里，像是听见了奶奶的骂声，猛地打了两个喷嚏后，手掌的隐痛变成了剧痛。再一细品，又好像不是手痛而是心痛。昨天柳高义给他转了一万块钱，当时他真想留下来买酒喝，可想了半天，他还是把钱给退了回去。柳高义说何馆长说话过硬，真的让媒体记者去找了老王头，询问他欠债不还的事情。老王头听说自己再不还钱，要被列入失信人名单公之于众，立刻给他打电话，表示年内会还清剩下的二十万元欠款。

浩财，过段时间我真的要入股琵琶围合作社了。到时你的三万块提成算你的股本哈。

柳高义难抑兴奋，石浩财却怎么也提不起劲。一方面是最近太累，最主要的是白桂花不肯原谅他。躺在床上，他恨不得自己变成孙悟空，拔根毫毛就能变出满山的金子来，也好闪花白桂花的眼。可惜，他不是孙悟空，更非网络爽文的主人公，能遇魔克魔，只能躺在床上哀叹。

这时，刚刚干完活、裤脚上沾着泥巴、脸上冒着汗水的何劲华拿着两张药膏走进来：浩财，这药膏不错，治老伤蛮有效果。来，翻个身，我帮你贴上。

石浩财鼻头一酸：何馆长，我自己来。

唉，逞什么强呀，这后腰你自己贴不成的。

何劲华的动作轻柔，身上散发出浓烈的汗气，石浩财转头看着那张黧黑的脸，觉得他越来越像琵琶围人了。

浩财，等忙过这阵子，我们俩去接桂花回来。

石浩财忙翻身坐起：她答应回来了？

何劲华笑道：精诚所至，金石为开。

那一瞬间，石浩财觉得何劲华的眼中有星星在闪耀。

转眼到了四月下旬，雨势连绵，竞放的野花相继凋零，树木倒越发茂盛葳蕤了，琵琶峰像个壮年男子，精血旺盛，筋骨强壮，这份沉着气势也传导在何劲华身上，让他忙而不乱。在保证香菇场和养鸡场正常运转的同时，何劲华、金彩凤抓住难得的几个晴天，集中力量给各家的早稻施了沤好的鸡粪，众人忙而快乐着。前些时日牢骚满腹的许秀珍夫妇虽然近日身体欠佳，但因得到了孝老餐的项目，两人精神倍爽。橘子婆和哑伯每人每日的餐标十五块，每月九百块，这在许秀珍眼中是笔巨款，最关键的是她觉得自己受到了重视，夫妇两个除了忙田里和菇房的事，就琢磨着怎样做好饭菜，怎奈许秀珍是三斤鸭子六斤嘴，嘴巴来得，厨艺欠佳，炒的菜只有咸辣两味，吃了两日哑伯就痔疮复发，第三日橘子婆说什么也不让许秀珍掌勺。金彩凤批评了许秀珍，她满肚子的气撒在石拐身上，逼着他给四个女儿打电话，问她们几时回来。此时石景芳四姐妹已收到了劝孝信，石景芳生气地打电话给何劲华，说我经常归屋下看爷嫫，一年也有五六百块钱给他们，你们怎么还给我寄这封信？

何劲华说你的孝顺大家都看在眼里，这信你得拿给你丈夫看。

石景芳这才不说话了。

石景芳的三个姐姐怕社会舆论，这次不但接了石拐的电话，还表示过段时间会上山看他们，许秀珍听了眯眯笑，立刻走到院坪上，对正在井边洗衣服的朱雪飞说我几个女要归屋下了，到时再让她们教我炒几个菜，保准把老人养成胖冬瓜。

朱雪飞见不得许秀珍那得意劲，哼了两声，衣服也没拧就起身走了。上次许

秀珍告诉她，碰头会上何劲华想让雪飞当项目小组长，杨明、石栋梁不同意，她听后心里很窝火，现在见孝老餐又放到了许秀珍家，不由得邪火窜顶、牙龈肿痛。前两天她打电话向吴医生诉苦，哪知吴医生比她更苦，说两个前妻听讲他要找对象成家，不但联手停了孩子的抚养费，还要求他把现有住房过户到两个孩子名下，否则天天上门来闹。朱雪飞想到还没嫁过去吴医生就成了无房户，结婚后自己却要承担后妈的责任，心中郁闷，这些日子只想坐在院坪上晒太阳、嗑瓜子、看韩剧，或者像以前那样游村串户，给人算命卜卦测八字，对养鸡场的苦力活毫无兴趣。这几日要给香菇菌筒破膜，正是需要人手的时候，偏偏石拐的骨结核病发作，许秀珍得了重感冒，烧得两只眼睛发经，朱雨飞怕她把病传给两位老人，这几日的孝老餐由她掌勺。赖秋香见活儿重，也学石浩财的样，说腰疼。朱雪飞再一罢工，何劲华、金彩凤、石养财、朱雨飞、石拐、刘大有连轴转也转不过来。何劲华找完石浩财后又去找朱雪飞谈话，朱雪飞说金大姐刚走，道理我都明白，就是没力气，何馆长，你不如歇歇吧。

何劲华单刀直入地说：雪飞，这两天开始报个人产业项目，如果你有合适的项目请告诉我，要是你的项目选上了，你就是项目组组长。

刚才还痨病鬼样无精打采的朱雪飞倏地还了阳：哎，何馆长，我问你，是项目小组组长大还是养鸡场场长大？

朱雪飞自认为自己比妹妹出色，她很害怕被妹妹比下去。何劲华觉得这样的朱雪飞蛮可爱，不由笑道：你要是做得好，就办个竹器厂，你当厂长呀！你们两位平起平坐。你要是再做大，讲不定就跟赵峰一样当董事长了呢！

朱雪飞觉得何劲华这话在理，当即报了个竹编项目，朱雨飞得知后急红了脸：

大姐，养鸡场我都忙不过来，这是你报的项目，你得自己完成任务。

哎哟，我说你这死脑筋，养鸡场是大家的项目，竹编是我们俩的项目。你得留几把力气做自家的活。朱雪飞教训了朱雨飞一顿。

你呀，就是摔跤也要大头朝上，不肯服输，可你得看看这项目我们能不能嚼烂呀！朱雨飞拿朱雪飞没办法。

养财可以帮忙呀，实在不行，我把吴医生也发展发展。

我个大姐耶，你这脑子都装了些什么点子呀？

朱雨飞哭笑不得，转念一想，报总比不报强，于是不再跟大姐抬杠。许秀珍听说朱雪飞报了项目，三脚并两脚冲到村小组办公室报了个腌咸鸭蛋项目。出门后在院坪上碰到朱雪飞，两人相视一笑，心中既有一拼高下的打算，又有了更为具体的前景与憧憬。

谢玉琴和小勇从广州回来的当日，琵琶峰微雨初霁，云色涌动间现出罕见的双虹，琵琶围的厅厦内，人们的心情比彩虹的色彩更为绚烂。当杨明宣布石养财当选为香菇场场长、朱雨飞当选为养鸡场场长时，在座的琵琶围小组村民和其他村小组的村民代表爆发出经久的掌声。

也许是太过激动，发表当选感言时，石养财结巴着说：我一定……好好……干，把……把香菇……养成鸡。

众人笑得前仰后合，石养财也跟着憨笑。朱雨飞倒是干脆利落，发誓般丢了一句话出来：我要是干得不好你们就撤掉我！

众人的掌声比刚才更为热烈，大牛开始起哄：你俩马上要捡到一处过日，到时秤不离砣，公不离婆，撤了你，养财怎么办呢？

对呀，你就把鸡养成香菇呗。

在大家轻快的笑声中，朱雨飞拎来两箩筐新炒的板干，这是种类似玉兰片的米制品，放了姜蒜、淡盐、油炸后极香，但乡人节省，只用干净的河沙翻炒，比手掌略长的板干受热后面积能膨化成原来的两倍，仿佛长条形的白扇子，吃起来香脆可口，是峙城及赣南客家农村常见的零食。石养财端来了两脸盆特色小吃油炸月亮粑和芋包，谢家父母抱来两坛米酒和刚出锅的热米板，说感谢政府和村里的关照，小勇今天出院，本来就想请大家吃席，今日正好遇上了，古话讲遇请难遇逢，现在请大家尝米板，呷水酒，表表心意。

此时已到饭点，众人见盛情难却，便坐在五尺凳上，一手端粗瓷大碗喝水酒，一手用筷子扎几颗米板，淋上新鲜的辣椒大蒜酱汁，吃得吸溜吸溜的。

哼，我们俩他们提都没提，根本就不放在眼里。

许秀珍和朱雪飞原以为会上会宣布她俩的项目小组长身份，可直到散会也没人提起，心中甚是气恼。其实何劲华原本是想公布她俩的项目的，只是大家觉得项目八字才一撇，想等策划完善后再公布。朱雪飞、许秀珍哪知这个？两人气乎乎地往外走，经过石钟身边时，朱雪飞朝他呸了两口，弄得石钟莫名其妙。许秀珍则小声骂石钟、石栋梁狗眼看人低，胳膊肘往外拐。

三嫂，人家根本没把我们当自己人，哪有胳膊肘啊，他们只有打人的棍子！

尽管事先知道这次推选没自己的份，石浩财还是备受打击，有些怪何劲华、金彩凤没为自己说话。他往许秀珍的火上浇了几勺油，哼着山歌走了，荒腔走板的歌声像只黄蜂在大家耳边乱撞，听得朱雪飞、许秀珍心火往外冒。

浩财，你走什么走啊？

朱雪飞冲着石浩财的背影喊了句，接着碎步走到石栋梁跟前，拧着眉毛说：

你们哪只眼看见我给人看相算命啊？我什么时候拉帮结派搞过事情？你们不调查就往我跟三嫂身上泼屎泼尿，这是欺负人！我要去告你们！

朱雪飞这顿乱棍打得大家昏头癫脑，同时心生疑惑：谁把开会时大家讲的内容给泄露出去了？石栋梁知道石养财和朱雨飞关系好，马上把他拉到一边，问他有没有给朱雨飞传话。

石支书，我要是传了话，天打五雷轰，下山就跌死！

石养财急得发起了毒誓。石栋梁毕竟老成些，没有再责怪他，石钟年轻气盛，认为此种行为性质恶劣，开始声色俱厉地批评石养财，偏许秀珍还在边上煽风点火：

你们每次开会讲的坏话我们都晓得，雪飞，你也听到的。

朱雪飞看看妹妹和石养财，没吭声。石养财本就口拙，此刻见有些人眼中长出了锐利的钩子，更是哆嗦着嘴唇讲不出话来。何劲华坚信石养财有原则，为石养财辩解了几句，不料却勾出了一名村民代表的怪话，说石养财和朱雨飞在搞对象，嘴对嘴时哪里守得住秘密。

朱雨飞气坏了，涨红着脸骂道：你胡说八道，乱讲要掉牙齿！

朱雨飞说罢红着眼睛走到许秀珍面前：三嫂，养财蚂蚁都不舍得踩，一贯照顾大家，你不能满盆屎扣他身上！

许秀珍翻她一眼：好笑，我几时讲过他的猪名狗姓？

朱雨飞气得发抖：好，三嫂，你既这样说，那就莫怪我了！你们跟我来。

朱雨飞转头领大家来到村小组办公室的隔壁房间，气咻咻地说：你们那天开碰头会时，我看见三嫂躲在这间房子的二楼偷听。

你血口喷人！

许秀珍扑过去打朱雨飞，朱雨飞躲了两次还是被她揪住，气得和她扭成了一团，大家好不容易才将她俩分开。头发蓬乱的朱雨飞喘息着掏出手机，点开一段视频播放给众人看：

三嫂，这可是你逼我的！这是三嫂发给我大姐的视频！

视频画面模糊，但与会者的发言却清晰可闻。石栋梁严厉地质问许秀珍怎么回事。许秀珍愣了愣，说她和石拐的棺材放在这间房子的二楼，她那天去给棺材抹灰，没想到村小组办公室正在开碰头会，而琵琶围二楼的跑马道是贯通的，她就走过去听了会儿壁角。

我不是有意听的。你们往常的碰头会都是晚上开的，我哪晓得那天下午你们在开会呢？许秀珍委屈得很。

就算你碰巧在那儿，那视频是怎么回事？

面对石栋梁的追问，许秀珍反倒扯开嗓子嚷了起来：石支书，你还好意思问我！你身为本家人，背后带头编排我！我许秀珍不能由着你们乱踩！上次镇司法所的人来讲课，说视频能当告状的证据！我录视频冇错！

接着又指着石钟骂了一通。石拐劝不住她，又不敢动手，急得在旁边跺脚。金彩凤想上前劝解，何劲华拉住了她：现在栋梁和石钟出面比我们俩管用。

果不其然，当石栋梁、石钟拿出劝孝信，告诉许秀珍石景芳姐妹几个的反应和决定时，她倏地安静下来。石栋梁还特意介绍了何劲华、杨明、金彩凤所做的工作和起的作用。

石拐连连点头说：难怪她们几姐妹都接我电话呢，真是多谢你们了呀！

说罢，强拉着许秀珍走到大家跟前，说我妇娘发癫，我等下回家教训她。

借你九个胆子也不敢。哼！

许秀珍下力拧了他两把，痛得石拐龇牙咧嘴，众人掩嘴偷笑，石养财却在埋怨朱雨飞没把录像的事告诉他。

三嫂这人拎不清，我怕了她。

朱雨飞话音刚落，石拐那边已经开始掏心窝子：

各位的大恩大德我们全家三生三世都忘不了！

见大家瞬时安静下来，且目光都落在自己身上，许秀珍感到了无形的压力。她喏嚅着说以后再也不上二楼抹棺材灰了。

我的妈呀，这种会多开几次，我都要成癫婆了！石拐和许秀珍走后，金彩凤连声感叹。

何劲华说你要是成了癫婆，我就成了癫佬。

见金彩凤双眉紧锁，唉声叹气，何劲华念起了童谣：癫婆娶癫佬，歇眼不洗澡。口水流一地，头发长乱草。

你倒有闲心！不担心石浩财也跟着变成癫佬？

我不怕他变癫佬，我现在怕他"脑梗"和"心梗"。走，去看看他。

你去看他吧，我还要填表呢！

说到填表，金彩凤和何劲华都皱起了眉头。大数据在造福于人的同时也增加了工作负担，这几年扶贫工作队要填的表格不在少数。何劲华在牛角村驻村时，他和队员、帮扶干部经常为填表格、整材料忙到深更半夜。有些贫困户面对填不完的表心生恐惧，算准他们要来上户了，干脆锁门出去，有的则大发牢骚，说你们天天让我们填表，是不是填了表，不用劳动就能脱贫？你们上户我们欢迎，填表还是越少越好！何劲华曾向县精扶办和县领导反映过这个问题，领导说你反映的情况很重要，我们会及时向上级反映，但在上级发文减填表格之前，你们所有的表格、材料都要按时、保质上报。

吃了这顿软棍之后，何劲华再没有提过类似的意见，埋头认真做工作，汇报材料也做得细致扎实，连续两年受到考评组的好评。也许上级部门意识到了文件和材料太多并无助于脱贫攻坚，从 2017 年下半年开始，驻村工作队填报的材料种类比往年少了一些，从某种程度上为基层减了负。

由于何劲华和金彩凤现在常驻琵琶围，对贫困户的情况比较了解，琵琶围村民小组贫困户的表格和材料就落到了他俩的头上。考虑到何劲华干的累活多，金彩凤主动担起了这份工作。

何劲华来到石浩财的竹寮时，前段时间还算整洁的房间又乱得一塌糊涂。石浩财躺在床上，空气中弥漫着酒味。何劲华想给他倒杯水，可水瓶里空空如也。何劲华叹口气，说浩财，我们聊聊？

不想聊，只想醉和哭！通过这次推选场长，石浩财终于明白自己在大家心中是何种印象了。想到过往的雄心，再对比如今的落魄，他心意难平。想奋起，又乏力，这时便想起酒的好处了。见何劲华不厌其烦地来开导自己，石浩财心中泛起股热流，眨巴了几下眼睛，勉强欠起身说：何馆长，我有些累，改天陪你说话。

何劲华伸手摸了摸他的额头，说浩财，我晓得你没生病，也没喝醉，就是心里不痛快。

石浩财沉默了一会儿，连叹几口气：这人要是犯过错，就变成了石灰箩，在哪都留下一道白印子。

浩财，眼睛嘴巴长在别人身上，我们管不了他们怎么看怎么讲，要紧的是你怎么做。

我最近怎么做大家都看在眼里，可做得再好也有人选我当场长。

何劲华猜到他会为这事难过。他的能力和经验明显强过石养财，只可惜在众人眼里他仍是一棵不能当大梁用的歪脖子树，这是犯错的代价之一。

浩财，香菇场的场长其实就是个项目经理，不算官。你在东莞当的厂长才是真厂长。

石浩财坐起身子，原先暗淡的双眸亮了些许。何劲华拿把竹椅坐在他对面，从石养财对家里的关照，谈到他身为村民小组长的责任，希望石浩财能支持他：

现在大家选养财当香菇场场长，这是在他的担子上加码，这副担子不好挑。

石浩财揉了揉鼻子：没人逼他，实在挑不起，他可以撂挑子呀！

这时，那几句在何劲华嘴里滚了几个来回的话终于还是破唇而出：浩财，我曾经跟养财说过，让你当香菇场场长，他不同意。

石浩财的眼睛里射出抹恼意。何劲华直视着他的双眸：

你这么聪明的人，应该明白他的意思。

石浩财想了会儿，抬头喃喃地道：我在东莞已经摔得头破血流了，他不想让我再摔第二跤。

对！养财说你现在还没有做好挑重担的准备，要是打蛮把担子压你肩上，万一你摔倒了，你这辈子就再没有抬头的机会，因为别人不会再相信你，你也不会再相信自己。你想想，是不是这么回事？

石浩财伸出双手搓了两把脸，皱眉出起神来。

何劲华把手搭在石浩财肩上：浩财，振作起来，帮帮你哥，也帮你自己。

石浩财的肩膀在他手下一紧，过了阵子，他默默地下床穿了鞋，招呼也没打，低着头就往外走。

浩财，你去哪儿？

我到香菇场去。

望着石浩财越走越快的步伐和他走出围门时往前倾的背影，何劲华似乎感受到了他胸中的波澜。时近黄昏，天气晴好，春风轻拂，捡过漏的屋瓦像结实的鱼鳞在阳光下泛着微光。坪内的菜园生机勃勃，格桑花的茎叶在风中摇摆，朱家姐妹门前木架上近百钵兰草有的开了花，引来了翩飞的蜜蜂、蝴蝶、蜻蜓，麻雀、燕子也来凑热闹，将花香、烟火气、老围特有的尘土味搅拌成醇厚的陈酒，令何劲华沉醉……

第 14 章

骑虎不怕虎上山，

骑龙不怕龙下滩。

决心革命不怕死，

死为人民心也甘。

——摘自《峙城红色歌谣集》

何馆长、彩凤妹子，你们快来呀，哑伯叫不醒了！

这天傍晚，夕阳西沉，暮霭四合，何劲华、金彩凤正在院坪上就着最后一缕天光校对表格，到哑伯家送孝老餐的许秀珍突然惊慌地跑出来，喊声瘆人。不祥的预感掠过何劲华的心头，他和金彩凤三步并做两步地冲进了哑伯家中。

我给他送夜饭，看见他睡在床上，推了他好几次，他都不醒。你看他的脸紫嘟嘟的，会不会……

许秀珍说着躲到了何劲华和金彩凤身后。何劲华伸手试了哑伯的鼻息，气息尚均匀，只是有些微弱，又把了他的脉搏，脉搏也是正常的。他俩怕老人是心脑血管意外导致的昏迷，谁也不敢轻易搬动，金彩凤打电话给吴医生，吴医生可能在忙，没接电话，她好不容易才找到县人民医院心血管科的一名医生，医生说脑出血、脑栓塞、心脏病、代谢性疾病都会导致昏迷，这种情况最好马上送医院。

可当医生听说病人在琵琶围后，口气当即一变，说下山的路难走，只怕一路颠簸下去，会加重病情。

挂了医生的电话，金彩凤连声问何劲华怎么办。何劲华看看面如金纸的哑伯说：你给养财、浩财打电话，让他们赶紧回围里。三嫂，你去找竹躺椅和两根禾杠跟绳子来。

吩咐完毕，他打电话告诉石栋梁哑伯昏迷了，马上要送他下山抢救。

石栋梁一听，立刻说他和石钟、大牛会赶上来！

你们不用到围里，我们在镇医院碰头。

好，不过何馆长，有件事我还得告诉你。

石栋梁说四年前的秋天，哑伯得了急症，他们抬他下山治疗，谁知走到天梯口时，哑伯忽然从躺椅上翻下来，扒着石头死活不肯下山。

可我们不能见死不救啊，再讲他现在昏迷了，不会翻下山的。

好，那我们在镇医院碰面。

这时，橘子婆端着碗姜汤走进了屋内。

何干部，金干部，你们莫要急，老白匪这些年昏过好几次，每次一喝姜汤就醒。

橘子婆说着坐在床沿上，示意金彩凤垫高哑伯的头部，又让何劲华掰开他的嘴，开始给哑伯喂姜汤。头几调羹的姜汤哑伯没喝下去，看着姜汁顺着老人的下巴流入颈脖。何劲华说婆婆，我们得赶快送他去医院。此时许秀珍跑了进来，颤声说躺椅放在门口了，现在怎么办？

秀珍，老白匪还有事，你怎么就孙悟空跳到南天门——慌了神？

何劲华和金彩凤晓得橘子婆这话其实是讲给他俩听的，忙按下心思给哑伯喂了半碗姜汤。橘子婆小心地从阴丹士林蓝大襟衫口袋里掏出张皱巴巴的纸条递给何劲华：

何干部，这是老白匪四年前生病后画的，你们看看。

何劲华和金彩凤打开纸条，只见上面画着张床，床上躺着个人，一个粗箭头指向一具棺材。上述图形画得歪扭，但还能勉强猜出意思。

老白匪这是说呀，他生了病不去医院，他要死在山上。

橘子婆说着目光转向何劲华：劲华呀，我以后不叫你何干部了，还是喊你劲华更亲。你是晓得山上的规矩的，老白匪要是在山下走了，他回不了琵琶围啊。

峙城人对葬礼极为重视，有的儿孙生前不敬老，给老人的葬礼却办得隆重，可谓生时不孝顺，死后哄鬼神。但另一方面，事死如事生的峙城人对短命少亡者或意外横死者的态度又极歧视，这些人的葬礼一般草草了事，年长者若死在外面，人也不能抬回家，葬礼要一切从简。所以峙城年过七十的老者去做客，从来不在客人家中留宿，生怕发生意外后无法回家。这么一想，何劲华便理解了哑伯的执拗，但他和金彩凤还是决定送老人去医院。

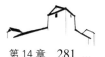

哑伯！哑伯！

朱雨飞闻讯从养鸡场一路跑上来，累得头上冒汗，她叫喊着冲进屋内，哭着跪倒在哑伯床边：哑伯，您睁开眼睛看看，我是雨飞呀！

朱雨飞摇着哑伯的手，一边掐着他的人中，一边哭诉道：

哑伯，橘子婆、何馆长、金大姐，我们大家都在你跟前。你快睁开眼睛看看呀！

橘子婆也老泪纵横：天柱，你醒醒呀。

何劲华和金彩凤赶紧把她俩拉开，说得赶快送医院。

床上的哑伯像是听到了他们的呼喊，啊啊着睁开了眼睛。橘子婆俯下身去，眼角沁出两滴泪，粗如松皮的手抚着哑伯乱糟糟的白发，口里叨叨着：你个老白匪呀，你这是吓谁呢？

橘子婆哄孩子似的轻轻拍着他，不一会儿，哑伯又睡了过去。

何劲华卡着秒表数了哑伯的脉搏，感觉比刚才强劲了些，这才松了口气。但他还是不敢松懈，从自己屋里取来速效救心丸和硝酸甘油片，把许秀珍放在门口的竹床搬到哑伯的厅堂里，对橘子婆和金彩凤说他晚上陪哑伯睡。

劲华呀，你是荷英的好外孙，是琵琶围人的好亲人。

橘子婆走到门口又转身对何劲华说，要是老白匪有什么事，你可要来叫我啊。

何劲华看着泪水涟涟的橘子婆，说婆，这有我呢，你放心睡吧！送走了橘子婆，何劲华和金彩凤又分头给石栋梁、石养财、石浩财打电话，告诉他们哑伯醒了。快到县城的石栋梁又开车回村，出发时他正在处理一件村民纠纷，石养财和石浩财自小把哑伯当家人，兄弟俩刚才忙着干活没接到金彩凤的第一通电话，等他们接到通知再赶回围里时，哑伯已经醒来。石浩财平日喜欢和哑伯抬杠，可一旦听说老人有危险，他心疼得很，一个劲地埋怨朱雨飞从养鸡场回来时没叫他们，朱雨飞抱歉地说当时一心往回赶，忘了。石浩财瞪了她两眼：你这也能忘？万一，万一没见着他最后一面呢？

石浩财红着眼圈拿来了他的百宝黑蚂蚁干，说是要煮水给哑伯喝，被朱雪飞拦住：你那黑蚂蚁干有用，我这颗真人参能吊命！

朱雪飞从口袋里掏出根小拇指粗的人参递给拎着两只刚刚杀死的母鸡过来的谢玉琴：玉琴，拿去给老人炖汤。

谢玉琴接过人参走了。她刚从山上砍柴回来，浑身冒着热气，鸡毛粘了满手也没空洗掉。跟在她身后的小勇已恢复了神志，看上去有些虚弱和内向，因头发长起来了，头上那道触目的伤疤像淹没在草丛中的小径，只有隐约的余痕。由于家境困难，谢玉琴平日极为节俭。在她眼中，母鸡是钱罐子、米袋子、油篓子，有崇高的地位，平日宝贝得不行，这点她和温成仙如出一辙。如今见老人生病，她二话不说便杀了两只母鸡，何劲华和金彩凤颇为感动。

赖秋香拿来了三十个鸡蛋，说每天蒸一碗酒酿蛋给哑伯吃，老人好得快。话音未落，石拐和许秀珍送来了一碗蛋粥、一铜煲艾水煮鸡蛋，连声说这是他俩的心意，不从老人的伙食费里出，石养财给哑伯揩了一半身体，在香菇场值班的刘大有打电话说香菇棚的边角被动物钻了个洞，何劲华担心有野猪，让他和石浩财赶快去场里，自己接着给老人揩抹身体。

当了两年的驻村第一书记，何劲华已经习惯给贫困户当儿子和孙子。这不是在骂人，而是事实。村里的年轻人都外出打工了，留下父母和爷爷、奶奶在家中，老人有病有痛，首先想到的不是在外打拼的儿孙，而是近在眼前、比亲人还亲的扶贫干部。驻村那两年，何劲华时常半夜接到老人的电话，说这痛那病的，能上门的他都要上门去看看，病重了还得送医院，交住院费，照顾病人，忙得屁股不落凳。在医院里他常常碰到照顾贫困户病人的扶贫干部。在这点上，何劲华很为扶贫人骄傲和自豪。大家都在实心诚意地帮扶，没有虚头巴脑的花架子。帮来帮去，扶贫干部和贫困户处成了亲人。

琵琶围的夜一过八点就寂静无声，何劲华睡在竹床上，闻着桌上人参鸡汤、艾叶鸡蛋的香气，想着刚才朱雨飞喂老人吃鸡汤的温馨画面，心中一热。哑伯的呼噜成了奏鸣曲，屋外的山风停了，但寒气越来越重，何劲华睡的竹床上只垫了一床空调被，躺在上面寒气袭人，他只好起身回自己房间抱床毯子过来。夜色如墨，山风劲吹，茫阔的天地间只余路灯下那片光晕，仿佛世人皆醉我独醒的眼眸。山风和林涛被紧闭的门窗关在外头，窄小的房间如同子宫，有着属于自己的内循环。时间在这儿被拉长抻薄了，消逝得毫无知觉，睡意像调皮的鸟群，在何劲华身旁蹿上跳下，却怎么也不肯在他眼皮上筑巢。哑伯忽然发出了粗重的呻吟，何劲华猛地翻身爬起，在竹床的嘎吱声中走进了里屋。

何劲华打开电灯摸了摸哑伯的额头。老人有些发烧，何劲华忙推醒他，给他喂了几粒消炎药。哑伯的眼睛、双颊发红，神志倒还清醒，他比画着手势，让何劲华回去睡觉。何劲华转身看见墙上那些褪色的红军海报和桌上那只"红军万岁"的搪瓷缸，想到自己上次对哑伯的口形时猜出的"我是红军"的那句话，心突然揪作一团：哑伯的生命如风中之烛，随时都可能熄灭，若不能破解他的身世

之谜，不但老人抱憾九泉，自己也将终生难安。躺在竹椅上，听着屋外渐响的风声，他翻身坐起，再度点开哑伯的视频，仔细琢磨着他的口形。这是他这段时间每晚必做的功课，有几段视频他看了上百次，有几次还请橘子婆跟他一起对口形，但老人先入为主，除了她愿意接受的那几句话，别的她都不认可。何劲华学了琵琶围一带的南片话后再对哑伯的口形，果然顺畅了许多。今晚听着哑伯的呼吸声，他将原先"译"出的那几段话又和哑伯的口形进行重新比对：

大山哥带我参加了红军。

我被白狗子抓了，逃走后又被抓了，我还是想逃，死也要逃。

我哥跟着大山哥的部队回来了，他去上龙村找我，让我搞药品和枪支弹药。我哥回去时被白狗子杀了。

白狗子要上琵琶峰打大山哥的部队，我用断肠草药了白狗子。我去琵琶峰送信，敌人多，我们退进琵琶围。我受伤了，被人救活。红军战士都牺牲了，我将他们全埋在了后山。

我没救出大山哥，橘子嫂打我，我不怨她。

咯吱、咯吱、咯吱，隔壁传来橘子婆在擂钵里碾茶的声音，何劲华猜她担心哑伯的病情，所以今天晚睡了。他站起身，想去隔壁把自己的"译文"念给橘子婆听，又怕老人不认可，甚至为此生气，影响她的心情，他更怕此事传出去后因缺乏佐证而被人视为笑谈，反而影响哑伯身份的认定，于是把这几段文字发给了常莉玲，看看她能否通过其他史料找到旁证。

老同学，我们俩心往一处想，劲往一处使了。半个月前，我们向周边县市的党史办寄了信，希望他们能给我们提供有关琵琶围之战的史料。

常莉玲回电话时很兴奋，说功夫不负苦心人，讲不定这次撒出去的网能捕到大鱼呢。

何劲华信步走到院坪上，路灯炽白的光线中，琵琶围犹如高大的古堡，它在守护、等待、期盼什么？

何劲华着迷地望着围屋角楼的剪影，心中有个地方豁开了口，春风吹进去，那些隐隐的期盼好像要长出嫩芽来。

这时何甘给他发来信息，说这几天直播收到了八十六件竹编制品和二十七盏兔子灯的订单，一个月后交货，否则退款，要何劲华赶紧安排生产。另外他和小雪的公司上周进驻了县青年创业园区，免三年的房租，他们还跟大田、江头、车头乡的扶贫工作站签订了贫困户土特产的委托代售协议。儿子、儿媳能为扶贫出力，何劲华甚觉欣慰，立即把何甘的信息转发给金彩凤和朱家姐妹，心中多了几分期许。

天空仿佛知晓他的心事，猛地扯开头顶的云层，露出满天繁星。游目四顾，山川融于夜色，莽而无涯，脑海中倏地浮出"星垂平野阔，月涌大江流"的诗句。惜乎山下无江，唯有琵琶湖静卧林间，倒是春风知趣，轻拨林梢，奏琴鸣清音；又撩岚雾，呈奔涌态势。何劲华神游片刻后归躺竹床，也许这段时间太累，竹床似乎在漂浮，眩晕间颇有"犹疑身在木兰舟"之意。细想起来，每个人都是生活大海中的一叶扁舟，只有逆水行船、永不停棹，才能最终驶向理想的彼岸。哑伯和橘子婆这两棵深深扎根在琵琶峰的大树，他俩的理想彼岸是什么？他们在漫长的人生路中遇到过怎样的艰难险阻？他们可曾有过犹豫、后悔和绝望？对如今的世界，他们又有着怎样的感受？

想到这儿，他内心深处那根纤细的弦被一只看不见的手弹拨出了清澈明亮的鸣声，就着昏黄的灯光，他随之跌进了金彩凤的文字迷宫。

作为初学写作者，金彩凤在她的《世纪守望》中做了些设计，从细处体现了她的匠心和偶尔令人眼前一亮的文采。以下是金彩凤写的全文：

下午，琵琶围里很安静，橘子婆午觉刚起，苍白的头发有些凌乱。我和她坐在散发着陈年气息的厅堂中，开始了对她的采访。

金彩凤：婆，麻烦讲讲您和石大山公公的故事。

橘子婆：石大山比我大三岁，两岁时爷娭冒雨把我送给上龙村的石家做童养媳，走时给我穿上避邪的渔网衣，免得我把娘家的霉运带给夫家。唉，我爷娭生了八个细伢子，养不活，只能送人喽。你问我做嘛格要守在琵琶围烧石家的灶膛火？上龙村的石家老屋早被白狗子烧掉啦！那年春天我上山，老白匪比画着告诉我，红军退入琵琶围后，大山住在围里呐。我就把这里当大山的家吧。现在上龙村淹在了库底，成了鱼虾的家。这样也好，人要家，鱼虾也要家。不晓得鱼虾会不会有童养媳？以前的童养媳好可怜啊，四五岁就要帮忙做功夫。当时村里有十一个童养媳，我们常聚在一块唱这首歌：

细妹妹，你莫睡，关鸡笼，踏米碓，洗衣做饭莫偷懒，砍完柴火莫惜力，缸里挑水要当先，残羹剩饭入你胃。细妹妹，你莫睡，郎要星宿你去摘，姑要月光你去背。

歌是这样唱的，但我运气好，遇到了好人家，我公公、婆婆把我当成亲生女

儿，只是不让上学，叫我留在屋里做事，大山喊我橘妹，跟我亲得很呐。

这是橘子婆对第一个问题的回答，接下来是金彩凤的备注：老人不愿意讲那些常莉玲已经报道过的事，而是陷入了石大山回家和她分手、国民党抓她坐班房以及她上琵琶围的那段回忆中。

橘子婆：那些事情啊，就是过一百年我也记得。红军大部队走之前，大山在上龙村、下张村、锅底村扩红呐，那时我是妇女助耕队队长，石家就住在一棵松树五只尾的古戏台旁边。大山那天带了十七个新兵去部队，他的叔伯兄弟石天泉也当红军了。石天柱跟我同年，刚满十四岁呢，他是偷着去的。村里人在古戏台那儿送走他们后便赶紧回屋收拾东西，准备上山躲避。当时一直在传白狗子快打到峙城了，大家开始还不信，可后来枪炮声越来越近，哪个也冇想到白狗子来得那么快，我们早上刚送走大山他们，昼饭还冇熟，大山和天泉就跑回村，说他们在路上遇到了一个连的白狗子，大山和天泉引开了敌人，可敌人太多了，他和天泉跳进一口长满芦苇的水塘，人浸在水里，口里噙着苇管通气，这才躲过了敌人的搜捕。天柱和那些新兵全被白狗子抓走。大山和天泉怕白狗子会来祸害上龙村，特意跑回来组织乡亲们转移。

第二天一早，大山和天泉要去找大部队，我到村口送他俩。大山要我照顾好老人，搞好生产，不能和别人搞流氓，他让我烧好家里这把灶膛火，一定要等他回家！他说革命不胜利，他是不会死的。

讲到这儿，橘子婆用纳鞋底的锥子轻轻挠了挠头皮，发出嘶嘶的声音。

当时橘子婆坐在门口，午后的斜阳照得她脸上的皱纹深如沟壑，白发闪出雪亮的银光，往日浑浊的眸子一闪一闪的，可能是阳光，也可能是泪光。沉默了一会儿，橘子婆接着叙述那个尘封在记忆里的故事：

大山走后的第三日，峙城县大街小巷走的全是白狗子，他们讲红军的大部队逃走了，我们根本不相信。后来乡苏维埃的刘主席跟我们讲，红军主力是北上转移，不是逃跑。刘主席是个非常好的人，我们相信他的话。当年支前时，刘主席宁可自己家人饿肚子，也要把粮食送给红军战士，家里的门板、床板全拆给红军建碉堡、做担架了，全家人夜晚在地上铺层禾秆当床呐。白狗子和还乡团恨死了他。后来他为了掩护红军伤员被还乡团杀害，解放后县里给他评了烈士。

那些挨户团、铲共团、还乡团、别动队在苏区杀人不眨眼，有天我去卖柴，看见县城的南门口变成了杀人场。白狗子用机枪扫射那些被捕的苏维埃干部、赤卫队员和红属，血水浸湿了我的草鞋，我光脚跑回家，用板车推着生病的公公婆婆往山里躲。白狗子狠啊，苏区的石头要过刀、茅草要过烧、百姓血里漂呐！好多村子都被他们杀绝了，成了鬼村。那几年野狗野猫食了死佬，只只长得肥壮，狗的眼睛是红的，猫的眼睛是绿的，见了活人就龇牙咧嘴，好吓人哟。我公公婆婆不久就被白狗子搜出打死，他们把我关进班房，逼问大山的下落，我说不晓得，他们打得我只剩半口气后丢进了乱坟岗，幸亏一个过路的乡下郎中救了我，可不久我又被挨户团捉去坐牢，一年以后才出来。

我进班房后不久，听讲红军战士和白狗子在琵琶围打了一仗，红军战士全部牺牲，我哭了好几个晚上。那都是些年轻后生啊，正是满世界开花的光景，就那样没了，爷娘晓得有几心疼！我们也心疼。出了班房后，我怕红军战士的尸骨有人埋，就悄悄找到几个当年的红属，挑着被褥和两件破衣服、两箩番薯上了琵琶围。

那年春天的日头比腌盐菜的陶钵还要大，圆啾啾的挂在天上，晒得山冒烟水冒汽，不单催开了春天的花，连夏天的花也都快开了。我们来到琵琶峰山腰时，以往光溜溜的石山开满了映山红。那年春天日光好，花朵长得比茶碗还大，红嘟嘟的不晓得几喜人。

我们穿过花丛，身上沾满花瓣，地上也全是花瓣，花瓣流出的血样汤引染红了山路。我们到琵琶围时，碰见了礼湾村的村苏维埃主席，峙城被白军占领后，他带着十几个赤卫队员转移到福建，后来听讲琵琶围有红军队伍，他们带队回来会合。他们比我早上山几天，说围屋里有很多弹片、弹壳，但却没见到红军的遗体。他们猜那些红军战士及时转移了。后来礼湾村的苏维埃主席带着赤卫队员下山攻打乡公所，全部被挨户团杀害。那些跟我一起上山的红军家属走得早，冇留下后代，不然我也多几个能哇事的人。

说到这，橘子婆的眼角渗出两滴泪珠，然后开始打瞌睡。我倒了杯热水放到她面前，橘子婆突然一激灵站起来，迈着小碎步走到门口，伸头朝外张望，一边问我：你听到有人喊我名字吗？见我摇头，她不高兴地说我耳朵比她还聋。

我听见大山喊我哩！真的，就在门外。他受伤变丑了，不好意思回来见我哩！

橘子婆脸上露出了少女才有的羞涩微笑。我的心揪起来：橘子婆像头陷在时间沼泽中的老牛，心和记忆都滞留在她和石大山分别的时刻。在旁人看来，她的话类似梦呓，可她却讲得那样自然和真切，我不由得出门四处张望了几眼，午后时分，偌大的围屋里只有哑伯在院坪上剖竹筒，发出砰砰砰的响声，鸡鸭在快活地嬉戏，燕子在飞，白云在飘，树枝在摇，金黄的阳光染透了山川，一切是那样的安谧美好。

橘子婆回身坐下叹道：大山不见我就算了，他在我心里住着呢！告诉你啊，妹，他临走的那天说，你等我，革命不成功我不会死，我一定会回来的，到时候我们养头水牛，生几个细伢子，白头到老。

我说好，我会给公婆养老送终，会守着老屋壳，烧好灶膛里的这把火。不管你几时归屋下，都有热菜热饭食。他亲了我一口就转身走喽，再也有归屋下。

橘子婆说到这儿，那双被皱纹包裹、显得浑浊的双目渐渐亮起，仿佛从干涸的地里沁出的露珠，照见了她艰难顽强、充满等待和期盼的漫长岁月，也照见了泪流满面的我。

婆婆，你放心，不管大山公公在哪里，他都记得您和这个家。我宽慰她道。

橘子婆陷入了回忆，脸上现出邈远的神色。我给她续了水，橘子婆咕嘟咕嘟喝了几口，抹着嘴说：金干部，刚才大山跟我讲，现在的扶贫干部跟当年的红军很像。现今扶贫是为了老百姓过好日子，当年红军在峥城打土豪、分田地、抓生产，也是要让穷人过上有饭吃、有房住、有衣穿、有书读、看得起病的好日子。

橘子婆一口气讲了这么久，显见得有些累了，她闭上眼睛歇着，我回放了她刚才那段录音，深受教育和启发，没想到早在中央苏区时期，我们的党和政府就在抓生产、促发展，从各方面保证老百姓的生活。这是老百姓不怕杀头、一心一意跟着共产党和红军走的原因，更是我们党的初心。我们现在条件这么好，如果不好好干，怎么对得起党和政府？

劲华，我听讲温大姐祖上有红军烈士，其实我太公也是红军的伙夫。他是挑着铁锅木勺和一箩米跟红军去长征的，后来也没了下落。如果我太公地下有知，看到我在琵琶围扶贫，我相信他肯定很高兴。当年他抛家舍业地参加红军，就是为了让大家过上有饭吃、有衣穿、有房住、孩子能读书、病了有钱医的好日子，这不就是我们现在讲的两不愁三保障吗？所以有时我在想，我们到琵琶围扶贫，也算是继承了红军的革命遗志。

我的思绪正在信马由缰地跑，橘子婆突然站起身，从灶间舀了一瓢水出来，小心地浇在那几盆挂着、吊着的兰花花钵中：

大山在屋下时中意兰花，没想到雨飞也中意兰花，我就问：雨飞啊，你是不是大山的孙女啊？

大约是觉着这个想法太荒唐，橘子婆说完便摇头笑起来，白色发髻颤如枝丫上即将坠落的雪团。橘子婆看了看我，嚅动着豁牙的嘴说：

妹啊，我晓得你想问老白匪的事。我记着呢，跟你讲呀，那年春天，我们刚到琵琶围，老白匪就到围里来了，破衣烂衫，脸上和脖子上的伤疤像团扭动的红蚯蚓，不晓得几吓人。我费了好大劲才认出他。大家都晓得他被白狗子抓走后披上狗皮当了白狗子，想到大山生不见人死不见尸，想到那些牺牲的红军战士，我用扁担打他，他木桩般杵在地上，不闪不躲，那天愣是被我打晕了。后来给他灌了好几碗姜汤，这才醒转过来。那天夜晚他坐在围屋的后山上痛哭，硬是把圆月亮哭成了扁月亮。大家讲他是在为白狗子哭丧，有人拿狗屎丢他，他也不走。从那以后，他和我们一样，在琵琶围住下了。

后来到琵琶围躲挨户团、还乡团的人越来越多，乡长还领着挨户团的人到琵琶围来查红军和红属。那个乡长是乡苏维埃派到白区做生意的干部，他有暴露革命身份，白皮红心呐，他认出了我和那几个红属，可他什么也有讲，挨户团要烧房子时他还出来劝阻，说这琵琶围天雷打过好几次都有烧掉，你们放火只怕会惹恼神道，对家人不利呐！白狗子本就做多了坏事，怕遭报应，一听这话，吓得不敢再放火，琵琶围和我们都躲过了一劫。

日本鬼子投降那年，我去给公公、婆婆扫墓，在路上捡到个三岁的讨饭佬，我把他带归了琵琶围，改姓石，名叫邦汉，就是浩财的爹。打那以后，每年清明我都带邦汉到公婆墓前烧香磕头，告诉他们大山虽然有归屋下，但我帮他捡了个崽，续了石家的香火。邦汉跟我很亲，可惜他命不长，不到五十就走了。有人讲是我活得太久，占了他的阳寿。嗨，要不是想着要为大山烧好这把灶膛火，我早去了阴间跟爷娭、公婆团聚。不过呢，妹，我现在不想走了。当年红军闹革命时想要的日子现在都有了，香喷喷、甜滋滋的，打着灯笼难找呀，我要活到两百岁。

说到这儿，橘子婆突然绽开缺牙的嘴笑道：两百岁是妖不是人呐，我还是当人吧！活着看到我家成金、成玉上大学，养财、生财讨到妇娘，浩财不呷酒、愿做功夫，桂花归到屋下，带着全家人好好过日，我就放心上天了。我想大山要是哪日归来，见大家都过上了好日子，他不会怪我先走的。

橘子婆长舒了一口气，突然又说：我这辈子对老白匪不好，他要是怪我，我不怨他。要是我先走，你们得多照顾他。还有啊，那个常主任好几次说老白匪是红军，上次她讲这话时我发性子不理她。夜晚躺到床上，我摸着良心问自家做什格生气，天柱是红军不好吗？其实，我做梦都巴望他是红军。下次见到常主任，你替我跟她哇几句，要是她能证明石天柱是红军，我下生世给天柱当牛做马！这辈子我欠他的，下辈子还！

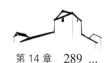

说完这段话，橘子婆从铁钩上取下一钵兰草送给我，说这兰草过些日子会开出紫色白芯的花朵，像蝴蝶，大山叫它蝴蝶兰，这是他最中意的兰花。

我接过兰花，心中无限感慨：兰花修长茂密的叶子平凡朴实得如同草叶，深扎在泥土中的根系茁壮繁茂，正默默地吸取着养料，等待着即将来临的美丽绽放，这像不像橘子婆一生的写照？

何劲华放下手机，摘下眼镜，揉着潮湿的眼眶，心潮如风中的琵琶湖起伏不定，时有浪花窜出。他给金彩凤回了一段观后感：彩凤，观察细腻，文笔生动，饱含深情，感人肺腑，你有当作家的潜质，继续努力，相信你一定能写出上好的作品！

是夜，何劲华睡得不太安稳。他梦见有个人在他床前徘徊，他感受到了那人的气息，听见了那人的心跳，还清晰地闻见了那人身上的硝烟味。

大山！大山！橘子婆遥远缥缈的声音像把锐利的镰刀，倏地割走了那道身影。

春夜的寒气将何劲华冻醒，窗外天空上的群星灿如银桥，连接了梦境和现实，他忙打开灯，写下几条备忘录：

尽快去东莞请回白桂花；找朱雨飞、朱雪飞落实竹编制品订单的生产，一定要按时、保质、保量发货；许秀珍腌咸鸭蛋缺少缸和盐，安排大牛三日之内帮忙送上来；金彩凤已和石景芳四姐妹联系好，后天上山看石拐和许秀珍；让石养财将合作社近期情况的书面材料发给赵峰和薛丁山，请他们找缺点、提建议，以便匡正错误，再接再厉。

何劲华想了许多，唯独没想他自己那个家。他在纷繁的思绪中艰难入睡，梦乡中他仍感到了肩上那沉甸甸的责任。

第15章

山中老虎美在背，

林中百灵美在嘴。

哥哥若是还想妹，

打起飞脚前来追。

——摘自《峙城客家歌谣集》

两日后，何劲华站在了东莞市郊某制衣厂的大门口。时近黄昏，天边那片绚烂的火烧云把参差的楼房染成了棕褐色的剪影。鸟儿飞过天空时划出道道优美的弧线，它们盘旋了几圈后，叽叽喳喳地钻入了浓荫蔽日的榕树，在绿荫里婉转地歌唱着。

榕树下，制衣厂铁门紧闭，旁边的十字路口车水马龙、喇叭聒噪。何劲华实在站累了，移步坐在门口那棵独木成林的大榕树的树根上，听着鸟鸣渐渐低微，看街灯次第亮起，这时成群的大妈拖孙带崽地涌进榕树下的空地，不一会儿，从便携式音箱里传来欢快的歌声，大妈们合着拍子跳起了广场舞，几个熊孩子也跟着跳，还学得有模有样，这些大概就是网友经常吐槽的"奶奶带大的孩子"吧。白桂花要到晚上八点才下班，石浩财去买东西了，说他八点之前肯定会赶到。

何劲华边绕着榕树转圈，边给温成仙打电话。自从去了琵琶围，家就被他抛在了脑后，忽忽满月、何甘生日、温成仙生病何劲华都冇归家，他心怀歉疚。

你以为缺了你地球不转天会塌呀？告诉你，有你冇你一个样，我们好得很。好在温成仙也慢慢理解了他。

何劲华问何甘他们的东西卖得怎样？

温成仙说光这半个月他俩就卖了两千多只杯子和两百多件土特产品。

老东西，小雪跟我讲啊，还有美国、澳什么利亚、英国的人买他们的货呢。

何劲华大为瞠目，不明白怎么会有人对那些貌不起眼的马克杯感兴趣。温成仙接下来的话更令何劲华吃惊，说何甘、小雪替贫困户销产品已是树枝上挂喇叭——名声在外了，现在每天都有村民找到公司和豆腐店，请武二郎的杂货铺帮忙代销产品。何甘和小雪实在忙不过来，小雪让何甘鼓动三个在外打工的同学回家做网店。

老东西，那天他们开视频会议时我就在边上，何甘讲了半天，他那三个同学也没答应，小雪出马给他们算了一笔账，何甘的同学就让小雪发协议过去，这两天何甘那三个同学全回来了，说是要建一个合股公司，我听何甘讲，以后要把峙城的产品卖到国外去。

说到这儿，温成仙啧啧赞道：小雪太能干了，何甘娶她是捡到了一块宝！

温成仙对小雪的印象现在彻底改观。何劲华正想问下温成仙的身体情况，制衣厂的大门轰然洞开，一大群身穿蓝色工装的青年男女蜂拥而出，在雪亮的路灯下宛如涌动的海浪。何劲华一眼看到了朝大榕树快步走来的白桂花。

你是桂花吧？我是何劲华。

何劲华迎上前去，握住了白桂花略显粗糙的手。白桂花身材高挑、面容秀丽，清爽的短发衬得她飒爽干练。

何馆长！辛苦您了。

白桂花比照片上显得苍老了些，寒暄时她的眼睛在人群中逡巡着，何劲华连忙解释：浩财买东西去了，马上就到。

这时，一个戴着牛头、穿着牛形卡通连体衣的广告员向他俩作了三个揖，接着从背后摸出束花献给白桂花。

哎，哎，你这是干什么？我挣钱不多，看你闷在里面辛苦，这十块钱你拿去买瓶矿泉水。

白桂花以为这是变相的乞讨，忙掏出十块钱给对方。何劲华却从牛面具中看见了那双熟悉的黑眼睛。

桂花，是我对不住你，从今往后，我愿给你当牛做马，随你打来随你骂！

石浩财取下牛头面具，汗津津的脸憋得通红。白桂花怔了怔，跳起脚骂道：你的嘴只会屙脓屙血！鬼都不信你！

白桂花扭身要走，石浩财上前捉住她的手，狠劲往自家脸上打去：桂花，你打我骂我，我再不喝酒、再不发懒了，看在奶奶和孩子的份上，你就回家吧！

白桂花浑身筛糠似的抖动起来：你每次都这样说，每次都死性难改。

她举手连捶了石浩财几下，石浩财不躲不闪，任由她捶打。

石浩财哑声对白桂花说：桂花，你要是不解气，就拿刀剁掉我两根手指头！

他忘了自己穿着笨重的牛道具服，蹲下时头重脚轻，竟一个趔趄摔坐在地上，眼看他的头就要磕在水泥地上，白桂花比何劲华先一步将他拉起。石浩财趁机抱住白桂花不放。

白桂花忍不住伏在他胸前痛哭起来。过了一会儿，何劲华跟石养财进行了视频通话。这天是星期六，早就候在家里的石成金、石成玉一见视频里的白桂花便放声大哭，白桂花也泣不成声。接着橘子婆、石养财、金彩凤、谢玉琴、朱家姐妹、许秀珍、石拐抢着跟白桂花讲话，说这几年家乡的变化大，金彩凤还调出老寨村那些搬迁户的新家图片给白桂花看。

桂花，我们明年肯定能搬到老寨村小组去，你赶快回来吧！到时候你在家门口就能打工，还能照顾家里，比你在外面干活划算。

白桂花很感动，但她依然没有松口。石养财将镜头对准了橘子婆和依偎在她身边的石成金、石成玉，兄妹俩哭着哀求白桂花回家，橘子婆特意凑近镜头，颤抖着双唇说：桂花呀，有娘的孩子是块宝，没娘的孩子是根草，你不在家，成金和成玉怪可怜的呀！

橘子婆的脸凑得近，眼角渗出的那两滴泪在手机画面上清晰可见，何劲华鼻子一酸，石浩财低下了头，白桂花啜泣不已。

桂花，你再不回来，我这把老骨头就进棺材了。你看在我们老小的面上，赶快回家吧！

奶奶啊，是桂花不孝，我一定早点回去。

挂了电话后，白桂花抹着眼泪对石浩财说今年内你必须戒酒、戒懒、脱贫！只要一样做不到，年底我就把两个孩子接到东莞，改姓白。

凭什么跟你姓白？他们是我石家的种！

凭什么？老子懒馋儿混蛋。你不成器，到时孩子跟着学，我怕白生他们一回！

石浩财如遭雷击，浑身颤抖起来。自从前天何劲华告诉他要来找白桂花起，他便连着两晚失眠。他盼着见白桂花，又怕见到她。他知道自己伤透了白桂花的心，而白桂花这些年的拒绝也令他气馁。万一这次她再骂自己个狗血淋头呢？石浩财可不想在自己尊重的何劲华面前被赤裸裸地打脸。见白桂花如此反应，他后

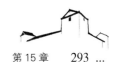

悔自己这些年不争气，恨自己还是来求白桂花了。按他的性子，真想扭身就走，可想想何劲华的苦心，再想想可怜的孩子，他还是咬牙忍住了。

何劲华看出了石浩财的忐忑，忙请白桂花在长椅上坐下，把石浩财最近的变化数给她听，请她再给石浩财一次机会。白桂花打量了石浩财几眼，刚才绷直的嗓子像松了的琴弦，瞬时软塌下来：何馆长，我是一朝被蛇咬，十年怕井绳啊。

桂花，以前是我的错，对不住你跟孩子。我现在不喝酒了，在合作社天天上工，跟我们回家吧。

白桂花抹着眼泪说：要是没我的工资，成金、成玉吃石头啊？

挤坐在她身边的石浩财垂头说桂花，我入了合作社的股，到时候有分红，会有钱的。这次算我求你了！

他去拉白桂花的手，白桂花躲开了。这个动作刺激了石浩财，他霍地站起身，拧着脖子说：我把心掏给你了，回不回去随你！

见石浩财发蛮，白桂花气得笑了起来：好呀，你要是做到了那三条，你不用高头大马，也不用三迎四请，我自己回去。

好，你说的！

我说的，何馆长可以作证！

石浩财突然抱着白桂花亲了一口，头也不回地走了。

白桂花摸着脸颊，口里喃喃地骂着：这个粗蛮的死货！细长的眼里却浮起了几丝淡淡的笑意。

没有请回白桂花，何劲华有些失望。收到白桂花最后通牒的石浩财则是沮丧加忐忑。他们前往深圳的途中，石浩财说他想留在东莞打工，一则打工挣钱比种香菇和养鸡来得快，二来白桂花在东莞，他想尽快把白桂花带回家。何劲华觉得石浩财离白桂花近些，也许有助于他改正缺点，便让他先找东莞的工友打听下有无合适的工作。

没想到石浩财刚刚投石问路，就有人给白桂花通风报信，白桂花立刻发信息给何劲华，说石浩财在东莞有帮酒友，如果他重返东莞，光靠她的力量绝对拢不住这匹脱缰的野马，希望何劲华把他留在琵琶围，她年底一定会回来。

知夫莫若妻，既然白桂花给出了这种建议，何劲华觉得自己必须重视。石浩财打了十几个电话找工作，但有的工作劳动强度大，有的钱少，总之高不成低不就，何劲华抓住时机说：浩财啊，我看你还是回琵琶围吧。你已经放了狠话，白桂花也表了态，只要你做到那三点，不用你请，她自己会回去。你要是留在这儿，讲不定白桂花会觉得你在黏糊她呢！

石浩财生性死硬，宁肯落魄也不愿求人，何劲华这话击中了他的软肋，他捏着电话点点头，进入假寐状态，眉间仿佛有道隐形拉链，皱出个川字。何劲华原本想看书来着，可一想到动身之前石栋梁给他打的那个电话，心里沉甸甸的。

何馆长啊，因为浩财拿了生财的五万块彩礼钱去还债，破了生财和谢玉琴的婚事，生财和浩财兄弟俩彻底撕破了脸。生财脾气也倔，这次浩财去见他，未必有好果子吃。你千万要小心，别让他俩闹出什么大事来。

石栋梁这"大事"两字，弄得何劲华心里跟压了块石头似的，心率乱得很，他连忙含服了几粒药丸以防万一。

石生财在深圳的一家电子元件厂打工，工厂包吃包住，月薪四千多元，外加销售提成，估计有六七千元。他和石浩财长得很像，只是身材瘦弱些。这几年的城市生活使他的气质起了变化，再加上鼻梁上架了副眼镜，又长期从事推销工作，比较注重仪表，看上去颇像高级白领。也许是职业使然，从表面看，他的性格比石养财、石浩财更加开朗和热情，也更有心计。

面对专程前来道歉的弟弟，石生财很难一下子释怀，中午请他们吃饭时，对石浩财爱理不睬的。石浩财见二哥一张死猪脸，也懒得多说。正好柳高义给他打电话，他便借机躲在外面，留下何劲华做石生财的工作。何劲华问起当年他和石浩财闹僵的往事，石生财像只破气囊，嘴里嘶嘶地往外冒气：

何馆长，现在的社会这么复杂，浩财的脑筋根本不够用。偏偏他又讲义气，哪怕是酒肉朋友，他也是别人说什么就信什么！当年他要是不听别人忽悠，拿钱去放贷，贪那些利息，那一百多万就不会打水漂！拿那些钱在峙城买两间店面一套房子，就算不做生意，靠店租也能过上好日子。可他做事不过脑子，把满手好牌打得稀烂，真是服了他！

何劲华因温成仙的弟弟被民间借贷折腾得焦头烂额，对放债吃利息之事深恶痛绝。他说浩财太轻信、太贪心，最后落得个竹篮打水一场空。石生财听何劲华这么一说，觉得他是站在自己这边的，立刻和他亲近了许多。

也许是积冰难消，也许是兄弟俩真的性格不合，专程来道歉的石浩财一个电话接了半个多小时，其间何劲华还出去找过他，石浩财指着电话说，刚才石拐打电话来，香菇场的菌棒出了问题，他正在向王所长请教。

何劲华说你赶快去跟你二哥讲西天，我来跟王所长哇事。石浩财说你跟我二

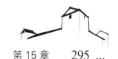

哥讲吧。我们从小就是两个歪脖坐一桌,难得正眼看对方,一直各吹各的号,各唱各的调,尿不到一壶。我现在进去,肯定谈崩!

何劲华奈他不何,只好以长者身份,苦口婆心地劝石生财跟弟弟和解,听到后来,石生财笑了:

何馆长,遇到我弟这屌人,真是难为您了。麻烦您转告他,既是专门来道歉的,就别当缩头乌龟,不然我还真瞧扁了他!

何劲华说香菇场的菌棒出了问题,他正在沟通处理。石生财说他又不是场长,还用他管事?何劲华发了几张石浩财在香菇场工作的照片给他,说浩财现在变了很多。你看过他做的直播视频吗?

石生财点起支烟吸着,又递给何劲华一支,何劲华摇摇手:不吸烟。

看了,可就他那点流量,没有金主会投广告,光靠他直播带货,量也少得可怜,纯属自娱自乐。

石生财的脸隐在白色的烟雾后头,口吻中带着不屑。

生财,选场长时,村民们信不过浩财,石栋梁打电话给你,你也明确说不同意选浩财当场长。

何劲华这话有些尖锐。石生财又吸了口烟,温和地反问道:何馆长,你会选浩财当场长吗?

何劲华喝了口水:我想给他机会,之前也跟村两委和村民沟通过,但大家信不过他,这我也能理解。从目前来看,浩财还是有进步的。你不在家,你大哥就是家长,村小组和家里的事都得管。他不是千手观音,总要有所侧重,现在香菇场的事大半由浩财打理。

浩财是只软脚瘟鸡,挑不起重担子。

石生财毫不讳言他对弟弟的不信任,说大家不选他是对的,他要是当了场长,那些挣钱的香菇就变成了化缘的尼姑,金蛋蛋也变成了泥卵坨。

何劲华说浩财跌倒过,他现在刚刚爬起来,作为哥哥,你得拉他一把。

石生财激动了:我拉他一把,让他再捅我一刀?他害得我跟玉琴分手,别人还以为我在外头有相好,讲我不仁义,我在村里走一遭,满脸都是别人的口水!

何劲华说利刀割水不断,你们俩是亲兄弟,浩财这次专门来认错,没什么化不开的仇怨。

石生财掐灭烟头,沉声说就算不讲仇怨,他认错也于事无补。

何劲华单刀直入:抛开浩财不说,就讲玉琴吧,她这些年一直在等你,小勇做手术时你去陪了玉琴，你也晓得她的心事。

石生财喝了半杯水，表情复杂，好一阵才呢喃道：玉琴是个好人，他爸妈眼瞎。当年她家那么困难我也没有嫌过，可就因为少了那五万块彩礼钱，他俩拿根绳子冲到我家门口，说玉琴要是嫁给我，他们马上就吊死。

往事不堪回首，石生财面如沉铁。

我听玉琴讲，这些年她父母在电话里多次向你道歉，可你不肯原谅他们。生财，古话讲冤家宜解不宜结，就算你跟玉琴不成亲，你们也是低头不见抬头见的邻居，她爸妈年纪大了，你不用跟他们计较。

石生财垂头不吭声。何劲华转而向他介绍县里的产业园、乡里的扶贫车间和一村一品、一户一业的发展情况：

从前两年开始，有不少在外打工的峙城人回乡发展。原先在广州做矿泉水生意的彭昌雄邀了五个在广东发展的峙城人，回乡投资生态产业园，县里对回乡创业者非常重视，出台了专门的产业扶持政策，支持力度很大。如果要壮大琵琶围的香菇和养鸡产业，急需你这样有经验的人才加入。

谈及这个话题，何劲华心有所感。他在牛角村驻村两年，现在又到了琵琶围，平常走的村庄也不少，再结合老家的情况，他认为乡村振兴最大的关键是人。在当今工业化和城镇化的进程中，城市成了巨大而畸形的磁铁，将乡村中那些有本事、有想法的年轻人全都吸附到它们庞大的身躯上。农村劳动力大量向城市和城镇转移，让许多乡村成了空心村。塘心村小组在册村民九十八户，可常住在村里的只有十六户人家，跟搬迁后的琵琶围村小组差不多。

塘心村山清水秀、风景优美，翻过一座山就是福建。以前那儿地处赣闽交通要道，经济发达，人烟稠密，现在却成了被人们遗弃的寂静村庄。一次开会，何劲华碰见塘心村的帮扶干部，帮扶干部说他们现在的主要任务是照顾老人。村里的后生全出去了，村庄里新屋一排排，但平常门窗紧闭，有的门口还长满了蒿草青苔，只有过年时外出的人都回来了，村庄才真正苏醒。所以乡村振兴最重要的前提是必须有人回来振兴乡村！

可是，要把被城市吸走的人再引回农村，谈何容易？现在所有的资源都集中在城市，农村除了亲人、老屋、土地、山川、河流、树木和祖祖辈辈留下的念想，还有什么能把年轻人从灯红酒绿的城市拉回来？

哇得不好听，现在的乡村是吸瘪了的老乳房，再怎么用力，也难吮出甜奶汁。

过了两年，何劲华仍记得那位帮扶干部说的这些话。其实从中央到地方，各

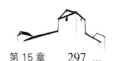

级政府出台了不少振兴乡村的相关政策，但对于如何把那些目迷五色、对故乡日渐情淡的金凤凰引回乡村来，还缺乏翔实的计划和有力的措施。从峙城的情况来看，党的十八大之后，特别是精准扶贫政策实施以来，随着产业的发展，已经有越来越多的年轻人在家门口打工和就业。在这种情况下，尽管琵琶围村民小组的搬迁势在必行，但能把一个外出打工的琵琶围人拉回乡村，让其投身建设自己的家乡，何劲华也觉得是种胜利。基于这种想法，他当即点开县政府网站，让石生财看县委、县政府对峙城的新规划和峙城这几年取得的各项建设成就。此前石生财偶尔也会关注家乡的新闻，可没有这么系统和详细，现在经何劲华这么一导读，离家四年的石生财忽然觉得熟悉的家乡有了几分陌生的魅力。

当何劲华从网上调出一组县里公布的回乡青年的创业数据给他看时，石生财迅速在心里算了一笔账：自己在深圳打工，前两年工厂吃住全包，从去年开始，公寓和吃饭每月要扣去一千元，他们向老板抗议，老板说现在外贸订单大幅下滑，好几个同行厂子都倒闭了，他们还能拿着原来形势好时的工资，这已经相当不错了，老板说要么大家少拿些钱一起撑过难关，要么就像那几家厂子一样倒闭散伙。工人们选择了前者。扣掉税和杂七杂八的费用，一年到手的钱也就五万多，还全年无休。何劲华来找他之前，石生财刚跟一个老同学通过电话。那位老同学原来在上海打工，因为孩子读书的问题，前年回了峙城，目前在县里的产业园打工。月工资虽然只有两千五百多块，但不要房租，能照顾家里的老小和打理家中的果园。去年他在果园里养了五百多只土鸡，直供县里和市里的餐馆。

何馆长，我同学去年的收入是我的两倍，其实我……

这时石浩财拎着两瓶白酒走到桌边，把电话递给了何劲华，说王所长有事找他。何劲华怕他兄弟俩会打架，接王所长电话时只敢离桌子两步远，眼睛还不时地睃着石生财和石浩财。

王所长说从石养财发给他的视频和图片来看，琵琶峰的那批菌棒有些菌丝已经消失，有的变软变黑，有的则开始腐烂，估计与最近的气温一下蹿到了三十二度有关：

你们的大棚无法控温，得根据日头的走向，阳面遮阴，背阳面通风，在菇棚四周挖跑马沟。如果气温太高，还要灌跑马水降低环境温度。要是灌不了跑马水，那得及时打开袋口排温散热和清理烂棒。烂棒最好拿去沤肥，既避免了污染，又废物利用。

何劲华谢过王所长，希望王所长能到琵琶峰现场指导。王所长说他还在外面出差，如果他去不成，一定会派别人过去处理。

何劲华还没来得及谢王所长，突然看见刚才平静对酌的石浩财和石生财不约而同地站起身，两人斗鸡般对瞪着，紧握的拳头让何劲华想起石栋梁说的"大事"两字。他忙挂了电话，端起杯酒敬石浩财和石生财：

来，兄弟重逢，冰释前嫌！祝生财早日回乡发展，祝浩财早日合家团圆！祝全家和和睦睦，今年脱贫致富，乔近新居！

兄弟俩异口同声地道：何馆长，你做个证。

何劲华还没明白怎么回事，石浩财举起瓶酒，将瓶中酒咕嘟咕嘟灌下了肚。

哎，浩财，你别发酒癫呀。

他话音未落，石浩财伸脖打了个酒嗝，然后四肢着地，绕着何劲华、石生财爬了几圈。周围的食客不知发生了什么事，有的窃窃私语，有的起身拍照。何劲华伸手去拉他，石浩财不肯起来，边爬边大声说：

各位，我没醉，我也不是疯子，我只是做错了事，对不住我二哥。当时我跟二哥说过，认错的时候我要学狗爬！

他这一说，围观的人更多了，有人起哄，也有人劝石生财原谅自家弟弟。石生财虽然心中还有疙瘩，但毕竟是亲兄弟，如今见他这样，只得伸手架起了石浩财：我不怪你了，你快起来！

石浩财起身噙泪看着石生财：二哥，你说话要算数！

石生财擂了石浩财一拳：我的想法跟桂花一样，你得戒酒、戒懒，不然哪个敢跟你搭伙？

石浩财点头时甩下了两串晶亮的眼泪，何劲华似乎从泪珠中看见了琵琶围的影子。

第 *16* 章

十朵花开九不同，

大哥我要学英雄。

丢掉酒缸和懒惰，

不当那只毛毛虫。

——摘自峥城灯彩小戏《琵琶情》

何劲华、石浩财在东莞和深圳马不停蹄地跑，杨明、金彩凤、石养财、朱雨飞等人在山上也没闲着。他们在乡农技员的指导下挖跑马沟、引水降温，处理问题菌棒，忙得不亦乐乎。何劲华、石浩财从广东回来，听说因气温高沤坏和受感染的菌棒达一千二百多根，加上上次被水泡坏的菌棒，合作社损失过万时，心情有些低落。何劲华分别向李香树和唐部长做了汇报。李香树怪他太激进，一次投了近十万块钱，最要命的是那些贫困户起初并不赞同这么干。

劲华，万一出了问题，你可不能塌肩膀。

李香树这样讲话，换了别人早就生气了，何劲华却晓得他的脾性，哪怕十分的好事，在他嘴里只能听到七分的好。但不管李香树的话多滑头、多难听，有时该担的责任他还是会担。作为男人，总的来讲他双腿不软，双肩不塌，还算有尿性。

好了，劲华，讲归讲，做归做，真出了事，我们也不是什么摆设，要馆里做什么你只管开口。

似乎是为了证实何劲华对李香树的印象是正确的，李香树补了这么一句暖心话。

何馆长，我在山下跑了一个多礼拜，找了两位老篾匠、四个会篾编的贫困户，我建了个群，雨飞这几日教他们编小鸭子，大家学得可认真了。

朱雪飞跑过来，点开手机里的图片给何劲华看，听上去蛮有成就感。

今天大家在移栽石斛，琵琶围后山的琵琶石周围有些闹腾。何劲华看了看朱雨飞教人编织竹器的照片，朝不远处的杉林走过去。随着春深，野花已开败，树林的新叶也从鹅黄浅绿变成耀眼的翠绿。空气中的草木清香越来越浓，布谷鸟的啼唱带上了几分娇憨，琵琶峰美得醉人。何劲华打量了几眼美不胜收的后山景致，心情不由大好，问朱雨飞话时，声音如同晒过的新棉，温和软适：

雨飞，你肯教技术了？

哎呀，何馆长，金大姐跟我说，编织产品要批量生产才能挣钱，靠我一个人到老也发不了大财。我想了好几天才想明白这个道理。再说那几个贫困户家里也挺困难的，帮到一点是一点。

朱雨飞边说边小心地将固定在苔藓上的石斛植株绑在树上，过些时日，苔藓和石斛的根会慢慢附着在树干上，这样长出来的石斛吮日月之精华、吸天地之灵气，药效甚佳。

这时，在琵琶湖石上固定完石斛的谢玉琴和赖秋香走过来，说她俩想拜朱雨飞为师学竹编。

好，等下我拉你们入群。

朱雨飞绑完最后一株石斛，拍拍手上的泥，爽快得很。不一会儿，许秀珍脸色凝重地走到何劲华身边，说话带上了哭腔：

何馆长，听讲香菇菌棒已经亏了一万多块，上次你担保过要给我们保本，现在损失这么大，我们的分红你们也得保呀。

三嫂，你手里有何馆长上次为股本做担保的录音，怕什么呀！

朱雪飞近日任务完成得好，心里高兴。这次她去琵琶镇，吴医生的妈妈请她到家吃了饭，吴医生还送了两件衣裳给她，她满脸春风地回到琵琶围，正想摆摆架子，却遇上许秀珍四个女儿和女婿拎着大包小包回娘家，而且通过武二郎的杂货铺、石景芳四姐妹和家人朋友圈的推介，许秀珍原先腌来散卖的五百个咸鸭蛋全部卖光，大牛送来陶缸和盐后，她又腌了一千个鸭蛋，听讲已经预售出了二百多个，完全盖过了朱雪飞的风头，许秀珍逢人便摆架子，没想到这会儿她倒计较起分红来。虽然许秀珍这是为入股的贫困户争利，可朱雪飞看不得她这几天牛皮哄哄的样子，故意恶心她。

哎哟，我不像你，年轻，找得到靠山，我这个老菜帮子冇本事，只能一分钱

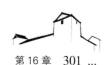

看成铜锣那么大。

许秀珍跟朱雪飞又开始抬杠，只是这次两人都心有喜事，说着说着就笑闹起来。

三嫂和雪飞就像电视里的猫和老鼠，整天斗来斗去，又谁都离不开谁。

金彩凤和石养财检查完了刚刚移栽的石斛，走到何劲华身边笑道。石养财翻看着手机，有些担忧：别人的石斛至少要扦插一年才移栽，我们的刚刚成活就种到了树上和石壁上，肯定长不快，会影响收成的。

这样出来的石斛药效才更接近野生品种啊。

这事何劲华跟赵峰和薛丁山沟通过，二老希望琵琶围种出接近纯野生的高品质石斛，这就必须拉长石斛野外生长的时间。

各位请看，这是琵琶围的铁皮石斛，俗称千金草，大家看移栽到树上的石斛像不像一层层的花边？

刚从养鸡场上来的石浩财卷着裤脚、顶着茂盛的胡子，喜气洋洋地对着手机做直播。虽然这次没有请回白桂花，二哥生财也没明确回来的时间，但压在石浩财心中的那块石板已经移开，身上像是装了台新马达，干活上紧得很，直播更花心思了，短短几天涨粉过千。为了表明自己的态度和决心，昨天傍晚他拆了那间搭在琵琶围里的竹寮，搬回了自己原先的房间，还在坪上摔了半瓶白酒以示告别过去的决心，并拍了视频发给白桂花，说总有一天他会让家里人住上漂亮的新房子。

今日正好是周六，石成金和石成玉在家，以前他们总躲着石浩财，现在却成了两个跟屁虫，在他身后做着各种搞怪动作。见何劲华、金彩凤、石养财都在这儿，石浩财匆匆结束了直播，满脸郑重地走过来，说合作社的菌棒损失严重，到时从他的分红里扣一部分钱，以弥补合作社的损失。浇菜回来的谢玉琴恰巧听到了这句话，连忙上前说公家为小勇报了二十多万的医药费，她也要为合作社出一份力。

哟，浩财和玉琴好大方呀！只怕捡到了宝吧？

旁边的许秀珍原本还想怂恿朱雪飞跟何劲华说说由驻村工作队和村两委担保她们分红的事，此刻听石浩财、谢玉琴这样表态，不由有些气恼。

三嫂，人家浩财马上要阖家团圆了，小勇得了这么重的病，公家为他出了那么多医药费，玉琴跟浩财替合作社出一部分损失费那是应该的。三嫂你得了杨书记的礼物，也该为公家分忧。朱雪飞笑盈盈地道。

哎呀，雪飞啊，你要这么说，那我也为公家出五十块钱，不然对不起杨书记啊。

上次包村干部集体到琵琶围上户时，杨明得知许秀珍家陶缸不够，下山后便自掏腰包买了十个陶缸、十斤盐托小贩送上来，还附上张贺卡，祝她腌出有理想、有梦想、有色彩的咸鸭蛋，喜得许秀珍这几日逢人就讲杨书记送的陶缸又光又亮，脸上也像贴了瓷板，亮晃晃的。只是没想到朱雪飞会在这节骨眼上提起这事，她怕自己一毛不拔会得罪杨明，只得敛了要别人担保自家分红的心思，咬牙放血。

见许秀珍表了态，朱雪飞说她出六十块钱，不管占便宜和吃亏，她都要压许秀珍一头，许秀珍只好再加十块，两人各出六十块。

金彩凤听后欣慰地说：劲华，你的换脑髓工程初见成效，原来的尖尖钻晓得为集体出力了！

何劲华笑得眉眼弯弯：日子好过了，她们会越来越大方。

可是，当何劲华欣喜地将此事告知李香树时却挨了顿批评，李香树说他又犯感性的错误了：劲华，你脑子清醒一些，这部分损失绝对不能分摊给贫困户。万一他们心不甘情不愿，考核的时候告我们一状，我们吃不了兜着走！

没那么严重，按说这部分损失他们也应该承担的，发展产业本来就有风险。

劲华，小心驶得万年船，把这部分损失算成村集体的，反正村集体的股本大部分是赵峰、薛丁山捐赠的，村里并没有真正投钱，这样也不算损害村集体利益。

何劲华想想也有道理，便在视频碰头会上转述了李香树的意见，又向赵峰和薛丁山做了汇报。他俩最近在拓展两个新项目，忙得无暇他顾，对琵琶围却仍格外上心，说这一万多块钱损失从他俩的股本中扣。何劲华不同意，赵峰回短信说这是命令。何劲华正感动间，他又夸石浩财的视频拍得好，挂在峰峦公司网站上的每个视频都有几千的点击率。为了加强跟琵琶围的联系，赵峰专门指定了一个姓吕的部门经理跟何劲华对接。吕经理给他们带来了两个好消息，一是公司决定从琵琶围合作社采购二十万元贫困户的土特产品作为端午和中秋的员工福利；第二个好消息是他们公司有五个员工每人想认领两间琵琶围的房子，各出六万元钱委托他们装修。何劲华、金彩凤商量后，决定这事由石浩财去对接。石浩财趁热打铁，不但一周之内签下了认领十年房间的协议，还把三十万元的装修款拿到了手。

琵琶围交通极为不便，三十万元装修十间房，还包含家具被褥等用品，实在

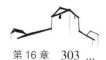

紧张。何劲华为此又召开了村民小组大会，动员众人动脑筋、想办法。石养财说火夹湾南面的石坡上有座几年前留下的石灰窑，里头的石灰用来化浆、刷墙没问题，桌椅可以请木匠来打。石浩财琢磨了两天后拿出了一个用原木、竹子、石头做主材的装修方案，既能把房间装得质朴、山野，每间还能落下几千块钱。

不能挣他们的钱，一定要装修成样板房，以后拿这个当招牌、做宣传。

在这点上杨明、何劲华、金彩凤观点高度一致。为了鼓励石浩财，何劲华力排众议，让他出任琵琶围旅游项目小组长，谁知石浩财刚刚"走马上任"，就因卫生间一事和认领房子的峰峦员工大吵了一架。那五位员工认为卫生间是毋庸置疑的标配，石浩财的答复是琵琶围上面没有自来水，做不了冲水马桶和淋浴设备。跟他沟通的员工说就你们这条件还想做成度假胜地？他的质疑令石浩财恼怒，他说琵琶围本就是要搬迁的贫困村，你们到这来主要是享受跟城市不一样的生活，用木桶洗澡和用马桶挺好的。那位员工生气了，想退订又碍于老总的面子，火便发到了石浩财身上。石浩财从来吃软不吃硬，毫不客气地说你爱来就来，不来拉倒。对方向赵峰反映，说这边的联系人态度不好，担心认领房间后还要认领一肚子的气。因此事关乎琵琶围人的素质和名声，赵峰跟何劲华通了气，何劲华找石浩财谈心，还没开口批评他，石浩财便朝他发了顿牢骚，说那些房主死抠门，六万块装修两间房，外加一间现代化的卫生间，十年免租金，这是想当周扒皮吗？

何劲华知道钱很紧，可这是琵琶围走出去的第一步，必须走好迈稳，他批评了石浩财的态度，但也承认他说的是实际困难，当天晚上开视频碰头会时，大家围绕自来水问题讨论了一个多钟头，有说从水库管理处铺管道过来的，有说建水塔的，可这些都要花十几万到上百万，除非县里考虑到琵琶围马上要进行旅游开发，拨专款进行改水。

冇卫生间，那几个人只怕要打退堂鼓了。石栋梁叹道。

石养财一直在刷手机，接着又出去打电话，金彩凤皱眉说他今天心不在焉，何劲华也以为养鸡场出了事，谁知石养财进来后却笑眯眯地说：

刚才我打电话问了网上的供水设备公司，像我们这种情况，只要把后山的泉眼变成水源，买一个三吨的无塔供水压力罐，再往那十间房子里铺水管，他们就能用上自来水了。

这得要多少钱？杨明和何劲华异口同声地问。

三吨的无塔供水压力罐二万多块，加上抽水和铺设管道，五万之内可以搞定。

合作社现有股本中还有部分余款，何劲华建议先用五万块钱解决这个问题。石栋梁提出了不同意见，说这都要搬下来了，花这么多钱在山上划不来。

哎，石支书，我们离开了琵琶围，可琵琶围还在，琵琶峰也还在，这是子孙后代的山，把它建设好也是我们的责任。

对呀，我们现在的发展是在为后来的开发打基础，等琵琶峰在下一步的开发中真的变成金山银山了，我们搬下山的人在享受山下新农村建设成果的同时，还能从山上的发展中得利，两全其美，何乐而不为？

何劲华把唐部长那次上山时说的话翻版了一遍，众人迅速统一了思想，同意自掏腰包先解决供水问题。这时，他俩从视频中看见大牛满脸焦急地闯进了老寨村小组杨明、石栋梁所在的房间，说是穿村而过的公路上发生了车祸。杨明领着众人去现场救援，视频会就此中断。

何劲华、金彩凤见时间尚早，两人分头向李香树、唐部长、赵峰打电话汇报安装无塔供水压力罐的事，他们都觉得这主意不错。何劲华说琵琶围迟早是要开发的，提前把基础设施搞好，更能引来客流，建议县里统一考虑琵琶围供水之事。

你们俩真是福将，想什么来什么。刚刚开完会，你们提交的琵琶围客家过漾爱情旅游文化节的策划得到了一致好评，八成把握以上能入选。到时我会跟有关部门沟通，协助解决用水问题。那五万块钱你们先垫着，把客留住，这认领房间的事，我们再推一推。

唐部长雷厉风行，几分钟后钮主任打电话让他做一个认领琵琶围房子的推介方案。何劲华、金彩凤想到国庆期间村里要举办全县的大型活动，兴奋之余又有些发愁，立刻打电话给杨明，想再开个视频碰头会讨论下细节。杨明的电话无人接听，倒是接到了石栋梁的电话。

何馆长，杨书记刚才在车祸现场抬车救人，车厢上的货物倒下来，他为了救旁人，左腿被货物砸断，现在送医院了。

次日一早，金彩凤拎着朱雨飞、石养财家送的两只母鸡，许秀珍、谢玉琴、刘大有家给的几十颗鸡蛋，代表何劲华和村民们下山看望杨明。送走金彩凤后，何劲华到井边洗衣服，石成金、石成玉兄妹蹲在旁边看长大了许多的格桑花苗，一边谈论着父亲石浩财。

石成玉说老爸从广东回来后走路抬头挺胸的，好像吃了胡椒的雄鸡公，神气得不得了。

石成金仰头说老爸以前见到我们不是打就是骂，现在见到我们就笑，还给我们买运动服！你说老爸会不会是开心鬼附体了？

哥，你忘了，上次下山他给我们买了零食！

对呀。他前两天还坐在桌子边上看我们做作业呢，真是奇了怪了！

石成金和石成玉很难理解石浩财的变化，见何劲华在边上，忙跑过来向他打听：何伯伯，是不是您用什么法术制住了我爸爸，让他变好了？

石成金认为石浩财现在这种状态不真实，或者说包含着某种阴谋。

何劲华还没来得及搭话，石成玉举起右手，像在课堂回答问题似的朗声道：

何伯伯，哥，我晓得爸爸为什么变好了。养财大伯说何伯伯拧干了爸爸脑子里的酒，掏出了爸爸心里的猪油，这样他以后就能当个好爸爸了。

何劲华伸手帮石成玉扎好了头发上那两朵散乱的发结，她忽然抽泣着说：

何伯伯，我想妈妈回来帮我扎头发。

何劲华鼻头一酸，蓦地想起上次听说的一件事，心疼得越发厉害。今年年初的一天，正在放寒假的石成玉来了初潮，偏偏太奶奶橘子婆和围里的妇娘人都不在，那天手机无信号，没法问白桂花，想到班上有个同学的姑姑大出血死了，她以为自己也要死了，便扛着锄头上了后山，在白桂花栽下的那棵桃树边，吭哧吭哧地挖出了一个能装下自己的土坑。当众人找到躺在土坑里，冻得口唇青紫、浑身颤抖、满脸泪痕的石成玉时，她泣不成声地说她死后要埋在这儿，等来年春天桃树开花了，她在地下还能想起妈妈的样子。听了她这番话，在场的人无不泪目。

石成玉"埋"自己的那天，石浩财去了山下喝酒，当心情沉痛的石养财把侄女背回家，听说此事的橘子婆搂着石成玉老泪纵横，大骂石浩财和白桂花不配为人父母！朱家姐妹端来姜汤、热水，谢玉琴拿来了卫生用品，为她讲解原本应该由妈妈叮嘱的注意事项，并发信息告诉了白桂花。白桂花打电话骂了石浩财一晚上。石浩财火了，说你要是真心疼女儿，就立刻滚回来！白桂花本来已经买好了回家的车票，见他这种死硬态度，赌气退了票。从那以后，她每周会和儿女们视频一次，去年暑假她还偷偷回了趟峙城，让石养财带着石成金、石成玉到县城住了两天。

也许是缺少母爱之故，石成玉的身体渐渐成熟，人却依旧单纯，跟同龄的细妹子相比，显得有些懵懂。看着她和石成金小鹿般充满渴望的双目，何劲华觉得肩上沉甸甸的。

这天夜晡，何劲华跟躺在病床上的杨明进行了视频通话。杨明一只脚吊在固定器上，愁眉苦脸地说得躺三个月，何劲华宽慰了他许久，杨明这才唉声叹气地将村里近期要办的事列表发给了何劲华。

何馆长，这三个月辛苦您和金大姐了。

杨明满怀歉疚。

别想这么多，好好养伤！

何劲华对这个晚辈生出了几分敬佩之情。这时天已黄昏，炊烟四起，琵琶围的空气里弥漫着饭菜香。何劲华和金彩凤到刘大有家匆匆吃了晚饭，两人在用餐表上签字后，金彩凤去整上级部门要的相关材料，何劲华到养鸡场替重感冒的朱雨飞值夜班。

不一会儿，石浩财扛着三根竹子主动来找何劲华。

哟，观音竹！斑竹！毛竹！这斑竹哪砍的？

何劲华做了多年灯彩，对竹子怀有深厚的感情，他认为竹子的形美胜于花，是天下最优美的植物之一。为了寻找上好的灯彩制作材料，他经常到乡下的毛竹、青皮竹、粉绿竹林里转悠，村头田间、河旁溪边的观音竹也甚得他喜爱，但何劲华做灯彩用得最多的还是篾性优良的毛竹。近年他开始用斑竹自制笔筒、茶叶筒，还尝试用斑竹制作过露筋灯彩。这是他自创的灯彩品种，即将斑竹的灯架露在外面，纸糊在里头，斑驳的灯架与雅致花卉的奇妙结合给灯平添了古趣雅意，甫一出手，便受到文玩爱好者的追捧，可却不讨峙城老百姓的喜欢。他们中并无几人晓得斑竹与娥皇、女英的悲情故事，也鲜有人知毛主席曾写过"斑竹一枝千滴泪，红霞万朵百重衣"的著名诗句，他们只是本能地讨厌竹皮上那些污污迹迹的斑点，加上斑竹在当地唤作泪竹，峙城人觉得用此竹做灯彩不吉利，甚少有意栽种。峙城的斑竹因此多为散生竹，平常不易碰到。

石浩财说何馆长厉害，一眼就认出了这些竹子。毛竹是我家山上的，观音竹在湖边砍的，杨梅坑有几面山坡长的全是这种泪竹！

何劲华蹲下身，激动地说：浩财，你找到的这种斑竹是稀有的红湘妃竹。原产于湖南的永州，现在很少见了。这种竹子出芽时受了真菌感染，长大后竹竿上就留下了这些指纹斑。

说着，他撸起左边的衣袖给石浩财看：红湘妃竹上的斑痕像不像我们种牛痘留下的疤？

石浩财用手机电筒照了照他的胳膊和地下的竹子，连连点头：像，很像。

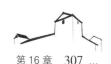

斑竹可以人工栽种，但这种指纹斑没办法后天形成，就像景德镇高温颜色釉的瓷器，窑变无双，真正是大自然的鬼斧神工。湘妃竹的斑纹也是天赐，这些红湘妃竹非常珍贵！

说到这儿，何劲华问知道这片湘妃竹的人多不多。

石浩财摇摇头：杨梅坑路难走，林子又密，去的人很少，只有琵琶围人春天会去那儿采竹笋。

以后不要采笋了，要多移植，这是琵琶峰的宝贵资源，我们先保密。

这回何劲华光明正大地当了名屁股管脑袋的本位主义者。他打量着石浩财，说你找了三根不同的竹子给我，是不是有什么想法？讲来听听。

何馆长，我那是胡思乱想，讲得不对，你就当我是放屁。

石浩财说着弯腰拿起那根观音竹，用手掌量了一下竹节：何馆长，这两天成金要我给他做风筝，我上网查了做风筝的资料，做风筝应该用竹节长的竹子，观音竹很合适。我们峙城田头屋角到处是观音竹，以前还有人用来做晒衣杆、编畚箕和竹凉席，现在塑料制品多，农村也用上了空调，那些竹子也就没多大用处了。

大约是觉得自己的前奏比较长，他加快了语速：北京、天津、南通、潍坊是国内四大风筝产地，资料上说观音竹在山东青岛还能生长，是长在最北方的竹子。但那边竹子的产量不多，我们可以找门路把观音竹卖给他们做风筝。

何劲华围着他转了一圈，说浩财，你有这样的脑筋和思路，这几年怎么会甘心窝在琵琶围当贫困户？

石浩财叹了口气：何馆长，我那时就像一个跟斗摔下了猴子崖，要从那么深的地方重新爬起，真的很难。

痛苦的往事压得他高大的身躯变软，一屁股坐在了竹子上，花香浓郁，树林沙沙作响，竹子在身下发出呻吟，石浩财的声音透出沉痛：

这几年我天天泡在酒缸里，骨头软成了油条，脑子乱成了麻糕，懒得几下是几下，哪里会去动这些脑筋？我奶奶和栋梁叔经常跟我讲，树怕烂根，人怕无志，要我从酒缸里爬起来。

他摇摇头，好像要晃去脑袋上的什么东西。

那时我觉得他们好笑，立什么志啊？我在东莞打拼这么多年，最后落个竹篮打水一场空，还不如人家胡二流子，一拆迁就成了千万富翁！那时我想志气没用，努力也没用，只有认命，我的命就是窝在琵琶围！

他停了停，说何馆长，你跟金大姐上山后，像炭火煨番薯似的把我的心煨热了。这些日子我想了很多，如果我再不爬起来，别人都小康了，我可能还在吃糠。

浩财，你口才蛮好嘛，但你也晓得，政府不会丢下你吃糠，脱贫路上、小康路上一个也不能少。何劲华握住他的手，像是在给他鼓劲。

是啊，你们拉着我往前走，我现在得自己迈腿。这两天我在书上看到一句话，觉得非常适合我：立志难也，不在胜人，在自胜。

所以古人才会说自知者英，自胜者雄嘛。你最近半个多月没喝酒了，能够克服缺点重新振作起来，就是一名英雄。何劲华说起他的变化，口吻变得欣喜。

石浩财的头摇得像拨浪鼓：我还英雄？狗熊还差不多。你交给我的事都没办好。唉！

浩财，养鸡场的事你不能懈怠，房子装修的事也要担起责。你自己要做好工作计划。

石浩财没答话，而是站起身，一脸郑重地仰望着天空，轻声叹道：有时我在想，要不是精准扶贫政策，只怕我已经在田里沤肥了。

此时月亮尚未升起，几颗稀疏的星星在天上眨眼，群峰如锯，辽阔的夜空泛着暗紫，山林也像沉睡了，周遭神秘而静谧，石浩财喃喃地道：

何馆长，我以前是说过扶贫工作队的怪话，但我心里还是晓得好歹的。政府为扶贫做了那么多工作，我也看在眼里呢。当时我之所以跟杨明闹成那样，除了他不会做人、话讲得难听，我自己也钻了牛角尖，听说有些一闹二哭三上吊的贫困户能多要钱，我当时的想法是多叫叫苦，再闹一闹，讲不定就能弄到一套万把块钱入住的房子。

何劲华在他手背上敲打了一下：你总算承认了？

石浩财嘻嘻笑道：冇想到愣头愣脑的杨明一眼识破了我的用意，批评我时话讲得难听，我当时呷了酒，邪火蹿顶，发狠把他们赶出了琵琶围。其实杨明为村里和贫困户做了很多事，这次又为救人受了伤，是个好干部。

何劲华笑道：你这高度评价他的话，我得转告给他听。

何馆长，我骂他的话你帮我转告，这话不能讲给他听，到时他还以为我要拍他马屁呢！

你呀，跟三嫂一样，肉烂骨头在，死都不服软。

说到这儿，何劲华指着斑竹说：你对斑竹是怎么打算的？

现在朱雪飞的竹编小组只编些小动物、竹篓子，品种太少。斑竹可以做折扇、笔管、笔托、灯罩，这些既是艺术品又是日用品，销路比较广。要是认领琵琶围房间的人多，我们可以搭上旅游开发的快车，再开家竹制品商店，把项目做大。

好，回头你跟雨飞她们做些沟通。

何劲华不由自主地握住了石浩财的手。他的手粗糙、厚实，透出壮年男子特有的温暖，天地倏忽间安静下来。

何劲华舒口气，抬头望着高远的夜空。月亮不知何时出来了，细细窄窄的，仿佛缀在树梢上的冰屑。淡淡的月辉下，山川影绰，林涛轻鸣，风中草木花香渐浓，虫声啾唧，偶尔飘来几句夜鸟的咕哝和小鸟的哼唱，夜色温柔得令人沉醉。

默默地欣赏了一阵美好的夜色，何劲华突然想起件事，忙叮嘱石浩财明天下山去找石栋梁，统计、落实村民们端午前可提供给上海峰峦集团的土特产。

端午前，我们村小组应该有香菇和鸡蛋了，三嫂的咸鸭蛋也能出手了。那时房子也装修好了，房主们可以到琵琶围来住。要是我哥和桂花能回来，我们就搞一个琵琶围的旅游项目小组。

石浩财对未来充满了憧憬，双目在月下熠熠生辉。何劲华提醒道：

浩财，万里之行，始于足下，眼下最要紧的是落实好峰峦集团的这个消费扶贫项目。他们公司员工多、需求细，这次采购的土特产品种繁杂，你一定要细心。采购原则是贫困户和刚脱贫的贫困户优先，非贫困户和安置点村小组的村民排第二。

明白。我想派些任务给谢玉琴，锻炼锻炼她。

石浩财顾念着谢玉琴跟二哥的情谊，想带她闯闯市场。他的声音从渐响的林涛中钻出，仿佛带着金属敲击的回音，震得何劲华的心猛跳了几下。

第 *17* 章

山歌越唱越新腔，

唱出日头对月光。

唱出麒麟对狮子，

唱出金鸡对凤凰。

——摘自《峙城客家歌谣集》

这几日老天爷从高温模式转入阴雨模式，琵琶峰的气温猛地下降了六七度，也许是寒冷刺激了动物的肠胃，这几天有只老鹰抓走了两只小鸡。石浩财从家中取来焰火，待老鹰又在养鸡场上空盘旋时，他对着老鹰点燃了焰火。焰火的爆炸声和四散的火星吓得老鹰箭般射向了高空。

何馆长，老鹰这下起码半个月不敢来。

石浩财有些得意自己的奇招，不料却遭到了何劲华的当头棒喝：

浩财，火不入林是铁律，再说老鹰是保护动物，就算老鹰抓了一百只鸡，你也不能放焰火吓它，万一伤了老鹰怎么办？

石浩财原以为自己立了功，没想到却捞了顿批评，气哼哼地走了。

一波未平，一波又起，老鹰刚刚抓了鸡，又有六只鸡成了黄鼠狼的美食，心疼不已的朱雨飞听说黄鼠狼怕响声，便冒雨砍来竹子，将水引进林中，竹笕出水口吊着只横穿在木棍上的竹筒，下头扣了只铁皮桶，竹筒水满后立即翻转，水打得铁皮桶咚咚响，据说这种固定节奏的响声能驱赶天性警觉的黄鼠狼。由于连日劳累，又淋得浑身透湿，正值生理期的朱雨飞发起了高烧，何劲华替她值了两夜班。第三日，难得在养鸡场守夜的朱雪飞主动换下了何劲华。次日早上她起来给鸡投料，并按朱雨飞定下的规矩记录鸡群吃料、饮水、排便、呼吸的情况。以

前她为此事曾跟朱雨飞吵过架，说鸡有什么可采访的？朱雨飞说有哪个叫你采访鸡，而是让你观察鸡有有反常情况！朱雪飞不以为然，轮到她值班，早中晚三次的定时观察她总是在本子上胡乱记上几笔交差。这些时日石浩财的变化让朱雪飞有所触动，她开始勉励自己认真执行养鸡场的规定。这一认真还真发现了问题，只见焦躁不安的鸡群频繁地啄食饲料、泥巴、垫料和同类的羽毛，弄得鸡舍里鸡毛纷飞。

朱雪飞这些日子大半心事放在吴医生和龙龙、秀秀身上，压根没看有关五黑鸡养殖的资料，只好打电话向妹妹求助。刚刚退烧的朱雨飞顶着满头乱发和那张苍白的脸往围门外走时，正好碰上了去香菇场和养鸡场的何劲华、金彩凤。听说鸡出了问题，何劲华、金彩凤一溜烟地跑到了养鸡场，累得感冒未愈的朱雨飞气喘吁吁。在香菇场忙碌的石养财闻讯后也一瘸一拐地赶了过来，他担心五黑鸡，更担心朱雨飞。

雨飞，你病还没好，有事你打电话叫我呀。石养财心疼地道。

朱雨飞举手做了个嘘声的动作，歪着头凝神听了会儿鸡叫，接着观察鸡的羽毛、眼睛和粪便，又神情严肃、双目炯炯地绕着养鸡场左右转了两圈，好像一个正在勘查现场的神探。何劲华和金彩凤不懂养鸡，只得等朱雨飞做结论。忽然，朱雨飞捻了撮桶里的饲料放进嘴中，朱雪飞和金彩凤还没喊出声，她又尝了尝池里的水，皱眉呸呸地吐了几口，然后瞪着朱雪飞，一脸愠怒地说：姐，饲料和水你都没放盐？

朱雪飞说饲料都是你跟谢玉琴拌的，淡出鸟来也不赖我。朱雨飞气冲冲地去储放饲料和配料的粮仓取盐，可找了半天，却只找到了半包。朱雨飞黑着脸把盐撒入饮用水槽，皱眉指着食槽内剩下的饲料，埋怨朱雪飞没有按照少喂勤添、定时定量、分次饲喂、食后槽里不剩料的原则投料。

大姐，上次专家说一次加满料要浪费一半的饲料，只加料槽的三分之一就够这些鸡吃。你说你不记得，我还特意在料槽里刻了两道槽，可你回回都不过脑子，总是加得盆满钵满！像你这样投料，不打倒贴才怪！

哟，雨飞，你是屙屎不出怨粪坑啊！你信不过我，我还不想干呢。

何劲华和金彩凤一看她俩又要顶牛，忙分头开劝。朱雪飞嘟囔了几句转身想走，朱雨飞恼怒地拽着她的衣尾，连声指责她没有责任心，还问她把那些盐弄哪儿去了？朱雪飞说盐哪儿去了关我屁事。要不是石养财拉开朱雨飞，何劲华和金彩凤拦着朱雪飞，姐妹俩肯定要吵起来。

这时，谢玉琴和许秀珍在路口的灌木丛旁探头探脑。联想到食盐的事，又见她俩举动有异，何劲华忙安排金彩凤跟朱雨飞投料，自己迎面朝谢玉琴、许秀珍走去。

玉琴，三嫂，你们俩是不是想说那盐的事情？

谢玉琴叹口气，说这事得怪我。自从合作社安排我到养鸡场上班，雨飞就教我拌料，还特意交代要放盐，我想给鸡吃盐太浪费，便把盐留着了。正好三嫂说最近要腌两千个蛋，盐不够，我就自作主张地把盐借给了三嫂。我怕雨飞讲我，没敢跟她说。

何馆长，不好意思，实在是要咸鸭蛋的人太多，上次杨书记送的十包盐很快用完了，近日又有人下山买货，就想着先借用一下。这回我可有想占公家的便宜，石拐写了十包盐的借条给玉琴呢！

许秀珍急急地辩白。她的腌蛋生意越来越好，二女婿帮她注册了个"三嫂"牌商标，现在上杭于家早点店、鸡公炒饭美味馆和另两家餐厅都打电话给她，要求代销"三嫂"牌咸鸭蛋，许秀珍这才又加腌了两千个蛋。见许秀珍一脸焦灼，何劲华没有责备她，而是转头问谢玉琴什么时候把盐借出去的，谢玉琴说快半个月了。

许秀珍嗫嚅着说：何馆长，这事要怨就怨我，要不是我跟玉琴说我有盐腌蛋，她也不会借盐给我。

许秀珍原本还想说如果要赔钱，就由她来赔，可话在舌尖上打了个滚，又咽回了肚。

旁边的朱雨飞见朱雪飞在接吴医生的电话，两人相谈甚欢、笑声连连，心里窝火，黑着脸说：大姐，你吃粮不管事，这时候还有心思笑！今天我要扣你的工钱！

呵，你当个破场长了不起啊，不许人笑，还要扣钱，我不干了！

朱雪飞不顾何劲华、金彩凤的劝阻，撂挑子径直回了围屋。朱雨飞顿足道：哎呀，气死我了，不怕神一样的对手，就怕猪一样的队友！

她经常听石成金说这句话，这回终于用上了，觉得特别贴切和解气。

金彩凤很欣赏朱雨飞的质朴、果断、泼辣，先表扬了一番她的一心为公、铁面无私，何劲华则当起了黑脸包公，批评她工作不够细致，说那十包盐都拿走了半个月，你今天才发现，说明平常检查不到位。

朱雨飞委屈地说：玉琴和我姐都是那么老成的人，我总不能天天盯着她们。

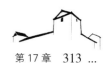

金彩凤说当然得盯紧，细节决定成败，你是养鸡场的场长，外面千条线，都要穿过你这根针。

责任到人没错，但你还得抓落实，不是交代了就完事。这话既是说你，也是说我跟彩凤。养鸡场出这档子事，我们俩同样有责任。

何劲华代表金彩凤做了自我检讨，朱雨飞刚才的委屈瞬间消散，爽快地说：何馆长，金大姐，我明白了，交代下去的事一定要像敲钉子一样的敲牢靠！

中午时分，何劲华和金彩凤将朱雪飞请到了村小组办公室。朱雪飞此时已冷静下来，可屁股还没坐热，就跑出去接电话，神态有些异样。

劲华，只怕她要打退堂鼓了哎。

金彩凤看着站在门口、穿着崭新西瓜红上衣、马尾上扎了朵珠花、画着淡妆的朱雪飞，小声道。

果不其然，朱雪飞接完电话再进来，开口便说身体不舒服，要请五天假下山看病。何劲华开门见山地问道：

雪飞，是不是又有人请你了？

请我怎么啦？我也有朋友的。反正假已经请了，我今天就下山。

朱雪飞起身要走，金彩凤按住了她：

雪飞，你现在是竹编项目的小组长和养鸡场的员工，你可不能辜负大家对你的信任。

金大姐，我天天在这儿勤扒苦做，可是，唉——

朱雪飞说完长叹了一口气。经过这段时间的奔波，她和前段时间的石浩财一样，觉得靠项目挣钱实在辛苦，正好前些日子给人看了几次相，十指不沾阳春水便收了五百多块钱，她越发没心思做项目了。

金彩凤点开自己的微信朋友圈说：雪飞，我上次发了你们直播的视频，有十几条夸你能干漂亮的留言呢。你再咬牙坚持一会儿，下个月五黑鸡就该下蛋了。

哎呀，金大姐，何馆长，我不是不想干，是身体累垮了，看病都不行吗？

何劲华见她装憨发赖，使眼色示意金彩凤出去，而后坐在她对面，说雪飞，你机灵、漂亮、能干，要不是吃了没文化的亏和那些偏见，讲不定你早就变成了金凤凰。

这话朱雪飞明显很受用，但嘴上却谦虚着，说何馆长就爱开玩笑，我连金大姐的尾巴都望不见呢。

何劲华笑笑：她站在山顶上，你站在山腰上，你紧赶几步，也就跟她一般高了。

他起身倒了杯水给朱雪飞：身体不舒服就在家多躺一会，我打电话叫吴医生上来。

唉，不用了。朱雪飞其实是接到了朱八嫂的电话，说有几个人要找她算命，这才请假的。何劲华知道这时劝阻没什么用，只得使出杀手锏，掏出手机给她看：

这是浩财给三哥、三嫂拍的视频，明天县里好多微信公众号都会推送，他们现在干得可上紧了。

视频里，许秀珍穿着客家妇娘人的阴丹士林蓝大襟衫，头上裹着绣花帕子，手中拿把草药，比画着介绍她们家腌制咸鸭蛋的祖传客家秘方，又切开两颗咸鸭蛋让大家欣赏，说她家的咸鸭蛋蛋黄起沙流油，味道可口，吃了强身健体忘不掉，接着是她和石拐调泥料、裹鸭蛋、入缸储藏的画面，石浩财还别出心裁地配了段何劲华编的客家童谣作为画外音：

月光光，照水塘。鸭子肥，生蛋忙。裹上泥，放入缸。三嫂家，鸭蛋香。月光光，上网忙。咸鸭蛋，买两箱。全家吃得精打光。

看到这，朱雪飞的脸立时绷起来：

三嫂昨天还跟我讲这咸鸭蛋就是做着玩玩的，冇想到她暗地里铆足了劲，她在用障眼法哄我呐！

雪飞，你天天往山下跑，三嫂以为你在搏命干，这才攒劲追你。

何劲华晓得朱雪飞和许秀珍在暗中较劲，所以采取了激将法。朱雪飞面红耳赤地哼声道：那就骑驴看唱本——走着瞧，看看谁先起高楼！

何劲华眼中滑过缕笑意：许秀珍的视频是他让石浩财拍的。一来推荐"三嫂"牌咸鸭蛋，二来他想用激将法刺激刺激想靠算命发财的朱雪飞，如今看来，他的目的已经达到，不由偷着乐。

许秀珍近来忙着腌蛋。由于山高路远，从锅底村收购的鸭蛋需人运上来，可腌蛋利薄，付了搬运费后，她挣得就更少了。女儿、女婿虽然归屋下看了她们老两口，但眼前的困难没法解决，正揪揪转想办法时，何劲华让石养财请锅底村过来运鸡粪的种植大户将收购的鸭蛋捎到了养鸡场，再由石浩财、朱雨飞等人化整为零地运进围屋。橘子婆、哑伯、谢玉琴的父母得空便帮着清洗鸭蛋和裹泥料，小小一枚咸鸭蛋，凝结着围内众人的心血。

更让许秀珍和石拐暖心的是，在何劲华、金彩凤的推动下，县精扶办、网信办、琵琶镇政府、文广新旅局、文化馆、驻村工作队等单位的微信公众号对"三嫂"牌咸鸭蛋进行了连续推介，一周内许秀珍竟售出一千七百多个咸鸭蛋。谁也没想到，平常锱铢必较的许秀珍竟采取了薄利多销的方式，一个多月便挣了近两千元。许秀珍高兴地对何劲华说，哪怕没有合作社的收入，单靠咸鸭蛋，只要再做半年，她家也能脱贫。

何劲华、金彩凤下山找了石景芳四姐妹，说服她们出资成立了"三嫂"牌咸鸭蛋合作社，人在病房，心在一线的杨明主动帮石景芳在青年创业园申请到了两间免三年租金的创业店面，邱小楠则出面让"三嫂"牌咸鸭蛋合作社和以养鸭子闻名的"一村一品"示范村圆月村接上了头，打通了产业项目的上、下游，延伸了业链。

何馆长，景芳想做网店，说是要到你家何甘的店里当学徒，麻烦你跟何甘哇一句。

许秀珍满脸期待地看着何劲华。

三嫂放心，这事好办！

何劲华当即打电话给何甘布置任务。

何馆长，我肯定是你捡来的，所以你一点也不心疼我。现在做网店的人好多，她再来抢生意，我喝西北风去？

何甘在电话那端嗷嗷叫。何劲华说这件事你一定要帮忙，然后就把电话挂了。他相信儿子有这种胸怀。

何馆长，多谢了。

许秀珍谢罢，噙着泪水说她和石拐过些时日要搬到县城的创业园区去住。这些年日夜想搬下山，可真到要走了，又觉得自家的脚长进了土里，怎么也拔不出、迈不动。

何劲华递给她几张纸巾，说这是喜事，你哭也是高兴的。

是高兴，可我舍不得呀。

许秀珍说着竟放了几缕悲声出来。朱雨飞、橘子婆、谢玉琴的妈妈得知石景芳四姐妹要把许秀珍两口子接下山后都替她高兴。几个人围在许秀珍身边劝慰她。许秀珍哭了一会儿又破涕为笑，说这是好事、喜事，请大家到她屋里喝碗早上刚刚做好的擂茶。望着众人欢快的背影，何劲华和金彩凤也傻笑起来。他俩没想到网络宣传的力量如此强大，仅仅两个多月的推介，"三嫂"牌咸鸭蛋的名头便在全县打响了，原本普通的咸鸭蛋成了改变许秀珍命运的金蛋蛋！

这天夜晚，天际的云墨墨黑，仿佛巨大的环形山，越往天空中央云的颜色越淡,有几簇云白得耀眼,云边却镶着圈橘黄,不久这橘黄化成褐红,渐渐地渗透、蜿蜒出优美的图案,云隙中有几颗星星在眨眼。许秀珍把朱雪飞请到坪上,送给她一坛咸鸭蛋。朱雪飞说三嫂莫非真要下山了?许秀珍不无得意地点点头:多亏何馆长和彩凤妹子做了工作,女儿女婿总算想通了。

朱雪飞的目光从她兴奋的脸上移开,虽说有些失落,但还是真心替许秀珍高兴:三嫂,如今的政策好,你有本事,市场便由着你的马跑。我不眼红你起高楼,你能过上好日子我开心。

许秀珍一把拉住她的手:雪飞啊,我也巴望你过上好日子呢。这些年三嫂牙尖嘴利的,有些话伤了你,你可别往心里去。

唉,三嫂,别说这个了,我也长了獠牙呢,这几年打嘴仗我可没输过。

那倒也是,你年轻、长得平展,把心事放在发财上,肯定能起大高楼、过好日子。对了,我下午跟何馆长讲,我走后把孝老餐交给你和雨飞。

朱雪飞望着天上那片越变越红的云,心中一暖:养鸡场的事多,我们又报了竹编项目,还是交给玉琴爸妈吧。他们二老不能下田,做饭还行,他们家挺困难的。

许秀珍有些意外地看着朱雪飞:好,我回头跟何馆长讲。雪飞,下山记得去找我。

肯定要到你家去吃大餐,到时你可别心疼。

你有几个肚子呀?哼,门缝里看人。

两人又开始打嘴仗,不一会儿,院坪上响起了她俩轻轻的笑声。天上的云像是被这笑声感染,在风的诱惑下开始奔跑。

几日后,许秀珍和石拐在女儿女婿、左邻右舍的簇拥下,一步一回头地离开了琵琶围。当时太阳已经升起,可月亮也挂在天上,哑伯伸出两个拇指,嘴唇翕动着,何劲华对着他的口形,脱口而出:日月同天,好兆头!

哑伯盯着他的嘴唇,眼中突然涌出两滴晶亮的泪珠。

琵琶围映山红合作社香菇场春栽时选种的是适合海拔八百米以上区域栽培、菌龄六十至七十天的中温早熟香菇品种,六月初开始出菇。众人心情激动,纷纷在群里发言,说采摘那日要穿上最好看的新衣服,在围门口挂上红灯笼,石养财则提出要搞一个传统的客家采摘仪式。杨明、何劲华、金彩凤觉得这个主意很棒,一来县里正在进行"推进峙城生态旅游开发建设,留住绿水青山、打造金山

银山"的主题宣传，二来他们近期正在牵头做琵琶围客家过漾爱情旅游文化节的落地方案，石养财的提议让何劲华灵机一动：

我们穿上客家人的大襟衫，浩财舞龙灯，彩凤组织两个茶篮灯舞蹈，再来个敬山神，把采香菇的仪式做成民俗活动，在媒体和朋友圈推介一下，吸引大家上琵琶围玩，还可以当场卖新鲜香菇和新鲜鸡蛋。

既要搞采摘，又要搞节目，这么多人来，还得有地方吃饭，我们冇三头六臂，搞不过来。

金彩凤说的也是实情，石栋梁怕去那么多人会弄坏香菇菌棒，石钟则担心第一炮没打响会坏了名声。就在何劲华孤掌难鸣时，杨明的脸突然探进视频画面，说你们是当局者迷，我是旁观者清，石支书组织其他村小组的党员上山帮忙采摘，琵琶围的人就能腾出手来。

围里的人都在忙乎，客人在哪儿吃饭？

作为家庭主妇，金彩凤想得很细。何劲华说这事好办。最近锅底村成立了妇女做粄队，什么类型的米果都能做，双休日去吃的人多得很，到时我们请她们上山摆摊。

会后何劲华、金彩凤特意下山向唐部长、李香树、邱小楠做了汇报，唐部长觉得没必要搞节目，重点是要突出采摘仪式和香菇采摘本身，不要主次不分。李香树坚持要在采摘节上演出灯彩折子小戏，让民俗活动更具文化色彩，邱小楠则希望采摘节上能顺带展示琵琶镇的土特产。何劲华觉得李香树说得有理，和金彩凤一起合力说服唐部长保留灯彩演出，接着两人去医院看杨明。他们刚到病房门口，就听见了杨明激动的声音：

那天大家都去救人，我就是受了点伤，不能因为这个就参评好人。

杨书记，您是在救人的现场为了救人才受的伤。

这说话有些像绕口令的是县委宣传部的年轻干部小朱，他得知杨明在车祸救援现场因救人而受伤，便想报送他的事迹到市文明办参评全市"月度好人"的评选，杨明不肯，所以才大声嚷嚷。见到何劲华和金彩凤，小朱忙请他俩帮着做杨明的工作。

杨书记，我们要宣传正能量，你能参评好人，这是大好事。

金彩凤话音刚落，杨明就摇起了手：金大姐、何馆长，如果我能评为好人，那天参加救援的所有人都该评为好人。

经过这段时间的相处，何劲华已摸清杨明的脾性，晓得他希望得到肯定，但并不好大喜功，便把小朱拉到门口，说杨书记讲得也有道理，就别为难他了。我这儿有条好人线索，你看行不行？

何劲华告诉小朱，为了替认领琵琶围房间的房主节省费用，琵琶围的贫困户石浩财、刘大有、朱雨飞不请搬运工，愣是利用工余时间，肩挑手提地把装修那十间房子的材料搬上了琵琶围。

金彩凤大声补充道：还有何馆长，他也天天去扛活。

我只是去搭了把手，小朱，我觉得这些贫困户的事迹你可以考虑一下。

小朱有些为难：

何馆长，只凭这点他们参评"月度好人"没有竞争力，但精神挺可嘉的，我明天就去采访。

两天后，县电视台播出了一条介绍琵琶围贫困户为了保证装修质量，宁可自己吃苦，也要把房主的钱用在刀刃上的消息，摄影记者特意给了石浩财一个特写。节目播出时，何劲华从电视画面上清晰地看见了他脸上的汗珠和眼中的泪光。

采摘琵琶围菇房香菇的这天，日头刚刚跃出山巅，金红色的阳光便染透了大地。山腰的修竹在风中婆娑起舞，树木枝柯相交，发出欢快的沙沙声，月牙池边的柿子树也开心地摇摆，林中的木槿、金银花、木荷、合欢、女贞开了花，花香混合了落叶、腐殖质的酸甜，空气清新而又醇厚。琵琶围门口挂着上次欢迎赵峰和薛丁山留下的红灯笼，村小组办公室上方还拉了一条"祝贺琵琶围映山红合作社香菇采摘节顺利举办"的横幅，横幅下面的长条案桌上摆着山神的牌位，围门外的月牙池旁摆了另一张案桌，桌上供着土地神的牌位，两边是香炉和三牲、果品。从第一个游人进围屋起，金彩凤、朱雨飞、朱雪飞、谢玉琴的灯彩队便开始唱歌，可唱了半个多钟头，只陆续来了十几个人。眼看采摘仪式的时间已到，金彩凤觉得人少冷清，劝何劲华再等等：

船进出一趟要两个钟头，说不定到中午人就多了。

不能再等了。何劲华说着把她拉进菇房，由于管理得当，这批菇出菇率高。昏暗的光线中，只见菌棒上爆出的香菇褶密肉厚，像一张张绷得紧致的褐色小脸，菇顶绽开的花纹奇妙美丽，是香菇中质量上佳的花菇。何劲华欣赏了会儿，指着香菇说：

你看，香菇菌膜破了、菌褶全部伸长，菌盖还有少许内卷形成的"铜锣边"，王所长说这时采下的香菇质量最好，要是菌盖全部展开了，烘干后会变形，卖相

不好，一斤要少块把钱呢！

唉，采摘的人比看的人还多，多亏唐部长、李香树、邱小楠有事没来，不然看到这么冷清，肯定要怪我们工作没做好！

小于庆幸地道。金彩凤则为那几个受邀进围屋卖粄的锅底村妇娘人担心：她们昨夜特意做的粄，今天要卖不出去，还不得怪我们？

何劲华苦笑道：实在不行，我们买下送给大家当昼饭。

当金彩凤的点唱机播放出欢快的唢呐曲时，橘子婆穿着衣领、袖口滚着黑色布条的阴丹士林蓝大襟衫和一条黑色大脚裤，系着钟形围裙、手拎漆了红边的腰子形香篮从家里走出，雪白的头发跟往常一样梳成船形髻，只不过今天插了把银弯梳，日头一照，亮得像月宫里的云母片。走在她身边的哑伯上穿深蓝色对襟衫，下着黑裤子，头戴尖顶斗笠，腰间系着麻绳，绳上挂着竹篓和柴刀，当年他们上山采香菇就是这身装扮。石养财将二老引到案桌前，何劲华把点着的喜烛递给哑伯，哑伯虔诚地将两根喜烛插进了香炉，接着燃香拜了三拜，尔后插进香炉中。同样的仪式在土地公公的牌位前又举行了一遍。这时，站在他身后的石浩财举起熊熊燃烧的松脂火把仰天高喊：

土地公公，山神公公，求您二位保佑我们风调雨顺，香菇大发，五黑鸡大发！保佑琵琶围映山红合作社人员平安，事事如意！

琵琶围的上百间房屋放大了他的喊声，像是冥冥之中有神灵在做出神秘的回应。石浩财飞快地跑出围门，将火把插在土地神的牌位前，石养财点燃了鞭炮，四溅的飞屑如同红色的精灵，宣告着众人的喜悦。

专程赶来做直播的何甘和小雪异常兴奋，特别是小雪，直播时居然用上了播音腔：

各位观众，祭土地神和山神的民俗，充分显示了客家山民对自然的敬畏。土地公公和山神爷爷很大方，他们让琵琶峰山林茂密、水草丰美，空气中充满负氧离子，这儿的香菇和五黑鸡喝的是含硒的泉水，吹的是染着花香的清风，又有全省最充足的光照。

讲到这里，小雪随口一转，说党和政府的精准扶贫政策是最好的阳光雨露，将琵琶峰滋养得土肥林丰、鸡美菇香。

何劲华在边上看着，感觉小雪比县电视台的出镜记者还要略胜一筹。他正自豪着，小雪举着手机走进菇房，站在正在采菇的橘子婆和哑伯中间，说琵琶峰良好的生态环境、洁净的水源、有机的食品、辛勤的劳作赋予了两位老人与年龄不相称的健康和敏捷。

谁也没想到，近来总是沉迷于往事的橘子婆突然唱起了客家山歌：

> 阿哥唱歌妹知音，
>
> 妹跟阿哥闹革命。
>
> 阿哥拿火两头点，
>
> 妹与阿哥共条心……

橘子婆的歌声颤颤悠悠，有时声音明明快消失了，不期然又从下一个音符爬起，如同越飞越远的鸽哨，余韵绵长。脑子又糊涂了的哑伯送了捧野花给橘子婆，这个举动感动了在场的人和观看直播的网友，不少网友在弹幕中表达了对两位老人的诚挚祝福。

各位朋友，哑伯和橘子婆是琵琶围的两宝。如果大家想沾沾他们的福气，请尽快到琵琶围来旅游。国庆期间，琵琶围将举行客家过漾爱情旅游文化节，到时琵琶围会有十间客房待客，这些房间是上海网友免费认领、自己出钱装修的，有十年的使用权，自己住或出租都行，欢迎大家成为琵琶围的房主，有兴趣的请联系我们。

这场直播为琵琶围香菇采摘节扬了名气，也带来了五千多元的订单，总算替惨淡的现场采摘仪式扳回了一点本。当天晚上开视频碰头会，大家前几分钟唉声叹气，继而七嘴八舌地说我们该做的宣传都做了，该做的准备也做了，怎么就没人来呢？何劲华让众人各自翻看下自己微信朋友圈里对这次活动的留言，汇拢后梳理出三条共性的评价：一是交通不便，不少老人想参加活动，但班车和轮船的时间很难对接；二是今天是工作日，有自驾游能力的青壮年都在上班；三是宣传不到位，不少人事后才得知琵琶峰上有这个活动。何劲华有些沉痛地说：

采摘节没有达到预期的效果，我有很大的责任。下次搞活动，我们一定要先协调好交通，尽量安排在双休日。

劲华，这次的时间可不怨我们，得紧着香菇呀。

金彩凤有些沮丧。原以为这次起码能来几百号游客，一人两斤也能把鲜香菇给买完，谁知只来了二十几号人，才卖了七十多斤新鲜香菇，明天还得晒香菇，可看天上乌云朵朵，她担心明天会落雨。

还好，翌日依旧是个大晴天。何劲华根据王所长和黄春旺的视频指导，请大家笼住了家养的鸡鸭，在院坪上铺满了晒谷的篾席，小心剪除部分菇根，然后分拣出花菇、厚菇、薄菇、残缺菇，菌盖朝上、菌柄朝下地分类摆好，在太阳下晒

两三小时以收水分，六小时内再进行烘烤，以免香菇蕉坏。石养财以前烘烤过椴木香菇，有晒香菇的经验，事先借来了十几个烘笼，这几天又用瓦钵木架做了火盆，还收集了各家平日烧柴时留下的火子和前两年烧的杂木炭用以烘烤香菇。黄春旺原本是要上山指导他们烘香菇的，但他有事抽不开身，何劲华跟他进行视频沟通时，黄春旺说半个多月后，你们香菇场的两万多根菌棒就要出菇了，到时你们一定要请人采菇，手工烘干来不赢，得买烘干炉。烘干炉有燃油、烧柴、燃煤三种。燃油炉电子控温，干燥均匀，但造价高，你们场目前刚起步，用烧柴烘干炉就好了。我们现在用的也是烧柴烘干炉，一次可以烘三十六到四十笼香菇。不过不能离人，要三班倒。

石浩财突然插嘴道：烘干机便宜的才两千多块一台，包含主机和两边的箱体，还有十八个网筛，很实惠，由电脑操控，开关一按，烘出来的香菇跟太阳晒的一样，我们还烧什么柴炉？那不是折腾人吗？

视频中，黄春旺双眉紧皱：浩财讲的是烧煤的烘干机，便宜是便宜，可搞不好，烘出来的香菇会二氧化硫超标，那就没法卖了。只有用柴烘出来的香菇才有老祖宗留下的味道，最香，能卖出好价钱！

众人一商量，觉得山上有那么多大雪压断的死树枯竹可供利用，决定还是用烧柴烘干机。主意一定，石养财立刻联系定制配件，请技术人员上山垒灶。烘干机试机成功的那日正好是周六。早上起来天有些阴沉，峰顶雾气弥漫，山川景物、树木房舍影影绰绰，犹如太虚仙境。朱雨飞给鸡投料时，惊讶地在一丛野黄花里发现了几枚淡绿色的鸡蛋。

姐，姐，我下蛋了！

朱雨飞激动得语无伦次。朱雪飞捧着鸡蛋笑得发栽：你是五黑鸡啊，你下蛋了呀！

朱雨飞格格笑了一阵，双手在嘴边比成喇叭状，大声喊叫起来：

五黑鸡下蛋了！大家快来捡蛋呀！

清脆的喊声在林中缭绕，朱雨飞的眸光也跟着声音飞行，只见树底下、草窝中，东一丛西一簇的淡绿色鸡蛋既似晶莹的宝石，又像希望的亮光，映得草木熠熠生辉。半个钟头后，除了橘子婆、哑伯、谢玉琴的奶奶没来，其余人都加入了寻蛋大军的队伍。当捡满五箩鸡蛋时，朱雨飞突然蹲在箩筐边抽泣起来，石养财紧紧握住她的手，苍翠山林因喜悦的泪水而模糊、缤纷、斑斓。心情激动的何劲华随手摘下片树叶，吹起了悠扬的叶哨。

喂，我们要脱贫啦，我们要发财啦！

石浩财领着石成金和石成玉齐声高喊，山风将喊声变成藤蔓，在山谷里荡来荡去。心潮澎湃的金彩凤不由唱起了山歌：

哎呀嘞——

花不到手福不全，

非得有心才有缘。

只有栽花勤淋水，

春来自有花满园！

石浩财前两日得到了白桂花的准信，说是七月初回来，生活对他露出了越来越甜蜜的笑容，心里好像在涨潮，必须一吐为快。于是，他挺直腰杆，伸长颈脖，引吭高歌：

山歌越唱越新腔，

唱出日头对月光。

唱出麒麟对狮子，

唱出金鸡对凤凰。

这山歌唱出了众人的心声，也是彼此间互相鼓劲的呐喊，因为接下来的半个多月，节奏跟当初的春耕时节一样疯狂。采菇、烘干、捡菇、捡蛋，给香菇分级、包装、运输、销售，把众人忙成了飞速旋转的陀螺。幸运的是头几批货都纳入了峰峦公司的端午福利采购单，不需要操心销售，而且很快便回收了货款，只是香菇大棚的第一批菇出菇率不太理想，收入比之前的预期略少，但还是极大地激发了众人的热情，加上老寨村小组搬迁房的事也在积极推进，想到脱贫指日可待，何劲华和金彩凤悄悄松了口气。这天上午他俩正在坪上说话，庆幸近期诸事顺遂、子熙高考感觉不错时，许秀珍和石拐拎着包，脸色铁青地从围门走了进来。

三嫂、三哥，发生什么事了？

前两天许秀珍给何劲华打视频电话时心情还好得很，说门店生意不错，每天能卖好几百个咸鸭蛋，后悔没有早做腌蛋生意，边上的石拐劝她别讲人话，说要不是扶贫工作队请县里的电视台、报社帮着宣传，县扶贫办又把产品挂上了中国社会扶贫网，我们哪能做出来？

那倒也是。这次我们不能回去帮合作社采香菇，何馆长，到时你们扣我们的工钱吧。

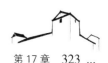

咸鸭蛋的畅销给许秀珍平添了几分自信，她在视频里很大方地这样表态。没想到才过几天，他俩就变成了霜打过的秋茄子，整个蔫了。

唉，别提了。还说女婿半个儿，现在看来个个都是钱钻子，我们两个老的天天累得贼死，他们只晓得争着来收钱，女儿们也没用，说话不作数。我怎么那么命苦呀？好不容易找到条发财的路子，却遭儿女算计！许秀珍说着抹起了眼泪。

何馆长，彩凤妹子，都是些鸡毛蒜皮的事，你别听她乱讲。秀珍，我们回家去。

石拐不想家丑外扬，许秀珍却一吐为快，搂着金彩凤的手絮叨个不停，说话时满脸的痛彻心扉：彩凤妹子，他们就是把我们当成茶籽来榨，我们冇办法，只好回来当孤老了。

许秀珍一把眼泪一把鼻涕地哭诉着，这边石景芳又给何劲华打电话，气得语不成句，说大姐夫、二姐夫不像话，每天晚上到门店结账收款，两人为此还打了架，三姐夫采买乱报账，她老公老实，做事最多得钱最少。许秀珍也不会做老做大，眼里分不清是非，钱就是命，见几个女儿女婿指着这间门店吃饭，前天晚上突然说要她们每家出两万块的建房款，不然就滚蛋。因四姐妹已经凑了合作社的注册资金，不肯再出钱，许秀珍一气之下回了琵琶围。

何馆长，麻烦您劝劝她，她这一撂挑子，这合作社怎么办？

石景芳急死了，谁知她大姐却抢过电话说哪个不会腌盐蛋？她不回来拉倒，我们腌的咸鸭蛋照样能卖！

还没做一个月就弄成了窝里斗，这下难办了。

金彩凤摇头叹息。山上的贫困户不让人省心，她家子熙对那位同班男生的感情依然像岩浆那般滚烫，上次下山，她偷看子熙的手机，发现离高考只有三天了，子熙晚上居然要跟那男生去看电影，她在电影院门口将他俩逮了个正着，子熙为此玩了半天的失踪，吓得她心惊肉跳，后来多亏那男生打电话，子熙才回家。当子熙看见金彩凤气得发了心脏病，这才答应不再跟那男生来往。高考那几天金彩凤请假在家陪女儿，考完后她一直待在琵琶围，子熙在家放飞，和那男同学说不定又死灰复燃了。她打电话让张云海管管女儿，张云海却推三阻四，还一个劲地诉苦，说最近公司业绩不行，欠了债，子熙上大学的钱得她出，气得金彩凤肝疼。没想到女儿这边的心没操完，现在又来操许秀珍的心。

为了说服许秀珍下山，何劲华、金彩凤轮番上门劝解，许秀珍一口咬定，既然她是"三嫂"牌咸鸭蛋的招牌，合作社挣的钱要由她做主。如果女儿女婿要当合作社的家，她们必须每家出两万块建房款，否则她不回去。金彩凤只好下山做石景芳四姐妹的工作，石景芳倒一直为父母亲说话，还帮着金彩凤做三个姐姐、姐夫的思想工作，但两人的劝说收效甚微，金彩凤无功而返，叹着气说不是一家人不进一家门，许秀珍的三个女儿、女婿跟许秀珍一样拧。何劲华连着在许秀珍家劝了两天，许秀珍才同意继续做腌蛋，但她要在琵琶围里做，女儿、女婿从她手中批发：

每个咸鸭蛋我跟老头子只挣六毛钱，他们能挣多少是他们的本事。

何劲华上网查了下咸鸭蛋的网购价格，品牌咸鸭蛋每枚能卖三块多钱，即便除去成本，批发还有钱挣。许秀珍的老大、老二、老三合计后接受了这条件。

唉，何馆长，本来是一家人，现在为钱闹成这样，真是难过。

石景芳打电话向何劲华道谢时带了这么一句。

何馆长，彩凤妹子，多谢你们调停，不然我们老两口可就成他们的长工喽！

事后许秀珍、石拐拿着十多个咸鸭蛋向他俩道谢。金彩凤笑道：

三嫂，要将心比心，你以前为了儿子经常向四个女儿开口，你女儿女婿现在这样做未必是要你的钱，就是想让你晓得你原来的做法是错的。

哎呀，彩凤妹子，她们是大姐，就该帮家里呀。你看玉琴多好，为了奶奶，为了小勇她都不嫁了！我命苦，有生到那样的好女儿。

许秀珍气乎乎地走了，石拐诉了几句苦，放下手中的咸鸭蛋要走，何劲华返身拿出两盒伤湿止痛膏给他：三哥，山上潮冷，你用得着。

这时，刘万平打电话来，说村民们还是不同意朱家姐妹搬过去。

何劲华在村里待过，晓得有些工作难做，希望他多和村民沟通。

哎呀，何馆长，你这么一说我就不好意思了。在这件事上，村民可是半点面子没给我。上次你们走后，我们开了两次村民代表会，大家还是不愿接受朱家姐妹。

刘支书，实在不行，您就硬往下压，我不相信村两委连这点权威都没有。

刘万平有些无奈：何馆长，村两委该做的工作都做了。至于硬往下压的后果，上次已经告诉你们了，这种情况下朱家姐妹也未必肯来。这次开会有村民代表问我，峙城一百多个行政村，朱家为什么非要搬到樟树岭村呢？琵琶镇的锅底村、赖坪村、圆月村也是琵琶围村的搬迁安置点，那些村庄也可以接收他们呀！

何劲华诚恳地说：刘支书，樟树岭村是个搬得下、留得住、富得起的地方。

之所以这么讲，主要是您这个带头人好！我们把您当富亲戚了。古言说人冷靠灯，身冷靠亲。我们现在不但得靠灯，还要靠你这头亲，你就帮帮我们吧！

刘万平沉默了一会儿，说何馆长，既然你这么看得起樟树岭村，那我们就继续努力努力。

讲到这，刘万平流畅的语流忽然打了个结：何馆长，有件事我先跟你打声招呼，我们前天跟引进的绿华生态农业发展公司签订了流转土地建蔬菜大棚的协议。公司的人相中了原本留给琵琶围那十二户人家的宅基地，他们要在那儿做办公楼，搬迁户的宅基地往边上挪。我们这次采取的是集中统建方式，就是搬迁户的房款集中交给樟树岭村的安居开发公司，村民只要选好房屋样式，按时交纳建房款，其他就不用操心了。房价是成本价，非常实惠，最关键的是绿华集团会免费给每家搬迁户浇筑楼梯、二楼阳台和院坪，搬与不搬你们十天内必须给我们一份书面文件。如果要搬，搬迁建房自筹资金一个月之内要转全款，公家给搬迁户的补贴款三个月之内要到位。

原来说了半天，这才是刘万平谈话的重点。

好，有问题！

何劲华回答得爽快，但他知道，其中一件事有大问题！果不其然，一月之内交齐搬迁建房自筹款的消息传出后，一石激起千层浪，那几日石栋梁、石钟住在围内，跟何劲华、金彩凤、石养财一起，忙着和轮番前来诉苦的朱雪飞、许秀珍夫妇、石浩财、谢玉琴、刘大有夫妇谈心。被女儿们搅得心烦意乱的许秀珍指着石栋梁说：

栋梁啊，你是村里的当家人，用橘子婆的话来讲，是提着灯笼打夜班的苏区好干部，讲话要算数，可你们上回红口白牙讲了年底交钱，转个身却提前了半年，我们一时半会到哪里找钱去？你们也不给想想办法，光劝我们想开些，我们想开了房子就能建起来吗？

石浩财、谢玉琴、刘大有夫妇纷纷叫苦。朱雨飞虽然心中也有不满，但考虑到石养财，她有讲半句牢骚话。朱雪飞一早就说要来跟村两委讲道理，这会儿在外面接吴医生的电话，声音一浪高过一浪：

他们说话就像放屁，那刘万平更不是个东西……

朱雪飞的话音传到屋内，许秀珍忙抬眼看看众人，说何馆长，你是良善人，樟树岭村那姓刘的确实不是好人。他不想我们搬下去，故意用这招整大家，你们可别上他的当！说罢，许秀珍噔噔噔地走了。

石钟目送着她的背影道：何馆长，我听樟树岭村人讲，刘万平脑子弯弯绕，我们千万别被他绕晕了。

石钟哥，刘万平给我们讲过课，他是有很多奇招高招，但为人正派，愿意帮助人，绝不会拿琵琶围的贫困户开涮。

石养财参加创业致富带头人培训班时到樟树岭村参观了蚕桑大棚，听刘万平讲了他的奋斗史和商业运作模式，对刘万平崇拜得五体投地，听不得别人讲刘万平的坏话。

刘支书格局大，三嫂刚才那是小肚鸡肠的乱猜，当不得真。

杨明躺在病床上，有心无力，但头脑也因此更加冷静，他在视频里这样为刘万平辩解。

石栋梁叹口气，说我们不是刘万平肚子里的蛔虫，就不去猜他怎么想了，但不管怎么样，他老刘说话算话，帮我们把人安排下去了，这是他对我们的最大支持。三嫂性子急，说话糙，但话糙理不糙，我们得动脑筋想办法，搭桥帮大家过河。何馆长，你说呢？

这样，我再找一下农信社的陈主任，催他们赶快把贷款办下来。

小于，农信社这边是你在对接，我们材料交了这么久，怎么贷款还没办下来？

金彩凤大概觉得小于做事不尽心，所以口气有些不耐烦。小于很委屈：

金大姐，我腿都跑细了两圈，可新来的行长说要深入了解情况，前任行长手上过了会的东西还要再审核和过会。

前任又没犯错误，手上过了会的东西怎么就不算数呢？这个新行长明显是在搞形式主义。

何劲华怕金彩凤乱开炮，到时话传到新行长耳中更不好办事，忙岔开话题：

这几户人家的建房款肯定不够，要不我们几个再帮衬一下？

哎呀，何馆长，我那房子抵押了，贫困户的产业去年刚有收益，我的房产证没拿回来。现在家里有二宝，老娘又跟在边上，没钱借给他们了。

一听何劲华的建议，杨明实话实说，石栋梁和石钟也面露难色。前两年琵琶围启动搬迁时，石栋梁、石钟靠着家人在外打工的积蓄建了搬迁房，到山下后，石栋梁流转土地，种了三十多亩烟叶。石钟种了十多亩白莲，他们都办了产业贷款，现在也是一分钱掰着两分用，难有余钱出借。何劲华刚才之所以提出那个建议，实在是心里着急，此时他觉得自己唐突了，连忙补救：

要不这次他们搬迁的房款，我跟彩凤来想办法。

话刚出口，就见金彩凤瞪大了眼睛，这才想起事前没跟她商量，自己又自作主张了。幸亏金彩凤有肚量，只是笑容有些尴尬：

好，我们来想办法。

金彩凤话音刚落，石浩财抹着汗走进来，说我都快被你们逼癫了！这么大的香菇场，这两天就我一个人顶班！这个讲要去跑销售，那个要去跑竹编，有的要做咸鸭蛋，有的家里离不开，他们不来也行，到时候别分钱。

石浩财除香菇场的事情外，这段时间还承担了房屋装修、落实上海峰峦集团员工端午福利采购的任务。他原本满身干劲，可老寨村、圆月村有些琵琶围的搬迁户老眼光看人，怕石浩财收了货会去换酒喝，找到石栋梁要求换人，最后这项工作由石养财和谢玉琴去完成。石浩财为此很受伤，这两天心里正窝火，猛然间听到要在十天内交够建房款，他生气地找大哥说理，反被石养财数落了一顿，只好打电话向二哥和白桂花抱怨。他俩听说落实了搬迁房的地址都很高兴，说钱的事他们会去想想办法，同时叮嘱石浩财千万别跟驻村工作队和石栋梁他们起冲突。白桂花更是为他担心，叮嘱道：

浩财，你要有良心，千万别让何馆长和金大姐为难。何馆长特别为我们着想，是个大好人。金大姐我没见过面，但她每次打电话都很和气，话也说得在理。杨书记以前多次打电话劝我回家，我没怎么理他，听说他为了救人受伤住院了，也是个好人，这段时间大家对你蛮好，你不要跟人家唱对台戏，要晓得好歹。

那天白桂花和他讲了半个多小时，这是四年来他们之间最长的一次通话，石浩财悄悄摁下了录音键，他第一次发现，白桂花的声音原来是那般悦耳动听。昨夜他又回听了白桂花和自己的通话录音，糟乱的心绪平静了些许，起床后仔细看了墙上贴的关于易地扶贫搬迁的政策，心里有了主意。

何馆长，金大姐，省里关于易地扶贫搬迁安置住房建设的条款中说了，建档立卡贫困户可采取在分配的宅基地预留续建空间，由搬迁户根据以后自身能力自主决定是否扩建。

浩财不错，吃透了政策，钱不够的话，你们三兄弟可以先建一户，其他两户预留，不过就怕你不够住。

杨明在视频那端力挺石浩财。何劲华、金彩凤有些惭愧，他俩上山后一直忙着抓产业项目，没有细细琢磨省里新出台的搬迁安置的政策。

劲华，我俩犯官僚主义的错误了。金彩凤伸了伸舌头。

回头我们要搞清楚，现在先听浩财讲。

何劲华看着自信的石浩财，心里暗骂自己工作不细致。

麻烦你们跟刘万平支书打个商量，我们三兄弟和奶奶四户人家，先交一户房子的自筹款，我们四户的公家补助款全用在这套房子上，或者我们每户先建一层，楼上等我们有钱了再建。

石栋梁摇头道：浩财，公家补助款只怕不能这样用。再说樟树岭村的搬迁安置房是有规划的集中统建，去年有人想这样干，承建的公司没答应。

石浩财扯起两个眼角：原先的房子是民营公司承建的，现在是樟树岭村的安居公司在建，他还敢挣我们的钱吗？

村里的企业可以不挣钱，但是他们也不会贴钱。再就是你们缓建的话，绿华公司以后会不会再给你们浇筑阳台、楼梯、院坪，那就难讲了。

石栋梁心中没底，石浩财说那你们更应去跟刘万平谈呀。

何劲华忙表态会去跟刘万平打商量，石浩财这才离开。

大家觉得如果樟树岭村能够同意石浩财的建议，朱家也可参照此法，这将大大缓解他们两家筹款的压力。谢家、刘家、石拐家没另外分家立户，不存在此问题。众人商量了一通，何劲华觉得此事最好请唐部长先跟刘万平打声招呼。杨明说得我们先去沟通，要是刘万平不同意，再请唐部长出马，事情迎刃而解了，领导也有面子。

何劲华听了，觉得后生可畏的同时，又自叹弗如。

这时，朱雪飞涨红着脸气冲冲地走进来，身后的朱雨飞一个劲地喊她：大姐，大姐，不是村里不让搬，你找他们有什么用？

我不管，反正我要问清楚。

朱雪飞甩开朱雨飞的手，竖着柳眉质问道：

何馆长、金大姐，刚才我还在想到哪儿去借建房款，现在才晓得老寨村小组那些鬼不让我们进村，你们也不讲！好在有老邻舍给我们透了信，这才晓得他们又看轻我们。上回老寨人不让我们搬过去，我们懒得看人的脸色，不搬也罢。这回刘万平要是不收我们，我就吊死在他家门口。反正一条烂命，我也不想活了。

大姐啊，又不是何馆长他们不让搬，你在这讲气话有什么用？

朱雨飞全身心扑在养鸡场里，对搬不搬迁无所谓。刚才听讲老寨的村民不欢迎她们过去，朱雪飞气得又哭又骂，朱雨飞却道：

大姐，搬不进老寨，我们就在养鸡场旁边再搭两间竹寮，那里进出不用爬天梯，到码头就十多分钟，搬家不用伤筋动骨，还能好好养鸡，等我们挣了大钱，

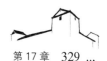

直接去县城买商品房，眼红死他们去！

这是朱雨飞的真心话。眼看那些黑黢黢的鸡一天天长大，每天能捡到绿宝石般的鸡蛋，有些个性张扬的小母鸡还会私自在草丛里抱窝，然后冷不丁以母亲的姿态，傲然地带回几群毛茸茸的小鸡，这时的她就像辛劳的农人看着正在抽穗的稻子，正是满怀期待的时候，哪肯轻易离开？

雪飞，不管村民同意不同意，我保证你们一定能搬进去。你别急，先去筹款。

好啊，何馆长，有你这句话我就下山借钱去了，这一周别派我的工。

朱雪飞说到做到，下午就要拎着行李去琵琶镇，还没出家门，金彩凤便走进屋来，将一个牛皮纸包放在桌上。

雪飞，这儿有十万块钱，你先拿去垫付下自筹的房款。

金大姐，这可不行。多谢了。

朱雪飞连连摇手，见金彩凤一脸纳闷，边上的朱雨飞解释道：金大姐，你借给我们的钱，三年五载我们未必能还清，所以不好意思借。

嗨，都叫我大姐了，不用跟我见外。再说呢，我经济条件还好，不等这十万块钱用。

朱雪飞犹豫了片刻，说金大姐，我去找一下我大哥，他大儿子在深圳打工，收入蛮高，讲不定他能支援一点。

朱雨飞白她一眼：大姐，大哥现在病成这样了，家里欠了债，退一万步讲，就是他有钱我们也不好去借。

朱雪飞坚持要问大哥借款，朱雨飞气得和她吵了起来。金彩凤立刻猜到朱雪飞是想去找吴医生，便没再阻拦。

朱雪飞果真到琵琶镇找了吴医生。在住宅小区门口见到朱雪飞，吴医生满脸笑容：

你有嘴钩，今天老妈炖了老鸭猪肚汤，做了酿豆腐，赶快上去吃饭。

朱雪飞从包里掏出六件织工精巧的毛衣：今天是龙龙的生日，我给他织了两件毛衣，入秋就可以穿了。这四件是伯母、秀秀和你的，给秀秀织了两件。

难为你还记得他的生日，又给我们打了这么多毛衣，多谢啊。

吴医生感动地抓住了朱雪飞的手。朱雪飞望了望四周，轻轻抽开手：

吴医生，有件事想请你帮个忙。

朱雪飞鼓足勇气说出了借钱一事。吴医生的笑容僵在脸上，支吾着说家中原有的积蓄离婚时分给了两个前妻，原本法院判定前妻们每月给孩子一定数额的抚养费，龙龙的母亲还会按时给付，秀秀的妈妈开的小店亏了本，已经两年没给抚养费了，他靠母亲补贴才能养起这两个孩子。如今他卡上只有一万五千块钱，他至多只能借一万块钱给她，另外五千还要缴孩子的兴趣班学习费用。

没想到我是贫困户，你也是贫困户，我们两个贫困户走在一起，只怕这辈子也难脱贫！

朱雪飞有些生气，其实吴医生根本不像他所说的那样穷。吴母是获得全省优秀教师称号的中学化学老师，十多年前就开始给学生补课，寒暑假还开辅导班，收入相当可观，近些年虽然不再收学生，但县城的两间店面每月租金就有一万多元，这是吴母亲口跟她说的。十万块钱吴母肯定能拿出，只不过吴医生不敢向他妈开口而已。

雪飞，这一万块钱你就不用还了。

吴医生边在手机微信上转账边说，根本没注意到朱雪飞变了脸色。朱雪飞心中难过，可仔细想想，又觉得吴医生还不错。自己跟他没领结婚证，两人也无夫妻之实，他能送这一万块钱已经挺大方了。

多谢了，这钱你留给龙龙和秀秀用，我去找我大哥借。

朱雪飞手指轻触手机屏幕，退回了他转来的一万块钱，不顾吴医生的挽留，执意去朱八嫂家借住。此时街灯次第亮起，街道上飘散出食物浓厚的香味。记得上次到琵琶镇也是令人愁绪顿生的黄昏，只是那次天空阴云密布，这次则晚霞满天，且红得那般耀眼，全然不知她心情的灰暗。临睡前想到自己坎坷的过去，朱雪飞不由啜泣起来。这时，门外传来朱八嫂的喊声：雪飞，吴医生找你。

朱雪飞连忙用冷水洗了脸，红肿着眼圈打开房门，吴医生进屋后从黑皮包里拿出个牛皮纸袋塞给她：

雪飞，我向老妈借了四万，加上我的一万，这五万块你先拿去救急。

朱雪飞愣住了：多谢啊，我马上给你写借条。她有些窘迫地看着吴医生：你晓得的，我们家收入不高，这五万块钱讲不定要好几年才能还清。

好几年？那我们都成一家人了。

朱雪飞腰间一紧，还没反应过来，脸就贴在了吴医生的胸腔上，耳边响起吴医生有些沙哑的嗓音：

明年元旦，我们结婚好吗？

朱雪飞喜悦的泪水顺颊而下……

何劲华、金彩凤打电话给刘万平，说琵琶围贫困户的自筹资金一次性交齐有些困难，村民们提出了预留续建空间的方案，樟树岭村的安居公司能否协调解决？刘万平很爽快，约他们明天上午过去商量。

当天下午何劲华便和石栋梁、石钟一起下山。路上石栋梁连连感慨，说没想到养财如今肩膀这么硬，见干香菇和鲜鸡蛋的销路有些难，找到和他一起参加创业致富带头人培训班的两位超市老板，硬是将映山红合作社的养鸡场变成了他们的供货源，又通过关系找到了在南安师范大学管后勤的峙城老乡，向他们推荐琵琶围的农产品。那位老乡挺肯帮忙，收到映山红合作社的项目洽谈书和香菇、鸡蛋样品后，立即向校领导报告，巧得很，大学的一位校领导和钱远清书记很熟，便让后勤处多关注琵琶围映山红合作社的产品，合适的话可进行消费扶贫。端午节后，琵琶围映山红合作社的干香菇和鲜鸡蛋有一半进了大学的食堂。

在驻村扶贫工作队的帮助下，养财这块生铁变成了精钢，其他人也有进步，何馆长，你们这是给村里留了一支不走的工作队啊。石栋梁连连感叹。

浩财这段时间也下了力气，那十间房的装修花钱少、效果好，视频发过去，房主蛮喜欢。听浩财讲，等白桂花、生财回来，他们想成立一个旅游合作社。

石钟讲到这儿，停脚望着何劲华：何馆长，浩财能够重新站起，您和彩凤姐功不可没！

嗨，哪有你说的那么好？我们只是跟大家一起拉了他一把，路还要靠浩财自己走。

这次他三兄弟先建一套房，把何馆长您预备借给他们的建房款让给了谢玉琴和刘大有，要换了以前，浩财哪里会想到别人？

听到这些肯定石浩财的话，何劲华心里甜滋滋的，疲累的双脚忽然有了劲。

到县城时，天已黄昏，何劲华先去办公室审看谢春导演的参赛灯彩戏《峙城新风采》。从电脑上的视频来看，谢春挺有悟性，只是戏里借鉴了太多前辈和同行的作品，虽然"化"得好，但"拿大家"的味道很重，显得混乱。他把观后感发给了谢春，不想出门时正好遇见她从办公室出来，打扮得漂漂亮亮的，像是要去赴宴。虽然听说彩排时她对何劲华的作品多有微词，但见了何劲华，她依旧笑语嫣然、周到有加，聪颖如她，当然不会在场面上怠慢他丝毫。何劲华愣怔间，谢春已像彩蝶翩然离去。

这妹子以后定能飞上高枝。

何劲华感叹着在街边小店吃了碗烫皮，而后信步来到了街心广场。广场上人头攒动，散步、唱歌、跳舞的各有地盘，闹而不乱。循着音乐声，何劲华来到了广场舞区域，这儿的人最多，扭腰、踢腿、伸胳膊的，什么舞姿都有。突然从寂静的琵琶围来到这热闹的所在，何劲华有时空错乱之感。看见妻子带着忽忽在跳广场舞，他上前要抱开孙子，好让温成仙歇歇。

忽忽中意这里，我带得住他。你难得归屋下，好好看看。在山上待久了，我怕你眼里长草。

温成仙心疼丈夫，挥手让他去溜达，脸上温暖的笑意勾动了何劲华的心弦，思绪倏地飘回了二十六年前。那时他刚调到文化馆，虽然家境差些，但因人长得好，又是正式编制，是全县的钻石王老五，有不少县领导给他介绍自己的女儿、妹妹、侄女、外甥女，让他招架不住，颇觉苦恼。

那年元宵节前夕，他在县文化馆加班，有个副县长竟带着女儿直闯他的办公室，言明何劲华只要娶了他女儿，包他五年之内当上副科级干部，弄得何劲华极为尴尬，连忙拿起包说他要到大田乡去收集过漾的民俗资料，而后就一溜烟跑了。

过漾是峙城一带客家人的民间祈福活动。每年农历正月，乡民们都要拜神祭祀、合众祈福，那几日家家户户摆好上好的酒菜，迎接四方宾客，无论远近亲疏，只要进了家门，就会受到热情款待。青年男女若在此时合了眼缘，便可于僻静处细说心事，定下终生，所以，过漾又有客家情人节之称，也是客家先民用热情来凝聚人气、以民俗促动经济发展的招商节。

二十六年前的正月十三，大田乡的村民们正在过漾。何劲华走到秀水村时口渴难耐，便到村口的一户人家讨水喝。这家人住的木屋年代久远，房子呈黑褐色，有几处还修补过，一看便知家境困难。

然而，院里屋外却收拾得极为干净。坪角有几畦菜地，种着大蒜、萝卜、白菜，院墙顶上放着一溜破瓦钵，茂盛的葱姜蒜迎风摇摆，院子的另一端，两株曲折多姿的红梅正在怒放，有些像年画上的场景。

何劲华刚踏进门，便看见一个穿着土黄夹袄、头发乌黑、身材圆润、肤色健康的妹子站在木梯上剪梅枝。蓝莹莹的天空衬得她圆滚滚的身形有些娇憨，她跳下的动作却很轻盈。

妹子很大方，上前把怀中的红梅塞给他，又热情地请他坐下吃茶，他从妹子清澈的眼眸中望见了自己的倒影，这情景让他想起了"人面桃花相映红"的诗句，只是映红这妹子脸的不是桃花，而是梅花，别有一番清冽之美。

何劲华和温成仙就这样认识了。当他得知温成仙父母早逝，是她以一己之力种了一亩烟田、一亩白莲供养弟妹上学时，心里就牵挂上了这个勤劳能干的妹子。

那时虽然还没有土地流转的规定，但私下转租田地还是常事。何劲华通过朋友帮温成仙把田租给了福建来的种烟大户，又张罗着在县城西街盘下了一家门面，接济了温成仙五千元钱，支持她开起了豆腐店，他动员温成仙高中毕业的弟弟去当兵，帮助她初中毕业的小妹到县城百货公司当了售货员，温家的家境得到了极大的改善。再后来，他俩就结婚了。婚后的生活平淡而真实，柴米油盐酱醋茶，吵吵闹闹是一家，尽管他偶尔会对温成仙的粗蛮心生不满，但那都是转瞬即逝的小情绪，总体而言，他对妻子和这个家感到满意。

暮色渐浓，街灯和店铺招牌的霓虹灯次第亮起，在明亮的灯光下，优美的行道树、整洁的街道、衣着缤纷的行人洋溢出盎然的生机。何劲华兴奋地伸展了两下胳膊，迈步朝青年创业园走去，他要去看看儿子的"武二郎的杂货铺"，这时一辆三轮车飞快地从旁驶过，将他脸朝下撞倒在地，额头、鼻子和脸颊破皮出血了，疼得他半天没缓过劲来。三轮车主是位城郊刚脱贫的贫困户，因老父亲癌症住院，上周才到亲戚家住下，在照顾父亲之余，帮亲戚蹬三轮车运货，没想到今天出了这事。他见何劲华满脸是血，又听旁人说他是文化馆的领导，吓得脸色煞白，带着哭声说老父亲还在住院，自己只是帮亲戚运货，手中没钱，这下可怎么办？何劲华摇手说我骨头没问题，就是脸上破了点皮。三轮车主回过神来，忙用三轮车将何劲华送到就近的医院。医院要何劲华做头部CT检查，何劲华自觉无大碍，只让医生处理了脸上的伤口，非但没要三轮车主出医药费，还买了水果奶粉，陪着惶恐的三轮车主到住院部看了他的老父亲，三轮车主这才安下心来。温成仙跳广场舞回来，看到何劲华满脸红药水，吓了一大跳，问他怎么回事。何劲华说自己不小心摔了一跤，其余只字未提。

老东西，你满脑子都是扶贫的事，人在家里，魂在围里。今天你是万幸，要是摔断了胳膊腿什么的，那就要吃苦头了。

温成仙心疼得眼泪汪汪。何劲华心想这样子明朝肯定不好去樟树岭村，便打电话给刘万平，讲了贫困户们目前的资金困难和他们的建议，希望得到刘万平的支持。

何馆长，精准扶贫，人人有责，你放心，我们会尽最大的努力安排好。

当刘万平听说何劲华明天不能来樟树岭村时有些着急，说他刚接了唐部长的电话，明朝钱书记要到樟树岭村调研，如果何劲华能过去，有些事情他俩可以当着钱书记的面敲定。何劲华说石栋梁、金彩凤、小于会去。刘万平呵呵笑着请他放心。

何劲华刚放下电话，唐部长的电话就追来了，说明朝钱书记要在樟树岭开脱贫产业项目调研座谈会，请你们驻村工作队和琵琶围的村两委干部、贫困户代表一并参加，听听刘万平和其他项目负责人的发言，来个头脑风暴。劲华呀，参加这次座谈会的贫困户总共才二十个，琵琶围来得最多，钱书记很重视琵琶围。

是啊，上次开会，我听钱书记谈了开发、打造琵琶围景区的设想，琵琶镇的人晓得后，比捡到宝还要高兴！前些天我给赵峰董事长打电话，他说峰峦公司正跟县里谈琵琶围景区开发的合作，不晓得有进展不？

尽管何劲华的任务是带领贫困户们发展生产，尽快脱贫，搬迁到老寨村小组，但一想到琵琶围景区的开发能造福子孙后代，他的心便热切起来。

唐部长说琵琶镇的黄书记、邱小楠这两日正在上海和峰峦集团磋商开发琵琶围景区旅游的合作细节，琵琶围将来肯定会有大发展。

那就好！到时绿水青山就能变成金山银山了！

何劲华正兴奋间，唐部长话锋一转：

劲华，钱书记听说朱雪飞大闹村小组，扬言这次要是搬不进樟树岭村，她就吊死在刘万平门口，有这事没有？

有，但那只是气话，其实她还是很支持我们的工作的。

钱书记说逼得贫困户讲出这样的话，这是扶贫工作的耻辱。他狠狠地铲了我一顿。钱书记铲得对，是我深入基层不够，工作作风不严不实，这才让朱家姐妹受了这样的委屈。

唐部长的诚恳反省倒让何劲华不好意思了，连说是他没有和刘万平沟通好，才造成了这次的矛盾。

那好，明朝我们到樟树岭村现场办公，一起解决朱家姐妹搬迁的事。

何劲华没想到钱书记会到樟树岭村去，这时候自己请假明显不合适，可他的样子又不宜见人，只得鼓起勇气跟唐部长说，明天由金彩凤带队参会并和刘万平谈判，他最近心律不齐的毛病严重了，得去医院开药。这是实话，何劲华说得自然，但想到脸上的伤掩不住，他又不想声张自己被人撞倒的事，便说他的脸被五黑鸡抓伤了，还得去打破伤风针。

唐部长哈哈笑道：我看了石浩财最近的视频直播，那些五黑鸡能从这山飞到那山，是王牌"战斗鸡"啊！

何劲华和唐部长通话后，突然想起件重要的事，跟温成仙打了声招呼，便转身出了家门。已是晚上九点多钟，街边依旧热闹，夜宵摊推车上挂着的红灯笼和淡紫色的苦楝花、粉红色的紫薇花、大红色的三角梅一起，在初夏的风中摇曳。电影院和广场上传出的乐声让夜晚显得有些喧嚣。何劲华边看边逐个给明天参会的琵琶围人打电话。以往习惯早睡的许秀珍还在调制腌蛋用的红泥料，"三嫂"牌咸鸭蛋因新媒体而兴起，许秀珍认识到了抛头露面的重要性，听说能见到县委书记，兴奋得声音开了花，说她明朝要带几篓咸鸭蛋请大家品尝。何劲华提醒许秀珍不要在会上提石景山的事，要说也得私下说。

何馆长，你放心，我眼前事情都忙不过来，他归不归我也懒得理了，眼下我最亲的就是咸鸭蛋。

话是这样讲，声音里却带上了哭腔。何劲华最近打电话问过杜郁和罗强石景山的事，得到的回复是有关方面查了石景山的银行卡、身份证信息，既没有使用的痕迹，也没有被注销，有关部门也没有找到与石景山DNA信息匹配的无名尸体，仿佛他已人间蒸发，实在匪夷所思。

杜郁凭经验断定石景山还活着，而且有意隐瞒自己的行迹。这话何劲华也跟许秀珍、石拐说过多回，许秀珍心宽了一些，不再像祥林嫂说阿毛似的，逢人便讲石景山了。

何馆长，我这些时日看了中央电视台的《致富经》《远方的家》、省农业台的《稻花香里》栏目，开了眼界，晓得哪些话当讲，哪些话不当讲了。

见过大蛇屙屎的许秀珍，随着眼界的开阔，腰包的渐鼓，心胸也跟着开阔了。

接下来他打电话给朱雨飞和朱雪飞，她俩是明天座谈会的重点代表，必须确保前往。谁知朱雨飞说为了纠正母鸡在山坡上乱下蛋的习惯，减少蛋的损耗，她这两天和石养财砍了自家的杉树和竹子在做柜子：

我的柜子就像敞开口的信箱架，每个信箱里面会垫好草料，再放一颗乒乓球，到时把柜子摆在竹棚两边，引母鸡到柜子里下蛋。

雨飞，你能想到这个办法，真是天才呀！

近段时间养鸡场一千多只母鸡全在下蛋，可每天到草丛里捡蛋的任务太重，有些没捡回的鸡蛋只能留在草丛里沤肥，或是喂老鼠和黄鼠狼，还有好些鸡蛋沾了鸡粪，五毛钱一个别人还挑剔，养鸡场每天因此损耗两百多个鸡蛋。为了解决这道难题，朱雨飞琢磨了许久，总算想到了这一"奇招"。

我得赶紧做好柜子，不然每天亏几百块，肉疼得受不了。

当朱雨飞听说钱书记将去开会时，连忙解释道：何馆长，麻烦您同钱书记讲讲，雪飞那日讲的是气话，她不会去刘万平门口上吊的。我们已经筹到了建房款。至于老寨人让不让我们进村，那就是他们的事了。

这时，电话里传出朱雪飞的声音，她说何馆长，多谢你为我们做主，我们明朝不去樟树岭。他们看不上我们，我还瞧不上他们呢！

何劲华急了，说明朝不只谈搬迁的事，钱书记还要请大家座谈和吃饭。他一出面，哪个还敢再讲你们有麻风病？

朱雪飞沉默了一阵，语调平和了些许：何馆长，我们不是不领情，而是这些日子想明白了，人生在世，不能关公卖豆腐，人硬货不硬。就算钱书记出面让我们搬进了樟树岭村老寨村小组，如果我们肚里冇货，腰里冇钱，我们跟那个地方还是麻布手巾绣牡丹——不配！泥菩萨要人来敬，得自个儿往自个儿脸上贴金！

何劲华正想批评朱雪飞作俏，朱雪飞抬高语调铿锵有力地说：

何馆长，上次你跟金大姐说，我们得先想脱贫，才能真脱贫。我的打算上次跟您讲过了，我们要拼死力做好养鸡场和竹编项目。三嫂能做到的，我们要比她做得更好！我相信有政府的支持，有扶贫工作队的帮助，我们姐妹只要齐心合力，就能把朱家这棵树种在南天门，让它顶天立地！

慷慨激昂地说罢，朱雪飞挂了电话。何劲华再打过去时，朱家姐妹的电话全部关机。

嘿，这姐妹俩还真难搞！

面对突然一百八十度大转弯的朱家姐妹，何劲华是张飞扔鸡毛，有劲使不上，只得打电话请石养财去做朱家姐妹的工作，确保至少有一人参会。

石养财在香菇场守夜，说他等下会去找朱雨飞。当他听说石浩财也去开会时，忧心忡忡地说：何馆长，麻烦您再敲打敲打他，让他守好舌头，别在会上乱放炮。

石浩财近来干活极卖力气，还多方联系香菇和五黑鸡的销路，而且真的说话算话，交了六百块钱给村小组，说是为合作社分担上次烂菌棒的部分损失。只是前几日听说上次在视频里招呼白桂花吃饭的男人是她的工友后，情绪一落千丈，又偷喝了两回酒。

何劲华也担心他明天嘴上不把门，到时牙齿变铁杵，乱捣一气，那就麻烦了！他打电话向石浩财讲明了这次会议的主题和重要性，又特意提醒他发言时该注意哪些事项，石浩财很感动，一一应了，情绪比何劲华预料的稳定，何劲华这才放落了一颗心。

之后何劲华又跟石栋梁和金彩凤做了沟通，让他俩重点谈下十月份"琵琶围客家过漾爱情旅游文化节"的落地事宜，特别是安装无塔供水压力罐、铺设水管、改建卫生间的事，还叮嘱他们明天带上灯彩、竹编制品和"三嫂"牌咸鸭蛋去樟树岭村，要在有限的时间内尽量展示琵琶围贫困户努力脱贫攻坚的成果，必要时还可以唱段展示琵琶围新变化的灯彩调。金彩凤说这不难，可当她得知何劲华不去时，立即嚷嚷起来：

劲华，没有你的笛子伴奏，我们怎么唱呀？

何劲华跟金彩凤说了实话，金彩凤关心道：哎哟，你明天赶快去换药，千万别留疤。那么帅的脸要是破了相，我都替你可惜。哎，你对唐部长怎么说的？

我说我被五黑鸡挠伤了。

好吧。那我们就统一口径。金彩凤说罢，丢下了一串清脆的笑声。

这时何劲华已走到何甘的店门口。小雪和何甘还在屋内做直播，令他惊讶的是，原先何甘不肯教的石景芳也在里头。他忙从手机上点进武二郎的杂货铺，正巧看见小雪在采访石景芳，询问"三嫂"牌咸鸭蛋好吃的秘诀。

我们这咸鸭蛋是用客家古方腌制的，用的全是有机材料。包裹咸鸭蛋的红泥可以吃。

小雪、何甘做惊讶状，接着何甘从筐里随机挑了一颗咸鸭蛋，石景芳从上头揭下块红泥放入口中，津津有味地吃起来。小雪也尝了尝，吧唧着嘴说好吃。

何甘、小雪，你们在节目里吃腌咸鸭蛋的红泥这种做法不妥，小心误导顾客！

想到自己脸上的伤，何劲华没有露面，发了条信息提醒儿子儿媳注意，并叫何甘出来。他有十万块私房钱存在何甘名下，免得被经常拿着他身份证到银行查存款的温成仙没收。何劲华要拿这笔钱帮石养财垫付建房款，现在石家兄弟不要，这钱改借给谢玉琴和刘大有两家，何劲华上周就发了信息让何甘取好现金。

这时，何甘走了出来，看见他后口里发出声惊呼：老爸，是不是山上的美女争风吃醋把你打伤了？痛不痛？

何劲华早就见惯了儿子的没大没小，也不计较，说到养鸡场喂鸡，被鸡挠伤了。

靠，抓你的肯定是只母鸡。哎哟，笑死我了，下回我一定把它清蒸了。何甘笑得嘎嘎的，像只被噎住的鸭子。

好了，别胡说八道了，快拿钱来。

没见过你这么胳膊肘往外拐的老爸，帮别人也不帮我。现在转账那么方便，怎么还要拿现金啊？真是老顽固。

何甘嘟囔着进屋取了钱，出来时行动有些鬼祟：快放好，到时给小雪看见了，我又得老实交代。

何劲华飞快地将钱塞入袋子，朝儿子挥了挥手：别这么没出息好不好？向你老爸我学习。

那完了，我的钱得让忽忽存着。对了，老爸，出于革命的人道主义精神，我们帮你培训了八个想开网店的贫困户。他们开了网店，你儿子就要失业了，到时你得救济我，你记着哈！

何劲华突然伸手搂住了儿子，心里甜滋滋的。

第二天上午，何劲华在琵琶围码头碰见了朱雪飞。她穿着黑色套头衫，一条牛仔裤，头发扎成利索的马尾，拎着灰色的行李箱，在码头边的中巴站点等车。

如果不是看见那两道弯弯的乌眉和闪亮的唇彩，何劲华差点就把她错认成朱雨飞了。

雪飞，你这是要去哪儿？

见到何劲华，朱雪飞有些意外，她没有立即回答何劲华的问话，而是把目光投到了他脸上：何馆长，你的脸怎么了？

被你那五黑鸡抓伤的。

何劲华朝她使了个眼色。朱雪飞眨巴了几下眼睛，恍然大悟地笑道：我们的五黑鸡好扎实，在梦里都能把你挠成这样！

雨飞去了樟树岭，她会发言，请放心。何劲华看着石养财发过来的信息，心里松了口气，又问朱雪飞上哪去，朱雪飞正色道：

何馆长，我上网摸了下情况，我们这离山东、天津、北京太远，竹子的运费很贵，卖光了竹子也难挣几个钱，还是要搞产品深加工。

呵，士别三日当刮目相看。雪飞，你行啊，说说你的想法。何劲华欣喜之情溢于言表。

朱雪飞打开手机相册，点出一串竹编制品图片给他看：小雪说四川邛崃的瓷胎竹编非常好，我们江西景德镇的瓷器天下第一，峙城又多竹子，她说我们以后也可以做瓷胎竹编。你看这些日用竹器、仿古家具、竹丝彩绘，品种真是太丰富了！

何劲华看着那些精美的竹编制品图片，忽然觉得山上的竹子变成了闪闪发光的金条，晃得他眼花。

四川那边你有熟人？

何劲华不放心她独自前往。朱雪飞粲然一笑：

何馆长，小雪有个同学在竹艺厂，她帮我联系好了，她妹妹还会到车站接我。

何劲华有些意外的欣喜：她帮你联系的？

朱雪飞点点头：小雪说我们俩的名字当中都有个雪字，她必须帮我。

好，在那边有事你就找小雪。何劲华觉得小雪这个儿媳妇是越来越讨喜了，眼中脸上俱是笑意。

何馆长，你放心。我去学习这些天，吴医生正好休公休假，他租了上海人在琵琶围认领的房间，他会在山上帮着值夜。

真的？琵琶围认领的房间这就来生意了？浩财也不讲一声。至于吴医生，你让他好好玩。守夜的事，我来顶班。

何劲华话音刚落，吴医生拎着袋水果跑过来。见到何劲华，他吃了一惊：呀，何馆长，你的脸怎么啦？

被五黑鸡挠伤了，你值夜时千万不要去惹母鸡。朱雪飞一语双关地道。

你放一万个心，我只惹公鸡，不惹母鸡！

见朱雪飞要踢自己，吴医生忙咳嗽一声，正色道：何馆长，我跟雪飞办喜时要请您坐上席！

不但要坐上席，你还得送十碗八盘谢媒随席菜给我。

还有风搅雪！吴医生喜笑颜开。何劲华追了句过去：那你现在算编外扶贫队员，一定要拿出行动来。

放心，我后天就到琵琶围休假，外加学习养鸡和竹编。我要尽快从编外队员转为在编人员。

何劲华笑着轻轻擂了吴医生一拳：吴医生，你这劲头可以呀！

哼，竹编厂要是办不起来，我们俩照样蛤蟆蹬屁股——一蹬两开！

朱雪飞有些不好意思地岔开了话题。吴医生撸起了衣袖：

朱总，你放心，我会撸起袖子加油干的。

你个老油嘴，朱雪飞笑着打了他几下。

这时，中巴车来了，两人朝何劲华挥挥手，随着人流上了车。

望着远去的中巴，何劲华的心田像春雨浇过的土地，润而肥沃，萌动出无数希望的嫩芽。

第 18 章

好花红来好花红，

好花生在大山中。

有花有果排排坐，

有船有桨能相逢。

——摘自《峙城客家歌谣集》

入夏后，琵琶峰郁郁葱葱，粉紫的苦楝花、淡紫的木槿花、紫色和白色的泡桐花间杂其中，显得跳脱，给大山平添了几许轻盈。因近段时间太累，何劲华爬了段山后，觉得遮天蔽日的浓荫沉郁得压抑，鸟鸣也有些聒噪，走进湿闷的香菇大棚时，他心慌气短、呼吸急促，忙含服了几粒药丸，探头到棚外吸了几口新鲜空气，这才好过些。正在忙活的石拐和两个锅底村的党员志愿者迎上前来：

何馆长，您来了？

何劲华握住他们满是泥土的手说：浩财临时请你们来帮忙，难为你们了！

两个后生笑道：我们是从琵琶围搬下去的，琵琶围的事就是我们的事。

石拐走到边上小声说：浩财昨天晚上还打电话给王大姐，让她今天也过来照看照看。

那王大姐来了吗？

来了，在养鸡场呢！

本就五心烦躁的何劲华立即给石浩财发了条短信：浩财，请尊重帮扶干部和志愿者，不能你有事就招之呼之，别人也有自己的工作，这种靠的思想要不得。石浩财秒回了一句话：下次改正。

这时手机叮的几声响，他收到了石养财发来的几段视频，何劲华惊讶地发

现，这次樟树岭村的座谈会竟然在桑田中间召开，钱书记和代表们坐在五颜六色的塑料小板凳上，摇曳的桑枝在他们身上投下斑驳的阴影，显出几分活泼。画面上，只见石浩财满脸严肃地说：我前些年没有扣好人生的好几粒扣子，栽了大跟头，消沉绝望了，政府实施精准扶贫政策后，我感觉就像走累的人找到了一副拐棍，能卸掉身上的部分重担，我甚至想这辈子就这样靠着扶贫的政策，当一天和尚撞一天钟。

石浩财垂头叹了口气，接着说：在扶贫工作队和村干部、镇干部的帮扶下，我终于明白，如果自己不爬起来，只想等靠要，即便千手观音来帮忙，最后也还是扶不上墙的阿斗，冇屁用！

看来扶贫工作队工作做得不错，把你的脑梗给化开了。钱书记打趣道。

石浩财不好意思地挠挠脑袋，接着汇报了香菇场目前的情况，并向钱书记建议，今后县里在省市媒体投放广告时，要将旅游景点和本地的客家民俗和土特产打包捆绑宣传。讲到这儿他顿了顿，接下来语调深沉地说：

何馆长专程到广东找了我妇娘和我二哥，他们过段时间会回乡搞建设，到时候我们要成立一个旅游项目小组或者合作社，让大家都来认领琵琶围的房间，把琵琶围客家过漾爱情旅游文化节搞成系列活动，以后还可以打造成峙城县的文化名片。

说说看，你们想怎么做？钱书记大有兴趣。

石浩财见金彩凤向自己伸出了大拇指，不由感激地一笑。在来樟树岭村的路上，金彩凤把她跟何劲华、杨明商量好的思路讲给他听，让他发言时讲出来，如果能得到钱书记等人的认可，这对他今后立身做人会有好处。石浩财晓得这是何劲华、金彩凤、杨明在帮自己，所以发言时神态认真到虔诚：

钱书记，上次峰峦集团的赵董和薛总来琵琶围时说了，猴子崖是个非常好的赏月点。赵董是天文爱好者，他说 7 月 27 日到 28 日间会有月全食，到时能看到血月奇观，我想组织一次赏月活动；国庆节我们举办琵琶围客家过漾爱情旅游文化节主题活动；九九重阳节可以跟县老龄委合办登高节，到时我们在山上种菊花和茱萸；冬天还可以赏雾凇、看雪花；明年开春还能举办映山红灯彩歌会，既赏花又宣传我们的峙城灯彩，夏天举办湖上赛龙舟。

石浩财越说越兴奋，眼中放着亮光。钱书记有些意外：

浩财，没想到你有这么多金点子！

我满脑袋米糠，哪想得出这些？这都是何馆长、杨书记、金大姐的主意。

石浩财倒也坦诚。钱书记频频点头：以旅游带产业，以产业促发展。村民脱贫的同时，能搬下山享受新农村建设的成果，而你们现在的努力，又为琵琶围的后续发展提供了支撑，这是一个良性循环呐。好！好！

金彩凤抓住机会说了山上发展遇到的难题，比如水电问题、厕所问题，建议县里投入专项资金改水改厕改路，钱书记一一记下了，说会尽快研究，力争解决。石浩财向金彩凤竖起了大拇指，在场的众人拼命鼓掌。

也许是石浩财的开场气势太盛，轮到谢玉琴讲话时她有些慌张，差点打翻了话筒，好不容易才嗫嚅着道：多谢党和政府的好政策，帮苦得笃笃跌的琵琶围人过上了好日子，感谢党和政府治好了我弟弟的病，要是能住到山下，我们做梦都会笑醒！然后甩火炭似的把话筒交给了旁边的朱雨飞。朱雨飞虽然紧张，但思路清晰，张口就说起了养鸡场：

各位领导，我们养鸡场的一千七百多只母鸡现在天天下蛋。我们卖了一些蛋到上海，也卖了一些到市里，县里联系了两家超市，也有网店帮我们卖货，可那些母鸡都是超生游击队，下的蛋多过卖的蛋。眼下天热，鸡蛋还有蛮多存货，可鸡蛋的保质期短，坏了就是损失，希望县里的单位食堂能进些我们的鸡蛋。我们会送到县城，不另外加价。九月份开学以后，领导能不能让我们的鸡蛋进琵琶镇和车头镇的中小学食堂？他们做营养餐要用很多鸡蛋的。

钱书记笑道：小朱的功课做得很足，唐部长这边帮忙协调一下。

唐部长略有些为难：钱书记，县里推行消费扶贫政策后，各单位食堂和镇、乡村的中小学营养餐，米、油、蛋、蔬菜、肉、鱼全是贫困户生产的。

这情况钱书记自然清楚，朱雨飞听明白了唐部长的意思，但还是坚持县里能给些关照。唐部长解释道：

小朱，这个市场已经饱和，琵琶围的鸡蛋进去了，其他贫困户的鸡蛋就得退出来，就算我们出面协调，学校也只能少量买些你们的鸡蛋。

见朱雨飞满脸失望，钱书记忙说琵琶围的养鸡场刚刚起步，就像蹒跚学步的孩子，这时最需要扶持。建议唐部长找学校摸下底，把那些有销售渠道或者已经打出名气的产品推向市场，再列入一批新的贫困户产品，这样的动态管理能让消费扶贫做得更细更实，更有的放矢。说到这儿，钱书记环视着在场的贫困户代表，强调产品只有在市场中闯出了天下才能走得长远，所以质量、品牌至关重要。

朱雨飞急了，说五黑鸡的鸡蛋营养价值很高，质量确保，但牌子还得慢

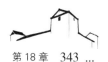

慢闯。

何劲华从画面中看见朱雨飞说话时，旁边的许秀珍几次想插话，朱雨飞刚说完，她担心唐部长会点别人发言，迅速拿过放在朱雨飞面前的话筒，吭哧了几句后，话语终于流畅了：

钱书记，唐部长，你们是我这辈子见过的最大的官，先前我还心里打鼓呢，没想到你们这么礼待我们，大家坐在一起，像亲戚一样讲西天。不瞒大家，我以前有个坏毛病，爱嚼舌头，可一出台面就讲不到点子上。我家小女儿景芳晓得我要来开会，怕我乱放炮，请人写了几句话让我背给大家听。

说到这儿，许秀珍扬起脖子，小学生背书似的朗声念道：

感谢政府感谢党，精准扶贫来相帮。做好传统咸鸭蛋，齐心协力往前闯。

在众人的掌声中，满面笑容的许秀珍从板凳边上拿出两个朱雨飞编制的精巧竹篮给大家看。

唐部长说这是鸭子篮，这是公鸡篮，雨飞的手好巧啊！

许秀珍笑着说有人是冲着篮子来买咸鸭蛋的，一边给大家发蛋。钱书记先夸了竹篮一通，接着拿起枚咸鸭蛋看着，说椟美珠美，买椟不还珠，互助共赢，很好！

见贫困户们不解地望着自己，钱书记笑道：许大姐，你家女儿上武二郎的杂货铺做直播时，告诉大家腌鸭蛋的红泥能吃，当时主播就吃了一块。

钱书记说着掰下一小块泥来，吓得许秀珍伸手抢过，赤红着脸说：

钱书记，等会儿有蛋吃，你别吃泥！

众人哈哈大笑，接着是石养财汇报情况。石养财也做了充分准备，可他干活行，口才跟王所长一样，茶壶里面煮饺子，有货倒不出，急得朱雨飞将他拽下，噼里啪啦地帮他代讲了一通，质朴简单甚至有些粗暴的话语惹得众人阵阵发笑。

何劲华站在香菇大棚外，看着视频里这欢乐的画面，刚才还像乱鼓的心跳平稳下来，大棚的燠热倏地褪去，鼻前荡漾起桑叶的清香。他有些后悔没去樟树岭村参加今天这场别开生面的座谈会。

唉，汪大叔，杨大婶，你们干什么？

从养鸡场那边传来的惊呼打断了何劲华的思绪，他和那两个在大棚帮忙的后生飞跑到养鸡场，正好看见王大姐和前来顶替朱雪飞的吴医生在费力地拽着去北京后养得白白胖胖、穿着大花褂子的杨淑英，劝她别乱来。

杨淑英边扒他俩的手，边破口大骂：你们这些人太可恨，当年我们帮了大家多少忙，现在全忘了，都成了瞎眼珠，把养鸡棚搭在我们家祖坟前头！你们这是陈世美杀妻，忘恩负义！

身材瘦高、脸色铁青的汪经伦挥斧狠命地砍着养鸡棚的支柱，深陷的双目射出灼亮的光。值班的赖秋香急得拿木棍去挡斧头。汪经伦以为她会闪开，斧头仍然照直往前劈去，哪料赖秋香杵在原地不动。两个后生扑上去抢汪经伦的斧头，汪经伦手打滑，斧头斫向赖秋香的脑门，吴医生的眼镜被打掉，近在咫尺也没看清发生了什么事，在杨淑英和王大姐的尖叫声中，何劲华飞身上前，将赖秋香推向旁边，自己不慎倒地，斧头掉在他小腿上，切掉了一片肉，没多久，血便染红了裤管，杨淑英捂着胸口瘫坐在地。

汪大伯，要不是何馆长，我脑袋，被你，劈成了两半，吓死我了！

赖秋香吓得脸色发白，骂声颤颤的，王大姐和两个后生也指责汪经伦不该如此行事。吴医生这时摸到眼镜戴上了，看了看何劲华的伤口，说要上医院。

上什么医院？你这个大医生就在边上，送我回围里吧。

汪大叔，你害得何馆长流这么多血，怎么当老做大的？吴医生和后生一边扶何劲华一边说。

何馆长，我在砍柱子，秋香愣要矮子抵炮眼地凑上来拉我，斧头这才脱手飞了，我不是有意的。

汪经伦惊得两手是汗，却仍是胆破嘴不软。因汪经伦以往对石拐家多有照顾，刚刚赶到的石拐默默捡起斧头，没有说汪经伦什么。

何馆长，对不住啊，我家老头不是故意的，哎呀，慢些走，小心些，我家里有红药水。

杨淑英比汪经伦为人要周全些，跟着吴医生和两位后生把何劲华扶回了房间。吴医生回屋取来棉花、绷带和消炎药，给他做了简单的包扎。

何馆长，消炎药一天三次，一次两粒。我现在回养鸡场，有事给我打电话。

吴医生自小在镇上长大，没做过农活，更没养过鸡。两天的顶班累得他够呛，此时一边裤脚高一边裤脚低，两只袖子扎起来，头发乱糟糟的，样子有些狼狈。

吴医生，你是生命诚可贵，爱情价更高啊，好样的！

何劲华向他竖起了大拇指。吴医生笑了笑：在我家待两天不跟我妈吵架的人很少，雪飞行。我妈见雪飞对龙龙、秀秀好，两个细伢子也喜欢她，我妈就不反对我们的事了。

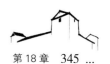

老人同意就好。何劲华颇觉欣慰。

汪经伦和杨淑英从家里拎来两包从北京带回的果脯，一迭声地向何劲华赔不是。何劲华说汪大叔不是有意的，我伤不重，过几天就能好，您二老几时回的峙城？

刚刚赶回围里，冇想到就出了这事儿。

汪经伦很后悔，叹口气不再说话。杨淑英也很忐忑，何劲华给他俩宽着心：

汪大叔，这次入户调查，大家都说这些年您二位和汪处长为村里做了不少事，夸奖汪大叔讲话在村里比村支书还有分量。

杨淑英眉眼渐开，汪经伦却以老江湖的口吻说：何馆长，你不用给我戴高帽子，我晓得现在的村里人不作兴我们，上次我们打电话请你们不要在这建养鸡棚，可村里人把我们的话当成屁，还是在这儿建了，我当然要砍。

何劲华说您二老德高望重，有些事坐下来沟通比拿斧头管用，再说当时汪处长也同意了的。

他在北京晓得什么呀？你们别拿他来压我们！杨淑英愤恨道。

何劲华说您二老消消气，刚才万一出了人命，那两家都毁了！

汪经伦和杨淑英不敢再吭气。何劲华说退一万步讲，就算村里人有错，您二老也不能拿合作社的养鸡场出气。县里的专项经费和社会扶贫款来之不易，这养鸡场寄托了贫困户的脱贫致富希望，汪大叔您要是真砍断了柱子，棚顶砸下来，里头的鸡全得死！到时您二老不只要赔钱，还耽误了贫困户和整个村子的脱贫工作，甚至会影响全县的脱贫进度。

杨淑英拧着眉毛说：何馆长，这是大事情，我管不了。我只晓得村里人得了红眼病，想用养鸡棚冲掉我们家的风水！

何劲华说风水这事儿信则有，不信则无。钱书记的老家修公路，他家的祖坟正好挡了道，钱书记二话不说就把坟迁走了。

何馆长，钱书记家肯定是迁到了风水宝地，不然他能发那么快？现在琵琶围是把屎盆子放在了我们家祖宗面前，神灵全被熏跑了！哪会保佑我们呢？

汪经伦和杨淑英痛恨不已。何劲华说：大叔大婶，你们听我把话说完。钱书记家迁坟后，祖坟边就建起了汽车服务区。服务区的卫生间正好在他家祖坟前头。钱家人找到钱书记，要他出面把卫生间改到另一边，钱书记说那边有邻舍的祖坟呢！

汪经伦和杨淑英互相瞅了瞅，杨淑英说钱书记后来肯定又迁了坟。

还真没有。他家的祖坟就在九龙嶂服务区的卫生间后头。您二老要是不相信，哪天可以叫您大儿子开车去看看。

汪经伦说钱书记福气大，挡得住煞气，我们小门小户驮不住，这个养鸡场必须搬走！

汪经伦此言一出，何劲华有些生气：汪大叔，贫困户本就资金困难，这养鸡场搬走得花不少钱呢！钱从哪儿出？

这我管不了！汪经伦脸色铁青、神情执拗。杨淑英给何劲华续了杯水，说：

何馆长，我家汪敏提副厅，正在公示，大孙子要考研，都要祖宗保佑呢！麻烦您高抬贵手，让他们把养鸡场搬走吧！

看着两双被皱纹包裹、充满热望和恳求的眼睛，方才还有些恼火的何劲华冷静下来，他耐心地劝道：汪大叔，杨大婶，我觉得这样做不妥当，你们想啊，汪敏那边在公示，你们为了风水好，强逼老家的贫困户拆搬养鸡棚，万一哪个贫困户告下状，汪敏怎么向组织交代？

汪经伦和杨淑英原先钻了牛角尖，根本没考虑到这茬。经何劲华这么一提醒，老两口背上顿时沁出层冷汗。

这时，杨淑英的电话响了。她的电话音量开得大，何劲华听见一个女声在说单位里有人写信告汪敏，杨淑英慌了神，居然忘了何劲华在边上，颤声说：

老柴苑，刚才王玉说有人写信告小敏！

汪经伦喝住了杨淑英，从她手中夺过电话，老两口招呼也没打一声，转身趔趄着往家里走去。何劲华入户调查时，听人说汪敏官位不高，但手中有权，属于实权派，为人做事口碑蛮好，不知道怎么会有这一出？

他正思虑间，汪经伦、杨淑英突然返回，两张沟壑纵横的脸满是哀伤。汪经伦朝他鞠了一躬，说何馆长，我们家汪敏一直好好的，现在却行了衰运，都是养鸡棚惹的祸，求你帮帮我们，拆掉养鸡棚。

杨淑英哭了起来。何劲华说就算信阴阳能不遭横祸，也得怕王法才能不受官刑啊。汪敏要是行得正，纪检部门不会冤枉他，查明了定会还他清白。他要心中有贪念，袋中落了不义之财，那就是虎到中堂了！

汪经伦和杨淑英互相瞅了瞅，还想再说什么，哑伯走进来，一脸愠怒地冲着他俩呜哩哇啦了一通，汪经伦两口子连忙告辞。哑伯小心翼翼地揭开何劲华伤口上的纱布，将手中那包黑褐色的药粉撒在伤口上，又用绿色的药糊裹上，这时橘子婆端来一碗酒酿蛋，让他趁热食。何劲华过意不去，道谢后拖着伤脚送他俩出门，抬头看见王大姐领着赖秋香气喘吁吁地朝他走来。

秋香妹子想谢你，又不好意思单独来，非让我陪着。

何劲华和石浩财下广东时，王大姐领着妹妹上了趟琵琶围，看了土质，尝了朱雨飞上年种的豆子，感觉此地豆子质量不错，王大姐的妹妹当场表示她家豆制品厂可以包销琵琶围产的黄豆。如果有人愿意种，再多种几十亩的黄豆她家也能吃下。黄豆品种多，峙城本地就有五月黄、六月爆等，播种的时间有早有晚，听她这样一讲，近期又有些搬迁户回山复垦种植黄豆，石栋梁为此特意打电话向王大姐道谢。得了表扬的王大姐越发上紧，转身就给在县供销社工作的爱人下达了任务，要他利用自己的人脉关系帮琵琶围的贫困户销售即将丰收的香菇，还让开超市的女儿、女婿与石养财、朱雨飞对接销售香菇和鸡蛋的事。总之，王大姐现在是全家总动员，帮扶时主动了许多。

何馆长，多亏你，手快，不然，今天我，成了爆头鬼！多谢。

赖秋香矮小瘦弱，略有口吃，跟别人一年难讲十句话，她所有的话语都给了丈夫和两个在外住读的孩子。她生性胆小怕事，蛛丝飘过来怕砸破头，夫妇两个的力气留给了自家的田地，在合作社上工时最多出七分力，众人对此虽然略有不满，但看在他俩老实本分、邻居有事相求也会尽力相帮的份上，也就不再苛求。何劲华对个性懦弱、不管闲事的赖秋香今天能有面对斧头的勇气和维护养鸡棚的举动倍感意外，同时还有些感动，握着她的手说：

秋香嫂子，多谢你保护养鸡棚啊！

哎呀，这个，何馆长，我不会讲话，我要多谢你们，帮我们大家。我改天，改天做粄给你们吃。

赖秋香语无伦次地说完，打起飞脚跑了。望着她的背影，何劲华和王大姐都颇为感慨。山里的妇娘人不容易，她们的青春如同狂风骤雨中的山茶花，还没怒放就在艰难的生活中萎谢、凋零，面容、性格随之变得粗砺。现在的日子越来越好，朱家姐妹、许秀珍、赖秋香这些妇娘人也像剥了壳的笋，裸露出原本柔软、良善的内心，五官也越长越顺眼。

何馆长，你歇着，我还得到养鸡场和香菇场看看，有事给我打电话。

王大姐匆匆走后，杜郁便打通了他的电话，响亮的铃声吓得那两只飞到门口的燕子飞快地躲进了窝中。

杜书记，您有什么指示？

劲华大馆长，我还敢指示你？你以后少指示我吧！为了找那个石景山，晓得费了我们几多电话费，死了几多脑细胞！

杜书记，你们找到他了？何劲华喜出望外。

再不找到，你还不要上我家示威？

他在哪，没事吧？

何劲华猜石景山也许受伤失忆了，谁知杜郁却告诉他，石景山在广东佛山当了一个土豪老板的上门女婿，结婚前女方家让石景山认一对无儿无女的退休教师为养父母，还蛮横地规定他不能跟原生家庭联系。

这石景山为了过好日子，连爷娘都不认了，真是不孝之子！他要是我儿子，我一巴掌甩死他！

杜郁狠狠地骂罢，叮嘱何劲华先把人接回来再说，免得夜长梦多生变故。接着又告诉他上次打石浩财的胡改子被东莞警方带走了。

是他以前犯的案发了？何劲华想到石浩财曾经爆过胡改子的黑料，正想着是不是石浩财揭发了他，杜郁说东莞警方最近破获了一起团伙盗窃案件，其中一个惯犯供述他五年前曾多次伙同胡改子盗窃作案。

这就叫天网恢恢，疏而不漏！何劲华感叹道。

好啦，我们改天再聊。

杜郁总是很忙，这个电话像是在会议间隙打的，何劲华还没来得及向他道谢，杜郁便匆匆挂了电话，弄得何劲华只好发信息向他致谢。

樟树岭村这天的座谈会开到了晚上七点钟，会后钱书记同大家一起在贫困户家院坪上食夜，每人交十五块钱伙食费，两素一荤一汤，饭菜很寻常，不寻常的是当天的氛围，大家边吃边讨论，有人提意见，有人谈想法，也有人献言献策，总之畅所欲言，说到兴奋处，金彩凤、朱雨飞、石浩财唱起了灯彩调，钱书记、唐部长也唱了两支采茶曲，钱书记还说李香树给县委、县政府写了份报告，建议开展灯彩调进校园、进社区、进企业、进机关、进农村、进部队的六进工作。

何劲华听了一愣，这是他从牛角村挂点回来之后写给李香树的一份报告，没想到成了李香树的建议。不过他是文化馆馆长，下属有益的思路都可以成为他的思路。只要能推动灯彩艺术的发展，何劲华愿意当他的智囊。这时，视频里的钱书记笑呵呵地说：

金彩凤，到时你要牵头开设灯彩兴趣班、辅导班，创建民间文艺社团，将崂城灯彩的文化元素融入社区的文化墙，开展内容丰富的灯彩文艺会演，实现县、

乡、村三级灯彩的活态传承。

钱书记一席话让金彩凤心花怒放，不由又多唱了两首灯彩调。由于这个插曲，除朱雨飞不放心养鸡场急着往回赶外，当天参加会议的琵琶围人都借住在搬到樟树岭村的老邻居家中。石养财原本想跟朱雨飞一起回，可刘万平要拉着他说话，石养财只好惆怅地留下。

这天晚上琵琶围村小组的碰头会晚上九点多钟才开，少了几个生龙活虎的年轻人，琵琶围的夜晚越发显得寂静。屋里信号不好，何劲华走到院坪上等着大家上线开会。为了驱蚊，傍晚时分橘子婆在坪上燃起了艾绒，此时艾绒已成灰烬，香气仍在。金彩凤从县城移栽上来的两株夜来香在围墙下开了花，淡淡的艾香和夜来香的浓郁芬芳混杂成奇异的味道，蚊虫果真匿迹。燕子在檐下的窝里安然睡去，蛙声响亮如鼓，哑伯临睡前关了路灯，原本被灯光淹没的萤火虫"腾空类星陨，拂树若生花"，仿佛无数奇异的小灯盏，在夜风中四散浮游、明明灭灭。何劲华倏地想起了外婆和奶奶关于萤火虫的说法，外婆说萤火虫是腐草所化，奶奶则说萤火虫和天上的流星一样，每只萤火虫都是一个亡人的灵魂。

萤火虫，你们是在琵琶围住过的先人吗？现在飞来，是不是想看看子孙后代现在过的好日子？

夜空高远疏朗，何劲华的"天问"还没飘到半空，众人就上线了，何劲华的脸引起了几声惊呼，大家七嘴八舌地问他怎么回事。金彩凤怕何劲华尴尬，立刻代为回答：

各位，我跟你们说啊，何馆长的脸是被五黑鸡挠伤的，明白吗？

明白，明白，就怕成仙嫂子听到后要骂我们。

石浩财等人以为何劲华的脸是温成仙抓伤的，俱都宽容地笑了：何劲华可是有名的惧内呀。

金彩凤汇报今天会议的进展和心得时喜悦之情溢于言表。躺在病床上的杨明说这个会开得过劲，多亏有视频，不然还体会不到那种热烈的氛围。杨明对自己没能参会而遗憾，何劲华也有同感。聊完了会议感受，何劲华告知大家县公安局找到了石景山，并介绍了他跟家中失联的原因，众人听后炸了锅，纷纷谴责石景山不孝，并对他这一行为深感困惑。

石景山失踪这几年，石拐和许秀珍哭干了眼泪。就算丈人和丈母娘有无理要求，私下给家中报个平安总可以吧？他真是有病。

他这是卖祖求荣，我要是许秀珍，就不认他这个崽！

石景山的心是肉长的吗？这种人回来了也有卵用。

大家骂了一通，杨明提议由石栋梁和石钟去找石景山，到时村里还要开会批评教育他，金彩凤立刻说这种不肖之子就得让他臭千里。石栋梁跟何劲华倒觉得不要石景山一回来就"剥皮"，而是大家先得"掏心"，让他打心眼里感到家乡的温暖。

做梦吧，石景山就是只白眼狼，他爸妈生养了他，他说忘就忘，我们做一回好就能温暖他？

金彩凤和石栋梁争执起来。何劲华说这件事我们先保密，等接回人来再告诉三嫂和三哥，免得节外生枝。还有，去接石景山时不要做得太刻意，最好有人到佛山偶遇石景山，省得他警惕，以为家里要他怎么样。我想石景山之所以玩失踪，除了丈人不合情理的要求外，主要还是嫌家里穷，怕父母拖累他。石生财近段时间打算回家，我看他去找石景山最合适。

何馆长这个做法要得！生财以前跟景山玩得好。浩财欺负景山时，他总是为景山出头，浩财还为这事跟他哥吵架，骂生财胳膊肘往外拐。

石栋梁深以为然，说他等下给石生财打电话，叮嘱他办好这件事。杨明听说石生财能回来，既高兴又失落。

这个石生财，前天我发信息跟他说琵琶湖和琵琶围马上要开发了，峙城有很多发展机会，请他回乡搞建设，他都不讲回来的事！

杨书记，何馆长上次特意到深圳请过生财，他俩感情不一般。

这时金彩凤的另一个电话响了，她拿起电话刚听了一会儿，突然脸贴近摄像头，说你们晓得吧，汪经伦砍伤了劲华的腿！

众人呆住了，还是愣愣的小于打破了沉默：何馆长，你最近得罪了谁呀？这么倒霉？

何劲华简要地叙述了事情的经过。杨明听后愤愤地说：汪经伦这个老脑筋做出这种事情来，实在过分。我等下会打电话讲他！杨明顿了顿，接着连叹两口气：何馆长，这下我们俩都成了瘸脚鸡，金大姐要挑重担喽。

我肩膀上肉厚，不怕压担子。金彩凤挺直了腰杆。

石栋梁、小于忙说明朝一早上山去看何劲华，还要批评汪经伦夫妇。石钟因明天要到乡里开会，不能同来，在视频里先向他道了歉。金彩凤让小于开车到家接她，说何劲华轻伤不下火线，她周六不能休息。何劲华说你上周也冇归屋，明日在家里好好陪下子熙，考虑一下怎样帮她填报志愿。

不用陪，高考完了，她快活得很。至于填报学校的事，分数线还没出来，还不晓得她考得怎样呢，想也白想。我先不操这份心。

金彩凤坚持要回琵琶围，众人又七嘴八舌地问起何劲华腿上的伤势来。

冇事，就是削掉了一块肉。

何劲华请大家放心，接着匆匆挂了电话，他惦记着在养鸡场守夜的吴医生，谁知电话打过去，话筒里传出的却是朱雨飞的声音。

雨飞，你飞过来的？何劲华非常惊讶。

何馆长，今天我运气好呀，刘万平有个朋友到水库管理处有要紧事，我搭他的车过来，刚下车就碰上了锅底村那个经常到养鸡场运鸡粪的老刘，他用运货船直接把我送到了琵琶峰脚下。

雨飞，你是个福将。何劲华夸道。

何馆长，你先别睡，我等会儿去看你。

何劲华正要客气两句，耳边似乎传来了何甘的声音，他忙拖着伤腿朝围门口走去。今晚没有月亮，天上繁星密布，眼前流萤点点，琵琶湖的水汽化成烟岚，将原本澄明的夜色涂得朦胧虚幻。围门洞开着，坪上只有路灯投下的阴影。何劲华正在怀疑自己是不是幻听了，耳边又飘来了小雪的声音：

哎哟，琵琶围的路好难走啊，腿都断成两截了！

伴随着小雪夸张的惊呼，温成仙、小雪撑着腰，气喘如牛地走进了围门，眼尖的小雪飞跑到何劲华身边，歪头打量着他：

爸，你的腿没事吧？嗯，脸还好，不会破相，还是个英俊帅爸。

不等何劲华回话，小雪转身跑回光亮处，准备直播。

这么晚了，谁看呀？何甘抱着忽忽走进来，累得贼死。

何甘，你个死大头，我们刚才在船上下直播的时候跟观众约好了的，说我们一到琵琶围就重开直播，好多人等着看呢。

小雪说罢，做了番准备，对着手机开始兴高采烈地直播：

宝宝们，我们刚刚做了夜游琵琶湖的直播，虽然外面黑黢黢的看不到什么，但大家好像蛮爱听的我讲的琵琶湖的故事。现在我到了琵琶围，这是峙城一些民间传说的源头，也是本县何姓人的祖屋。看看，雄伟、肃穆、神秘，是一座防御功能极强、富有传奇色彩的东方古堡，大家说像不像游戏中的场景？

何劲华一瘸一拐地走到正在喘息的温成仙身边，既感动又心疼，口气却是埋怨的：

你们这么晚上山，万一摔着了怎么办？

老东西呀，你的脸刚受伤，腿又受伤，还不肯告诉我们，你以为自己是铁打的金刚啊？明天跟我们回家吧。温成仙打量着丈夫，心疼不已。

成仙，围里事情多，别闹了。

我们来看你，怎么叫闹呢？

温成仙不高兴地皱起了眉头，何甘忙当起了和事佬：

老爸，老妈特意来看你，快请我们进屋里坐呀，我的脚和手都要断了。

这边这边！何劲华从何甘手中接过忽忽，认生的忽忽哇哇大哭起来。哭声引来了正准备上床睡觉的刘大有、赖秋香和刚走进围门的朱雨飞。

成仙大姐，你们这么晚上来，到我们家住吧？

朱雨飞抱着肉嘟嘟的忽忽，宝贝得不行。

多谢朱阿姨，我们在网上订了琵琶围的房间，房东说钥匙挂在你们村小组的办公室，你们把钥匙给我就行了。

何甘的话令何劲华、朱雨飞、赖秋香吃惊：

这房子你们能从网上订到？

一晚上收你们多少钱？

他们挂在网上了，只要下单在线预订就行，一晚上一百八十块。何甘揉搓着手腕，嘶着气说。

我们免费给他们房子，他却租给你们？何馆长，这钱我们能分成吗？

按协议，我们不能分成。要的是他们装修房子和带来人气。

何劲华的解释让朱雨飞失望，抖忽忽的动作幅度大了些，忽忽咧嘴咯咯地笑起来。

认领的房子装修好后，村里让赖秋香做保洁。只要有客人，房东会给她一点报酬。原以为没人来，没想到先来了个吴医生，现在何甘又订了一间房，这叫好事成双。

那，何馆长，我，我现在要做什么？吴医生住进来时没让人打理，赖秋香现在有些懵，不知自己该干何事。

你快去开电热水器，再给他们烧壶开水。

朱雨飞叮嘱道。站在边上的小雪把这些都给直播出去了，马上就有网友发弹幕说琵琶围的房子要是能租出去，他们也要认领。小雪趁机请何劲华给网友介绍房屋认领的相关条款。

认领了房子之后，在协议期限内，你就是琵琶围的房主，房子装修好了，使用权归认领者，既能自用，又能出租，琵琶围村小组不收房租，但房子的装修、水电、保洁、室内电器、家具的维修费用得由认领者支付……

何劲华口才很好，将时髦的房屋认领讲得通俗易懂，小雪跟着赖秋香上楼拍了一圈，网友们感觉不错，又有几个网友表示想认领琵琶围的房间。

此时小雪举着手机走进了朱家，口吻中带着惊喜：

宝宝们，刚才我带大家欣赏了朱雨飞阿姨家门口的兰花，现在我们到了朱雨飞阿姨的家里。看，这就是心灵手巧的朱阿姨，这是朱阿姨手工编织的动物造型篮子和灯彩，造型独特，气韵生动。屋里也有她养的兰花。我家忽忽跟朱阿姨好有缘呐，看他那开心样！

小雪说着亲了亲在朱雨飞怀里嘻嘻笑的儿子，接着问朱雨飞有关养鸡场的情况。当朱雨飞说到养鸡场通过信箱式鸡窝，放乒乓球引母鸡下蛋，每月能增收一千多元的事后，小雪激动地说这是朱式鸡窝，建议朱雪飞申请专利，网友们发来了一连串的表情包，小雪浏览时看到一条令她双眼放光的弹幕：

雨飞阿姨，有位网友想花一万块钱买你们门口那些兰花，你卖不卖？

朱雨飞的目光一直黏在怀里的忽忽身上，她头也不抬地说：

多谢这位老表看得起我的兰花。我们家是缺钱，但这些兰花我不卖！

小雪不解地问：一万块也不卖吗？为什么？

朱雨飞抱着忽忽走到院坪上，小雪忙跟了出去。今晚电力足，路灯雪亮，木架上那近百盆兰花枝叶曼妙、婆娑多姿，朱雨飞的声音凝着浓浓的思念：

这些兰花是水库蓄水前，我们从那些要淹掉的山上和村里挖来的。

朱雨飞转身望向围门外，语速变得更加舒缓：我们以前常去那些村子走动，现在那些村子都趴在水底下，成了鱼虾的家。

她弯腰伸手轻抚着兰花修长飘逸的茎叶，表情越加柔软：看到这些兰花草，我们就会想起水中的村子、房子、牛栏、猪栏，还有坝头的菜园、树上的鸟窝。

小雪立刻掉转镜头，给兰花拍特写。何甘瞅空念了一条弹幕：

雨飞阿姨，这里有个网友劝你不要作俏，赶快把花卖了，挣钱为上，也好甩掉贫困户的帽子。

朱雨飞满脸严肃地凑到手机镜头前，语调铿锵有力：

这位老表，我不是作俏，我们贫困户是需要钱，但我们同样有追求美好生活的权利！

小雪忍不住做了点评：各位朋友，各位宝宝。刚才雨飞阿姨的话说得太好了，我们需要钱，但我们同样有追求美好生活的权利！这是琵琶围人的心声和价值观，希望大家多多宣传琵琶围，在这儿还有个好消息要告诉大家，下个月琵琶围将举办神奇的赏月之旅……

第 *19* 章

有胆革命有胆当，

不怕颈上架刀枪。

砍去脑壳还有颈，

挖去心肝还有肠！

——摘自《峙城红色歌谣集》

风停了，林涛歇了，琵琶围安静得落针可闻。何劲华的耳朵贴在妻子丰满的胸前，那强劲、有力的心跳仿佛按摩器，缓解了他脸上、腿上伤口的疼痛。夜已深，窄窗中射入的路灯灯光使屋内浮着层柔和的虚白，仿佛积雪的微芒，几只误入房内的萤火虫忽闪出莹绿的光，犹如飘浮的宝石。虽然是夏夜，却仍有些寒凉，温成仙轻声说：老东西，你借钱给贫困户怎么还要瞒着我？

这个嘴不把门的何甘，又卖了老爸！何劲华心里暗骂着儿子，回嘴说：在你眼里，五分钱都比磨盘大，十万你肯借么？温成仙犹豫着说借给男人还行，借给野狐狸不行。

何劲华揉搓着她手掌上的茧，嗅着她发丝和身体上淡淡的豆花味，说钱借给了刘大有和谢玉琴。

温成仙拧了他一把，突然翻身坐起，何劲华忙用被子将她和自己裹住。

老东西，反正那是你的私房钱，我也管不了你，不过他们得打借条。

何劲华欣赏妻子的坦率，笑着连声说行行行。温成仙小声警告他：老东西，以后再让我发现你存私房钱，没收加罚款。

何劲华自知理亏，嘿嘿地笑着。温成仙冷不丁地道：听讲县文化馆这次的灯彩晚会在市里头闹得轰烈，领导都夸成了一朵花！那个谢春好厉害哟。

何劲华从"峙城风采"的微信公众号里看到了《峙城新风彩》这部灯彩戏在文化强省展演上喜获好评的消息，有不少老朋友以为是他的作品，特意发信息祝贺他。讲老实话，何劲华心里有些不是滋味。他看过那部戏的彩排录像，由于使用了大量的声光电辅助手段，整部戏光艳夺目，仿佛一个盛妆流翠的妇人，可惜美则美矣，却失了真面目，而且那真面目还处处刻着他何劲华的印记。省文化馆和市文化馆的两位好友看了那部戏，称导演"剽窃"的功夫已入化境，化别人的创意为她的作品，化别人的细节为她的血肉，这个导演厉害呀。

朋友们都为他打抱不平，何劲华暗自生闷气，却又觉得谢春这种做法算不上剽窃，至多只是借鉴过度，这是谢春的智慧，令他吃了哑巴亏却无法主张权利。何劲华气了几天后，慢慢也就想开了：

作为前辈，不管愿不愿意，都有可能成为后来者登高的阶梯，并因此推动社会的发展。从这个角度而言，自己也为峙城灯彩的发展略尽了绵薄之力。他唯有如此化解自己了。

温成仙没发觉他的分神，继续唠叨着她听来的传言：领导评价这么好，李香树肯定要踩着这把梯子高升了。你这么拼命，是不是还有往上走的希望？

何劲华不想让妻子误会，忙说成仙，我这辈子恐怕要在这个位置上退休了。

温成仙拂开被子瞪着他：你这么能干，人家能上，你怎么就不能上？

成仙，能干也有很多种，比如你做豆腐能干，我在灯彩上有几把刷子，但这并不代表我就能当个好官。有人说这人什么都做不了，只能去当官，这话大错特错了。以前当官可以混，现在做官要担当作为，就算溜须拍马上去了，上任后抡不出几板斧，也要下来的。

温成仙不以为然，说程咬金还有三板斧，你连三板斧都有得啊？

何劲华轻轻抚摸着妻子粗糙的手：成仙，要知足常乐。你想想，我一个桃江乡下的穷后生，要不是逢上了好时代，遇上了好政策，哪能有现在的好日子？

夜深了，寒意愈重，何劲华把被角掖在温成仙肩上，温成仙又怕他冷着了，把被子往他肩上塞，说话时的呼吸吹得他耳朵发痒：

劲华，你不为当官，这样掏心掏肺地做事，你到底图什么？

这个问题太大，何劲华一时难以回答。自己这样做究竟图什么？为名？为利？都不是。不但他不是，那些天天走村串户、为贫困户奔波的扶贫干部也不是。

大家只是觉得吃了这碗饭就得扛起责任、做好事情、完成任务，这才不辜负自己当初入党时的誓言和初心。至于何劲华，鼓励他埋头苦干的还有另一种身份

和责任。

成仙，我们退伍前，首长给我们送行，首长说你们在部队是国家的栋梁，回归社会后也要成为各界的中坚。虽然人退了伍，但思想永远不能褪色。哪怕当一颗螺丝钉，也要当最硬的那一颗！

温成仙摸着他多日未刮的胡子，说你呀，就是土地老爷的肺腑——实打实！何劲华动情地说：1936年，福建老家遭了水灾，房子被冲，活不下去，我外婆跟着父母从福建回到祖地琵琶围，我曾外祖父、曾外祖母路上受了饥寒，不到一年就先后病死了，那时我外婆才六岁，琵琶围人收留了她。我外婆是吃琵琶围人的百家饭长大的。单冲这一点，我也该好好报恩。

温成仙沉默了好一阵才说：我奶奶讲人生在世，得有本心，有了本心，才能做到报怨短、报恩长，她要我嫁个有本心的人，看来我还真嫁对了。

温成仙语音渐低，不久便发出了均匀的鼾声。

何劲华很快也沉入了梦乡。他梦见自己和穿着红军军服、满身朝气的石大山，穿着阴丹士林蓝大襟衫、梳着大辫子、笑容灿若星辰的年轻橘子婆在围门口相遇，身边是鲜艳绚烂的映山红花海。

大山公公、橘子婆！

何劲华朝他俩跑去，可突然袭来的乳白色浓雾掩去了树木山川和石大山、橘子婆的踪迹。他焦急地呼喊着，最后把自己给喊醒了。

此时晨曦初露，鸟鸣叽啾，蝉声如雨，身边的温成仙还在打着轻快的小呼噜，胖脸上露出几丝舒畅的微笑，朦胧的光线中看去，竟有些像大号福娃。何劲华觉得方才的梦境太真实，遍寻不见的焦灼转化为失落与惆怅：

八十多年来，橘子婆做过多少回这样的梦呢？

想到老人的坚守与坚韧，何劲华心中油然升起股敬佩之情。

就在这时，他接到了常莉玲的电话，说她正在前往琵琶围的路上，何劲华问她什么事急成这样。常莉玲说等下你就晓得了。

上午九点多钟，太阳将山川照得透亮，鸟鸣和蝉嘶把森林变成了动物音乐厅。何劲华在养鸡场门口等到了满身大汗、气喘吁吁的常莉玲。

莉玲，从县城赶第一班船，起了个大早吧？什么事把你急成这样？

劲华，我找到了哑伯是红军的旁证。

常莉玲说着从双肩包里拿出本复印的书，急急地递给他：

这是昨天下午收到的闽西某县党史办老张寄来的内部文史资料，1951年印刷的。里头有赖东牯写的回忆文章《我所知道的琵琶围战斗》。

这就叫踏破铁鞋无觅处，得来还须真功夫！何劲华大喜过望。

常莉玲庆幸地道：这些年我们发了几百封信征集相关线索，网上征稿也搞了好几年，这次能找到赖东牯的回忆文章，纯属运气。

不是运气，是诚心感动了老天爷。何劲华纠正道。

常莉玲双手合十地叹道：这次真的太幸运了！给我寄书的老张在闽西某县的党史办工作，他们馆里最近正在做老档案、老资料数据化的转换工作。老张是个中央苏区党史、军史爱好者，发表了不少这两方面的文章，但凡与中央苏区党史、军史相关的档案和资料他都会仔细阅读。他这一看，可就解决了我们的难题。你看，这是赖东牯文章中跟石天柱有关的内容。

何劲华的目光像两道蛛网，牢牢地粘在了那段文字上：

1935年春天，中央苏区的留守红军九路突围时，我们所在的部队在瑞金被打散，我和三十多名红军战士跟着石大山连长辗转上了琵琶峰。在群众的帮助下，一排长石天泉和我扮成送柴火的村民去了上龙村国民党粤军某连的驻地，跟被抓后强押在该连的石天泉的弟弟石天柱接上了头，希望他为红军搞些食品和药品。石天柱因为两次逃跑，被打得遍体鳞伤，好在我们去的时候他已经行动自如了。他从伙房偷了袋粮食给我们，可惜我们回琵琶峰时石天泉被叛徒认出，为了掩护我送粮回山，他当场壮烈牺牲。次日夜晚，石天柱得知白匪军要偷袭琵琶峰上的红军，他冒死逃出，连夜赶往琵琶峰给我们送情报，在火夹湾那儿被放哨的张守忠、张金保拿住。（张守忠、张金保是天星村人，石大山去扩红时他俩和石天柱一起参加的红军。石大山领着挑粮的新兵去和大部队会合，不料在路上和白狗子打了场遭遇战，石天柱、张守忠、张金保被白狗子抓住。当天晚上下大雨，三人趁机逃出，可受伤的石天柱又被白狗子再次抓住，张守忠、张金保回到了红军队伍。）那天在琵琶峰火夹湾意外相见，三人都很激动。由于情况紧急，他们没讲几句话，张守忠便让我带石天柱去见石大山连长。

石天柱很坚强，听到他大哥牺牲的消息后没有哭。第二天一早，敌人偷袭琵琶峰，红军战士英勇奋战，但因敌众我寡，我们最后退进了琵琶围，弹尽粮绝后仍在围里坚守了两天两夜。第三天傍晚，白狗子炸开了琵琶围的围墙，我们和敌人进行肉搏战，连长石大山当场牺牲，我们退到了洞口边，这时一颗手榴弹飞来，手榴弹爆炸时石天柱把我推出了洞口，我被震得摔下了山崖，我醒来时敌人正在搜山，他们没发现落在崖下草丛里的我，天黑后我得以脱险下山。之后我辗转到闽西一带，打过短工，也讨过饭。解放后参加了人民政府的工作队，后来又调到武装部工作。因为工作太忙，到我写下这篇回忆录的时候我还没回过琵琶围，也不知道石天柱是否还活着。如果他那天不推我出洞，我肯定死了。他是我的救命恩人，他还是个英雄。因为他的及时上山送信，我们不但没有被敌人一锅端，还消灭了几十个敌人，为革命做了小小的贡献。我很想念他，等工作清闲些，我一定要去看他。

后面的书页破烂不堪，赖东牯的文章到此戛然而止。何劲华说哑伯这些年去下张村看的那两户人家会不会是这张守忠、张金保的后代？

常莉玲说那两家一个姓陈，一个姓王。如果是他俩的后代，应该是逃避挨户团、铲共团的时候改了姓，要么就是其他红军战士的后代。

有可能。赖东牯还在世吗？

常莉玲望着天上那片越聚越厚的浓云，表情沉重地说：

赖东牯写文章时在闽西某县武装部工作，1951年底，他带队进山剿匪，在战斗中牺牲了。

唉，又是一个青年英烈。好可惜！何劲华的心颤动起来。哑伯，他打小就崇敬的哑伯，果然是当年的红军战士。能在老人有生之年廓清他的身世迷雾，还尘封的历史以真相，给深埋地下的红军先烈正名，这算不算一件功德？

风仿佛知晓他俩的心事，用劲摇晃着树梢，发出轻轻的呜咽，些微的骚动反衬出了大山的沉默，只是山川不语，并不意味着忘记，而是在深深地缅怀和铭记，就像此刻。

何劲华再开口时声音有些嘶哑：

莉玲，你尽快写份有关哑伯红军身份的情况说明，向县市有关领导汇报。

我们一起去找钱书记吧！这次你可立了大功！

老同学，你别端我上桌了。要没有你找的这份旁证，光凭我对口形整的那几段话，根本冇办法证明哑伯的红军身份。

常莉玲实事求是地点点头：你也没讲错，赖东牯的这篇文章还比较有说服力。写这篇回忆文章时他是闽西某县的武装部干事，文章又被收进了县有关部门主编印发的文史资料合集中，具有一定的权威性和说服力！

只是我觉得很奇怪，为什么这么多年峙城没人看到这篇文章？连你这个搞党史的也不知道。

当时百废待兴，没有更多的精力管这些，再说这种内部资料本来印数就少，我们和这个县分属两省，从前县级之间交往少，信息沟通不畅，要不是这次对老档案进行数据化转换，他们自己也不知道有这本书。

你这么说也有道理。何劲华想到峙城的民间灯彩小调，如果前些年自己不组织人去收集，其中的一些歌曲早被时代的洪流给淹没了。

劲华，我通过档案馆的人找到了赖东牯的一张工作照，你看看。

常莉玲从微信里发了张照片给何劲华。泛黄的相纸上，一个穿中山装、戴帽子的年轻男人，睁着双细长、蕴含笑意的眼睛望着他，圆脸上的嘴唇有些嘟，显得憨厚。何劲华注视着他，仿佛在与逝去的时光相遇，心中百感交集，诚恳地说：

莉玲，多谢你搞清楚了哑伯的身份，在历史的隙缝里发掘出了真相，这对哑伯他老人家，对琵琶围，对挖掘峙城的红色历史都有重要意义。

何劲华说到这儿，常莉玲突然指着前头说：说曹操，曹操到，哑伯他老人家来了！

何劲华抬起头，正好看见哑伯从小径入口处朝养鸡场走来，右肩的锄头上挑着一畚箕草药，左手牵着刘万平送给琵琶围村小组的那头小牛犊。从香菇大棚到养鸡场的山道两旁，爱美的朱家姐妹种满了粉红色的紫薇花和橘黄色的金盏菊，中间还点缀着茎叶优美的兰花、竽蕉、万年青和星星草，两旁的板栗树、酸枣树、樟树枝繁叶茂，几树盛开的苦楝花、合欢花点缀其中，整条山径仿如仙境，行走其中的哑伯则似丹青中的寿翁。

见到何劲华和常莉玲，哑伯挥了挥手，口里啊啊着，目光却落在盛开的金盏花、紫薇花丛中。近日石浩财把在养鸡场门口收的四箱野蜂送给了哑伯。哑伯见天梯那儿新修的木梯又大又缓还带扶手，便时不时下来给养鸡场送野菜和草药，顺带看看他的蜜蜂。小牛犊也跟着他练出了上下楼梯的绝活，金彩凤为此拍了好几张颇有意境的照片。由于近期天气渐热，上山旅游的人多，橘子婆、哑伯天天带着小牛犊到通衢亭施茶。等牛在旁边吃饱了，他俩便牵着牛到香菇场、养鸡场周围转悠两圈，之后橘子婆去割草、捡木荷籽，哑伯拴好小牛犊，坐在朱雨飞为他准备的竹椅上看蜜蜂在花丛间忙碌、五黑鸡在头顶飞翔，这些给哑伯带来了意外的乐趣，他甚至还在朱雨飞的帮助下拍了条五黑鸡展翅飞过山谷的视频，橘子婆看后连声惊呼：日子好过了，鸡都活成了神仙！

一阵突如其来的山风吹开了头顶的乌云，猛然泻下的阳光浇透了山川万物，

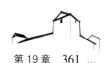

哑伯黧黑的脸像是镀了铜，闪耀出奇异的光泽。那些纵横交错的皱纹既似光阴的印记，又像他漫长一生求索的行迹。常莉玲上前抢过哑伯肩上的锄头、畚箕，何劲华一手挽住牛绳，一手紧紧搂住哑伯消瘦的肩，灼热的泪水仿佛彤红的岩浆，将记忆中两个不同的时空熔铸在一起。

哑伯，哑伯！

何劲华连声呼罢，继而放慢语速说：

哑伯，我们找到了能够证明你是红军战士的材料，以后大家都知道您是红军啦！我们还打报告申请在后山建红军烈士纪念碑呐。

哑伯专注的目光将他的双唇烙得发烫。常莉玲忙将手机上赖东牯的照片送到哑伯面前。哑伯端详着照片，脸上掠过茫然、疑惑、惊讶、激动的情绪。何劲华怕他还不理解，又从手机上调出张红军战士的图片给他看，用手指了指哑伯，无声地说：我们相信您是红军战士。

哑伯愣了几秒，伸手轻抚着手机里赖东牯的照片，浑浊的双目蓄满了泪水，被皱纹包裹的双唇颤如风中秋叶，忽然，哑伯挺起胸膛，张嘴发出低哑的嘶声：

啊——啊——

山风将哑伯的低嘶放大成啸声，刀般劈开了头顶交织的树木和那片越堆越厚的积雨云，小牛犊哞哞地叫着，那群栖息在树上的五黑鸡鸟般扑棱着翅膀从他们头顶飞过，时光的帷幕蓦然洞开，何劲华、常莉玲仿佛看见年轻的石天柱和战士们挥舞着大刀杀入敌阵，被硝烟撕碎的红旗在蓝天翻飞，林中飘出妇女支前队的歌声：

有胆革命有胆当，不怕颈上架刀枪。

砍去脑壳还有颈，挖去心肝还有肠！

枪林弹雨中，战士们前赴后继地冲锋陷阵，鲜血染红了脚下的泥土，遽然盛开的映山红赤如重锦。何劲华、常莉玲的眼泪夺眶而出，这时，耳边突然响起几声炸雷，嗡嗡的巨响犹如无数兵车在空中驶过，又似老天燃放的巨型礼炮，在欢迎久违的英雄们回归！

半个小时后，何劲华、常莉玲、金彩凤、石养财、石浩财等人将几束野花、松枝摆放在后山上，哑伯弯着腰，脸贴着映山红树，口里呜呜着。橘子婆默默地坐在他身旁，边上摆着金彩凤、何劲华抱来的几十双布鞋，粗糙的双手抚着修剪得整齐的青草，阳光将她镀成了一尊铜像。她坐了十几分钟，才在石浩财的搀扶下，颤巍巍地抓起哑伯的手往自己的脸上打去。

天柱啊，我对不住你，冤枉你了，我下辈子给你当牛做马……

哑伯握住她的胳膊，咧嘴无声地哭着，硕大的泪珠在他沟壑纵横的脸上艰难地蠕动着。橘子婆忽然仰脸哀哭起来：

大山啊，你这么多年就睡在这后山，怎么不托个梦给我呢？我没给你点香烛、烧纸钱，没给你送茶水和衣裳，我做了这么多鞋，你一双都没穿呀！你说胜利以后要回家养头牛，再生几个孩子，你要我烧好这把灶膛火，我一直守在这里呀，可是你怎么从来不回来看我呢？大山！大山！你是怨我吗？我该打呀！

橘子婆双手捶打着自己干瘪的胸脯，撕心裂肺地哭了几声后，突然倒在山坡上没了声息，大家手忙脚乱地掐人中、按虎口，橘子婆仍旧昏迷不醒。哑伯急得团团转。就在大家想把橘子婆抬回家时，那只拴在树上的小牛犊挣脱缰绳，颠颠地跑过来，温柔的大眼睛里满是泪水。它哞哞地叫了几声，见橘子婆没动静，小牛犊地前腿跪下，用大而柔软的舌头舔着橘子婆枯姜般的手，这场景的确有些神奇甚或神秘，众人着了魔似的定住，小牛犊舔了几下，仰脖哞哞叫着，橘子婆悠悠醒转，望向小牛犊的目光满是喜悦：

小牛犊，是大山派你回来的吗？你代大山、天泉看看，我们都过上好日子了！

小牛犊像是听懂了她的话，低头叫唤了两声。橘子婆双目失焦地愣怔了几秒，忽然激动地站起身，浑浊的双眸闪着亮光：

我刚才看见了大山和天泉哩。他们刚打完仗，破衣烂衫的，有的战士还挂了彩，我去的时候他们坐在你们种香菇的火夹湾里擦枪。我跟他们打招呼，他们冇睬我，我能听见他们讲话。他们说现在的日子是好过了，可后生人都在外乡，没有后生人的村庄就像没有柴火的灶膛，烧不旺呀。大山就拼命地喊，接着村里的后生人就从云里飘了下来！

橘子婆白发包裹下的脸颊漾着几许红晕，眼神亮如穿透岁月烟尘的激光。

橘子婆，您老放心，现在政策好，在家也有发展的机会，马上就有后生人回家了！

一周后，石生财、白桂花、石景山从广东回来，圆了橘子婆的梦。县广播电视台恰巧在那两天播了常莉玲写的《红军老战士石天柱的坚守》和《红嫂橘子婆的守望》的长篇通讯，在群众中引起了强烈的反响。钱远清书记带着相关部门的同志第一时间前来慰问两位老人，二老不肯收慰问金，后来见推辞不过，哑伯、

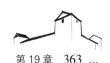

橘子婆便把钱送给了谢玉琴瘫痪的奶奶陈大妹，高风亮节令人感动。更使人泪目的是，当退役军人事务局送给哑伯一套没有领章帽徽的新军装时，哑伯先是手抚军装老泪纵横，继而穿上军装，和着橘子婆唱的红色山歌，为大家做了套红缨枪刺杀操，一招一式中依稀能看出当年那个红军小战士的风采。

随后有不少群众自发上琵琶围看望二老，石生财用最短的时间背熟了常莉玲写的琵琶围之战的资料，只要有客人来，他便领着客人上后山讲解，又充当了哑伯、大山公爹、橘子婆奶奶故事的讲述者，听得客人们泪水涟涟。琵琶峰似乎也受到了感染，树木开始含烟，山风变得轻柔，风光景致比之往日更加旖旎多情。

由于白桂花三人的回归，杨明、何劲华、金彩凤、小于心情大好，橘子婆、石养财、石浩财、石成金、石成玉、石拐、许秀珍的脸上更是笑出了花，其他人也跟着高兴乐和。石浩财、石生财、石景山做东在琵琶围请村里的长辈吃饭，席间石浩财当着大家的面起誓：

上有天、下有地，中间有各位领导、长辈，我今天在这里发个咒誓，今后我要是再喝醉、再发懒，大家拿刀削了我！

石钟见他说得严重，忙纠正道：浩财，你这毒誓很暴力，不好，重新发过誓。

白桂花抓起桌上的两根筷子说：我只看你怎么做，不听你怎么发誓。你要是再不改，我们就像这双筷子，一拍两断！

白桂花咔嚓一下折断了筷子。石成金和石成玉跟着声援老妈：爸，你要是还喝酒发懒，我们就跟妈妈姓白了！

坐在旁边的何劲华担心她们再讲重话石浩财受不了，忙道：桂花，浩财现在是合作社的骨干力量，不用扬鞭自奋蹄。

他又转头宽慰石浩财：都是家里人，讲点重话冇要紧。

石浩财乌溜溜的圆眼睛眯起来：冇事，她们这是在夯土，夯得越重，我心里越踏实！

说罢，他一把握住了白桂花的手。白桂花挣了几下没挣脱，便由他握着。过了会儿，两人头挨头地小声商量起事情来，好像之间从无嫌隙。

老古话哇得对，夫妻没有隔夜仇，床头打架床尾和，事情讲开了，桂花和浩财不是好得很吗？你跟生财怎样？许秀珍在跟谢玉琴咬耳朵。

谢玉琴抬眼时正好看见石生财扫过来的目光，低头摆弄着衣角，小声地喃喃道：

我冇话讲，就看他的意思了。

在何劲华的帮助下，小勇去了山下的中学住读，老奶奶的身体也比原先好了些，父母又接了三位老人的孝老餐，脸上开始有了笑容，谢玉琴往日苍白的双颊透出了红晕。

玉琴，我问过生财，他心里有你，你也要主动些。朱雨飞以准大嫂的口吻劝她。

谢玉琴点点头，双颊浮出了两片火烧云。

一旁的金彩凤见白桂花和石浩财说话的态度越来越亲密，感叹道：劲华，我看白桂花不错，不跟石浩财计较，要是换了我，肯定没那么快饶过他。

何劲华笑道：你以前对张云海不蛮好？嘴硬！

两人的悄悄话被端着酒杯走来的石景山打断：

各位领导、各位长辈，前些年我有些事做得不对，我向我爸妈和四个大姐做了检讨，她们已经原谅我了。今天我在这儿向大家保证，以后我一定会做个好儿子、好弟弟，不给家人和村里人丢脸，请大家监督我！我先干为敬哈！

石景山原本就长得高大清秀，这几年日子过得好，衣服也穿得好，越发显得仪表堂堂，仰脖喝酒的派头看上去像个大老板，在场的长辈老早就看不惯石拐和许秀珍对他的娇惯纵容，后来见石景山这么没良心，越发瞧扁了他。这次石景山回来，大家冇给他好脸看，他上来敬酒也不想多搭理。石栋梁见冷场了，忙端着酒杯走到石景山边上，语重心长地说：

景山哪，你回来了就好！你父母年纪大了，身体不好，就你这么个儿子，你如今在外面成了家，得带着妇娘、伢子回来认祖归宗，全了老人的心愿，百善孝为先啊！

石景山和妇娘周美琪生了对双胞胎儿子，可因为是倒插门，儿子跟他妇娘姓周，见他神情尴尬，石栋梁马上转移了话题：

景山，你妈和你姐现在成立了"三嫂"牌咸鸭蛋合作社，你要是能回来帮忙最好，回不来，你就从别的途径帮助你妈。这个项目做好了，不止富你一家，还能带动别家致富呐。

听了石栋梁这番话，石景山双目盈泪。想当年他因为长得高大帅气，又擅长体育，是学校的风云人物，很受女生欢迎。可因为学习基础不扎实，毕业后找的工作都不理想，谈了三个女朋友，前两个看不上他的家境，吹了。第三个女朋友是北京姑娘，家教良好，知书达理，最难得的是不介意他的家境，还带他去见了自己的父母，定下婚期后，女朋友提出要跟他回家过年，石景山高兴坏了，打电话让家中做好迎接的准备。那时从广州到峙城得从韶关换坐汽车，再从县城坐不定时的招手停中巴车到琵琶镇，从琵琶镇到码头还要走半个多钟头，然后才能坐船上琵琶峰。那次石生财带着女朋友回家，几番舟车转换，等他们赶到琵琶湖码头时，去琵琶峰的轮船已经停运，工人们都回家过年了。一场大雪压塌了移动信号发射塔的线路，石景山没办法跟家里联系。时近黄昏，北风劲吹，湖水涌波，竹木怒号、群山苍茫，女朋友望着雪白的峰顶上那几点闪烁不定的微弱灯光，搂着望湖兴叹的石景山失声痛哭。石景山也哭了，女朋友说很累，想住下，可四周黑黢黢的，连水库管理处的人都回家过年了，他和女朋友只得摸黑往琵琶镇走。女朋友走不动，石景山背着她，等走到琵琶镇时，他的腰都快断了，心中的愁苦却不敢在女朋友面前流露丝毫。他强颜欢笑地为女朋友烧好开水、泡好方便面，自己转身去找四姐，联系落实明天送他们进琵琶峰的船。等他回来时，女朋友不辞而别，只在桌上给他留了张纸条。

我的所爱在山腰，想去寻她山太高，低头无法泪沾袍。

景山，你是个好人，但我没有勇气接受坐落在云深不知处的婆家。那个地方太地老天荒了！原谅我，也请你忘了我。

石景山的女朋友喜欢文学，辞别信中还引用了鲁迅的打油诗《我的失恋》的诗句。她离开时的决绝与这封文艺的告别信刀似的戳破了石景山的心。

次日，他坐长途班车返回了广州。他恨自己的家，恨琵琶围，他换了手机号码，切断了跟家人的联系。四年前他遇上现在的妻子周美琪。周美琪的父亲有两家鞋厂，资产过千万，却没有儿子，周老爷子一直想招婿上门，又怕别人惦记自己的财产。父女俩考察了几十人，终于相中了在厂里打工的石景山。石景山大学毕业，人长得不错，带得出去，又不太精明，最关键的是出身穷苦，为了过上好日子肯俯首帖耳，而且没有背景和靠山，本人的智慧也不足以对他们的财产构成威胁。果不其然，当周老爷子开门见山地跟石景山谈条件时，石景山满口应承之后，即按照周家的要求认一对退休中学教师为养父母，上交了身份证和原有的银行卡，成了周家的倒插门女婿，过上了他梦寐以求的富裕生活。

夜深人静时，他偶尔也想过父母的焦灼、绝望，但只要一念及那几个因家贫抛弃自己的前女友，一想到跟父母联系后的种种麻烦，他便再次选择了隐匿。反正他在厂里帮着岳父妻子打理内务，无需外出应酬，偶尔出去，岳父和妻子都会安排好住宿。他的工资打在周美琪的卡上，那张卡是专给他用的，钱一到账，他就取现，然后把钱装进旅行袋，藏在只有他有钥匙的杂物间里。他也怕万一哪天被甩，存在周美琪卡上的钱自己无法使用。周美琪这点蛮好，从未过问他这笔钱的去向，夫妻俩相处得不错。为了节省生育时间，周美琪通过医学辅助手段，生了对双胞胎儿子，小日子过得其乐融融。

为了过上向往中的好日子，石景山抛弃了年老、穷苦的父母，割舍了人间至真的亲情，在广东他有一万个理由为自己的这种选择辩解、开脱，可真正回到琵琶围、面对亲人时，却发现自己和这块土地打断骨头连着筋，很难连根拔出。

石景山抱着瘦弱的许秀珍，失声痛哭起来。

有道是男儿有泪不轻弹，只是未到伤心处，他这一哭化解了乡亲们对他的怨恨。许秀珍心疼地搂住他，崽呀崽呀地喊着，听得人牙酸。

石生财见石浩财、石景山表了态，他走到谢玉琴身边，拉着她先向橘子婆、哑伯、谢家父母敬了酒，然后再敬其他人，喝了一圈后，借着酒意高声说：

各位乡亲，我在外面打了七八年的工，这次回来不走了，以后请大家多关照。

这时石浩财举着酒杯走到他身边，郑重地道：各位长辈、老表，我跟生财、桂花、玉琴要搞个旅游合作社，现在正在办手续，希望通过我们的努力，能从琵琶峰的绿水青山中挣出真金白银来！

石浩财说到这儿，特意跟何劲华、金彩凤碰了下杯：

感谢何馆长带我去广东向我二哥和桂花道歉，让他们感受到我的诚意；感谢金大姐每周给桂花发我们家和围里的消息，让她晓得家里人都想她！

石生财也走过来敬何劲华：何馆长，多谢您专程到广东告诉我们家乡的新变化，让我们得知家乡发展产业的新举措，也让我们看到了回家创业的新希望！

转身他又敬了金彩凤一杯酒：金大姐，我算了下，自从您上山后，您给我转发了一百多条家乡发展的新闻，还给我打了几十个电话，多谢您！有您跟何馆长这样的好干部，我们琵琶围人一定能过上好日子！

石生财不愧见过世面，说的话入情在理，听得众人暗暗点头。石浩财不甘示弱，高举酒杯大喊：

今天是星期天，喝点酒没关系，我提议大家敬何馆长、金大姐、杨书记、小于一杯，杨书记的酒由小于代喝。感谢他们到琵琶围扶贫，给我们送来党的好政策！

在众人的欢呼声中，何劲华、金彩凤满饮了一杯酒，小于则连喝两杯。何劲华情绪颇为激动，忍不住开腔道：

各位乡亲，前不久橘子婆这样跟我讲，她说没有年轻人的村庄就像没有柴火的灶膛，烧不热锅！这次生财、桂花、景山能回来创业，琵琶围的灶膛火就该旺起来了!

橘子婆笑呵呵地说:有这么好的政策,大家都要旺了!

金彩凤上前敬了橘子婆和哑伯一杯酒,转身看着大家:乡亲们,古话讲老人嘴,圣旨口,刚才橘子婆说我们大家都要旺了,这是吉言,也是我们马上将要实现的目标。下面欢迎何馆长讲话——

刚才还乱哄哄的人群安静下来,接着响起了掌声,何劲华的话音显得高亢:

告诉大家几个好消息,一是琵琶情竹编合作社、"三嫂"牌咸鸭蛋合作社、琵琶围旅游合作社下周挂牌;二是县里要在后山建琵琶围之战革命烈士纪念碑,琵琶围内会布置几间战史陈列馆;第三……

朱雨飞再也忍不住,插话道:下周香菇场要出第二茬香菇,我们买的孵化机要孵出二千只小鸡,母鸡们还要继续生金蛋蛋。

那些香菇和鸡蛋都姓金,是我的兄弟姐妹啊。金彩凤接口道。石浩财格外兴奋,刚刚坐下又站起来:

向各位领导和老表报告一下,今天上午柳高义认领了琵琶围的十间房,马上要开始装修。何馆长和金大姐出面帮他要回了三十万块钱欠款,他会装修好一间房送给琵琶围村小组,收入算村集体的。

其实柳高义想把那间房送给石浩财,以兑现他当初"谁要回三十万块钱就给三万块提成"的许诺:石浩财为他催那十万块钱时手受了伤,何劲华、金彩凤也是看在石浩财的面子才帮他催款,所以这间房他觉得应该送给石浩财。石浩财不肯收,坚持要送给村小组。何劲华、金彩凤知道其中原委,鼓掌时格外用力。石养财被朱雨飞推了好几下,站起身说:

邱镇长打电话说,县里跟峰峦集团已经签了琵琶围景区的开发合作意向书,他们公司可能会要几十间房间。还有,七月底的赏月之旅是琵琶围旅游合作社的第一个项目,通过武二郎的杂货铺、县文广新旅局、县文化馆等单位的职工和樟树岭村村民们的朋友圈的宣传,已经有四十一个人到浩财这里报名,峰峦集团那边也会组织人来,到时会很忙,大家要做好准备。

石养财也没想到自己这番话说得这么顺溜,兴奋得揪了把朱雨飞的马尾辫。

可惜我姐还在成都学习,没听到你这番油嘴话。

朱雨飞把头歪在石养财肩上,石养财笨拙地搂住了她的腰。坐在他俩边上的汪经伦、杨淑英啧啧了几声,满脸喜气地走到何劲华跟前。杨淑英说何馆长,您看人很准,我家汪敏的事情查清楚了,他是清白的。

何馆长，小敏现在已经上任了！多谢你当时的指点。通过这件事我受了教育，风水不重要，重要的是得清清白白做事，堂堂正正做人！

何劲华、金彩凤跟他俩碰了下杯：这就对喽！祝汪司长旗开得胜，马到成功，履新顺利！

不敢当，不敢当，他是副司长！

老两口呵呵笑着，喜悦之情溢于言表。

何馆长，彩凤妹子，上次开会算了下账，合作社为赵峰和薛丁山他们采购端午节的土特产挣了一万多块钱，最近卖香菇和鸡蛋的收入也有上万块，我们是不是很快就能脱贫了？

在何劲华、金彩凤苦口婆心的劝解下，许秀珍最近又跟几个女儿女婿和好了，说话时声音比往日高了八度。何劲华中气比她更足，声音嗡嗡的：

九月底大棚香菇最后一批菇出完，只要不出大的意外，大家肯定能全部脱贫！

喝得满脸红光、双目灼亮的石浩财挥舞着双手：哎，脱贫致富以后我们都改姓金，琵琶围改叫金元宝围！

小于呵呵笑着：何馆长，石支书，到时我们要在十月份的文化旅游节上好好庆祝一番，把声势造大些！

我还要告诉大家一个好消息，国庆节养财跟雨飞，浩财跟桂花，生财跟玉琴，吴医生跟雪飞四对新人要举行集体婚礼。

金彩凤这话赢得了阵阵喝彩，石浩财连忙补充道：还有柳高义和北片乡的唐爱静也要跟我们一起举办集体婚礼！

哎，柳高义怎么成了我们峙城的女婿了？

大牛最爱八卦，讲起这类的话题就兴致勃勃。

柳高义在做从南远县城到北片乡的中巴车生意，唐爱静是车上的售票员，一来二去的两人好上了，这就叫近水楼台先得月！

石浩财的解释惹来了愈加响亮的掌声。白桂花对朱雨飞说，几个姐妹商量好了，成亲的时候要穿客家新娘的衣服，办客家人的婚礼。

好呀，我跟姐姐绣了十几条水裙和头帕，这次正好派上用场。还有呢，感谢驻村工作队和村里的支持，我大哥的小儿子、我的小侄子贵虎已经改回朱姓，下学期会到樟树岭村小学读书，我们朱家也算续了香火。

说到这儿，朱雨飞满含爱意地看着石养财：养财说添人添双筷，其实没那么简单，多谢你肯留下贵虎。

石养财被朱雨飞的客气弄了个大红脸：到时候我们请乡亲们吃大餐！

雨飞，除了吃大餐，你们还得准备哭嫁的唱词呢。大牛兴奋地道。

大牛，你别扫兴了，我们的日子越过越好，我才不哭嫁呢！我要笑着出嫁。

白桂花是贵州人，她觉得客家女人的哭嫁习俗有些不可思议：

对，桂花讲得对，我们要笑着出嫁！朱雨飞、朱雪飞、谢玉琴异口同声地说罢，几人对视一眼，接着朗声大笑起来。她们明灿的笑容黯淡了阳光，激得那群飞到屋檐下的麻雀像收到了指令的机群，展翅扑向围外。石成金、石成玉端着饭碗追了出去。自从上次何劲华、石浩财到东莞请白桂花后，他们得知妈妈会回来，已经好久没到心花开的石头上吃饭了，这会儿怕麻雀饿着，想给它们投点食物。

浩财，你也不管管他们，都成野孩子了。

白桂花说着，轻轻抽出了那只被石浩财握得汗津津、快要麻木的手，心疼地跟了出去。此时菜残酒冷、席已快散，喝得脸上红扑扑的众人在三五成群地说话，石浩财回房间背了只麻袋，拿把铁锹，走到站在月牙池的柿子树下、满脸慈爱地望着一双儿女的白桂花身旁。

日头很大，阳光金澄耀眼，天蓝得像是要出水，朵朵白云如莲花盛开，远远近近的山峰，从浅绿、深绿过渡到黛绿、深褐，到天际时成了淡淡的几抹墨色。琵琶湖绿波荡漾，风吹树摇，筛出满地跃动的光斑。许是天气热，鸟不叫了，只有蝉在拼命嘶喊。麻雀们像是知道石成金、石成玉撒了饭粒，欢快地落到他俩身边，晃着小脑袋开始啄食。石成玉拿起筷子想多拨些饭粒下来，白桂花快步上前制止：

不要浪费粮食。你要喂惯了，它们就变成了懒鸟。

石成金、石成玉敏感地抬头看着边上的石浩财，白桂花回头瞅瞅他：不是骂你。

石浩财笑道：你已经骂得我满头大包。

嫌我骂多了？白桂花戳了他两指头，石浩财憨笑道：

我自找的，该骂。走吧，带你们去个地方。

几分钟后，白桂花、石成金、石成玉站在后山琵琶石前的桃树旁，有些纳闷地看着石浩财。石浩财指了指桃树：桂花，那年你跟成金种的。

爸、妈、哥，你们看，结桃子了！

茂密的枝叶间，挂着一嘟噜一嘟噜绿宝石般的小桃子，毛茸茸的煞是可爱。石成玉欢呼雀跃。石成金从树干上掰下两坨桃胶送给白桂花，说电视上讲桃胶能养颜，妈妈吃了会变得更漂亮，石成玉说我也要吃，兄妹俩打闹起来。白桂花搂着一双儿女，清秀的脸上笑出了细细的皱纹。石浩财注视着眼前的场景，心中无限感慨。曾几何时，他以为这样的幸福永远不会重现，没想到如今却美梦成真。像是有水珠滑进了他的眼眶，也不知是汗还是泪。石浩财抹了把脸，吭哧吭哧地清理出那个土坑，把麻袋里的酒瓶铺在了坑底，然后躺在了酒瓶上。

桂花，成金，成玉，你们快往我身上扒土。

爸，这是我原来挖的坑，你这是干什么？

石成玉大喊着跑过来，一边仰脸对白桂花说：妈妈，那时我以为自己快死了，就挖了这个坑埋自己。

妈妈晓得。是妈妈不好，让你受苦了。

白桂花抱住女儿哽咽起来。石成玉伸手替她揩着眼泪：妈妈，你不要哭啊。再哭我也要哭了。

好了，妈妈不哭，你也不要哭。白桂花牵着石成玉走到土坑边。石成金掐了几枝野菊花插在石浩财头发上：

爸，你这是要埋葬过去的自己吗？

是，我要埋掉那个懒惰酗酒，一心只想挣快钱，不愿扎实苦干，不敢对家人负责，只想躲在酒缸里的石浩财。

他的目光落在眼含泪花的白桂花脸上。白桂花明白他的心意，也从旁边的草丛里掐了两朵野花夹在他耳后。

浩财，我们都相信你，起来吧。

白桂花、石成金、石成玉合力拉起石浩财，石浩财搂着妻儿啜泣不已。

是我不好，都怪我，让你们跟着吃苦。以后我一定踏实做事，让你们过上好日子。

本已偃旗息鼓的风鼓荡起来，将石浩财只讲给白桂花母子三人听的话音放大了，树林听见后哗哗地拍打着巴掌；小鸟得知后兴奋得翻起了跟斗；黄狗花花为偷听到主人的心声而窘迫，边跑边发出软软的哼声。石浩财挺直腰杆，迷蒙的双眸落在林梢上。此刻骄阳似火，树林上空浮着层淡紫的霞霓，天空越来越亮，他的眼里有星星在闪烁。

第 20 章

琵琶峰上搭歌台，

阿哥阿妹逞英才。

幸福好比江中水，

日夜不息滚滚来。

——摘自《峙城客家歌谣集》

转眼到了十月份，秋深了，琵琶峰的枫树、黄栌、鸡爪槭的叶子红艳耀眼，银杏叶黄爽得透亮，鹅掌楸阔大的叶子由深绿转为褐黄，山腰上的竹林、杉树、松树、樟树绿得凝重，岩石缝隙中的高山杜鹃叶片稀疏，枝干却倔强地伸展着，斑驳的山色比何劲华、金彩凤刚上琵琶峰时缤纷、浓艳了许多，层次也更为丰富分明，犹如巨大的调色板。大雁从蓝得耀眼的天空列阵飞过，扇动的鸟翅将白云抻成丝丝缕缕的棉絮，又似慵懒散漫的睡莲花瓣。琵琶湖的水位降了，小岛与水面间露出圈褚红的泥土，仿如赤色的腰环。空气中秋的味道越来越浓，有花香、落叶的气息，更多的是秋收时特有的丰醇，琵琶峰美得如妆如醉。

何劲华和金彩凤没有想到，通过传统媒体和新媒体的报道，琵琶围客家过漾爱情旅游文化节会那么受欢迎。省广播电视台的交通广播、旅游频道各组了两个自驾游团，有九十多辆车、二百多号人。闽、粤两省的毗邻县和本县、南远等县网上报名参加的自驾人数达一千多人，邱小楠把这情况告知赵峰和薛丁山后，他们对打造琵琶围景区更加有了信心。由于七月底的琵琶围赏月之旅办得很成功，峰峦集团组织新成立的旅游市场部二十名员工前往琵琶围参加这次的旅游节，除亲临其境感受琵琶围的魅力外，也想取得第一手的旅游市场开拓经验。

为了落实停车场、住宿和餐饮，琵琶镇专门成立了工作组，黄书记亲自挂帅，邱小楠具体负责，石浩财的琵琶围旅游合作社落地执行。县文广新旅局和文化馆对此次的活动格外重视，成立了专门对接文化旅游节的工作小组，江局长当组长，李香树当副组长。作为琵琶围行政村的包村大村长，唐部长担起了调度、协调多个工作组的指挥重任。根据工作组的策划，在驻村扶贫工作队和村两委的组织下，琵琶围行政村全体总动员，分成交通、餐饮、住宿、表演、参观等若干个小组，每组做出详细的日程时间表，将每件事都落实到人。在分组过程中，石浩财、石生财思路清晰，注重细节，执行能力强，石浩财提出的让贫困户捧着脱贫光荣证书，到后山琵琶围之战纪念碑建设现场朗诵方志敏《可爱的中国》文章的建议，得到大家的一致赞同。

这石浩财啊，现在身上装了涡轮增压发动机，这几天跟着他，我跟我妇娘都快累断了腰。

柳高义和未婚妻唐爱静这几天来义务帮忙，两人忙得蓬头垢面，见了面就互相打趣。为了支持老爸的扶贫工作，活动举办前两天，何甘便驻扎在山上，负责整个活动的新媒体宣传，小雪也打夜班撰写了多篇解说稿，到时她将和县电视台的主持人一起进行现场直播！

由于来客超出预期，琵琶镇住不下，琵琶镇领导决定在沿湖的锅底村和圆月村举办帐篷节，算作旅游节的子活动。锅底村、圆月村的村支书和驻村书记怕杨明、何劲华、石栋梁有想法，特意打电话向他们解释。

哎呀，这是好事呀！要把琵琶湖、琵琶峰的绿水青山变成金山银山，得靠大家一起努力！欢迎加入。

由于准备工作太多，何劲华几天没睡好觉，忙得眼睛凹陷、嗓子沙哑，金彩凤也累得头发蓬乱、面容憔悴。她揽镜自照后有些无奈地对何劲华说：

要死了，我本来还想通过这次的爱情旅游文化节找个对象，现在老成这样，自己看到都嫌，看来是要当一辈子老姑婆了！

金彩凤话说得怨艾，心中却洋溢出喜悦。子熙很争气，考取了武汉大学，金彩凤为此兴奋不已，请家人吃了顿大餐，席上她给子熙敬酒，夸女儿了不起，考上了重点大学。子熙不客气地说我张子熙是在父母离婚、父亲再娶、母亲经常出差，无人管教的情况下自学成才、考上大学的，我都佩服自己呢，该浮一大白！

一席话说得金彩凤潸然泪下，子熙上大学后，自责内疚和骄傲欣喜的情绪交替出现，犹如两只磨盘，磨得她夜不能寐。加上这段时间贼忙，把个原本脸色红润光洁的金彩凤累成了黄脸婆。她经常拿自己的疲惫样子开涮，还发动大家替她介绍对象，给忙碌的众人添了些许轻快。

此时杨明刚刚出院，还拄着拐杖，县文广新旅局的中层调整完毕后，杨明调任党办主任，属于重用，局里还另外选派了驻琵琶围村的第一书记，江局长原本想让杨明和新任第一书记尽快交接，但杨明说这次活动任务繁重，怕新任书记不了解情况，坚持要站好最后一班岗。听说山上的帐篷不够，峙城市面上的帐篷又卖光了，他让小于带着自己到南远县去购买，又自掏腰包请了搬运工，次日一早便把几十顶帐篷运上了琵琶围。

国庆节那日，天空高远，白云悠悠，阳光流金铄石，琵琶峰层林铺翠，鸟儿在嘹亮的乐曲声中翻飞盘旋，琵琶围张灯结彩，人头攒动，围门内外搭建的彩虹门犹如双虹飞架，气势不凡。围坪内用竹子搭了个简易舞台，两旁的充气宫柱上贴着"绿水青山永远在；金山银山传后代"的对联，上方的气球垂下两条大白话标语"庆祝琵琶围行政村成功脱贫""祝贺老大难乔迁老寨村新居"。这些标语是琵琶围村民集体议出来的，有人嫌这些标语没文化，钱书记、唐部长等人却从中看到了村民的真心诚意，连声称好。

开幕式第一项活动，是钱书记率领众人到后山给红军英烈献花圈，并领着石浩财等脱贫户朗诵方志敏的文章《可爱的中国》的片断：

中国一定有个可赞美的光明前途。……到那时，到处都是活跃跃的创造，到处都是日新月异的进步，欢歌将代替了悲叹，笑脸将代替了哭脸，富裕将代替了贫穷……

穿着那套军装的哑伯和白发苍苍的橘子婆也站在朗读队伍中间，他俩头颅高扬，脊梁挺直，仿佛两棵不老松！身后，即将竣工的革命烈士纪念碑像红军战士出鞘的利刃，彰显出不屈的风骨。旁边树林里的红旗在风中飘扬，犹如跃动的火焰。何劲华注视着两位老人，眼前浮现出游人向他俩赠送礼物，老人却坚持将礼物送到乡敬老院的场景，崇敬之情油然而生。

开幕式第二项活动是集体婚礼。在樟树岭村农民乐队欢快的鼓乐声中，锅底村、圆月村的稻草龙队、板凳龙队龙腾虎跃地进行暖场活动，石钟、大牛、石景山等人飞快地在地下铺了两行竹筛，"招财童子"石成金、石成玉、龙龙和秀秀每人举着根竹竿，竹竿顶端的小木板上绑着只羽毛溜光、冠大色红的雄鸡和两朵竹编香菇从屋内走出，雄鸡体格强壮，扑棱着翅膀带着他们往前跑，引得众人哄笑。石养财、石生财、石浩财、吴医生、柳高义皆已换上暗红色对襟衫、黑裤子，胸前戴着大红花，腰间的红绸带连在身后新娘子的腰上，脸上布满了笑容。

五位新娘穿着红色大襟衫，系着绣了花边的淡红色钟形水裙，黑色大脚裤下是朱雨飞、朱雪飞、谢玉琴赶制出来的红色绣花鞋，她们在新郎的牵引下，合着鼓乐和众人的喝彩声，小心翼翼地走过米筛阵，红盖头边上的金黄色流苏随着脚步晃出圈圈耀眼的光波。

热闹的鼓乐声中，喇叭里忽然响起了婚礼礼生石栋梁的喊声：吉时已到，请新人行拜礼。一拜天地，二拜高堂，夫妻对拜！

他的声音惊得檐下那窝燕子振翅飞起，燕子的小眼睛偷偷往下一瞥，只见新郎揭去新娘的红盖头，夫妻交杯喝蜜酒，氛围甚是甜蜜，忽然咚咚几下鼓响，唢呐声变得激越，五位新郎脱去上衣，打赤膊奔向檐下那排斜靠着的长竹竿。

哇，要舞竹篙龙了！

不知谁喊了一声，人们往前涌去。在峙城，琵琶围的竹篙龙和琵琶围一样赫赫有名。所谓的竹篙龙，就是取六七米长的竹子，去掉竹叶，截短竹枝，再在枝头扎上浸过油的纸媒，晚上点燃后游行，耀如飞星，是峙城乡间逢年过节驱邪祈福的盛景。琵琶围的竹篙龙除在枝头扎纸媒外，还在竹竿上缠挂一串长鞭炮，非勇者不敢举竿。人们为了近距离感受琵琶围独特的竹篙龙，激动地往前挤。

哎，大家请退后，别被鞭炮屑烧伤了！

邱小楠、何劲华、金彩凤、石栋梁变身为安保人员，钱书记、唐部长他们也在高声维持秩序。此时，五位新郎已跟早就做好准备的杨明、小于、石钟、大牛、石景山等人会合，在铿锵有力的鼓声中绕场游行了两圈。

现场的气氛非常热烈，何劲华却闹中取静，站在屋檐下看起了手机。黄春旺带着家人上北京天安门看升国旗，刚才他打电话想跟何劲华分享这份喜悦之情，后来猛地记起今天上午琵琶围要举行旅游节的开幕式，忙发了几段视频给何劲华。从黄春旺发来的视频中，何劲华真切地感受到了他们全家发自肺腑的幸福感，他还清晰地看见了黄春旺夫妻俩眼中激动的泪水，听见了他那双儿女饱含深情的欢呼：祖国，我爱你！

想到上琵琶围后经历的一切，再看看眼前的欢腾场面，何劲华既欣慰又不舍，同时还有些遗憾，觉得自己功夫下得还不够深，如果再用心些，也许还能多为贫困户和村里做些事。在这种微妙的心境中，他眼角微润地拍了两张照片发给黄春旺，下面写了两句话：魂牵梦绕的琵琶围——我的故乡，我爱你！

这时，传来"咚——咚——咚——"三声鼓响，几柄大唢呐吹奏出何劲华创作的灯彩调《太平锣鼓》的曲调，何劲华收回心神，竹笛一横，双唇轻撮，稍一

运气，悠扬的笛声便随着他手指的翻飞从孔洞里跑出，在高亢激越的唢呐声中欢快地穿行，像只伴飞的小百灵。金彩凤领着五位新娘子，一手执大红羽扇，一手高举茶篮灯，踩着音乐的节拍，迈着轻巧整齐的舞步从院坪两侧跳了出来。耀眼的日光中，那些转动的茶篮灯依旧闪人眼目。燕子们以为那是巨大的萤火虫，正想飞过去看个究竟，一道响亮、悠扬的歌声在空中激起了小小的气涡，让它们听得迷醉：

> 哎呀嘞，
>
> 琵琶峰上搭歌台，
>
> 人人都能逞英才。
>
> 幸福好比江中水，
>
> 日夜不息滚滚来。
>
> 喔喂！

金彩凤的歌声清脆悦耳，如林籁泉韵，声动梁尘，又好似一把无形的银勺，在众人的心中掘出口泛着乡情、乡恋、乡思、乡愁的深井。

在歌声的余韵中，人们品味着、感叹着。时近中午，围屋那端临时搭起的大灶柴火烧得噼啪作响，焙酒的砻糠燃出岩浆般的暗红，瓮里的酒受热后芳香四溢，熏得误入其中的蜻蜓、蜜蜂晕头转向。许秀珍、杨淑英、谢家父母等人忙着烧饭做菜，橘子婆、哑伯在旁洗菜、添柴，小勇、成金、成玉成了孩子王，领着龙龙、秀秀他们四处奔跑，温成仙怀中的忽忽看见忙着直播的何甘和小雪，发出了呀呀的婴语，小脸蛋在温成仙迷蒙的泪眼中笑成了一朵花。淡蓝的炊烟在半空中袅出优美的图案，山鹰飞过时似乎被缭绕的烟岚和浓郁的香味诱惑，又好像被琵琶围的热闹吸引，在围屋上空滑翔了好一阵，这才拍打着翅膀不舍地离去。

这时，围坪内鼓乐齐鸣，长者六阿公洪亮的祝颂声直上云霄：

今日火龙入围来，接引四方八面财。过漾客人是贵宾，家摆琼浆玉液台……

石浩财手中的龙头一昂，领着龙灯队绕场盘旋。山风吹得竹篙龙枝头灯花吐蕊，鞭炮炸出道道赤焰，蓦然弥散的白烟中，竹篙龙左飞右游，时而扬首腾空，时而摆尾回旋，飞溅的鞭炮屑像通红的火星，在空中划出美丽的光弧，又似簇簇盛开的鲜花，将古老的琵琶围点缀得流光溢彩、熠熠生辉。